Laurence Sterne

Leben und Ansichten von Tristram Shandy, Gentleman

Übersetzt von Ferdinand Adolf Gelbcke

(Großdruck)

Laurence Sterne: Leben und Ansichten von Tristram Shandy, Gentleman (Großdruck)

Übersetzt von Ferdinand Adolf Gelbcke.

The Life and Opinions of Tristram Shandy, Gentleman. Erstdruck in 9 Bänden: Band 1–2, vermutlich York 1759 / London 1760; Band 3–4, London (R. and J. Dodsley) 1761; Band 5–6, London (T. Becket and P. A. Dehondt) 1762; Band 7–8: London (T. Becket and P. A. Dehondt) 1765; Band 9: London (T. Becket and P. A. Dehondt) 1767. Hier in der Übersetzung von Ferdinand Adolf Gelbcke, Hildburghausen 1869.

Neuausgabe mit einer Biographie des Autors
Herausgegeben von Theodor Borken
Berlin 2019

Der Text dieser Ausgabe folgt:
Sterne [, Lawrence]: Tristram Shandy. Übers. v. F. A. Gelbke, Leipzig, Wien: Bibliographisches Institut, [o. J.]

Dieses Buch folgt in Rechtschreibung und Zeichensetzung obiger Textgrundlage.

Umschlaggestaltung von Thomas Schultz-Overhage unter Verwendung des Bildes: Charles Robert Leslie, Onkel Toby und Wittwe Wadman, 1831-1848

Gesetzt aus der Minion Pro, 16 pt, in lesefreundlichem Großdruck

ISBN 978-3-8478-3489-2

Die Deutsche Nationalbibliothek verzeichnet diese Publikation in der Deutschen Nationalbibliografie; detaillierte bibliografische Daten sind im Internet über www.dnb.de abrufbar.

Henricus Edition Deutsche Klassik UG (haftungsbeschränkt), Berlin
Herstellung: BoD – Books on Demand, Norderstedt

Erster Band

Erstes Kapitel

Ich wollte, mein Vater oder meine Mutter, oder vielmehr beide (denn es war doch beider gemeinsame Pflicht) hätten ein wenig bedacht, was sie thaten, als sie mich in die Welt setzten. Hätten sie ernstlich erwogen, wie viel von dem, was sie vornahmen, abhienge, – daß es sich nicht allein darum handelte, ein vernünftiges Wesen hervorzubringen, sondern daß möglicherweise die glückliche Körperbildung und das Wohlbefinden dieses Wesens, vielleicht seine geistigen Fähigkeiten und die Eigenthümlichkeit seines Charakters, ja (wie kaum anders anzunehmen) wohl gar das Schicksal seines ganzen Hauses durch die Stimmungen und Neigungen, die zu jener Zeit in ihnen obwalteten, ihre Richtung erhalten würden; hätten sie alles das, sage ich, pflichtgemäß erwogen und demzufolge gehandelt, so würde ich – das ist meine feste Überzeugung – eine andere Figur in der Welt gespielt haben, als die ist, in welcher mich der Leser nun bald sehen wird. – Fürwahr, die Sache ist nicht so unwesentlich, als vielleicht Mancher glaubt. Wer hätte nicht schon von den animalischen Geistern gehört, und wie sie vom Vater auf den Sohn übergehen u.s.w. u.s.w.? Nun – verlaßt Euch auf mein Wort, – neun Zehntheil aller klugen oder dummen Streiche eines Menschen, seiner Erfolge oder Mißerfolge in dieser Welt hängt von den Bewegungen und der Thätigkeit dieser Geister, von der Art und Weise, wie sie in Gang gebracht werden, ab; denn *sind* sie einmal im Gang, dann ist nichts mehr zu machen, – gut oder übel, vorwärts geht's wie toll, und da sie immer und immer wieder denselben Weg laufen, so giebt das bald eine Straße so glatt und bequem wie eine Chaussee, von der sie, wenn sie erst einmal daran gewöhnt sind, der Teufel selbst nicht wegtreibt.

»Hast du auch nicht vergessen, die Uhr aufzuziehen, lieber Mann?« fragte meine Mutter. – »Gott im Himmel!« rief mein Vater außer sich, aber mit gedämpfter Stimme, – »hat seit der Erschaffung der Welt wohl je ein Weib den Mann durch eine so alberne Frage gestört!« – – Bitte, was meinte Ihr Vater? – Nichts!

Zweites Kapitel

Nun, – an sich scheint mir diese Frage weder gut noch übel zu sein. – So muß ich Ihnen sagen, Sir, daß es wenigstens eine höchst unzeitige Frage war, denn sie zertheilte und zerstreute die animalischen Geister, die den Homunculus bei der Hand nehmen und sicher an den Platz hinführen sollten, der zu seiner Aufnahme bestimmt war.

Der Homunculus, Sir, obgleich er dem Auge der Thorheit und des Vorurtheils in diesem leichtfertigen Zeitalter als etwas Gemeines und Lächerliches erscheinen mag, wird von dem Auge der Vernunft und Wissenschaft doch als ein Wesen angesehen, das seine ihm zustehenden Rechte hat und von diesen Rechten geschützt ist. Die Philosophen, die das Allerkleinste durchdringen und doch – nebenbei gesagt – ein so umfassendes Verständniß haben (weshalb ihr Geist zu ihren Forschungen in umgekehrtem Verhältniß steht), beweisen uns unwiderleglich, daß der Homunculus von derselben Hand erschaffen, in demselben Naturgange erzeugt, mit derselben Kraft und Fähigkeit zur Fortbewegung begabt ist wie wir; daß er, wie wir, aus Haut, Haar, Fett, Fleisch, Venen, Arterien, Sehnen, Nerven, Muskeln, Knochen, Mark, Gehirn, Drüsen, Geschlechtstheilen, Säften und Gliedmaßen besteht; daß er große Lebhaftigkeit besitzt und gänzlich und wahrhaftig und in der vollen Bedeutung des Wortes ebenso gut unseres Gleichen ist, als der Lordkanzler von England. Man kann ihm Gutes erweisen, man kann ihn kränken, man kann ihm Genugthuung geben; er hat mit Einem Worte dieselben Ansprüche und Rechte, wie sie nach Tully, Pufendorf oder den besten ethischen chriftstellern den Menschenkindern überhaupt zukommen.

Wie nun, Sir, wenn ihm irgend ein Unfall auf seinem Wege zugestoßen wäre? – oder wenn mein junges Herrchen, in kläglicher Furcht vor einem solchen (denn so ein Bürschchen fürchtet sich leicht,) das Ziel seiner Wanderung kaum, kaum erreicht hätte? – wenn seine Muskelkraft und Männlichkeit zu einem Fädchen dahingeschwunden, seine animalischen Geister über alle Begriffe geschwächt worden wären? Was dann, wenn er in diesem zerrütteten Nervenzustande neun lange, lange Monate als eine Beute plötzlichen Schreckens, melancholischer Träume und Einbildungen hätte daliegen müssen? – Ich zittre, wenn ich nur daran denke, wie das den Grund gelegt haben würde zu tausend Schwächen, sowohl körperlichen als geistigen, denen dann später keine Kunst, weder des Arztes noch des Philosophen, je wieder hätte abhelfen können.

Drittes Kapitel

Vorstehende Anekdote verdanke ich meinem Oheim, Herrn Toby Shandy, welchem mein Vater, der ein trefflicher Naturphilosoph und ein passionirter Analytiker war, diesen Unfall oft und mit Schmerzen geklagt hatte; besonders aber geschah dies, wie sich mein Onkel Toby erinnerte, eines Tages, als mein Vater bemerkte, auf was für eine unverantwortlich schiefe Art (sein eigner Ausdruck) ich meinen Kopf warf. Nachdem er es ganz natürlich gefunden, schüttelte der alte Mann sein Haupt und sagte in einem Tone, der weit mehr Kummer als Vorwurf ausdrückte, sein Herz habe ihm das Alles längst vorausgesagt, und sowohl dies, wie tausend andere Dinge, die er an mir beobachtet hätte, überzeugten ihn klärlich, daß ich nun und nimmer wie ein anderes Menschenkind denken und handeln würde. – »Denn ach!« – fuhr er fort, indem er das

Haupt noch einmal schüttelte und eine Thräne abwischte, die ihm über die Wange lief, – »meines Tristrams Unglück fing schon neun Monat vor seiner Geburt an!«

– Meine Mutter, die neben ihm saß, sah auf; doch sie verstand von dem, was mein Vater meinte, nicht mehr als ihre Stuhllehne; mein Onkel Mr. Toby Shandy aber, der die Geschichte schon oft gehört hatte, verstand ihn sehr wohl.

Viertes Kapitel

Ich weiß, es giebt Leser in der Welt, – auch andere gute Leute, die ebenfalls in der Welt, aber keine Leser sind, – welche sich nicht eher zufrieden geben können, als bis man sie ganz und völlig in das Geheimniß eingeweiht hat, in Alles, was Einen angeht, von A bis Z.

Aus purer Gefälligkeit gegen solche Laune und weil es meiner Natur zuwider ist, irgend eine lebende Seele zu kränken, bin ich bereits so ausführlich gewesen. Da nun mein Leben und meine Meinungen voraussichtlich einiges Aufsehen in der Welt erregen werden, und ich vermuthe, daß sie sich wie des Pilgrims Wanderschaft in allen Ständen, Berufsarten und menschlichen Verhältnissen einbürgern werden, bis ihnen endlich wohl das Loos zu Theil wird, welches Montesquieu für seine *Essais* fürchtete, nämlich das, auf jedem Salonfenster liegen zu müssen, so finde ich es nothwendig, der Reihe nach einem Jeden genug zu thun, und bitte deshalb um Verzeihung, wenn ich noch ein Weilchen nach der begonnenen Art weiter fortfahre, wobei es mir sehr zu Statten kommt, daß ich meine Geschichte eben so, wie ich es that, begonnen habe, denn nun brauche ich nur so weiter zu gehen und kann jedes Ding (wie Horaz sagt) *ab ovo* behandeln.

Ich weiß wohl, Horaz empfiehlt diese Art und Weise nicht überhaupt und durchaus, sondern dieser Treffliche spricht nur von dem Epos oder der Tragödie (ich habe wirklich vergessen, von welchem von beiden); sollte es übrigens anders sein, so bitte ich Herrn Horaz um Verzeihung, denn bei dem, was ich hier zu schreiben im Begriff bin, werde ich mich weder an seine, noch an irgend Jemandes Regeln kehren.

Wem es jedoch nicht ansteht, so weit in der Sache zurückzugehen, dem weiß ich keinen bessern Rath zu geben, als den, den Rest dieses Kapitels zu überschlagen: denn ich erkläre im Voraus, daß ich denselben blos für die Neugierigen und Nachforschlichen schreibe.

Also – die Thüre zu! Ich wurde erzeugt in der Nacht vom ersten Sonntag auf den ersten Montag des Monats März im Jahre unseres Herrn 1718. Darüber ist bei mir kein Zweifel. Weshalb ich aber in Betreff einer Sache, die sich doch vor meiner Geburt zutrug, so außerordentlich sicher sein kann, das hängt mit einer kleinen Anekdote zusammen, die nur in unserer Familie bekannt ist, die aber hier zur besseren Aufklärung dieses Punktes veröffentlicht werden soll.

Mein Vater, der, ehe er sich auf sein mütterliches Erbgut in der Grafschaft N. zurückzog, ein Geschäft mit türkischen Waaren besessen hatte, war unstreitig einer der regelmäßigsten Menschen, die es auf der Welt gab, sowohl was das Geschäft als was das Vergnügen anbetraf. Als eine kleine Probe dieser außerordentlichen Regelmäßigkeit, zu deren Sklaven er sich geradezu gemacht hatte, mag angeführt werden, daß er lange Jahre seines Lebens am Abend des ersten Sonntags im Monat, so gewiß als der Sonntagabend herankam, die große Hausuhr auf der Hintertreppe eigenhändig aufzog und dann zugleich (ich rede von jener Zeit, wo er in dem Alter zwischen 50 und 60 Jahren stand) gewisse kleine Familienangelegenheiten in Ordnung zu bringen pflegte, um sich, wie er oftmals zu meinem Onkel Toby sagte, alles miteinander auf einmal vom Halse zu schaffen und die übrige Zeit des Monats nicht weiter davon geplagt und belästigt zu werden.

Dies war aber mit einem Übelstande verbunden, der mich in vollem Maße traf, und dessen Wirkungen ich, wie ich fürchte, bis zu meinem Grabe spüren werde, mit dem nämlich, daß meine arme Mutter durch eine unglückliche Verbindung von Ideen, die eigentlich nichts mit einander gemein hatten, besagte Uhr nie aufziehen hören konnte, ohne daß ihr gewisse andere Dinge in den Sinn gekommen wären, und – *vice versa* – eine sonderbare Ideenverbindung, von welcher der scharfsinnige Locke, der gewiß das Wesen der Dinge besser verstand als die meisten Menschen, behauptet, daß sie mehr thörichte Handlungen hervorgebracht habe, als aus Vorurtheilen irgend einer Art entstanden seien.

Doch das nebenbei.

Nun geht aus einer Notiz, welche sich in dem vor mir liegenden Taschenbuche meines Vaters findet, hervor, daß er am Marientage, welcher der 25. jenes Monats war, in welchen ich meine Erzeugung setze, mit meinem ältesten Bruder Bob nach London reiste, um diesen in die Westminster-Schule zu bringen; da aber derselbe Nachweis sicher stellt, daß er erst in der zweiten Woche des darauffolgenden Maimonats zu seiner Frau und Familie zurückkehrte, so ist die Sache damit fast zur Gewißheit erhoben. Übrigens wird sie durch das, was im Anfang des nächsten Kapitels steht, außer allen Zweifel gesetzt.

– Aber, bester Herr, was machte Ihr Vater denn den ganzen December, Januar und Februar? – Ei, Madame, die ganze Zeit über war er vom Hüftweh geplagt.

Fünftes Kapitel

Am 5. November des Jahres 1718, d.h. also gerade neun Kalendermonate nach dem obenbestimmten Zeitpunkte, ganz so wie es ein vernünftiger Ehemann nur erwarten kann, wurde ich Tristram Shandy als Bürger dieser unserer jammervollen und elenden Welt geboren. Ich wollte, ich wäre auf dem Monde geboren worden oder auf irgend einem Planeten (Jupiter und Saturn ausgenommen, da ich die kalte Witterung nicht vertragen kann); denn schlechter hätte es mir auf keinem von ihnen ergehen können (nur für die Venus möchte ich nicht einstehen), als auf diesem jämmerlichen und schmutzigen Planeten, von dem ich auf Ehre glaube, daß er, mit Respect zu sagen, aus den Spänen und den Abschnitzeln der übrigen gemacht wurde. Ich will damit nicht gesagt haben, daß dieser Planet nicht allenfalls gut genug sei, wenn man mit großem Namen und Vermögen auf ihm geboren wird, oder wenn es Einem irgendwie gelingt, zu öffentlichen Ämtern und Bestallungen berufen zu werden, welche Macht und Ansehen geben, – aber das ist nicht mein Fall, und da ein Jeder von dem Markte urtheilt, je nachdem sein Handel ging, so erkläre ich ihn aber und abermals für einen der jämmerlichsten Sterne, die je erschaffen wurden; denn ich kann in Wahrheit bezeugen, daß ich von der ersten Stunde an, da ich hier Athem schöpfte, bis zu dieser, wo mir ein Asthma, das ich mir beim Schlittschuhlaufen gegen den Wind in Flandern zuzog, das Athemschöpfen fast unmöglich macht, nichts gewesen bin, als was die Welt einen Spielball der Fortuna nennt; und wenn ich dieser unliebenswürdigen Dame auch Unrecht thun würde, wenn ich sagte, daß sie mich je die Wucht eines großen und ungewöhnlichen Übels hätte fühlen lassen, so muß ich ihr doch, bei aller möglichen Nachsicht, das Zeugniß geben, daß sie mich in jedem Lebensalter, auf allen Schritten und Tritten und wo sie nur an mich kommen konnte, mit einer Menge kleiner Mißgeschicke und Unannehmlichkeiten überschüttet hat, wie nicht leicht ein anderer kleiner »Held« hat erdulden müssen.

Sechstes Kapitel

Im Anfang des vorigen Kapitels erfuhren Sie, *wann* ich geboren wurde, aber über das *Wie* sagte ich Ihnen noch nichts. Nein, das behielt ich mir für ein besonderes Kapitel vor; denn, werther Herr, da wir beide, Sie und ich, gewissermaßen einander ganz fremd sind, so würde es nicht passend gewesen sein, Sie mit Einem Male von zu vielen Dingen, die mich betreffen, in Kenntniß zu setzen. – Sie müssen sich ein wenig gedulden. Ich habe, wie Sie sehen, unternommen, nicht allein meine Lebensgeschichte, sondern auch meine Meinungen zu schreiben, und ich hoffe und erwarte, daß durch Ihre Kenntniß von meinem Charakter, und dadurch daß Sie erfahren, was für eine Art von Menschenkind ich bin, auch diese eine bessere Unterlage und mehr Nachdruck erhalten werden. Je weiter Sie mit mir vorschreiten, desto mehr wird sich die leichte Bekanntschaft, in die wir jetzt mit einander getreten sind, zur Vertraulichkeit ausbilden, und endlich zur Freundschaft werden, wenn es Einer von uns nicht etwa durch seine Schuld verhindert. *O diem praeclarum!* dann wird Ihnen nichts, was mich je betroffen hat, unbedeutend, kein Bericht davon langweilig erscheinen. Deshalb, werther Freund und Genosse, haben Sie Nachsicht, wenn es Ihnen bedünken sollte, als ob meine Erzählung anfangs etwas mager wäre. Lassen Sie mich nur meinen Weg gehen und meine Geschichte auf meine Art erzählen, und sollte ich hie und da unterwegs zu zögern scheinen, sollte ich ab und zu für ein paar Augenblicke eine Narrenkappe mit Glöckchen daran aufsetzen, so laufen Sie nicht gleich davon, sondern muthen Sie mir höflicherweise ein wenig mehr Weisheit zu, als ich äußerlich zeige, und lachen Sie, wenn wir so dahinschlendern, ja lachen Sie mit mir oder über mich, oder – kurz – machen Sie was Sie wollen, – nur bleiben Sie bei guter Laune.

Siebentes Kapitel

In demselben Dorfe, wo mein Vater und meine Mutter wohnten, wohnte auch eine Hebamme, eine hagere, redliche, pflegsame, geachtete, gute alte Person, die sich durch ein wenig gesunden Menschenverstand und durch jahrelange Übung in ihrem Geschäfte, bei dem sie sich stets mehr auf die Leistungen der Mutter Natur als auf ihre eigenen verlassen, einen in ihrer Art nicht unbedeutenden Ruf in dieser Welt erworben hatte. Nun muß ich aber Ew. Wohlgeboren hier sogleich darüber ins Klare setzen, daß dieser Ausdruck »Welt« nicht mehr bedeuten soll, als einen ganz kleinen Kreis auf dem großen Weltkreise, so ohngefähr von 4 englischen Meilen im Durchmesser, von welchem Kreise das Häuschen, in dem das gute alte Weib wohnte, als Mittelpunkt gedacht werden muß. Sie war, so scheint es, in ihrem 47. Lebensjahr als Wittwe mit drei oder vier Kindern nachgeblieben, und da sie zu jener Zeit eine Person von anständiger, ernster Haltung, ein Weib von wenig Worten und überdies ein Gegenstand des Mitleids war, dessen traurige Lage, je weniger sie selbst darüber klagte, desto lauter nach mildthätiger Hülfe rief, so wurde die Frau des Dorfpfarrers von Erbarmen ergriffen. Diese hatte nun schon oft über einen Übelstand geklagt, unter welchem die Gemeinde ihres Mannes seit vielen Jahren litt, und der darin bestand, daß man selbst in den dringendsten Fällen im Dorfe keine Hebamme haben konnte, man hätte sie denn aus einer Entfernung von wenigstens 6-7 langen Meilen herbeiholen müssen, welche besagten sechs bis sieben langen Meilen in dunkeln Nächten und bei schlechten Wegen, wie sie in dem tiefen Lehmboden der Umgegend nur zu häufig waren, für vierzehn gerechnet werden mußten, so daß es oft ebenso gut war, als ob gar keine Hebamme zu haben gewesen wäre. Deshalb kam es ihr in den Sinn, welch eine große Wohlthat es für das ganze Kirchspiel und für die arme Frau insbesondere sein würde, wenn man diese in den hauptsächlichen Handgriffen des Geschäftes unterrichtete und ihr dasselbe dann übertrüge. Da aber keine Frau in der ganzen Umgegend geeigneter war, diesen Plan auszuführen, als die gute Pfarrerin selbst, die ihn gefaßt hatte, so unterzog sie sich in christlicher Liebe auch dieser Mühe, und ihr großer Einfluß auf den ganzen weiblichen Theil des Kirchspiels bewirkte, daß sie keine weitere Schwierigkeiten fand, ihren Wunsch ins Werk zu setzen. Es ist wahr, auch der Pfarrer interessirte sich für die Angelegenheit, und um die Sache in die gehörige Ordnung zu bringen und der armen Seele das Recht auf Praxis, welches seine Frau ihr durch Belehrung gegeben, auch gesetzmäßig zu verschaffen, bezahlte er großmüthig die Kosten für die gerichtliche Licenz, die sich auf 18 Sh. 4 P. beliefen, so daß also mit Hülfe beider Ehegatten das gute Weib in den wirklichen und persönlichen Besitz ihres Amtes sowie aller damit verbundenen »Rechte, Nutznießungen und Apartenenzien, welcher Art sie immer seien«, eingesetzt wurde.

Diese eben angeführten Worte waren, wie ich erwähnen muß, nicht übereinstimmend mit der alten Form, in welcher dergleichen Licenzen, Patente und Gewerbscheine bisher abgefaßt und in ähnlichen Fällen der Schwesterschaft ausgehändigt worden waren, sondern es war eine feine Formel von der eigenen Erfindung des Didius, der eine ganz absonderliche Neigung hatte, alle Arten gerichtlicher Dokumente zu zerlegen und neu zu verbinden, und der nicht nur diese zierliche Verbesserung ersonnen hatte, sondern auch viele alten Damen besagten Gewerbes dazu vermochte, ihre Patente noch einmal vorzustellen, damit dieser Schnörkel nachträglich hineingeschoben werde.

Ich muß gestehen, daß ich Didius nie um diese Einfälle beneidet habe, – aber Jeder hat seinen eigenen Geschmack. Machte es nicht dem *Dr.* Kunastrokius das größte Vergnügen von der Welt, den Eseln die Schwänze zu strählen und die abgestorbenen Haare mit den Zähnen auszureißen, obgleich er immer ein Zänglein in der Tasche führte? Ja, Sir, wenn wir einmal davon reden, haben nicht die weisesten Menschen aller Zeiten, Salomo selbst nicht ausgenommen, ihre Steckenpferde gehabt: ihre Renner, ihre Münzen und Muscheln, ihre Trommeln und Trompeten, ihre Geigen, Paletten, Raupen und Schmetterlinge? Und so lange Jemand sein Steckenpferd in Ruhe und Frieden auf offener Landstraße reitet, so lange er weder Sie noch mich zwingt, hinten aufzusteigen, – was in aller Welt, Sir, geht es dann Sie oder mich an?

Achtes Kapitel

De gustibus non est disputandum! d.h. gegen Steckenpferde soll man nichts sagen, und was mich anbetrifft, so thu' ich's auch selten, könnte es überdies anständiger Weise nicht einmal, selbst wenn ich ihnen von Herzensgrunde feind wäre. Denn da ich in gewissen Mondphasen und je nachdem mich die Fliege sticht, bald Maler, bald Geiger bin, so will ich Ihnen nur gestehen, daß ich mir selbst ein paar Pferdchen halte, auf welchen ich (mag's wissen wer will) abwechselnd spazieren reite und kleine Ausflüge mache; ja, zu meiner Schande bekenn' ich's, daß ich sogar manchmal größere Ritte unternehme, als ein weiser Mann eben würde billigen können. – Aber, ich bin ja kein weiser Mann und überdem ein Mensch von so geringer Bedeutung in der Welt, daß es höchst gleichgültig ist, was ich thue: so gräme und ärgere ich mich auch nicht darüber, und meine Ruhe stört's nicht, wenn ich solche Herrschaften und große Personnagen wie z.B. Mylord A. B. C. D. E. F. G. H. I. K. L. M. N. O. P. Q. u.s.w. ihre verschiedenen Steckenpferde reiten sehe, einige mit langen Steigbügeln in ernstem, gemessenem Schritte, andere dagegen zusammengezogen bis ans Kinn, die Peitschen quer vor'm Maule, ihr Thier vorwärts treibend und hetzend wie buntbemalte reitende Teufel, die hinter einer armen Seele her sind, als ob sie sich durchaus vorgenommen hätten, das Genick zu brechen. Um so besser, sage ich dann zu mir; denn wenn das

Schlimmste geschehen sollte, so wird die Welt sich Mühe geben, auch ohne sie ganz gut fertig zu werden; und übrigens – warum – Helf' ihnen Gott! mögen sie meinetwegen unbehindert dahin reiten, denn würden ihre Herrlichkeiten heute Nacht aus dem Sattel geworfen, was gilt's, zehn gegen eins – um halb ein Uhr des nächsten Morgens wären sie schon wieder darin und ritten dann vielleicht ein noch viel schlechteres Pferd.

Also, das stört meine Ruhe nicht. Aber einen Fall giebt es, der mich außer mich bringt, das ist, wenn ich Jemand sehe, der zu großen Thaten geboren wurde und dessen Natur – was ihm noch mehr zur Ehre gereicht – zu guten Thaten hinneigt; sehe ich einen solchen Mann, wie Sie, Mylord, dessen Grundsätze und Handlungsweise edel und großmüthig sind, und dessen die verdorbene Welt eben aus diesem Grunde keinen Augenblick entbehren kann, sehe ich einen solchen, Mylord, auf einem Steckenpferde und wenn auch nur einen Augenblick länger, als die Liebe, die ich für mein Land hege, ihm erlaubt, oder als mein Eifer für seinen Ruhm wünscht, – dann, Mylord, vergesse ich, daß ich Philosoph bin, und in der ersten Aufwallung eines ehrlichen Zornes wünsche ich sein Steckenpferd und das ganze Geschlecht der Steckenpferde zu allen Teufeln.

»Mylord!

Dies soll eine Dedikation vorstellen, obgleich dieselbe in drei wesentlichen Dingen, namentlich in Betreff ihres Inhaltes, ihrer Form und der ihr angewiesenen Stelle vom Herkömmlichen abweicht; ich bitte also, daß Sie dieselbe als solche ansehen und mir erlauben wollen, sie mit unterthänigster Ehrerbietung zu Dero Herrlichkeit Füßen zu legen, vorausgesetzt, daß Sie auf den Füßen sind, was Sie indessen immer sein können, sobald es Ihnen gefällt und sobald sich, Mylord, die Veranlassung dazu darbietet und dann – wie ich hinzufügen möchte – gewiß immer zu würdigen Zwecken.

Ich habe die Ehre zu sein
Mylord
Dero Herrlichkeit gehorsamster
und ergebenster
und unterthänigster Diener

Tristram Shandy.«

Neuntes Kapitel

Feierlich erkläre ich hiemit Allen und Jedem, daß obenstehende Dedikation für keinen Prinzen, Prälaten, Pabst oder Potentaten, für keinen Herzog, Marquis, Viscount oder Baron dieses oder irgend eines andern Reiches der Christenheit verfaßt worden ist; daß sie bis jetzt noch nicht verhöckert, auch weder öffentlich noch privatim, weder direkt noch indirekt, irgend einer Person oder Personnage, gleichviel ob klein oder groß, angeboten wurde, sondern daß es eine reine jungfräuliche Dedikation ist, die noch keine sterbliche Seele berührt hat.

Ich möchte dies ganz festgestellt wissen, um jedem Anstoß und jedem Einwurf vorzubeugen, der etwa aus der Art und Weise, durch welche ich sie mir so vortheilbringend als möglich zu machen gedenke, entspringen könnte; – ich will sie nämlich öffentlich zum Verkauf ausbieten, welches ich hiemit thue.

Ein jeder Autor hat seine eigene Art, wie er sich hilft; und da ich nun das Dingen und Feilschen um ein paar Guineen im dunkeln Vorzimmer hasse, so beschloß ich gleich anfangs bei mir, in dieser Angelegenheit ehrlich und offen mit dem vornehmen Volke zu verfahren, und zu versuchen, ob ich dabei nicht besser wegkommen würde.

Sollte sich demnach in Sr. Majestät Landen irgend ein Herzog, Marquis, Graf, Viscount oder Baron finden, welchem eine saubere, nette Dedikation noth thäte und auf welchen die obige paßte (denn nur wenn sie einigermaßen paßt, gebe ich sie überhaupt ab), so steht sie ihm für 50 Guineen zu Diensten, was sicherlich zwanzig Guineen wohlfeiler ist, als wofür es irgend ein Mann von Genie sonst thäte.

Wenn Sie sie noch einmal genauer betrachten, Mylord, so werden Sie bemerken, daß es kein so grobes Stück Schmeichelei ist, wie die meisten Dedikationen. Die Idee, das sehen Sie, Herrlichkeit, ist gut – das Kolorit durchsichtig – die Zeichnung nicht übel, oder – um mich wissenschaftlicher auszudrücken, indem ich mein Bild nach der Malerskala messe, die sich in 20 Grade theilt: ich glaube, Mylord, der Contour möchte etwa = 12, die Komposition = 9, das Kolorit = 6, der Ausdruck = $13^1/_2$ und die Idee, – vorausgesetzt, Mylord, daß ich meine eigene Idee verstehe und daß die vollkommene Idee = 20 ist, – doch gewiß nicht unter 19 sein. Überdem ist eine gewisse Haltung darin, und die dunklen Striche im Steckenpferde, welches eine Nebenfigur ist und dem Ganzen als eine Art Hintergrund dient, geben den Hauptlichtern auch der Gestalt Eurer Herrlichkeit eine große Kraft und lassen dieselbe wundervoll hervortreten, und dann – hat das ganze Ensemble einen Anstrich von Originalität.

Befehlen Sie also nur, schätzenswerther Lord, daß die Summe für Rechnung des Autors an Herrn Dodsley ausgezahlt werde, dann werde ich in der nächsten Ausgabe Sorge dafür tragen, daß dieses Kapitel wegbleibe und Eurer Herrlichkeit Titel, Würden, Wappen und ruhmwürdige Thaten an die Spitze des vorhergehenden Kapitels kommen, welches dann von den Worten: »de gustibus non est disputandum« an, nebst allem, was in diesem Buche von Steckenpferden handelt (sonst aber weiter nichts), Eurer Herrlichkeit gewidmet sein soll. – Das Übrige dedicire ich der Luna, die, beiläufig gesagt, von allen erdenklichen Patronen und Matronen die meiste Macht besitzt, mein Buch in Aufnahme zu bringen und die Welt toll danach zu machen.

Strahlende Göttin!

Wenn du nicht mit Candide's und Miß Kunigundens Angelegenheiten zu sehr beschäftigt bist, so nimm auch Tristram Shandy in deinen Schutz.

Zehntes Kapitel

Ob der Akt der Mildthätigkeit gegen die Hebamme überhaupt als ein Verdienst betrachtet werden darf, oder – *wer* berechtigt ist, Anspruch auf dieses Verdienst zu erheben, das scheint auf den ersten Anblick für diese Geschichte nicht sehr wesentlich zu sein; doch bleibt es ausgemacht, daß zu jener Zeit der Dame, der Ehefrau des Pfarrers, das ganze Verdienst allein zuerkannt wurde. Indessen, so lieb mir mein Leben ist, ich kann nicht umhin, der Meinung zu sein, daß der Pfarrer, der zwar nicht so glücklich war, den ersten Gedanken zu fassen, der doch aber, sobald derselbe ihm mitgetheilt wurde, sich herzlich daran betheiligte und freudig sein Geld hergab, um ihn in Ausführung zu bringen, daß der Pfarrer, sage ich, auch einigen Anspruch gehabt hätte, wenn ihm nicht gar die volle Hälfte der Ehre gebührte.

Der Welt gefiel es zu jener Zeit, die Sache anders zu entscheiden.

Legen Sie das Buch bei Seite, und dann gebe ich Ihnen einen halben Tag Zeit, die muthmaßlichen Gründe zu diesem Verfahren aufzufinden.

Man muß wissen, daß sich der Pfarrer, von dem wir reden, ungefähr 5 Jahre vor der Zeit, in welche jene umständlich erwähnte Licenz fiel, durch einen Verstoß gegen sich selbst, seine Stellung und sein Amt in den Mund aller Leute gebracht hatte. Dieser Verstoß bestand darin, daß er nie *besser* oder überhaupt *anders* beritten erschien, als auf einem magern elenden Gaule, der sicherlich nicht mehr als anderthalb Pfund werth war, und der – um es kurz zu machen – der Familienähnlichkeit nach für einen ächten

17

Bruder des Rosinante gelten konnte, jedoch mit der Ausnahme, daß, soweit ich mich erinnere, nirgends gesagt ist, Rosinante hätte gekeucht, und daß Rosinante, wie dies der Vorzug *aller* spanischen Pferde, sowohl der fetten als der mageren, ist, unzweifelhaft in allen Punkten ein Pferd war.

Ich weiß sehr gut, daß jenes Helden Roß ein Pferd von keuscher Gesinnung war, was vielleicht etwas für die entgegengesetzte Ansicht sprechen könnte; doch ebenso ausgemacht ist es, daß Rosinantens Enthaltsamkeit *(vide* das Abenteuer mit den yanguesianischen Maulthiertreibern) keineswegs aus körperlicher Unzulänglichkeit oder sonst einem andern Grunde, sondern allein aus der Ruhe und dem geregelten Laufe seines Blutes entsprang. Und ich muß Ihnen sagen, Madame, von einem guten Theil Keuschheit in dieser Welt könnten Sie bei Leibe nicht mehr rühmen. Doch dem sei wie ihm wolle; da ich mir einmal vorgenommen habe, jedem Geschöpfe, das ich auf die Bühne dieses dramatischen Werkes hinstelle, vollkommene Gerechtigkeit angedeihen zu lassen, so durfte ich diesen Unterschied zu Gunsten des Don Quixotischen Rosses nicht unerwähnt lassen; in allen andern Punkten, sage ich, war des Pfarrers Gaul das Ebenbild jenes Rosses, denn es war eine so magere, ausgedörrte, erbärmliche Mähre, daß Demuth selbst es hätte besteigen können. Nun hätte es nach der Meinung einiger Leute von schwachem Urtheil wohl in des Pfarrers Macht gestanden, seinem Gaule etwas mehr Ansehn zu geben, denn er besaß einen sehr schönen, grünplüschnen, gepolsterten Reitsattel, der mit einer doppelten Reihe silberner Nägel beschlagen war, und zu dem ein Paar glänzender Steigbügel und eine höchst anständige Schabrake gehörte, welche letztere von feinem grauem Tuche und mit einer schwarzen Borte besetzt war, die in einer langen schwarzseidenen Franse *poudré d'or* endigte; alles dies, nebst einem reich mit getriebener Arbeit verzierten Zaume hatte er einst in der Glanz- und Blüthezeit seines Lebens gekauft. Aber da er sein Thier damit nicht lächerlich machen wollte, so hatte er all diese Pracht hinter der Thür seines

Studierzimmers aufgehängt und ihm dafür einen solchen Zaum und solchen Sattel aufgelegt, die der Gestalt und dem Werthe des Gaules besser entsprachen.

Es ist wohl leicht begreiflich, daß der Pfarrer, wenn er in diesem Aufzuge durch das Kirchspiel ritt oder die Edelleute der Nachbarschaft besuchte, manches zu hören und zu sehen bekam, was seine Philosophie vor dem Einrosten bewahrte. Die Wahrheit zu sagen, konnte er in kein Dorf hineinreiten, ohne sogleich die Aufmerksamkeit von Alt und Jung auf sich zu ziehen. Die Arbeit stand still, wo er vorüberkam; der Eimer hing schwebend in halber Tiefe des Brunnens; das Spinnrad vergaß sich zu drehen, selbst Drittenschlagen und Ballspiel feierten, bis er außer Sicht war; und da seine Lokomotion keineswegs schnell genannt werden konnte, so hatte er gewöhnlich Zeit genug, allerhand Beobachtungen anzustellen, und die Verwunderungslaute der Ernsthaften, sowie das Gelächter der Leichtherzigen mit anzuhören, was er alles mit der größten Seelenruhe zu Stande brachte. Das war sein Charakter – er liebte von Herzen einen Spaß, und da er selbst sich lächerlich vorkam, so meinte er, er könne doch Andern unmöglich zürnen, daß sie ihn in eben dem Lichte sähen, wie er sich selbst; und wenn seine Freunde, die wohl wußten, daß nicht Geiz seine Schwäche sei, sich ungenirt über seine Grille (wie sie's nannten) lustig machten, so mochte er doch lieber in ihr Gelächter einstimmen, als die wahre Ursache dieser Grille angeben. Er habe selbst, meinte er dann, nie ein Loth Fleisch auf den Knochen gehabt und sei ebenso spindeldürr wie sein Thier, daher wäre der Gaul gerade so gut, wie ihn der Reiter verdiene; sie beide wären wie die Centauren aus einem Stücke. Ein anderes Mal und in anderer Stimmung, wenn sich sein Geist über die Verlockungen eines falschen Witzes erhob, sagte er wohl, er fühle, daß er siechend dahinschwinde, und erklärte mit großem Ernste, daß er den Anblick eines fetten Pferdes nicht ohne Herzweh und fühlbare Aufregung ertragen könne, und daß er sich deshalb den abgemagerten Gaul, den er reite, ausgesucht habe, nicht allein, um sich durch ihn nicht aufzuregen, sondern selbst um sich an ihm zu erheitern.

Zu verschiedenen Zeiten konnte er fünfzig lustige und passende Gründe dafür angeben, weshalb eine sanftmüthige, windbrüchige Mähre besser zum Reiten sei, als ein feuriges Roß; denn auf jener könne er mechanisch sitzen und gar köstlich *de vanitate mundi et fuga saeculi* meditiren, mit dem besondern Vortheil eines Todten-kopfes vor sich; zu allen möglichen Arbeiten könne er, wenn er so langsam dahinreite, seine Zeit ausnützen, gerade wie in seinem Studierzimmer; er könne ein Argument in seiner Predigt oder ein Loch in seiner Hose ausbessern, eins so gut und fest wie das andere; schneller Trab und langsame Beweisführung seien zwei ebenso unvereinbare Bewegungen, wie Witz und Urtheil; – aber auf seinem Gaule brächte er die verschiedensten Dinge zusammen, so daß sie sich mit einander vertrügen, er könne da seine Predigt abmachen, seinen Husten, ja, wenn die Natur es verlange, sogar sein Schläf-chen. Kurz, der Pfarrer gab bei solchen Gelegenheiten allerhand Gründe an, nur nicht den wahren; diesen verschwieg er aus Zart-gefühl, weil er meinte, derselbe könne ihm zur Ehre gereichen.

Das Wahre an der Sache war aber Folgendes: In den ersten Jahren, etwa um die Zeit, als unser Pfarrer den prächtigen Sattel und Zaum gekauft hatte, war es des guten Mannes Art oder Eitelkeit gewesen (nenne man es, wie man will), sich in das entgegengesetzte Extrem zu werfen. In der Gegend, wo er wohnte, war er dafür be-kannt, daß er ein gutes Pferd liebe, und gewöhnlich stand eines, wie es besser im ganzen Kirchspiel nicht zu finden war, zum Satteln fertig in seinem Stalle. Da nun die nächste Hebamme, wie gesagt, sieben Meilen vom Dorfe entfernt und in einer unwegsamen Gegend wohnte, so kam es denn, daß der arme Mann wenigstens einmal in der Woche um sein Pferd angesprochen wurde; er war aber nichts weniger als hartherzig, und da jeder neue Fall noch pressanter und mitleiderweckender als der vorhergegangene war, so hatte er nie das Herz, die Bitte abzuschlagen, wie sehr er auch sein Pferd lieben mochte, was denn die natürliche Folge hatte, daß dasselbe entweder überritten oder spatig, oder steif, oder hüftenlahm, oder windbrüchig oder sonst etwas der Art wurde, und er alle neun oder zehn Monate ein schlechtes Pferd verkaufen und an seiner Statt ein gutes Pferd wieder einhandeln mußte.

Wie hoch sich bei solcher Bilance *communibus annis* der Verlust belaufen mußte, überlasse ich einer Specialjury von Märtyrern derartiger Geschäfte zu bestimmen, aber wie groß er auch gewesen sein möge, der redliche Mann ertrug ihn viele Jahre ohne Murren, bis er endlich, nach wiederholten Unfällen dieser Art, es für nöthig erachtete, die Sache in Betracht zu ziehen. Nach reiflicher Überlegung und nachdem er alles summirt hatte, fand er, der Verlust stünde nicht allein außer allem Verhältniß zu seinen anderweitigen Ausgaben, sondern mache auch an und für sich einen so bedeutenden Posten aus, daß er dadurch an jeder andern Art von Wohlthun innerhalb seines Kirchspiels verhindert werde. Dazu kam die Überzeugung, daß er mit der Hälfte der Summe, die jetzt verritten wurde, zehnmal mehr Gutes stiften könne und – was mehr als alle diese Erwägungen bei ihm ins Gewicht fiel – daß sein Wohlthun jetzt ausschließlich in *einen* Kanal geleitet sei, und zwar in einen solchen, wo es seiner Meinung nach am wenigsten nothwendig wäre, nämlich zum Vortheil des kindererzeugenden und kinderge-bärenden Theiles seines Kirchspiels, somit aber nichts übrig bleibe für die Schwachen, nichts für die Alten, nichts für die vielen trostlosen Fälle, deren Zeuge er fast stündlich sein mußte, wo Krankheit und Elend ihm vereint vors Auge träten.

Aus diesen Gründen beschloß er, die Ausgabe nicht ferner zu machen, aber ihr aus dem Wege zu gehen, dazu zeigten sich seinem Blicke nur zwei mögliche Wege: entweder mußte er es sich zum unverbrüchlichen Gesetze machen, Niemandem und zu keinem Zwecke sein Pferd herzuleihen, oder er mußte sich damit begnügen, den letzten armen Teufel, so wie sie ihn heruntergebracht hatten, mit allen seinen Mängeln und Schäden bis zu Ende zu reiten.

Da er sich nicht die Kraft zutraute, den ersten Weg entschlossen zu verfolgen, so wählte er fröhlichen Herzens den zweiten, und obgleich er, wie oben gesagt, die Sache zu seiner Ehre offen hätte darlegen können, so verschmähte er dies doch gerade aus diesem Grunde, denn er wollte lieber die Verachtung seiner Feinde und das Gelächter seiner Freunde ertragen, als sich der Pein unterziehen, eine Geschichte zu erzählen, die leicht wie Eigenlob hätte aussehen können.

Dieser einzige Charakterzug giebt mir die höchste Meinung von der Denk- und Fühlart dieses würdigen Mannes; es ist ein Zug, der an das wahrhaftige Zartgefühl des unvergeßlichen Ritters von la Mancha reicht, dieses Ritters, den ich, beiläufig gesagt, trotz aller seiner Thorheiten mehr liebe, und dem zu begegnen ich einen weitern Weg machen würde, als um den größten Helden des Alterthums zu sehen.

Aber das ist die Moral meiner Geschichte nicht: was ich dabei im Auge habe, ist, das eigenthümliche Verfahren der Welt an diesem Exempel ins Licht zu setzen. Denn man muß wissen, daß kein Teufel nach dem Grunde der Handlungsweise des Pfarrers fragte, so lange ihm derselbe Ehre gemacht hätte; seinen Feinden, meine ich, lag nichts daran, diesen Grund aufzufinden, und seine Freunde verfielen nicht darauf. Aber kaum fing er an, sich für die Hebamme zu interessiren, kaum hatte er sie durch die Bezahlung der Gerichtskosten für die Licenz installirt, so kam das ganze Geheimniß heraus; jedes Pferd, das er verloren hatte, und noch zwei darüber, jeder Umstand, wie sie zu Grunde gerichtet worden waren, wurde hergezählt, und Jeder erinnerte sich der Sache ganz deutlich. Wie Feuer griff das Gerücht um sich: der Pfarrer hätte wieder einen Anfall seines alten Hochmuths, er wolle wieder einmal ein gutes Pferd reiten; und in dem Falle wäre es klar wie die Sonne am Himmel, daß er die Kosten für die Licenz schon im ersten Jahre zehnmal wieder herausschlüge; danach könnte Jeder selbst urtheilen, weshalb er wohl so mildthätig gewesen sei.

Weshalb er es gewesen war und was jeglicher Handlung seines Lebens zu Grunde lag – oder vielmehr, welches die Meinungen waren, die betreffs seiner in den Köpfen der Leute umgingen, das war ein Gedanke, der nur zu sehr in seinem eignen Kopfe umging, und der nur zu oft die Ruhe von ihm scheuchte, wenn er fest hätte schlafen sollen.

Es mögen nun etwa zehn Jahre her sein, daß der gute Mann das Glück hatte, von dieser Sorge gänzlich befreit zu werden; damals verließ er gerade sein Kirchspiel – und die Welt überhaupt und steht nun, um Rechenschaft abzulegen, vor einem Richter, über den zu klagen er keinen Grund haben wird.

Aber ob den Handlungen gewisser Menschen waltet ein Fatum; wie sie's auch anfangen mögen, dieselben gehen stets durch ein gewisses Medium, das sie bricht und ihre Strahlen von der geraden Richtung so ableitet, daß die Thäter, ungeachtet aller Ansprüche auf Ruhm und Ehre, welche Herzensgeradheit geben kann, dennoch gezwungen sind, ohne jene zu leben und zu sterben.

Von dieser Wahrheit war unser Pfarrer ein beklagenswerthes Beispiel. Aber um zu erfahren, auf welche Weise dies kam, und um aus solcher Kenntniß Nutzen zu ziehen, wird es nöthig sein, die beiden folgenden Kapitel zu lesen, welche so viel von seinem Leben und seinen Äußerungen enthalten sollen, um die Moral deutlich herauszustellen. Nachdem dies geschehen, wollen wir dann mit der Hebamme fortfahren, vorausgesetzt, daß uns nichts in den Weg kommt.

Elftes Kapitel

Yorick war des Pfarrers Name und – was höchst merkwürdig ist – dieser Name wurde (das zeigt eine alte auf starkem Pergament geschriebene und wohlkonservirte Familienurkunde) seit – beinah hätt' ich gesagt seit 900 Jahren, aber ich will keinen Zweifel an meiner Wahrhaftigkeit erregen, indem ich eine so unwahrscheinliche, obgleich an sich unbestreitbare Thatsache berichte, also bescheide ich mich und sage einfach – dieser Name wurde, ich weiß nicht seit wie lange, genau auf ein und dieselbe Weise geschrieben, was mehr ist, als ich von der guten Hälfte der besten Familiennamen unseres Landes sagen möchte, die im Lauf der Jahre gemeiniglich ebenso viel Veränderungen und Risse bekommen haben, als ihre Eigenthümer. – Entspringt dies aus dem Hochmuth oder der Scham besagter Eigenthümer? – Wahrhaftig, ich denke manchmal, aus dem einen wie aus der andern, je nachdem die Versuchung war. Aber ein jämmerliches Ding bleibt es immer und wird uns Alle miteinander eines Tages in Verwirrung und Unheil stürzen, daß Niemand im Stande ist aufzustehen und zu schwören, »daß sein eigner Urgroßvater der Mann war, der dies oder jenes gethan hat«. –

Diesem Übelstande war durch die kluge Vorsorge der Yorickschen Familie vorgebeugt worden, sowie auch durch die gewissenhafte Aufbewahrung jener obenerwähnten Urkunde, aus welcher wir weiter erfahren, daß die Familie ursprünglich von dänischer Abkunft und schon frühe unter der Regierung des Hordenwillus, Königs von Dänemark, nach England übergesiedelt war, nachdem, wie es scheint, ein Vorfahr unseres Yorick, von welchem dieser in gerader Linie abstammte, am Hofe besagten Königs ein angesehenes Amt bekleidet hatte. Welcher Art dieses angesehene Amt war, sagt die Urkunde nicht, sie fügt nur hinzu, daß dasselbe seit fast 200 Jahren nicht allein an diesem, sondern an allen Höfen der Christenheit gänzlich aufgehoben sei. –

Es ist mir oft der Gedanke gekommen, daß dieses Amt wohl kein anderes gewesen sein mag, als das eines königlichen Hofnarren, und daß Hamlets Yorick bei Shakespeare, dessen Stücke sich oft auf authentische Begebenheiten gründen, wahrscheinlich derselbe Mann ist.

In Saxo Grammaticus' dänischer Geschichte deshalb nachzusehen, fehlt mir die Zeit, aber wenn Sie Muße haben und das Buch erhalten können, bitte ich Sie, dies selbst zu thun.

Bei meiner Reise in Dänemark – es war im Jahre 1741: ich begleitete damals Mr. Noddy's ältesten Sohn als Erzieher und galoppirte mit ihm in rasender Geschwindigkeit durch den größten Theil von Europa, von welcher originellen Reise im Verlauf dieses Werkes ein höchst anmuthiger Bericht gegeben werden soll – bei meiner Reise in Dänemark also hatte ich gerade Zeit genug, mich von der Richtigkeit einer Bemerkung zu überzeugen, die ein Mann, welcher lange in jenem Lande lebte, gemacht hat, – »daß nämlich die Natur hinsichtlich ihrer Gaben von Genie und Fähigkeiten an die Bewohner desselben weder verschwenderisch noch übermäßig karg sei, sondern wie eine verständige Mutter sich gegen alle mit Maße gütig bewiese und in der Vertheilung ihrer Gunstbezeigungen so gleichmäßig verfahre, daß sie durchschnittlich Jeden ohngefähr auf denselben Platz stelle, weshalb man in diesem Reiche nur selten außergewöhnlichen Geistesgaben, aber dafür in allen Ständen einem guten Theile gesunden Menschenverstandes begegne, an welchem letztern es keinem fehle« – was, meiner Meinung nach, ganz richtig geurtheilt ist.

Mit uns, sehen Sie, ist das ein ganz anderer Fall; wir alle sind, was das anbetrifft, entweder obenauf oder untendurch; Sie sind ein großes Genie oder, fünfzig gegen eins, Sir, Sie sind ein großer Schafskopf und Esel. Nun giebt es zwar auch Mittelstufen, und so ganz aus aller Reihe geht es auch bei uns nicht, – aber auf diesem verdrehten Eilande, wo die Natur ihre Gaben und Geschenke so höchst launisch und eigensinnig vertheilt, launischer noch als Fortuna ihre Güter und Reichthümer, sind die beiden Extreme doch das Gewöhnliche. –

Das ist das Einzige, was mich zuweilen in meiner Überzeugung von der Abkunft Yoricks irre gemacht hat, denn so viel ich mich seiner erinnere und nach allen Nachrichten, die ich über ihn einziehen konnte, scheint es mir, daß er auch nicht einen einzigen Tropfen dänischen Blutes in seinen Adern hatte: möglich, daß das in 900 Jahren ausgeschwitzt war, darüber will ich mir weiter den Kopf nicht zerbrechen, aber so viel steht fest, daß er statt des kühlen Phlegmas und der Gemüths- und Seelenruhe, die von einem Manne solcher Abkunft zu erwarten gewesen wären, ein so bewegliches und quecksilberartiges Temperament zeigte, in allen seinen Neigungen so sehr von dem Gewöhnlichen abwich und so viel Lebendigkeit, Laune und *gaité du coeur* besaß, wie nur das allerglücklichste Klima erzeugen und zusammenbringen kann.

Und bei so viel Segeln führte der arme Yorick nicht ein Quentlein Ballast mit sich! Es gab keinen unpraktischeren Menschen in der Welt; mit 26 Jahren verstand er sein Schifflein nicht besser zu steuern als ein wildes, unerfahrenes Mädchen von dreizehn; so daß die frische Brise seines Temperamentes ihn, wie leicht begreiflich, gleich bei seiner ersten Fahrt zehnmal am Tage in fremder Leute Takelwerk trieb, und da die Würdevollen und die Langsamfahrenden ihm am öftersten im Wege waren, so wird man ferner begreifen, daß sein böses Glück ihn gerade mit diesen am häufigsten zusammenrennen ließ. So viel ich weiß, darf man annehmen, daß die Ursache solcher Zusammenstöße ein gewisser unglücklicher Witz war, denn – um die Wahrheit zu gestehen – Yorick hatte seiner Natur nach einen unüberwindlichen Widerwillen gegen alles würdevolle Wesen und einen unwiderstehlichen Hang, ihm zu opponiren – nicht zwar gegen die Würde an sich, denn wo sie am Platze war, konnte er selbst tage-, ja wochenlang der würdevollste und ernsthafteste Mensch von der Welt sein, – aber er war ein abgesagter Feind der angenommenen Würde; und wo sie blos als Mantel für Dummheit und Albernheit umgenommen wurde, da erklärte ihr offen den Krieg, und kam sie ihm dann in den Weg, so gab er selten Pardon, mochte sie beschützt und beschirmt sein, von wem sie wollte.

26

In seiner lebhaften Redeweise pflegte er wohl zu sagen: Würdigthun sei ein rechter Schurke, und zwar einer von den allergefährlichsten, weil er zugleich arglistig sei; durch Würdigthun, glaube er, wären mehr ehrliche und wohlmeinende Leute in *einem* Jahre um Hab und Gut beschwindelt worden, als durch Taschendiebstahl und Einbruch in sieben. Wo ein fröhliches Herz sich offen gebe, da sei keine Gefahr, aber wo die Würde bloße Absicht, das heißt, wo sie nur angenommen sei, da habe sie den Werth eines erlernten Kunststückchens, mit dem man der Welt weiß machen wolle, daß man mehr Gemüth und Verstand besitze, als es in Wahrheit der Fall sei; trotz aller ihrer Prätensionen sei sie doch nicht besser – eher schlechter –, als wofür sie ein französisches Witzwort anerkenne: »eine geheimnißvolle Körperdekoration, um die Mängel des Geistes zu verbergen«, – von welcher Definition Yorick höchst unvorsichtig zu sagen pflegte, daß sie mit goldenen Lettern eingegraben zu werden verdiente.

Aber, offen gesagt, er war unerfahren in der Welt und unpraktisch; auch in der Unterhaltung über andere Gegenstände, wo es politisch gewesen wäre, eine gewisse Zurückhaltung zu beobachten, war er indiskret und thöricht. Yorick ließ sich ganz und gar von dem Eindruck beherrschen, welchen die Natur der Sache, die eben besprochen wurde, auf ihn machte. Diesen Eindruck übersetzte er gewöhnlich, ohne alle Rücksicht auf Person, Ort oder Gelegenheit, in seine ehrliche Muttersprache, so daß er, wenn z.B. von einer erbärmlichen und unedlen Handlung die Rede war, sich keinen Augenblick Zeit gab, darüber nachzudenken, wer der Held der Begebenheit und welcher Art seine Stellung sei, oder ob derselbe Macht habe, ihm nachträglich zu schaden, sondern war es eine elende Handlung, so hieß es ohne weiteres: der Kerl ist ein Lump u.s.w. – Und da seine Bemerkungen gewöhnlich das Unglück hatten, mit einem *bon mot* zu schließen oder mit irgend einem drolligen und spaßigen Ausdruck gewürzt zu sein, so gab das der Rücksichtslosigkeit Yoricks erst rechte Flügel. Genug, obgleich er nie die Gelegenheit suchte (freilich auch nicht mied), das Äußerste ohne allen Rückhalt zu sagen, so boten sich ihm in seinem Leben nur zu viele Versuchungen dar, seinen Witz und seine Laune, seine Sticheleien und Späße auszustreuen, – und man ermangelte nicht das Ausgestreute aufzuheben.

Was die Folge davon war, und wie Yorick darüber zu Grunde ging, das wird man im nächsten Kapitel lesen. –

Zwölftes Kapitel

Der Gläubiger unterscheidet sich hinsichtlich der Länge seines Geldbeutels von dem Schuldner nicht so sehr, als der Spaßvogel von dem, den sein Scherz traf, hinsichtlich der Länge des Gedächtnisses. Aber hier geht der Vergleich, wie die Scholasten es nennen, auf allen Vieren, was, nebenbei gesagt, um ein oder zwei Beine mehr ist, als Homers beste Vergleiche für sich in Anspruch nehmen können, nämlich: der Eine erhebt auf fremde Kosten eine Summe Geldes, der Andre ein Gelächter, und beide denken nicht weiter daran. Die Interessen laufen jedoch hier wie da fort, werden terminweise oder gelegentlich bezahlt und dienen eben dazu, die Erinnerung an die Sache frisch zu erhalten, bis plötzlich zur bösen Stunde der Gläubiger jedem von ihnen über den Hals kommt, auf der Stelle Kapital und volle Zinsen bis zum laufenden Tage einfordert und ihnen auf diese Weise die ganze Ausdehnung ihrer Verpflichtungen fühlbar macht.

Da der Leser (denn ich hasse die »Wenns«) eine gründliche Kenntniß der menschlichen Natur besitzt, so brauche ich ihm weiter nicht zu sagen, daß mein Held bei seiner Art zu procediren einige Bekanntschaft mit diesen gelegentlichen Mementos machen mußte. Die Wahrheit zu sagen, hatte er sich leichtfertig in eine Menge solcher kleinen Schulden verwickelt, die er trotz Eugenius' wiederholter Warnung zu sehr auf die leichte Schulter nahm, denn

28

er meinte, keine einzige derselben wäre ja in böslicher Absicht eingegangen, sondern mit ehrlichem Gemüthe und aus fröhlicher Laune, und so würden sie alle mit der Zeit gestrichen werden.

Eugenius wollte das nie zugeben und sagte oft, man würde sie ihm einmal eines Tages alle anrechnen, und zwar – wie er mit einem Tone sorgenschwerer Ahnung hinzusetzte – mit Zins auf Zins. Worauf Yorick in seiner gewöhnlichen Sorglosigkeit mit einem »Pah« zu antworten pflegte, und kam die Rede auf diesen Gegenstand, während sie im Felde spazieren gingen, so war er mit einem Wupp und Sprung am andern Ende; aber eingezwängt im Kaminwinkel mit einem Tische und ein Paar Armstühlen vor sich, so daß er nicht so leicht in der Tangente entschlüpfen konnte, mußte er wohl Eugenius anhören, der ihm dann etwa so – nur besser stylisirt – eine Vorlesung über Diskretion hielt:

»Glaube mir, Yorick, diese unbedachte Spaßlust wird dich früher oder später noch in solche Verlegenheiten und Unannehmlichkeiten bringen, daß keine späte Klugheit dich daraus erlösen kann. Ich seh' es ja: nur zu oft betrachtet sich der, über den man bei deinen Ausfällen lacht, als eine beleidigte Person mit allen den Rechten, die einer solchen zustehen; und wenn du ihn auch in diesem Lichte betrachtest, wenn du alle seine Freunde, seine Familie, seine Verwandten, seine Verbündeten zusammenzählst, wenn du noch alle jene hinzurechnest, die sich aus einem Gefühle gemeinsamer Gefahr um ihn schaaren, so gehört wahrlich keine große Rechenkunst dazu, um zu finden, daß du dir immer für je zehn Späße hundert Feinde gemacht hast; aber ehe du dir nicht einen Schwarm Wespen um die Ohren herbeigefochten, und sie dich nicht halb zu Tode gestochen, wirst du das nicht einsehen. Ich bin weit davon entfernt, dem Manne, den ich achte, zu mißtrauen, und zu glauben, daß in diesen Späßen nur ein Tüttelchen von Ärger oder Böswilligkeit enthalten sei; ich glaube, ich weiß, es sind ehrliche, lustige Späße. Aber sieh, lieber Junge, die Narren können das nicht unterscheiden, und die Schelme wollen es nicht, und du weißt nicht, was es heißt, den reizen oder über jenen sich lustig machen. Verlaß dich darauf, wenn sie sich zu gegenseitiger Vertheidigung zusammenthun, so werden sie den Krieg gegen dich in solcher Weise führen, daß du seiner und des Lebens dazu bald herzlich satt sein wirst.«

»Aus giftigem Verstecke wird Rache ein ehrloses Gerücht gegen dich spritzen, und weder Unschuld des Herzens noch Reinheit des Wandels werden dich vor demselben schützen können. Das Glück deines Hauses wird wanken, dein Charakter, auf dem es gegründet, wird aus tausend Wunden bluten; dein Glaube wird angezweifelt, dein Witz vergessen, deine Gelehrsamkeit unter die Füße getreten, deine Worte werden verläumdet werden. Um dir die letzte Scene dieses Trauerspieles vorzuführen: Grausamkeit und Feigheit, zwei Schurken, die Bosheit im Dunkel warb und auf dich hetzte, werden über alle deine Schwächen und Irrthümer herfallen. Ach! der Allerbeste von uns ist da verwundbar, mein lieber Junge, und glaube mir, glaube mir, Yorick, wenn es zur Befriedigung persönlicher Rache einmal beschlossen wurde, ein unschuldiges und hülfloses Geschöpf zu opfern, so ist es ein Leichtes, in irgend einem Dickicht, wohin sich das arme Ding einmal verirrte, so viel dürres Holz zusammenzulesen, um es darauf zu rösten.«

Fast niemals hörte Yorick diese trübe Weissagung seines Schicksals, ohne daß sich eine Thräne aus seinem Auge gestohlen hätte, die ein versprechender Blick begleitete, der sagen sollte, er sei entschlossen, fortan sein Rößlein behutsamer zu reiten. Aber ach! zu spät! Schon vor der ersten Prophezeiung hatte sich eine große Verschwörung gebildet mit ***** und ***** an der Spitze. Der Angriffsplan wurde ganz so, wie es Eugenius vorhergesagt hatte, mit einem Male in Ausführung gebracht, und so wenig ahnte Yorick von dem, was gegen ihn im Werke war, daß sie den guten leichtsinnigen Mann, eben als er mit voller Zuversicht auf eine Beförderung rechnete, an der Wurzel trafen und er dahin stürzte, wie schon mancher treffliche Mann vor ihm gestürzt ist.

Doch kämpfte Yorick mit aller denkbaren Tapferkeit einige Zeit dagegen an, bis er endlich, überwältigt von der Menge der Gegner und ermüdet von der Beschwerde des Kampfes, noch mehr aber angeekelt von der unritterlichen Art, mit der gekämpft wurde, das Schwert von sich warf; und obgleich er scheinbar seinen guten Muth nicht verlor, so starb er dennoch, wie man allgemein glaubt, an gebrochenem Herzen. Weshalb auch Eugenius dies zu glauben geneigt war, geht aus Folgendem hervor:

Wenige Stunden, bevor Yorick seinen letzten Athemzug that, trat Eugenius in das Zimmer, um ihn noch einmal zu sehen und ihm Lebewohl zu sagen. Als er den Vorhang des Bettes lüpfte und Yorick fragte, wie es ihm gehe, blickte dieser auf, nahm des Freundes Hand und nachdem er ihm für die vielen Beweise seiner Freundschaft gedankt hatte, für die er ihm, wie er sagte, immer und immer wieder danken würde, wenn sie sich jenseits begegnen sollten, – fuhr er fort: in wenigen Stunden werde er nun seinen Feinden auf immer entwischt sein. – Das hoffe ich nicht, erwiederte Eugenius mit dem zärtlichsten Ton, in dem je eines Mannes Stimme erklang, während ihm die Thränen über die Backen rannen, – das hoffe ich nicht, Yorick. – Yorick antwortete mit einem Blicke nach oben und drückte dabei sanft Eugenius' Hand; das war Alles, aber es schnitt Eugenius ins Herz. – Muth, Muth, sagte Eugenius und versuchte sich zu ermannen, indem er sich die Augen wischte, – nicht so trostlos, alter Junge; laß Muth und Kraft nicht von dir weichen in dieser Krisis, wo du ihrer so sehr bedarfst. Wer weiß, wo noch Hülfe ist und was Gottes Allmacht für dich noch thut! – Yorick legte die Hand aufs Herz und schüttelte leise das Haupt. – Was mich anbetrifft, fuhr Eugenius fort und schluchzte bitterlich bei den Worten, so gestehe ich, ich weiß nicht, wie ich die Trennung von dir ertragen soll, und gern – fügte er mit erhobener Stimme hinzu – möchte ich mir mit der Hoffnung schmeicheln, daß noch Zeug genug in dir geblieben sei, um einen Bischof daraus zu machen, und daß ich dich als solchen noch mit meinen Augen sehe! – Ich bitte dich, Eugenius, sagte Yorick, und nahm dabei seine Nachtmütze, so gut er konnte, mit der linken Hand ab, denn die Rechte hielt Eugenius noch fest gefaßt – ich bitte dich, sieh einmal meinen Kopf an. – Ich bemerke da nichts Besonderes, erwiederte Eugenius. – Doch, doch, lieber Freund, sagte Yorick – er ist von den Hieben, welche ***** und ***** und einige Andere so tölpelhaft im Dunkeln darauf geführt haben, so verschwollen und mißgestaltet, daß ich mit Sancho Pansa sagen kann: »und würde ich gesund und regneten mir Bischofsmützen so dicht wie Hagel vom Himmel darauf, ihm würde doch keine passen«. – Als Yorick dies sagte, schwebte sein letzter Athemzug, im Begriff zu erlöschen, auf seinen zitternden Lippen, aber er sagte es noch mit einem gewissen Cervantischen Tone, und dabei sah Eugenius einen Augenblick lang einen Strahl spielenden Feuers in seinen Augen aufleuchten, ein schwaches Abbild jener Geistesblitze, die (wie Shakespeare von seinem Vorfahren berichtet) eine ganze Tafelrunde in schallendes Gelächter zu versetzen pflegten.

Eugenius schöpfte daraus die Überzeugung, daß der Freund an gebrochenem Herzen sterbe; er drückte ihm sanft die Hand – dann schlich er leise aus dem Zimmer und weinte im Gehen. Yorick folgte Eugenius mit den Blicken bis zur Thür – darauf schloß er die Augen und öffnete sie nicht wieder.

In einem Winkel seines Kirchhofs, im Dorfe *** liegt er begraben, unter einer einfachen Marmorplatte, die sein Freund Eugenius mit Erlaubniß der Testamentsvollstrecker auf sein Grab legte und die nur drei Worte enthält, welche Grabschrift und klagender Nachruf zugleich sind:

Ach! armer Yorick

Zehnmal täglich hat Yoricks Geist den Trost, seine Grabschrift in so weicher Modulation von Klagetönen, wie allgemeines Mitgefühl und Achtung für ihn sie anschlagen, laut lesen zu hören, denn ein Fußpfad läuft dicht an seinem Grabe vorbei über den Kirchhof hin, und nicht *ein* Wandrer geht vorüber, ohne stehen zu bleiben, einen Blick darauf zu werfen und weiterschreitend zu seufzen: Ach! armer Yorick! –

Dreizehntes Kapitel

Der Leser dieses rhapsodischen Werkes hat die Hebamme schon so lange aus den Augen verloren, daß es jetzt hohe Zeit ist, ihrer wieder zu erwähnen, blos um ihn daran zu erinnern, daß es überhaupt noch solch eine Person in der Welt giebt, die ich hiemit, soweit ich nämlich meinen Plan übersehen kann, in aller Form einführen will; denn es könnte plötzlich etwas Neues aufspringen, ein unerwartetes Geschäft könnte sich zwischen mir und dem Leser aufwerfen, das augenblickliche Erledigung forderte, und da ist es nur billig, wenn ich dafür sorge, daß das arme Weib unterdeß nicht verloren geht, um so mehr, als wir sie, wenn sie nöthig wird, durchaus nicht entbehren können.

Ich glaube bereits gesagt zu haben, daß diese gute Frau in unserm ganzen Dorfe wie in der Umgegend ein nicht geringes Ansehn genoß und eine Person von Wichtigkeit war; daß ihr Ruf sich bis zur äußersten Grenze und Peripherie jenes Geltungskreises erstreckte, den jedes Menschenkind, mag es nun ein Hemd auf dem Leibe haben oder nicht, um sich beschreibt, welchen Kreis ich, nebenbei gesagt, sobald von seiner großen Wichtigkeit und Bedeutung die Rede ist, Ew. Herrlichkeit bitte je nach der Stellung, dem Berufe, den Kenntnissen und Fähigkeiten, der Höhe und Tiefe der betreffenden Personen (denn beides muß gemessen werden) in Dero Phantasie zu erweitern oder zusammenzuziehen.

Im vorliegenden Falle setzte ich ihn, wie ich mich erinnere, auf etwa vier bis fünf Meilen fest, was so viel sagen will, daß er nicht allein das Kirchspiel in sich begriff, sondern sich sogar noch über zwei oder drei angrenzende Weiler des benachbarten Kirchspiels erstreckte, wodurch er sehr beträchtlich wurde. Dabei muß ich ferner erwähnen, daß die gute Frau außerdem in einem großen Meierhofe und in einigen einzelliegenden Ansiedelungen und Pächterhäusern, welche, wie gesagt, zwei oder drei Meilen von ihrer Wohnung lagen, höchst angesehen war: doch will ich hier ein- für allemal die Nachricht mittheilen, daß dies Alles viel deutlicher und übersichtlicher auf einer Karte dargestellt werden wird, die sich jetzt unter den Händen eines Kupferstechers befindet und die nebst andern Beweisstücken und Ausführungen dem zwanzigsten Bande dieses Werkes angehängt werden soll, – nicht etwa um dasselbe dadurch dickleibiger zu machen, – schon der Gedanke daran ist mir ein Gräuel, – sondern als Kommentar, Scholie, Illustration, als ein Schlüssel zu solchen Stellen, Umständen, Inuendas, die entweder verschiedenartig ausgelegt werden könnten, oder deren Sinn dunkel und zweifelhaft ist, nachdem »mein Leben und meine Meinungen« von aller Welt (erwäge man die Bedeutung dieses Wortes wohl!) gelesen sein werden, was, unter uns gesagt, sämmtlichen Herren Recensenten in Großbritannien zum Trotz, und mögen diese Würdigen dagegen schreiben und sagen was sie wollen, sicherlich der Fall sein wird.

Ich brauche Ew. Wohlgeboren wohl nicht zu bemerken, daß dies eine konfidentielle Mittheilung ist.

Vierzehntes Kapitel

Als ich meiner Mutter Ehevertrag durchsah, um mich und den Leser über einen Punkt aufzuklären, der durchaus klar sein mußte, ehe wir in dieser Geschichte weiter fortfahren konnten, hatte ich das gute Glück, gerade auf das, was ich suchte, zu fallen, nachdem ich kaum mehr als anderthalb Tage ohne Unterbrechung gelesen hatte: es hätte mich einen ganzen Monat kosten können, und daraus sieht man deutlich, daß, wenn sich Jemand hinsetzt, um eine Geschichte zu schreiben – meinetwegen nur die von Peter Glückspilz oder von Hans Däumling, er von all den verdammten Hindernissen, die ihm in den Weg treten können, und von den Tänzen, in die er durch diese oder jene Abschweifung verwickelt werden kann, gerade so viel weiß wie sein kleiner Finger, ehe nicht alles vorbei ist. Ja, könnte ein Historiograph seine Geschichte so vor sich hertreiben wie ein Maulthiertreiber sein Maulthier, immer geradeaus, zum Beispiel den ganzen Weg von Rom nach Loretto, ohne nur einmal den Kopf nach links oder rechts zu wenden, so würde er allerdings bis auf die Stunde vorhersagen können, wann er an seinem Ziele ankäme. Aber das ist eine moralische Unmöglichkeit; denn wenn er nur ein Körnchen Geist besitzt, so wird er durch dies oder jenes veranlaßt werden, fünfzigmal vom geraden Wege abzuschweifen, und Gesellschaft kann er erst gar nicht vermeiden. An- und Aussichten werden sein Auge unaufhörlich locken, und ebenso wenig wie er fliegen kann, wird er unterlassen können, still zu stehen und sie zu betrachten; außerdem wird er verschiedene

Berichte in Übereinstimmung zu bringen,
Anekdoten aufzulesen,
Inschriften zu entziffern,
Geschichtchen einzuweben,
Überlieferungen zu sichten,
Berühmte Personen aufzuführen,
Lobreden an diese,
Pasquille an jene Thür zu heften

haben, was der Mann und das Maulthier alles nicht zu thun brauchen. Genug, da giebt es auf jeder Station Archive, die durchstöbert sein wollen, Schriften, Urkunden, Dokumente und endlose Stammbäume, die er durchaus durchlesen muß, um doch Allen gerecht zu werden; das hält ihn natürlich auf – das hat kein Ende.

Was mich anbetrifft, so erkläre ich hiemit, daß ich mich diese letzten sechs Wochen beeilt habe, so sehr ich konnte, und doch bin ich noch nicht einmal geboren; ich bin nur eben im Stande gewesen zu sagen, *wann* es geschah, aber nicht *wie,* so daß die Sache natürlich noch lange nicht abgethan ist.

Von diesen unvorhergesehenen Verzögerungen hatte ich keinen Begriff, als ich mich zuerst auf den Weg machte, aber jetzt bin ich überzeugt, daß sie sich, je weiter ich fortschreite, eher mehren als vermindern werden; und das hat mich auf einen Gedanken gebracht; dem ich zu folgen entschlossen bin: ich will mich nämlich nicht übereilen, sondern ganz gemächlich vorwärts gehen und jedes Jahr zwei Bände meines Lebens schreiben und drucken lassen. Vorausgesetzt dann, daß man mich nicht stört, und daß ich mit meinem Buchhändler ein nicht gar zu schlechtes Abkommen treffen kann, so werde ich das fortsetzen, so lange ich lebe. –

Fünfzehntes Kapitel

Der Passus in dem Ehevertrage meiner Mutter, den ich, wie dem Leser bereits berichtet wurde, durchaus aufsuchen mußte und den ich, nachdem ich ihn aufgefunden, nun vorlegen will, lautet in dem Dokumente selbst so viel besser, als ich ihn inhaltlich wiederzugeben vermöchte, daß es unverantwortlich wäre, wenn ich ihn dem Notar aus der Hand nähme. Ich setze ihn also *in extenso* her:

»Und dieser Vertrag setzt annoch fest, daß besagter Walter Shandy, Kaufmann, auf Grund vorerwähnten beabsichtigten und durch Gottes Hülfe fest und unauflöslich zu schließenden und zu vollziehenden Ehebundes zwischen vorbenanntem Walter Shandy und Elisabeth Mollineux, sowie aus unterschiedlichen andern guten und triftigen Gründen und Ursachen, so ihn dazu bestimmen, – genehmigt, zugesteht, gelobt, beschließt, sich verpflichtet und ohne Rückhalt bewilligt, desgleichen an seiner Statt John Dixon und James Turner Esqrs., obenbenannte Zeugen, u.s.w. u.s.w. – nämlich: daß – im Fall es geschehen, sich ereignen, stattfinden oder auf irgend eine Weise der Fall sein sollte, daß besagter Walter Shandy, Kaufmann, sein Geschäft aufgäbe vor der Zeit oder den Zeiten, da besagte Elisabeth Mollineux in dem gewöhnlichen Gange der Natur oder auf andere Weise aufgehört hätte, Kinder zu empfangen und zu gebären und daß, dieweil besagter Walter Shandy sein Geschäft aufgegeben, er, entgegen und zuwider dem freien Willen, der Zustimmung oder der Neigung besagter Elisabeth Mollineux von London fortzöge, um sich zur Ruhe zu setzen und zu wohnen auf seinem Landgute Shandy-Hall in der Grafschaft ** oder auf irgend einem andern Edelsitze, Schlosse, Gute, Landhause, Vorwerke oder Anwesen, bereits erworbenem oder noch zu erwerbendem, oder auf einem Theile oder Stück eines solchen: daß dann, und so oft es sich ereignet, wenn und daß besagte Elisabeth Mollineux schwanger wird mit einem Kinde oder mit mehren, so zu verschiedenen Zeiten und gesetzlich, oder nach bereits eingetretener Schwangerschaft mit besagter Elisabeth Mollineux erzeugt sind – Er, besagter Walter Shandy, für eigene Rechnung und Unkosten und aus seinen eigenen Mitteln, auf genügende und rechtzeitige Verwarnung hin, welche nach Übereinkunft volle sechs Wochen vor der Zeit der vermuthlichen Entbindung besagter Elisabeth Mollineux zu geschehen hat – einzahlen oder einzahlen lassen will die Summe von Einhundertundzwanzig Pfund in gangbarer und gesetzlicher Landesmünze zu Handen der Herren John Dixon und James Turner oder deren Ordre auf Treu und Glauben und zum Gebrauch, Nutzen, Endzweck und zur Verwendung wie folgt: Nämlich, damit die genannte Summe von 120 Pfund besagter Elisabeth Mollineux ausgehändigt oder von den obenbenannten Zeugen dazu angewandt werden soll, sicherlich und wahrhaftig dafür eine Kutsche zu miethen nebst passenden und hinlänglichen Pferden, auf daß die Person besagter Elisabeth Mollineux, sowie das Kind oder die Kinder, mit welchen sie zu jener Zeit schwanger sein wird und gesegnet, nach London geführt und gebracht, und davon bestritten und bezahlt werden können alle einschlagenden Kosten, Ausgaben, Zahlungen, welcher Art sie immer sein mögen, so in Beziehung auf, desgleichen aus und wegen besagter, ihrer beabsichtigten Niederkunft und Entbindung in besagter Stadt oder deren Vorstädten entstehen; sowie, daß besagte Elisabeth Mollineux von Zeit zu Zeit und zu jeder solcher Zeit oder solchen Zeiten, wie bestimmt und vereinbart ist, in Frieden und Ruhe besagte Kutsche und Pferde soll miethen können und dürfen und während ihrer ganzen Reise freien Eingang, Ausgang und Wiedereingang in und aus besagter Kutsche haben soll, kraft des Wortlautes und wahren Inhaltes und Sinnes gegenwärtiger Schrift, ohne Hinderniß, Einrede, Störung, Belästigung, Beunruhigung, Abbruch, Verweigerung, Verwirkung, Vorenthaltung, Unterbrechung oder Erschwerung irgend einer Art, und daß es vielmehr besagter Elisabeth Mollineux vollkommen gesetzlich zustehen soll, von Zeit zu Zeit und so oft oder häufig sie in ihrer besagten Schwangerschaft wahr und wahrhaftig bis zu dem hiervor festgesetzten und vereinbarten Zeitpunkte vorgeschritten sein wird, an solchem Orte oder solchen Orten, in solcher Familie oder in solchen Familien, mit solchen Verwandten, Freunden oder andern Personen in besagter Stadt London zu leben und zu wohnen, wie es ihr ohne Rücksicht auf ihre derzeitige Schwangerschaft und gleich als ob sie ein einzelnes und unverheirathetes Frauenzimmer wäre, je nach ihrem Willen oder ihrer Neigung gefallen mag. *Und dieser Vertrag* setzt ferner fest: daß als Bürgschaft für die genaue Ausführung besagter Übereinkunft Walter Shandy, Kaufmann, hierdurch verleiht, verkauft, überläßt und zuspricht besagtem John Dixon und James Turner Esqrs. oder den Erben, Bevollmächtigten und Cessionarien ihres thatsächlichen Besitzes, kraft eines Kauf- und Verkaufvertrages, abgeschlossen zu diesem Zwecke zwischen besagtem John Dixon, auch James Turner und besagtem Walter Shandy, welcher Kauf- und Verkaufbrief, gültig für ein Jahr, ausgestellt ist, einen Tag vor dem Datum gegenwärtigen Dokumentes, auf Grund des ›Cession und Nutznießung‹ betreffenden Gesetzes – das Landgut und die Herrschaft Shandy, gelegen in der Grafschaft **, nebst allen Rechten, Zubehör und Apartenenzien, also nebst allen Vorwerken, Häusern, Gebäuden, Scheunen, Ställen, Obstgärten, Gemüsegärten, Hintergärten, Baustellen, eingezäunten Plätzen, Höfen, Hütten, Grundstücken, Weiden, Wiesen, Grasungen, Morästen, Gemeindehutungen, Wäldern, Gebüschen, Gräben, Fischereien, Teichen und fließendem Wasser – sowie nebst allen Renten, Heimfallgeldern, Servituten, Abgaben, Pachten, Lehnspfennigen, Schutzgeldern, Frohngroschen, Bergwerk- und Steinbruchgefällen, Besitz und Viehstand der Verbrecher und Flüchtlinge, den Verbrechern selbst, auch den unter Gericht Gegebenen, Vagabunden und Lehnflüchtigen, nebst allen Regalen, herrschaftlichen Rechten und Gerechtsamen, Privilegien und Erbrechten, welchen Namen sie immer haben mögen, und desgleichen nebst dem Patronats-, Schenkungs- und Vertretungsrecht, sowie nebst der freien Verfügung über die Rektorei oder Pfarre besagten Shandy's, und nebst allen Zehnten, Zöllen und Landabgaben.«

Mit Einem Worte: Meine Mutter konnte (wenn sie wollte) ihr Kindbett in London abhalten.

Aber um dem vorzubeugen, daß sich meine Mutter, wie es nur zu nahe lag, einen solchen Artikel des Heirathsvertrages auf eine unbillige Weise zu Nutzen mache, – ein Fall, an den Niemand gedacht hätte, wäre nicht mein Onkel Toby darauf verfallen – so war zur Sicherstellung meines Vaters folgende Klausel angefügt: Würde meine Mutter auf falsche Anzeichen und Vermuthungen hin meinem Vater zu irgend einer Zeit die Unruhe und Kosten einer londoner Reise über den Hals bringen, so sollte sie dadurch die Anwartschaft und die Rechte, welche ihr der Artikel gab, für den nächsteintretenden Fall verlieren (jedoch nicht mehr, und sofort, *toties quoties*) und zwar so gänzlich und völlig, als ob ein solcher Vertrag zwischen ihnen nie geschlossen worden wäre. – Das war übrigens nicht mehr als billig, und doch hat es mir immer hart erscheinen wollen, daß die ganze Wucht dieser Klausel, wie es wirklich geschah, gerade auf mich fallen mußte. –

Aber ich wurde nun einmal zum Unglück gezeugt und geboren; war's Wind oder Wasser, war's eine Mischung von beiden, oder ein bloßes Wuchergewächs der mütterlichen Phantasie und Einbildungskraft; hatte der Wunsch, daß es so sein möchte, sie mißleitet – ich fühle mich nicht berufen, das Eine oder das Andere behaupten zu wollen, – genug, meine Mutter täuschte sich und Andere. Es ist Thatsache, daß sie Ende September des Jahres 1717, also ein Jahr *vor* meiner Geburt, meinen Vater sehr wider seinen Willen nach der Hauptstadt fexirt hatte, und daß er nun sehr entschieden auf der Klausel bestand. So wurde ich durch einen Ehevertrags-Artikel dazu verdammt, in meinem Gesichte eine so plattgedrückte Nase zu tragen, als ob das Geschick mir überhaupt gar keine zugedacht gehabt hätte.

Wie das geschah und was für Ärgerniß und Mißgeschick mir auf jedem Schritte meines Lebens aus dem Verluste oder, richtiger gesagt, der Quetschung dieses einen Gliedes erwuchsen, soll seiner Zeit dem Leser ausführlich dargelegt werden.

Sechzehntes Kapitel

Man kann sich leicht denken, daß mein Vater nicht eben in der besten Laune mit meiner Mutter nach dem Lande zurückkehrte. Die ersten 20 bis 25 Meilen that er gar nichts weiter, als sich (und meine Mutter natürlich mit) über die verdammte Ausgabe zu ärgern, die er sich ganz und gar bis auf den letzten Schilling hätte ersparen können. Und was ihn mehr als alles Andere kränkte, das war diese ärgerliche Jahreszeit, – wie schon gesagt, Ende September, wo seine Spalierfrüchte, besonders die grünen Pflaumen, die ihm am meisten ans Herz gewachsen waren, abgenommen werden mußten. – »Hätte man ihn in jedem andern Monat des Jahres so nach London in den April geschickt, nicht drei Worte würde er darüber verloren haben.«

Die nächsten beiden Stationen wollte kein anderer Gegenstand aufs Tapet kommen, als der schwere Schlag, den er durch den Verlust eines Sohnes erlitten hatte, auf welchen er, wie es scheint, ganz sicher gerechnet, und den er schon in sein Taschenbuch eingezeichnet hatte als Stab und Stütze Nr. 2 für seine alten Tage, im Fall, daß Bob ihn sitzen ließe. Diese Enttäuschung, sagte er, wäre für einen weisen Mann viel empfindlicher, als all das Geld zusammen, was ihm die Reise u.s.w. gekostet hätte. Möge der Teufel die 120 Pfund holen – er frage nicht so viel danach! –

Den ganzen Weg von Stilton nach Grantham ärgerte ihn an der ganzen Geschichte nichts so sehr, als die Beileidsbezeugungen seiner Freunde und die dumme Figur, die sie beide den Sonntag in der Kirche spielen würden, wobei er mit schneidendem Witze, den der Ärger noch schärfte, solche lächerliche und anzügliche Schilderungen machte, und sich so wie seine Ehehälfte vor der ganzen Dorfgemeinde in so peinlicher Beleuchtung und Stellung aufführte, daß meine Mutter nachgehends erklärte, diese beiden Stationen wären dermaßen tragi-komisch gewesen, daß sie den ganzen Weg, von einem Ende bis zum andern, vor Lachen und Weinen nicht zu Athem gekommen wäre.

Von Grantham an bis jenseits des Trent war mein Vater ganz außer sich über den abscheulichen Streich und Betrug, den ihm meine Mutter, seiner Meinung nach, bei dieser Gelegenheit gespielt hatte. – »Es ist unmöglich«, sagte er immer wieder und wieder zu sich, »daß die Frau sich sollte getäuscht haben – und hätte sie es wirklich, welche Schwachheit!« – Fatales Wort, das seine Gedanken auf einen dornigen Pfad trieb und ehe er sich's versah, wie toll mit ihm umhersprang; denn sobald jemals das Wort Schwachheit ausgesprochen wurde, oder ihm in den Sinn kam, setzte es ihn sofort in Bewegung, Unterscheidungen zu treffen, wie viele Arten von

Schwachheit es eigentlich gäbe – Schwachheiten des Körpers und Schwachheiten des Geistes; und dann beschäftigte er sich eine oder zwei Stationen ausschließlich damit, darüber nachzugrübeln, in wie weit die Ursache dieses Ärgernisses von ihm selbst ausgegangen sein möchte, oder nicht. –

Kurz, aus dieser einzigen Angelegenheit entsprangen ihm so viele kleine Unannehmlichkeiten, über die er sich, je nachdem sie ihm in den Sinn kamen, ärgerte, daß meine Mutter, mochte ihre Hinfahrt gewesen sein wie sie wollte, gewiß eine sehr unangenehme Rückfahrt hatte. »Man hätte«, so klagte sie meinem Onkel Toby, »aus der Haut fahren mögen.«

Siebenzehntes Kapitel

Obgleich mein Vater, wie berichtet, nicht in der besten Laune nach Hause reiste, vielmehr den ganzen Weg brummte und fluchte, so war er doch so rücksichtsvoll, das Schlimmste von der Geschichte bei sich zu behalten, seinen Entschluß nämlich, sich so zu entschädigen, wie Onkel Toby's Klausel im Heirathskontrakt ihm dazu die Macht gegeben hatte. Das erfuhr meine Mutter erst in derselben Nacht, in der ich erzeugt wurde, also dreizehn Monate später, denn erst da ergriff mein Vater, der, wie man sich erinnern wird, etwas gereizt und ärgerlich geworden war, die Gelegenheit, ihr, als sie ruhig wieder neben einander im Bett lagen und von dem, was kommen konnte, sprachen, anzuzeigen, daß sie sich schon so gut wie möglich nach der Abmachung im Heirathskontrakte würde richten und also das nächste Kindbett auf dem Lande abhalten müssen, um die vorjährige Reise wieder gut zu machen.

Mein Vater besaß viele Tugenden, aber er hatte in seinem Temperamente eine starke Portion von dem, was man je nach den Umständen als Zuwachs oder Abbruch dieser Tugenden betrachten kann. In Beziehung auf etwas Gutes nennt man es Ausdauer, auf etwas Tadelnswerthes Eigensinn, und meine Mutter wußte das viel zu gut, als daß sie hätte meinen sollen, Gegenvorstellungen würden hier etwas verfangen; deshalb beschloß sie, ruhig zu bleiben und sich zu fügen.

Achtzehntes Kapitel

Da man in jener Nacht sich über den Punkt verständigt hatte, oder vielmehr: da es bestimmt worden war, daß meine Mutter ihre Niederkunft auf dem Lande abhalten solle, so traf sie danach ihre Maßregeln. Ohngefähr drei Tage nach Beginn ihrer Schwangerschaft fing sie an, die Hebamme, von der wir bereits öfter gesprochen haben, ins Auge zu fassen, und bevor eine Woche ins Land ging, hatte sie, da der berühmte *Dr.* Manningham nicht zu haben war, fest bei sich beschlossen – ohne Rücksicht darauf, daß acht Meilen von uns ein gelehrter Accoucheur wohnte, der sogar ein besonderes Buch (Preis 5 Sh.) über Geburtshülfe geschrieben hatte, in welchem nicht allein alle Mißgriffe der Schwesterschaft weitläufig dargelegt waren, sondern in welchem auch noch einige höchst interessante verbesserte Methoden zur Zutageförderung des Fötus bei Querge-burten und in einigen andern gefahrvollen Fällen, denen wir beim Geborenwerden ausgesetzt sind, Erwähnung gefunden hatten – trotz alle dem, sage ich, hatte meine Mutter also fest bei sich be-schlossen, ihr und mein Leben dazu keiner Menschenseele anders als dem alten Weibe anzuvertrauen. Nun, das gefällt mir, wenn man nicht gerade das haben kann, was man wünscht, auch das Nächstbeste zu verschmähen! Nein, das ist über alle Beschreibung kleinlich. – Etwa eine Woche vor diesem Tage – den 9. März 1759 – wo ich zur Erbauung der Welt an diesem Buche schreibe, bemerk-te meine liebe, liebe Jenny, daß ich zu ihrem Handel um ein seidnes Kleid (die Elle à 25 Sh.) ein wenig ernst aussah; sogleich versicherte sie dem Kaufmann, daß es ihr leid thäte, ihm so viele Mühe gemacht zu haben, und dann ging sie hin und kaufte sich ein ellenbreites Zeug zu 10 *pences*. Das ist ein Beispiel derselben Seelengröße; nur wurde der gebührende Ruhm in meiner Mutter Fall dadurch etwas beeinträchtigt, daß sie nicht im Stande war, einen *so* heldenmäßigen Entschluß ins Werk zu setzen, wie Jemand in ihrer Lage wohl gewünscht hätte, indem die alte Hebamme allerdings einigen Anspruch auf Vertrauen besaß, so viel wenigstens, als der Erfolg geben konnte; denn während einer fast zwanzigjährigen Praxis in unserm Kirchspiele hatte sie jeden Muttersohn unbeschädigt und ohne irgend einen Unfall, der ihr billigerweise hätte zur Last gelegt werden können, zur Welt befördert.

Obgleich dieser Umstand nun wohl ins Gewicht fiel, so verscheuchte er doch nicht alle Zweifel und Befürchtungen, die mein Vater hinsichtlich dieser Wahl hegte. Denn abgesehen von den Forderungen der Humanität und Gerechtigkeit, oder der Anreizungen der Gatten- und Vaterliebe, die allein schon ihn dazu antreiben mußten, in einem solchen Falle so wenig als möglich zu wagen, – fühlte er wohl, wie viel für ihn darauf ankäme, daß in dem vorliegenden Falle alles gut ginge, und was für Kummer und Sorge über ihn hereinbrechen würde, wenn bei dieser Niederkunft in Shandy-Hall seiner Frau oder dem Kinde irgend etwas zustoßen sollte. Er wußte, daß die Welt nur nach dem Erfolge urtheilt, und daß man, ginge es unglücklich, seinen Kummer dadurch noch vermehren würde, indem man ihm allein die ganze Schuld beimäße. – »Du liebe Zeit! hätte Mistreß Shandy (das arme Weib!) doch nur nach der Stadt reisen können, wenigstens um dort niederzukommen, wenn sie auch nicht lange dort geblieben wäre; sie wünschte es so sehnlich, auf den bloßen Knieen hat sie darum gefleht, und es war doch wahrhaftig keine so große Sache, um es ihr zu verweigern, noch dazu, wenn man bedenkt, was für ein schönes Vermögen sie Mr. Shandy zugebracht hat; die arme Frau und ihr Kindchen wären gewiß noch am Leben!« –

Auf solche Reden, das wußte mein Vater, gab es keine Erwiederung, – doch nicht blos der Wunsch sich zu schützen oder das Interesse für Frau und Kind machten ihn in diesem Punkte so besorgt, mein Vater sah die Dinge von einem höhern Gesichtspunkte an, er meinte verantwortlich für das allgemeine Beste zu sein, welches durch die irrthümliche Ausbeutung eines unglücklichen Zufalles leicht geschädigt werden konnte.

Er wußte sehr wohl, daß alle politischen Schriftsteller vom Anfang der Regierung Elisabeths an bis auf seine Zeit einstimmig darüber geklagt hatten, daß das Zuströmen von Menschen und Geld nach der Hauptstadt, durch allerhand frivole Ursachen veranlaßt, so überhand nähme, daß es unserer Freiheit gefährlich zu werden drohe; – doch »Zuströmen« war eigentlich nicht das Bild, dessen er sich zu bedienen pflegte, – seine Lieblingsmetapher war vielmehr »*Congestion*«, und er führte dieselbe bis zur vollkommenen Allegorie weiter, indem er anführte, daß es mit dem Volkskörper wie mit dem natürlichen Körper sei, wo, wenn das Blut und die Lebenssäfte schneller nach dem Kopfe getrieben würden, als sie ihren Weg von da wieder zurückfinden könnten, eine Stockung einträte, die in dem einen wie in dem andern Falle den Tod zur Folge haben müsse.

Damit hätte es wenig Gefahr, pflegte er zu sagen, daß wir unsere Freiheiten durch französische Politik oder französische Invasionen verlören, – auch vor dem Hinsiechen in Folge der mancherlei schlechten und verdorbenen Säfte, die sich in unserer Verfassung vorfänden, wäre ihm nicht bange; er hoffe, es sei damit nicht so arg, als man es mache; – aber das fürchte er wirklich, daß wir einmal plötzlich einem heftigen Anfall von Staatsapoplexie unterliegen möchten, und dann – pflegte er zu sagen – gnade Gott uns Allen!

Mein Vater konnte nie von diesem Krankheitszustande reden, ohne zugleich ein Mittel dagegen hinzuzufügen:

»Wenn ich ein absoluter Fürst wäre«, pflegte er zu sagen, und zog dabei, indem er sich von seinem Lehnstuhle erhob, die Hosen mit beiden Händen in die Höhe, – »so bestellte ich an jedem Thore meiner Hauptstadt fähige Richter, die jeden Hans Narren, der des Weges käme, nach seinem Geschäfte fragen müßten, und wenn ihnen dasselbe, nach ordentlicher und gewissenhafter Darlegung, nicht wichtig genug erschiene, um deshalb Haus und Hof zu verlassen und mit Sack und Pack, mit dem ganzen Schwanz von Weib, Kindern, Pächterssöhnen etc. etc. nach der Residenz zu kommen, so sollten mir diese Bursche alle zurückgeschickt werden, wie Vagabunden, die sie sind, von Konstabler zu Konstabler bis an ihren legitimen Wohnort. Auf diese Weise wollte ich dafür sorgen, daß meine Hauptstadt nicht durch ihre eigene Wucht ins Schwanken käme, daß der Kopf für den übrigen Körper nicht zu schwer würde, daß die Extremitäten, die jetzt verdorren und abmagern, ihr gehöriges Theil von der Ernährung erhielten und ihre natürliche Kraft und Schönheit wiedererlangten. Wahrhaftig, die Wiesen und Kornfelder in meinem Gebiete sollten lachen und singen, behagliches Leben und Gastlichkeit sollten wieder aufblühen, und solches Gewicht und solchen Einfluß wollte ich auf diese Weise in die Hand des Mittelstandes meines Königreiches legen, daß dadurch Alles wieder ersetzt werden sollte, was mein Adel, wie ich sehe, ihm jetzt nimmt.«

»Warum giebt es in so vielen herrlichen Provinzen Frankreichs«, fragte er dann wohl und schritt aufgeregt im Zimmer umher, »so wenig Paläste und Edelsitze? Woher kommt es, daß die einzelnen Schlösser, die man hie und da noch findet, so verfallen, verlassen, in einem so jämmerlichen und wüsten Zustande sind? Daher, Sir«, fuhr er fort, »weil in diesem Königreiche kein Mensch irgend ein Interesse an der Provinz nimmt, weil das bischen Interesse, welches sie haben, sich ganz und gar auf den Hof und auf die Blicke der großen Monarchen bezieht, in deren Sonnenschein oder bei deren Verfinsterung jeder Franzose lebt oder stirbt.« –

Ein anderer politischer Grund, welcher meinen Vater bestimmte, alle mögliche Vorsicht anzuwenden, damit die Niederkunft meiner Mutter auf dem Lande ohne den geringsten Unfall verliefe, war der, daß ein solcher Unfall dem schwächeren »Gefäße« der Landbevölkerung, sowohl seines Standes, wie auch höher hinauf, einen Zuwachs seiner ohnehin zu großen Macht verleihen möchte, welcher, erwäge man die vielerlei unrechtmäßigen Privilegien, welche sich dieser Theil der Gesellschaft stündlich anmaße, dem monarchischen Hausregimente, wie es Gott bei Erschaffung der Welt eingesetzt, zuletzt unheilvoll werden könne.

In diesem Punkte stimmte er durchaus mit Sir Robert Filmer überein, daß die größten Monarchien der östlichen Welt, Plan und Einrichtungen betreffend, ursprünglich dem bewunderungswürdigen Muster und Vorbilde dieser väterlichen und häuslichen Gewalt nachgebildet seien; seit einem Jahrhundert, oder länger, wäre dies, sagte er, nach und nach in eine Art gemischtes Regiment ausgeartet, eine Regierungsform, die auf große Massen angewandt allerdings wünschenswerth sei, auf kleine aber sich außerordentlich beschwerlich erwiese und, wie er sähe, nichts als Ärger und Verwirrung zu Tage fördere.

Aus allen diesen häuslichen und staatsmännischen Gründen zusammen war mein Vater jedenfalls für einen Accoucheur – meine Mutter jedenfalls für *keinen*. Mein Vater bat und beschwor sie, nur dieses einzige Mal von ihrem Vorrechte abzustehen und ihm zu erlauben, daß er für sie wähle; meine Mutter dagegen bestand auf ihrem Recht, für sich selbst zu wählen und keines andern Menschen Hülfe in Anspruch zu nehmen, als die des alten Weibes. Was sollte mein Vater thun? Zuletzt wußte er sich nicht mehr zu helfen; er schlug alle Tonarten an, stellte seine Beweisgründe in das verschiedenartigste Licht, besprach die Sache mit ihr als Christ, als Heide, als Gatte, als Vater, als Patriot, als Mann. Meine Mutter antwortete immer nur als Weib, was ihr allerdings ein bischen schwer wurde, denn da sie sich nicht hinter so viele Charaktere verschanzen und demgemäß ihre Sache verfechten konnte, so war es ein ungleicher Kampf – es war sieben gegen eins. Sie hatte aber den Vortheil (sonst wäre sie gewiß unterlegen), daß ihr die persönliche Kränkung, welche sie im Herzen fühlte, ein wenig zu Hülfe kam und sie in soweit unterstützte, daß sie ihre Sache mit gleichem Vortheil gegen meinen Vater auskämpfen konnte und schließlich beide Tedeum sangen. Kurz – meine Mutter blieb bei dem alten Weibe – dem Accoucheur aber sollte gestattet werden, im Hinterzimmer des Hauses mit meinem Vater und mit Onkel Toby eine Flasche Wein zu trinken, wofür ihm fünf Guineen einzuhändigen waren. –

Bevor ich dieses Kapitel zu Ende bringe, muß ich um die Erlaubniß bitten, meinem geschätzten Leser eine kleine Warnung insinuiren zu dürfen, – nämlich die: es wegen einiger zufälliger Redensarten ja nicht für ausgemacht zu halten, daß ich ein verheiratheter Mann sei. – Ich gebe zu, die zärtliche Benennung »meine liebe, liebe Jenny«, sowie einige Züge ehelicher Weisheit, die hie und da angebracht sind, hätten wohl den vorurtheilsfreisten Richter von der Welt bestimmen können, so gegen mich zu entscheiden. Alles, was ich in diesem Falle beanspruche, Madame, ist strenge Gerechtigkeit. Gewähren Sie sie mir, wie sich selbst; urtheilen Sie nicht, hegen sie keine vorgefaßte Meinung, bis Sie nicht besseres Zeugniß haben, als jetzt schon gegen mich vorgebracht werden könnte. Nicht daß ich etwa so eitel und unverständig wäre, Madame, und wünschte, Sie möchten »meine liebe, liebe Jenny« für meine Maitresse halten, – o nein! das hieße meinem Charakter wieder übermäßig schmeicheln, indem es ihm einen Anstrich von Ungenirtheit gäbe, auf den ich nicht den geringsten Anspruch habe. Ich behaupte nur, daß es Ihnen oder dem scharfsinnigsten Verstande auf Erden einige Bände hindurch unmöglich sein wird, zu errathen, wie die Sache steht. – Könnte nicht die liebe, liebe Jenny (die Benennung ist so zärtlich) mein Kind sein? – Rechnen Sie – ich bin im Jahre 18 geboren! Auch die Annahme wäre nichts weniger als unnatürlich und ausschweifend, daß meine liebe Jenny meine

Freundin wäre. Freundin! Meine Freundin! – Sicherlich, Madame, Freundschaft zwischen beiden Geschlechtern kann bestehen, ohne daß – Oh! pfui, Mr. Shandy – ohne daß sie auf etwas Anderes sich gründe, als auf die zarte und wonnige Empfindung, die sich der Freundschaft zwischen verschiedenen Geschlechtern immer beimischt. – Ich bitte, lesen Sie nur die reinen und gefühlvollen Stellen der besten französischen Romane, und Sie werden gewiß erstaunt sein, Madame, wenn Sie sehen, mit welchem Reichthum keuschen Ausdrucks diese köstliche Empfindung, von der ich die Ehre hatte Ihnen zu sprechen, dort geschildert ist.

Neunzehntes Kapitel

Es würde mir weniger sauer werden, die schwerste mathematische Aufgabe zu lösen, als hinreichende Entschuldigungen dafür anzuführen, daß ein Mann von meines Vaters gesundem Menschenverstande, der, wie der Leser bereits bemerkt haben muß, sich für Philosophie interessirte und darin bewandert war, der in politischen Dingen ein vernünftiges Urtheil hatte und (wie man später sehen wird) auch in der Polemik seine Stelle ausfüllte, im Stande sein konnte, eine so ganz ungewöhnliche Schrulle zu hegen – eine Schrulle, bei der, wenn ich sie nenne, der Leser leichtlich das Buch hinwerfen wird, – d.h. wenn er etwas cholerischen Temperamentes ist; gehört er aber zu den Sanguinikern, so wird er wohl herzlich darüber lachen, und sollte er von ernster und melancholischer Gemüthsart sein, so wird er sie ohne weiteres als albern und ausschweifend verdammen: sie betraf nämlich die Wahl und Verleihung der Taufnamen, wovon seiner Meinung nach viel mehr abhinge, als oberflächliche Geister zu begreifen fähig wären.

Seine Ansicht von der Sache war, daß gute oder schlechte Namen, wie er sich ausdrückte, unserem Charakter und unserer Lebensführung eine unbegreifliche, unwiderstehliche Richtung gäben.

Der Held des Cervantes diskutirte nicht mit größerem Ernste, noch glaubte er fester an die Zauberkraft, die seine Thaten beschimpfte, noch wußte er mehr darüber oder über Dulcinea's Namen, der diesen Thaten Glanz verliehe, zu sagen, als mein Vater über die Namen Trismegistus und Archimedes oder über Michel und Simkin u.s.w. Wie viele Cäsar und Pompejus haben sich, pflegte er sich zu äußern, blos durch die Begeisterung, welche sie aus diesen Namen schöpften, auch dieser Namen würdig gemacht! und wie viele, fügte er dann hinzu, würden sich in der Welt durch treffliche Thaten ausgezeichnet haben, wären ihre Charaktere und ihre Lebensgeister nicht gänzlich unterdrückt und zermichelt worden.

Ich sehe es Ihnen am Gesichte an, Herr, pflegte mein Vater zu sagen, daß Sie meiner Meinung nicht beistimmen, und allerdings, fügte er hinzu, hat dieselbe für jeden, der der Sache nicht auf den Grund gegangen ist, eher den Anschein einer müßigen Laune als eines gesunden Urtheils. Aber, werthester Herr, wenn ich mir einbilden darf, Ihren Charakter zu kennen, so bin ich moralisch davon überzeugt, daß ich wenig dabei wagte, wenn ich Ihnen, nicht als Partei in diesem Streite, sondern als Richter in der Sache, einen Fall vortrüge und Ihnen die Entscheidung ganz nach Ihrem richtigen Gefühl und Ihrer ehrlichen Erkenntniß anheimstellte. Sie sind ein Mann, der von anerzogenen Vorurtheilen, an denen die Meisten kranken, frei ist; und – wenn ich mich unterstehen darf, Ihren Charakter weiter zu analysiren, von einer Hoheit der Gesinnung, die eine Ansicht nicht deshalb bekämpft, weil es ihr an Freunden fehlt. Ihr Sohn, Ihr geliebter Sohn, von dessen sanftem und offenem Naturell Sie so viel erwarten – Ihr Billy, Herr! würden Sie ihn um alles in der Welt Judas getauft haben? Würden Sie, werthgeschätztester Herr, und indem er dies sagte, legte er dem Andern leise die Hand auf die Brust und sprach in einem so sanften, unwiderstehlichen Piano, wie die Natur des *argumentum ad hominem* es durchaus verlangt – würden Sie, wenn ein Jude von Taufzeuge diesen Namen für Ihr Kind vorgeschlagen und Ihnen dabei seine Börse hingereicht hätte, in eine solche Entweihung eingewilligt haben? – O, mein Gott, sagte er dann mit einem Blick nach oben, ich kenne Ihr braves Gemüth, Herr, – Sie wären unfähig zu solcher That – Sie würden das Anerbieten mit Füßen getreten, Sie würden dem Versucher die Versuchung mit Abscheu an den Kopf geschleudert haben.

Die Großherzigkeit einer solchen Handlungsweise, welche ich bewundre, – die hochsinnige Verachtung des Geldes, welche Sie in dieser ganzen Angelegenheit bewiesen haben, sind wahrhaft edel; – aber das Edelste dabei ist das Princip, ist die Regung der Elternliebe, die sich auf die Wahrheit eben dieser Hypothese und auf die Überzeugung stützt, daß, wäre Ihr Sohn Judas getauft worden, der Gedanke der Niederträchtigkeit und des Verrathes, welcher unzertrennlich mit diesem Namen verbunden ist, ihn wie ein Schatten durch das Leben würde begleitet haben, bis er zuletzt, trotz all Ihrem guten Beispiele, Sir, einen Elenden und Schurken aus ihm gemacht hätte.

Ich habe Keinen gekannt, der diesem Argumente hätte widerstehen können. Und in der That, man muß es meinem Vater lassen, er war unwiderstehlich – im Reden, wie im Disputiren; er war ein geborener Redner, ein Θεοδίδακτος. Überredung schwebte auf seinen Lippen, und die Grundstoffe der Logik und Rhetorik waren in ihm so innig zu eins verbunden, er hatte eine so scharfe Witterung für die Schwächen und Neigungen seines Gegners, daß *Natur* selbst hätte aufstehen und sagen können: »Dieser Mann besitzt Beredsamkeit«. Wahrlich, er mochte auf der schwachen oder starken Seite der Frage stehen, immer war es ein gefährliches Ding, mit ihm anzubinden, und doch hatte er, sonderbar genug, weder Cicero noch Quintilian *de oratore,* noch Isokrates, noch Aristoteles, noch Longinus von den Alten, – weder Vossius, noch Schoppius, noch Ramus, noch Farnaby von den Neuern gelesen; und – was noch bewunderungswürdiger – er hatte sich nie in seinem ganzen Leben, auch nicht durch die oberflächlichste Lecture des Crakenthorp oder Burgersdicius oder sonst eines holländischen Logikers noch Kommentators einen schwachen Begriff von den Spitzfindigkeiten der Redekunst zu verschaffen versucht: er wußte nicht einmal, worin der Unterschied zwischen einem *argumentum ad ignorantiam* und einem *argumentum ad hominem* bestünde, und noch wohl entsinne ich mich, wie sehr und mit Recht damals, als er mich in das Jesuskollegium nach ** brachte, mein Klassenlehrer und zwei oder drei Mitglieder des gelehrten Schullehrer-Kollegiums darüber erstaunten, daß ein Mann, der nicht einmal die Benennungen seines Handwerkszeugs kenne, so geschickt damit zu arbeiten verstehe.

Damit zu arbeiten, so gut er's nur vermochte, dazu freilich wurde mein Vater unaufhörlich gezwungen, denn er hatte tausend kleine Paradoxen der drolligsten Art zu vertheidigen, von denen ihm, wie ich vermuthe, die meisten als bloße Grillen und aus einer gewissen Lust an der Bagatelle aufstiegen; wenn er sich dann ein halbes Stündchen an ihnen belustigt und seinen Witz daran geschärft hatte, ließ er sie bis auf weiteres wieder laufen.

Ich erwähne dies nicht blos als eine Hypothese und Vermuthung über die Art und Weise, wie so manche sonderbare Ideen sich in meinem Vater festsetzten und wuchsen, sondern als eine Warnung für den gelehrten Leser gegen die Aufnahme solcher Gäste, die, nachdem sie eine Zeitlang freien und ungehinderten Einlaß in unser Gehirn gehabt haben, zuletzt eine Art Hausrecht in Anspruch nehmen; manchmal wirken sie nur wie Hefe, aber öfter fangen sie, wie die holde Liebe, im Scherz an und werden zu bitterem Ernste.

Ob dies bei den eigenthümlichen Ansichten meines Vaters der Fall war; ob sein Urtheil sich zuletzt von seinem Witze hatte irreleiten lassen; oder in wie weit er mit seinen immerhin sonderbaren Ansichten dennoch im Recht blieb, – das mag der Leser, wo sie ihm aufstoßen, entscheiden. Hier will ich nur so viel behaupten, daß es ihm mit der Ansicht über den Einfluß der Taufnamen, gleichviel wie er dazu gekommen, völliger Ernst war; darin blieb er sich gleich, darin war er systematisch, und wie alle Systematiker hätte er Himmel und Erde aufgeboten und was nur existirt gedreht und gedeutet, um seine Hypothese aufrecht zu erhalten. Genug, ich wiederhole es noch einmal, damit war es ihm völliger Ernst, und deshalb konnte er alle Geduld verlieren, wenn er sah, daß Leute, besonders der besseren Klasse, die doch mehr Verständniß hätten haben sollen, so sorglos und gleichgültig, ja *noch* gleichgültiger bei der Namenswahl ihrer Kinder verfuhren, als ob es sich im »Ponto« oder »Cupido« für ihren Schooßhund gehandelt hätte.

Das, sagte er, wäre schlimm, aber um so schlimmer, als ein schlechter Name, wenn er einmal so thöricht und unbedacht gegeben sei, nicht wieder gut zu machen wäre, wie z.B. der Ruf eines Mannes, der, wenn er gleich beschmutzt werde, späterhin doch wieder gereinigt und vor der Welt rehabilitirt werden könne, sei's nun bei Lebzeiten des Mannes oder nach seinem Tode; jener Makel aber könne nun und nimmermehr hinweggenommen werden, er zweifle sogar, ob eine Parlamentsakte das vermöge. Er wüßte zwar so gut als Einer, daß die gesetzgebende Macht sich in Betreff der Familiennamen eine gewisse Gewalt anmaße; aber aus sehr triftigen Gründen, die er angeben könne, habe sie es sich doch, wie er zu sagen pflegte, noch nie beikommen lassen, einen Schritt weiter zu gehen.

Es ist begreiflich, daß mein Vater in Folge dieser Ansicht, wie ich das bereits mittheilte, für gewisse Namen eine ganz besondere Vorliebe, gegen andere eine ganz besondere Abneigung hatte; woneben es dann noch eine Menge Namen gab, die ihm weder schlecht noch gut dünkten und also durchaus gleichgültig waren. Zu dieser Klasse gehörten Hans, Tom und Dick; mein Vater nannte sie neutrale Namen und behauptete von ihnen (ohne Seitenhieb), daß sie seit Erschaffung der Welt von ebenso viel Lumpen und Narren, als von weisen und guten Männern geführt worden wären, so daß sich ihre Wirkungen gegenseitig aufhüben, wie gleiche Kräfte, die in entgegengesetzter Richtung gegen einander wirkten, weshalb es, wie er oft bezeugte, nicht der Mühe werth sei, sich darüber den Kopf zu zerbrechen, wie man zwischen ihnen wählen sollte. Bob, der Name meines Bruders, gehörte ebenfalls zu dieser neutralen Art, die nach keiner Seite hin von Bedeutung war, und da mein Vater, gerade zu der Zeit, als derselbe gegeben wurde, auf einer Reise nach Epsom von Hause abwesend war, so pflegte er oftmals Gott zu danken, daß der Name wenigstens nicht schlechter ausgefallen wäre. Andreas war für ihn etwa, was eine negative Größe in der Algebra ist, – weniger als nichts. Wilhelm stand ihm ziemlich hoch, – Numps wieder sehr niedrig, und Nicolas, sagte er, wäre der Teufel.

Aber von allen Namen in der Welt war ihm keiner verhaßter als Tristram; von diesem hatte er die allerniedrigste und verächtlichste Meinung und hielt dafür, daß derselbe *in rerum natura* nichts hervorbringen könne, als was über alle Maßen gemein und verächtlich sei, so daß, wenn er über diesen Gegenstand in Streit gerieth, was, nebenbei gesagt, oft genug geschah, er wohl in einem plötzlichen und heftigen Epiphonema oder vielmehr einer Erotesis abbrach und, während er das Diapason seiner gewöhnlichen Redestimme um eine Terz oder gar eine volle Quinte in die Höhe schrob, seinen Gegner kategorisch fragte, ob er sich zu behaupten getraue, er erinnere sich eines Mannes, oder habe je von einem gelesen oder von einem gehört, der Tristram geheißen und der irgend etwas Großes oder Nennenswerthes vollbracht hätte. – »Nein«, pflegte er zu sagen, »Tristram! das ist unmöglich!« –

Was hätte da meinem Vater noch gefehlt, als ein Buch zu schreiben, um der Welt diese Ansicht mitzutheilen? Wenig nützt es dem spekulativen Kopfe, besondere Ansichten zu haben, wenn er ihnen nicht auch die gehörige Verbreitung giebt. Das that denn nun auch mein Vater; im Jahre 16, zwei Jahre vor meiner Geburt, war er damit beschäftigt, eine besondere Dissertation blos über das Wort »Tristram« zu schreiben, worin er der Welt mit großer Offenheit und Bescheidenheit die Gründe für seinen Abscheu gegen diesen Namen darlegte.

Vergleiche man nun, was ich jetzt erzählte, mit dem Titelblatte; wird dann der geneigte Leser meinen Vater nicht von ganzer Seele bedauern, wenn er sieht, wie einem achtbaren, wohlmeinenden Manne, von allerdings etwas sonderbaren, aber doch harmlosen Ansichten, so mitgespielt wird, – wenn er sieht, wie alle die kleinen Systeme und Wünsche dieses Mannes über den Haufen geworfen werden und wie eine ganze Reihe von Ereignissen fortwährend und auf so entscheidende und grausame Weise gegen ihn auftritt, als ob sie absichtlich ersonnen und gegen ihn gerichtet worden wären, um ihn in seinen Lieblingsideen zu kränken; wird es ihm nicht leid thun, wenn er diesen Mann betrachtet, der, alt und unfähig, sich gegen Mißgeschick zu schützen, zehnmal an jedem Tage Kummer leidet, – zehnmal des Tags das Kind seines Gebetes Tristram rufen muß! – Melancholisches Silbenpaar, das seinem Ohre gleichklang mit Nicompoop und jedem andern verabscheuungswürdigen Namen unter dem Himmel! Bei seiner Asche schwör' ich's! wenn jemals ein boshafter Dämon seine Lust daran hatte und sich damit befaßte, eines Sterblichen Absichten zu verkehren: – hier war's der Fall, und wenn es nicht nothwendig wäre, daß ich erst geboren werden müßte, um getauft zu werden, so sollte der Leser gleich hier das Nähere darüber erfahren.

Zwanzigstes Kapitel

Ei, Madame, wie konnten Sie das vorige Kapitel so unaufmerksam lesen! Ich sagte Ihnen doch darin, daß meine Mutter keine Papistin gewesen sei. – Papistin! davon haben Sie nichts gesagt. – Verzeihung, Madame, wenn ich meine Behauptung wiederhole, aber ich sagte es Ihnen so klärlich, wie man so etwas mit unzweideutigen Worten nur sagen kann. – Dann, Sir, habe ich wahrscheinlich ein

Blatt überschlagen. – Nein, Madame, nicht ein Wort. – Nun, so muß ich geschlafen haben! – Diese Ausrede, Madame, kann mein Stolz nicht gelten lassen. – Wohl, so erkläre ich, daß ich nicht weiß, was Sie wollen. – Das, Madame, ist der einzige Fehler, den ich Ihnen zur Last lege, und zur Strafe dafür bestehe ich darauf, daß Sie augenblicklich noch einmal anfangen und das ganze Kapitel zum zweiten Male lesen, d.h. sobald Sie dieses zu Ende gelesen haben. – Diese Buße habe ich der Dame nicht etwa aus Muthwillen oder aus Grausamkeit, sondern in der besten Absicht von der Welt auferlegt, und ich werde mich also deshalb nicht etwa bei ihr entschuldigen, wenn sie wiederkommt. Ich will damit eine schlechte Angewohnheit züchtigen, der Tausende von Leuten gleich ihr sich hingeben, die nämlich, nur immer weiter zu lesen und sich viel mehr um die Abenteuer als um die Ausbeute an tiefer Gelehrsamkeit und Bildung zu kümmern, welche ein solches Buch wie dieses, wenn es auf die rechte Art gelesen wird, ihnen unfehlbar eintragen würde. – Der Geist sollte daran gewöhnt werden, beim Lesen ernstlich nachzudenken und interessante Schlüsse zu ziehen, welchen guten Gebrauch Plinius der Jüngere bereits im Auge hatte, der behauptet: er habe nie ein noch so schlechtes Buch gelesen, ohne einigen Nutzen daraus zu ziehen. Ja gewiß, die Geschichte Griechenlands und Roms, ohne diesen Ernst und diese Aufmerksamkeit gelesen, wird weniger Nutzen bringen, als die Geschichte von Parismenus oder den sieben Kämpen Englands, wenn man sie mit Nachdenken liest.

Aber da ist mein holdes Dämchen wieder. – Nun, Madame, haben Sie, wie ich verlangte, das Kapitel noch einmal gelesen? Ja? und Sie haben bei diesem zweiten Lesen die Stelle nicht aufgefunden, wo die Andeutung gemacht ist? – Kein Wort davon! – Nun, so erwägen Sie einmal, ich bitte, was ich in der vorletzten Zeile jenes Kapitels gesagt habe: es war nothwendig, daß ich erst geboren werden mußte, um getauft zu werden! Wäre meine Mutter eine

Papistin gewesen, Madame, so würde diese Bedingung durchaus nicht nöthig gewesen sein[1].

1 Das römische Ritual verordnet die Taufe eines Kindes in gefährlichen Fällen *bevor* es geboren ist – jedoch mit der Bedingung, daß irgend ein Theil des Kindeskörpers dem Taufenden sichtbar sei. Die Doktoren der Sorbonne erweiterten jedoch, in Folge einer Berathung vom 10. April 1733, die Machtvollkommenheit der Geburtshelfer, indem sie beschlossen, daß, selbst wenn kein Theil des Kindeskörpers sichtbar werde, die Taufe dennoch vermittelst Einspritzung stattfinden könne »*par le moyen d'une petite canule*«. Es ist höchst sonderbar, daß der h. Thomas von Aquino, der doch einen so erfinderischen Kopf hatte, die Knoten der Scholastik zu schlingen und zu verwirren, diesen Punkt nach langen und vergeblichen Versuchen als eine *chose impossible* aufgab. – »*Infantes in maternis uteris existentes* (sagt der h. Thomas) *baptizari possunt nullo modo*«. O, Thomas! Thomas!

Wenn es den Leser interessirt, das Nähere über die Frage wegen der Taufe durch Einspritzung, wie sie den Doktoren der Sorbonne vorgelegt wurde, sowie über ihre darauf bezügliche Berathung zu erfahren, so mag beides hier folgen.

Mémoire presenté à Messieurs les Docteurs de Sorbonne.
Un Chirurgien Accoucheur represente à Messieurs les Docteurs de Sorbonne, qu'il y a des cas, quoique très rares, où une mère ne sçauroit accoucher, et même où l'enfant est tellement renfermé dans le sein de sa mère, qu'il ne fait paroître aucune partie de son corps, ce qui seroit un cas, suivant les Rituels, de lui conférer, du moins sous condition, le baptême. Le Chirurgien, qui consulte, prétend, par le moyen d'une petite canule, de pouvoir baptiser immédiatement l'enfant, sans faire aucun tort à la mère. – Il demande si ce moyen, qu'il vient de proposer, est permis et légitime, et s'il peut s'en servir dans les cas qu'il vient d'exposer.

57

Résponse.

Le Conseil estime, que la question proposée souffre de grandes difficultés. Les Théologiens posent d'un côté pour principe, que le baptême, qui est une naissance spirituelle, suppose une pre- mière naissance; il faut être né dans le monde, pour renaître en Jesus Christ, comme ils l'enseignet. S. Thomas, 3 part. quaest. 88 artic. 11, suit cette doctrine comme une verité constante; l'on ne peut, dit ce S. Docteur, baptiser les enfans qui sont renfermés dans le sein de leurs mères, et S. Thomas est fondé sur ce, que les enfans ne sont point nés et ne peuvent être comptés parmi les autres hommes; d'ou il conclut, qu'ils ne peuvent être l'objêt d'une action extérieure pour recevoir par leur ministère les sacremens nécessaires au salut: »Pueri in maternis uteris existentes nondum prodierunt in lucem ut cum aliis hominibus vitam ducant; unde non possunt subjici actioni humanae, ut per eorum ministerium sacramenta recipiant ad salutem«. Les rituels ordonnent dans la pratique ce que les Théologiens ont établi sur les même matières, et ils defendent tous d'une manière uniforme, de baptiser les enfans qui sont renfermés dans le sein de leurs mères, s'ils ne font paroître quelque partie de leurs corps. Le concours des Théologiens et des rituels, qui sont les règles des diocèses, paroit former une autorité qui termine la question présente; cependant le conseil de conscience considérant d'un côté, que le raisonnement des Théologiens est uniquement fondé sur une raison de convenance, et que la défense des rituels suppose que l'on ne peut baptiser immédiatement les enfans ainsi renfermés dans le sein de leurs mères, ce qui est contre la supposition présente; et d'un autre côté, considérant que les mêmes Théologiens enseignent, que l'on peut risquer les sacremens que Jesus Christ a établis comme des moyens faciles, mais nécessaires pour sanctifier les hommes; et d'ailleurs estimant, que les enfans renfermés dans le sein de leurs mères pourroient être capables de salut, par ce qu'ils sont

58

capables de damnation: – pour ces considérations, et en égard à l'exposé, suivant lequel on assure avoir trouvé un moyen certain de baptiser ces enfans ainsi renfermés, sans faire aucun tort à la mére, le Conseil estime que l'on pourroit se servir du moyen proposé, dans la confiance qu'il a, que Dieu n'a point laissé ces sortes d'enfants sans aucuns secours, et supposant, comme il est exposé, que le moyen dont il s'agit est propre à leur procurer le baptême; cependant comme il s'agiroit, en autorisant la pratique proposée, de changer une règle universellement établie, le Conseil croit que celui qui consulte doit s'adresser à son évêque, et à qui il appartient de juger de l'utilité et du danger du moyen proposé, et comme, sous le bon plaisir de l'évêque, le Conseil estime qu'il faudroit recourir au Pape, qui a le droit d'expliquer les règles de l'église, et d'y déroger dans le cas, où la loi ne sçauroit obliger; quelque sage et quelque utile que paroisse la manière de baptiser dont il s'agit, le Conseil ne pourroit l'approuver sans le concours de ces deux autorités. Ou conseille au moins à celui qui consulte, de s'adresser à son evêque, et de lui faire part de la présente décision, afin que, si le prélat entre dans les raisons sur lesquelles les docteurs soussignés s'appuyent, il puisse être autorisé, dans le cas de nécessité, où il risqueroit trop d'attendre que la permission fût demandée et accordée, d'employer le moyen qu'il propose si avantageux au salut de l'enfant. Au reste, le Conseil, en estimant que l'on pourroit s'en servir, croit cependant, que si les enfans dont il s'agit, venoient au monde, contre l'espérance de ceux qui se seroient servis du même moyen, il seroit nécessaire de les baptiser sous condition; et en cela le Conseil se conforme à tous les rituels, qui en autorisant le baptême d'un enfant qui fait paroître quelque partie de son corps, enjoignent néanmoins, et ordonnent de le baptiser sous condition, s'il vient heureusement au monde. Délibéré en Sorbonne, le 10 Avril 1733.

A. Le Moyne, L. de Romigny, De Marcilly.

Es ist ein erschreckliches Mißgeschick, worunter dieses mein Buch leidet (die Republik der Wissenschaften freilich noch unendliche Mal mehr), daß die erbärmliche Gier nach immer neuem Stoffe sich so allgemein unter uns verbreitet hat: wir sind so eifrig bestrebt, der Ungeduld dieser Begierde zu fröhnen, daß nur die groben und sinnlicheren Theile eines Kunstwerkes wirken; – die feinen Winke und wissenschaftlichen Bezüge entschwinden uns wie Geister nach oben, die schwere Moral fällt zu Boden, und beide, eins wie das andere, gehen der Welt verloren, als ob sie im Dintenfasse stecken geblieben wären.

Ich wünschte, der männliche Leser möge nicht ebenso an mancher artigen und interessanten Stelle vorüber gegangen sein, wie die ist, bei welcher ich meine Leserin ertappte. Ich wünsche ferner, daß dies Beispiel nicht ohne Wirkung bleibe, und daß die guten Leutchen, Männlein wie Weiblein, daran lernen möchten, daß man beim Lesen auch denken soll.

Mr. Tristram Shandy empfiehlt sich den Herren Le Moyne, De Romigny und De Marcilly und hofft, sie werden die Nacht nach einer so anstrengenden Berathung wohl geruht haben. Auch möchte er wissen, ob es nicht vielleicht ein kürzeres Verfahren wäre, wenn man nach vollbrachtem Heirathsakte und bevor noch Gefahr einträte, sämmtliche *homunculi* durch die Bank durch Einspritzung taufte, unter der Bedingung natürlich, daß, wenn der *homunculus* gediehe und nachher zur Welt käme, er ausnahmslos noch einmal müßte getauft werden *(sous condition)*, und zweitens, daß die Sache sich (was Mr. Shandy für möglich erachtet) *par le moyen d'une petite canule* und *sans faire aucun tort à la mère* bewerkstelligen ließe.

Einundzwanzigstes Kapitel

Ich möchte nur wissen, was dieser Lärm, was dieses Hin- und Herlaufen da oben bedeutet? sagte mein Vater, nachdem er anderthalb Stunden lang kein Wort gesprochen, und wandte sich dabei zu meinem Onkel Toby, der ihm gegenüber am Kamine saß und die ganze Zeit her, in Betrachtung seiner neuen Plüschhosen vertieft, seine Pfeife geraucht hatte. – Was treiben sie da oben, Bruder, sagte mein Vater, – man kann ja kaum sein eigenes Wort verstehen.

Ich meine, erwiederte mein Onkel Toby und nahm die Pfeife aus dem Munde, deren Kopf er zwei- oder dreimal auf den Nagel seines linken Daumens aufstieß, während er seine Rede begann, – ich meine, sagte er – Aber, um meines Onkels Meinung über diese Sache recht zu verstehen, müssen wir uns erst ein wenig näher mit seinem Charakter bekannt machen, dessen Umrisse ich also zuvörderst geben will; erst dann kann die Unterredung zwischen ihm und meinem Vater weiter vor sich gehen.

Ei, wie hieß doch der Mann, – ich schreibe nämlich so eilig, daß ich mich seines Namens nicht besinnen, noch deswegen nachschlagen kann, – der zuerst die Bemerkung machte: »daß unsere Witterung und unser Klima sehr unbeständig sind«. Nun, gleichviel wer er gewesen, seine Bemerkung war gut und treffend; aber der Folgesatz daraus, nämlich der: »daß wir eben deshalb einen solchen Überfluß an wunderlichen und seltsamen Charakteren besitzen«, ist nicht von ihm; der wurde erst etwa anderthalb Jahrhundert später von einem Andern gefunden. Und dann die Entdeckung: daß diese massenhafte Aufstapelung von Originalien die wahre und natürliche Ursache sei, weshalb unsere Lustspiele die französischen oder überhaupt alle andern, die je auf dem Kontinent geschrieben wurden oder geschrieben werden könnten, übertreffen, – diese Entdeckung wurde erst gegen die Mitte der Regierungszeit König Wilhelms gemacht, wo der große Dryden, wenn ich nicht irre in einer seiner langen Vorreden, sehr glücklich darauf hinwies. Gegen das Ende der Regierung der Königin Anna nahm der große Addison diese Bemerkung unter seine Flügel und beutete sie in einer oder zwei Nummern seines Zuschauers zum Nutzen der Welt völlig aus, – die Idee selbst aber kommt ihm nicht zu. Endlich aber, – viertens und letztens – die Bemerkung, daß die wunderliche Unregelmäßigkeit unseres Klimas, welche eine so wunderliche Unregelmäßigkeit unserer Charaktere erzeugt, uns in gewisser Hinsicht auch wieder entschädigt, indem sie uns etwas verleiht, woran wir uns auch dann ergötzen können, wenn das Wetter uns zu Hause zu bleiben zwingt, – diese Bemerkung gehört mir zu und wurde von mir an dem heutigen sehr regnerischen Tage, dem 26. März 1759 zwischen 9 und 10 Uhr Morgens gemacht.

So, meine lieben Mitarbeiter und Genossen auf dem großen Felde der Gelahrtheit, dessen Ernte wir jetzt vor unsern Augen reifen sehen, – so sind in diesen letzten zwei Jahrhunderten, oder länger schon, alle unsere Wissenschaften, wie: Physik, Metaphysik, Logik, Psychologik, Polemik, Nautik, Mathematik, Aenigmatik, Technik, Chirurgik nebst fünfzig andern (die sich meist alle auf ik endigen) Schritt vor Schritt zur Ἀκμὴ ihrer Vollkommenheit emporgestiegen, von der wir, wenn ich nach den Fortschritten dieser letzten sieben Jahre urtheilen darf, unmöglich mehr weit entfernt sein können.

Sobald wir sie erreicht haben, wird hoffentlich alles Schreiben von selbst aufhören, und – weil nichts mehr geschrieben wird – auch das Lesen; endlich, – so wie der Krieg Armuth und Armuth Frieden erzeugt, – wird in Folge davon mit der Zeit alle Wissenschaft aufhören; – dann aber werden wir wieder ganz von vorne anfangen müssen, oder, mit anderen Worten, wir werden dann gerade wieder auf dem Punkte stehen, von dem wir ausgegangen sind.

Glückselige, dreimal glückselige Zeit! Ich wünschte nur, die Ära meiner Erzeugung (wie auch die Art und Weise, in welcher letztere vor sich ging,) wäre ein wenig verändert worden oder hätte ohne Unbequemlichkeit für meinen Vater und meine Mutter ein zwanzig oder fünfundzwanzig Jahre hinausgeschoben werden können, – was für ganz andere Chancen hätte da ein Schriftsteller gehabt!

Aber ich vergesse darüber meinen Onkel Toby, der unterdessen immer noch seine Tabakspfeife ausklopfen muß.

Seine Gemüthsart war von der besondern Sorte, die unserer Atmosphäre Ehre macht; ja, ich würde nicht anstehen, sie zu den hervorstechendsten Produkten derselben zu zählen, hätte sie nicht so manche unverkennbare Züge einer Familienähnlichkeit getragen, die darauf hingewiesen, daß die Wunderlichkeiten seines Wesens viel mehr vom Blute als von Wind und Wetter, oder deren Veränderungen und Zufälligkeiten herstammten; und deshalb hat es mich oft gewundert, daß mein Vater, wenn er an mir dem Knaben Zeichen ähnlicher Sonderbarkeit, gewiß nicht ohne Grund, bemerkte, nie darauf verfiel, sie aus dieser Quelle herzuleiten; denn die ganze Shandy'sche Familie bestand aus Originalen: der männliche Theil nämlich, – die Frauen hatten gar keinen Charakter, meine Tante Dinah ausgenommen, die sich vor etwa 60 Jahren mit einem Kutscher verheirathet und mit ihm ein Kind erzeugt hatte, wofür sie sich, wie mein Vater nach seiner Hypothese von den Taufnamen zu sagen pflegte, bei ihren Pathen bedanken konnte.

Es muß in Verwunderung setzen und könnte fast aussehen, als wollte ich, gewiß gegen meinen Vortheil, dem Leser ein Räthsel in den Weg werfen, damit er sich daran abquäle, wie es möglich war, daß ein Ereigniß dieser Art noch so viele Jahre, nachdem es stattgefunden, dazu dienen konnte, den Frieden und die Einigkeit zu stören, die sonst in jeder Hinsicht zwischen meinem Vater und meinem Onkel Toby bestanden. Man hätte meinen sollen, die ganze Gewalt dieses Mißgeschicks würde sich gleich anfangs in der Familie ausgetobt haben und überwunden worden sein; so ist es gewöhnlich der Fall. Aber in unserer Familie ging eben alles auf besondere Weise vor sich. Möglich, daß sie gerade zu der Zeit, als sich Obiges ereignete, ein anderes Mißgeschick zu erdulden hatte, und daß – da Mißgeschicke doch zu unserm Besten über uns kommen, aus dem erwähnten aber der Shandy'schen Familie nie etwas Gutes entsprang, – daß dieses, sage ich, bei Seite gelegt wurde, bis es einmal zu günstigerer Zeit und bei Gelegenheit seine Dienste thun könne. – Gebe man wohl darauf Acht, daß ich darüber durchaus nichts entscheide. Meine Art ist es immer, dem Wißbegierigen verschiedene Gesichtspunkte bei der Untersuchung zu zeigen, damit er auf die Grundursachen der von mir erzählten Begebenheiten komme; – ich verfahre dabei nicht pedantisch wie ein Schulmeister, oder in der entschiedenen Weise des Tacitus, der sein und seiner Leser Urtheil gefangen nimmt, sondern mit der dienstwilligen Demuth des Herzens, die sich den Nachdenkenden blos als Beistand anbietet: denn für solche schreibe ich, und von solchen werde ich, so lange die Welt steht, gelesen werden, wohlverstanden, wenn diese Art zu lesen nicht etwa außer Gebrauch kommt.

Warum also dieser Anlaß zu Ärgerniß zwischen meinem Vater und meinem Onkel bestehen blieb, lasse ich unentschieden. Aber wie und nach welcher Richtung hin er wirkte, um, einmal angeregt, zwischen Beiden Mißhelligkeiten zu erzeugen, das vermag ich mit großer Genauigkeit anzugeben und thue es hiemit.

Mein Onkel Toby Shandy, Madame, war ein Gentleman, der zu all den Tugenden, welche einen Mann von Ehre und gerader Gesinnung auszeichnen, noch eine (und zwar im allerhöchsten Grade) besaß, die selten oder nie in der Reihe mitgezählt wird: er war ungewöhnlich schamhafter Natur; doch Natur ist nicht das richtige Wort, denn es könnte scheinen, als ob ich damit im Voraus einen Punkt entscheiden wollte, der bald besprochen werden soll, nämlich den: ob diese Schamhaftigkeit eine natürliche oder eine erworbene war. Mochte mein Onkel Toby dazu gekommen sein, wie er wollte, so viel ist gewiß, es war Schamhaftigkeit im vollsten Sinne, und zwar nicht in Bezug auf Worte, Madame, denn unglücklicher

Weise standen ihm diese wenig zu Gebote, – nein, in Dingen, und diese Art von Schamhaftigkeit durchdrang ihn so, er besaß sie in so hohem Grade, daß sie (wenn dies überhaupt möglich wäre) fast der Schamhaftigkeit einer Frau glich, – jener weiblichen Keuschheit, jener Reinheit der Gedanken und der Phantasie, wodurch Ihr Geschlecht dem unsrigen eine so hohe Ehrfurcht abzwingt.

Sie werden nun meinen, Madame, mein Onkel hätte gewiß aus dieser Quelle geschöpft; er hätte einen großen Theil seiner Zeit im Umgange mit Ihrem Geschlecht zugebracht und durch die genaue Kenntniß desselben, sowie getrieben von unwiderstehlicher Gewalt, so schönen Vorbildern nachzuahmen, sich diese liebenswürdige Eigenschaft zu eigen gemacht.

Ich wünschte, daß dem so gewesen wäre, – aber außer mit seiner Schwägerin, der Frau meines Vaters und meiner Mutter, wechselte mein Onkel Toby mit dem ganzen schönen Geschlechte nicht drei Worte in ebenso viel Jahren. – Nein, Madame, er kam dazu durch einen Stoß! – Durch einen Stoß?! – Ja, Madame, durch einen Stoß von einem Steine, der bei der Belagerung von Namur durch eine Kugel von der Brustwehr eines Hornwerks absprang und mit aller Gewalt auf sein Schambein fiel. – Wie stünde das damit in Zusammenhang? – Das, Madame, ist eine lange und interessante Geschichte, aber wenn ich sie hier berichten wollte, so würde ich damit meine ganze Erzählung über den Haufen werfen. Deshalb mag sie als Episode für eine spätere Zeit aufbewahrt bleiben, und dann, an der richtigen Stelle, soll jeder betreffende Umstand Ihnen wahrheitsgetreu mitgetheilt werden. Bis das aber geschehen kann, vermag ich Ihnen über die Sache unmöglich weitere Erklärungen zu geben oder mehr zu sagen, als ich bereits gesagt habe, so viel nämlich, daß mein Onkel Toby ein Mann von unvergleichlichem Schamgefühl war, welches durch das fortwährende Feuer eines kleinen Familienstolzes obenein noch verfeinert und sublimirt wurde; so kam es, daß er die Sache wegen meiner Tante Dinah nie ohne die größte Erregung konnte erwähnen hören. Die leiseste Hindeutung darauf trieb ihm das Blut ins Gesicht; verbreitete sich aber mein Vater in gemischter Gesellschaft über dieses Ereigniß, – was er als Erläuterung zu seiner Hypothese oft nicht vermeiden konnte, – so versetzte er durch die Erwähnung dieses Makels, der einem der schönsten Zweige der Familie anhaftete, dem Ehr- und Schamgefühl meines Onkels Toby blutige Wunden; dann zog dieser ihn in allergrößter Seelenangst bei Seite und sprach ihm zu und beschwor ihn, er wolle ihm Alles in der Welt geben, wenn er nur die Geschichte in Ruhe lasse.

Nun hatte mein Vater für meinen Onkel Toby gewiß eine so aufrichtige Liebe und Zärtlichkeit, wie nur irgend ein Bruder für den anderen, und was ein Bruder billigerweise von dem andern verlangen kann, hätte er gewiß gern gethan, um meines Onkel Toby's Herz in dieser oder jeder andern Hinsicht zu erleichtern. Aber das ging über seine Kräfte.

Mein Vater war, wie gesagt, durch und durch Philosoph, spekulativ, systematisch, und der Fall mit Tante Dinah war für ihn eine Sache von so großer Wichtigkeit, wie die retrograde Bewegung der Planeten für Kopernikus; das Abweichen der Venus von ihrer Bahn befestigte das Kopernikanische System (so nach ihm benannt), und das Abweichen meiner Tante Dinah von ihrer Bahn leistete eben dasselbe für die Befestigung des Systems meines Vaters, welches, wie ich hoffe, nach ihm für ewige Zeiten das Shandy'sche System genannt werden wird.

Für Alles, was sonst der Familie zur Unehre gereichen konnte, hatte mein Vater, glaube ich, ein ebenso lebhaftes Schamgefühl als irgend Einer, und weder er, noch, wie ich zu behaupten wage, Kopernikus würden den einen wie den andern Fall ruchbar gemacht oder die allergeringste Notiz davon genommen haben, wenn sie nicht geglaubt hätten, der Wahrheit wegen dazu verpflichtet zu sein. *Amicus Plato* – pflegte mein Vater zu sagen, indem er, mit meinem Onkel Toby auf- und abgehend, diesem die Worte erklärte,

– *Amicus Plato,* d.h. Dinah war meine Tante, – *sed magis amica veritas,* – aber die Wahrheit ist meine Schwester.

Diese Verschiedenheit in der Denk- und Fühlart meines Vaters und meines Onkels war die Quelle manches kleinen brüderlichen Streites; der Eine konnte es nicht ertragen, daß dieses Makels der Familie gedacht wurde, und der Andre pflegte selten einen Tag vorübergehen zu lassen, ohne Anspielungen darauf zu machen.

Um Gottes willen, rief dann mein Onkel Toby, und um meinet-willen und um aller Welt willen, lieber Bruder Shandy, so laß doch diese Geschichte von unserer Tante, laß ihre Asche in Ruhe. Wie ist es nur möglich, daß du so wenig Achtung und Gefühl für den guten Ruf unserer Familie haben kannst! – Was ist der gute Ruf einer Familie gegen eine Hypothese? lautete die gewöhnliche Ant-wort meines Vaters. Ja, wenn wir es recht bedenken, was ist dagegen das Leben einer Familie. Das Leben einer Familie! sagte dann Onkel Toby, indem er sich in seinen Lehnstuhl zurückwarf und Hände, Augen und ein Bein aufhob. – Ja, das Leben, fuhr mein Vater fort und hielt die Behauptung fest. Wie viele solcher Leben werden alljährlich für eine Hypothese weggeworfen (wenigstens in allen civilisirten Ländern) und für nicht mehr als Luft geachtet. – Das ist dann, erwiederte mein Onkel Toby, nach meiner schlichten Einsicht, nichts als offenbarer Mord, mag ihn begehen wer will. – Darin besteht eben dein Irrthum, versetzte mein Vater, denn in *foro scientiae* giebt es gar keinen Mord – da giebt es nur Tod.

Hierauf pflegte mein Onkel Toby nie durch ein anderes Argu-ment zu entgegnen, als daß er ein halbes Dutzend Takte des *Lille-bullero* pfiff. Man muß nämlich wissen, daß dies der gewöhnliche Kanal war, durch welchen er seinen Leidenschaften Luft machte, wenn ihn etwas kränkte oder verwundete, besonders aber, wenn ihm etwas aufstieß, das er für albern oder abgeschmackt ansah.

Da, so viel ich weiß, noch kein einziger unserer Logiker oder ihrer Kommentatoren dieser besonderen Art von Argument einen Namen gegeben hat, so nehme ich mir hier die Freiheit dies selbst zu thun, und zwar aus zwei Gründen: erstens, damit sie zur Vermeidung jedes Mißverständnisses beim Disputiren für immer von jeder andern Art von Argumenten zu unterscheiden sei, also z.B. von dem *argumento ad verecundiam, ex absurdo, ex fortiori* u.s.w., und zweitens, damit meine Kindeskinder noch, wenn ich schon längst mein Haupt werde zur Ruhe gelegt haben, sagen können, ihr gelehrter Großvater habe seinen Kopf einst nicht zweckloser angestrengt als andere Leute den ihrigen; er habe den Schatz der *ars logica* freigebig vermehrt und einen Namen erfunden für das unwiderleglichste Argument, welches die Wissenschaft kennt; ein Argument, – wie sie nach Gefallen hinzufügen können, – welches insofern das beste ist, als es bei einer Disputation mehr darauf ankommt, den Gegner zum Stillschweigen zu bringen, als ihn zu überzeugen.

Demnach verordne und befehle ich hiemit, daß es fortan mit dem Namen *argumentum fistulatorium* und nicht anders bezeichnet, auch mit dem *argumentum baculinum* und dem *argumentum ad crumenam* in einer Reihe stehen und stets mit diesen zusammen in einem und demselben Kapitel abgehandelt werden soll.

Was das *argumentum tripodium* sowie das *argumentum ad rem* anbetrifft, wovon das erstere nur von der Frau gegen den Mann, das letztere nur von dem Mann gegen seine Frau angewandt wird, so sind die beiden allein genug für eine Vorlesung, und da überdies das eine die beste Antwort auf das andere ist, so mögen sie auch für sich und an ihrer besonderen Stelle abgehandelt werden.

Zweiundzwanzigstes Kapitel

Der gelehrte Bischof Hall, – ich meine nämlich den berühmten *Dr.* Joseph Hall, der zur Zeit Jakob des Ersten Bischof von Exeter war, – sagt in einer seiner Dekaden, die seiner »Göttlichen Kunst des Meditirens«, London 1610, gedruckt bei John Beal, Aldergatestraße, angehängt sind, »daß es nichts Abscheulicheres giebt, als wenn sich Jemand selbst lobt«, – und ich bin derselben Meinung.

Doch auf der andern Seite, wenn man etwas meisterhaft zu Stande gebracht hat, etwas, was Niemand so leicht ausfindig macht, – so dünkt es mich doch ganz ebenso abscheulich, daß man der Ehre davon entbehren und aus der Welt gehen soll blos mit dem stillen Bewußtsein, es zu Stande gebracht zu haben.

Das ist nun eben mein Fall.

Denn in dieser langen Abschweifung, in die ich zufällig gerieth, zeigt sich, wie in allen meinen Abschweifungen (eine einzige ausgenommen) ein Meisterzug der Abschweifekunst, dessen Verdienst, wie ich fürchte, bisher von dem Leser übersehen worden ist, – nicht etwa aus Mangel an Scharfsinn, sondern einzig und allein deshalb, weil man ihn in einer Abschweifung so selten findet, oder vielleicht gar nicht erwartet, – nämlich der: obgleich, wie man bemerkt haben muß, alle meine Abschweifungen schön sind, und obgleich ich mich von meinem Gegenstande so weit und so oft entferne als nur irgend ein Schriftsteller in Großbritannien von dem seinigen, so trage ich doch stets Sorge, die Sache so einzurichten, daß das Hauptgeschäft während meiner Abwesenheit nicht still steht.

Ich war z.B. gerade dabei, Ihnen den eigentlichen Charakter meines Onkels Toby in seinen Hauptumrissen hinzuzeichnen, als meine Tante Dinah und der Kutscher dazwischen kamen und uns einige Millionen Meilen weit mitten in das Planetensystem hineinführten; nichtsdestoweniger wird man bemerken, daß die Schilderung von Onkel Toby's Charakter ihren ruhigen Gang weiter ging – freilich nicht in großen Umrissen, das war unmöglich, aber doch in einigen Familienzügen und leisen Strichen, so daß Sie jetzt mit meinem Onkel Toby schon viel besser bekannt sind als vorher.

Durch diese Erfindung ist die Maschinerie meines Werkes eine ganz eigenthümliche: zwei entgegengesetzteste Bewegungen sind hier angebracht und miteinander in Übereinstimmung gesetzt, die sonst sich zu widersprechen scheinen. Mit Einem Worte, mein Werk ist zugleich abschweifend und vorwärtsschreitend.

Dies, Sir, ist durchaus etwas Anderes als die tägliche Drehung der Erde um ihre Axe und ihr gleichzeitiger Fortschritt in der Ellipse, woraus das Jahr und der Wechsel der Jahreszeiten entstehen, – obgleich ich bekennen muß, die Idee dadurch erhalten zu haben, wie denn überhaupt die allergrößten unserer gerühmten Erfindungen und Entdeckungen von solchen unbedeutenden Winken hergekommen sein mögen.

Abschweifungen sind unleugbar der Sonnenschein, sie sind die Seele und das Leben der Lecture. Man nehme sie z.B. diesem Buche, und das ganze Buch wäre nichts werth; kalter, ewiger Winter würde auf jeder Seite herrschen; – man gebe sie dem Verfasser wieder, und wie ein Bräutigam wandelt er dahin, – Jedem ruft er »Glück auf« zu, bringt Abwechselung und wehrt der Sättigung.

Die ganze Geschicklichkeit besteht darin, sie so herzurichten und zu handhaben, daß sie nicht bloß dem Leser, sondern auch dem Autor nützen, dessen Verlegenheit in dieser Sache allerdings beklagenswerth ist; denn wenn er eine Abschweifung anfängt, so steht, sage ich, sein ganzes Werk sogleich stockstill, und fährt er in der Hauptsache seines Werkes fort, so ist auch seine Abschweifung zu Ende.

Das ist aber ein schlechtes Stück Arbeit; deshalb habe ich, wie Jedermann sehen kann, gleich von vorn herein mein Hauptwerk und seine Nebentheile so verbunden, und die abschweifende und die vorwärtsschreitende Bewegung, Rad für Rad, so in einander gefügt und kombinirt, daß immer meist die ganze Maschine in Gang bleibt und, was mehr sagen will, noch ferner vierzig Jahre in Gang bleiben wird, wenn es dem Geber aller Gesundheit gefallen sollte, mir so lange Leben und frischen Lebensmuth zu verleihen.

Dreiundzwanzigstes Kapitel

Ich habe große Lust, dieses Kapitel recht unsinnig anzufangen und will mich darin auch nicht stören lassen. – Also:

Wenn des Menschen Brust, wie der Erzspötter Momus als Verbesserung vorschlug, mit einem Glase versehen wäre, so würde die närrische Folge davon sein: erstens, daß selbst der Weiseste und Ehrbarste unter uns jeden Tag seines Lebens in dieser oder jener Münzsorte Fenstersteuer bezahlen müßte.

Und zweitens, daß, sobald besagtes Glas einmal eingesetzt wäre, man weiter nichts nöthig hätte, um den Charakter eines Mannes genau kennen zu lernen, als einen Stuhl zu nehmen und wie in einen gläsernen Bienenkorb hineinzusehen; da könnte man die Seele splitternackt erblicken, alle ihre Bewegungen und Anschläge beobachten, alle ihre Grillen vom ersten Anfang bis zum vollendeten Wachsthum verfolgen, sie in ihren Sätzen, Luftsprüngen und Kapriolen belauschen, und nachdem man einige weitere Notiz von der solchen Luftsprüngen nachfolgenden würdigeren Haltung genommen hätte, würde man nach Dinte und Feder greifen, um Alles, was man gesehen hätte und demzufolge beschwören könnte, niederzuschreiben. – Aber eines solchen Vortheils muß ein Biograph auf unserm Planeten entbehren; im Merkur kann er's vielleicht so machen, und wenn nicht, desto besser für ihn; denn dort muß die ungeheure Hitze des Weltkörpers, welche nach der Berechnung unserer Astronomen, der Nähe der Sonne wegen, dem weißglühenden Eisen gleich ist, die Körper der Menschen schon längst verglast haben (wirkende Ursache), um sie dem Klima anzupassen (Endursache), so daß – was die gesundeste Philosophie nicht wird widerlegen können – die ganze Behausung ihrer Seele nur ein durchsichtiger Glaskörper sein wird (mit einziger Ausnahme des Nabels). So lange nun die Bewohner jenes Sternes nicht alt und runzelicht geworden sind, in welchem Falle die Lichtstrahlen, welche durch sie hindurchgehen, sich stark brechen oder in solchen schrägen Linien von ihrer Oberfläche auf das Auge zurückgeworfen werden, daß man nicht durchsehen kann, ist es ganz gleich, ob ihre Seele außer- oder innerhalb des Hauses den Narren spielt, es wäre höchstens etwa des Anstands halber oder wegen des lumpigen Vortheils, den das Nabelpünktchen ihr gäbe.

Aber so ist's, wie oben schon gesagt, bei den Bewohnern dieser Erde nicht; unsere Seelen scheinen nicht durch den Körper hindurch, sondern sind vielmehr in eine Hülle undurchsichtigen Fleisches und Blutes eingewickelt, und wir müssen daher anders zu Werke gehen, um hinter ihren besondern Charakter zu kommen.

Wahrlich, der menschliche Verstand hat zu dem Ende mancherlei Wege einschlagen müssen.

Einige z.B. zeichnen alle ihre Charaktere mit Blasinstrumenten, – Virgil bedient sich dieser Art in der Geschichte von Dido und Aeneas; – aber sie ist trüglich wie die Stimme des Ruhmes und zeugt überdies von wenig Geist. Ich weiß wohl, daß die Italiener gewisse unter ihnen vorkommende Charaktere nach dem *piano* und *forte* bezeichnen, womit dieselben sich eines gewissen Blasinstrumentes bedienen, und daß sie dieser Methode eine fast mathematische Genauigkeit zuschreiben, ja sie für untrüglich halten. – Ich wage nicht, den Namen dieses Instrumentes hier zu nennen; es sei genug, wenn ich sage, daß wir es auch bei uns haben, aber nicht daran denken damit zu bezeichnen. Das klingt wie ein Räthsel und soll es auch sein, wenigstens *ad populum:* und deshalb ersuche ich Sie, Madame, sobald Sie an diese Stelle gekommen sind, schnell weiter zu lesen und nicht stehen zu bleiben, um darüber nachzudenken.

Wieder Andere zeichnen eines Menschen Charakter blos nach dem, was er »verrichtet«, was oft ein sehr inkorrektes Bild giebt, man müßte denn zugleich eine Skizze von dem geben, was in ihm steckt, auf welche Weise sich allerdings eine gute Gestalt herstellen ließe, indem man das eine Bild durch das andere verbesserte.

Gegen diese Methode hätte ich nichts einzuwenden, dächte ich nicht, sie müßte etwas zu stark nach der Lampe riechen und noch beschwerlicher dadurch werden, daß sie Einen zwingt, auf alles, was ein Mensch *gemacht* hat, sein Auge zu richten. Wie man übrigens bei den natürlichsten Handlungen im menschlichen Leben von etwas »Gemachtem« reden kann, ist freilich eine andere Frage.

Viertens giebt es noch Solche, welche alle diese Mittel verschmähen, nicht etwa aus Übermaß eigener Erfindungskraft, sondern weil sie sich verschiedener Methoden bedienen, die sie den ehrenwerthen Kunstgriffen der Pentagraphisten[2] beim Kopiren von Gemälden nachgebildet haben. – Dies sind, wie man wissen muß, unsere großen Historiker.

Der Eine von ihnen zeichnet einen ganzen Charakter *gegen das Licht;* das ist unedel, – unehrlich und unbillig gegen den Charakter des Menschen, der sitzt.

Andere, um's besser zu machen, zeichnen Euch in der Camera; das ist das Allerschlimmste, denn da könnt Ihr sicher sein, in einer Eurer lächerlichsten Stellungen abgenommen zu werden.

Um nun bei der Charakterzeichnung meines Onkels Toby den einen wie den andern Fehler zu vermeiden, bin ich entschlossen, mich gar keiner mechanischen Hülfsmittel zu bedienen; auch soll sich mein Pinsel von keinem Blasinstrumente beirren lassen, mag's diesseit oder jenseit der Alpen gespielt werden; noch will ich was in Onkel Toby steckt und seine Verrichtungen weiter untersuchen, oder mich mit dem, was er gemacht hat, befassen, sondern will seinen Charakter einfach zeichnen nach – seinem Steckenpferde.

---

2 Pentagraph ist ein Instrument, vermittels welches man Gemälde mechanisch und in jeder Proportion kopiren kann. Anm. d. Verf.

Vierundzwanzigstes Kapitel

Wenn ich nicht die moralische Überzeugung hätte, daß mein Leser vor Ungeduld stirbt, den Charakter meines Onkels Toby endlich kennen zu lernen, so würde ich ihm vorher noch bewiesen haben, daß es gar kein passenderes Instrument giebt, um einen Charakter zu zeichnen, als das von mir gewählte.

Obgleich ich zwar nicht behaupten will, daß ein Mensch und sein Steckenpferd gerade ebenso auf einander agiren und reagiren, wie Seele und Körper, so besteht doch ohne Zweifel eine gewisse Beziehung zwischen ihnen; und ich neige mich der Ansicht zu, daß dieselbe mehr oder weniger der Verbindung elektrischer Körper gleicht, indem die erhitzten Theile des Reiters mit dem Rücken des Steckenpferdes in Kontakt kommen, und sein Körper vermöge anhaltenden Reitens und starker Reibung zuletzt ganz mit dem Steckenpferd-Fluidum angefüllt wird. Gelingt es daher, eine klare Beschreibung von der Natur des Einen zu geben, so wird man sich danach eine ziemlich genaue Vorstellung von dem Wesen und dem Charakter des Andern machen können.

Nun war das Steckenpferd, welches mein Onkel Toby ritt, meiner Ansicht nach ein solches, das einer Schilderung wohl werth ist, wäre es auch nur deshalb, weil es gar so wunderlich war; denn Ihr hättet von York nach Dover, von Dover nach Penzance in Cornwallis und von Penzance wieder zurück nach Dover reisen können, ohne daß Euch ein zweites der Art begegnet wäre, – oder wäre dies doch der Fall gewesen, so würdet Ihr ohne Zweifel, trotz der größten Eile, angehalten haben, um es etwas genauer zu betrachten. Seine Gangart und Gestalt waren in der That so ungewöhnlich, so unähnlich war es vom Kopf bis zum Schwanz jedem andern Individuum seiner Gattung, daß sich ab und zu Streit darüber erhob, ob es auch wirklich ein Steckenpferd sei, oder nicht. Aber wie jener Philosoph einem Skeptiker gegenüber, der die Wirklichkeit der

Bewegung bestritt, sich keines andern Beweises bediente, als daß er aufstand und durch das Zimmer schritt, so führte mein Onkel Toby den Beweis: daß sein Steckenpferd ein wirkliches Steckenpferd sei, ganz einfach dadurch, daß er es bestieg und darauf herumritt, es der Welt überlassend, den fraglichen Punkt nach Belieben zu entscheiden.

Und wahrhaftig! mein Onkel Toby ritt es mit solchem Vergnügen, und es trug meinen Onkel Toby so gut, daß er sich wenig darum kümmerte, was die Welt sagte und was sie davon dachte.

Nun aber ist es die höchste Zeit, daß ich das Steckenpferd beschreibe; um jedoch ganz nach der Ordnung zu verfahren, bitte ich um Erlaubniß, erst mittheilen zu dürfen, wie mein Onkel dazu kam.

Fünfundzwanzigstes Kapitel

Die Verwundung, welche mein Onkel Toby bei der Belagerung von Namur an seinem Schambein erhalten hatte, machte ihn dienstunfähig, und so war es das Zweckmäßigste für ihn, nach England zurückzukehren und sich hier heilen zu lassen.

Vier volle Jahre blieb er zuerst an das Bett, dann wenigstens noch an das Zimmer gefesselt und litt bei der ärztlichen Behandlung, welche die ganze Zeit über dauerte, unsägliche Schmerzen. Diese entstanden aus einer Reihe von Ausschwärungen des *os pubis* und des äußeren Randes jenes Theiles der *coxendix*, welcher *os ilium* genannt wird; denn beide Knochen waren sowohl durch die unregelmäßige Form des Steines, welcher, wie oben erzählt, von der Brustwehr absprang, als durch seine Größe (die nicht unbedeutend war) jämmerlich zertrümmert worden, weshalb der Wundarzt zu der Ansicht neigte, daß die große Verletzung, welche mein Onkel an seinem Schambeine erlitten, mehr durch die Schwere des Steines selbst als durch die Schleuderkraft desselben entstanden sei, was, wie er oft sagte, ein großes Glück wäre.

Mein Vater hatte zu jener Zeit eben sein Geschäft in London eröffnet und ein Haus gemiethet, und da zwischen den beiden Brüdern die herzlichste Freundschaft und Liebe bestand, mein Vater überdies der Meinung war, daß mein Onkel Toby nirgends so gut gepflegt und gewartet werden könne als in seinem eigenen Hause, so wies er ihm das beste Zimmer darin an und – was als ein noch viel größerer Beweis seiner Zuneigung gelten konnte – unterließ nie, jeden Freund oder Bekannten, der sein Haus betrat, bei der Hand zu nehmen und hinaufzuführen, damit er meinen Onkel Toby sähe und ein Stündchen an seinem Krankenlager verplaudre.

Keine bessere Linderung für eines Kriegers Wunde als ihre Geschichte, – so wenigstens meinten meines Onkels Besucher, und aus einer Höflichkeit, die dieser Meinung entsprang, pflegten sie bei ihren täglichen Besuchen das Gespräch oft auf diesen Gegenstand zu bringen, von welchem dann die Unterhaltung gewöhnlich auf die Belagerung selbst überging.

Solche Unterhaltung war meinem Onkel Toby höchst angenehm und erquickte ihn ungemein, sie würde dies aber noch viel mehr gethan haben, wenn sie ihn nicht in mancherlei unvorhergesehene Verlegenheiten verwickelt hätte, was seine Heilung um ganze drei Monate verzögerte und ihn wahrscheinlich in das Grab gebracht haben würde, wäre er nicht zufällig auf ein Auskunftsmittel gestoßen, sich daraus zu ziehen.

Welcher Art diese Verlegenheiten meines Onkels Toby waren, kann der Leser unmöglich errathen, und wenn er es könnte, so müßte ich darüber erröthen, – nicht als sein Verwandter, oder als Ehemann, ja nicht einmal als seine Ehefrau, sondern – als Autor, deshalb nämlich, weil ich mir etwas darauf einbilde, daß *mein* Leser noch nie etwas hat errathen können; und in dieser Beziehung, Sir, bin ich so empfindlich und eigen, daß ich dies Blatt aus meinem

Buche herausreißen würde, wenn ich glaubte, Sie wären im Stande, sich die geringste Vorstellung oder Idee von dem zu machen, was auf der nächsten Seite kommt.

Sechsundzwanzigstes Kapitel

Ich habe ein neues Kapitel angefangen, damit ich Platz genug habe, die Art und Beschaffenheit der Verlegenheiten klar darzulegen, in welche sich mein Onkel Toby durch die Unterhaltungen und Fragen über die Belagerung von Namur, wo er seine Wunde erhielt, versetzt sah.

Wenn der Leser die Geschichte der Kriege Wilhelms I. gelesen hat, so erinnere ich ihn daran, – aber er hat sie nicht gelesen, also muß ich ihm sagen, daß eine der merkwürdigsten Attaken während jener Belagerung die war, welche die Engländer und Holländer auf die Spitze der vorgeschobenen Contrescarpe unter dem St. Nicolas-Thor, hinter welchem die große Schleuße lag, machten. Hier waren die Engländer dem Feuer des Bollwerkes und der Halbbastion St. Roche auf das Furchtbarste ausgesetzt; der Ausgang dieses erbitterten Kampfes war mit wenigen Worten folgender: die Holländer setzten sich auf dem Bollwerke fest, während sich die Engländer, trotz aller Tapferkeit der französischen Offiziere, die mit Todesverachtung auf dem Glacis kämpften, zu Herren des gedeckten Weges vor dem St. Nicolas-Thor machten.

Da dies die Hauptattake war, welcher mein Onkel Toby als Augenzeuge beigewohnt hatte, – nur daß der Zusammenfluß der Maas und Sambre die Armee der Belagerer so trennte, daß kein Theil von den Operationen des andern Theiles etwas sehen konnte, – so war er über diesen Punkt gemeiniglich ganz besonders beredt und ausführlich, und die mancherlei Verlegenheiten, in die er gerieth, entstanden aus der unübersteiglichen Schwierigkeit, seine Geschichte verständlich zu erzählen und seinen Zuhörern von dem Unterschiede zwischen Scarpen und Contrescarpen – Glacis und gedecktem Wege – Halbmond und Ravelin eine so klare Vorstellung zu geben, daß sie ihn hätten begreifen und ihm folgen können.

Selbst Schriftgelehrten passirt es, daß sie diese Ausdrücke verwechseln, und so darf es wohl nicht Wunder nehmen, wenn meines Onkels Bemühungen, sie zu erklären und ihre falsche Auffassung zu berichtigen, meist nur dazu dienten, seine Gäste (manchmal auch ihn selbst) noch mehr zu verwirren.

War also der Besuch, den mein Vater hinaufführte, nicht gerade von besonders scharfer Auffassungskraft, oder war mein Onkel Toby nicht in einer besondern Verfassung, sich klar zu machen, so blieb es, ehrlich gesagt, ein schwieriges Ding, die Unterhaltung von Dunkelheit frei zu halten.

Was die Erzählung dieser Begebenheit noch verwickelter für meinen Onkel Toby machte, war der Umstand, daß der Angriff auf die Contrescarpe vor dem St. Nicolas-Thor, welcher sich von dem Ufer der Maas bis hinauf zu der großen Schleuße erstreckte, – auf einem Terrain stattgefunden hatte, welches nach allen Seiten hin von vielen Deichen, Gräben, Bächen und Schleußen durchschnitten und coupirt war, und er sich darin bald so verirrt und festgerannt sah, daß er häufig genug weder vor- noch rückwärts konnte, um sein Leben zu retten; in solchem Falle war er genöthigt, blos aus diesem Grunde, den Angriff aufzugeben.

Diese mißlungenen Versuche verursachten meinem Onkel mehr Pein, als man hätte glauben sollen, und da meines Vaters liebevolle Gesinnung für ihn immer neue Freunde und neue Frager herbeischleppte, so hatte er es in der That schwer genug.

Unbezweifelt besaß mein Onkel Toby eine große Selbstbeherrschung, er hatte sich so gut wie Einer in der Gewalt; dennoch kann man sich vorstellen, wie er innerlich fluchen und schäumen mochte, wenn er sich aus dem Ravelin nicht anders wieder herausfand, als indem er in den Halbmond gerieth, oder die Contrescarpe hinunterfallen mußte, um sich aus dem gedeckten Wege zu retten, oder Gefahr lief in den Graben zu stürzen, wenn er über den Deich mußte; das that er denn auch ehrlich, und diese kleinen, allstündlichen Widerwärtigkeiten mögen denen vielleicht geringfügig und der Beachtung unwerth erscheinen, die den Hippokrates nicht gelesen haben, – jeder Andere, der ihn oder den *Dr. James Mackenzie* gelesen und darüber nachgedacht hat, welche Wirkungen Leidenschaft und Gemüthsaufregung auf die Verdauung ausüben, (warum nicht aber ebenso gut auf die einer Wunde als die eines Mittagsessens?), – der wird leicht begreifen, welche schädlichen Reizungen und Verschlimmerungen sie der Wunde Onkel Toby's bringen mußten.

Mein Onkel Toby konnte darüber nicht philosophiren, er fühlte nur, daß dem so sei, und nachdem er drei ganzer Monate die Qualen und Schmerzen ausgehalten, war er entschlossen, sich auf die eine oder andere Weise davon zu befreien.

Eines Morgens lag er in seinem Bette, auf dem Rücken, denn die Beschaffenheit seiner Wunde und die Qual, die sie ihm verursachte, erlaubten ihm keine andere Lage; da kam ihm der Gedanke in den Kopf: wenn er so ein Ding wie einen Plan der Stadt und Festung Namur kaufen könnte, und wenn er ihn dann auf eine Tafel kleben ließe, – das würde ihm wohl Ruhe verschaffen. – Ich bemerke hier, daß er die Umgebungen der Stadt und Festung deshalb mitzuhaben wünschte, weil er seine Wunde in einer der Traversen, ohngefähr 30 Toisen von dem Rückzugswinkel des Laufgrabens, gegenüber dem vorspringenden Winkel der Halbbastion St. Roche erhalten hatte, so daß er, wie er sicher meinte, die Stelle, wo ihn der Stein getroffen, genau mit einer Nadel würde bezeichnen können.

Sein Wunsch ging in Erfüllung, und so sah sich mein Onkel Toby nicht allein endloser, unangenehmer Erklärungen überhoben, sondern dieses glückliche Auskunftsmittel half ihm auch, wie wir später sehen werden, zu seinem Steckenpferde.

Siebenundzwanzigstes Kapitel

Nichts ist thörichter, als wenn man eine Gasterei, wie diese, veranstaltet und die Sache dann so schlecht einrichtet, daß Kritiker und Leute von feinem Geschmacke sie herunterreißen; außerdem giebt es keine größere Wahrscheinlichkeit dafür, *daß* sie es thun werden, als wenn man sie nicht dazu einladet, oder, was wenigstens ebenso beleidigend ist, seine Aufmerksamkeit den andern Gästen so ausschließlich zuwendet, als wenn gar keine solche Wesen wie Kritiker vom Fach am Tische säßen.

Ich verwahre mich gegen beides, denn erstens habe ich hier absichtlich ein halbes Dutzend Plätze für sie offen gelassen, und dann bezeuge ich ihnen hier insgesammt meine tiefste Hochachtung. Meine Herren, ich küsse Ihnen die Hand, ich versichere Ihnen, daß keine Gesellschaft mir halb so viel Vergnügen machen könnte, als die Ihrige – weiß Gott, ich bin erfreut Sie bei mir zu sehen. Ich bitte, machen Sie sich's bequem, setzen Sie sich ohne Umstände und langen Sie tapfer zu.

Ich sagte, ich hätte sechs Plätze offen gelassen und war schon im Begriff meine Zuvorkommenheit noch weiter zu treiben und auch den siebenten noch für Sie leer zu machen, gerade den, den ich selbst einnehme; aber da mir ein Kritiker (zwar keiner von Fach, sondern ein natürlicher) eben sagte, daß ich meine Sache gar nicht übel gemacht hätte, so will ich ihn selbst ausfüllen, hoffe aber im nächsten Jahre noch mehr Platz zu erübrigen.

– »Potz tausend! wie konnte Ihr Onkel Toby, der doch Soldat war und den Sie keineswegs als einen Narren schildern, dennoch ein so konfuser, grützköpfiger, verwirrter Gesell sein, wie« – Das beantworten Sie sich selbst.

So, Herr Kritiker, hätte ich erwiedern können, aber ich verschmähe es. Es wäre eine unhöfliche Rede, und schickte sich allenfalls nur für Jemand, der nicht im Stande wäre, klare und befriedigende

Auskunft über die Dinge zu geben, oder bis auf den Grund menschlicher Unwissenheit und Verwirrung unterzutauchen. Außerdem wäre es eine herausfordernde Erwiederung und deshalb verwerfe ich sie; denn obgleich sie dem soldatischen Charakter meines Onkels Toby ganz angemessen wäre und er gewiß keine andere gegeben haben würde (denn an Muth fehlte es ihm gewiß nicht), wäre es nicht seine Gewohnheit gewesen, bei solchen Angriffen den Lillebullero zu pfeifen, – so schickt sich dieselbe doch nicht für mich. – Sie sehen klar und deutlich, ich schreibe als Gelehrter – selbst meine Gleichnisse, meine Anspielungen, meine Erläuterungen, meine Metaphern, alles ist gelehrt; ich muß meinen Charakter aufrecht erhalten und ihn Andern gegenüber in sein eigenes Licht stellen; – was würde sonst aus mir werden? Ei, mein Herr, ich wäre verloren! denn in demselben Augenblicke, wo ich meinen Platz hier gegen *einen* Kritiker vertheidigte, würde ich ein paar andern Raum geben.

Also antworte ich so:

Haben Sie, mein Herr, wohl je unter den Büchern, die Sie gelesen haben, auch eines gelesen, das den Titel trägt: »Locke's Versuch über den menschlichen Verstand?« – Antworten Sie nicht zu rasch, denn ich weiß, Viele citiren das Buch, ohne es gelesen, und Viele haben es gelesen, ohne es verstanden zu haben. Sollte eines von beiden Ihr Fall sein, so will ich Ihnen mit drei Worten sagen, was für ein Buch das ist, denn ich schreibe, um zu belehren. Es ist eine Geschichte! – Eine Geschichte? von wem?, wovon? wie? wann? – Übereilen Sie sich nicht. Es ist ein Geschichtsbuch, mein Herr, (vielleicht, daß es sich so der Welt empfiehlt,) von dem, was in dem Geiste des Menschen vorgeht, und wenn Sie so viel und nicht mehr von dem Buche sagen, so werden Sie, verlassen Sie sich darauf, in einem metaphysischen Kränzchen gar keine üble Figur spielen.

Aber dies nebenbei.

Wenn Sie es nun darauf wagen wollen, weiter mit mir und der Sache auf den Grund zu gehen, so wird es sich zeigen, daß die Ursache der Unklarheit und Verwirrtheit im Geiste eines Menschen eine dreifache sein kann.

Zuerst, Verehrtester, stumpfe Organe; zweitens, wenn die Organe nicht stumpf sind, schwache und oberflächliche Eindrücke der Gegenstände auf sie; drittens ein siebartiges Gedächtniß, unfähig das Empfangene zu behalten. – Rufen Sie Dolly, Ihr Stubenmädchen, und ich schenke Ihnen meine Kappe sammt dem Glöcklein daran, wenn ich Ihnen die Sache nicht so klar mache, daß Dolly sie ebenso gut wie Malebranche verstehen soll. – Wenn Dolly ihren Brief an Robin fertig geschrieben hat und dann mit der Hand in die Tasche greift, die an ihrer rechten Seite hängt, so erinnern Sie sich dabei, daß die Begriffsorgane und das Begriffsvermögen durch gar nichts in der Welt so angemessen bezeichnet und erklärt werden können, als durch das, wonach Dolly's Hand sucht. Ihre Organe sind nicht so stumpf, mein Werther, daß ich Ihnen zu sagen brauchte: es ist ein Stückchen rothes Siegellack.

Wenn der Siegellack geschmolzen und auf den Brief geträufelt ist, Dolly aber nun so lange nach ihrem Fingerhute herumsucht, bis der Lack zu hart wurde, so wird er von dem Drucke des Fingerhutes, der sonst immer eine Spur hinterließ, keinen Eindruck annehmen. Nun gut! Nimmt Dolly aber in Ermangelung eines Stückchen Siegellacks ein Stück Wachs, oder ihr Lack ist zu weich, so wird beides zwar den Eindruck annehmen, aber es wird ihn trotz alles Drückens nicht behalten, – und endlich – nehmen wir an, der Lack ist gut und der Fingerhut auch, aber der letztere wird zu hastig und oberflächlich daraufgedrückt, weil Dolly's Herrin eben schellt: – in allen drei Fällen wird der Eindruck, welchen der Fingerhut hinterläßt, dem Urbilde so wenig gleichen wie einem Kupferpfennig.

Nun muß man wohl verstehen, daß meines Onkels Unklarheit in seinen Reden aus keiner dieser Ursachen entsprang, und deshalb gerade habe ich mich, nach Art großer Physiologen, so weit über dieselben verbreitet, um zu zeigen, woher sie *nicht* stammte.

Woher sie stammte, habe ich oben angedeutet, und das ist und wird immer eine ergiebige Quelle der Unklarheit sein, – nämlich der schwankende Gebrauch der Wörter, der selbst die klarsten und bedeutendsten Geister in Verlegenheit gesetzt hat.

Es ist mehr als unwahrscheinlich, ob Sie die Literaturgeschichte älterer Zeit gelesen haben; wenn aber, was für schreckliche Schlachten sind in dem Kriege um Worte gekämpft, wie viel Galle und Dinte ist dabei vergossen worden, so daß ein sanftmüthiger Mensch die Berichte davon nicht ohne Thränen lesen kann.

Verehrter Kritiker! wenn Du alles dies bei Dir wirst erwogen haben und in Betracht ziehst, wie oft Dein eigenes Wissen, Deine Diskussion, Deine Besprechungen zu dieser oder jener Zeit dadurch und dadurch allein gestört und in Unordnung gerathen sind; – was für Lärm und Toben in den Koncilien über οὐσία und ὑπόστασις, in den Schulen der Gelehrten über Kraft und Geist, Essenz und Quintessenz, Substanz und Raum ausbrach; welche Verwirrung auf noch größeren Bühnen aus geringfügigen und ebenso vieldeutigen Wörtern entstanden ist, – so wirst Du Dich über meines Onkels Verlegenheit nicht länger wundern; Du wirst auf seine Scarpe und Contrescarpe, auf sein Glacis und seinen gedeckten Weg, auf seinen Ravelin und Halbmond eine Thräne des Mitleids fallen lassen: – wahrlich! nicht Ideen, Wörter waren es, die seinem Leben Gefahr drohten.

Achtundzwanzigstes Kapitel

Sobald mein Onkel Toby den Plan von Namur erhalten hatte, machte er sich darüber, ihn mit dem größten Eifer zu studiren; denn da ihm nichts so sehr am Herzen lag als seine Genesung, diese aber, wie wir sahen, von den Leidenschaften und Aufregungen des Gemüthes abhängig war so war es natürlich, daß er sich in so weit seines Gegenstandes zu bemächtigen suchte, um ohne Aufregung darüber reden zu können.

Ein vierzehntägiges unablässiges und emsiges Studium, das, nebenbei gesagt, seiner Wunde nicht günstig war, befähigte ihn, mit Hülfe einiger Randglossen unter dem Text und mit Hülfe der aus dem Vlämischen übersetzten Befestigungs- und Feuerwerker-Kunst des Gobesius seinem Vortrage eine ziemliche Klarheit zu geben; und ehe noch zwei Monate vergangen waren, hatte er sich eine solche Beredsamkeit erworben, daß er nicht allein den Angriff auf die vorgeschobene Contrescarpe in größter Ordnung bewerkstelligen konnte, sondern auch, da er unterdeß viel tiefer in die Kunst eingedrungen war, als es zu erst zu seinem Zwecke nöthig schien, sich sogar im Stande fühlte, die Maas und Sambre zu überschreiten, Diversionen bis zu Vaubans Linie, bis zur Abtei Salsines u.s.w. zu machen und seinen Besuchern eine ebenso genaue Darstellung von allen andern Attaken zu geben, wie von der beim St. Nicolas-Thor, wo er die Ehre gehabt hatte verwundet zu werden.

Aber es geht mit dem Durst nach Wissen wie mit dem Durst nach Reichthümern: er wächst, je mehr man ihn zu löschen sucht. Je länger mein Onkel Toby über seinem Plane saß, desto mehr Vergnügen fand er daran, analog dem Vorgange und vermittelst derselben elektrischen Assimilation, wodurch, wie gesagt, die Seelen der Kenner durch Reibung und Anfüllung so glücklich sind, in Tugendseelen, Gemäldeseelen, Schmetterlings- oder Geigenseelen umgewandelt zu werden.

Je mehr mein Onkel Toby aus dem süßen Quell der Wissenschaft trank, um so größer wurde die Heftigkeit und Begierde seines Durstes; und noch war das erste Jahr seiner Krankenhaft nicht vorüber, als es kaum eine befestigte Stadt in Italien oder Flandern gab, von der er sich nicht auf diesem oder jenem Wege einen Plan verschafft hätte, den er dann, kaum erhalten, eifrig studirte; und dazu sammelte er alles, was auf die Geschichte der Belagerungen,

Zerstörungen, Erweiterungen und Neubefestigungen dieser Plätze Bezug hatte, indem er es mit unablässigem Fleiße und immer neuer Lust wieder und wieder las, so daß darüber Wunde, Krankenhaft und Mittagsessen vergessen wurden.

Im zweiten Jahre schaffte sich mein Onkel Toby die Übersetzungen der Italiener Ramelli und Cataneo an, sowie den Stevinus, Moralis, den Chevalier de Ville, Lorini, Coehorn, Sheeter, den Grafen von Pagan, den Marschall Vauban, und Monsieur Blondel, nebst vielen andern Werken über Befestigungskunst – mehr als Don Quixote über Ritterschaft besessen haben würde, selbst wenn der Pfarrer und der Barbier nicht in seine Bibliothek eingebrochen wären.

Ohngefähr im Anfang des dritten Jahres, also etwa im August 99, fand mein Onkel Toby es nothwendig, daß er auch von den Wurfgeschossen etwas verstünde, und da er der Ansicht war, daß es am besten sei, sein Wissen an der Hauptquelle zu schöpfen, so fing er mit N. Tartaglia an, der, so scheint es, zuerst entdeckte, daß es ein Irrthum sei, wenn man glaube, eine Kanonenkugel richte ihre Verheerung in gerader Linie an. – Das, bewies N. Tartaglia meinem Onkel Toby, sei ganz unmöglich.

Das Forschen nach Wahrheit hat kein Ende.

Nicht sobald war mein Onkel Toby über den Weg, welchen die Kanonenkugel *nicht* nimmt, zufrieden gestellt, als er unmerklich weiter geführt wurde und bei sich beschloß, darüber nachzudenken und ausfindig zu machen, welches denn nun der Weg sei, den sie ginge; dazu mußte er sich mit dem alten Maltus in Verkehr setzen, und er studirte ihn eifrig. Dann ging er zunächst zu Galileo und Torricellius über und fand, gestützt auf gewisse geometrische Lehrsätze, die hier klar bewiesen waren, daß ihr eigentlicher Weg eine Parabel oder vielmehr eine Hyperbel beschreibe, und daß der Parameter oder *latus rectum* der Hyperbel besagten Weges sich zur Quantität und Bogenweite gerade so verhielte, wie die ganze Linie zu dem Sinus des doppelten Einfallwinkels, der von dem Hintertheil der Kanonen auf einer horizontalen Fläche gebildet werde, und daß der Halbparameter. – Aber halt, lieber Onkel Toby, halt! – keinen Schritt weiter auf diesem dornenvollen und verwirrenden Pfade; ein jeder weitere ist gefahrvoll! Gefahrvoll sind die Irrgänge dieses Labyrinthes, gefahrvoll die Beschwerden, welche die Verfolgung dieses lockenden Phantoms, Wissenschaft, über dich bringen wird. O Herzensonkel, fliehe, fliehe, fliehe es wie eine Schlange! Ist es recht, du sanftmüthiger Mann, daß du mit deinem verwundeten Schambeine ganze Nächte lang aufsitzest und dir das Blut mit angreifendem Wachen erhitzest? – Ach! es wird deine Wunde verschlimmern, deine Hautthätigkeit stören, deine Lebensgeister verflüchtigen, deine Lebenskraft aufreiben, deine Säfte austrocknen, dich verstopfen, deine Gesundheit schädigen und die Gebrechen des Alters frühzeitig herauführen. O Herzensonkel! lieber Onkel Toby! –

Neunundzwanzigstes Kapitel

Für *des* Mannes Verständniß vom Schriftstellerhandwerk möchte ich keinen Deut geben, der das nicht einsähe: daß die allerbeste Erzählung von der Welt, wenn man sie unmittelbar hinter die gefühlvolle Apostrophe an meinen Onkel Toby gestellt hätte, dem Gaumen des Lesers schaal und nüchtern vorkommen müßte; deshalb schloß ich mein Kapitel, obgleich ich mitten in meiner Geschichte war.

Schriftsteller haben *einen* Grundsatz mit den Malern gemein: Wo genaues Nachbilden unsere Gemälde weniger effektvoll machen würde, da wählen wir das kleinere Übel, denn es dünkt uns verzeihlicher, gegen die Wahrheit als gegen die Schönheit zu sündigen. Dies muß indeß *cum grano salis* verstanden werden; doch dem sei wie ihm wolle, – denn da der Vergleich eigentlich nur deshalb hier angebracht wurde, um die Apostrophe sich abkühlen zu lassen, so ist es gar nicht wesentlich, ob der Leser damit einverstanden ist oder nicht.

Da mein Onkel Toby am Ende des dritten Jahres bemerkte, daß der Parameter und Halbparameter der Hyperbel seine Wunde irritire, so gab er plötzlich das Studium der Wurfgeschosse auf und befaßte sich nur noch mit dem praktischen Theile der Befestigungskunst, zu welcher die Neigung, wie ein zurückgehaltener Springquell, jetzt mit doppelter Kraft wieder in ihm aufsprudelte.

In diesem Jahre war es, wo mein Onkel anfing, von dem täglichen Wechseln eines frischen Hemdes abzusehen, seinen Barbier oft unverrichteter Sache wegschickte, und seinem Wundarzte kaum Zeit genug zum Verbinden seiner Wunde gab, um die er sich jetzt so wenig bekümmerte, daß er unter sieben Malen nicht Einmal fragte, wie es damit stünde. Da, mit Einem Male – die Veränderung ging wirklich wie ein Blitz vor sich – fing er an, nach Genesung zu seufzen, klagte meinem Vater, wurde ungeduldig gegen den Wundarzt, und eines Morgens, als er denselben die Treppe heraufkommen hörte, schlug er seine Bücher zu, warf seine Instrumente bei Seite und machte ihm die bittersten Vorwürfe wegen der Verzögerung der Heilung, die, wie er sagte, sicherlich nun schon lange hätte beendigt sein können. Lange verweilte er bei den Schmerzen, die er ausgestanden, und bei der Pein, welche eine vierjährige traurige Gefangenschaft ihm auferlegt habe, indem er hinzufügte, daß er solchem Elend gewiß schon längst erlegen wäre, wenn nicht die Liebesbeweise und die herzlichen Ermunterungen seines trefflichen Bruders ihn aufrecht erhalten hätten. Mein Vater war gegenwärtig. Onkel Toby's Beredsamkeit trieb ihm Thränen in die Augen: es kam so unerwartet. Von Natur war mein Onkel Toby nicht beredt, deshalb wirkte es um so mehr. – Der Wundarzt gerieth in Verlegenheit; nicht daß hier kein Anlaß zur Ungeduld gewesen wäre, selbst eine viel heftigere wäre gerechtfertigt gewesen, – aber es kam so unerwartet. In den vier Jahren, daß er ihn bedient hatte, war ihm so etwas nie an meinem Onkel Toby vorgekommen, derselbe hatte nie ein Wort des Ärgers oder der Unzufriedenheit geäußert, er war immer so geduldig, so ergeben gewesen.

Zuweilen verlieren wir das Recht, uns zu beklagen, wenn wir nicht davon Gebrauch machen, aber oft verdreifachen wir dadurch seine Wirkung; der Wundarzt war höchlich erstaunt, aber noch viel mehr wurde er es, als mein Onkel fortfuhr und darauf bestand, die Wunde müsse sogleich geheilt werden oder er würde zu Monsieur Ronjat, dem Leibchirurgus des Königs, schicken, der würde es schon zu Wege bringen.

Das Verlangen nach Leben und Gesundheit ist dem Menschen eingeboren; die Sehnsucht nach Freiheit und nach Verbesserung seines Zustandes ist diesem Verlangen verwandt. Das hatte mein Onkel Toby mit der ganzen Gattung gemein, und alles dies trug zu seinem lebhaften Wunsche bei, hergestellt zu werden und das Zimmer verlassen zu können; aber ich sagte schon früher, daß in unserer Familie alles anders vor sich ging als bei andern Leuten, und aus der Zeit, wie aus der Art, in welcher dieses heftige Verlangen sich jetzt kund that, wird der scharfsinnige Leser wohl schon vermuthet haben, daß es damit eine besondere Bewandniß, einen Haken in meines Onkels Toby Kopfe haben mußte. Dem war allerdings so, und es soll der Gegenstand des nächsten Kapitels sein, zu zeigen, welches diese Bewandniß und dieser Haken war. Sobald dies geschehen, wird es dann wohl Zeit sein, zum Kamine im Familienzimmer zurückzukehren, wo wir meinen Onkel Toby mitten in seiner Rede sitzen ließen.

Dreißigstes Kapitel

Wenn der Mensch sich von seiner Leidenschaft beherrschen läßt, oder, mit anderen Worten, wenn sein Steckenpferd mit ihm durchgeht, dann ist es mit der ruhigen Vernunft und Überlegung zu Ende.

88

Onkel Toby's Wunde war im Heilen, und sobald der Wundarzt sich von seinem Erstaunen erholt hatte und zu Worte kommen konnte, sagte er ihm, daß sie eben anfange sich zu schließen, und daß, wenn keine neue Ausschwärung einträte, sie allen Anzeichen nach in fünf bis sechs Wochen gänzlich geheilt sein würde. Ebenso viel Olympiaden würden noch 12 Stunden vorher meinem Onkel Toby ein kürzerer Zeitraum gedünkt haben. Jetzt jagten sich seine Gedanken, er brannte vor Ungeduld, sein Vorhaben ins Werk zu setzen, und ohne Jemand zu Rathe zu ziehen, was jedenfalls das Beste ist, wenn man einmal nicht den Willen hat, fremden Rath zu befragen, befahl er seinem Diener Trim, Charpie und Kleider zusammenzupacken und eine vierspännige Kutsche zu miethen, mit der Weisung, daß dieselbe Punkt zwölf Uhr, wo er wußte, daß mein Vater auf der Börse war, vor der Thür halten sollte. Und nachdem er für des Wundarztes Bemühung eine Banknote und für meinen Vater einen Brief voll herzlichen Dankes auf den Tisch gelegt, packte er seine Pläne, Fortifikationsbücher, Instrumente u.s.w. zusammen, setzte sich in die Kutsche, wobei ihn auf der einen Seite seine Krücke, auf der andern Trim unterstützte, und fuhr nach Shandy-Hall ab.

Der Grund dieser plötzlichen Auswanderung, oder vielmehr die Veranlassung dazu war Folgendes:

Der Tisch in Onkel Toby's Zimmer, an welchem er den Abend vor dieser plötzlichen Veränderung, umgeben von seinen Plänen u.s.w., saß, genügte seiner Größe nach den Anforderungen nur sehr wenig, welche die unendliche Menge größerer und kleinerer Werkzeuge der Wissenschaft, mit denen er gewöhnlich bedeckt war, an ihn stellte; so geschah es, daß mein Onkel Toby, als er nach seinem Tabaksbeutel langte, seinen Zirkel herunterwarf, daß er, als er sich dann bückte, um den Zirkel aufzunehmen, das Reißzeug und die Schnupftabaksdose mit dem Ärmel vom Tische schob, und als er vergebliche Versuche machte, die Dose aufzufangen, – das Glück war ihm nun einmal entgegen, – Mr. Blondel zu

Boden warf, auf den dann zuletzt noch der Graf von Pagan zu liegen kam.

Lahm, wie mein Onkel Toby war, konnte er es nicht unternehmen, sich hier selbst helfen zu wollen, er schellte also nach seinem Diener Trim. »Trim«, sagte mein Onkel, »sieh nur, was für eine Verwirrung ich hier angerichtet habe; ich muß das bequemer haben, Trim; nimm doch das Lineal und miß die Länge und Breite dieses Tisches, dann geh und bestelle mir einen, der noch einmal so groß ist.« – »Sehr wohl, Ew. Gnaden«, erwiederte Trim und verbeugte sich; »aber ich hoffe, Ew. Gnaden werden wohl bald gesund genug sein, um aufs Land zu ziehen; da können wir das Ding mit der Befestigung, woran Ew. Gnaden so viel Vergnügen finden, aus dem ff treiben.«

Ich muß hier erwähnen, daß dieser Diener meines Onkels Toby als Korporal in seiner Kompagnie gedient hatte und eigentlich James Butler hieß; aber da ihm im Regimente der Spitzname Trim gegeben worden war, so nannte ihn auch Onkel Toby nicht anders, ausgenommen wenn er sich über ihn ärgerte.

Der arme Bursche war, zwei Jahre vor der Affaire bei Namur, in der Schlacht bei Landau von einer Flintenkugel am linken Bein verwundet und dadurch dienstunfähig geworden; da er aber in dem Regimente sehr beliebt und überdies ein anstelliger Mensch war, so hatte ihn mein Onkel Toby in seine Dienste genommen, und treffliche Dienste leistete er ihm im Lager wie im Standquartier als Kammerdiener, Reitknecht, Barbier, Koch, Schneider und Krankenwärter; von Anfang bis ans Ende pflegte er ihn und diente ihm mit der größten Treue und Anhänglichkeit.

Dafür liebte ihn auch mein Onkel Toby, und was ihn noch mehr an den Mann fesselte, war die gleiche Kenntniß von denselben Dingen: denn Korporal Trim, wie ich ihn fortan nennen werde, war in diesen vier Jahren durch gelegentliches Aufmerken auf seines Herrn Auseinandersetzungen und dadurch, daß er auf dessen Pläne u.s.w. ein neugieriges und forschendes Auge geworfen hatte, – das gar nicht gerechnet, was von seines Herrn Steckenpferd auf ihn den Kammerdiener (nicht steckenpferdisch *per se*) übergehen mußte, – so weit in der Wissenschaft gekommen, daß er bei dem Stubenmädchen und der Köchin für einen Mann galt, der von dem Wesen der Festungen mehr verstünde als selbst mein Onkel Toby.

Noch einen Zug zu Korporal Trims Charakter muß ich hinzufügen, es ist der einzige dunkle darin. Der Bursche liebte Rath zu ertheilen und sich selbst sprechen zu hören; jedoch war sein Betragen stets ehrfurchtsvoll, und es war leicht, ihn beim Schweigen zu erhalten, wenn man wollte; aber war seiner Zunge einmal der Anstoß gegeben, so war kein Haltens mehr – sie lief mit ihm davon. Das fortwährende Dareinwerfen von »Ew. Gnaden« und die ehrfurchtsvolle Art des Korporals verliehen jedoch seiner Schwatzhaftigkeit einen solchen Charakter, daß man ihm darüber nicht böse werden konnte, wie belästigt man sich auch fühlte. Bei meinem Onkel war übrigens weder das Eine, noch das Andere der Fall, wenigstens störte dieser Fehler Trims das Verhältniß nicht. Wie ich sagte, mein Onkel liebte den Mann, und da er einen treuen Diener stets wie einen sich unterordnenden Freund ansah, so konnte er es nicht über sich gewinnen, ihm den Mund zu stopfen. – So war Korporal Trim.

Wenn ich mich unterstehen darf, fuhr Trim fort, Euer Gnaden einen Rath zu geben und meine Meinung in dieser Sache auszusprechen – Du darfst, Trim, sagte mein Onkel Toby, sprich nur aus ohne Furcht, Mann, was Du darüber denkst – Nun dann, erwiederte Trim, der jetzt nicht etwa die Ohren hängen ließ und sich wie ein Dorflümmel den Kopf kratzte, sondern sich die Haare aus der Stirn strich und kerzengerade wie vor seiner Kompagnie dastand – nun dann, sagte Trim, und schob sein linkes Bein, das lahme, etwas vor, indem er mit der rechten Hand auf einen Plan von Dünkirchen wies, der an der Wand hing – nun dann, meine ich, sagte Korporal Trim, Eurer Gnaden besseres Urtheil in Ehren, daß diese Ravelins, Bastionen, Wälle und Hornwerke hier auf dem Papier nur ein armseliges, verächtliches und lumpiges Stück Arbeit sind, wenn man sie mit dem vergleicht, was wir, Euer Gnaden und ich, zu Stande bringen könnten, wenn wir auf dem Lande wären und nur zwei oder drei Quadratfaden Terrain hätten, mit dem wir machen könnten, was wir wollten. Da es jetzt Sommer wird, fuhr Trim fort, so könnten Euer Gnaden draußen im Freien sitzen, – und dann gäben Sie mir die Nographie (Ichnographie mußt Du sagen, warf mein Onkel ein) von der Stadt oder der Citadelle, vor der sich Ew. Gnaden vorher gefälligst festgesetzt hätten, und Ew. Gnaden sollten mich auf dem Glacis derselben Stadt todtschießen lassen, wenn ich sie Ihnen nicht befestigte, wie es Ew. Gnaden belieben würde. – Ich meine, das würdest Du, Trim, sagte mein Onkel Toby. – Denn, fuhr der Korporal fort, wenn mir Ew. Gnaden nur das Polygon mit seinen Winkeln und Linien genau angeben wollten, – (das wollte ich schon, sagte mein Onkel Toby,) – so finge ich gleich mit dem Festungsgraben an; und wenn Ew. Gnaden mir dann die gehörige Breite und Tiefe sagten, – (bis auf ein Haar wollt' ich's, sagte mein Onkel,) – so würfe ich die Erde auf *der* Seite gegen die Stadt, zur Scarpe, und auf *der* Seite nach dem Felde zu zur Contrescarpe, – (ganz recht, sagte mein Onkel Toby,) – und wenn ich beides so zu Ew. Gnaden Zufriedenheit aufgeschüttet hätte, so bekleidete ich, mit Ew. Gnaden Erlaubniß, das Glacis mit Rasenstücken, wie man's in Flandern bei den schönsten Befestigungen macht, und mit den Wällen und Brustwehren macht' ich's ebenso. – Die besten Ingenieurs nennen das »*gazons*«, Trim, sagte mein Onkel Toby. – Das ist egal, *gazons* oder Rasenstücke, erwiederte Trim; Ew. Gnaden wissen, sie sind zehnmal besser als Stein oder Ziegel. – Das sind sie, Trim, in vieler Hinsicht, sagte mein Onkel Toby und nickte dabei mit dem Kopfe, denn eine Kanonenkugel geht gerade in die *gazons* hinein und verursacht keinen Schutt und Abfall, wodurch (wie das bei dem St. Nicolas-Thor der Fall war) der Graben ausgefüllt und dem Feinde der Übergang erleichtert wird.

Ew. Gnaden verstehen das besser, erwiederte Trim, als irgend ein Offizier in Sr. Majestät Armee; aber wenn es Ew. Gnaden gefiele, den Tisch nicht zu bestellen und statt dessen aufs Land zu fahren, so wollte ich unter Ew. Gnaden Befehl wie ein Pferd arbeiten und Befestigungen für Ew. Gnaden machen, mit Batterien, Minen, Gräben und Palissaden, daß es der Mühe werth sein sollte, zwanzig Meilen weit zu fahren, um sie anzusehen.

Als Trim so sprach, wurde mein Onkel purpurroth, – aber nicht aus bösem Gewissen, Bescheidenheit oder Ärger, sondern vor Freude. Korporal Trims Projekt und seine Schilderung setzten ihn in Feuer und Flamme. Trim, sagte mein Onkel Toby, Du hast genug gesagt. – Wir können, fuhr Trim fort, den Feldzug an demselben Tage beginnen, an dem Se. Majestät und die Verbündeten ins Feld ziehen und dann Stadt für Stadt ebenso zerstören, wie – Trim, warf mein Onkel Toby dazwischen, sage nichts weiter –. Ew. Gnaden, fuhr Trim fort, könnten bei dem schönen Wetter in Ihrem Lehnstuhle sitzen (dabei wies er auf denselben) und Ihre Befehle geben, die ich dann – Sage nichts weiter, Trim, rief mein Onkel Toby. – Da hätten Ew. Gnaden überdies nicht blos Vergnügen und angenehme Beschäftigung, sondern auch gute Luft, gute Bewegung und gutes Befinden dazu, und Ew. Gnaden sollten in einem Monat geheilt sein. – Du hast genug gesagt, Trim, rief mein Onkel Toby, indem er die Hand in die Hosentasche steckte, Dein Projekt gefällt mir ungemein. – Und mit Ew. Gnaden Erlaubniß könnte ich gleich einen Pionierspaten kaufen, den wir dann mitnähmen – und eine Schaufel bestellen und eine Hacke und ein Paar – Sage nichts weiter, rief mein Onkel Toby ganz entzückt, indem er sich auf einem Beine aufrichtete und Trim eine Guinee in die Hand drückte. – Trim, rief mein Onkel Toby, sage nichts weiter; geh hinunter, mein Junge, und bring mir mein Abendessen herauf.

Trim lief hinunter und brachte seines Herrn Abendessen – ganz umsonst: Trims Operationsplan ging meinem Onkel Toby so im Kopf herum, daß er keinen Bissen anrührte. Trim, sagte mein

Onkel Toby, bring mich zu Bette. – Das half nichts. Korporal Trims Schilderung hatte seine Einbildungskraft erhitzt; mein Onkel konnte kein Auge zuthun. Je mehr er darüber nachdachte, desto reizender kam ihm die Sache vor, so daß er bereits zwei Stunden vor Tagesanbruch einen festen Entschluß gefaßt hatte, und mit sich darüber im Reinen war, er wolle mit Korporal Trim zusammen das bisherige Standquartier verlassen.

Mein Onkel besaß in demselben Dorfe, wo meines Vaters Besitzung lag, in Shandy, ein kleines Landhaus, welches ihm, nebst einem mäßigen Einkommen von etwa 100 Pfund jährlich, ein alter Onkel hinterlassen hatte. Unmittelbar hinter dem Hause befand sich ein Küchengarten etwa $1\frac{1}{2}$ Morgen groß, und am Ende dieses Gartens, durch eine hohe Hecke davon getrennt, ein Rasenplatz, der gerade so groß war, wie Korporal Trim ihn brauchte, so daß, als Trim von zwei bis drei Quadratfaden Terrain sprach, »womit man machen könnte, was man wollte«, dieser Rasenplatz meinem Onkel Toby sogleich in den lebhaftesten Farben vor die Augen trat; das war es gewesen, was ihm, wie wir oben sahen, das Blut so heftig ins Gesicht getrieben hatte.

Nie eilte ein Verliebter zu der Geliebten seines Herzens mit heftigerer Glut, in seliger Erwartung heimlichen Genusses, – als mein Onkel zu diesem Rasenplatze; ich sage heimlichen Genusses, – denn der Platz war, wie schon erwähnt, der hohen Hecke wegen vom Hause aus nicht zu sehen, und auf den andern drei Seiten war er durch wildes Rosengebüsch und dichtes blühendes Gesträuch vor jedem Blicke geschützt, so daß der Gedanke, hier ganz unbeobachtet zu sein, nicht wenig zu dem angenehmen Gefühl beitrug, welches mein Onkel schon im Voraus empfand. Eitle Hoffnung! mein guter Onkel Toby. Wie dicht das Gesträuch auch immer sein mochte, konntest Du wirklich glauben, es würde Dir vergönnt sein eine Heimlichkeit ganz allein zu genießen und vor dem Offenbarwerden zu schützen, zu der zwei bis drei Quadratfaden Terrain nöthig waren?

Auf welche Weise mein Onkel Toby und Korporal Trim die Sache angriffen, und wie ihre Campagnen, denen es keineswegs an Ereignissen gebrach, verliefen, alles das wird eine nicht uninteressante Episode im Verlauf und in der Entwickelung dieses Dramas ausmachen. Jetzt aber muß die Scene wechseln, und wir sehen uns vor den Kamin im Familienzimmer zurückversetzt.

Einunddreißigstes Kapitel

Was machen sie nur da oben, Bruder? sagte mein Vater. – Ich meine, erwiederte mein Onkel Toby, der seine Pfeife aus dem Munde nahm und die Asche ausklopfte, während er seine Rede begann, – ich meine, erwiederte er, daß es gut sein würde, Bruder, wenn wir klingelten.

Was bedeutet der Lärm über unsern Köpfen, Obadiah? fragte mein Vater; mein Bruder und ich, wir können kaum unser eigenes Wort hören.

Herr, entgegnete Obadiah, indem er sich nach links hin verbeugte, – Madame ist plötzlich sehr unwohl geworden. – Und was läuft Susanna dort durch den Garten, als ob der böse Feind hinter ihr her wäre? – Herr, entgegnete Obadiah, sie läuft auf dem kürzesten Wege nach der Stadt, um die alte Hebamme zu holen. – Dann sattle ein Pferd, sagte mein Vater, und reite gleich zu *Dr.* Slop, dem Geburtshelfer; – bestell' ihm meine Empfehlung, und die Wehen bei Deiner Herrin hätten sich eingestellt, und ich ließe ihn bitten, so schnell als möglich herzukommen.

Es ist sonderbar, wandte sich mein Vater zu meinem Onkel Toby, als Obadiah zur Thür hinaus war, – da ist nun ein so geschätzter Arzt wie *Dr.* Slop ganz in der Nähe, und doch besteht meine Frau in ihrem unverzeihlichen Eigensinne darauf, das Leben meines Kindes, das schon Ein Mißgeschick betroffen, der Unwissenheit eines alten Weibes anzuvertrauen; und nicht das Leben meines Kindes allein, Bruder, sondern auch das ihrige und das aller der Kinder, die ich vielleicht noch später mit ihr erzeugen könnte.

Vielleicht, Bruder, erwiederte mein Onkel Toby, thut es meine Schwägerin der Kosten wegen. – Dummheit! entgegnete mein Vater, der Doktor muß so oder so bezahlt werden, mag er nun Hand anlegen oder nicht, – ja vielleicht noch besser, damit er sich nicht ärgert.

Dann, sagte mein Onkel Toby in der Unschuld seines Herzens, dann kann es durchaus nichts Anderes sein als Schamgefühl. Ich wette darauf, setzte er hinzu, sie will nicht, daß ein Mann ihr so nahe komme – – Nun vermöchte ich nicht zu sagen, ob mein Onkel Toby damit den Satz beendigt hatte oder nicht; – zu seinen Gunsten nehme ich das Erstere an, denn ich meine durch jedes Wort mehr wäre der Satz schlechter geworden.

Hätte dagegen mein Onkel Toby seinen Satz wirklich nicht beendigt gehabt, so verdankt die Welt dem Umstande, daß meines Vaters Pfeife zerbrach, eines der artigsten Beispiele zu der Redefigur, welche die Rhetoriker Aposiopesis nennen. Gerechter Himmel! wie sehr kommt es bei der Schönheitslinie eines Satzes, wie bei der einer Bildsäule auf das *poco piu* und *poco meno* der italienischen Künstler, auf das unmerkliche Mehr oder Weniger an! Wie verleihen gerade die leichten Striche des Meißels, des Pinsels, der Feder, des Fiedelbogens u.s.w. jenen rechten Ausdruck, welcher den wahren Genuß erzeugt. O, liebe Landsleute! seid keusch, seid vorsichtig in Eurer Sprache und vergeßt nie, o nie! von was für kleinen Partikeln Eure Beredsamkeit und Euer Ruhm abhängt.

Wahrscheinlich, sagte mein Onkel Toby, will meine Schwägerin nicht, daß ihr ein Mann so nahe komme – Macht man einen Gestankenstrich, so ist dies eine Aposiopesis; nimmt man den Gedankenstrich weg und schreibt »an ihren Hintern«, so ist das eine Unanständigkeit; streicht man Hintern aus und setzt dafür »gedeckten Weg«, so ist das eine Metapher, und da meinem Onkel Toby die Befestigungskunst immer im Sinne lag, so glaube ich, es würde dies das Wort gewesen sein, welches er an seine Rede gefügt hätte, wäre es überhaupt dazu gekommen.

Ob das nun aber in seiner Absicht gelegen oder nicht, oder ob das verhängnißvolle Zerbrechen der Tabakspfeife meines Vaters zufällig, ob aus Ärger geschah, das wird seiner Zeit gemeldet werden.

Zweiunddreißigstes Kapitel

Obgleich mein Vater von Natur ein guter Philosoph war, so hatte er doch auch etwas von einem Moralisten an sich; deshalb hätte er, als er seine Tabakspfeife mitten durchgebrochen, nichts Anderes thun sollen, als die beiden Stücke ruhig ins Feuer werfen. Das that er aber nicht; er schleuderte sie vielmehr mit aller Gewalt hinein und sprang, wahrscheinlich des größeren Nachdrucks wegen, dabei von seinem Sitze auf.

Das sah wie Heftigkeit aus, und die Art, wie er meinem Onkel Toby antwortete, bewies, daß er wirklich heftig war.

»Will nicht, daß ein Mann so nahe komme!« rief mein Vater aus, indem er Onkel Toby's Worte wiederholte. Bei Gott, Bruder, Du könntest einen Hiob aus seiner Geduld bringen; habe ich denn nicht ohnedies schon Schererei genug! – Wie so? warum? weswegen? woher? in wie fern? erwiederte mein Onkel Toby ganz erstaunt. – Ein Mann in Deinen Jahren, Bruder, sagte mein Vater, und kennt die Weiber so wenig! – Ich kenne sie gar nicht, erwiederte mein Onkel Toby, und ich meine die Unannehmlichkeit, die ich ein Jahr nach der Zerstörung von Dünkirchen mit der Wittwe Wadmann hatte, – eine Unannehmlichkeit, die ich mir bei einiger Kenntniß des schönen Geschlechtes nie zugezogen hätte, – berechtigt mich wohl zu sagen, daß ich von Allem, was die Frauen betrifft und angeht, nichts weiß und nichts wissen will. – Du solltest doch aber, sagte mein Vater, das rechte Ende, bei dem ein Weib angegriffen sein will, von dem unrechten unterscheiden können.

Aristoteles sagt uns in seinem Meisterwerke: »daß Jemand, der an Vergangenes denke, vor sich hin zur Erde blicke, während der, welcher an Zukünftiges denkt, zum Himmel aufschaue«.

Mein Onkel dachte wahrscheinlich weder an das Eine, noch an das Andere, denn er sah geradeaus. Das rechte Ende! murmelte mein Onkel Toby vor sich hin und richtete dabei unbewußt seine Augen auf eine kleine Ritze, die durch zwei schlecht verbundene Kacheln im Mantel des Kamines gebildet wurde, – das rechte Ende bei einem Weibe! – Ich erkläre, davon nicht mehr zu verstehen, als von dem Mann im Monde; und wenn ich, fuhr mein Onkel Toby fort und hielt die Augen noch immer fest auf die Ritze gerichtet, – und wenn ich diesen ganzen Monat darüber nachdächte, ich brächte es sicher nicht heraus.

Dann will ich Dir's erklären, Bruder, sagte mein Vater.

Jedes Ding in der Welt, fuhr mein Vater fort und stopfte sich eine neue Pfeife, jedes Ding in der Welt, lieber Bruder Toby, hat zwei Handhaben. Nicht immer, sagte mein Onkel Toby. – Wenigstens jedes hat zwei Seiten, an denen man es fassen kann, was auf dasselbe herauskommt. Wenn nun ein Mann sich hinsetzt und das ganze Machwerk, die Gestalt, Bildung, Leistungsfähigkeit und Zweckmäßigkeit der einzelnen Theile jenes Thieres, Weib genannt, in Betracht zieht und sie nach den Gesetzen der Analogie – Ich verstehe das Wort nicht recht, sagte mein Onkel Toby.

Analogie, erwiederte mein Vater, ist ein gewisser Grad von Verwandtschaft und Übereinstimmung mit – Hier brach ein entsetzliches Klopfen an der Thür die Auseinandersetzung meines Vaters mitten durch (wie vorher seine Tabakspfeife) und drückte damit einer so beachtenswerthen und interessanten Abhandlung, wie nur je eine dem Mutterleibe der Spekulation entsprungen, den Kopf ein. Es dauerte einige Monate, ehe mein Vater die geeignete Gelegenheit fand, sie sicher an den Mann zu bringen, und wenn ich die Verwirrung und die Unfälle erwäge, welche nun massenhaft über unser Haus hereinbrachen, so scheint es mir zur Zeit ebenso problematisch zu sein, als es der Gegenstand der Abhandlung selbst ist, ob ich im Stande sein werde, in diesem Bande noch einen Platz dafür zu finden, oder nicht.

Dreiunddreißigstes Kapitel

Es ist ohngefähr anderthalb Stunden gemächlichen Lesens her, daß mein Onkel die Glocke zog und Obadiah den Befehl erhielt, ein Pferd zu satteln und nach *Dr.* Slop, dem Geburtshelfer, zu reiten; also wird Niemand vernünftiger Weise behaupten können, ich hätte – poetisch gesprochen, und die Dringlichkeit wohl erwogen, – dem Obadiah nicht Zeit genug gelassen, den Weg hin und her zu machen, obgleich dieselbe Zeit in Wirklichkeit für ihn kaum hingereicht hätte, seine Stiefel anzuziehen.

Wenn ein Kritiker sich hier einbeißen und etwa einen Pendel nehmen wollte, um die wahre Zeitdifferenz zwischen dem Läuten der Glocke und dem Klopfen an der Thür zu messen, mir dann aber wegen Verletzung der Einheit oder vielmehr der Wahrscheinlichkeit der Zeit zu Leibe ginge, weil er fände, daß diese Differenz nicht mehr als 2 Minuten $13^3/_5$ Sekunden beträgt, so würde ich ihn daran erinnern, daß die Idee der Zeitdauer und ihrer einzelnen Grade nur von der Folgenreihe unserer Gedanken hergenommen wird, und daß dies der wahre scholastische Pendel ist, vor welchem ich als Gelehrter meine Sache ausfechten will, indem ich die Gerichtsbarkeit jedes andern Pendels mit Verachtung zurückweise.

Ich würde ihn daher ersuchen, doch gefälligst in Betracht ziehen zu wollen, daß es von Shandy-Hall bis zu des Geburtshelfers *Dr.* Slop Hause nicht weiter als lumpige acht Meilen ist, und daß ich, während Obadiah besagte Meilen hin- und herritt, meinen Onkel Toby von Namur durch ganz Flandern nach England brachte, ihn fast vier Jahre lang krank auf den Händen hatte, und ihn dann mit Korporal Trim fast zweihundert Meilen weit in einer vierspännigen Kutsche nach Yorkshire schaffte, was alles zusammen des Lesers Einbildungskraft für das Auftreten des *Dr.* Slop auf unserer Bühne gewiß nicht schlechter vorbereitet haben wird, als ein Tanz, eine Arie oder ein Koncert während des Entreacts.

Wenn aber mein Hyperkritikus, nachdem ich alles, was ich zu meinen Gunsten vorbringen konnte, gesagt habe, dennoch keine Vernunft annehmen will und dabei beharrt, daß 2 Minuten $13^3/_5$ Sekunden doch immer nur 2 Minuten $13^3/_5$. Sekunden sind, und daß diese Rechtfertigung, obgleich sie mich als Dramatiker entlastet, doch als Biograph verdammt, indem sie mein Buch, welches bis dahin wenigstens als apokryph gelten konnte, in die Klasse der gänzlich erdichteten verweist, – so will ich seinem Einspruch und der ganzen Controverse durch die Mittheilung ein Ende machen, daß Obadiah noch nicht fünfzig Schritt weit vom Stalle geritten war, als er auf *Dr.* Slop stieß – und wahrhaftig der Beweis für dieses Zusammentreffen war schmutzig genug und hätte um ein Haar breit recht tragisch werden können.

Denkt Euch nämlich – doch es wird besser sein, wenn ich ein neues Kapitel anfange.

Vierunddreißigstes Kapitel

Denkt Euch also die kleine, untersetzte, unansehnliche Gestalt des *Dr.* Slop, kaum $4^1/_2$ Fuß hoch, mit breitem Rücken und einem anderthalb Fuß hervorstehenden Bauch, der einem Sergeanten des Leibkürassier-Regimentes Ehre gemacht hätte.

So waren die Umrisse von *Dr.* Slops Gestalt, die man, wie Ihr wissen müßt, wenn Ihr nämlich Hogarths Analyse der Schönheit gelesen habt, – und habt Ihr sie nicht gelesen, so thut's! – ebenso gut mit drei als dreihundert Strichen karrikiren und dem Geiste darstellen kann.

Stellt Euch also eine solche Gestalt vor, die dem *Dr.* Slop angehört, der jetzt langsam, Schritt vor Schritt, durch den tiefsten Koth auf den *vertebris* eines ganz kleinen Pony dahergeritten kam, eines ganz kleinen Pony von leidlicher Farbe, aber von einer Stärke, – du lieber Gott! – die unter einer solchen Last auch zum kleinsten Trab nicht hingereicht hätte, wären selbst die Straßen in einem trabbareren Zustande gewesen. Sie waren es aber nicht. Denkt Euch nun Obadiah auf einem wahren Unthier von Kutschenpferd, in vollem Galopp so schnell als möglich in entgegengesetzter Richtung reitend.

Schenken Sie, Sir, diesem Bilde einen Augenblick Ihre werthgeschätzte Aufmerksamkeit! Hätte *Dr.* Slop unsern Obadiah aus meilenweiter Entfernung in einem engen Wege so durch Dick und Dünn patschend und spritzend auf sich losstürmen sehen, würde da, frage ich, ein derartiges Phänomen mit einem solchen Wirbel von Koth und Wasser rund um seine Axe nicht ein Gegenstand viel gerechterer Befürchtung für ihn gewesen sein, als der schlimmste Whistonsche Komet? Gar nicht zu reden vom Kern, d.h. von Obadiah und seinem Pferde. Meiner Ansicht nach hätte der Wirbel allein hingereicht, wenn auch nicht den Doktor selbst, doch seinen Pony ganz einzuhüllen und mit sich fortzureißen. Stellen Sie sich nun den haarsträubenden Schreck und die Wasserscheu des *Dr.* Slop vor, wenn ich Ihnen sage (was ich hiemit thue), daß derselbe, nichts Böses ahnend, auf Shandy-Hall zuritt und sich dem Hause auf fünfzig, der plötzlichen Wendung des Weges um die Gartenecke aber auf fünf Ellen genähert hatte, als Obadiah auf seinem Kutschenpferde in wüthendem Galopp um die Ecke bog, – bautz – grade auf ihn los! – In der ganzen Schöpfung, glaube ich, kann man sich nichts denken, was unfähiger und weniger unvorbereitet gewesen wäre, einen solchen Stoß aufzufangen, als *Dr.* Slop.

Was konnte er thun? er bekreuzte sich † – Pah! – Aber der Doktor, Sir, war Katholik. – Schadet nichts, er hätte sich lieber am Sattelknopf festhalten sollen. – Gewiß, und wie der Ausgang zeigte, hätte er lieber gar nichts thun sollen; denn bei dem Bekreuzen ließ er seine Reitpeitsche fallen, und als er versuchte, sie zwischen Sattel und Knie aufzufangen, verlor er den Steigbügel und dadurch das feste Gesäß – und zu all diesen Verlusten (die, nebenbei gesagt, beweisen, wie wenig das Kreuzschlagen taugt) verlor der arme Doktor noch seine Geistesgegenwart. So, ohne Obadiahs Anprall abzuwarten, überließ er den Pony seinem Schicksale, indem er ihn in der Diagonale *verließ*, in der Art etwa, wie ein Ballen Wolle zur Erde fällt, glücklicherweise ohne alle weitere Folgen, als die, daß er mit seiner Breitseite zwölf Zoll tief in dem Koth zu liegen kam.

Obadiah nahm vor dem *Dr.* Slop zweimal die Mütze ab, einmal als derselbe fiel, das zweite Mal als er ihn festsitzen sah. – Unzeitige Höflichkeit! Hätte der Bursche nicht lieber vom Pferde steigen und dem Doktor helfen können? – Sir, er that Alles, was die Umstände ihm erlaubten, denn der Schuß, in welchem das Kutschenpferd sich befand, war so heftig, daß ihm jenes vor der Hand unmöglich war; er ritt erst dreimal im Kreise um *Dr.* Slop herum, bevor es ihm gelang, sein Pferd zum Stehen zu bringen, und das war dann mit einer solchen Kothexplosion verbunden, daß Obadiah lieber eine Meile weg hätte sein sollen. Kurz, nimmer wurde ein *Dr.* Slop so besudelt und transsubstantiirt, seit Transsubstantiationen überhaupt Mode geworden sind.

Fünfunddreißigstes Kapitel

Als *Dr.* Slop in das Hinterzimmer trat, wo mein Vater und mein Onkel Toby über das Wesen der Frauen diskutirten, war es schwer zu sagen, was mehr ihr Erstaunen errege, sein Aussehen oder sein Erscheinen überhaupt; denn da der Unfall sich so nahe bei dem

Hause ereignet hatte, so führte Obadiah, dem es unnütz erschien, den Doktor wieder auf das Pferd zu setzen, diesen unabgewischt, ungebürstet und ungesäubert, mit allen Schmutz- und Kothflecken, so wie er war, in die Stube herein.

Bewegungslos und sprachlos, wie Hamlets Geist, stand er anderthalb Minuten lang in der ganzen Majestät des Straßenkothes auf der Thürschwelle (während Obadiah ihn immer noch bei der Hand hielt); sein Hintertheil war ganz beschmiert, und an jedem andern Theile seines Körpers war er durch Obadiahs Anhalten des Pferdes so bespritzt, daß man ohne *reservatio mentalis* hätte schwören können, jeder Tropfen Koth müsse getroffen haben.

Eine herrliche Gelegenheit für meinen Onkel Toby, seinerseits über meinen Vater zu triumphiren; denn kein Mensch, der *Dr.* Slop in dieser Brühe gesehen hätte, würde meines Onkels Meinung haben bestreiten mögen: daß seine Schwägerin einen solchen *Dr.* Slop wahrscheinlich nicht wolle so nahe kommen lassen. – Aber das wäre ein *argumentum ad hominem* gewesen, und da mein Onkel Toby darin nicht erfahren war, so wird man vielleicht meinen, er habe es deshalb nicht angewandt. – Nein, – der wahre Grund war, – es lag nicht in seiner Natur, Jemand zu beleidigen.

Dr. Slops Erscheinen zu dieser Zeit war nicht weniger räthselhaft als die Art und Weise, in welcher es geschah, obgleich mein Vater es sich, durch ein wenig Nachdenken, wohl hätte erklären können; denn er hatte, vor einer Woche etwa, *Dr.* Slop angezeigt, daß meine Mutter sich in allernächster Zeit erwarte, und da der Doktor seitdem nichts weiter gehört hatte, so war es natürlich und aufmerksam von ihm, daß er, wie geschehen, nach Shandy-Hall geritten kam, um zu sehen, wie die Sachen stünden.

Aber meines Vaters Geist schlug bei der Untersuchung eine falsche Richtung ein; gerade wie der Hyperkritikus blieb er bei dem Läuten der Glocke und dem Klopfen an die Thür hängen, – verglich den Unterschied der Zeit und faßte diesen Punkt so ausschließlich ins Auge, daß er nicht im Stande war, an etwas Anderes zu denken,

– eine sehr allgemeine Schwäche großer Mathematiker, die mit solcher Gewalt und Gründlichkeit ihre Sätze demonstriren, daß sie dabei ihre ganze Kraft erschöpfen und ihnen keine mehr nachbleibt, dieselben auch nützlich anzuwenden.

Das Läuten der Glocke und das Klopfen an die Thür hatte mit gleicher Gewalt auch das Sensorium meines Onkels Toby getroffen, aber es regte einen ganz andern Gedankengang an; die beiden unvereinbaren Lufterschütterungen wurden die Veranlassung, daß mein Onkel Toby an Stevenius, den großen Ingenieur, denken mußte. Was nun eigentlich Stevenius mit dieser Sache zu thun hatte, ist das größte Räthsel von allen. Es soll gelöst werden, aber nicht im nächsten Kapitel.

Sechsunddreißigstes Kapitel

Schreiben, – vorausgesetzt, daß man es mit Geschick thut (wie ich z.B.), – ist nur eine andere Benennung für »sich unterhalten«. – Wie Jemand, der weiß, was sich in guter Gesellschaft schickt, es nicht wagen wird, alles zu sprechen, so wird es einem Autor, der die wahren Gränzen des Anstandes und der guten Erziehung kennt, auch nicht einfallen, alles zu denken; er wird seine Achtung vor dem Verstande seines Lesers nicht besser beweisen können, als wenn er in dieser Hinsicht freundschaftlich mit ihm theilt und ihm, so gut wie sich selbst, auch etwas zu denken übrig läßt.

Was mich anbetrifft, so übe ich diese Höflichkeit unaufhörlich, und thue alles, was in meiner Macht steht, um die Einbildungskraft des Lesers nicht weniger in Thätigkeit zu erhalten, als meine eigene.

Hier ist eine solche Gelegenheit; ich gab von *Dr.* Slops Sturze und seinem kläglichen Erscheinen im Hinterzimmer eine ausführliche Beschreibung, – möge nun seine Einbildungskraft auf diesem Wege eine Strecke weiter gehen.

Stelle sich der Leser also vor, daß *Dr.* Slop seine Geschichte erzählt hat, und zwar in solchen Worten und mit solchen Übertreibungen, wie es seiner Phantasie gefällt; nehme er an, Obadiah habe seine Geschichte auch erzählt, und zwar mit solch' bedauerlichen Mienen und solch' scheinbarer Verwirrung, wie es ihm am besten scheinen mag, die beiden Gestalten einander gegenüberzustellen. Bilde er sich ein, daß mein Vater hinauf gegangen ist, im zu sehen, wie es mit meiner Mutter geht, und endlich (denn sonst wird des Sichvorstellens und Sicheinbildens zu viel), daß der Doktor rein gewaschen, gebürstet, getröstet, beglückwünscht und in ein Paar von Obadiahs Hosen gesteckt worden sei und nun eben der Thür zuschreite, um sich auf das Feld seiner Thätigkeit zu begeben.

Sachte, sachte, guter *Dr.* Slop! ziehe deine geburtshelferische Hand wieder ein – stecke sie vorsichtig in den Busen, damit sie warm bleibe; wenig weißt du, welche Hindernisse, welche verborgenen Gründe sich ihrem Wirken widersetzen. Wurdest du, mein lieber Doktor, mit den geheimen Artikeln des feierlichen Vertrages bekannt gemacht, kraft dessen du hier zur Stelle bist? Ahnest du wohl, daß eine Tochter Lucinens, geburtshelferischerweise, dir eben jetzt auf die Nase gesetzt wurde? Ach! es ist nur zu wahr! – Überdies, du großer Sohn des Pilumnus, was vermöchtest du zu vollbringen? Du bist ohne Waffen dahergekommen, dein *tire-tête* – deine neuerfundene Zange – deinen Haken – deine Klystierspritze, alle deine Heil- und Entbindungsinstrumente hast du zu Hause gelassen. Bei Gott! sie hängen in diesem selben Augenblicke in einem grünen Boysacke zwischen deinen Pistolen am Kopfende deines Bettes. Klingle – rufe! – schicke Obadiah auf dem Kutschenpferde danach, damit er sie so schnell als möglich bringe.

– Mach schnell, recht schnell, Obadiah, sagte mein Vater, ich gebe dir auch eine Krone. – Und ich auch eine, sagte mein Onkel Toby.

Siebenunddreißigstes Kapitel

Bei Ihrer plötzlichen und unerwarteten Ankunft, sagte mein Onkel Toby zu *Dr.* Slop, als die drei jetzt wieder am Kamin saßen und mein Onkel an zu sprechen fing, – bei Ihrer plötzlichen und unerwarteten Ankunft mußte ich sogleich an den großen Stevenius denken, der, wie Sie wissen, einer meiner Lieblingsautoren ist.

Dann, setzte mein Vater hinzu, indem er eine Anwendung des *argumentum ad crumenam* machte – dann wette ich zwanzig Guineen gegen eine Krone (die Obadiah, wenn er zurück ist, gleich bekommen kann), daß dieser Stevenius irgend ein Ingenieur war, oder daß er etwas, direkt oder indirekt, über Befestigungskunst geschrieben hat.

Das hat er, erwiederte mein Onkel Toby. – Nun, ich wußte es, sagte mein Vater, obgleich ich, so wahr ich lebe, nicht einzusehen vermag, was für einen Zusammenhang es zwischen *Dr.* Slops Ankunft und einer Abhandlung über Befestigungskunst geben kann; aber ich befürchtete es. Man mag sprechen, wovon man will, Bruder, die Gelegenheit mag für Deinen Lieblingsgegenstand noch so ungeeignet und unpassend sein, Du ziehst ihn bei den Haaren herbei. Wahrlich, Bruder Toby, fuhr mein Vater fort, ich möchte meinen Kopf nicht so voll von Courtinen und Hornwerken haben. –

Das glaub' ich, unterbrach ihn *Dr.* Slop und lachte ganz unmäßig über seinen eigenen Witz.

Herr, sagte mein Onkel Toby und wandte sich zu *Dr.* Slop, die Courtinen, von denen mein Bruder Shandy spricht, haben nichts mit dem Bett zu thun, obgleich Du Cange, wie ich wohl weiß, sagt: »daß die Bettgardinen aller Wahrscheinlichkeit nach von jenen ihren Namen hätten«; noch haben die »Hornwerke«, von denen er sprach, irgend etwas mit dem Hornwerk der Hahnreischaft gemein, sondern Courtine, Herr, ist ein Wort, welches wir in der Befestigungskunst für jenen Theil des Walles oder der Brüstung gebrauchen, welcher zwischen zwei Bastionen liegt und dieselben mit einander verbindet. Selten werden die Belagernden ihren Angriff geradezu gegen die Courtine richten, da sie zu gut in der Flanke vertheidigt ist. – Das ist mit meinen Gardinen auch der Fall, sagte *Dr.* Slop lachend. – Um sie jedoch, fuhr mein Onkel Toby fort, noch mehr zu sichern, stellen wir gemeiniglich Ravelins davor, wobei wir nur darauf zu sehen haben, daß sie über den *fossé* oder Graben herausreichen. Die meisten Leute, die von der Befestigungskunst wenig verstehen, verwechseln gewöhnlich Ravelin und Halbmond miteinander, obgleich beides sehr verschiedene Dinge sind, nicht sowohl in Gestalt und Bauart, denn wir machen beide in allen Punkten ganz gleich: sie haben nämlich immer zwei Frontseiten, die einen hervorspringenden Winkel bilden, und dessen Kehlen nicht gerade, sondern halbmondförmig sind. – Worin besteht denn also der Unterschied? fragte mein Vater etwas ärgerlich. – In ihrer Lage, Bruder, erwiederte mein Onkel Toby; denn wenn ein Ravelin vor einer Courtine steht, so ist es ein Ravelin; steht er aber vor einer Bastion, so ist der Ravelin kein Ravelin, sondern ein Halbmond; ebenso ist ein Halbmond nur so lange ein Halbmond, als er vor einer Bastion steht: würde er seinen Ort wechseln und sich vor eine Courtine stellen, so könnte er nicht länger ein Halbmond bleiben, in diesem Falle wäre der Halbmond kein Halbmond, sondern nur ein Ravelin. – Ich meine, sagte mein Vater, diese edle Kunst der Vertheidigung hat ihre schwachen Seite, wie jede andere.

Was, fuhr mein Onkel Toby fort, aber das Hornwerk anbetrifft, (o weh! seufzte mein Vater,) von dem mein Bruder sprach, so ist dasselbe ein sehr wichtiger Theil eines Außenwerkes, der von den französischen Ingenieuren *ouvrage à corne* genannt wird, und wir errichten es gewöhnlich zur Deckung solcher Stellen, die wir für besonders schwach halten. Es wird aus zwei Schulterwehren oder Halbbastionen gebildet und sieht recht hübsch aus; wenn Sie einen kleinen Gang nicht scheuen, so mache ich mich verbindlich, Ihnen eins zu zeigen, das sich anzusehen lohnt. – Es ist nicht zu leugnen, fuhr mein Onkel Toby fort, daß gekrönte Hornwerke stärker sind, aber dann sind sie auch sehr ausgedehnt und nehmen viel Platz ein, und werden deshalb, meiner Ansicht nach, am besten angewandt, um die Front eines Lagers zu decken oder zu vertheidigen, was sonst durch die *double tenaille* geschieht. – Bei der Mutter, die uns gebar, rief mein Vater, unfähig länger an sich zu halten, Du könntest einen Heiligen wild machen, Bruder Toby; da bist Du nun, ehe man sich's versehen, nicht allein wieder mitten in das alte Thema hineingerathen, sondern Dein Kopf ist so voll von den verfluchten Befestigungswerken, daß weiter nichts fehlte, als Du entführtest mir auch noch, in diesem Augenblicke, wo meine Frau in den Wehen liegt und ihr Wimmern bis hieher dringt, den Geburtshelfer. – *Accoucheur,* wenn's beliebt, schob *Dr.* Slop ein. – Herzlich gern, erwiederte mein Vater, nennen Sie sich meinetwegen, wie Sie wollen; aber ich wünsche die ganze Befestigungskunst und ihre sämmtlichen Erfinder zum Teufel: sie hat den Tod Tausender verschuldet und wird auch der Nagel zu meinem Sarge sein. Nein, Bruder Toby, nicht um den Besitz von Namur, nicht um den aller Städte in Flandern dazu, möchte ich mein Gehirn so voll haben von Gräben, Blenden, Schanzkörben, Palissaden, Ravelinen, Halbmonden und solchem Zeuge, wie Du. –

Mein Onkel Toby war ein Mann, der Beleidigungen ruhig ertrug, – nicht aus Mangel an Muth, denn ich habe bereits in einem früheren Kapitel gesagt, daß er Muth besaß, und will hier noch hinzufügen, daß, wo die rechte Gelegenheit sich dazu darbot oder ihn erheischte, ich Niemand kenne, in dessen Schutze ich mich sicherer gefühlt haben würde; auch nicht Mangel an Gefühl oder Stumpfheit der Seele waren der Grund, denn er fühlte die Beleidigung meines Vaters so tief, als nur irgend jemand sie hätte fühlen können; – aber er war eine friedfertige gelassene Natur, kein Fünkchen Streitsucht in ihm, sein Gemüth war von so sanfter Art, keiner Fliege hätte mein Onkel Toby wehe thun können. Geh, sagte er eines Tages beim Mittagsessen zu einer recht großen, die ihm während des Essens unaufhörlich um die Nase geschwirrt und von der er entsetzlich geplagt worden, bis er sie endlich nach langen Versuchen im Fluge gehascht hatte, – geh, ich will dir nichts zu Leide thun, und dabei stand er auf und ging, mit der Fliege in der Hand, durch das Zimmer; geh, armer Teufel, – hier machte er das Fenster auf und ließ sie fliegen – Mach, daß du fortkommst, warum sollte ich dir wohl etwas zu Leide thun? ist die Welt doch groß genug für uns beide.

Ich war damals, als dies vorfiel, erst zehn Jahr alt; aber, war es nun die Handlung selbst, die im Einklang mit der Nervenstimmung meines zum Mitleid geneigten Alters mein ganzes Wesen in die angenehmste Erregung versetzte, oder war es die Art und Weise, der Ausdruck, mit dem sie vollbracht wurde; oder drang mir der geheime Zauber des Tones, der Bewegung, so voll von Barmherzigkeit, zu Gemüth, – ich weiß es wirklich nicht; nur so viel weiß ich, daß ich diese Lehre des Wohlwollens gegen alles, was da lebt und existirt, die mein Onkel mir damit gab und einprägte, nie wieder vergessen habe; und, obgleich ich weder den Gewinn, welchen ich auf der Universität aus dem Studium der Humaniora zog, noch den Einfluß, welchen eine kostspielige Erziehung zu Hause und außer dem Hause auf mich ausübte, in dieser Hinsicht herabsetzen will, so meine ich doch oft, die Hälfte meiner Philanthropie diesem Einen, zufälligen Eindrucke schuldig zu sein.

Möge dies allen Eltern und Lehrern statt eines ganzen Bandes über diesen Gegenstand dienen.

Diesen Zug in meines Onkel Toby's Bilde konnte ich dem Leser nicht mit demselben Griffel geben, womit ich die andern Züge zeichnete; – dort nahm ich ihn ab, wie er auf seinem Steckenpferde ritt (ein Reiterbild), – hier ein Stück seines moralischen Charakters. Wie der Leser schon bemerkt haben wird, war mein Vater, was das ruhige Ertragen zugefügten Unrechts anbetraf, von seinem Bruder sehr verschieden; er war von Natur viel reizbarer und dazu etwas grämlich. Obgleich ihn dies nun nie zu der geringsten Bosheit antrieb, so wurde es doch die Veranlassung, daß er bei kleinen Reibungen und Verdrießlichkeiten, wie sie im Leben stets vorfallen, eine gewisse drollige und witzige Nörgelsucht offenbarte. Dabei war er aber von Natur offen und edelmüthig, zu allen Zeiten bereit, sich überzeugen zu lassen, und bei den kleinen Aufwallungen dieses säuerlichen Humors gegen Andere, besonders aber gegen meinen Onkel Toby, den er herzlich liebte, pflegte er sich selbst gewöhnlich zehnmal mehr zu ärgern, als er Andere ärgerte, wovon nur die Geschichte mit meiner Tante Dinah eine Ausnahme machte, weil hier eine Hypothese mit ins Spiel kam.

Die Charaktere der beiden Brüder setzten sich, so einander gegenübergestellt, in ein helles Licht und bei dieser Gelegenheit, zu der Stevenius Veranlassung gegeben hatte, überdies in ein recht vortheilhaftes.

Ich brauche wohl keinem Leser, der sich ein Steckenpferd hält, zu sagen, daß ein Mensch keine zartere Stelle um und an sich hat, als eben dies sein Steckenpferd, und daß mein Onkel Toby gegen solche, durch nichts provocirte Streiche gewiß nicht fühllos war. Nein, – er fühlte sie, und fühlte sie schmerzlich.

Wohlan, Sir, was sagte er? was that er? – O, Sir, er that etwas Großes. Sobald mein Vater mit der Schmähung seines Steckenpferdes zu Ende war, wendete er ohne die geringste Erregung sein Gesicht von *Dr.* Slop ab, an den er seine Auseinandersetzung gerichtet hatte, und sah meinem Vater ins Auge, mit einem so milden Ausdrucke – so sanft – so brüderlich – so unaussprechlich zärtlich, daß es meinem Vater bis ins Herz drang. Hastig stand dieser von seinem Stuhle auf, ergriff beide Hände meines Onkels Toby und sprach: Bruder Toby, sagte er, ich bitte Dich um Verzeihung; vergieb mir, ich bitte, dieses übereilte Wesen, das ich von meiner Mutter geerbt habe. – Mein lieber, lieber Bruder, erwiederte mein Onkel Toby, indem er sich mit meines Vaters Unterstützung ebenfalls erhob, – es ist ja nicht der Rede werth, es fällt mir ja gar nicht ein, Dir böse zu sein, und wenn es zehnmal ärger gewesen wäre, Bruder. – Es ist unedel, entgegnete mein Vater, einen Mann zu kränken, und noch unedler einen Bruder; aber einen so sanftmüthigen Bruder, der nie reizt, nie wiedervergilt – den zu kränken – das ist abscheulich, das ist, beim Himmel, niederträchtig. – Es ist ja schon gut, Bruder, sagte mein Onkel Toby, und wenn es fünfzigmal ärger gewesen wäre. – Und überdies, rief mein Vater, was gehen mich in aller Welt Deine Belustigungen, Deine Vergnügungen an, es stünde denn in meiner Macht, Dir darin förderlich zu sein, was nicht der Fall ist. – Bruder Shandy, antwortete mein Onkel Toby, und sah ihn dabei schalkhaft an, in diesem Punkte irrst Du. Du trägst sehr viel zu meinem Vergnügen bei, indem Du in Deinen Lebenstagen Kinder für die Familie Shandy erzeugst. – Dadurch, Sir, sagte *Dr.* Slop, trägt er zu seinem eignen bei. – Nicht so viel, sagte mein Vater.

Achtunddreißigstes Kapitel

Mein Bruder, sagte mein Onkel Toby, thut es aus Princip. – Im Schooß der Familie – natürlich, sagte *Dr.* Slop. – Pah! rief mein Vater, es lohnt sich nicht, davon zu reden.

Neununddreißigstes Kapitel

Am Ende des vorigen Kapitels verließen wir meinen Vater und meinen Onkel Toby, wie sie, gleich Brutus und Cassius gegen Schluß der Scene, dastanden und sich versöhnten.

Sobald mein Vater die letzten paar Worte gesagt hatte, setzte er sich nieder; mein Onkel Toby that genau dasselbe, nur daß er, bevor er sich niedersetzte, klingelte und dem Korporal Trim befahl, nach Hause zu laufen und den Stevenius zu holen, denn meines Onkels Haus lag ganz in der Nähe, auf der andern Seite der Straße.

Jeder Andere würde die Sache mit dem Stevenius ganz haben fallen lassen, aber mein Onkel Toby war nicht nachtragend, und so ließ er sie nicht fallen, um meinem Vater zu zeigen, daß er es nicht sei.

Bei Ihrer plötzlichen Ankunft, *Dr.* Slop, sagte mein Onkel, indem er seine Rede von vorhin wieder aufnahm, mußte ich sogleich an Stevenius denken. (Ihr könnt Euch vorstellen, daß mein Vater diesmal keine Wette auf Stevenius anbot.) Denn, fuhr mein Onkel Toby fort, der berühmte Segelwagen des Prinzen Moritz, welcher so wundervoll gebaut war, daß in ihm ein halb Dutzend Passagiere in, ich weiß nicht, wie viel Minuten dreißig deutsche Meilen zurücklegen konnten, war von dem großen Mathematiker und Ingenieur Stevenius erfunden.

Sie hätten Ihrem Diener, dem armen lahmen Teufel, die Mühe ersparen können, den Stevenius zu holen, sagte *Dr.* Slop, denn auf meiner Rückreise von Leyden über den Haag ging ich nach Scheveningen, was zwei gute Meilen davon liegt, um mir den Wagen anzusehen.

Das will noch nichts sagen, erwiederte mein Onkel Toby, gegen das, was Peireskius that: der ging 500 Meilen weit, nämlich von Paris nach Scheveningen und von Scheveningen wieder nach Paris zurück, blos um ihn zu sehen – aus keinem andern Grunde.

Manche Leute können es nicht vertragen, überboten zu werden.

Desto einfältiger, entgegnete *Dr.* Slop; – aber wohlgemerkt, nicht etwa aus Geringschätzung gegen Peireskius, sondern deshalb, weil die gewaltige Anstrengung des Peireskius, der aus bloßer Liebe zur Wissenschaft einen so großen Weg zu Fuße zurückgelegt hatte, seine, des *Dr.* Slops That auf Nichts reducirte; – desto einfältiger, sagte er noch einmal. – Wie so? erwiederte mein Vater, der seines Bruders Partei ergriff, theils um das Unrecht, das er jenem angethan und das ihn immer noch quälte, so viel als möglich wieder gut zu machen, theils weil er wirklich anfing, sich für das Gespräch zu interessiren. Wie so? sagte er. Kann man dem Peireskius, oder wer es sonst sei, seine Wißbegierde in diesem oder jedem andern gerechtfertigten Falle zum Vorwurf machen? Wenn ich auch von dem in Rede stehenden Wagen nichts verstehe, fuhr er fort, so muß der Erfinder doch ein mechanisches Genie gewesen sein; ich kann freilich nicht einsehen, nach welchen Principien er dabei verfahren sein mag, aber richtige sind es gewiß gewesen, sonst hätte seine Maschine ihrem Zwecke nicht in dem Maße, wie mein Bruder sagt, entsprechen können.

Sie entsprach ihm, erwiederte mein Onkel Toby, so wie ich sagte, ja noch besser; denn – wie Peireskius, indem er von der Schnelligkeit ihrer Bewegung spricht, sich geschmackvoll ausdrückt: »*Tam citus erat, quam erat ventus*«, was, wenn ich mein Latein nicht ganz vergessen habe, so viel heißt, als: sie war so schnell wie der Wind selbst.

Aber, unterbrach mein Vater meinen Onkel (jedoch nicht ohne ihn um Entschuldigung zu bitten), – aber, bitte, *Dr.* Slop, nach welchen Principien wurde denn jener Wagen in Bewegung gesetzt? – Nach sehr einfachen, wie ich Sie versichern kann, erwiederte *Dr.* Slop; und ich habe mich oft gewundert, fuhr er fort, indem er die Frage umging, daß keiner von unsern Gutsbesitzern, die hier herum auf dem flachen Lande wohnen, (besonders wenn ihre Frauen in gesegneten Umständen sind) sich diese Erfindung zu Nutze macht; wie zweckmäßig wäre das, in allen solchen Fällen, wo der Doktor (was bei dem schönen Geschlechte oft vorfällt) schnell herbeigeholt werden muß, – (freilich müßte der Wind passen) – und dann wie ökonomisch wäre diese Benutzung des Windes, der nichts kostet und nichts frißt, wogegen die verdammten Pferde ein Erkleckliches kosten und fressen.

Gerade aus diesem Grunde, erwiederte mein Vater, weil er nichts kostet und nichts frißt, ist die Erfindung schlecht; denn der Verbrauch unserer Produkte, sowie die Verarbeitung derselben giebt dem Hungrigen Brod, belebt den Handel, schafft Geld, vermehrt den Werth unserer Ländereien, – und wäre ich ein Fürst, so würde ich zwar den gelehrten Kopf, der solche Erfindungen ausheckte, großmüthig belohnen, aber die Anwendung derselben würde ich streng verbieten.

Damit war mein Vater in sein Fahrwasser gekommen und würde sich ohne Zweifel jetzt über den Handel ebenso weitläufig ausgelassen haben, als mein Onkel Toby vorher über die Befestigungskunst, hätte nicht das Schicksal zum Nachtheil der Wissenschaft beschlossen gehabt, jede gelehrte Auseinandersetzung, welche mein Vater an diesem Tage begann, zu unterbrechen. Denn kaum eröffnete er zum folgenden Satze den Mund –

Vierzigstes Kapitel

– als Korporal Trim mit dem Stevenius ins Zimmer platzte. Aber es war zu spät; – dieser Gegenstand der Unterhaltung war unterdessen erschöpft worden, und dieselbe ging jetzt in einer andern Richtung weiter.

Du kannst das Buch wieder nach Hause tragen, Trim, sagte mein Onkel zu ihm und nickte mit dem Kopfe.

Aber eh Ihr das thut, Korporal, sagte mein Vater neckisch, guckt doch einmal hinein und seht, ob Ihr darin nicht etwas von einem Segelwagen findet.

Korporal Trim hatte im Dienste gehorchen gelernt; er widersprach nie – also breitete er das Buch auf einem Nebentische aus und schlug Blatt für Blatt um. Ich kann nichts finden, Ew. Gnaden, sagte Trim; aber, fuhr er, gleichfalls etwas neckisch, fort, mit Ew. Gnaden Verlaub wollen wir ganz sicher gehn. Damit faßte er das Buch bei beiden Deckeln, einen in jeder Hand, so daß die Blätter nach unten hingen, und schüttelte es tüchtig.

Da ist doch was herausgefallen, Ew. Gnaden, sagte Trim; – aber's ist kein Wagen, oder so was dergleichen.

114

Was ist's denn sonst, Korporal? sagte mein Vater lächelnd. – Ich glaube, sagte Trim und nahm es auf, 's ist eher eine Predigt, – denn es fängt mit einem Spruche aus der Bibel an und Kapitel und Vers stehen auch dabei – und so geht's weiter, aber nicht wie ein Wagen, sondern wie 'ne Predigt.

Die Gesellschaft lachte.

Ich begreife nicht, wie das möglich ist, sagte mein Onkel Toby, daß so etwas wie eine Predigt in den Stevenius kommt.

Ich glaube, 's ist 'ne Predigt, erwiederte Trim; aber – da die Handschrift gut ist, so will ich eine Seite davon vorlesen, wenn's Ew. Gnaden erlauben; – man muß nämlich wissen, daß Trim sich ebenso gern lesen als sprechen hörte.

Es ist immer eine besondere Neigung von mir gewesen, sagte mein Vater, etwas, das mir so ganz unerwartet und durch Zufall in den Weg kam, genauer anzusehen; und da wir – wenigstens bis Obadiah zurück ist – nichts Besseres zu thun haben, so könntest du, Bruder, dem Korporal wohl befehlen (*Dr.* Slop hat sicherlich nichts dagegen), uns ein paar Seiten daraus vorzulesen, vorausgesetzt, daß er die Fähigkeit dazu besitzt, wie er den guten Willen zu haben scheint. – Mit Ew. Gnaden Verlaub, sagte Trim, ich habe während zweier Campagnen in Flandern die Stelle eines Küsters bei dem Kaplan des Regimentes versehen. – Er wird es so gut lesen als ich selber, sagte mein Onkel Toby. In meiner ganzen Kompagnie war Keiner, der besser zu lesen und zu schreiben verstand als er, und wäre dem armen Burschen nicht das Unglück zugestoßen, so wäre ihm die nächste Feldwebelstelle gewiß gewesen. Korporal Trim legte die Hand auf's Herz und verbeugte sich tief vor seinem Herrn; dann stellte er seinen Hut auf den Fußboden und schritt, die Predigt in der linken Hand, damit er die rechte frei hätte, furchtlos bis in die Mitte des Zimmers vor, wo er am besten sehen und von seinen Zuhörern gesehen werden konnte.

Einundvierzigstes Kapitel

Sie haben doch nichts dagegen? – sagte mein Vater, indem er sich zu *Dr.* Slop wandte. – Nicht das Geringste, erwiederte *Dr.* Slop; denn wir können ja nicht wissen, auf welcher Seite der Verfasser steht; es kann ebenso gut die Predigt eines Geistlichen unserer als Ihrer Kirche sein; also wagen wir beiderseits dasselbe. – Er steht auf gar keiner Seite, sagte Trim, er spricht, mit Ew. Gnaden Verlaub, blos vom Gewissen.

Trims Argument erregte die Heiterkeit seiner Zuhörerschaft, nur *Dr.* Slop drehte sich nach ihm um und sah ihn etwas ärgerlich an.

Fangt an, Trim, und lest deutlich, sagte mein Vater. Das will ich mit Ew. Gnaden Verlaub, erwiederte der Korporal, indem er sich verbeugte und Aufmerksamkeit heischend eine kleine Bewegung mit der rechten Hand machte.

Zweiundvierzigstes Kapitel

Aber ehe der Korporal anfängt, muß ich Euch beschreiben, wie er dastand; sonst möchte Eure Phantasie ihn Euch leicht in einer höchst unbequemen Stellung vormalen, – steif, senkrecht, das Gewicht des Körpers gleichmäßig auf beide Beine vertheilt, das Auge unbeweglich wie im Dienste, die Miene entschlossen, die linke Hand die Predigt fest anpackend, wie eine Muskete. – Mit einem Worte, Ihr wäret im Stande und stelltet Euch den Korporal Trim so vor, als ob er, bereit zum Angriffe, vor seinem Peloton stände. – Nichts wäre falscher.

Er stand vor seinen Zuhörern, den Körper gerade so weit vorgebeugt, daß er mit der horizontalen Fläche einen Winkel von $85\frac{1}{2}°$ bildete, welches, wie alle tüchtigen Redner, auf die ich mich hier berufe, wissen werden, der wahre Überredungswinkel ist; allerdings kann man auch in einem andern Winkel Reden halten und predigen, – aber mit welchem Erfolg? – das mag dahin gestellt bleiben.

Zeigt uns nun nicht die Nothwendigkeit gerade dieses genau gemessenen Winkels von $85^1/_2°$, wie die Künste und Wissenschaften sich gegenseitig fördern und stützen? Doch das nebenbei.

Wie in aller Welt aber Korporal Trim, der keinen spitzen Winkel von einem stumpfen unterscheiden konnte, dazu kam, das Ding so genau zu treffen; ob es Zufall, Anlage, richtiges Gefühl, Nachahmungstrieb oder was es sonst war, das soll in dem Theil der Encyklopädie der Künste und Wissenschaften abgehandelt werden, wo von den Hülfsmitteln der Beredsamkeit in Beziehung auf Senat, Kanzel, Gerichtshof, Kaffeehaus, Schlafzimmer und Kamin die Rede sein wird.

Er stand also da – denn ich muß das wiederholen, um sein ganzes Bild auf einmal zu geben – mit leicht vorgebeugtem Körper, sein rechtes Bein, auf dem $^7/_8$ seines ganzen Gewichts ruhte, fest unter sich gesetzt, den Fuß des linken, dessen Schwäche seiner Stellung nicht schadete, etwas vorgeschoben, nicht seitwärts, nicht geradeaus, vielmehr etwas zwischen beiden; das Knie gebogen, aber leicht, so daß es den Anforderungen der Schönheit, und wie ich hinzusetzen muß, zugleich denen der Wissenschaft entsprach; denn es ist hierbei in Betracht zu ziehen, daß es ein Achtel seines Körpers zu tragen hatte, wodurch die Stellung des Beines bestimmt war, indem der Fuß nicht weiter vorgeschoben und das Knie nicht mehr gebogen sein durfte, als nöthig, um den achten Theil seines Körpergewichtes zu tragen und zu stützen.

/Ich empfehle Vorstehendes der Aufmerksamkeit der Maler und – brauche ich es hinzuzusetzen? – der Redner. Kaum nöthig, – denn wenn Letztere diese Regel außer Acht ließen, so könnten sie gewärtig sein, auf die Nase zu fallen.

So viel über Korporal Trims Körper und Beine. Er hielt die Predigt leicht – nicht nachlässig – in seiner Linken, etwas über der Magengegend und ein wenig von der Brust ab; sein rechter Arm hieng ungezwungen und natürlich, wie das Gesetz der Schwere es verlangt, an der Seite herab, und die Hand desselben war geöffnet und seinen Zuhörern zugewandt, um mit ihr, wo es nöthig war, dem Gefühle Nachdruck zu geben.

Korporal Trims Augen und Gesichtsmuskeln waren mit allen seinen übrigen Gliedmaßen in vollkommener Übereinstimmung; sie hatten einen offenen, ungezwungenen, fast sichern Ausdruck, der doch nicht im Geringsten an Dreistigkeit gränzte.

Möge kein Kritiker etwa fragen, wie Korporal Trim zu alledem kam; – ich habe schon oben gesagt, daß das erklärt werden wird. Genug – so stand er vor meinem Vater, meinem Onkel Toby und vor *Dr.* Slop, in so sicherer Haltung, die Beine so frei, in der ganzen Gestalt einen so oratorischen Schwung, daß man ihn zum Modell hätte nehmen mögen. Wahrhaftig ich zweifle, ob es ein Kandidat der Theologie, ja ob es ein Konsistorialrath besser hätte machen können.

Trim verbeugte sich und las wie folgt.

Predigt

Ebräer XIII. 18.

»Denn wir getrösten uns deß, daß wir ein gutes Gewissen haben!«

Getrösten! – »Wir getrösten uns deß, daß wir ein gutes Gewissen haben!!«

Wahrhaftig, Trim, unterbrach ihn hier mein Vater, die Art, wie Ihr diesen Spruch vortragt, ist sehr unpassend; Ihr rümpft die Nase, Mann, und lest mit einem so spöttischen Tone, als ob sich der Prediger über den Apostel lustig machen wollte!

Das will er auch, mit Ew. Gnaden Verlaub, erwiederte Trim. – Pah! sagte mein Vater lächelnd.

Sir, fiel *Dr.* Slop ein, Trim hat gewiß ganz Recht; denn der Verfasser (der, wie ich sehe, Protestant ist) wird sich sicherlich lustig über ihn machen, das sieht man aus der Art, wie er den Text zerreißt, – wenn dies Zerreißen nicht schon an und für sich eine Beleidigung ist. – Aber woraus schließen Sie denn jetzt schon, erwiederte mein Vater, daß der Verfasser zu *unserer* Kirche gehört? Ich kann bis jetzt nicht erkennen, ob er irgend einer Kirche angehört. – Wär's einer der Unsern, antwortete *Dr.* Slop, so würde er das nicht wagen, ebenso wenig als er wagen würde, einen Bären beim Bart zu fassen. Ja, Sir, wer in unserer Kirche einen Apostel, einen Heiligen oder nur das Schwarze unter dem Nagel eines Heiligen beschimpfen wollte, dem würden die Augen ausgekratzt werden. – Wie so? von dem Heiligen? fragte mein Onkel Toby. Nein, erwiederte *Dr.* Slop, der hätte ein altes Haus über sich. – Sagen Sie doch, entgegnete mein Onkel Toby, ist die Inquisition ein altes Gebäude oder ist sie im neuern Geschmack gebaut? – Ich verstehe mich nicht auf Architektur, erwiederte *Dr.* Slop. – Mit Ew. Gnaden Verlaub, sagte Trim, die Inquisition ist das niederträchtigste – Bitte, verschont uns mit Eurer Beschreibung, Trim, sagte mein Vater, mir ist die Inquisition so verhaßt, daß ich nicht einmal ihren Namen hören mag. – Ohne Grund – antwortete *Dr.* Slop, – sie hat ihren Nutzen; denn wenn ich sie auch nicht überall vertheidigen will, aber diesen hier würde sie bald *mores* lehren, und so viel kann ich ihm sagen, wenn er's so weiter treibt, würde sie ihn bald fassen, daß er's fühlen sollte. – Dann sei ihm Gott gnädig, sagte mein Onkel Toby. – Amen, setzte Trim hinzu; denn, Gott weiß! ich habe einen armen Bruder, der seit vierzehn Jahren in ihren Gefängnissen liegt. – Das höre ich ja zum ersten Mal, sagte mein Onkel Toby; wie kam er dazu, Trim? – O Herr, die Geschichte würde Ihnen das Herz zerreißen, wie sie mir's tausendmal zerrissen hat, – aber 's ist zu weitläufig, es jetzt zu erzählen; Ew. Gnaden sollen's nächstens von Anfang bis zu Ende hören, wenn ich unter Ew. Gnaden Augen an unsern Befestigungen arbeite. Ganz kurz aber ist die Geschichte so: mein Bruder Tom ging als Diener nach Lissabon und heirathete dort eine Judenwittwe, die einen kleinen Wurstladen hatte, und das wurde denn, so oder so, die Veranlassung, daß man ihn mitten in der Nacht aus seinem Bett holte, worin er mit seinem Weibe und zwei kleinen Kindern lag, und ihn geraden Wegs nach der Inquisition brachte, wo der arme ehrliche Junge, Gott sei ihm gnädig! (hier stieß Trim aus tiefstem Herzensgrunde einen Seufzer aus) bis zu dieser Stunde gefangen liegt. Er war, fügte Trim hinzu, indem er sein Schnupftuch hervorzog, eine so ehrliche Seele, wie's nur je eine auf Gottes Erdboden gab.

Die Thränen liefen Trim so schnell über die Backen, daß er sie kaum abwischen konnte. Im Zimmer war es einige Minuten lang todtenstill – der sicherste Beweis des Mitgefühls.

Laßt gut sein, Trim, sagte mein Vater, sobald er sah, daß des armen Burschen Schmerz sich etwas legte, – lest weiter und schlagt Euch die traurige Geschichte aus dem Sinn; es thut mir leid, daß ich Euch unterbrach; fangt, ich bitte, die Predigt noch einmal von vorn an, denn wenn der Text wirklich bespöttelt werden soll, wie Ihr sagt, so bin ich doch sehr begierig zu erfahren, wie der Apostel Veranlassung dazu gegeben hat.

Korporal Trim trocknete sich das Gesicht, steckte sein Schnupftuch wieder ein, wobei er sich zugleich verbeugte, und fing zum zweiten Male an:

Predigt

Ebräer XIII. 18.

»Denn wir getrösten uns deß, daß wir ein gutes Gewissen haben.«

Getrösten! – Wir getrösten uns deß, daß wir ein gutes Gewissen haben!! – Sicherlich, wenn es etwas im Leben giebt, worauf sich der Mensch verlassen und in dessen Erkenntniß er bis zur unleugbarsten Gewißheit gelangen kann, so ist es das, ob er ein gutes Gewissen hat, oder nicht.

(Ich wette meinen Kopf, ich habe Recht, sagte *Dr.* Slop.)

120

Ein Mensch, der überhaupt denkt, kann darüber nicht im Unklaren bleiben: er muß seine eigenen Gedanken und Wünsche kennen, er muß sich dessen, was er gethan, erinnern und sich der wahren Absichten und Beweggründe bewußt sein, die die Handlungen seines Lebens leiteten.

(Ich widerspreche – ich nehm's ganz allein mit ihm auf, sagte *Dr. Slop*.)

In allen andern Dingen kann er sich von dem falschen Scheine trügen lassen, denn wie der Weise klagt: »Wir rathen herum an den Dingen dieser Erde, und finden mit Mühe, was vor uns liegt.« Aber hier trägt der Geist das Zeugniß und die Thatsache in sich selbst, er ist sich bewußt des Gewebes, das er selbst gewoben, kennt Kette und Einschlag, kennt die Feinheit desselben, sowie den genauen Antheil, welchen jede Leidenschaft daran nahm, die verschiedenen Muster einzuwirken, welche Tugend oder Laster vorzeichneten.

(Die Sprache ist gut, und Trim liest vortrefflich, das muß ich gestehen, sagte mein Vater.)

Da demnach das Gewissen nichts Anderes ist als dieses Bewußtsein, welches der Geist in sich selbst trägt, nichts Anderes als das billigende oder strafende Urtheil, welches er über die Handlungen unseres Lebens, so wie sie geschehen, unvermeidlich fällen muß, so ist es, werdet Ihr sagen, nach diesen Voraussetzungen einleuchtend, daß derjenige, gegen den dies innere Zeugniß ausfällt, der sich also selbst anklagt, nothwendigerweise schuldig sein muß, – anderseits aber, daß es für denjenigen, der sich ein gutes Zeugniß geben kann und den sein Herz nicht verdammt, keine Sache des »Sichgetröstens« (wie der Apostel sagt), sondern eine Sache der Gewißheit, eine Thatsache ist, daß er ein gutes Gewissen *hat* und demzufolge ein guter Mensch sein muß.

(So hat also natürlich der Apostel Unrecht und der protestantische Pastor Recht, sagte *Dr. Slop*. – Haben Sie doch Geduld, Sir, erwiederte mein Vater; ich meine, es wird sich bald herausstellen, daß der h. Paulus und der protestantische Pastor einer und derselben Meinung sind. – Ohngefähr so, wie Ost und West dasselbe sind; aber – fuhr er fort und hob dabei beide Hände in die Höhe – das kommt von der Freiheit der Presse.

Höchstens, erwiederte mein Onkel Toby, von der Freiheit der Kanzel, denn es scheint nicht, daß die Predigt gedruckt ist, oder überhaupt gedruckt werden wird.

Fahrt fort, Trim, sagte mein Vater.)

Auf den ersten Anblick könnte es scheinen, als wäre dem wirklich so: unzweifelhaft ist die Erkenntniß dessen, was gut und was böse ist, dem menschlichen Geiste tief eingeprägt, und käme es nicht vor, daß das Gewissen eines Menschen (wie die Schrift selbst bezeugt) sich nach und nach durch die Sünde verhärtete, daß es, gleich manchen zarten Theilen unseres Körpers, durch rauhe Berührung und fortgesetzte Mißhandlung jenes zarte Gefühl und jene Empfindlichkeit verlöre, womit Gott und Natur es begabt haben; oder wäre es gewiß, daß Eigenliebe unser Urtheil nie irreleitete, oder daß die kleinen und niederen Interessen nie aufständen, unsere höheren Geistesfähigkeiten störten und sie in Nebel und dichte Finsterniß hüllten, – wäre Allem, was sich Gunst und Neigung nennt, der Zugang zu diesem heiligen Gerichtshofe versagt, verschmähten wir es dort, uns bestechen zu lassen, oder schämten wir uns, als Advokaten eines Genusses aufzutreten, der sich nicht vertheidigen läßt; wären wir endlich sicher, daß das eigene Interesse während der Verhandlung unberücksichtigt bliebe, daß Leidenschaft sich nie auf den Richterstuhl setzte und statt der Vernunft, die in allen Sachen den Vorsitz haben und entscheiden sollte, den Spruch fällte, – wäre dem Allen so, wie wir eben angenommen haben: – dann möchte der religiöse und moralische Zustand jedes Menschen allerdings so sein, wie er ihn selbst ansieht, und die Schuld oder Schuldlosigkeit eines Jeden könnte im Allgemeinen nicht besser erkannt werden, als nach dem Maße seiner Selbstbilligung oder seiner Selbstverdammung.

Klagt das Gewissen eines Menschen ihn an, so gebe ich zu, daß er schuldig ist, denn nach dieser Seite hin irrt er selten; sind dann nicht etwa Hypochondrie und Schwermuth dabei im Spiele, so können wir mit Sicherheit annehmen, daß hinreichender Grund zur Anklage vorhanden ist.

Aber die entgegengesetzte Annahme würde sich nicht als richtig bewähren, die nämlich, daß das Gewissen auch überall da, wo Schuld vorhanden ist, zum Ankläger werden muß, und daß also der, dessen Gewissen ihn nicht anklagt, deswegen ohne Schuld ist. – Das ist nicht der Fall. Deshalb ist der beliebte Trost, den mancher gute Christ sich tagtäglich zuspricht, daß sein Gewissen rein sein müsse, weil es ruhig sei, im höchsten Grade trüglich, und wie landläufig auch diese Folgerung ist und wie unfehlbar auch die Regel auf den ersten Anblick zu sein scheint, bei näherer Betrachtung, und wenn Ihr diese Regel an offenbaren Thatsachen prüft, werdet Ihr bald finden, zu welchen großen Irrthümern ihre falsche Anwendung Veranlassung giebt, wie der Grundsatz, auf den sie sich stützt, verdreht wird, wie oft seine Bedeutung verloren geht, ja leichtsinnig bei Seite geworfen wird, so daß es wahrhaft schmerzlich ist, die Beweise dafür aus dem alltäglichen Leben der Menschen anzuführen.

Nehmen wir an, ein Mensch sei lasterhaft, von schlechten Grundsätzen, tadelnswerth in seiner öffentlichen Führung, er lebe schamlos, er fröhne offen einer Sünde, welche weder Vernunft, noch irgend ein Vorwand entschuldigen kann, einer Sünde, durch welche er, allen Forderungen der Menschheit zuwider, die betrogene Theilnehmerin an seiner Schuld für immer zu Grunde richtet, sie ihres besten Schmuckes beraubt und nicht allein Schmach auf ihr Haupt häuft, sondern mit ihr eine ganze tugendhafte Familie in Schande und Elend stürzt. Sicher werdet Ihr meinen, das Gewissen werde das Leben eines solchen Menschen sehr beunruhigen, er werde vor den Vorwürfen desselben weder Tag noch Nacht Ruhe haben.

Ach! das Gewissen hat während dem ganz etwas Anderes zu thun, als ihn zu quälen: wie Elias dem Baal vorwarf: dieser Hausgott *dichtet, oder hat zu schaffen, oder ist über Feld oder schläft vielleicht.*

Vielleicht war es mit der *Ehre* zusammen von Hause gegangen, eines Duells wegen, oder um eine Spielschuld zu bezahlen oder vielleicht das schmutzige Jahrgeld, den Sündenpfennig der Lust. Vielleicht war das Gewissen die ganze Zeit über zu Hause damit beschäftigt, sich über kleine Spitzbübereien zu ereifern und an solchen kleinen Vergehungen, vor denen Vermögen und höhere gesellschaftliche Stellung den guten Mann bewahren, seine Rache auszulassen; so lebt er vergnügt, – (Wenn er zu unserer Kirche gehörte, sagte *Dr.* Slop, so könnte er das nicht!) – schläft ruhig in seinem Bette und sieht dem Tode zuletzt so unbekümmert ins Auge, – wie es vielleicht mancher bessere Mensch nicht kann! –

(Alles das ist bei uns unmöglich, sagte *Dr.* Slop und wendete sich dabei gegen meinen Vater – in unserer Kirche könnte so etwas nicht vorkommen. – In unserer kommt's vor, sagte mein Vater, und leider nur zu oft. – Ich gebe zu, sagte *Dr.* Slop, von meines Vaters offenem Zugeständniß etwas beschämt, daß ein Katholik auch wohl so übel leben kann, aber *sterben* kann er nicht leicht so. – Darauf kommt wenig an, erwiederte mein Vater mit gleichgültiger Miene, wie ein Schurke stirbt. – Ich meine, ließ sich *Dr.* Slop weiter vernehmen, man würde ihm die Sterbesakramente verweigern. – Sagen Sie doch, Doktor, fiel mein Onkel Toby ein, wie viel Sakramente haben Sie eigentlich, – ich vergesse es immer. – Sieben, antwortete *Dr.* Slop. – Ei! ei! sagte mein Onkel Toby, aber nicht mit dem Tone billigender Zustimmung, sondern mit jenem Tone der Überraschung, den Jemand hören läßt, wenn er eine Schublade aufzieht und mehr darin findet, als er erwartete. Ei, ei! erwiederte mein Onkel Toby, und *Dr.* Slop, der ein feines Ohr hatte, verstand meinen Onkel so gut, als ob er ein ganzes Buch gegen die sieben Sakramente geschrieben hätte. – Ei! ei! wiederholte *Dr.* Slop, indem er meines Onkels Argument gegen diesen anwandte, und warum nicht, Sir? giebt es nicht auch sieben Kardinaltugenden? sieben Todsünden? sieben goldene Leuchter? sieben Himmel? – Das weiß ich nicht, erwiederte mein Onkel Toby. – Giebt es nicht auch sieben Wunder der Welt? sieben Schöpfungstage? sieben Planeten? sieben Landplagen? – Ja, die giebt's, sagte mein Vater mit angenommener Ernsthaftigkeit. Aber Trim, fuhr er fort, laßt uns etwas weiter von Euren Charakteren hören.)

Ein Anderer ist filzig, ohne Barmherzigkeit, (hier machte Trim eine Bewegung mit der rechten Hand,) ein engherziger, eigennütziger Lump, unfähig der Freundschaft, des Gemeinsinnes. Seht, wie er an Wittwen und Waisen in ihrem Kummer vorübergeht, wie er alles Elend des Lebens ohne Seufzer, ohne Gebet, kalt mit ansehen kann. (Der, mit Ew. Gnaden Verlaub, rief Trim, ist, glaube ich, noch niederträchtiger als der vorige.)

Wird das Gewissen nicht aufstehen, wird es ihm bei solcher Gelegenheit nicht schlagen? Nein, Gott sei Dank! dazu ist keine Veranlassung: Ich zahle jedem, was ihm zukommt; ich weiß mich rein von Hurerei; auf meinem Gewissen lastet kein Meineid, kein gebrochenes Gelübde; ich habe Niemandes Weib noch Kind verführt; ich bin nicht wie andere Ehebrecher, Ungerechte, oder wie *jener* Wüstling da.

Ein Dritter ist verschmitzt und hinterlistig. – Betrachtet sein ganzes Leben, es ist nichts als ein künstliches Gewebe finstrer Ränke und arglistiger Ausflüchte, ein heimtückischer Kampf gegen den wahren Sinn der Gesetze, gegen ehrliches Verfahren und den sichern Genuß unseres Besitzes. Aus der Unwissenheit und den Verlegenheiten des armen und hülflosen Mannes dreht er seine Schlingen; aus der Unerfahrenheit des Jünglings, aus dem sorglosen Vertrauen seines eigenen Freundes, der ihm sein Leben würde anvertraut haben, macht er sich ein Vermögen.

Kommt dann das Alter und mahnt die Reue, einen Blick zurück zu werfen auf dies schwarze Register und es mit seinem Gewissen in Ordnung zu bringen, so sieht das Gewissen ins Gesetzbuch, findet, daß er mit dem, was er gethan, kein ausdrückliches Gesetz verletzt hat, überzeugt sich, daß keine Strafe an Leib, Hab oder Gut ihn treffen kann, und sieht, daß kein Staupbesen ihn bedroht, noch ein Gefängniß nach ihm schnappt. Warum also sollte sein Gewissen sich beunruhigen? Er hat sich sicher hinter dem Buchstaben des Gesetzes verschanzt, da sitzt er unangreifbar und auf allen Seiten wohl vertheidigt von Prozeßakten und Richtersprüchen, so daß keine Predigt ihn von dort vertreiben wird.

(Hier wechselten Korporal Trim und mein Onkel Toby Blicke mit einander. – O weh, Trim, sagte mein Onkel Toby und schüttelte den Kopf, das sind doch erbärmliche Vertheidigungswerke! – Sehr erbärmlich, sagte Trim, wenn man sie mit dem vergleicht, was Ew. Gnaden und ich machen. – Der Charakter dieses letzten Mannes, sagte *Dr.* Slop, ist verächtlicher als alle die vorhergehenden, und es scheint mir, daß er von einem Ihrer rabulistischen Advokaten hergenommen sein muß. Bei uns könnte eines Mannes Gewissen unmöglich so lange blind bleiben; er müßte wenigstens dreimal im Jahre zur Beichte gehen. – Wird es dadurch wieder sehend? fragte mein Onkel Toby. – Fahrt fort, Trim, sagte mein Vater, oder Obadiah ist zurück, eh' wir an das Ende der Predigt gelangen. – Sie ist sehr kurz, erwiederte Trim. – Ich wollte, sie wäre länger, sagte mein Onkel Toby, sie gefällt mir sehr. – Trim fuhr fort:)

Ein Vierter wird selbst dieser Zuflucht entbehren – er durchbricht alle Schranken hinterlistiger Chikane und spottet des zweifelhaften Erfolges, vermittels geheimer Pläne und listiger Anschläge zu seinem Zwecke zu gelangen: seht den unverhüllten Bösewicht, wie er betrügt, lügt, falsche Eide schwört, raubt, mordet! Schrecklich! aber war Besseres zu erwarten? Der arme Mensch lebte in der Finsterniß! Der Priester verwaltete sein Gewissen, und alles, was dieser ihm einschärfte, lief darauf hinaus, daß er an den Pabst glauben, zur Messe gehen, Kreuz schlagen, den Rosenkranz abbeten, besonders aber ein guter Katholik sein müsse, und das würde, wahr und wahrhaftig, genug sein, ihn in den Himmel zu bringen. Was? wenn

126

er meineidig schwört? – Nun, so thut er es mit Vorbehalt. – Aber wenn er ein verworfener und abscheulicher Mensch ist, wie Ihr ihn darstellt, – wenn er raubt, wenn er mordet, wird dann bei jeder solcher That das Gewissen nicht mit verwundet werden? – Ach was! – der Mann trägt's in die Beichte, da fängt die Wunde an zu eitern, reinigt sich und nach kurzer Zeit wird sie durch die Absolution geheilt. O! Papisterei! was hast du zu verantworten! Nicht zufrieden mit den, ach nur zu mannigfaltigen Wegen, auf denen sich das Menschenherz in natürlicher und unseliger Weise täglich selbst verräth, hast du arglistig das weite Thor der Täuschung vor dem Angesichte des arglosen Wanderers aufgethan, der sich, weiß es Gott, ohnehin schon so leicht verirrt, und verheißest ihm zuversichtlich Frieden, wo doch kein Friede ist.

Das zeigen die Beispiele aus dem Leben, die ich eben anführte, zu klar, als daß dies noch eines weiteren Beweises bedürfte. Sollte dennoch Jemand an der Wahrheit derselben zweifeln oder es für unmöglich halten, daß ein Mensch sich selbst so betrügen könnte, so verweise ich ihn nur einen Augenblick an sein eigenes Nachdenken und kann dann seinem eigenen Herzen ruhig die Entscheidung überlassen.

Fasse er dabei nur ins Auge, wie verschiedene Grade des Abscheus er gegen gewisse böse Handlungen hegt, die doch ihrer Natur nach alle gleich schlecht und lasterhaft sind, und er wird finden, daß jene, zu deren Begehung heftige Neigung und Gewohnheit ihn antreiben, gewöhnlich schön herausgeputzt und mit alle dem falschen Schimmer bekleidet werden, mit dem nur eine zärtliche und schmeichelnde Hand sie schmücken kann, wogegen andere, zu denen er keinen natürlichen Hang in sich spürt, ihm in ihrer ganzen Nacktheit und Mißgestalt, in dem grellen Lichte der Thorheit und der Unehrenhaftigkeit erscheinen.

Als David den Saul in der Höhle überraschte und ihm den Zipfel seines Rockes abschnitt, da schlug ihm, wie wir lesen, danach das Herz; aber in dem Falle mit Uriah, wo er einen treuen und edlen

Knecht, den er geehrt und geliebt, seiner Begierde opferte, hier, wo sein Gewissen so viel mehr Grund gehabt hätte, sich zu beunruhigen, schlug ihm das Herz nicht. Fast ein ganzes Jahr war nach jener verbrecherischen That vergangen, als Nathan ausgesandt ward, sie ihm vorzuwerfen, und wir lesen nichts davon, daß er während dieser ganzen Zeit von der geringsten Unruhe oder Herzenszerknirschung des begangenen Verbrechens wegen heimgesucht worden wäre.

So also nimmt das Gewissen, dieser ursprünglich so treffliche Mahner, welchen der Schöpfer als Richter in uns bestellte, und von dem Er wollte, daß er gerecht und unparteiisch sei, aus einer beklagenswerthen Reihe von Ursachen und Hindernissen oft so unvollkommene Kenntniß von dem, was geschieht, verrichtet seine Schuldigkeit so nachlässig, ist oft so bestechlich, daß ihm allein nicht getraut werden darf, und deshalb erkennen wir die Nothwendigkeit, die absolute Nothwendigkeit an, ihm noch ein anderes Grundprincip zur Seite zu stellen, damit es ihn bei seinen Entscheidungen unterstütze, ja leite! –

Wollt Ihr Euch demnach ein richtiges Urtheil über das bilden, was richtig zu beurtheilen von so unermeßlicher Wichtigkeit für Euch ist, darüber nämlich, wie es um Euern wahren Werth als ehrlicher Mann, nützlicher Bürger, treuer Unterthan Eures Königs oder aufrichtiger Diener Eures Gottes steht, so nehmt die Religion und die Moral zu Hülfe. Seht: was steht geschrieben in Gottes Geboten? Wie heißt es dort? Fragt die ruhige Vernunft, die unveränderlichen Satzungen der Gerechtigkeit und Wahrheit, was sagen sie?

Nach ihren Aussprüchen entscheide das Gewissen, und wenn das Herz Dich dann nicht verdammt, welches der Fall ist, welchen der Apostel annimmt, dann, – die Methode ist unfehlbar – (Hier fing *Dr.* Slop an einzunicken) – nur dann kannst Du Dich Deinem Gotte gegenüber getrösten, d.h. Du magst gerechten Grund haben zu glauben, das Urtheil, welches Du über Dich selbst fälltest, sei ein Gottesurtheil und nichts Anderes als eine Vorwegnahme jenes gerechten Richterspruches, der einst verkündet werden wird über Dich von jenem Wesen, dem Du wirst Rechenschaft ablegen müssen von allen Deinen Thaten.

Ja dann, wie es im Buche Jesus Sirach (?) heißt: »*Wohl dem Manne, der nicht gestachelt wird von der Menge seiner Sünden; wohl dem Manne, dessen Herz ihn nicht verdammt. Ob er reich sei oder ob er arm sei, hat er ein reines Herz* (ein Herz so geleitet und unterwiesen), *so wird er alle Zeit fröhlich sein; sein Geist wird ihm mehr verkünden, als sieben Wächter von der Höhe des Thurmes*«. (Ein Thurm ist nicht stark, sagte mein Onkel Toby, wenn er nicht auf den Flanken vertheidigt ist.) Durch alle Zweifel wird es ihn sicherer führen als tausend Casuisten, und dem Staate, in welchem er lebt, eine bessere Bürgschaft für seine Handlungsweise sein, als alle Gebote und Verbote zusammengenommen, welche die Gesetzgeber immerfort zu vermehren gezwungen sind. Ich sage: gezwungen sind, so wie die Sachen stehen; denn die menschlichen Gesetze sind nichts ursprünglich Freiwilliges, sondern sie sind ein Produkt der Nothwendigkeit, eine Schutzwehr gegen die unheilvollen Wirkungen solcher Gewissen, die das Gesetz nicht in sich selbst tragen; bei mannigfachen Anlässen geschaffen, verdanken sie ihre Entstehung der wohlmeinenden Absicht in allen solchen bösen und verführerischen Fällen, wo die Grundsätze und die Mahnungen des Gewissens uns nicht mehr aufrecht zu erhalten vermögen, die Kraft dieser letzteren durch das Schrecken des Kerkers und des Strickes zu unterstützen. –

(Es ist klar, sagte mein Vater, – diese Predigt hat vor dem obersten Gerichtshofe oder vor den Assisen gehalten werden sollen. Mir gefällt die Beweisführung, und ich bedaure nur, daß *Dr.* Slop eingeschlafen ist, ehe er sich von seinem Irrthum überzeugen konnte; denn jetzt ist es offenbar, daß der Pastor, wie ich gleich dachte, dem heiligen Paulus nicht im Entferntesten zu Leibe wollte; nicht einmal die geringste Meinungsverschiedenheit, Bruder, waltet zwischen ihnen ob. – Und was weiter, wenn sie auch verschiedener Meinung gewesen wären? erwiederte mein Onkel Toby; geschieht das doch zuweilen den besten Freunden. – Gewiß, Bruder Toby, sagte mein Vater, indem er ihm die Hand schüttelte; – wir wollen unsre Pfeifen wieder stopfen, Bruder, und dann kann Trim weiter lesen.

Nun, Trim, was meint Ihr dazu? sagte mein Vater, während er meinem Onkel Toby den Tabaksbeutel hinhielt.

Ich meine, antwortete der Korporal, daß die sieben Wächter auf dem Thurme, die doch wahrscheinlich da oben Schildwache stehen, mehr sind – mit Ew. Gnaden Verlaub – als nöthig; wenn man das Ding so machen wollte, würde man ein Regiment bald ganz herunterbringen, was doch kein Kommandeur, der seine Leute liebt, thun wird, er müßte denn nicht anders können; zwei Schildwachen, setzte der Korporal hinzu, sind ebenso gut als zwanzig. Ich selbst habe mehr als hundertmal im Gardecorps die Wache geführt, – hier schien seine Gestalt um einen Zoll zu wachsen, – aber während der ganzen Zeit, daß ich die Ehre hatte Sr. Majestät unserm König Wilhelm zu dienen, und oft die wichtigsten Posten auszustellen, habe ich nie in meinem Leben mehr als zwei Mann hingestellt. – Ganz recht, Trim, sagte mein Onkel Toby, aber Du bedenkst nicht, daß die Thürme zu Salomo's Zeiten nicht so wie unsere Bastionen durch andere Werke flankirt und vertheidigt waren. Diese Erfindung, Trim, machte man erst nach Salomo's Tode; auch hatten sie zu jener Zeit noch keine Hornwerke oder Ravelinen vor der Courtine, noch einen solchen Graben, wie wir ihn in der Mitte mit einer Lunette und längs der Seite mit gedeckten Wegen und verpalissadirten Contrescarpen anlegen, um vor einem *coup de main* sicher zu sein. Deshalb möchte ich behaupten, daß die sieben Mann auf dem Thurme eine Abtheilung des Gardecorps gewesen sei, die nicht blos zum Spähen, sondern vielmehr zur Vertheidigung dahin gestellt war. – Mehr als eine Korporal-Wache konnte es immer nicht sein, mit Ew. Gnaden Verlaub. – Mein Vater lächelte inner-

130

lich, aber äußerlich blieb er ernsthaft, da der Gegenstand nach dem, was vorgefallen, keinen Scherz erlaubte; er steckte also seine Pfeife, die er eben angebrannt hatte, in den Mund und forderte Trim auf weiter zu lesen. Das that dieser wie folgt:

Gott fürchten und vor Augen haben, – im Umgang mit unsern Nebenmenschen alle unsere Handlungen nach der ewigen Richtschnur des Guten und des Bösen messen, – das heißt im erstern Falle die Forderungen der Religion, im andern die der Moral anerkennen, und beide sind so untrennbar mit einander verbunden, daß Ihr diese beiden Gesetztafeln selbst nicht in Gedanken (viel weniger in der Praxis, obgleich man es oft versucht hat) von einander trennen könnt, ohne sie zu zerbrechen und beide zu zerstören.

Ich sagte, obgleich man es oft versucht hat, und dem ist in der That so: nichts gewöhnlicher als ein Mensch, der nicht den geringsten Sinn für Religion hat, und der auch ehrlich genug ist, gar keinen Anspruch darauf machen zu wollen, – der es aber doch als die bitterste Beleidigung betrachten würde, wenn Ihr Euch beikommen ließet, seinen moralischen Charakter nur im Geringsten in Zweifel zu ziehen, oder meintet, er wäre nicht im höchsten Grade gewissenhaft und ehrlich.

Hat es nun auch einigen Anschein, als wäre dem wirklich so, so würden wir doch, sähen wir in diesem Falle etwas tiefer auf den Grund, zu unserm Leidwesen zwar, – denn nur ungern hegen wir gegen eine so liebenswerthe Tugend wie moralische Ehrlichkeit Verdacht, – dennoch würden wir, sage ich, wenig Veranlassung finden, einen Solchen um die Ehre seines Beweggrundes zu beneiden.

Mag er darüber noch so prächtig deklamiren, wir werden doch bald ausfindig gemacht haben, daß dieser Beweggrund kein anderer ist als sein Vortheil, sein Stolz, sein Behagen oder vielleicht eine kleine veränderliche Neigung, lauter Dinge, die uns in wirklichen Heimsuchungen nur wenig Gewähr für seine Handlungen geben können.

131

Ich will versuchen dies durch ein Beispiel klar zu machen.

Der Banquier, mit dem ich Geschäfte habe, oder der Arzt, den ich gewöhnlich holen lasse, – (Hier wachte *Dr.* Slop auf und rief: »Das ist gar nicht nöthig, man braucht hier keinen Arzt holen zu lassen«) – sind mir bekannt als Leute, die beide nicht viel Religion haben; ich höre, wie sie sich alle Tage darüber lustig machen und alles Heilige mit ihrem Spott begießen, als verstünde sich das von selbst. Wohl! – Nichtsdestoweniger vertraue ich den Händen des Einen mein Vermögen, der redlichen Geschicklichkeit des Andern mein noch köstlicheres Leben an.

Nun laßt uns untersuchen, was die Ursache dieses großen Vertrauens ist. Vor Allem die, daß ich es für unwahrscheinlich halte, es werde Einer von ihnen die Macht, welche ich in ihre Hand gelegt habe, zu meinem Nachtheile gebrauchen; ich erwäge, daß Ehrlichkeit ein gutes Mittel zum Zweck in dieser Welt ist, daß der Erfolg eines Mannes im Leben von der Unbescholtenheit seines Charakters abhängt; – kurz, daß sie mir nicht schaden können, ohne sich selbst zu schaden.

Aber nehmen wir an, es sei anders, so nämlich, daß ihr Vortheil einmal auf der andern Seite läge, daß sich ein Fall ereignete, wo der Eine, ohne seinen guten Namen zu beflecken, mir mein Vermögen entziehen und mich bettelarm machen könnte; oder wo der Andere mich aus der Welt schicken könnte, ohne sich und seine Geschicklichkeit an den Pranger zu stellen, um durch meinen Tod zu irgend welchem Besitze zu gelangen; worauf könnte ich mich in solchem Falle bei Beiden verlassen? Religion, der stärkste aller Beweggründe, ist außer Frage; Vortheil der nächststärkste Beweggrund in der Welt, ist wider mich. Was bleibt mir übrig, um es als Gegengewicht gegen die Versuchung in die Wagschale zu werfen? Ach! ich habe nichts – nichts, als was leichter wiegt, denn eine Wasserblase; von der Gnade der Ehre oder eines andern wandelbaren Grundsatzes ward ich abhängig, – traurige Sicherheit für die zwei schätzenswerthesten Güter: Eigenthum und Leben.

Wie wir uns demzufolge auf Moralität ohne Religion nicht verlassen können, so ist auf der andern Seite auch von Religion ohne Moralität nichts Besseres zu erwarten; nichtsdestoweniger ist solch ein Mensch, dessen wahrer moralischer Charakter sehr tief steht, der aber dennoch die höchste Meinung von sich als einem religiösen Menschen hat, durchaus keine Seltenheit.

Ein solcher ist vielleicht nicht nur habsüchtig, rachgierig, unversöhnlich, sondern er entbehrt sogar der gemeinen Ehrlichkeit, aber indem er laut gegen die Ungläubigkeit des Zeitalters loszieht, für gewisse Religionsbegriffe eifert, zweimal täglich in die Kirche geht, die Sakramente nicht versäumt und sich mit einigen Nebendingen der Religion als *amateur* beschäftigt, schwindelt er seinem Gewissen den Glauben auf, daß er deshalb ein religiöser Mensch sei und seine Pflichten gegen Gott treulich erfülle; und gewöhnlich werdet Ihr finden, daß ein derartiger Mensch, befangen in seinem Wahne, mit geistlichem Hochmuthe auf Jeden herabblickt, der weniger Frömmigkeit zur Schau trägt, obgleich derselbe vielleicht zehnmal mehr Ehrlichkeit besitzt als er.

Auch das ist ein schweres Übel unter der Sonne, und ich glaube, es giebt keinen so mißverstandenen Grundsatz, welcher seiner Zeit mehr und größeres Unheil zu Wege gebracht hätte, als diesen. Dies zu beweisen, braucht man nur die Geschichte der römischen Kirche genauer anzusehen, – (Wie so? wie das? rief *Dr. Slop,*) – braucht nur die unzähligen Beispiele von Grausamkeit, Mord, Beraubung, Blutvergießen ins Auge zu fassen, – (Alles verschuldet durch ihre eigene Hartnäckigkeit, rief *Dr. Slop,*) – welche von einer Religion geheiligt wurden, deren strenge Richtschnur Moralität *nicht* war.

In wie vielen Königreichen der Welt – (Hier bewegte Trim bis zum Schluß des Satzes seine rechte Hand hin und her, indem er sie bald weit ausstreckte, bald der Predigt näherte) –

In wie vielen Königreichen der Welt hat das kreuzfahrende Schwert des so mißleiteten Gotteskämpfers weder Alter, noch Verdienst, noch Geschlecht, noch Stand verschont? – Da er unter dem Banner einer Religion focht, die ihn von Gerechtigkeit und Menschlichkeit frei sprach, so übte er beide auch nicht; erbarmungslos trat er sie mit Füßen – er hörte nicht das Geschrei der Unglücklichen und hatte kein Mitleid mit ihrem Elend. –

(Mit Ew. Gnaden Verlaub, sagte Trim und seufzte, ich bin in mancher Schlacht gewesen, aber in einer so traurigen nie; – ich hätte doch auf solche arme Teufel nicht losbrennen können, und wenn sie mich dafür zum Offizier gemacht hätten. – J, was versteht Ihr von der Sache, sagte *Dr.* Slop, mit einem Blick auf Trim, in welchem etwas mehr Verachtung lag, als des Korporals ehrliches Herz verdiente. – Was wißt Ihr, Freund, von der Schlacht, von der hier die Rede ist? – Ich weiß so viel, erwiederte Trim, daß ich nie in meinem Leben einem Manne, der darum bat, den Pardon verweigert habe; aber eh' ich meine Muskete auf ein Weib oder ein Kind anlegte, fuhr er fort, wollte ich tausendmal lieber das eigne Leben verlieren. – Hier, Trim, sagte mein Onkel Toby, ist eine Krone – trink heute Abend eins mit Obadiah, und Obadiah soll auch eine haben. – Gott segne Ew. Gnaden, erwiederte Trim. Ich wollte, Sie hätten sie den armen Weibern und Kindern geben können. – Du bist ein guter Bursche, sagte mein Onkel Toby. Mein Vater nickte, als ob er sagen wollte: ja, das ist er.

Aber nun, Trim, sagte mein Vater, macht, daß Ihr zu Ende kommt; denn ich sehe, wir haben noch ein paar Blätter zu lesen.

Korporal Trim fuhr fort:)

Wenn das Zeugniß vergangener Jahrhunderte in dieser Sache nicht genügt, so laßt uns nachsehen, wie die Bekenner dieser Religion noch jetzt täglich Gott zu dienen und ihn zu ehren meinen, durch Handlungen, die für sie selbst eine Schmach und eine Schande sind.

Davon Euch zu überzeugen, tretet einen Augenblick mit mir in die Gefängnisse der Inquisition. (Gott helfe meinem armen Bruder Tom!) – Seht, da sitzt die Religion, schrecklich anzuschaun, auf einem schwarzen Richterstuhl, der aus Folter und Marterwerkzeugen

134

aufgebaut ist; Barmherzigkeit und Gerechtigkeit gefesselt zu ihren Füßen. – Horch! horch! welch ein klägliches Stöhnen. (Hier wurde Trims Gesicht kreideweiß.) – Seht den armen Unglücklichen, der es ausstößt, (hier fingen die Thränen an ihm über die Backen zu laufen,) man hat ihn so eben hergeschleppt, um ihn durch ein nichtssagendes Verhör zu ängstigen und dann die furchtbarsten Qualen erdulden zu lassen, welche die raffinirteste Grausamkeit nur erdenken konnte. (Gott verdamme sie alle insgesammt, rief Trim, dessen Gesicht jetzt auf einmal wieder blutroth wurde.) Seht, wie das hülflose Opfer seinen Henkern überantwortet wird, – seht diesen elenden Leib, den Gram und Gefangenschaft zerstörten. (O! es ist mein Bruder, schrie der arme Trim in der heftigsten Aufregung, warf die Predigt zur Erde und schlug die Hände zusammen, – es ist gewiß der arme Tom! – Mein Vater und mein Onkel Toby fühlten das herzlichste Mitleid mit dem guten Burschen, selbst *Dr.* Slop war gerührt. – Ei, Trim, sagte mein Vater, was Ihr da lest, ist ja keine Geschichte, es ist ja nur eine Predigt – fangt also den Satz noch einmal an.) Seht, wie das hülflose Opfer seinen Henkern überantwortet wird, – seht diesen elenden Leib, den Gram und Gefangenschaft zerstörten; jeder Nerv, jede Muskel zeigt Euch, wie er leidet.

Seht die letzte Bewegung dieser schrecklichen Maschine, – (Ich wollte lieber einer Kanone in den Rachen sehen, sagte Trim und stampfte dabei mit dem Fuße,) – die furchtbaren Konvulsionen, in die er verfällt, – bemerkt die Lage, in die man ihn jetzt gebracht hat, die Qualen, die er dadurch erleidet. (Ich hoffe, 's ist nicht in Portugal.) Mehr kann menschliche Natur nicht ertragen. Guter Gott! seht, wie der müden Seele Abschiedshauch auf seinen zittern-den Lippen schwebt – (Nicht eine Zeile mehr könnte ich lesen, sagte Trim, nicht um Alles in der Welt. Ich fürchte, mit Ew. Gnaden Verlaub, 's ist doch in Portugal, wo mein Bruder Tom liegt. – Ich sage Euch nochmals, Trim, rief mein Vater, es ist keine Erzählung, es ist weiter nichts als eine Schilderung. – Es ist nur eine Schilderung, guter Mann, sagte *Dr.* Slop, und kein wahres Wort daran. – Das ist wieder etwas Anderes, erwiederte mein Vater. Aber wenn es Trim so schwer wird weiter zu lesen, so wäre es grausam, ihn dazu zwingen zu wollen. Gebt mir die Predigt her, Trim, ich will sie statt Eurer zu Ende lesen und Ihr könnt gehen. – Nein, entgegnete Trim, wenn Ew. Gnaden mir's erlauben wollen, so möchte ich bleiben und zuhören, aber lesen möcht' ich nicht, nicht für eine Oberstengage. – Armer Trim, sagte mein Onkel Toby. – Mein Vater fuhr im Lesen fort:)

Bemerkt die Lage, in die man ihn jetzt gebracht hat, – die Qualen, die er dadurch erleidet. Mehr kann menschliche Natur nicht ertragen. Guter Gott! seht, wie der müden Seele Abschiedshauch auf seinen zitternden Lippen schwebt, bereit zu entfliehen, – wenn man es duldete. Seht, wie man den Unglückseligen in seine Zelle zurückbringt, ihn dann wieder hinausschleppt auf den Scheiterhaufen, der letzten von diesen, durch Beschimpfungen aller Art noch verbitterten Todesqualen, welche der Grundsatz, jener Grundsatz, daß es Religion ohne Barmherzigkeit geben könne, über ihn verhängt. (Nun, Gott sei Dank! daß er todt ist, sagte Trim, nun ist er aller Qual enthoben; sie haben ihm das Ärgste angethan. Gott! Gott! – Seid stille, Trim, sagte mein Vater – und fuhr schnell mit der Predigt fort, damit Trim nicht etwa *Dr.* Slop aufstachele, – so kommen wir ja nie zu Ende:)

Der sicherste Weg, den wahren Werth einer zweifelhaften Ansicht festzustellen, ist der, daß man die Folgen, welche dieser Ansicht entsprangen, am Geiste des Christenthums prüft; das ist die kurze und entscheidende Regel, welche uns der Heiland für diesen und ähnliche Fälle gegeben hat, und die tausend Beweise überwiegt. *»An ihren Früchten sollt Ihr sie erkennen!«*

Ich will dieser langen Rede nur noch zwei oder drei kurze selbständige Regeln hinzufügen, die sich daraus ableiten lassen.

Erstens. Wo immer Jemand laut gegen Religion eifert, da könnt Ihr fast mit Gewißheit annehmen, daß nicht Vernunft, sondern

Leidenschaft seinen Glauben überwunden hat. Ein sündiges Leben und ein ächter Glaube sind unliebsame und störende Nachbarn, und trennen sie sich, so verlaßt Euch darauf, es geschieht nur der Bequemlichkeit wegen.

Zweitens. Versichert Euch ein Solcher, wie ich ihn eben bezeichnete, daß dieses oder jenes mit seinem Gewissen unverträglich sei, so haltet davon so viel, als sagte er Euch, sein Magen könne dies oder das nicht vertragen, – in beiden Fällen hat er gewöhnlich eben keinen Appetit dazu.

Kurz – trauet Keinem, in keinem Dinge, der nicht in allen Dingen ein Gewissen hat –

Und was Euch selbst anbetrifft, so erinnert Euch stets des einfachen Wahrheitssatzes, dessen Verkennung Tausende ins Elend gestürzt hat: daß Euer Gewissen kein Gesetz ist. Nein, Gott und Vernunft gaben das Gesetz und pflanzten in Euch das Gewissen, damit es Recht spreche, nicht wie ein türkischer Kadi, der von der Ebbe und Fluth seiner Leidenschaften hin- und hergetrieben wird, sondern wie ein britischer Richter in diesem Lande der Freiheit und des gesunden Menschenverstandes, der keine neuen Gesetze macht, sondern das gegebene Gesetz nur treulich auslegt.

Ende.

Ihr habt die Predigt ganz vortrefflich vorgelesen, Trim, sagte mein Vater. – Er würde noch besser gelesen haben, meinte *Dr.* Slop, wenn er uns mit seinen Anmerkungen verschont hätte. – Wäre mir das Herz nicht zu voll gewesen, Sir, antwortete Trim, so hätte ich noch zehnmal besser lesen können. – Das war eben der Grund, Trim, erwiederte mein Vater, weshalb Ihr so gut laset, und – fuhr mein Vater sich zu *Dr.* Slop wendend fort – wenn die Prediger unserer Kirche, deren Reden gewöhnlich sehr gut verfaßt sind, – (Der Meinung bin ich nicht, sagte *Dr.* Slop. – Ich aber, sagte mein Vater,) – an dem, was sie vortragen, so herzlichen Antheil nehmen wollten als dieser arme Bursche hier, so würde unsere

Kanzelberedsamkeit, bei den großen Vorwürfen, die ihr gestellt sind, der ganzen Welt zum Muster dienen können. Aber ach! fuhr mein Vater fort, leider muß ich eingestehen, Sir, daß sie, ähnlich den französischen Staatsmännern, auf dem Schlachtfelde gewöhnlich wieder verlieren, was sie im Kabinet gewonnen haben. – 's wäre schade, sagte mein Onkel Toby, wenn diese auf solche Weise verloren gehen sollte. – Mir gefällt die Predigt außerordentlich, sagte mein Vater, sie ist drastisch, und in dieser Schreibart, wenn sie geschickt gehandhabt wird, liegt etwas, das die Aufmerksamkeit fesselt. – Bei uns wird meistens so gepredigt, sagte *Dr.* Slop. – Ja, das weiß ich, sagte mein Vater, aber in einem Tone und mit einer Miene, die *Dr.* Slop ebenso mißfielen, als die einfache Beistimmung ihm gefallen haben würde. – Darin jedoch, setzte *Dr.* Slop etwas gereizt hinzu, unterscheiden sich unsere Predigten sehr zu ihrem Vortheil, daß, wenn sie einen Charakter anführen, dies wenigstens immer ein Patriarch, oder eines Patriarchen Frau, oder ein Märtyrer oder ein Heiliger ist. – In der, welche wir eben lasen, sagte mein Vater, kommen einige recht häßliche Charaktere vor, deswegen aber, meine ich, ist die Predigt nicht um einen Pfifferling schlechter. – Aber, frug mein Onkel Toby dazwischen, von wem sie nur sein mag? Wie ist sie in meinen Stevenius gekommen? – Um die zweite Frage zu beantworten, sagte mein Vater, müßte man ein Hexenmeister wie Stevenius selbst sein. Die erste aber, denke ich, ist nicht so schwer, denn wenn mich mein Urtheil nicht ganz trügt, so kenne ich den Verfasser – unser Pfarrer hat sie geschrieben, sicherlich!

Die Ähnlichkeit, welche die Predigt in Styl und Art mit jenen zeigte, die mein Vater oft genug in seiner Dorfkirche gehört hatte, war die Veranlassung zu dieser Vermuthung; sie bewies so überzeugend, wie ein *argumentum a priori* einem philosophischen Kopfe nur etwas beweisen kann, daß Yorick und kein Anderer der Verfasser sein müsse. Dies wurde einige Tage später dann auch *a po-*

steriori bewiesen, als Yorick seinen Diener in meines Onkel Toby's Haus schickte und nach der Predigt fragen ließ.

Es scheint, daß Yorick, den jede Art des Wissens interessirte, den Stevenius von meinem Onkel entliehen hatte, und daß die Predigt, als er sie eben niedergeschrieben, achtlos von ihm in das Buch hineingelegt worden war; vergeßlich, wie er war, hatte er dann den Stevenius meinem Onkel zurückgeschickt, ohne seine Predigt vorher herauszunehmen.

Unglückliche Predigt! Nach dem gingest du noch ein zweites Mal verloren, fielest durch ein ungeahntes Loch in deines Herrn Tasche und durch ein verräterisches, zerfetztes Unterfutter in den Koth, in welchen dich der linke Hinterfuß seiner Rosinante unbarmherzig tief hineintrat, – bliebst dann zehn Tage dort vergraben, bis dich ein Bettler aufhob und einem Dorfküster für wenige Pfennige verkaufte, der dich *seinem* Pastor einhändigte, so daß du *deinem* für all seine Lebenszeit verloren gingst, – und erst in diesem Augenblick, wo ich der Welt deine Geschichte erzähle, gebe ich dich seinen ruhelosen Manen zurück.

Denn – sollte es der Leser wohl glauben, daß diese Predigt unseres Yorick von einem Prälaten der Kirche, in der Kathedrale zu York, wo tausend Zeugen dies beschwören können, bei der Eröffnung der Assisen gehalten wurde und daß dieser Prälat sie dann unter seinem Namen drucken ließ? Und alles das nicht länger als zwei Jahr drei Monat nach Yoricks Tode! – Freilich – auch bei seinen Lebzeiten war man mit Yorick nicht besser umgesprungen, aber immerhin war es ein bischen hart, ihn auch dann noch zu mißhandeln und zu berauben, nachdem er einmal ins Grab gelegt war.

Doch würde ich diese Anekdote gewiß nicht öffentlich bekannt gemacht haben, – denn der ehrwürdige Herr war voll christlicher Liebe gegen Yorick, ließ aus zartem Rechtsgefühl auch nur wenige Abzüge machen, die er verschenkte, und hätte endlich, so sagt man mir, wenn er nur gewollt hätte, eine ebenso gute Rede selbst verfassen können; – ich würde das also nicht gethan haben und thue es auch sicherlich nicht in der Absicht, um dem ehrwürdigen Herrn in seinem Charakter und in seiner Beförderung zu schaden, was ich Andern überlasse, – aber zwei Gründe, die ich nicht abweisen kann, bestimmen mich dazu.

Der erste ist der, daß ich, indem ich so Gerechtigkeit übe, dem abgeschiedenen Geiste Yoricks Ruhe gebe, der, wie das Landvolk und auch andere Leute glauben, – umgeht.

Der zweite ist der, daß ich bei Gelegenheit der Bekanntmachung dieser Geschichte alle diejenigen, welche Pfarrer Yoricks Person und Predigten zu schätzen wissen, am besten davon benachrichtigen kann, daß sich diese Predigten zur Zeit in den Händen der Familie Shandy befinden und zahlreich genug sind, um einen hübschen Band zu füllen, der dem Publikum zu Diensten steht: – möchten sie recht viel Gutes stiften. –

Dreiundvierzigstes Kapitel

Obadiah hatte seine beiden Kronen unbestritten verdient, denn eben als Korporal Trim hinausschritt, klingelte er zum Zimmer herein, den Boysack mit alle den Instrumenten, von denen wir sprachen, um den Hals gehängt.

Da wir nun in der Verfassung sind, sagte *Dr.* Slop und lächelte dabei zufrieden, Mistreß Shandy von einigem Nutzen sein zu können, so werde ich es für zweckmäßig halten, hinaufzuschicken und fragen zu lassen, wie es mit ihr stehe.

Ich habe der alten Hebamme befohlen, es uns wissen zu lassen, sobald sich die geringste Schwierigkeit zeigt, antwortete mein Vater; denn ich muß Ihnen sagen, *Dr.* Slop, fuhr er mit etwas verlegnem Lächeln fort, kraft eines besondern Vertrages, der feierlichst zwischen mir und meiner Frau abgeschlossen wurde, figuriren Sie bei dieser ganzen Affaire nur als Hülfscorps – und nicht einmal als

140

das, wenn das alte hagere Mütterchen, die Hebamme oben, ohne Sie fertig werden kann. Weiber haben nun einmal ihre aparten Launen, und in Fällen wie dieser, fuhr mein Vater fort, wo sie die ganze Last allein tragen und so viel bittere Schmerzen zum Vortheil unserer Familien wie zum Besten des ganzen Menschengeschlechts aushalten müssen, nehmen sie auch das Recht in Anspruch, *en souveraines* darüber zu beschließen, unter was für Händen und in welcher Weise dies geschehen soll.

Das Recht haben sie auch, sagte mein Onkel Toby. – Aber, Sir, erwiederte *Dr.* Slop, ohne meines Onkel Toby's Meinung zu beachten, indem er sich zu meinem Vater wandte: es würde besser sein, wenn sie ihre Herrschaft in andern Dingen geltend machten, und ein Familienvater, der die Fortdauer seines Geschlechtes wünscht, thäte meiner Ansicht nach besser daran, dieses Vorrecht gegen einige andere, die er ihnen überließe, einzutauschen. – Ich wüßte nicht, sagte mein Vater etwas scharf, so daß ihm eine kleine Erregung wohl anzumerken war, – ich wüßte nicht, was uns noch für Rechte übrig geblieben wären, die wir dafür hingeben könnten, bestimmen zu dürfen, wer unsere Kinder in die Welt befördert, wenn nicht etwa das Recht, sie zu erzeugen. – Lieber alles dafür hingegeben, erwiederte *Dr.* Slop. – Bitte sehr, sagte mein Onkel Toby. – Sie würden erstaunen, Sir, fuhr *Dr.* Slop fort, wenn Sie sähen, welche Verbesserungen in allen Zweigen der Geburtshülfe seit den letzten Jahren gemacht worden sind, besonders aber in dem Punkte des schnellen und sichern Herausholens des Fötus, – darüber ist jetzt ein so neues Licht verbreitet, daß ich (hier hob er die Hände empor) gestehen muß, ich begreife es nicht, wie die Welt bis dahin – Ich wünschte, sagte mein Onkel Toby, sie hätten gesehen, was für prächtige Armeen wir in Flandern hatten.

Vierundvierzigstes Kapitel

Ich habe für einen Augenblick den Vorhang über diese Scene fallen lassen, um meine Leser an etwas zu erinnern und ihnen etwas mitzutheilen.

Was ich mitzutheilen habe, kommt, ich gestehe es, etwas außer der Reihe, denn es hätte schon etwa 50 Seiten früher gesagt werden sollen, aber damals sah ich voraus, daß es mir hier ganz gelegen und von mehr Nutzen sein würde, als wo anders. Schriftsteller müssen durchaus immer voraussehen, nur so können sie alles in munterm und geschlossenem Gang erhalten.

Wenn ich die beiden Angelegenheiten besorgt haben werde, soll der Vorhang wieder in die Höhe gehen und dann mögen Onkel Toby, mein Vater und *Dr.* Slop ohne weitere Unterbrechung in ihrer Unterredung fortfahren.

Zuerst also das, woran ich zu erinnern habe. Aus der sonderbaren Ansicht, die mein Vater über die Taufnamen hatte, sowie aus der andern über einen frühern Punkt wird man wohl geschlossen haben, (und ich glaube, ich sagte auch so etwas,) daß er ein Mann war, der über fünfzig andere Dinge ebenso wunderlich und seltsam dachte. Und in der That über alles, was einem Menschen im Leben nur begegnen kann, von seiner Erzeugung bis zu den schlotternden Unterhosen seiner zweiten Kindheit, über alles hatte er sich irgend eine Lieblingsansicht gebildet, die gemeiniglich ebenso skeptisch war und sich ebenso weit von der Heerstraße hergebrachter Meinungen entfernte, als jene beiden von mir erwähnten.

Mein Vater, Mr. Shandy, pflegte nichts in demselben Lichte wie andere Leute zu sehen, er stellte die Dinge in sein eigenes Licht; er wog nichts auf der gewöhnlichen Wage, nein, dazu war er ein zu feiner Kopf, solchem Irrthum gab er sich nicht hin. Wollte man die Dinge auf der Wage der Wissenschaft genau wägen, sagte er, so müsse das *fulcrum* fast unsichtbar sein, damit alle Reibung mit hergebrachten Meinungssätzen vermieden werde; gäbe man darauf nicht Acht, so würden die *minutiae* der Philosophie, die doch sonst ins Gewicht fielen, ganz und gar nicht ziehen – Erkenntniß, behauptete er, sei wie die Materie theilbar *in infinitum* – Gran und Skrupel wären ebenso gut ein Theil davon, wie die Schwerkraft der ganzen Welt. Kurz ausgedrückt, so lautete seine Rede: – Irrthum sei Irrthum, ganz gleich worin er sich fände, ob in einem Quentchen oder einem Pfunde, – für die Wahrheit sei er immer gleich schädlich, denn diese würde ebenso unterdrückt und niedergehalten, ob der Irrthum nun den Staub eines Schmetterlingsflügels oder die Sonnenscheibe oder den Mond und alle Himmelssterne zusammen beträfe.

Oft klagte er darüber, daß die Mißachtung dieses Grundsatzes und der Umstand, daß man es unterlasse, denselben ebenso gut auf das gemeine Leben wie auf spekulative Wahrheiten anzuwenden, die Ursachen seien, weshalb in der Welt so Vieles außer Rand und Band ginge, das politische Gewölbe nachgäbe und die Fundamente unserer vortrefflichen Einrichtungen in Staat und Kirche, wie Sachverständige meinten, untergraben wären.

Ihr schreit, daß wir ein ruinirtes, zu Grunde gerichtetes Volk sind, pflegte er zu sagen – Warum? frug er weiter, indem er sich der Kettenschlüsse oder Syllogismen des Zeno und Chrysippus bediente, ohne zu wissen, wem er sie verdankte. – Warum? Warum sind wir ein zu Grunde gerichtetes Volk? Weil wir verdorben sind. – Weshalb sind wir verdorben, Sir? – Weil wir arm sind; unsere Armuth ist schuld daran, nicht unser Wille. Und weshalb, setzte er dann hinzu, sind wir arm? Weil wir, lautete seine Antwort, unsere Pfennige und Heller nicht in Acht nehmen, – unsere Banknoten und Guineen, ja selbst unsere Schillinge nehmen sich schon allein in Acht. –

Ganz so, pflegte er zu sagen, ist es überall im weiten Bereich der Wissenschaft: die großen und allgemein anerkannten Wahrheiten können nicht über den Haufen geworfen werden, die Naturgesetze vertheidigen sich selbst, – aber der Irrthum (schloß er und sah dabei ernst meine Mutter an), der Irrthum, Sir, schleicht sich durch die kleinen Ritzen und Spalten, welche die menschliche Natur unbewacht läßt.

An diese Denkweise wollte ich erinnern; was ich aber mitzutheilen habe und bis auf diese Stelle versparte, ist Folgendes:

Unter den mannigfaltigen und vortrefflichen Gründen, mit denen mein Vater es versucht hatte, meine Mutter dazu zu bewegen, daß sie *Dr.* Slops Beistand dem des alten Weibes vorzöge, fand sich auch ein höchst wunderlicher, auf den er allen Nachdruck gelegt und wie auf einen letzten Rettungsanker vertraut hatte, nachdem die Sache mit ihr als Christ verhandelt worden war, und er sich nunmehr anschickte, sie als Philosoph in die Hand zu nehmen, allen Nachdruck legte, und auf den er, wie auf einen Rettungsanker vertraute. – Es mißglückte, was allerdings der Fehler des Grundes selbst nicht war, sondern vielmehr daher kam, daß er ihr trotz aller seiner Bemühungen das Gewicht desselben nicht recht begreiflich machen konnte. Verdammtes Schicksal! sagte er eines Nachmittags zu sich selber, als er das Zimmer verließ, wo er ihr anderthalb Stunden lang ohne allen Erfolg vordemonstrirt hatte, – verdammtes Schicksal, und warf die Thür hinter sich zu, indem er sich auf die Lippe biß, – wenn Einem so die schönste Beweisführung zu Gebote steht, und man dabei ein Weib hat, in deren Kopf auch nicht die kleinste Schlußfolgerung hineinzubringen ist, mag man anfangen, was man will!

Dieser Grund, der an meiner Mutter ganz und gar verloren ging, war für ihn von weit größerem Gewichte, als alle andern Gründe zusammen. Ich will mich daher bemühen, denselben so klar als möglich darzulegen.

Mein Vater ging von folgenden zwei unbestreitbaren Axiomen aus:

Erstens, daß eine Unze eigenen Verstandes mehr werth sei, als eine Tonne fremden; und

Zweitens (was nebenbei gesagt die Grundlage des ersten Axioms bildet, obgleich es später kommt), daß eines Jeden Verstand aus eines Jeden eigenem Geiste kommen müsse und aus keinem fremden.

Da es nun meinem Vater einleuchtend war, daß aller Geist von Natur gleich ist, und daß der große Unterschied zwischen dem schärfsten und stumpfesten Verstande nicht ursprünglich davon herrühre, daß ein Denkvermögen schärfer oder stumpfer als das andere sei, über oder unter dem andern stehe, sondern daß derselbe nur von der glücklichern oder unglücklichern Organisation des Körpers, vorzüglich aber jenes Theiles herrühre, den der Geist zu seinem Sitze erwählt hat, – so machte er es zum Hauptgegenstande seiner Untersuchung, die Stelle dieses Sitzes ausfindig zu machen.

Nach den besten Zeugnissen, die er über diesen Punkt hatte sammeln können, war er darüber mit sich im Klaren, daß die Zirbeldrüse, wohin Descartes den Geist verwiesen, und die, wie mein Vater weiter philosophirte, eine Art Kissen von der Gestalt einer Zuckererbse für das Gehirn bildete, dieser Sitz nicht sei. Aber da doch so viele Nervenstränge an dieser Stelle auslaufen, so war die Konjektur immer nicht übel, und ohne meines Onkel Toby's Hülfe wäre mein Vater sicherlich mit dem großen Philosophen gemeinschaftlich in diesen Irrthum hineingeplumpst. Glücklicherweise erzählte ihm jener von einem wallonischen Offizier, dem in der Schlacht bei Landau ein Theil seines Gehirnes mit einer Musketenkugel weggeschossen, ein anderer Theil aber späterhin von einem französischen Wundarzte herausgenommen worden sei, und der alles glücklich überstanden und seinen Dienst trotz des Verlustes nach wie vor weiter versehen hätte.

Wenn, so schloß mein Vater nach weiterer Überlegung, der Tod nichts ist als eine Trennung von Geist und Materie, und es dennoch wahr ist, daß es Leute giebt, die herumgehen und ihre Geschäfte verrichten *ohne* Gehirn, so hat der Geist eben seinen Sitz nicht im Gehirn. *Q.E.D.*

Was nun jene dünne, zarte und sehr wohlriechende Flüssigkeit anbetrifft, über deren Auffindung in den Zellen des Hintergehirnes der große Mailänder Arzt Coglionissimo Borri in einem Schreiben an Bartholini berichtet, und die er ebenfalls als den hauptsächlichen Sitz des denkenden Geistes bezeichnet, (denn man muß wissen, daß unser aufgeklärtes Zeitalter zwei Sorten Geist in jedem Menschen annimmt, wovon der eine, nach dem großen Metheglingius, *animus,* der andere *anima* genannt wird;) – was, sage ich, die Ansicht dieses Borri betrifft, so konnte sie mein Vater durchaus nicht zu der seinigen machen. Schon der bloße Gedanke, pflegte er zu sagen, daß ein so edles, gebildetes, körperloses, erhabenes Wesen, wie die *anima,* oder selbst der *animus,* seinen Sitz in einer Pfütze, in einer dicken oder dünnen Flüssigkeit nehmen und Tag für Tag, Sommer und Winter wie eine Kaulpadde darin herumpatschen sollte, beleidige seine Einbildungskraft, – er möge so etwas gar nicht hören.

Die Ansicht, welche ihm die wenigsten Einwürfe zuzulassen schien, war daher die, daß das Sensorium oder Hauptquartier des Geistes, zu welchem alle Mittheilungen hingehen und von wo aus er alle seine Befehle ertheilt, in dem *cerebellum* oder nahe bei demselben sei, etwa so um die *medulla oblongata* herum, wie alle holländischen Anatomen übereinstimmend annehmen, wo die Nerven aller fünf Sinnesorgane gleich Straßen und geschlängelten Wegen auf einem Platze zusammentreffen. –

So weit hatte meines Vaters Ansicht nichts Wunderliches; er ging darin Hand in Hand mit den besten Philosophen aller Zeiten und Länder. Aber nun nahm er seinen eigenen Weg, indem er auf den Grundsteinen, welche sie für ihn gelegt hatten, eine Shandy'sche Hypothese aufbaute, und zwar eine Hypothese, die unverrückt stehen blieb, mochte nun die Subtilität und Feinheit des Geistes von der Beschaffenheit und Klarheit erwähnter Flüssigkeit, oder – zu welcher Meinung er mehr hinneigte – von dem feinern Netzwerk und der feinern Textur des *cerebellum* selbst abhängig sein.

Er behauptete, daß nächst der gehörigen Sorgfalt, die bei dem Akte der Erzeugung eines Individuums zu nehmen sei, ein Akt, der mit der allergrößten Vorsicht geschehen müsse, indem durch ihn der Grund gelegt werde zu jenem unbegreiflichen Gebäude, in welchem und durch welches Witz, Gedächtniß, Einbildungskraft, Beredsamkeit und was man sonst mit dem Namen »gute Anlagen« bezeichne, zur Erscheinung kommen sollen; daß nächst diesem und dem Taufnamen, als den beiden und unerläßlichsten Grundbedingungen – die dritte Bedingung, oder, wie die Logiker es hießen, die *causa sine qua non,* ohne welche doch alles vergebens wäre, *die* sei, daß dieses zarte und feingesponnene Gewebe vor der gräulichen Beschädigung bewahrt bleibe, die es durch die heftige Quetschung des Kopfes und durch den auf denselben ausgeübten Druck, bei der unsinnigen Methode uns mit dem Kopf voraus zur Welt zu bringen, erleide.

Dies verlangt eine Erklärung.

Mein Vater, der gern in allerhand Bücher guckte, hatte in *Lithopaedus Senonesis de partu difficili*[3] herausgegeben von Adrianus Smelvogt gefunden, daß der weiche und biegsame Kindskopf, dessen Schädelknochen zur Zeit der Geburt noch keine Nähte haben, durch die bei den Wehen wirkende Muskelkraft, welche einem senkrechten

---

3   Der Autor begeht hier einen doppelten Irrthum, denn statt *Lithopaedus* muß es *Lithopaedii Senonensis Icon.* heißen. Der zweite Irrthum ist der, daß *Lithopaedus* nicht etwa ein Autor ist, sondern das Herausnehmen einer verstellten Geburt bedeutet. Den Bericht darüber, welchen Athosius 1580 veröffentlichte, kann man am Schlusse von Cordäus' Schriften in Spachius nachlesen. Mr. Tristram Shandy wird in diesen Irrthum verfallen sein, weil er entweder den Namen *Lithopaedus* in des *Dr.* * kürzlich erschienenem Verzeichniß gelehrter Autoren fand, – oder er verwechselt *Lithopaedus* mit *Trinecavellius,* was bei der großen Ähnlichkeit der Namen leicht geschehen konnte.

Drucke von circa 470 Pfd. gleichkommt, sicherlich neunundvierzigmal unter fünfzig Fällen in die Form eines länglichen, konischen Stück Teiges gedrückt und geknetet wird, etwa wie ein Pastetenbäcker seinen Teig aufrollt, um eine Pastete daraus zu machen.

Heiliger Gott! rief mein Vater, was für eine gräuliche Verwüstung muß das in dem unendlich feinen und zarten Gewebe des *cerebellum* anrichten! Oder wäre es eine Flüssigkeit, wie Borri meint, muß das nicht übergenug sein, die klarste Flüssigkeit trübe und muddig zu machen?

Aber wie wuchs nun erst seine Besorgniß, als er erfuhr, daß diese Kraft, indem sie gerade auf den Scheitelpunkt des Kopfes wirkt, nicht allein das Gehirn selbst, oder das *cerebrum* beschädigt, sondern ganz unvermeidlich das *cerebrum* gegen das *cerebellum*, also gegen den unmittelbaren Sitz des geistigen Vermögens, drückt und zwängt. – Alle himmlischen Heerschaaren mögen uns beschützen! rief mein Vater aus; wie kann ein Geist das aushalten? Kein Wunder, daß das Hirngewebe so zerrissen und zerfetzt ist, wie wir's sehen, und daß so viele unserer besten Köpfe nichts Besseres sind als eine verwirrte Docke Seide – alles ineinandergesitzt – lauter Konfusion!

Als mein Vater aber noch weiter las, und ihm offenbar wurde, daß, wenn man das Kind wende und es bei den Beinen herausziehe (was für einen Geburtshelfer ein Leichtes sei), das *cerebrum* dann nicht gegen das *cerebellum,* sondern das *cerebellum* blos gegen das *cerebrum,* dem es keinen Schaden zufügen könne, gezwängt würde, – da rief er: Bei Gott! Alle Welt hat sich verschworen, uns um das bischen Verstand zu bringen, das der Schöpfer uns mitgegeben hat, und die Professoren der Gebärkunst sind die Mitverschwornen. Was macht es mir aus, mit welchem Ende zuerst mein Sohn in die Welt kommt, vorausgesetzt, daß nachher Alles gut wird und sein *cerebellum* ungequetscht bleibt? –

Es liegt in der Natur jeder Hypothese, daß sie, einmal aufgestellt, aus Allem ihre Nahrung zieht, und vom ersten Augenblicke ihrer

Entstehung an durch Alles, was man sieht, hört, liest oder begreift, an Kraft und Stärke zunimmt. Dies ist wichtig.

Kaum hatte mein Vater die seinige einen Monat mit sich herumgetragen, so gab es kaum irgend ein Phänomen von Dummheit oder ungewöhnlicher Begabung, das er nicht mittels derselben zu erklären im Stande gewesen wäre; sie gab ihm Aufschluß darüber, weshalb der älteste Sohn gemeiniglich der größte Dummkopf der Familie sei. – Armer Teufel, sagte mein Vater, er hat der Fähigkeit seiner jüngern Brüder Bahn brechen müssen. Sie löste ihm das Räthsel aller Narrheit und Querköpfigkeit, – indem sie *a priori* bewies, daß es gar nicht anders sein könne, denn – – nun ich weiß schon nicht. Sie bewährte sich wundervoll in der Begründung des asiatischen *acumen* und der größeren Lebhaftigkeit und schärfern Beobachtungsgabe, welche den Geistern wärmerer Klimate eigen sei; das käme nicht etwa, wie man gewöhnlich sehr oberflächlich meine, von dem klaren Himmel, dem immerwährenden Sonnenschein u.s.w., einem Übermaß, durch welches seiner Ansicht nach die Fähigkeiten der Seele ebenso gut verflüchtigt und in Nichts aufgelöst werden könnten, wie sie in kältern Zonen durch das entgegengesetzte Übermaß verdickt würden, – nein, er ging auf den wahren Grund zurück und zeigte, daß die Natur in den wärmeren Zonen es mit dem schönen Geschlechte besser gemeint, ihm mehr Freuden und weniger Schmerzen gegeben habe, demnach der Druck und Widerstand auf die Hirnschale so leicht wäre, daß die Organisation des *cerebellum* nicht darunter litte; ja, er glaube, daß, wo die Geburt naturgemäß vor sich gehe, nicht ein einziges Fädchen des Gewebes zerrissen oder verschoben werde, so daß der Geist dann vollkommen freie Bewegung habe.

Wenn mein Vater so weit gekommen war, welch ein Lichtglanz ergoß sich dann von den Berichten über den Kaiserschnitt und über die gewaltigen Genies, welche durch ihn ungefährdet in die Welt gesetzt worden waren, auf seine Hypothese! Da sehen Sie, pflegte er zu sagen, hier fand keine Beschädigung des Sensoriums statt, kein Druck des Kopfes gegen die *pelvis,* kein Drängen des *cerebrum* gegen das *cerebellum,* weder bei dem *os pubis,* noch bei dem *os coxygis* auf der andern Seite, und – ich bitte – was waren die glückseligen Folgen? Nun, Sir, ein Julius Cäsar, welcher der Operation den Namen gab, und ein Hermes Trismegistus, der geboren wurde, ehe sie noch einen Namen hatte, und ein Scipio Africanus, ein Manlius Torquatus und ein Eduard VI., der, wenn er am Leben geblieben wäre meiner Hypothese gewiß Ehre gemacht hätte. Diese, Sir, und noch viele Andere, die in den Annalen des Ruhmes hoch verzeichnet stehen, kamen alle auf diesem Nebenwege zur Welt.

Der Schnitt in das Abdomen und den Uterus ging meinem Vater sechs Wochen lang im Kopfe herum; er hatte es gelesen und war darüber vollkommen beruhigt, daß Wunden im *epigastrium* und in der *matrix* nicht tödtlich seien, so daß der Bauch meiner Mutter sehr gut geöffnet werden könne, um das Kind herauszunehmen. Er erwähnte der Sache eines Nachmittags gegen meine Mutter, nur so, als einer Thatsache, aber er sah, daß sie schon bei der bloßen Erwähnung kreideweiß wurde; deshalb hielt er es für besser, nichts weiter zu sagen, obgleich er sich mit der Operation geschmeichelt hatte, und begnügte sich damit, das, was er doch nur erfolglos in Vorschlag bringen würde, wenigstens still bei sich zu bewundern.

Dies war meines Vaters Hypothese, welcher, wie ich noch hinzufügen will, mein Bruder Bob zum mindesten ebenso viel Ehre machte, als einer der obenerwähnten Helden; denn da er nicht allein während meines Vaters Abwesenheit in Epsom getauft (wie schon erzählt), sondern auch geboren worden war, und zwar als meiner Mutter erstes Kind und mit dem Kopf voraus, überdies sich als ein Junge von ungemein geringen Fähigkeiten erwiesen hatte, – so bestärkte dies Alles meinen Vater in seiner Meinung, der jetzt, nachdem es ihm an dem einen Ende mißglückt war, den festen Entschluß faßte, es am anderen zu versuchen.

Von einem Gliede der ehrenwerthen Schwesterschaft, die sich so leicht nicht aus ihrem gewohnten Gange bringen läßt, konnte er dabei nichts erwarten, und das war eben der Grund, weshalb mein Vater einen Mann der Wissenschaft begünstigte, mit dem er leichteres Spiel zu haben hoffte.

Kein Mensch hätte geeigneter für meines Vaters Absichten sein können, als *Dr.* Slop; denn obgleich er auf seine neu erfundene Zange stolz war und sie für das sicherste geburtshülfliche Instrument hielt, so hatte er doch, scheint es, in seinem Buche auch ein paar Worte zu Gunsten der Sache gesagt, die meinem Vater so sehr am Herzen lag, und das Herausziehen bei den Füßen empfohlen – freilich nicht, wie nach meines Vaters Systeme, des Geistes wegen, sondern aus rein geburtshülflichen Gründen.

Dies wird hinreichen, das Bündniß zu erklären, welches mein Vater und *Dr.* Slop in der nachfolgenden Unterredung mit einander schlossen, wobei sie meinen Onkel Toby etwas hart mitnahmen. Wie ein schlichter Mann, nur von seinem gesunden Menschenverstande unterstützt, es mit zwei solchen verbündeten Gelehrten aufnehmen konnte, ist schwer zu begreifen. Wem's gefällt, der mag darüber seine Vermuthungen anstellen, und wenn seine Einbildungskraft einmal in Bewegung gesetzt ist, so versuche er doch auch gleich, ob er nicht entdecken kann, was für natürlichen Ursachen und Wirkungen es zugeschrieben werden muß, daß mein Onkel Toby durch die Wunde am Schambein zu seiner Schamhaftigkeit gekommen war. Auch könnte er vielleicht ein System erfinden, das den Verlust meiner Nase mit gewissen Ehevertragsartikeln in causalen Zusammenhang brächte und der Welt zeigte, *wie* es gekommen sei, daß ich das Unglück hatte, trotz meines Vaters Hypothese und gegen den Wunsch und Willen meiner ganzen Familie, meiner Herren Pathen und Frau Pathinnen Tristram getauft zu werden. – Alles das und noch 50 Dinge mehr, die bis jetzt noch nicht aufgeklärt sind, kann, wer will und wer Zeit hat, zu erklären versuchen; aber ich sage im Voraus, – es ist vergebliche Mühe, denn weder

der weise Alquife, der Zauberer in Don Belialis von Griechenland, noch die nicht weniger berühmte Zauberin Urganda, sein Weib, (wenn sie noch am Leben wären,) dürften sich einfallen lassen, der Wahrheit nur auf eine Meile nahe zu kommen.

Deshalb wird sich der Leser damit begnügen müssen, die Erklärung aller dieser Dinge bis auf nächstes Jahr hinausgeschoben zu sehen, wo dann allerhand offenbar werden soll, wovon er sich nichts hat träumen lassen. –

Fünfundvierzigstes Kapitel

»Ich wünschte, *Dr.* Slop«, sagte mein Onkel Toby, indem er diesen Wunsch zum zweiten Male aussprach, und zwar mit mehr Ernst und Nachdruck in der Art des Wünschens als das erste Mal[4], »ich wünschte, *Dr.* Slop, Sie hätten gesehen, was für prächtige Armeen wir in Flandern hatten.«

Meines Onkel Toby's Wunsch leistete dem *Dr.* Slop einen schlechtern Dienst, als des Wünschenden gutes Herz irgend einer Menschenseele hätte erweisen mögen: er machte ihn perplex; seine Gedanken geriethen in Verwirrung, dann liefen sie ihm ganz davon, so daß er sie durchaus nicht wieder sammeln konnte.

In allen Verhandlungen, männlichen oder weiblichen, gelte es Ehre, Vortheil oder Liebe, ist nichts gefährlicher, Madame, als ein Wunsch, der so unerwarteter Weise auf Seitenwegen über Einen kommt. Die sicherste Art, der Gewalt eines solchen Wunsches zu begegnen, ist im Allgemeinen die, daß der Bewünschte sich sofort stramm auf die Beine stellt und dem Wünscher etwas zurückwünscht, ohngefähr von gleichem Werthe; gleichen Sie die Rechnung auf diese Weise sogleich aus, so haben Sie nichts verloren, ja manchmal noch gewonnen, nämlich den Vortheil des Angriffs.

---

4   Siehe Kapitel 48 am Schluß.

Davon werde ich übrigens in meinem Kapitel »über Wünsche« weitläufiger handeln.

Dr. Slop verstand diese Art der Vertheidigung nicht, er wurde verwirrt, und die Unterhaltung erlitt eine gänzliche Unterbrechung von vier und einer halben Minute; – fünf wären verhängnißvoll gewesen, – mein Vater bemerkte die Gefahr; der Gegenstand der Unterhaltung war einer der interessantesten, den es geben konnte: »Ob das Kind seines Gebetes und seiner Sorgen ohne oder mit Kopf geboren werden sollte«. Er wartete bis zum letzten Augenblicke, damit *Dr.* Slop, an dessen Adresse der Wunsch gerichtet worden war, ihn auch zurückgeben könne; aber als er bemerkte, daß jener, wie gesagt, perplex wurde und mit leerem Blicke, der gänzliche Seelenverwirrung ausdrückte, erst in meines Onkels Gesicht, dann ihm in das seine starrte, dann in die Höhe sah, dann auf den Boden, dann nach Osten, nach Nordosten u.s.w. an dem Rand der Täfelung entlang bis zum entgegengesetzten Punkte des Kompasses und nun wirklich anfing, die Messingnägel an seinem Lehnstuhle zu zählen, – da glaubte mein Vater keine Zeit weiter verlieren zu dürfen und nahm die Unterhaltung also auf, wie folgt:

Sechsundvierzigstes Kapitel

»Was für prächtige Armeen Ihr in Flandern hattet, Bruder Toby!« – entgegnete mein Vater und nahm dabei mit der rechten Hand seine Perücke vom Kopfe, während er mit der linken ein gestreiftes seidenes Schnupftuch aus der rechten Rocktasche zu ziehen versuchte, um sich, indeß er diesen Punkt mit meinem Onkel Toby erörterte, den Kopf damit zu reiben.

Das war nun, meiner Meinung nach, von meinem Vater nicht recht gehandelt, – und ich werde meine Gründe dafür beibringen.

Scheinbar viel geringere Dinge als so etwas: ob mein Vater seine Perücke mit der rechten oder linken Hand abnahm, haben die größten Reiche in Verwirrung gebracht und die Kronen auf den Häuptern ihrer Herrscher erschüttert. Ich brauche Ihnen aber nicht zu sagen, Sir, daß die Umstände, unter welchen etwas in der Welt geschieht, diesem Etwas in dieser Welt auch Form und Gestalt geben, es zusammendrücken oder ausrecken und es so erst zu dem machen, was es dann ist, – groß, klein, gut, böse, gleichgültig oder nicht gleichgültig, wie's kommt.

Da meines Vaters Schnupftuch in der rechten Rocktasche steckte, so hätte er durchaus darauf sehen sollen, die rechte Hand frei zu behalten; statt also die Perücke mit dieser Hand abzunehmen, hätte er dies mit der linken thun müssen, dann würde er, als das natürliche Bedürfniß den Kopf zu reiben ein Schnupftuch verlangte, nichts weiter zu thun nöthig gehabt haben, als es mit der rechten Hand aus der rechten Rocktasche herauszunehmen; – das hätte er ohne die geringste Anstrengung, ohne irgend eine Verrenkung der Sehnen und Muskeln seines Körpers vollbringen können.

Hätte er dann nicht absichtlich eine alberne Figur spielen wollen, nicht etwa die Perücke steif in der linken Hand gehalten oder mit dem Ellenbogen oder dem Schulterblatt einen närrischen Winkel gebildet, so würde seine Stellung leicht, natürlich, ungezwungen gewesen sein. Reynolds selbst, der große und anmuthige Maler, hätte ihn in dieser Stellung malen können.

Aber so, wie mein Vater die Sache anfing, mußte er natürlich eine verteufelte Figur spielen.

Während der letzten Regierungsjahre der Königin Anna und der ersten König Georgs I. waren die Rocktaschen sehr tief am Schooße angebracht. Weiter sage ich nichts. – Der Vater alles Unheils hätte für Jemand in meines Vaters Lage keine unseligere Mode ersinnen können und wenn er einen Monat darüber gegrübelt hätte.

Siebenundvierzigstes Kapitel

Unter keinem unserer glorreichen Könige war es ein leichtes Ding, mit der Hand diagonal über den ganzen Leib hinüber auf den Boden der entgegengesetzten Rocktasche zu langen (man hätte denn so spindeldürr sein müssen wie ich). Im Jahre 1718, wo sich Obiges ereignete, war es außerordentlich schwer, so daß meinem Onkel Toby, als er die schrägen Zickzack-Approchen meines Vaters sah, sogleich jene einfielen, in denen er vor dem St. Nicolas-Thore selbst gekämpft hatte. Diese Idee zog seine Aufmerksamkeit von dem in Rede stehenden Gegenstande so völlig ab, daß er seine rechte Hand nach der Glocke ausstreckte, um Trim herbeizurufen, damit ihm dieser den Plan von Namur, seine Zirkel und den Sektor bringe, denn er wollte den Winkel der Angriffstraversen, besonders aber jener, wo er die Wunde erhalten hatte, messen.

Mein Vater zog die Brauen zusammen, und alles Blut seiner Adern schien ihm ins Gesicht zu schießen; – mein Onkel stieg sogleich vom Pferde.

Ich wußte ja gar nicht, daß Ihr Onkel Toby zu Pferde saß –

Achtundvierzigstes Kapitel

Leib und Seele eines Menschen, ich sage dies mit aller Hochachtung gegen beide, sind gerade wie Wamms und Unterfutter: schlägt das eine Falten, so schlägt das andere auch welche. Da giebt es nur eine einzige Ausnahme, wenn man nämlich so glücklich ist, ein Wamms von gummirtem Taffet und ein Unterfutter von Sarsenet oder leichtem persischen Seidenzeuge zu haben.

Zeno, Cleanthes, Diogenes, Babylonius, Dionysius, Heraclides, Antipater, Panätius und Posidonius von den Griechen, – Cato, Varro und Seneca von den Römern, – Pantenus und Clemens

Alexandrinus und Montaigne von den Christen und eine reichliche Menge guten, ehrlichen, gedankenlosen Shandy-Volkes, auf deren Namen ich mich nicht gleich besinne, bilden sich aber ein, ihr Wamms sei nach dieser Art gemacht, man könne es äußerlich drücken und quetschen, faltig machen und knittern, reiben und zerreiben, mit einem Worte, man könne ganz schmählich mit ihm umgehen, die innere Seite würde von alle dem nicht angegriffen.

Ich glaube wahrhaftig, daß das meinige auch so gemacht ist, denn niemals ist einem armen Wammse ärger mitgespielt worden als dem meinigen in den letzten neun Monaten, und trotzdem ist, so weit ich darüber urtheilen kann, das Unterfutter um keinen Heller schlechter geworden; – *pêle mêle,* holterdipolter, piff-paff, schnipp-schnapp, vornab und hintenab, kurzweg und langweg haben sie mir zugesetzt, wäre nur ein bischen Gummi in meinem Unterfutter gewesen, bei Gott! es wäre längst bis auf den letzten Faden verschlissen und zerrissen.

Ihr Herren vom Monats-Magazin! wie konntet Ihr so auf mein Wamms loshauen und stechen? Wie wußtet Ihr, daß mein Unterfutter heil bleiben würde?

Von ganzem Herzen und ganzer Seele empfehle ich Euch und Eure Angelegenheiten dem Schutze jenes Wesens, das keinen von uns beleidigt. Gottes Segen mit Euch allen, und wenn mir Einer von Euch nächsten Monat wieder seine Zähne zeigen und auf mich lossteuern und – rasen sollte wie vorigen Monat Mai, (wo es, wie ich mich entsinne, sehr heiße Witterung war,) so fahrt nicht aus der Haut, wenn ich wieder ganz ruhig meines Weges gehe; denn ich bin einmal entschlossen, so lange ich lebe oder schreibe (was gleichviel ist), solch einem Ehrenmanne nie etwas Böses zu entgegnen oder ihm etwas Schlimmeres zu wünschen, als mein Onkel jener Fliege, die ihm während seines Mittagsessens so unverschämt um die Nase geschwirrt war. – Geh, – geh – armer Teufel, sagte er, mach, daß du fort kommst. Warum sollte ich dir auch etwas zu Leide thun? Ist die Welt doch groß genug für uns beide! –

Neunundvierzigstes Kapitel

Ein Jeder, Madame, der über Ursache und Wirkung nachdenkt und den erstaunlichen Blutandrang im Gesichte meines Vaters bemerkt hätte, wodurch er – da, wie gesagt, *alles* Blut ihm ins Gesicht zu schießen schien – malerisch und wissenschaftlich zu reden, gewiß um sechs und eine halbe Tinte, wenn nicht um eine ganze Oktave über seine natürliche Farbe hinaus erröthete, – ein Jeder, Madame (Onkel Toby ausgenommen), der dies und dazu das heftige Zusammenziehen der Augenbrauen, sowie die außerordentliche Verrenkung des Körpers während dieses Vorganges bemerkt hätte, würde daraus geschlossen haben, mein Vater befinde sich im Zustande des Zornes, und wäre er ein Liebhaber jener Art von Harmonie gewesen, die daraus entsteht, daß man zwei Instrumente auf denselben Ton stimmt, so würde er das seinige auf dieselbe Höhe geschraubt haben – dann wäre der Teufel losgegangen und das ganze Stück hätte heruntergespielt werden müssen, wie die sechste Scarlatti'sche Sonate, *con furia,* wie toll. – Hier bitte ich um einen Augenblick. Was in aller Welt hat *con furia, con strepito,* oder derlei Hurreburre, wie es immer heißen mag, mit der harmonischen Kunst zu thun?

Ein Jeder, sage ich, Madame, nur nicht mein Onkel Toby, dessen Herzensgüte jede Bewegung des Körpers so milde auslegte, als es die Bewegung nur immer zuließ, wäre zu dem Schlusse gekommen, daß mein Vater im Zorn sei, und würde dies tadelnswerth gefunden haben. Mein Onkel fand nichts tadelnswerth, als daß der Schneider die Tasche so tief angebracht hatte; deshalb blieb er ganz ruhig sitzen, bis mein Vater sein Taschentuch herausgezogen hatte, und sah ihm die ganze Zeit über mit unaussprechlicher Gutmüthigkeit gerade ins Gesicht. Endlich fuhr mein Vater folgendermaßen fort:

Fünfzigstes Kapitel

»Was für prächtige Armeen Ihr in Flandern hattet!«

Bruder Toby, sagte mein Vater, ich halte Dich für einen Ehrenmann, mit einem so guten und rechtschaffnen Herzen, wie Gott nur je eins geschaffen; auch ist es Dein Fehler nicht, wenn alle Kinder, die erzeugt wurden, oder noch erzeugt werden mögen, können, sollen oder müssen, mit dem Kopf voraus zur Welt kommen. Aber glaube mir, lieber Toby, der Zufälligkeiten, welchen unsere Kinder nicht allein bei der Erzeugung (ich halte dieselben für sehr beträchtlich) ausgesetzt sind, nein, auch der Gefahren und der Schwierigkeiten, die auf sie lauern, nachdem sie die Nase in die Welt gesteckt haben, sind genug, als daß es Noth thäte, sie auf dem Wege dahin auch noch unnöthigen auszusetzen.- Sind diese Gefahren, sagte mein Onkel Toby, indem er seine Hand auf meines Vaters Knie legte und diesem ernst und forschend ins Gesicht sah, – sind diese Gefahren, Bruder, jetzt größer, als sie es sonst waren? – Bruder Toby, antwortete mein Vater, sonst – wenn ein Kind nur rechtmäßig gezeugt war, lebendig und kräftig zur Welt kam und die Mutter bald nachher wieder gesund wurde, so kümmerten sich unsere Vorfahren um weiter nichts. – Mein Onkel Toby nahm sogleich die Hand von meines Vaters Knie, lehnte sich sanft in seinen Sessel zurück, hob den Kopf just so weit in die Höhe, daß er das Karnieß an der Zimmerdecke sehen konnte, brachte die Flötenmuskeln längs der Backen und die Kreismuskeln um die Lippen herum in die gehörige Stellung und – pfiff den Lillabullero.

Einundfünfzigstes Kapitel

Während mein Onkel Toby meinem Vater den Lillabullero vorpfiff, stampfte *Dr.* Slop und fluchte und wetterte ganz erschrecklich auf

Obadiah los. Gewiß, Sir, hätten Sie ihn gehört, es würde Ihnen gut gethan und Sie von dem häßlichen Laster des Fluchens auf immer geheilt haben. Deshalb bin ich entschlossen, Ihnen die ganze Geschichte zu erzählen.

Als *Dr.* Slops Dienstmagd den grünen Boysack mit ihres Herrn Instrumenten darin Obadiah übergab, hatte sie ihn sehr eindringlich ermahnt, Kopf und Arm durch die Stränge zu stecken, so daß er während des Rittes am Körper herabhänge. Sie band also die Schleife auf, um die Stränge etwas länger zu machen, und hing ihm dann ohne weiteres den Sack um. Dadurch war aber die Öffnung nicht mehr so gut verschlossen als vorher, und da bei der erschrecklichen Eile, von der Obadiah sprach, leicht etwas hätte herausspringen können, so beriethen sie sich noch einmal, nahmen den Sack wieder ab und banden aus großer Gewissenhaftigkeit und Vorsicht die beiden Stränge mit einem halben Dutzend tüchtiger Knoten zusammen (den ersten an der Sacköffnung), deren jeden, um die Sache ganz sicher zu machen, Obadiah mit der vollen Kraft seines Leibes festzog.

Dies entsprach der Absicht Obadiahs und des Dienstmädchens vollkommen, half aber nichts gegen einige andere Übelstände, die keiner von ihnen vorhergesehen hatte. Denn obgleich der Sack oben zugeschnürt war, so hatten die Instrumente, wegen seiner konischen Form, weiter unten doch Raum genug, sich hin und her zu bewegen, und kaum hatte sich Obadiah in Trab gesetzt, als der *tire-tête,* die Zange und die Klystierspritze ein so fürchterliches Geklingel anfingen, daß es Hymen sicherlich aus dem Lande gejagt hätte, wenn er unglücklicherweise des Wegs gekommen wäre. Und als nun Obadiah seine Bewegung beschleunigte und das Kutschpferd aus dem schlichten Trab in vollen Galopp zu setzen versuchte – beim Himmel! Sir, da überschritt das Geklingel alle Vorstellung!

Obadiah hatte ein Weib und drei Kinder, – so kam ihm die Schändlichkeit der außerehelichen Kindererzeugung und alle die andern schlimmen politischen Folgen dieser Klingelei nicht einmal in den Sinn; aber er hatte seinen eigenen Einwand dagegen, einen, der sich auf ihn selbst bezog und der ihm deshalb von Wichtigkeit schien, wie das mit den besten Patrioten auch wohl der Fall ist – »Der arme Bursche, Sir, war nicht im Stande, sein eigenes Pfeifen zu hören.« –

Zweiundfünfzigstes Kapitel

Da Obadiah die Flötenmusik aller andern Instrumentalmusik, die er bei sich führte, vorzog, so strengte er seine Einbildungskraft nicht unbedeutend an, um ein Mittel zu ersinnen und ausfindig zu machen, was ihn in den Stand setze, jene zu genießen.

In allen Verlegenheiten, aus denen ein Stückchen Band retten kann, fällt Einem nichts natürlicher ein, als das Hutband; der Grund davon liegt so auf der Hand, daß ich darauf weiter gar nicht eingehen will.

Da Obadiahs Fall kein einfacher war, – ich bitte dies zu bemerken, meine Herren, ich sage kein einfacher, denn er war ein geburtshülflicher – facklicher – klystierspritzlicher, papistischer und insofern das Kutschpferd dabei betheiligt war, ein kabalistischer und nur theilweis ein musikalischer, – da der Fall also kein einfacher war, so machte sich Obadiah kein Gewissen daraus, den ersten besten Ausweg, der sich ihm zeigte, zu ergreifen; er faßte also den Sack und die Instrumente fest mit der einen Hand, das Hutband, dessen eines Ende er zwischen den Zähnen hielt, mit dem Daumen und Zeigefinger der andern, und indem er so gegen die Mitte des Sackes operirte, band er denselben (wie man ein Felleisen zusammenschnürt) von oben bis unten fest zusammen; dabei machte er so verschiedenartige Wendungen und Verschlingungen, und an jedem Punkte, wo die beiden Bandenden zusammentrafen, so tüchtige Knoten, daß *Dr.* Slop wenigstens drei Fünftel von Hiobs Geduld hätte besitzen müssen, um alles das wieder aufzubinden.

Ich glaube wahrhaftig, hätte Dame Natur in etwas expeditiver Laune und aufgelegt zu solchem Wettstreit das Rennen mit *Dr.* Slop begonnen, kein Mensch, der diesen Sack, wie Obadiah ihn zugerichtet, gesehen und von der Schnelligkeit der Göttin (wenn sie will) einen Begriff gehabt hätte, würde im Geringsten darüber in Zweifel haben sein können, wer von ihnen eher zum Ziele käme. Meiner Mutter Entbindung würde die des Sackes gewiß um mindestens zwanzig Knoten überholt haben. O Tristram Shandy, was für ein Spielball kleiner Zufälligkeiten bist Du doch und wirst Du ewig sein! Hätte jener Wettstreit stattgefunden, wozu alle Wahrscheinlichkeit vorhanden war, so würde Deine Lage nimmer so bedrückt haben werden können, (wenigstens nicht durch Bedrückung Deiner Nase,) wie sie es ward; das Glück Deines Hauses und die Gelegenheiten, es zu machen, die sich Dir im Laufe Deines Lebens so häufig darboten, würden nicht auf eine so ärgerliche, auf eine so klägliche und unwiderrufliche Weise verloren gegangen sein, weil Du gezwungen warst, sie unbenutzt zu lassen. Aber das ist nun abgethan – nur der Bericht davon nicht, der dem wißbegierigen Leser erst dann gegeben werden kann, wenn man mich wird auf die Welt gebracht haben.

Dreiundfünfzigstes Kapitel

Große Geister begegnen sich: denn kaum hatte *Dr.* Slop seine Blicke auf den Sack geworfen (was er unterlassen hatte, bis der Streit über Geburtshülfe mit meinem Onkel Toby ihn daran erinnerte), als ihm derselbe Gedanke kam. Gott sei Dank, sagte er (bei sich), daß es der Mistreß Shandy so schwer wird, sonst hätte sie siebenmal niederkommen können, eh' man die Hälfte dieser Knoten löste. Aber hier muß man unterscheiden: dieser Gedanke schwamm in *Dr.* Slops Geiste, ohne Segel und Ballast, als ungewisse Vorstellung herum, wie Millionen der Art – Ew. Hochwürden werden das

wissen – täglich in der dünnen Brühe menschlichen Erkenntnißver-
mögens herumschwimmen, ohne vor- oder rückwärts zu kommen,
bis eine kleine Brise der Leidenschaft oder des Interesses sie nach
einer Seite treibt.

Ein plötzliches Getrampel oben im Zimmer, ganz nah dem Bette
meiner Mutter, leistete der Vorstellung den bewußten Dienst. Um
Gottes willen, sagte *Dr.* Slop, wenn ich nicht rasch mache, so geht's
wirklich ohne mich los.

Vierundfünfzigstes Kapitel

Wenn ich von Knoten rede, so möchte ich erstens nicht so verstanden werden, als meinte ich Schlingenknoten damit, weil ich hinsichtlich dieser im Verlauf »meines Lebens und meiner Meinungen«
meine Meinung an passenderer Stelle abgeben werde, da nämlich,
wo ich der unglücklichen Katastrophe meines großen Onkels Mr.
Hammond Shandy gedenke, der ein kleiner Mann, aber sehr eingebildet war und sich in die Verschwörung des Herzogs von Mon-
mouth verwickelte; – noch will ich zweitens die besondere Art von
Knoten damit gemeint haben, welche man Schleifenknoten nennt,
denn diese aufzubinden verlangt so wenig Geschicklichkeit, Kunst
oder Geduld, daß es vollständig unter meiner Würde ist, irgend
etwas über sie zu sagen. Nein, unter den Knoten, von welchen ich
rede, darauf können sich Ew. Hochehrwürden verlassen, verstehe
ich gute, ehrliche, verdammt fest und tüchtig eingebundene Knoten,
die *bona fide* gemacht sind, so wie Obadiah sie machte, wo nicht
etwa durch Umbiegen und Durch-die-Schlinge-ziehn der beiden
Bandenden so eine schlabbrige Vorkehrung getroffen ist, vermittelst
deren sie aufgezogen und gelöst werden können. Ich hoffe, Sie begreifen mich.

Nun, in Fällen, wo solche Knoten und die vielfachen Hindernisse,
welche dieselben auf den Lebensweg werfen, Einem begegnen, wird

ein voreiliger Mann sein Taschenmesser herausnehmen und sie, mit Ew. Hochehrwürden Erlaubniß, durchschneiden. – Das ist aber nicht recht. Glauben Sie, meine Herren, der tugendhaftere Weg, der Weg, den Vernunft und Gewissen zugleich empfehlen, ist der, sie mit den Zähnen und den Fingern anzufassen. – *Dr.* Slop hatte seine Zähne verloren; bei einer Entbindung, wo er sein Lieblingsinstrument in falscher Richtung anzog, oder wo es ihm, da er nicht gut angesetzt hatte, ausglitt, hatte er sich mit dem Griffe desselben drei seiner besten Vorderzähne ausgeschlagen; – er versuchte es also mit den Fingern, aber ach! die Nägel waren zu kurz beschnitten. Hol's der Teufel, rief *Dr.* Slop, es geht durchaus nicht. – Das Getrampel über seinem Kopfe neben dem Bett meiner Mutter wurde immer stärker. – Die Pest über den Schlingel! ich kriege die Knoten Zeit meines Lebens nicht auf! – Meine Mutter stöhnte. – Geben Sie mir Ihr Taschenmesser, ich muß die Knoten doch zuletzt aufschneiden. Au! Au! Herr, du mein Gott, ich habe mich in den Finger geschnitten, bis auf den Knochen. Verdammter Kerl! – und wenn es fünfzig Meilen in der Runde keinen andern Accoucheur gäbe, – ich bin ruinirt – ich wollte, der Schurke hinge am Galgen – ich wollte, sie schössen ihn todt – ich wollte, er briete in der Hölle – der Eselskopf!

Mein Vater hielt etwas auf Obadiah und mochte deshalb nicht mit anhören, daß diesem so aufgespielt würde; dazu hielt er etwas auf sich selbst, und es wurde ihm also ebenso schwer, die Ungezogenheit zu ertragen, die gegen ihn begangen war.

Hätte sich *Dr.* Slop nicht gerade in den Daumen geschnitten, so würde er es gut haben sein lassen, und seine Klugheit würde die Oberhand behalten haben, so aber war er entschlossen, seine Rache zu nehmen.

Kleine Flüche bei großen Veranlassungen, sagte mein Vater zu *Dr.* Slop, den er erst des Unfalls wegen bedauert hatte, sind nur eine nutzlose Vergeudung unserer Kraft und Seelenstärke. – Mag sein, erwiederte *Dr.* Slop. – Sie sind Schrotschüsse gegen eine Ba-

stion abgefeuert, sagte mein Onkel Toby und hielt mit Pfeifen inne.
– Sie dienen nur dazu, fuhr mein Vater fort, die Seele aufzuregen,
aber sie erleichtern sie nicht; was mich persönlich anbetrifft, so
fluche ich überhaupt selten, es taugt meiner Meinung nach nichts;
aber wenn ich unversehens einmal in den Fehler verfalle, so behalte
ich gewöhnlich Besinnung genug, – (das ist recht, sagte mein Onkel
Toby,) – um auch meinen Zweck wirklich dadurch zu erreichen,
d.h. ich fluche so lange, bis mir wirklich leichter geworden ist. Ein
weiser und gerechter Mann wird sich indessen immer bemühen,
darauf zu sehen, daß die Heftigkeit, mit welcher er seinen Zorn
äußert, nicht nur mit dem Grade seiner innern Erregtheit, sondern
auch mit der Art und der Absichtlichkeit der Beleidigung in richtigem Verhältniß steht. – Nur die Absicht beleidigt, sagte mein Onkel
Toby. – Deshalb habe ich, fuhr mein Vater mit wahrhaft Cervanti-
scher Ernsthaftigkeit fort, die allergrößte Hochachtung für jenen
Mann, der, seiner eigenen Mäßigung mißtrauend, sich hinsetzte
und in ruhigen Stunden geeignete Formeln für ein passendes und
den jedesmaligen Umständen angemessenes Fluchen niederschrieb,
indem er dabei die geringsten wie die größten Anlässe, welche ihm
dazu gegeben werden möchten, in Betracht zog, welche Formeln
er dann auch benutzte und nebst andern, die er sich verschafft
hatte, immer zum Gebrauch auf seinem Kamin liegen hatte. – Ich
hätte nicht geglaubt, erwiederte *Dr.* Slop, daß so etwas Jemandem
eingefallen wäre, noch weniger, daß er es ausgeführt hätte. – Ich
bitte um Entschuldigung, sagte mein Vater; zwar habe ich selbst
keinen Gebrauch davon gemacht, aber eine davon habe ich doch
meinem Bruder Toby noch heute beim Thee vorgelesen – sie liegt
da auf dem Bücherbrette über meinem Kopfe, – aber so viel ich
mich besinne, ist sie für einen Schnitt in den Daumen etwas zu
stark. – Gewiß nicht, sagte *Dr.* Slop, hole der Teufel den Burschen!
– Nun, wie Sie meinen, antwortete mein Vater; sie steht Ihnen zu
Diensten, aber Sie müssen sie laut vorlesen. – Damit stand er auf
und langte eine Exkommunikations-Formel der römischen Kirche

herab, von der er sich, als eifriger Sammler, aus dem Ritual der Kirche zu Rochester, nach der Abfassung des Bischof Ernulphus, eine Abschrift verschafft hatte; mit einem Schein von Ernst in Blick und Stimme, der Bischof Ernulphus selbst getäuscht haben würde, reichte er sie *Dr. Slop* hin. – Dieser wickelte seinen Daumen in den Zipfel seines Taschentuches und mit verdrießlicher Miene, aber ohne etwas Böses zu ahnen, las er, während mein Onkel Toby ohn' Aufhören und so laut, als er konnte, seinen Lillabullero pfiff, wie folgt:

Textus de ecclesia Roffensi, per Ernulphum Episcopum.

Fünfundfünfzigstes Kapitel

Excommunicatio[5]

Ex auctoritate Dei Omnipotentis, Patris, et Filii, et Spiritus Sancti, et sanctorum canonum, sanctaeque et intemeratae Virginis Dei genetricis Mariae –

Im Namen Gottes des Allmächtigen, des Vaters, des Sohnes und des heiligen Geistes und der heiligen Schrift und der unbefleckten Jungfrau Maria, der Mutter und Schirmerin unseres Heilands –

---

5 Da die Authenticität der Verathung der Sorbonne über die Frage wegen der Taufe von Einigen angezweifelt, von Andern geradezu geleugnet worden ist, so schien es zweckmäßig, das Original dieser Exkommunikation abzudrucken, für deren Mittheilung Mr. Shandy dem Bibliothekar der Dechanei und des Kapitels von Rochester hiemit seinen ergebensten Dank abstattet.

– (Ich glaube, es wird nicht nöthig sein, sagte *Dr.* Slop, indem er das Blatt aufs Knie legte und sich zu meinem Vater wandte, daß ich laut lese, da Sie's ja eben erst gelesen haben; auch scheint mir Kapitän Shandy nicht begierig, es zu hören, und so könnt' ich's ebenso gut für mich lesen. – Das ist gegen die Abmachung, erwiederte mein Vater. Überdies kommt da gegen Ende etwas so Närrisches vor, daß ich das Vergnügen, es ein zweites Mal zu hören, durchaus nicht entbehren möchte. – Das schien *Dr.* Slop gar nicht recht zu sein; da indessen mein Onkel Toby in diesem Augenblicke die Absicht zeigte, sein Pfeifen einzustellen und selbst vorzulesen, so hielt *Dr.* Slop es doch für besser, dies zu verhüten und unter dem schützenden Pfeifen meines Onkels Toby im Vorlesen selbst fortzufahren; er las also wie folgt, während mein Onkel, nicht ganz so laut als vorher, den Lillebullero weiter pfiff:)

– *atque omnium coelestium virtutum, angelorum, archangelorum, thronorum, dominationum, potestatum, cherubin ac seraphin, et sanctorum patriarcharum, prophetarum, et omnium apostolorum et evangelistarum, et sanctorum innocentium, qui in conspectu Agni Sancti digni inventi sunt canticum cantare novum, et sanctorum martyrum et sanctorum confessorum, et sanctarum virginum, atque omnium simul sanctorum et electorum Dei, – Excommunicamus, et anathematizamus hunc furem [vel hos fures], vel hunc malefactorem [vel hos malefactores], N.N. et a liminibus sanctae Dei ecclesiae sequestramus, et aeternis suppliciis excruciandus [vel excruciandi], mancipetur [mancipentur] cum Dathan et Abiram, et cum his qui dixerunt Domino Deo: Recede a nobis, scientiam viarum tuarum nolumus: et sicut aqua ignis extinguitur, sic extinguatur lucerna ejus [vel eorum] in secula seculorum, nisi respuerit [respuerint], et ad satisfactionem venerit [venerint]. Amen.*

Maledicat illum [illos] Deus Pater qui hominem creavit. Maledicat illum [illos] Dei Filius qui pro homine passus est. Maledicat illum [illos] Spiritus Sanctus qui in baptismo effusus est. Maledicat illum [illos] sancta crux, quam Christus pro nostra salute hostem triumphans ascendit.

Maledicat illum [illos] sancta Dei genetrix et perpetua Virgo Maria.

Maledicat illum [illos] sanctus Michael, animarum susceptor sacrarum.

Maledicant illum [illos] angeli et archangeli, principatus et potestates, omnesque militiae coelestes.

Maledicat illum [illos] patriarcharum et prophetarum laudabilis numerus. Maledicant illum [illos] sanctus Johannes Praecursor et Baptista Christi et sanctus Petrus, et sanctus Paulus, atque sanctus Andreas, omnesque Christi apostoli, simul et caeteri discipuli, quatuor quoque evangelistae, qui sua praedicatione mundum universum converterunt. Maledicat illum [illos] cuneus martyrum et confessorum mirificus, qui Deo bonis operibus placitus inventus est.

Maledicant illum [illos] sacrarum virginum chori, quae mundi vana causa honoris Christi respuenda contempserunt.

Maledicant illum [illos] omnes sancti qui ab initio mundi usque in finem seculi Deo dilecti inveniuntur.

Maledicant illum [illos] coeli et terra et omnia sancta in eis manentia.

Maledictus sit [maledicti sint] ubicunque fuerit [fuerint] sive in domo, sive in agro, sive in via, sive in semita, sive in silva, sive in aqua, sive in ecclesia.

Maledictus sit [maledicti sint] vivendo, moriendo – manducando, bibendo, esuriendo, sitiendo, jejunando, dormitando, dormiendo, vigilando, ambulando, stando, sedendo, jacendo, operando, quiescendo, mingendo, cacando, flebotomando.

Maledictus sit [maledicti sint] in totis viribus corporis.

Maledictus sit [maledicti sint] intus et exterius.

Maledictus sit [maledicti sint] in capillis; maledictus sit [maledicti sint] in cerebro. Maledictus sit [maledicti sint] in vertice, in temporibus, in fronte, in auriculis, in superciliis, in oculis, in genis, in maxillis, in naribus, in dentibus mordacibus, in labris sive molibus, in labiis, in gutture, in humeris, in carpis, in brachiis, in manubus, in digitis, in pectore, in corde, et in omnibus interioribus stomacho tenus, in renibus, in inguine, in femore, in genitalibus, in coxis, in genubus, in cruribus, in pedibus, et in unguibus.

Maledictus sit [maledicti sint] in totis compagibus membrorum, a vertice capitis usque ad plantam pedis. Non sit in eo [eis] sanitas.

Maledicat illum [illos] Christus Filius Dei vivi toto suae majestatis imperio –

Im Namen Gottes des Allmächtigen, des Vaters, des Sohnes und des heiligen Geistes, und der unbefleckten Jungfrau, der Mutter und Schirmerin unseres Heilands, und aller himmlischen Mächte, Engel, Erzengel, Throne, Herrschaften, Gewalten, Cherubim und Seraphim und aller heiligen Patriarchen, Propheten und aller Apostel und Evangelisten und heiligen Gerechten, die im Anschauen des heiligen Lammes würdig befunden sind, zu singen das neueLied, und der heiligen Märtyrer und der heiligen Bekenner und der heiligen Jungfrauen und aller Heiligen und Auserwählten Gottes – sei er (Obadiah) verflucht (weil er diese Knoten machte). Wir exkommuniciren ihn und thun ihn in den Bann; wir stoßen ihn weg von der Schwelle der heiligen Kirche des Allmächtigen Gottes, daß er gepeinigt, gerichtet und überantwortet werde mit Dathan und Abiram und jenen, die da sprechen zu Gott ihrem Herrn: Weiche von uns, uns verlanget nicht nach Deinen Wegen. – Und wie Wasser das Feuer auslöschet, so möge sein Licht erlöschen auf immer, er (Obadiah) bereue denn (daß er die Knoten gemacht hat) und thue Buße (derohalben). Amen!

Möge der Vater, der den Menschen schuf, ihn verfluchen! Möge der Sohn, der für uns gelitten, ihn verfluchen! Möge der heilige

Geist, der uns in der Taufe gegeben ward, ihn verfluchen! (den Obadiah.) Möge das heilige Kreuz, an welchem Christus, triumphirend über seine Feinde, uns zum Heile erhöht ward, ihn verfluchen!

Möge die heilige und ewige Jungfrau Maria, die Mutter Gottes, ihn verfluchen! Möge St. Michael, der Fürsprecher der heiligen Seelen, ihn verfluchen! Mögen alle Engel und Erzengel, Fürsten und Gewalten und alle himmlischen Heerschaaren ihn verfluchen! – (Unsere Armeen in Flandern fluchten auch schrecklich, rief mein Onkel Toby aus, aber dagegen war es doch nichts. Ich hätte nicht das Herz, meinem Hunde so zu fluchen.) –

Möge die preiswürdige Gemeinde der Patriarchen und Propheten ihn verfluchen! Mögen St. Johannes, der Vorläufer und Täufer Christi, und St. Petrus und St. Paulus und St. Andreas und alle Apostel Christi miteinander ihn verfluchen! Und mögen die übrigen Seiner Schüler und die vier Evangelisten, die durch ihre Predigt die Welt bekehrten, und möge die heilige und wunderbare Streitschaar der Märtyrer und Bekenner, welche durch ihre heiligen Werke angenehm erfunden worden vor Gott, ihn verfluchen! (den Obadiah.)

Möge der Chor der heiligen Jungfrauen, die zur Ehre Christi die Dinge der Welt verachtet haben, ihn verdammen!

Mögen alle Heiligen, welche von Anbeginn der Welt bis in alle Ewigkeit das Wohlgefallen Gottes ernten, ihn verdammen!

Mögen Himmel und Erde und was darin heilig ist, ihn verdammen (den Obadiah) oder sie! (oder wer sonst bei den Knoten mitgeholfen hat).

Möge er (Obadiah) verdammt sein, wo immer er sei: ob im Hause oder im Stalle, im Garten oder Felde, auf der Landstraße oder dem Feldwege, oder im Walde, oder im Wasser, oder in der Kirche! Möge er verflucht sein im Leben und im Sterben! – (Hier machte sich mein Onkel Toby eine halbe Taktnote im zweiten Takte der Melodie zu Nutze und hielt sie bis aus Ende des Satzes aus, so daß *Dr.* Slop mit seinen Flüchen wie ein *basso continuo* darunter fortlief.) – Möge er verflucht sein beim Essen und Trinken, bei Hunger und Durst und Fasten, im Schlaf, im Schlummern, im Wachen, im Gehen und Stehen, im Sitzen und Liegen, bei Arbeit und Ruhe, beim P....n und Sch....n und beim Aderlassen!

Möge er (Obadiah) verflucht sein an allen Kräften seines Leibes!

Möge er verflucht sein inwendig und auswendig!

Möge verflucht sein das Haar auf seinem Haupte! Möge er verflucht sein im Gehirn und auf dem Scheitel, – (das ist ein böser Fluch, sagte mein Vater) – an den Schläfen, an der Stirn, an seinen Ohren, an seinen Augenbrauen, auf seinen Wangen, in seinen Kinnbacken, in seinen Nasenlöchern, an seinen Vorder- und an seinen Backzähnen, auf seinen Lippen, in seiner Gurgel, in seinen Schultern, in seinen Handgelenken, an seinen Armen, in seinen Händen, an seinen Fingern! Möge er verdammt sein in seinem Munde, in seiner Brust, in seinem Herzen und allem, was sich dort befindet, bis hinab zum Magen!

Möge er verflucht sein in seinen Adern und an seinem Schambein, – (Gott behüte! sagte mein Onkel Toby) – an seinen Schenkeln, an seinen Geschlechtstheilen – (hier schüttelte mein Vater mit dem Kopfe) – und an seinen Hüften und an seinen Knieen und seinen Beinen, und seinen Füßen und Fußnägeln!

Möge er verflucht sein an allen Gelenken und in allen Gelenkhöhlen seiner Gliedmaßen vom Kopfe bis zur Sohle! Möge nichts an ihm gesund sein!

Möge der Sohn des lebendigen Gottes in aller Herrlichkeit seiner Majestät –

(Hier warf mein Onkel Toby den Kopf zurück und gab einen höchst eigenthümlichen langen, lauten Pfiff von sich – der etwa zwischen dem interjektionalen Pfiff für Juchhei! und der Interjektion selbst mitteninne lag. –

Beim goldnen Barte Jupiters – und Juno's (vorausgesetzt, daß Ihre Majestät einen trug) und bei den Bärten der ganzen heidni-

170

schen Götterschaft, deren in der That nicht wenige gewesen sein müssen, wenn man die Bärte aller Himmels-, Luft- und Wassergötter zusammenrechnet, gar nicht zu reden von denen der Stadt- und Landgötter oder der himmlischen Frau Göttinnen oder infernalischen Frau Maitressen und Konkubinen (ebenfalls vorausgesetzt, daß sie welche trugen) – bei alle diesen Bärten, die, wie Varro auf Treu und Glauben versichert, zusammen nicht weniger als 30000 für das ganze Heidenthum ausmachten und die doch gewiß alle das Recht in Anspruch genommen haben, gestrählt und beschworen zu werden – schwöre und betheure ich, daß ich von den zwei fadenscheinigen Überröcken, die ich auf dieser Welt mein nennen darf, den besten dahingäbe, ebenso freudig wie Cid Hamed den seinigen hingab, hätte ich dabei stehen und meines Onkels Accompagnement mit anhören können.)

– *et insurgat adversus illum coelum cum omnibus virtutibus quae in eo moventur ad damnandum eum, nisi poenituerit et ad satisfactionem venerit. Amen! Fiat, fiat, Amen!*

ihn verfluchen! fuhr *Dr.* Slop fort, und möge der Himmel selbst, mit allen Mächten, die in ihm Gewalt haben, sich wider ihn erheben, ihn verfluchen und ihn verdammen! (den Obadiah) er bereue denn und thue Buße. Amen! So sei es, so sei es, Amen!

Ich muß gestehen, sagte mein Onkel Toby, daß ich selbst den Teufel nicht so verfluchen könnte.

Er ist der Vater der Flüche, sagte *Dr.* Slop. – Ich aber nicht, sagte mein Onkel Toby. – Aber er ist schon in alle Ewigkeit verdammt und verflucht, erwiederte *Dr.* Slop.

Das thut mir herzlich leid, sagte mein Onkel Toby.

Dr. Slop spitzte das Maul und wollte meinem Onkel das Kompliment mit dem interjektionalen Pfiff eben zurückgeben, als das heftige Aufreißen der Thür, welches im nächstfolgenden Kapitel vor sich gehen wird, dem Dinge ein Ende machte.

Sechsundfünfzigstes Kapitel

Nun werfe man sich nicht in die Brust und meine, die Flüche, welche wir in diesem unserm Lande der Freiheit loslassen, wären unser Produkt. Bilde man sich doch nicht ein, daß wir deshalb, weil wir den Muth haben, sie zu fluchen, auch den Verstand gehabt hätten, sie zu erfinden.

Das will ich Jedermänniglich sofort beweisen, ausgenommen einem »Kenner«; nur mit einem solchen Kenner des Fluchens will ich nichts zu thun haben, wie ich mit Gemäldekennern u.s.w. nichts zu thun haben mag, denn diese ganze Art ist dermaßen mit Bummeln und Zierrathen behängt und umfetischt, oder – um meine Metapher fallen zu lassen, die, beiläufig gesagt, nicht viel werth ist, und die ich an der Küste von Guinea aufgelesen habe – ihre Köpfe, Sir, sind so mit Richtmaßen und Zirkeln vollgepfropft, und sie haben eine so unausgesetzte Neigung, diese an Alles anzulegen, daß ein geniales Werk lieber gleich zum Teufel fahren, als es darauf wagen sollte, von ihnen zu Tode gestichelt und gequält zu werden. – Und wie sprach Garrick gestern Abend seinen Monolog? – Ach, gegen alle Regel, Mylord, ganz gegen die Grammatik; Haupwort und Adjektiv, die in Zahl, Casus und Geschlecht doch übereinstimmen müssen, riß er so auseinander, machte dazwischen solche Pausen, als ob die Sache noch zweifelhaft wäre, und zwischen dem Nominativ, der, wie Ew. Herrlichkeit wissen werden, jedenfalls das Verbum regiert, hielt er im Epilog genau nach der Uhr wohl ein Dutzendmal die Stimme $3\text{-}3\frac{3}{5}$ Sekunden lang an. – Famoser Grammatiker! – Aber wurde durch diese Unterbrechung auch der Sinn der Rede unterbrochen? Füllte keine ausdrucksvolle Stellung oder Miene die Lücke aus? Sprach nicht sein Auge? Sahen Sie genau hin? – Ich sah auf meine Uhr, Mylord. – Famoser Beobachter!

Und was ist an dem neuen Buche, das so viel Aufsehen macht? – O! Mylord, ganz aus der Richte, ganz regelwidrig, windschief, kein Winkel recht. Ich hatte Richtmaß, Zirkeln. u.s.w. in der Tasche. – Famoser Kritiker!

Und was das Epos anbetrifft, das ich dem Wunsche Ew. Herrlichkeit zufolge durchgesehen habe, so maß ich es nach der Länge, Breite, Höhe und Tiefe und habe die Daten zu Hause nach Bossu's genauer Skala untersucht; durchweg über's Maß, Mylord, nach jeder Seite hin. – Bewunderungswürdiger Kenner!

Und haben Sie sich, als Sie nach Hause gingen, das große Gemälde angesehen? – 's ist eine erbärmliche Sudelei! Mylord! keine einzige Gruppe nach dem Princip der Pyramide, und was für ein Preis! Dabei keine Spur von Titianschem Kolorit, von Rubensschem Ausdruck, Rafaelischer Anmuth, nichts von der Reinheit des Domenichino, von dem Correggioartigen, was dem Correggio eigen ist, von Poussinscher Kunst der Komposition, Guido'scher Gestaltungskraft, keine Spur von dem Geschmacke der Carraccis oder den großen Kontouren eines Angelo.

Himmlische Gerechtigkeit! ist das nicht, um aus der Haut zu fahren? Von allem Wischiwaschi, das diese salbadernde Welt salbadert, möchte das Wischiwaschi der frommen Heuchler allerdings wohl das schändlichste sein, aber das *lästigste* ist das Wischiwaschi der Kritiker.

Fünfzig Meilen wollte ich zu Fuße gehen – denn zum Reiten fehlt mir's an einem Pferde, – um dem ehrlichen Manne die Hand zu küssen, dessen edelmüthiges Herz die Zügel seiner Einbildungskraft in die Hände seines Autors gäbe, und der sich von ihm erfreuen ließe, ohne zu wissen wie und ohne zu fragen warum.

Großer Apollo! wenn du zum Geben aufgelegt bist, so gieb mir – ich fordere nicht mehr – nur ein wenig natürlichen Humor, mit einem Fünkchen deines eigenen Feuers darin, und dann schicke den Merkur, wenn er abkommen kann, mit allen Richtmaßen und Zirkeln und mit meinen besten Empfehlungen obendrein zum – nun, du wirst schon selbst wissen.

Ich mache mich also verbindlich, Jedermänniglich zu beweisen, daß sämmtliche Flüche und Verwünschungen, welche in den letzten 250 Jahren als Originalflüche und Verwünschungen über die Welt losgelassen wurden, – mit Ausnahme von »bei St. Pauls Daumen«, und »Potz Fleisch« und »Potz Fisch«, welches königliche Flüche waren und als solche nicht ganz schlecht sind, denn bei königlichen Flüchen ist es ziemlich gleichgültig, ob sie Fisch oder Fleisch – ich sage also, daß es unter allen diesen keine Verwünschung oder wenigstens keinen einzigen Fluch giebt, der nicht tausendmal aus dem Ernulphus genommen und diesem nachgemacht wäre; aber, wie es beim Nachmachen immer geht, wie weit bleiben sie an Kraft und Schwung hinter dem Original zurück! – Gott verdamm' dich! das hält man für keinen übeln Fluch, und erklingt auch ganz passabel. Aber man halte ihn gegen Ernulphus: Gott Vater, der Allmächtige, verdamme dich. Gott der Sohn verdamme dich! Gott der heilige Geist verdamme dich! Das sieht Jeder, dagegen fällt er gewaltig ab.

In Ernulphus' Flüchen ist so etwas Orientalisches, zu dem wir uns nicht erheben können; außerdem ist Ernulphus reicher an Erfindung, er besitzt die Gaben eines Fluchers in viel höherm Maße, und hat dabei eine so gründliche Kenntniß des menschlichen Körpers, seiner Gliedmaßen, Nerven, Muskeln, Flechsen und Gelenke, daß, wenn er flucht, kein Theil desselben unbeachtet bleibt. – Es ist wahr, seine Art ist ein bischen herbe – es fehlt ihm, wie dem Michel Angelo, ein wenig an Anmuth, – aber dafür, welch ein großer Styl! –

Mein Vater, der in Allem anderer Meinung war als andre Leute, wollte trotzdem nicht zugeben, daß er Original sei. Er hielt Ernulphus' Bannfluch vielmehr für eine Art *corpus maledictionis,* in welchem Ernulphus zu einer Zeit, wo unter einem mildern Pontifikate das Verfluchen bereits in Verfall gekommen war, auf Befehl eines spätern Papstes mit großer Gelehrsamkeit und anerkennungs-werthem Fleiße alle Fluchformeln gesammelt hätte, – wie ja auch Justinianus, zur Zeit als das römische Reich bereits zerfiel, seinem Kanzler Trebonian befahl, die römischen Civilgesetze im *corpus juris* oder den Pandekten zu sammeln, damit sie nicht etwa vom Zahn der Zeit zerstört würden und der Welt verloren gingen, indem sie der unsicheren Tradition allein überlassen blieben.

Deshalb, behauptete mein Vater, gäbe es keinen Fluch, von dem großen und furchtbaren Fluche Wilhelm des Eroberers (»Bei Gott's Herrlichkeit!«) an bis herab auf den allergemeinsten Gassenkehrer-fluch (»Daß dir die Finger verdorren!«), der nicht in Ernulphus zu finden wäre. – Kurz, Den möchte ich sehen, pflegte er hinzuzuset-zen, der besser fluchen könnte! –

Diese Hypothese ist, wie die meisten meines Vaters, eigenthüm-lich und geistreich, und ich habe nur das Eine dagegen einzuwen-den, daß sie meine eigene über den Haufen wirft.

Siebenundfünfzigstes Kapitel

Um Gottes willen! meine arme Herrin wird gleich in Ohnmacht fallen, und die Wehen haben ausgesetzt, und die Flasche mit Mixtur ist zerbrochen, und die Pflegefrau hat sich den Arm zerschnitten – (und ich den Daumen, schrie *Dr.* Slop) – und das Kind ist noch, wo's war, fuhr Susanna fort, und die Hebamme ist rücklings auf die Kante vom Kamingitter gefallen und hat sich die Hüfte ganz schwarz geschlagen, so schwarz wie Ihr Hut. – Ich werde gleich nachsehen, sagte *Dr.* Slop. – Das ist nicht nöthig, erwiederte Susan-na, sehen Sie lieber nach der Madame; aber die Hebamme will Ih-nen erst sagen, wie die Sachen stehen, und läßt Sie hinauf bitten, um mit ihr zu sprechen.

Die menschliche Natur bleibt in allen Berufsarten dieselbe.

Dr. Slop hatte eben erst die Hebamme hinunterschlucken müssen – er hatte sie noch nicht verdaut. Nein, erwiederte er, es wird schicklicher sein, daß die Hebamme zu mir kommt. – Subordination muß sein, sagte Onkel Toby; was würde ohne sie aus der Besatzung von Gent geworden sein, als nach der Einschließung von Lisle im Jahre 10 wegen Mangel an Lebensmitteln der Aufruhr ausbrach. – Und was, erwiederte *Dr.* Slop, indem er meines Onkels Steckenpferdbemerkung parodirte, obgleich er das seine so gern wie jener ritt – und was würde bei diesem Aufruhr, in dieser Verwirrung, die jetzt hier herrscht, aus der Besatzung da oben werden, subordinirten sich meine Finger und Daumen nicht dieser †††, deren Anwendung bei meinem gegenwärtigen Unfall, Sir, so *à propos* kommt, daß ohne sie der Schnitt in meinem Daumen sicherlich so lange von der Shandy'schen Familie gefühlt werden würde, als die Familie Shandy überhaupt einen Namen trägt.

Achtundfünfzigstes Kapitel

Wir müssen auf die drei Kreuze (†††) im vorigen Kapitel zurückkommen.

Es ist ein eigenthümlicher Kunstgriff in der Beredsamkeit, (wenigstens *war* er's, als die Beredsamkeit in Athen und Rom blühte, und würd' es noch sein, wenn die Redner Mäntel trügen,) den Namen einer Sache nicht zu nennen, wenn man die Sache selbst bei sich – *in petto* – führt, und sie an der Stelle, wo sie genannt werden müßte, vorzeigen kann, also eine Narbe, eine Streitaxt, ein Schwert, ein zerstochenes Unterkleid, ein Häufchen Asche in einer Urne oder ein Töpfchen Salzgurken, vorzüglich aber ein zartes, königlich geschmücktes Kindlein, obgleich dasselbe, wenn es zu jung und die Rede so lang war wie Cicero's zweite Philippica, den Mantel des Redners besudelt haben wird; war es dagegen wieder zu groß, so läßt sich annehmen, daß es den Redner in seiner Bewegung wird gestört haben, und daß er, so viel er durch dieses Kind auf der einen Seite gewann, auf der andern wieder einbüßte. Anders freilich, wenn er's mit dem Alter des Kindes gerade glücklich zu treffen wußte, wenn er seinen Bambino so geschickt im Mantel verbarg, daß Niemand Witterung bekam, und ihn dann so gewandt herausholte, daß kein Mensch hätte sagen können, was er zuerst gesehen habe: Kopf oder Schultern – Oh! meine Herren, das hat Wunder gewirkt, hat die Schleußen geöffnet, die Köpfe verdreht, Grundsätze erschüttert und die Politik einer halben Welt aus den Angeln gehoben.

So etwas kann aber, wie gesagt, nur in solchen Staaten und zu solchen Zeiten geschehen, wo die Redner Mäntel tragen und zwar, meine vielgeliebten Brüder, recht weite, etwa aus zwanzig bis fünfundzwanzig Ellen superfeinem, preiswürdigem Purpurzeuge mit breitem Faltenwurf, solidem Unterfutter und im großen Styl. Woraus, mit Ew. Hochehrwürden Erlaubniß, klar hervorgeht, daß der Verfall der Beredsamkeit und die außerordentlich geringe Wirkung, welche sie zur Zeit sowohl privatim als öffentlich ausübt, sich von gar nichts Anderem herschreibt, als von den kurzen Röcken und von dem Mißbrauch der Beinkleider. – Darunter, Madame, kann man nichts verbergen, was des Zeigens werth wäre.

Neunundfünfzigstes Kapitel

Dr. Slop war fast in der glücklichen Lage, eine Ausnahme hiervon zu machen; denn als er anfing meinen Onkel Toby zu parodiren, hielt er seinen grünen Boysack auf seinen Knieen, und der konnte ihm wie der beste Mantel dienen. Kaum sah er also, daß sein Satz mit seiner neuerfundenen Geburtszange enden würde, so steckte er die Hand in den Sack, um sie da zeigen zu können, wo Ew. Hochehrwürden über die drei Kreuze (†††) den Kopf schüttelten, was, wenn es ihm geglückt wäre, meinen Onkel Toby sicherlich über den Haufen geworfen hätte; Satz und Sache wären so genau auf einem Punkte zusammengetroffen, wie die Schenkel des vorspringenden Winkels eines Ravelins; *Dr.* Slop hätte sie gehalten, und mein Onkel Toby würde eher daran gedacht haben fortzulaufen, als sie mit Gewalt zu nehmen. Aber leider zog *Dr.* Slop sie so erbärmlich und ungeschickt heraus, daß der ganze Effekt verloren ging, und was noch zehnmal unglücklicher war (denn selten im Leben kommt ein Unglück allein), beim Herausziehen der Zange kam die Klystierspritze mit zum Vorschein.

Wenn ein Satz so oder so verstanden werden kann, so gilt beim Disputiren die Regel, daß der Gegner den Sinn herausgreifen und beantworten darf, der ihm beliebt und den er am vortheilhaftesten für sich hält. Der Vortheil der Argumentation neigte sich ganz entschieden auf meines Onkel Toby's Seite. »Gott im Himmel«, rief er aus, »werden denn die Kinder mit der Klystierspritze zur Welt gebracht?«

Sechzigstes Kapitel

Auf Ehre, Sir, Sie haben mir mit Ihrer Zange von beiden Händen die Haut heruntergerissen, rief mein Onkel Toby, und haben mir alle meine Knöchel zu Brei gequetscht. – Daran sind Sie selbst schuld, sagte *Dr.* Slop; Sie hätten Ihre beiden Fäuste, wie ich Ihnen sagte, in Gestalt eines Kinderkopfes zusammenballen und ganz still sitzen sollen. – Das that ich, erwiederte mein Onkel Toby. – Dann müssen die Enden meiner Zange nicht gut umwickelt sein, oder das Charnier ist verdorben, oder der Schnitt in den Daumen hindert mich – oder es ist auch möglich – Nur gut, sagte mein Vater, indem er die Aufzählung dieser verschiedenen Möglichkeiten unterbrach, daß dieser erste Versuch nicht an meines Kindes Schädel gemacht worden ist. – Das würde gar nichts geschadet haben, antwortete *Dr.* Slop. – Ich bin überzeugt, sagte mein Onkel Toby, es hätte das *cerebrum* zerschmettert, (der Schädel müßte denn so hart wie eine Granate gewesen sein,) und alles wäre zu Brei gequetscht worden. – Pah! erwiederte *Dr.* Slop, eines Kindes Kopf ist von Natur so weich wie Apfelmus, die Nähte geben nach – und übrigens hätte ich es ja möglicherweise bei den Beinen herausgezogen. – Das können Sie nicht, sagte *sie*. – Ich wollte, Sie versuchten's auf die Art, sagte mein Vater.

Ja, bitte, setzte mein Onkel Toby hinzu.

Einundsechzigstes Kapitel

– Und wie kann Sie das so bestimmt behaupten, gute Frau, daß es nicht die Hüfte des Kindes, sondern der Kopf ist? – 's ist ganz bestimmt der Kopf, erwiederte die Hebamme. Denn, fuhr *Dr.* Slop zu meinem Vater gewendet fort, so sicher diese alten Weiber auch immer Alles wissen, so ist das doch sehr schwer zu erkennen, und trotzdem ist es von der größten Wichtigkeit, daß es richtig erkannt werde, weil, wenn man die Hüfte für den Kopf hält, es leicht kommen kann (nämlich wenn's ein Junge ist), daß die Zange *****

– Hier sagte *Dr.* Slop erst meinem Vater, dann meinem Onkel Toby leise etwas ins Ohr. Mit dem Kopfe, fuhr er dann fort, hat es diese Gefahr nicht. – Allerdings nicht, sagte mein Vater, aber wenn das Unglück an der Hüfte geschähe, so könnten Sie ebenso gut den Kopf nur auch noch abreißen.

– Es ist eine moralische Unmöglichkeit, daß der Leser dies verstehen sollte, indessen *Dr.* Slop verstand es; er nahm seinen grünen Boysack in die Hand und trippelte in Obadiahs Hosen, rasch genug für einen Mann von seiner Gestalt, durch das Zimmer hin nach der Thür, von wo ihm dann die alte Hebamme den Weg zu meiner Mutter Zimmer wies.

Zweiundsechzigstes Kapitel

»Alles in Allem sind's zwei Stunden zehn Minuten«, rief mein Vater und sah nach der Uhr, »seitdem *Dr.* Slop und Obadiah angekommen sind, aber ich weiß nicht, wie's zugeht, Bruder Toby, mir scheint's eine Ewigkeit!«

Hier, Sir, bitte ich, nehmen Sie meine Kappe sammt dem Glöckchen, das daran hängt, und die Pantoffeln auch. –

Es steht Alles zu Ihren Diensten, Sir; ich mache Ihnen ein Geschenk damit, aber unter der Bedingung, daß Sie jetzt recht Achtung geben.

Obgleich mein Vater sagte: »er wüßte nicht, wie es zugehe«, so wußte er es sehr gut, und in demselben Augenblicke, wo er es sagte, hatte er bereits bei sich beschlossen, meinem Onkel Toby die Sache durch eine metaphysische Abhandlung über *die Zeitdauer und ihre Bestandtheile* klar zu machen, um ihm zu zeigen, durch welchen Mechanismus und Messungsmodus im Gehirn es gekommen sei, daß die schnelle Aufeinanderfolge ihrer Gedanken seit *Dr.* Slops Eintritt, und das fortwährende Springen der Unterhaltung von einem Gegenstande zum andern, eine verhältnißmäßig so kurze Zeit über alle Begriffe ausgedehnt habe.

Ich weiß nicht, wie es zugeht, rief mein Vater, aber mir scheint's eine Ewigkeit!

Das kommt einzig und allein, sagte mein Onkel Toby, von der Aufeinanderfolge der Ideen.

Mein Vater, der wie alle Philosophen den Tick hatte, über Alles, was ihm aufstieß, seine tiefsinnigen Gedanken zu äußern, und der sich gerade von diesem Thema »über die Aufeinanderfolge der Ideen« ein unendliches Vergnügen versprochen hatte, war nicht im Geringsten darauf vorbereitet, daß mein Onkel Toby (diese ehrliche Seele), der, was ihm begegnete, ruhig gehen ließ, dieses Thema ihm aus der Hand nehmen würde. Denn es gab wohl nichts in der Welt, womit mein Onkel sein Gehirn weniger zu plagen pflegte als mit abstrusem Denken; die Begriffe von Zeit und Raum, – oder woher uns diese Begriffe gekommen seien, – oder welchen Inhalt sie hätten, – oder ob sie uns angeboren wären, – oder ob wir sie später gefaßt hätten, – ob im Kinderkleide oder in der *toga virilis,* d.h. in der Mannshose – nebst tausend andern Fragen und Streitfragen über *Unendlichkeit, Vorbestimmung, Freiheit, Nothwendigkeit* u.s.w., über welche verzweifelte und unlösbare Theoreme schon so viele feine Köpfe sich verwirrt haben und zu Grunde gegangen sind, alles das machte meinem Onkel Toby nicht die geringste Sorge; mein Vater wußte das und war deshalb über meines Onkels zufällige Lösung ebenso erstaunt, als er unangenehm davon berührt war.

Verstehst Du auch, wie das zugeht? erwiederte mein Vater.

Nicht im Geringsten, sagte mein Onkel Toby.

Aber Du mußt Dir doch irgend etwas dabei denken? frug mein Vater.

Nicht mehr, erwiederte mein Onkel Toby, als mein Gaul.

Allmächtiger Gott! rief mein Vater und sah dabei gen Himmel, indem er die Hände zusammenschlug, Deine offen bekannte Unwissenheit hat so etwas Würdevolles, Bruder Toby, daß es Einem fast leid thut, sie durch bessere Einsicht zu verdrängen. Aber laß Dir sagen.

Um richtig zu begreifen, was Zeit ist, da wir sonst nicht begreifen können, was Ewigkeit ist, indem die eine nur einen Theil der andern ausmacht, müssen wir ernstlich in Betracht ziehen, was für einen Begriff wir von der Dauer haben, so daß wir genügende Rechenschaft davon geben können, wie wir zu diesem Begriffe gekommen sind. – Wozu hilft das? fragte mein Onkel Toby.[6] »Denn wenn Du«, fuhr mein Vater fort, »den Blick auf Deinen Geist richtest, und genau Acht giebst, so wirst Du bemerken, Bruder, daß, wäh-

---

6   Siehe Locke.

rend wir, ich und Du, mit einander plaudern und denken und unsere Pfeife rauchen, oder nach einander Vorstellungen in unserm Geist aufnehmen, wir das Bewußtsein haben, daß wir sind; und so gilt uns die Existenz oder Fortexistenz unseres Selbst oder jedes anderen Dinges, gemessen an der Aufeinanderfolge der Ideen in unserm Geiste, als die Dauer unseres Selbst oder jedes anderen mit unserm Denken koexistirenden Dinges« – Du machst mich ganz verwirrt, rief mein Onkel Toby.

Aber wir haben uns leider so daran gewöhnt, fuhr mein Vater fort, die Zeit nach Minuten, Stunden, Wochen und Monaten und vermittels der Uhren (ich wollt', es gäbe im ganzen Lande keine) zu messen, daß aller Wahrscheinlichkeit nach die Aufeinanderfolge unserer Ideen in künftiger Zeit von gar keinem Nutzen oder Betracht mehr für uns sein wird.

In dem Kopfe jedes gesunden Menschen, fuhr mein Vater fort, findet auf die eine oder andere Weise, mag nun der Betreffende sich dessen bewußt werden oder nicht, eine regelmäßige Folge von Ideen statt, von denen immer die eine die andere ablöst, wie – Wie eine Schildwache? sagte mein Onkel Toby. – Wie ein Nachtwächter! rief mein Vater; – von denen immer die eine die andere ablöst und ihr folgt, wie die Bilder in einer Zauberlaterne, die von der Hitze des brennenden Lichtes in Bewegung gesetzt werden. – Mein Kopf ist wie ein Rauchfang, sagte mein Onkel Toby. – Dann, Bruder Toby, habe ich nichts mehr zu sagen, schloß mein Vater.

Dreiundsechzigstes Kapitel

Was für eine herrliche Gelegenheit ging hier verloren! – Mein Vater in der besten Stimmung zum Analysiren – eifrig in der Verfolgung eines metaphysischen Zieles, bis in jene Regionen, wo Wolken und dicke Nebel es bald seinen Blicken verhüllt hätten; mein Onkel in der geeignetsten Verfassung von der Welt, – sein Kopf wie ein

182

Rauchfang – der Schlot ungefegt – und die Ideen darin umherwir-
belnd, ganz geschwängert mit schwarzem Ruß. Bei Lucians Grab-
steine – wenn's einen giebt, oder wenn nicht, bei Lucians Asche,
oder bei der Asche meines verehrten Rabelais und noch verehrteren
Cervantes! das Gespräch meines Vaters und meines Onkels Toby
über Zeit und Ewigkeit hätte über alle Maßen interessant werden
können, aber durch die Launenhaftigkeit meines Vaters, die ihm
ein so plötzliches Ende machte, wurde der Schatz der Ontologie
um eine Perle gebracht, die das glücklichste Zusammentreffen der
bedeutendsten Anlässe und hervorragendsten Geister nicht wieder
herbeischaffen kann.

Vierundsechzigstes Kapitel

Obgleich mein Vater dabei beharrte, das Gespräch nicht weiter
fortzusetzen, so konnte er doch meines Onkels Rauchfang nicht
aus dem Sinn kriegen; zuerst hatte es ihn ein wenig verschnupft,
aber in dem Bilde war etwas, das seine Phantasie anregte; so
stemmte er den Ellenbogen auf den Tisch, stützte die rechte Seite
seines Kopfes auf die flache Hand, sah starr in das Feuer und fing
an darüber nachzudenken und zu philosophiren. Aber seine Lebensgeister waren von dem Einschlagen immer neuer Gedankengänge
und der unausgesetzten Seelenthätigkeit an den mannigfaltigen
Gegenständen, welche ihre Unterhaltung berührt hatte, so ermüdet,
daß das Nachsinnen über den Rauchfang seine Gedanken bald in
eine drehende Verwirrung brachte; er schlief ein, ehe er darüber
ins Klare gekommen war.

Was meinen Onkel Toby anbetrifft, so schlief er, unbekümmert
um seinen Rauchfang, schon lange. – Mögen sie beide in Frieden
ruhen! *Dr.* Slop ist in der obern Etage mit meiner Mutter und der
Hebamme beschäftigt. Trim macht in diesem Augenblicke aus einem Paar alter Stulpstiefeln zwei Mörser, die nächsten Sommer bei

der Belagerung von Messina in Anwendung kommen sollen, und brennt eben die Zündlöcher mit der Spitze eines glühenden Kaminpokers hinein. – So bin ich meine Helden alle los und habe zum ersten Mal einen Augenblick frei, was ich auch sogleich dazu benutzen will, die Vorrede zu meinem Buche zu schreiben.

Vorrede des Verfassers

Nein! ich will kein Wort darüber sagen; – hier ist es! Durch seine Veröffentlichung habe ich an das Publikum appellirt, diesem überlasse ich es – mag es für sich selbst sprechen.

Alles, was ich davon weiß, ist so viel, daß ich mich mit der Absicht hinsetzte, ein gutes, und – so weit dies meine Kraft erlauben würde – ein vernünftiges und sicherlich – ein bescheidenes Buch zu schreiben, – und daß ich, so wie es fortschritt, bestrebt war, all das bischen Witz und Urtheil, das der große Erzeuger und Geber dieser Gaben mir hat verleihen wollen, darin niederzulegen, wodurch es – wie Ew. Wohlgeboren sehen – gerade so geworden ist, wie's Gott gefallen hat.

Nun sagt Agalastes (natürlich wegwerfend), etwas Witz sei allerdings darin, aber Urtheil ganz und gar nicht; und Triptolemus sowie Phutatorius, die ihm hierin Recht geben, fragen weiter, wie das auch möglich sein sollte, da Witz und Urtheil nie zusammen anzutreffen wären, denn diese Geistesthätigkeiten gingen so weit aus einander wie Ost und West. So sagt Locke; – mit Farzen und Rülpsen ist es derselbe Fall, so sage ich. Aber als Antwort darauf behauptet der große Kirchenrechtslehrer Didius in seinem *Codex de fartendi et illustrandi fallaciis* und zeigt es klar, daß ein Beispiel noch kein Beweis ist; nun behaupte ich zwar nicht, daß Brillengläserabwischen für einen logischen Schluß gelten kann, aber zum Bessersehen hilft's mit Ew. Wohlgeboren Erlaubniß doch, weshalb denn die gute Wirkung eines Beispiels wohl darin besteht, das Erkenntnißvermögen für die spätere Anwendung des Beweises zu klären, und es von den kleinen Stäubchen oder von den trübenden Stoffen zu befreien, die, wenn sie darin umherschwirren, das Begreifen erschweren, ja ganz unmöglich machen.

Wohlan denn, meine verehrten Anti-Shandianer und dreifach gewappneten Kritiker und Berufsgenossen (denn für Euch schreibe ich diese Vorrede) und Ihr, gewiegte Staatsmänner und gelehrte Doktoren (ich bitte, streicht die Bärte in die Höh), die Ihr so berühmt seid, wegen Eures würdevollen Wesens und Eurer Weisheit: Monopolus, Du mein Politiker, Didius, mein Rechtsgelehrter, Kysarcius, mein Freund, Phutatorius, mein Führer, Gastripheres, Du Erhalter meines Lebens, Somnolentius, Du dieses Lebens Balsam und Friedespender, und Ihr Andern alle, deren ich keinen vergessen möchte, schlafende und wachende Doktoren des Kirchen- sowie des Civilrechts, die ich der Kürze halber (nicht etwa aus Mißachtung) in Eins zusammenpacke – Glaubt mir, Ihr Würdigen!

Euret- wie meinetwegen ist es mein eifrigster Wunsch und mein heftigstes Verlangen (wenn nämlich die Sache noch nicht stattgefunden), daß die großen Gaben und Schätze sowohl des Witzes als des Urtheils, nebst alle dem, was weiter dazu gehört, *also*: Gedächtniß, Einbildungskraft, Genie, Beredsamkeit, Beweglichkeit des Geistes u.s.w. in diesem köstlichen Augenblicke, ohne Ziel und Maß, unbehindert und unverkümmert, lebenswarm und so viel davon ein Jeder nur vertragen kann, Hefen, Bodensatz, Alles miteinander (denn kein Tröpfchen möcht' ich verloren wissen) in die verschiedenen Behälter, Zellen, Zellchen, Wohnplätze, Schlafstätten, Speisekammern und leeren Räume unseres Gehirnes ausgegossen werden, dermaßen, daß es hineinsprützte und plantschte, bis jedes Gefäß, groß oder klein, der wahrhaftigen Absicht und Meinung meines Wunsches gemäß, bis an den Rand so schwappend voll würde, daß um aller Welt willen nichts mehr hinein und heraus ginge.

Gott im Himmel, was für Herrlichkeiten würden wir da zu Stande bringen! wie würde mich das anstacheln! – der Gedanke allein, für solche Leser zu schreiben, was für Kraft würde er mir verleihen! Und Ihr! Gerechter Himmel, mit welchem Entzücken würdet Ihr Euch hinsetzen und lesen. Aber ach! es ist zu viel! Ich werde schwach – mir schwindelt bei diesem köstlichen Gedanken! Das ist mehr, als menschliche Natur vertragen kann – haltet mich – ich falle in Ohnmacht – mir wird schwarz vor den Augen – ich sterbe – ich bin todt. Hülfe! Hülfe! Hülfe! Doch halt – mir wird schon wieder etwas besser – ich denke auch daran, wenn wir nun Alle so ungeheuer viel Witz hätten, so würden wir keinen Tag lang in Ruhe mit einander leben können, dann würde es so viel Spott und Satyre, so viel Nörgelei und Mäkelei, Aufziehen und Herunterreißen, Angriff und Abwehr, so viel Hetzen aus einem Winkel in den andern unter uns geben, daß lauter Unheil daraus entstände. Heilige Sterne! Was für ein Beißen und Kratzen, was für ein Lärm und Getöse würde das sein, wie viel Schädel würden da zerklopft, wie viel Gelenke zerschlagen, wie viel wunde Stellen mißhandelt werden! So könnte man überhaupt gar nicht leben.

Auf der andern Seite, da wir Leute von so erstaunlichem Urtheile wären, würden wir, sobald die Sachen schief gingen, es wieder gar nicht dahin kommen lassen. Wenn wir uns unter einander auch zehnmal mehr verabscheuten als ebenso viel Teufel und Teufelinnen, so würden wir, meine geliebten Brüder, dennoch voller Höflichkeit und Liebenswürdigkeit, ganz Milch und Honig gegen einander sein; wir würden ein zweites Land der Verheißung, ein Paradies auf Erden schaffen, wenn so etwas möglich wäre; genug – am Ende wär' es doch gar nicht so übel.

Worüber ich aber nun grüble und schwitze und meine Einbildungskraft abquäle, ist das, ausfindig zu machen, wie so etwas überhaupt möglich wäre, denn Ew. Wohlgeboren werden wissen, daß von jenen himmlischen Ausgießungen des Witzes und Urtheils, welche ich so freigebig auf Ew. Wohlgeboren und auf mich herabgefleht habe, überhaupt nur ein kleines Quantum zu Nutz und Frommen des *ganzen* Menschengeschlechtes bestimmt ist, und daß dasselbe für die ganze große Welt in so kleinen Portionen abgelassen wird, die hie und da, in diesem oder jenem versteckten Winkel, und in solchen mageren Strömchen, in so bedeutenden Zwischenräumen von einander cirkuliren, daß es ein unbegreifliches Wunder bleibt, wie dies geringe Quantum noch nicht ganz verduftet ist, oder wie es für den Bedarf und die Anforderungen so vieler großen Staaten und dichtbevölkerten Länder hinreichen kann.

Freilich, eins muß dabei in Betracht gezogen werden: In Novaja Semlja, dem nördlichen Lappland und in alle den kalten und traurigen Erdstrichen, welche in der arktischen oder antarktischen Zone liegen, wo der ganze Bereich menschlicher Beziehungen neun Monate lang sich auf den Umkreis einer Erdhöhle beschränkt, die Lebensgeister auf den Nullpunkt herabgedrückt werden und die menschlichen Leidenschaften, nebst Allem, was damit in Verbindung steht, so frostig sind wie die Zone selbst, da reicht eine unglaublich kleine Portion Urtheilskraft vollkommen hin, und an Witz wird dort erschrecklich gespart, denn da kein Fünkchen davon nöthig ist, so braucht man sich's auch kein Fünkchen kosten zu lassen. Gott im Himmel, wie schrecklich müßte das sein, wenn *wir* so ganz ohne Witz und Urtheil ein Reich regieren, eine Schlacht schlagen, einen Vertrag abschließen, uns verheirathen, ein Buch schreiben, ein Kind erzeugen oder ein Provinzialkapitel abhalten müßten! Laßt uns lieber daran weiter nicht denken, sondern so schnell als möglich südwärts nach Norwegen gelangen; von da geht's dann, mit Ihrer Erlaubniß, nach Schweden, durch die kleine dreieckige Provinz Angermanland an den Bothnischen Meerbusen, dann immer an der Küste entlang durch Ost- und Westerbotten hinunter nach Carelien und so weiter durch alle Länder und Provinzen, die das nördliche Ufer des Finnischen Meerbusens und das nordöstliche des Baltischen Meeres bilden, nach St. Petersburg, wo wir Ingermanland berühren; dann geradeaus durch das nördliche

Rußland, wobei uns Sibirien etwas links liegen bleibt, mitten in das Herz des Russischen Reiches und die Asiatische Tartarei hinein.

Wohl, – auf dieser langen Reise werden Sie bemerkt haben, daß das gute Volk weit besser daran ist, als in den Polarländern, die wir soeben verließen, denn wenn Sie die Hand über die Augen halten und recht scharf hinsehen, so können Sie ein Fünkchen Witz, auch eine angemessene Portion guten schlichten Menschenverstandes bemerken, womit die Leutchen, Qualität und Quantität ineinandergerechnet, gar nicht schlecht fahren; hätten sie von dem einen oder dem andern mehr, so würde das gute Gleichgewicht darunter leiden, und überdem, meine ich, würden sie's doch nicht gebrauchen können.

Führe ich Sie nun, Sir, wieder heim, auf dieses unser wärmeres, üppigeres Inselreich, so werden Sie sogleich bemerken, daß unser Blut und unsre Lebensgeister höher wogen, daß wir mehr Ehrgeiz, Stolz, Mißgunst, Liederlichkeit und dergleichen üppige Leidenschaften besitzen, die durch Vernunft beherrscht und unterworfen werden müssen. Sie sehen, die Höhe unseres Witzes und unserer Urtheilskraft stehen in genauem Verhältnisse zu der Länge und Breite unserer Bedürfnisse, und deshalb sind sie uns in einer so anständigen und anerkennungswerthen Fülle zugetheilt, daß Niemand Grund zu haben glaubt, sich über das Gegentheil zu beklagen.

Dennoch muß hier eins eingeräumt werden: wie es bei uns zehnmal an einem und demselben Tage bald heiß, bald kalt, bald naß, bald trocken ist, so findet auch jene Vertheilung nicht auf regelmäßige Art und Weise statt; deshalb ist manchmal fast ein halbes Jahrhundert lang sehr wenig Witz und Urtheilskraft bei uns zu bemerken, und ihre winzigen Kanäle scheinen ganz ausgetrocknet zu sein, bis dann auf einmal die Schleußen durchbrochen werden und die Fluthen mit so reißender Gewalt daherströmen, daß man meinen könnte, es würde nimmer wieder aufhören. Zu solcher Zeit kann's kein Volk der Welt mit uns aufnehmen, nicht im Schreiben, noch im Fechten, noch in zwanzig andern löblichen Dingen.

Auf diese Beobachtungen gestützt und vermittels eines mühseligen Schließens nach Analogie, was Suidas »dialektische Induktion« nennt, bin ich zu folgendem Wahrheitssatze gekommen:

Es fallen von den Strahlen jener beiden Himmelslichter zur Zeit immer gerade so viele auf uns, als Er, dessen unendliche Weisheit alle Dinge nach rechtem Maße vertheilt, für nöthig erachtet, damit unser Weg durch die Nacht der Finsterniß erhellt werde. Also werden Ew. Hochehrwürden und Wohlgeboren jetzt wohl merken, was länger zu verhehlen ohnehin nicht in meiner Macht steht, daß der brünstige Wunsch betreffs Ihrer, von dem ich ausging, nichts weiter war als der erste Schmeichelgruß eines liebkosenden Vorredners, womit er seinen Leser still macht, wie ein Liebhaber seine spröde Geliebte. Denn ach! hätte diese Ausströmung des Lichtes so leicht bewerkstelligt werden können, als ich es im Eingange wünschte, wie viele tausend Wanderer (auf dem Felde der Wissenschaften wenigstens) würden dann ihr ganzes Leben lang im Dunkeln haben umhertappen und umherirren müssen! Wie würden sie mit den Köpfen gegen die Pfosten gerannt sein und sich die Schädel eingestoßen haben, ohne je ans Ziel zu kommen; diese wären mit der Nase perpendikulär in den Dreck, jene mit dem Hintern horizontal in die Gosse gefallen; – hier wäre die eine Hälfte des gelehrten Handwerks in vollem Stoß auf die andere Hälfte geprallt und hätte sich, wie die Schweine im Koth wälzend, übereinandergerollt, – dort wäre dagegen die ganze Brüderschaft eines andern gelehrten Handwerks, die sich doch hätte theilen und gegenüber stehen sollen, wie eine Schaar wilder Gänse desselben Weges geflogen! Welche Verwirrung! Welche Mißverständnisse! Tonkünstler und Maler hätten Aug' und Ohr zu Rathe gezogen – allerliebst! hätten sich auf Gefühl und Leidenschaft verlassen – bei einer Arie, einem Bilde das Herz befragt, statt beides mit dem Quadranten zu messen.

Im Vordergrunde dieses Gemäldes steht ein Staatsmann, der das Rad der Politik, wie ein Verrückter, gegen den Strom der Korruption gedreht hätte – Gott erbarm's! – statt nach der entgegengesetzten Richtung.

In jenem Winkel ist ein Sohn des göttlichen Aeskulap damit beschäftigt, ein Werk über Prädestination zu schreiben, oder noch schlimmer, er fühlt seinem Patienten den Puls, statt seinem Apotheker. Ein anderes Mitglied der Fakultät liegt im Hintergrunde auf den Knieen und schlägt die Bettvorhänge seines mißhandelten Opfers auseinander, er fleht um Vergebung und bietet eine Entschädigung an, statt selbst eine zu nehmen.

Dort in jener geräumigen Halle sehe ich Rechtsgelehrte aller Tribunale, die einen abscheulichen, schmutzigen, ränkevollen Prozeß mit aller Gewalt von sich weisen und ihn, statt in den Gerichtshof hinein-, hinauswerfen, mit so wüthenden Blicken, so nachdrücklichen Püffen, als ob die Gesetze ursprünglich zum Heil und Schutze der Menschen gegeben wären; oder sie begehen einen noch viel größern Irrthum, indem sie eine prächtige Streitfrage, also z.B. ob John O'Noke's Nase, ohne daß es als ein Eingriff in wohlerworbene Rechte zu betrachten sei, in Tom O'Stele's Gesicht stehen könne oder nicht? im Handumdrehen binnen 25 Minuten entscheiden, wozu man doch, wenn man alle *pro* und *contra's* eines so kniffligen Falles vorsichtig in Betracht zieht, wenigstens ebenso viele Monate braucht, ja wozu man, wenn man die Sache militärisch, d.h. als Rechts*krieg,* mit allen im Kriege anwendbaren Kriegslisten, Finten, forcirten Märschen, Überfällen, Hinterhalten, maskirten Batterien und andern strategischen Künsten, durch die sich beide Theile in Vortheil setzen, hätte führen wollen, wahrscheinlich ebenso viele Jahre gebraucht hätte, während welcher Zeit sie dem Centumvirate des Handwerks Nahrung und Unterhalt verschafft haben würde.

Und nun die Geistlichkeit – doch nein! – gegen die kein Wort, sonst steinigt man mich, und danach gelüstet mich's keineswegs. Und selbst in *dem* Fall würde ich's nicht wagen, an diesen Gegenstand zu rühren. Nervenschwach und niedergeschlagen, wie ich ohnehin jetzt bin, hieße es mein Leben in Gefahr setzen, wenn ich mich durch ein so böses und trauriges Thema noch mehr herabstimmen und verdüstern wollte. Es ist daher besser, ich werfe einen Schleier darüber und eile so schnell wie möglich davon weg, um zum Haupt- und Kernpunkte meiner Untersuchung zu gelangen: woher es nämlich kommt, daß Leute, die gar keinen Witz besitzen, gewöhnlich für Leute von großer Urtheilskraft ausgeschrieen werden? Wohlgemerkt, ich sage: ausgeschrieen, denn es ist eben nur ein *on dit,* meine werthen Herren, wie deren täglich zwanzig auf Treu und Glauben hingenommen werden, – und von diesem behaupte ich sogar, daß es ein erbärmliches und böswilliges *on dit* ist.

Dies werde ich mit Bezug auf die vorangeschickten Bemerkungen, welche, wie ich hoffen darf, von Ew. Hochehrwürden und Wohlgeboren bereits geprüft und erwogen wurden, weiter erhärten.

Ich hasse gelehrte Abhandlungen überhaupt, aber das Allerabgeschmackteste an ihnen ist, wenn der Autor seine Hypothese dadurch dunkel macht, daß er eine Menge langer und schwerverständlicher Wörter, eines neben das andere, in langer Reihe zwischen seinen und des Lesers Gedanken stellt, statt sich ein wenig umzuschauen, wo er dann wahrscheinlich ganz in der Nähe etwas stehen oder hängen gesehen haben würde, das die Sache gleich klar gemacht hätte. – Wird die so lobenswürdige Wißbegierde nur gestillt, was hindert's oder schadet's, ob es durch einen Tropf oder Topf, einen Narren oder Karren, einen Pelzhandschuh, ein Zwirnwickel, den Deckel eines Schmelztiegels, eine Ölflasche, einen alten Pantoffel, oder einen Rohrstuhl geschieht? – Ich sitze gerade auf einem. Erlauben Sie mir also, daß ich die Sache wegen des Witzes und der Urtheilskraft an den beiden Knöpfen auf seiner Lehne klar machen darf. Wie Sie sehen, sind dieselben mit ihren beiden Pflöcken in zwei Bohrlöcher eingefügt, und sie werden Ihnen das, was ich zu sagen habe, so ins Licht setzen, daß die Tendenz und Absicht meiner ganzen Vorrede so durchsichtig wird, als ob jeder Punkt und jedes Tüttelchen aus purem Sonnenschein gemacht wäre.

Also fangen wir an.

Hier steht Witz und da nahebei steht Urtheilskraft, gerade wie die beiden Knöpfe, von denen ich rede, auf diesem Stuhle, der mir zum Sitz dient.

Sie sehen, beide sind die höchsten und zierendsten Bestandtheile seines Ganzen, wie Witz und Urtheil die des unsrigen; außerdem sind diese, gleich jenen, unzweifelhaft so gemacht und eingerichtet, daß sie, wie wir das bei solchen doppelten Verzierungen zu nennen pflegen: einander entsprechen.

Wollen wir nun, um die Sache durch ein Experiment noch klarer zu machen, eine dieser interessanten Verzierungen (gleichviel welche) von dem Platze oder von dem Gipfel des Stuhles, wo sie jetzt steht, für einen Augenblick herunternehmen. Nein! lachen Sie nicht, – aber sagen Sie selbst, haben Sie in Ihrem Leben etwas Lächerlicheres gesehen, als den Anblick, der sich Ihnen jetzt darbietet? – Wahrhaftig, eine Sau mit einem Ohr kann nicht kläglicher aussehen, man weiß nicht, was von beiden mehr Schick und Symmetrie hat. Bitte, stehen Sie nur einmal auf und sehen Sie sich das Ding ordentlich an. Was meinen Sie, – würde Jemand, der nur ein wenig auf sich hielte, ein Stück Arbeit in diesem Zustande aus der Hand geben? Hand aufs Herz und ehrlich geantwortet, – dient dieser eine Knopf, der so dumm und allein dasteht, irgend wozu mehr, als an das Nichtdasein des andern zu erinnern? und – erlauben Sie mir wieder zu fragen: wenn der Stuhl Ihnen gehörte, würden Sie es nicht zehnmal vorziehen, daß er lieber gar keinen Knopf hätte, als nur den einen?

Da nun diese beiden Knöpfe oder höchsten Zierden des menschlichen Geistes, welche das ganze Gebäude krönen, also Witz und Urtheil, nach all meiner Erfahrung zugleich die allernothwendigsten, geschätztesten, am schwersten zu entbehrenden und deshalb auch am schwersten zu erlangenden Zierden sind, so giebt es aus allen diesen Gründen keinen Sterblichen, der der Liebe zum Ruhm oder zum Wohlleben so ganz entbehrte oder so wenig wüßte, wie beides zu erlangen wäre, der nicht begierig und fest entschlossen ist, oder dem man nicht wenigstens den Entschluß zutrauen kann, sich in den Besitz der einen oder andern dieser Zierden, am liebsten aber in den Besitz beider zu bringen, wenn die Sache nur irgend möglich ist und sich machen läßt.

Was würde nun aber, so werden Sie meinen, aus den Pedanten werden, die demnach wenig oder keine Aussicht hätten, eine davon als ihr Eigenthum in Anspruch zu nehmen, wenn sie nicht auch die andere besäßen? Nun, meine Herren, die müßten sich eben damit begnügen, inwendig nackend zu gehen, trotz ihrer Pedanterie, was ohne etwas Philosophie, die hier nicht vorausgesetzt werden darf, allerdings unerträglich ist; deshalb dürfte ihnen wohl keiner gram sein, wenn sie sich nur mit dem Wenigen begnügen wollten, was sie aufgelesen und unter ihre großen Perücken gesteckt haben, wenn sie nur nicht solch ein Ho! und Halloh! gegen die rechtmäßigen Eigenthümer erhüben, wie sie in Wirklichkeit thun.

Ich brauche Ew. Wohlgeboren nicht zu sagen, daß dies auf eine so pfiffige Weise und mit solcher Geschicklichkeit geschieht, daß selbst der große Locke, der sich doch sonst nicht leicht von falschem Geschrei bethören läßt, irre wurde. Das Halloh gegen die armen Witzköpfe, schien es, war so laut und feierlich und wuchs mit Hülfe großer Perücken, gravitätischer Gesichter und anderer Trugmittel so gewaltig an, daß der Philosoph sich täuschen ließ. Es ist sein Ruhm, die Welt von einer ganzen Rumpelkammer allgemein verbreiteter Irrthümer befreit zu haben, diesen aber beseitigte er nicht; statt, wie sich für einen so großen Philosophen geziemt hätte, die Thatsache zu untersuchen, bevor er darüber philosophirte, nahm er sie im Gegentheil als bewiesen an und stimmte in das Ho! und Halloh! so lärmend ein, wie nur irgend Einer.

Das ist denn seitdem die *magna charta* der Dummheit geworden. Aber Ew. Wohlgeboren sehen klärlich, daß dieselbe auf eine Weise erlangt wurde, welche ihre Rechtskräftigkeit als ganz nichtig erscheinen läßt; und dies ist, beiläufig gesagt, eine der vielen abscheulichen

Betrügereien, welche die Pedanten und die Pedanterie in jenem Leben werden verantworten müssen.

Was die großen Perücken anbetrifft, über die ich mich, nach dem Urtheile mancher Leute, vielleicht zu frei geäußert habe, so mag es mir erlaubt sein, das, was ich unvorsichtiger Weise zu ihren Ungunsten oder tadelnd sagte, durch eine allgemeine Erklärung näher zu bestimmen. Ich habe durchaus keinen Widerwillen gegen große Perücken oder lange Bärte; ich hasse und verabscheue sie keineswegs, außer in dem Falle, wo ich sehe, daß man sie zu dem besondern Zwecke bestellt oder wachsen läßt, obenerwähnten Betrug damit auszuführen – zu jedem andern Zwecke – Friede mit ihnen! †††. Nur merke man – ich schreibe nicht für sie.

Fünfundsechzigstes Kapitel

Zehn Jahre lang nahm es sich mein Vater jeden Tag fest vor, dem Dinge abzuhelfen, – noch heute ist ihm nicht abgeholfen. In keiner Familie, als eben in der unsrigen, würde man es eine Stunde lang haben ertragen können, und das Erstaunlichste dabei war, daß mein Vater über keinen Gegenstand so beredt sein konnte, als über die Thürangeln. Dessen ungeachtet spielten sie ihm so arg mit, wie diese Geschichte kein zweites Beispiel bietet. Seine Beredsamkeit und seine Handlungsweise lagen sich fortwährend in den Haaren. So oft die Gastzimmerthür geöffnet wurde, so oft erlitten seine Philosophie oder seine Grundsätze eine klägliche Niederlage; – drei Tropfen Öl auf eine Feder geträuft und ein leichter Schlag mit dem Hammer hätten seine Ehre auf immer gerettet.

Was für ein widerspruchsvolles Wesen ist doch der Mensch! Er seufzt über Wunden, die er Macht hat zu heilen! sein ganzes Leben ist eine Verleugnung besserer Erkenntniß! seine Vernunft, dieses kostbare Geschenk des Schöpfers, dient ihm nur dazu, seine Empfindlichkeit zu reizen (statt Öl darauf zu gießen), seine Qualen zu verdoppeln und ihn nur noch trauriger und elender zu machen! Armes, unglückseliges Geschöpf, das so handelt! Giebt es denn in diesem Leben nicht genug unvermeidliche Veranlassungen zum Elend, daß er noch freiwillig die Zahl seiner Leiden mehrt? Muß er denn gegen Übel kämpfen, denen er sich nicht entziehen kann, und dazu noch andern sich unterwerfen, die er mit dem zehnten Theil der Unruhe, die sie ihm verursachen, für immer aus seinem Herzen bannen könnte?

Bei Allem, was gut und löblich ist, – wenn zehn Meilen im Umkreis von Shandy drei Tropfen Öl und ein Hammer ausfindig gemacht werden können, so soll die Thürangel des Gastzimmers noch unter dieser Regierung in Stand gesetzt werden.

Sechsundsechzigstes Kapitel

Als Korporal Trim seine beiden Mörser zu Stande gebracht hatte, war er hoch erfreut über seiner Hände Werk, und da er wußte, welches Vergnügen ihr Anblick seinem Herrn gewähren würde, so konnte er dem heftigen Verlangen nicht widerstehen, sie sogleich zu ihm ins Zimmer zu tragen.

Nun hatt' ich, als ich die Sache mit den Thürangeln erwähnte, nicht blos die moralische Lehre, die sich daraus ergab, im Auge, sondern mir kam dabei auch folgende spekulative Betrachtung, nämlich:

Wenn die Stubenthür sich so geöffnet und auf ihren Angeln so gedreht hätte, wie eine Stubenthür soll –

oder z.B. so geschickt, wie sich unsere Regierung auf ihren Angeln gedreht hat (vorausgesetzt, Ew. Wohlgeboren sind damit einverstanden, sonst geb' ich mein Gleichniß auf), in solchem Fall, sage ich, hätte es gar keine Gefahr gehabt, weder für den Herrn noch für den Diener, daß Korporal Trim ins Zimmer guckte; voll Ehrerbietung, wie er war, würde er sich, sobald er bemerkt hätte,

daß mein Vater und mein Onkel Toby eingenickt waren, mäuschenstill zurückgezogen haben, während jene in ihren Armstühlen so
selig wie vorher weitergeträumt hätten. Aber das war unmöglich,
denn zu den stündlichen Peinigungen, welche diese in Unordnung
gerathene Angel seit vielen Jahren meinem Vater verursacht hatte,
gehörte auch die, daß er sich nie zum Mittagsschläfchen niedersetzte, ohne daran denken zu müssen, daß der Erste, der die Thür
aufmache, ihn unfehlbar aufwecken würde, welcher Gedanke sich
so unaufhörlich zwischen ihn und die erste süße Annäherung des
Schlafes drängte, daß er, wie er oft erklärte, um allen Genuß daran
gebracht wurde.

Wie wär' es, mit Ew. Wohlgeboren Erlaubniß, auch anders
möglich, wenn die Angel, auf der sich Etwas dreht, nichts taugt?

Was soll's? was giebt's? rief mein Vater, der sogleich aufwachte,
sobald die Angel an zu kreischen fing. Ich wollte, der Schlosser
sähe einmal nach der verdammten Angel. – 's ist weiter nichts, mit
Ew. Gnaden Verlaub, sagte Trim, ich bringe da nur zwei Mörser.
– Hier kann man keinen Lärm machen! rief mein Vater heftig;
wenn *Dr.* Slop Medikamente stoßen will, so mag er's in der Küche
thun. – Erlauben Ew. Gnaden, rief Trim, es sind zwei Bombenmörser für die Belagerung im nächsten Sommer; ich habe sie aus ein
Paar Stulpstiefeln gemacht, die Ew. Gnaden nicht mehr tragen, wie
Obadiah mir sagte. – Alle Wetter, rief mein Vater und sprang dabei
vom Stuhle auf, – von allen meinen Kleidungsstücken ist mir keines
so ans Herz gewachsen als diese Stulpstiefeln, – sie gehörten unserm
Urgroßvater, Bruder Toby, sie sind unveräußerliches Erbgut. –
Dann, fürchte ich, sagte mein Onkel Toby, hat Trim die Erbfolge
abgeschnitten. – Ich habe, mit Ew. Gnaden Verlaub, sagte Trim,
blos die Stulpen abgeschnitten. – Ich hasse unveräußerliches Erbgut
so sehr wie Einer, rief mein Vater, aber diese Stulpstiefeln, Bruder,
fuhr er fort und lächelte trotz seines Ärgers, sind seit den Bürger-
kriegen in der Familie gewesen; Sir Roger Shandy trug sie in der
Schlacht bei Marston-Moor. Ich hätte sie wahrhaftig nicht für zehn

Pfund weggegeben. – Ich werde Dir das dafür bezahlen, Bruder Shandy, sagte mein Onkel Toby, der die Mörser mit unendlichem Vergnügen betrachtete, und griff dabei in die Tasche, – ich werde Dir auf der Stelle zehn Pfund dafür bezahlen, mit Freuden.

Bruder Toby, erwiederte mein Vater in einem andern Tone, Dich kümmert's nicht, wie Du Dein Geld wegwirfst und vergeudest, wenn's nur für eine Belagerung geschieht. – Habe ich nicht meine hundert und zwanzig Pfund jährlich, außer der Pension? rief mein Onkel Toby. – Was ist das, erwiederte mein Vater eifrig, wenn Du zehn Pfund für ein Paar Stulpstiefeln giebst? zwölf Guineen für Deine Pontons? halb so viel für die holländische Zugbrücke, von dem kleinen messingenen Artillerie-Train, den Du vergangene Woche bestelltest, und zwanzig andern Herrichtungen zur Belagerung von Mantua gar nicht zu reden! Glaube mir, lieber Bruder Toby, fuhr mein Vater fort und faßte seine Hand, – diese Kriegsoperationen gehen über Deine Kräfte; – Du meinst es gut, aber sie führen Dich in größere Ausgaben hinein, als Du erwartetest, und sei versichert, sie werden zuletzt Dein ganzes Vermögen aufzehren und Dich zum Bettler machen. – Was thut das, Bruder, erwiederte mein Onkel Toby, es geschieht ja doch zum Besten meines Landes! –

Mein Vater mußte lächeln; sein Ärger, selbst der heftigste, war immer nur vorübergehend; der Eifer und die Einfalt Trims, sowie die hochsinnige (wenngleich steckenpferdische) Ritterlichkeit meines Onkels Toby versetzten ihn sogleich wieder in die beste Laune.

Edelmüthige Seelen! Gott segne euch und eure Bombenmörser dazu, sagte mein Vater leise zu sich.

Siebenundsechzigstes Kapitel

Alles ist mäuschenstill, rief mein Vater, wenigstens da oben; ich höre nicht den leisesten Fußtritt. – Wer ist in der Küche, Trim? –

In der Küche ist kein Mensch, antwortete Trim, indem er sich tief verbeugte, außer *Dr.* Slop. – Verwirrung über Verwirrung, rief mein Vater und sprang zum zweiten Male vom Stuhle auf, auch nichts geht heute wie es soll. Glaubte ich an die Sterne, Bruder (was mein Vater übrigens that), so würde ich darauf schwören, daß irgend ein rückschreitender Planet über diesem meinem unglücklichen Hause stehe und alles darin um und um kehre. Ich denke, *Dr.* Slop ist oben bei meiner Frau; Ihr sagtet's doch. Was in aller Welt hat er nun in der Küche zu schaffen? – Mit Ew. Gnaden Verlaub, erwiederte Trim, er macht so'n Ding, wie 'ne Brücke. – Das ist sehr liebenswürdig von ihm, sagte mein Onkel Toby, geh hin, Trim, bringe *Dr.* Slop meine Empfehlung und sag' ihm, ich ließe ihm herzlich danken.

Mein Onkel verstand das mit der Brücke falsch, es ging ihm damit wie meinem Vater mit den Mörsern. Aber um Euch begreiflich zu machen, wie solch ein Mißverständniß möglich war, werde ich leider den ganzen langen Weg mit Euch zurücklegen müssen, der bis zu dieser Brücke führt, oder – um mein Gleichniß fallen zu lassen (denn für Geschichtsschreiber ist der Gebrauch von Metaphern geradezu unehrlich), wenn Ihr gründlich verstehen wollt, auf welche natürliche Weise mein Onkel Toby in diesen Irrthum verfiel, so werde ich Euch, allerdings sehr gegen meinen Willen, ein Abenteuer Trims erzählen müssen. Ich sage, sehr gegen meinen Willen, und zwar aus dem einzigen Grunde, weil dieser Geschichte so zu sagen hier nicht an der richtigen Stelle steht, denn eigentlich müßte sie bei der Erzählung von meines Onkel Toby's Liebschaft mit der Wittwe Wadmann – wobei Korporal Trim eine hervorragende Rolle spielt – Erwähnung finden, oder sie müßte in den Bericht über seine und meines Onkels Campagnen auf dem Grasplatze eingefügt werden; an beiden Stellen würde sie sich sehr gut machen, aber wenn ich sie für eine dieser Gelegenheiten aufspare, so verderbe ich meine gegenwärtige Erzählung, – erzähle ich sie dagegen hier, so greife ich vor und schade dem Spätern.

Was meinen Ew. Wohlgeboren, das ich thun soll?

Jetzt erzählen, Mr. Shandy, auf jeden Fall! – Sie sind ein Thor, Mr. Shandy, wenn Sie's thun.

O, ihr gütigen Mächte (denn Mächte seid ihr und gewaltige), die ihr einen Sterblichen befähigt, eine Geschichte zu erzählen, welche überhaupt des Anhörens werth ist, – die ihr liebevoll ihm anzeigt, wo er anfangen, wo er aufhören, was er hineinbringen, was er auslassen, was er in Schatten stellen, was mit vollem Lichte beleuchten soll! Ihr, die ihr herrschet über das weite Reich der biographischen Freibeuter und sehet, in wie viel Nöthe und Verlegenheiten eure Unterthanen stündlich gerathen, – wollt ihr nicht etwas thun?

Ich bitte, ich beschwöre euch nur um das Eine, daß ihr überall da in eurem Reiche, wo, wie hier, zufällig drei Straßen auf einem Punkte zusammentreffen, aus purer Barmherzigkeit wenigstens einen Wegweiser aufrichten möchtet, damit ein armer Teufel, der unsicher geworden ist, wisse, welchen Weg er einzuschlagen habe.

Achtundsechzigstes Kapitel

Obgleich die Unannehmlichkeit, die meinem Onkel Toby ein Jahr nach der Zerstörung von Dünkirchen mit der Wittwe Wadmann passirt war, ihn in dem Entschlusse befestigt hatte, nie wieder an das schöne Geschlecht und was darauf Bezug hätte, zu denken, so war Korporal Trim doch keineswegs zu demselben Entschlusse gekommen. Allerdings hatte ein sonderbares und höchst ungewöhnliches Zusammentreffen von Umständen den Erstern fast unmerklich dahin gebracht, jene schöne und wohlvertheidigte Festung zu belagern. In Trims Fall traf nichts in der Welt zusammen, als er und Bridget in der Küche; – übrigens war die Liebe und Verehrung, die er für seinen Herrn hegte, so groß, und so sehr war er bestrebt, denselben in Allem nachzuahmen, daß, hätte mein Onkel Toby seine Zeit und sein Genie dazu verwendet, Spitzen zu klöppeln, der ehrliche Korporal sicherlich seine Waffen von sich gelegt und freudig dem Beispiele seines Herrn gefolgt sein würde. Als deshalb mein Onkel Toby sich vor der Herrin festgesetzt, nahm Korporal Trim alsbald Position vor dem Stubenmädchen.

Nun, mein werther Freund Garrick, den zu schätzen und zu verehren ich so viel Grund habe (weshalb? gehört nicht hieher), nun wird es Ihrem Scharfsinne unmöglich entgangen sein, wie viele Komödienschreiber und Schnickschnackkünstler in letzter Zeit nach Trims und meines Onkel Toby's Muster gearbeitet haben. Ich kümmre mich wenig darum, was Aristoteles oder Pacuvius oder Bossu oder Riccaboni sagen (obgleich ich nie einen von ihnen las) – aber so viel ist gewiß, ein Einspänner und ein *Vis à vis à la Pompadour* können nicht verschiedener von einander sein, als eine einfache Liebschaft von einer gehörigen doppelten, die so zu sagen auf allen Vieren durch ein großes Drama hindurch stolzirt. Eine simple, einfache, einfältige Liebschaft, Sir, verliert sich vollständig in den fünf Akten, – darum machen wir's anders. –

Nach einer Reihe von Angriffen und Zurückweisungen, die mein Onkel Toby im Verlaufe von neun Monaten unternommen und erlitten hatte, und wovon an geeigneter Stelle ein ausführlicher Bericht gegeben werden soll, fand der treffliche Mann sich bewogen, seine Streitkräfte zurückzuziehen und etwas unwillig die Belagerung aufzugeben.

Korporal Trim, wie gesagt, fühlte sich dazu nicht verpflichtet, weder sich selbst, noch Jemand anders gegenüber; – aber da sein treues Herz ihm nicht erlaubte, fernerhin ein Haus zu betreten, welches sein Herr mit Widerwillen aufgegeben hatte, so begnügte er sich damit, die Belagerung von seiner Seite in eine Blokade zu verwandeln, d.h. Andere abzuhalten. Obgleich er also das Haus nicht betrat, so begegnete er doch Bridget nie im Dorfe, ohne ihr zu winken, oder zuzunicken, oder sie anzulächeln, oder freundlich anzusehen, oder (wenn sich's gerade machte) ihr die Hand zu schütteln, oder sie freundlich zu fragen, wie's ihr gehe, oder ihr ein Band zu schenken, oder ab und zu, – aber nicht anders als in allen Ehren, sie zu –

So hatten die Sachen volle fünf Jahre gestanden, nämlich von der Zerstörung Dünkirchens im Jahre 13 bis zum Schluß von meines Onkel Toby's Campagne im Jahre 18, was etwa sechs oder sieben Wochen vor der Zeit war, von der ich rede, als Trim eines Abends, nachdem er meinen Onkel zu Bett gebracht hatte, wie gewöhnlich noch einmal hinunterging, um nach den Befestigungen zu sehen, und dabei Bridget im Mondschein erspähte.

Der Korporal, dem nichts auf der Welt so sehenswerth dünkte, als die Werke, die er und Onkel Toby erbaut hatten, nahm sie höflich und zuvorkommend bei der Hand, um sie dahin zu führen. Eine reine Privatangelegenheit, aber Fama's tückische Posaune trug das Gerücht davon von Ohr zu Ohr, bis es auch das meines Vaters erreichte, und zwar mit der fatalen Zuthat, daß meines Onkel Toby's niedliche Zugbrücke, die nach holländischer Art erbaut und angestrichen war und quer über dem Graben lag, in derselben Nacht zusammengebrochen und auf unbegreifliche Weise zertrümmert worden sei.

Man wird bemerkt haben, daß mein Vater keine besondere Achtung für meines Onkel Toby's Steckenpferd hegte; ihm dünkte es das lächerlichste Pferd, das je ein anständiger Mensch geritten, und deshalb konnte er nie ohne Lächeln daran denken, ausgenommen wenn ihn mein Onkel damit ärgerte; – lahmte es, oder stieß ihm irgend ein Mißgeschick zu, so kitzelte das meines Vaters Einbildungskraft ganz besonders – aber *dieser* Unfall belustigte ihn mehr als irgend einer, der es noch betroffen, und wurde eine unerschöpfliche Quelle der Unterhaltung für ihn. – Im Ernst, lieber Bruder Toby, sagte er dann, wie ging das mit der Brücke nur eigentlich zu? – Warum neckst Du mich, erwiederte mein Onkel Toby darauf; ich habe es Dir doch wohl zwanzigmal erzählt, Wort für Wort, wie Trim es *mir* erzählt hat. – Also, Korporal, wie war's?

rief dann mein Vater, und wandte sich gegen Trim. – Unglück war's, Ew. Gnaden. Ich zeigte Mistreß Bridget unsere Befestigungen und kam dem Fossé ein bischen zu nahe und rutschte hinein. – Ja, ja, Trim, rief dann mein Vater (wobei er bedeutungsvoll lächelte und mit dem Kopfe nickte, aber ohne ihn zu unterbrechen,) – und weil ich auf der linken Seite angehenkelt war, ich hatte Mr. Bridget nämlich unterm Arm, – so zog ich sie mit und – bautz! fiel sie rückwärts gegen die Brücke; – und Trims Fuß (rief dann mein Onkel Toby, der ihm die Geschichte aus dem Munde nahm) kam in die Lunette, und er stürzte auch gegen die Brücke. Der arme Bursche hätte das Bein brechen können. – Ach ja, Bruder, sagte dann mein Vater, bei solchen Fällen bricht man sich leicht ein Glied. – Und so, Ew. Gnaden, brach die Brücke, die, wie Ew. Gnaden wissen, nur ein leichtes Ding war, unter uns zusammen und ging zu Grunde.

Ein anderes Mal, besonders aber, wenn mein Onkel Toby unglücklicherweise ein Wörtchen von Kanonen, Bomben oder Petarden erwähnte, erschöpfte mein Vater den ganzen Schatz seiner Beredsamkeit (der nicht klein war) im Lobe auf die Widder der Alten, und auf die »vinea«, welche Alexander bei der Belagerung von Tyrus angewandt hatte. Dann erzählte er meinem Onkel Toby von den Katapulten der Syrier, die so und so viel hundert Fuß weit ungeheure Steine geschleudert und die stärksten Befestigungen in ihrem Grunde erschüttert hätten; beschrieb den wundervollen Mechanismus der Balisten, von denen Marcellinus so viel Rühmens macht, die schrecklichen Wirkungen der *Pyroboli,* welche Feuer warfen, die Gefährlichkeit der *terebrae* und *scorpiones,* welche Speere schossen. – Aber was will das alles gegen die Zerstörungsmaschine des Korporals sagen? Glaube mir, Bruder Toby, keine Brücke, keine Bastion, kein Ausfallthor in der Welt ist fest genug gegen dies Geschütz.

Mein Onkel Toby versuchte es nie, sich gegen diese Spöttereien anders zu vertheidigen, als dadurch, daß er seine Pfeife mit verdoppelter Heftigkeit schmauchte, und eines Abends nach Tische machte er bei diesem Anlaß einen solchen Rauch, daß mein Vater, der ein wenig engbrüstig war, einen Anfall von Stickhusten davon bekam. Trotz der Schmerzen, die ihm sein krankes Schambein verursachte, sprang mein Onkel Toby sogleich von seinem Sessel auf, hinkte zu meines Vaters Stuhle, klopfte ihn mit der einen Hand in den Rücken, hielt ihm mit der andern den Kopf und wischte ihm von Zeit zu Zeit mit einem reinen Schnupftuche, das er aus der Tasche zog, die Augen. Die zärtliche und liebevolle Art, mit der mein Onkel diese kleinen Dienste leistete, schnitt meinen Vater ins Herz: denn er dachte daran, wie sehr er ihn eben gekränkt hätte. – Möge ein Widder oder ein Katapult mir den Schädel einstoßen, sagte er zu sich selbst, wenn ich diese treue Seele je wieder beleidige. –

Neunundsechzigstes Kapitel

Da die Zugbrücke nicht wieder herzustellen war, so erhielt Trim Befehl, eine neue zu bauen, aber nach einem andern Muster. Kardinal Alberoni's Intriguen waren nämlich zu der Zeit offenbar geworden, und da mein Onkel Toby richtig voraussah, daß ein Krieg zwischen Spanien und dem Reiche unvermeidlich geworden sei, und daß die nächste Campagne wahrscheinlich in Neapel oder Sicilien stattfinden würde, so entschied er sich für eine italienische Brücke (und beiläufig gesagt, mein Onkel Toby schoß in seinen Vermuthungen gar nicht so sehr fehl); aber mein Vater, der ein unendlich gewiegterer Politikus war, und meinen Onkel ebenso im Kabinette übersah, wie dieser ihn im Felde, wußte ihn zu überzeugen, daß, im Fall sich der König von Spanien und der Kaiser bei den Ohren kriegten, Frankreich und Holland durch Verträge gebunden wären, ebenfalls in die Schranken zu rücken. Und dann, Bruder Toby, werden sich die Kämpfenden, so gewiß ich lebe, wieder auf dem alten Turnierplatz, in Flandern, treffen, und was machst Du dann mit Deiner italienischen Brücke?

Wir wollen es doch bei dem alten Modell lassen, rief mein Onkel Toby.

Als der Korporal die Brücke in diesem Style halb fertig gebaut hatte, wurde mein Onkel Toby auf einen Hauptfehler derselben aufmerksam, der ihm bis dahin gänzlich entgangen war. Sie hing nämlich auf beiden Seiten in Angeln, öffnete sich in der Mitte und konnte zur Hälfte nach der einen, zur Hälfte nach der andern Seite des Grabens aufgezogen werden. Das hatte den Vortheil, daß die Last der Brücke sich nach zwei Seiten hin vertheilte und mein Onkel deshalb im Stande war, sie mit dem Ende seiner Krücke und *einer* Hand aufzuheben und niederzulassen, – bei der Schwäche der Garnison ein wesentlicher Vorzug. Aber die Nachtheile dieser Bauart waren unüberwindlich; denn auf diese Weise – pflegte er zu sagen – muß ich die eine Hälfte meiner Brücke immer dem Feinde überlassen, und was hilft mir dann die andere?

Das einfachste Mittel wäre natürlich gewesen, die Brücke nur an einer Seite festzuhängen, dann hätte man sie mit einem Male aufziehen können; – aber das wurde aus dem ebenerwähnten Grunde verworfen.

Eine Woche später entschloß sich mein Onkel Toby zu einer andern Konstruktion; die Brücke sollte so eingerichtet werden, daß man sie in horizontaler Richtung hin und her schieben konnte, je nachdem man die Passage hemmen oder herstellen wollte. Von dieser Art könnten Ew. Wohlgeboren drei sehr bemerkenswerthe Brücken in Speyer sehen, wenn dieselben nicht zerstört wären, sowie eine in Breisach, wenn ich nicht irre, die noch bis heute steht. Aber mein Vater rieth meinem Onkel höchst ernsthaft, auf dieses Hin- und Herschieben bei Brücken sich nicht weiter einzulassen, so daß dieser, der wohl einsah, daß des Korporals Unfall dadurch nur verewigt werden würde, seinen Entschluß änderte und die Erfindung des Marquis d'Hopital wählte, welche der jüngere Bernoulli so genau und so gelehrt beschrieben hat, wie Ew. Wohlgeboren dies in *Act. Erud. Lips. An.* 1695 nachlesen können: hier dient ein Bleiklumpen zur Herstellung des Gleichgewichts und hält so gut Wache wie zwei Mann, besonders wenn die Brücke in einer gebogenen Linie konstruirt wird, die sich der Cykloïde so viel als möglich nähert.

Auf die Parabel verstand sich mein Onkel Toby nun wohl so gut wie irgend Jemand in ganz England; aber die Cykloïde war ihm weniger geläufig; doch sprach er alle Tage davon, – die Brücke kam damit nicht weiter. – Wir müssen Jemand fragen, sagte mein Onkel Toby zu Trim. –

Siebenzigstes Kapitel

Als Trim in das Zimmer kam und meinem Vater erzählte, daß *Dr. Slop* unten in der Küche damit beschäftigt sei, eine Brücke zu machen, nahm mein Onkel Toby, in dessen Kopf die Stulpstiefeln einen ganzen Schwarm militärischer Gedanken aufgestört hatten, es als eine ausgemachte Sache an, daß der Doktor ein Modell von Marquis d'Hopitals Brücke anfertige. Das ist sehr freundlich von ihm, sagte mein Onkel Toby; geh, Trim, und empfiehl mich *Dr. Slop* und sage ihm meinen herzlichen Dank.

Wäre meines Onkels Kopf ein Guckkasten gewesen und hätte mein Vater die ganze Zeit über hineingesehen, er hätte keine deutlichere Vorstellung davon haben können, was darin vorging, als er in der That hatte; deshalb wollte er eben trotz Katapult, Widder und Selbstverwünschung einen Haupttriumph feiern –

– als Trims Antwort in demselben Augenblicke ihm seinen Lorbeer von dem Haupte riß und in tausend Fetzen zerpflückte.

Einundsiebenzigstes Kapitel

– Diese unglückselige Zugbrücke, fing mein Vater an – Gott bewahre, Ew. Gnaden, rief Trim, es wird eine Brücke für des jungen Herrn Nase. – Als er ihn mit dem abscheulichen Instrumente herausholte, hat er ihm, wie Susanna sagt, die Nase so platt ins Gesicht gedrückt, daß sie wie ein Pfannkuchen aussieht, und nun macht er eine kleine Brücke von Watte und einem Stückchen Fischbein aus Susanna's Schnürleib, um sie wieder in die Höhe zu bringen.

Bruder Toby, stöhnte mein Vater, komm, führe mich auf mein Zimmer.

Zweiundsiebenzigstes Kapitel

Vom ersten Augenblicke an, wo ich mich niedersetzte, um dem Publikum mein Leben zur Unterhaltung und meine Meinungen zur Belehrung aufzuzeichnen, hat sich über dem Haupte meines Vaters unmerklich eine Wolke zusammengezogen. – Eine Fluth kleiner Übel und Unfälle ist auf ihn eingedrungen; nichts – wie er selbst bemerkte – ist gegangen, wie es sollte; und nun schwillt der Sturm und bricht gerade über seinem Haupte los.

Ich beginne diesen Theil meiner Geschichte in der nachdenklichsten und schwermüthigsten Stimmung, die je eine mitfühlende Brust bedrückte. Meine Nerven erschlaffen bei der Erzählung; mit jeder Linie, die ich weiterschreibe, fühle ich, wie der lebhafte Schlag meines Pulses schwächer wird, wie jene sorglose Munterkeit schwindet, die mich tagtäglich tausend Dinge sagen ließ, die ich lieber hätte verschweigen sollen, und eben, als ich meine Feder eintauchte, konnte ich nicht umhin, selbst die Bemerkung zu machen, mit was für einer trübseligen Gemessenheit und Feierlichkeit ich es that. Herr des Himmels! Wie verschieden war das, Tristram, von dem hastigen Zustoßen und dem übermüthigen Spritzen, womit Du es sonst thatest, wenn Du Kleckse machtest und Deine Dinte über Tafel und Bücher schüttetest, als ob Dinte und Feder und Bücher und Möbel kein Geld kosteten!

Dreiundsiebenzigstes Kapitel

– Ich werde über diesen Punkt nicht weiter mit Ihnen streiten, Madame; genug, es ist so, ich bin vollkommen davon überzeugt: »sowohl Mann als Weib halten Kummer und Schmerzen (auch Vergnügen, so viel ich weiß) in horizontaler Lage am besten aus«.

Sobald mein Vater auf seinem Zimmer angekommen war, warf er sich in der fürchterlichsten Aufregung, und zwar in der jammervollen Stellung eines ganz und gar zu Boden geschmetterten Mannes, dessen Schicksal jedes Herz rühren mußte, der Länge nach auf sein Bett. Im Fallen bedeckte er mit der Fläche seiner rechten Hand seine Stirn und den größten Theil der Augen. Als der Ellenbogen nach hinten wich, rutschte die Hand mit dem Kopf immer tiefer, bis die Nase auf der Steppdecke lag; sein linker Arm hing kraftlos am Bett herunter, und die Knöchel der Hand berührten den Henkel des Nachttopfes, der unter dem Bett hervorsah; das rechte Bein (das linke hatte er an sich gezogen) hing zur Hälfte auf der andern Seite über, und die Kante der Bettstelle drückte gegen das Schienbein. Er fühlte es nicht. Ein starrer, unbeweglicher Schmerzensausdruck lag auf seinen Zügen; – einmal seufzte er – seine Brust hob sich – aber er sprach kein Wort.

Am Kopfende des Bettes, gegenüber der Seite, wo meines Vaters Haupt lag, stand ein alter, mit wollenen Fransen beschlagener Polsterstuhl. Mein Onkel Toby setzte sich darauf.

Eh' ein Schmerz ausgelitten ist, kommt der Trost zu früh – und wenn er ausgelitten ist, kommt er zu spät. – Sie sehen, Madame, wie genau da ein Tröster zielen muß, denn der feine Punkt dazwischen ist nicht breiter als ein Haar. Mein Onkel Toby hielt nun gewöhnlich entweder zu sehr rechts, oder zu sehr links und pflegte oft von sich zu sagen, er glaube, er könne eher den Mond treffen; deshalb, als er sich auf den Polsterstuhl gesetzt und den Bettvorhang ein wenig nach vorn gezogen hatte, nahm er sein Schnupftuch aus der Tasche, (denn eine Thräne hatte er für jedes Leid,) – seufzte tief auf, – aber schwieg.

Vierundsiebenzigstes Kapitel

»Es ist nicht Alles gewonnen, was man einsteckt.« – Obgleich mein Vater so glücklich war, die seltsamsten Bücher von der Welt zu lesen, und sich die seltsamste Art zu denken zu eigen gemacht zu haben, so hatte dies doch den Nachtheil für ihn, daß er dadurch auch mancher gar seltsamen und absonderlichen Art von Bekümmerniß zugänglich wurde – wovon die, unter der er jetzt zusammenbrach, als ein recht schlagendes Beispiel angeführt werden mag.

Ohne Zweifel, jeden Vater, der es sich so sauer um sein Kind hätte werden lassen als der meinige, würde es bekümmert haben, wenn das Nasenbein dieses Kindes von der scharfen Kante der geburtshülflichen Zange, mochte dieselbe noch so kunstgemäß angesetzt sein, eingedrückt worden wäre; aber das allein motivirte das Übermaß des Schmerzes, den mein Vater fühlte, nicht, noch rechtfertigte es die unchristliche Art, wie er sich demselben hingab.

Um zu erklären, wie das zuging, muß ich ihn eine halbe Stunde ruhig auf seinem Bette liegen lassen, Onkel Toby im alten befransten Polsterstuhl neben ihm.

Fünfundsiebenzigstes Kapitel

Ich halte dies für eine sehr unbillige Forderung – rief mein Urgroßvater, indem er das Papier zusammenrollte und auf den Tisch warf. – Danach, Madame, haben Sie Alles in Allem zwei tausend Pfund Vermögen, nicht einen Schilling mehr, und verlangen ein Leibgedinge von dreihundert Pfund jährlich! –

Weil Sie eine so kleine Nase haben, Sir, – fast gar keine, antwortete meine Urgroßmutter.

Um Alles, was ich in diesem interessanten Theile meiner Geschichte zu sagen haben werde, vor Mißverständniß sicher zu stellen, sehe ich mich veranlaßt, noch ehe ich das Wort Nase zum zweiten Male gebrauche, meine Ansicht darüber auszusprechen und genau anzugeben, was ich unter diesem Worte verstanden haben will; denn nur der Nachlässigkeit und dem Eigensinne der Schriftsteller, welche diese Vorsichtsmaßregel verachten, und durchaus nichts Anderm haben wir es zuzuschreiben, daß die theologischen Streitschriften nicht ebenso klar und verständlich sind als die über Irrlichter oder sonst einen vernünftigen Gegenstand der Philosophie und Naturwissenschaft. Was also soll man thun, eh' man anfängt, wenn man nicht eben die Absicht hat, bis zum jüngsten Tage so hin und her zu taumeln? was anders, als dem Leser eine gute Definition des Wortes, auf das es vorzüglich ankommt, geben und daran festhalten; es umwechseln, Sir, wie man eine Guinee umsetzt, in kleine Münze. Dann versuche es der Vater aller Verwirrung, Einen verwirrt zu machen, oder eine andere Idee in des Lesers Kopf zu bringen, als man will. –

In Büchern, die es mit streng moralischen Fragen und philosophischen Untersuchungen zu thun haben, wie das vorliegende, ist eine solche Nachlässigkeit unverantwortlich, und der Himmel ist mein Zeuge, wie schwer sich die Welt dafür an mir gerächt hat, daß ich hin und wieder Anlaß zu Zweideutigkeit gab und mich zu sehr auf die reine Phantasie meiner Leser verließ.

Das ist doppelsinnig, sagte Eugenius, als wir spazieren gingen, und zeigte mit dem Zeigefinger seiner rechten Hand auf das Wort Ritze, das im 32. Kapitel dieses Buches der Bücher steht; hier sind zwei Auslegungen möglich, sagte er. – Und hier sind zwei Wege, entgegnete ich, indem ich stehen blieb – ein schmutziger und ein anderer, der nicht schmutzig ist; welchen wollen wir einschlagen? – Den andern, ohne Frage, erwiederte Eugenius. – Eugenius, sagte ich und trat vor ihn hin, indem ich die Hand aufs Herz legte, – deuten heißt mißtrauen! – So triumphirte ich über Eugenius, aber ich triumphirte nach meiner Art, – wie ein Narr. Doch Gott sei Dank! ich bin kein eigensinniger Narr, also:

definire ich Nase wie folgt: – doch zuvor bitte und beschwöre ich meine Leser, männliche wie weibliche, von welchem Alter, welcher Beschaffenheit oder Verfassung sie auch immer sein mögen, um Gottes und ihrer eigenen Seele willen, den Versuchungen und Einflüsterungen des Teufels zu widerstehen und nicht zu dulden, daß er durch Trug und List andere Gedanken in sie lege, als ich in meine Definition, – denn unter *Nase* will ich sowohl in diesem langen Nasenkapitel, als überhaupt an jeder Stelle dieses meines Werkes, wo das Wort vorkommt – ich erkläre es hiemit feierlichst – nichts mehr und nichts weniger verstanden haben, als – eine Nase.

Sechsundsiebenzigstes Kapitel

– Weil Sie, wiederholte meine Urgroßmutter ihre Rede, eine so kleine Nase haben, Sir, fast gar keine.

Alle Teufel, rief mein Urgroßvater und schlug mit der Hand an die Nase, – es giebt kleinere, sie ist um einen ganzen Zoll länger, als die meines Vaters. – Nun glich meines Urgroßvaters Nase auf ein Haar den Nasen der Männer, Frauen und Kinder, welche Pantagruel auf der Insel Ennasin antraf. – Hier nur beiläufig: wer über die sonderbare Art, wie man sich mit diesem plattnasigen Volke versippte, etwas erfahren will, muß es in dem Buche selbst nachlesen, errathen wird er's nicht. –

– Sie war wie ein Eicheldaus geformt, Sir. –

Sie ist um einen ganzen Zoll länger, Madame, fuhr mein Urgroßvater fort, und drückte mit Finger und Daumen dagegen, – sie ist einen ganzen Zoll länger, als die meines Vaters, versicherte er noch einmal. – Sie meinen wahrscheinlich, als die Ihres Onkels, erwiederte meine Urgroßmutter. – Mein Urgroßvater bekannte sich überwunden. Er faltete das Papier wieder auseinander und unterzeichnete den Artikel.

Siebenundsiebenzigstes Kapitel

Was für ein schmähliches Leibgedinge wir von diesem kleinen Besitzthume zahlen müssen! sagte meine Großmutter zu meinem Großvater.

Meines Vaters Nase, erwiederte jener, war nicht größer als das Überbein auf dem Rücken meiner Hand.

Nun überlebte meine Urgroßmutter meinen Großvater noch um zwölf Jahre, so daß noch mein Vater ihr so lange das Leibgedinge mit einhundertundfünfzig Pfund halbjährlich zahlen mußte.

Kein Mensch in der Welt hatte eine bessere Art, seine Geldverbindlichkeiten zu erfüllen, als mein Vater; bis zu hundert Pfund warf er das Geld, Guinee nach Guinee mit einem lebhaften, wohlmeinenden Ruck auf den Tisch, so wie freigebige Gemüther (und nur die allein) ihr Geld hingeben; aber wenn es an die fatalen fünfzig kam, so ließ er gewöhnlich ein lautes Hm! erschallen, rieb sich die Seite seiner Nase bedächtig mit der innern Fläche des Zeigefingers, schob die Hand vorsichtig zwischen Kopf und Perücke

– besah jede Guinee, eh' er sie hinlegte, von beiden Seiten, und konnte selten bis ans Ende der fünfzig Pfund kommen, ohne sein Schnupftuch hervorzuholen und sich die Schläfe abzutrocknen.

Bewahre mich, gnädiger Himmel, vor jenen splitterrichtenden Geistern, die unbarmherzig solche Regungen in uns verdammen! Möge ich nimmer, nimmer in den Zelten jener wohnen, die es nicht verstehn, das Rad zu hemmen, die nicht Erbarmen haben mit der Macht der Erziehung und der Gewalt angeerbter Vorurtheile.

Seit drei Generationen wenigstens hatte der Glaubenssatz von dem Vorzuge langer Nasen in unserer Familie immer tiefer Wurzel gefaßt. Die *Tradition* hatte ihn aufrecht erhalten und das *Interesse* ihn halbjährlich gekräftigt, so daß hier die Wunderlichkeit meines Vaters keineswegs die ganze Ehre allein für sich in Anspruch nehmen konnte, wie das bei den meisten seiner andern Schrullen der Fall war; diese hatte er, möchte man sagen, zum größern Theile mit der Muttermilch eingesogen. Doch ließ er's auch an dem Seinigen nicht fehlen; denn hatte Erziehung diesen Irrthum (angenommen, daß es einer war) in ihn gepflanzt, so begoß er ihn wenigstens und brachte ihn zur vollkommnen Reife.

Oft, wenn er seine Gedanken über diesen Gegenstand aussprach, erklärte er, daß es ihm vollkommen unbegreiflich sei, wie die größten Familien in England eine ununterbrochene Folge von sechs oder sieben kurzen Nasen aushalten könnten. Und, fügte er dann hinzu, betrachtet man die Sache von der andern Seite, so möchte das eine der wichtigsten Fragen des bürgerlichen Lebens sein, ob nicht eine gleiche Anzahl langer und munterer Nasen, wenn sie in direkter Linie auf einander folgten, zu den höchsten Ehrenstellen im Königreiche emporheben müßte. Zu Heinrichs VIII. Zeit, rühmte er oft, wäre die Familie Shandy sehr einflußreich gewesen; diese hohe Stellung habe sie nicht der Staatsmaschine zu verdanken gehabt, sondern blos jenem Umstande; aber dann, fügte er hinzu, wäre es ihr wie andern Familien ergangen, – das Rad hätte sich gewandt, – meines Urgroßvaters Nase hätte ihr einen Schlag versetzt, von dem sie sich nie wieder hätte erholen können. – 's war wirklich ein Eicheldaus, rief er dann kopfschüttelnd, und ein so nichtsnutziges für seine arme Familie, als nur je eins zum Stich kam.

Sachte, sachte, lieber Leser! wohin führt Dich Deine Phantasie! Auf mein ehrliches Wort, ich meine mit meines Urgroßvaters Nase das äußere Geruchsorgan oder den Theil des Menschen, der aus seinem Gesichte hervorragt und der, wie die Maler von guten ordentlichen Nasen und wohlproportionirten Gesichtern verlangen, ein volles Drittel des letztern ausmachen muß – nämlich von dem Ansatz des Haares an gemessen.

Wie's einem Autor doch schwer gemacht wird! –

Achtundsiebenzigstes Kapitel

Es ist eine besondere Wohlthat der Natur, daß sie dem menschlichen Geiste dieselbe glückliche Abneigung, dieselbe Widerwilligkeit gegen »das Sichüberzeugenlassen« anerschuf, wie wir sie an alten Hunden bemerken, die neue Kunststücke lernen sollen.

Würde nicht sonst der größte Philosoph von der Welt zu einem reinen Federball umgewandelt werden, wenn er Bücher läse, Thatsachen beobachtete, oder Gedanken dächte, die ihn mit seiner Überzeugung bald hier-, bald dorthin trieben?

Wie ich schon früher sagte, dergleichen verachtete mein Vater; er griff eine Ansicht auf, Sir, wie ein Mensch im Naturzustande einen Apfel aufhebt, – der Apfel wird dadurch sein Eigenthum; und wenn er keine Schlafmütze ist, so läßt er sich eher das Leben nehmen, als daß er ihn aufgiebt.

Ich weiß wohl, Didius, der große Civilist, wird diesen Punkt angreifen und mich widerlegen wollen. – Woher hat der Mann ein Recht auf den Apfel? *Ex confesso* – wird er sagen – Alles befände sich im natürlichen Zustande – so gehört der Apfel dem Peter ebenso gut als dem Hans. Sagen Sie selbst, Mr. Shandy, könnte er ein Vorrecht darauf geltend machen? Wie und wann fing der Sonderbesitz an? als er Lust dazu spürte? als er ihn aufhob? oder ihn kaute? oder ihn briet? oder ihn schälte? oder ihn nach Hause brachte? oder als er ihn verdaute? oder als er – –? Denn das ist doch klar, Sir, wenn das erste Aufheben den Apfel nicht zu dem seinigen machte, so konnte dies auch durch keine nachfolgende That geschehn.

Bruder Didius, wird Tribonius entgegnen – (nun ist aber des großen Civilisten und Kanonisten Tribonius Bart drei und einen halben Zoll lang, also drei Achtel Zoll länger als Didius' Bart, und deshalb bin ich froh, daß er für mich den Handschuh aufnimmt, und lasse ihn ruhig antworten) – Bruder Didius, wird Tribonius sagen, es ist eine ausgemachte Sache, wie Du das auch in den Fragmenten der Codices des Gregorius und Hermogenes, sowie in allen Codices von Justinian an bis auf Louis und Des Eaux finden kannst, daß der Schweiß auf eines Mannes Stirne und die Ausschwitzungen seines Gehirnes dieses Mannes Eigenthum sind, ebenso gut als die Hosen, die er auf dem Leibe trägt; da nun besagter Schweiß u.s.w. bei der Arbeit des Findens und Aufhebens auf besagten Apfel gefallen, von dem Aufhebenden dem Aufgehobenen unauflöslich beigefügt und hinzugethan, mit nach Hause getragen, gebraten, geschält, gegessen, verdaut u.s.w. worden ist, – so ergiebt sich klar, daß der, welcher den Apfel aufhob, mit dem Apfel, der nicht sein Eigenthum war, etwas vermischte, das sein Eigenthum war, wodurch er sich ein Besitzrecht erwarb, oder mit andern Worten – der Apfel gehört Hans.

Durch ähnliche gelehrte Schlußfolgerungen vertheidigte mein Vater alle seine Ansichten; sie aufzugreifen, ließ er sich keine Mühe verdrießen, und je wunderlicher sie waren, desto größern Werth legte er darauf. Niemand machte ihm die Ehre derselben streitig; sie zu brauen und zu verdauen, hatte ihm nicht weniger Mühe gekostet, als jenem sein Apfel, so daß sie wohl mit Recht sein eigen Gut und Blut genannt werden konnten. Deshalb hielt er sie auch mit Zahn und Nagel fest – griff zu ihrer Vertheidigung nach allem, was ihm nur erreichbar war, und verschanzte und befestigte sie mit so viel Wällen und Brustwehren, wie mein Onkel Toby seine Citadelle.

Bei dieser aber war *eine* verzweifelte Schwierigkeit: der Mangel an Vertheidigungsmaterial nämlich, wenn sie heftig angegriffen werden sollte, denn nur wenige große Geister hatten ihre Talente dazu benutzt, Bücher über große Nasen zu schreiben. Bei meines Kleppers Trott! die Sache ist unglaublich und überschreitet meinen Verstand, wenn ich erwäge, welch ein kostbarer Schatz von Zeit und Talent an viel unwürdigere Gegenstände verschwendet worden ist, und wie viel Millionen Bücher in den verschiedensten Sprachen, Typen und Einbänden über Dinge geschrieben wurden, die nicht halb so viel zur Einigkeit und zum Frieden der Welt beitragen. Um so größern Werth legte mein Vater auf das, was aufzutreiben war, und während er sich oft über meines Onkel Toby's Bibliothek lustig machte, die allerdings auch lächerlich genug war, sammelte er jedes Buch und jede wissenschaftliche Abhandlung über Nasen mit nicht geringerer Sorgfalt, als dieser alles das, was er über Befestigungskunst auffinden konnte. – Freilich, seine Sammlung nahm weniger Platz in Anspruch, aber das war ja nicht Deine Schuld, mein guter Onkel.

Hier – indeß warum gerade hier, statt an irgend einer andern Stelle meiner Geschichte, das vermöchte ich nicht zu sagen – genug, hier drängt mich mein Herz, Dir, mein geliebter Onkel Toby, den Zoll zu entrichten, den ich Deiner Herzensgüte schulde. Laß mich hier meinen Stuhl bei Seite schieben und auf den Fußboden niederknien, um das heißeste Gefühl der Liebe für Dich, sowie der tiefsten Verehrung für Deinen Charakter auszuströmen, wozu Tugend und liebenswerthe Natur nur je das Herz eines Neffen entzündet haben. Möge Ruhe und Friede immerdar Dein Haupt umschweben! Du gönnest jedem seine Freude – kränkest Niemandes Meinungen – verläumdest Niemandes Charakter – verschlingest keines Andern Brod. Gefolgt vom ehrlichen Trim, umhinkest Du harmlos den kleinen Kreis Deiner Freuden – stößest auf Deinem Wege kein lebendes Wesen und hast für jeden Kummer eine Thräne, für jede Noth eine offene Hand.

So lange ich noch einen Groschen habe, um einen Jäter zu bezahlen, soll der Weg von Deiner Thür zu Deinem Rasenplatze nicht verwachsen. So lange die Familie Shandy noch anderthalb Faden Landes ihr Eigenthum nennen darf, sollen Deine Befestigungen, mein lieber Onkel Toby, nicht zerstört werden.

Neunundsiebenzigstes Kapitel

Meines Vaters Sammlung war nicht groß, aber um desto interessanter; es hatte einige Zeit gekostet, sie zu Stande zu bringen; gleich anfangs hatte er das große Glück gehabt, Bruscambillo's Prolog über lange Nasen fast für nichts zu bekommen, denn er gab dafür nur drei Kronen, was er einzig und allein dem Scharfblick des Antiquars verdankte, der sogleich bemerkte, mit welcher Begierde mein Vater nach dem Buche griff. – In der ganzen Christenheit, sagte der Antiquar, giebt es nicht drei Bruscambillos, außer den wenigen Exemplaren, welche in einigen namhaften Bibliotheken an Ketten liegen. – Mein Vater warf das Geld mit Blitzesschnelle auf den Tisch, steckte seinen Bruscambillo in den Busen und eilte damit von Picadilly nach der Köhlerstraße, als ob er einen Schatz nach Hause trüge; nicht ein einziges Mal nahm er unterwegs seine Hand davon.

Für die, welche etwa nicht wissen sollten, weß Geistes Kind dieser Bruscambillo ist, – denn einen Prolog über lange Nasen kann zuletzt Jeder schreiben, – wird es nicht unzweckmäßig sein, wenn ich mich im Gleichnisse so ausdrücke, daß mein Vater, kaum zu Hause angekommen, sich an seinem Bruscambillo ergötzte, wie – zehn gegen eins gewettet – Ew. Wohlgeboren sich an Ihrer ersten Geliebten ergötzt haben werden, d.h. vom Morgen bis zum Abend, was den Verliebten allerdings gar köstlich vorkommen mag, der Umgebung aber wenig oder keine Unterhaltung gewährt. Bemerken Sie, daß ich mit meinem Gleichnisse nicht weiter gehe; meines Vaters Augen waren größer als sein Appetit, seine Heftigkeit größer als seine Befriedigung, – er kühlte ab – seine Neigungen theilten sich – er fand Prignitz, erwarb Scroderus, Andrea Paräus, Bouchets Abendunterhaltungen und vor Allem den großen und gelehrten Hafen Slawkenbergius, von dem ich gelegentlich so viel zu sagen haben werde, – daß ich jetzt gar nichts sagen will.

Achtzigstes Kapitel

Von alle den Abhandlungen, welche sich mein Vater, um seine Hypothese damit zu stützen, so mühevoll verschafft hatte und studirte, hatte ihn zuerst keine so grausam getäuscht, als der berühmte Dialog zwischen Pamphagus und Cocles, welchen die keusche Feder des großen und verehrungswürdigen Erasmus über den verschiedenen Gebrauch und die zweckmäßige Anwendung langer Nasen verfaßt hat. – Jetzt aber, liebes Kind, gieb Acht, daß Satan Dir nicht etwa irgendwo in diesem Kapitel aufsteige und mit Deiner Phantasie durchgehe – oder ist er dennoch so fix sich aufzudrängen, so mach es, ich bitte Dich, wie ein ungerittenes Füllen – springe, pruste, schlag' aus, drehe Dich – bäume Dich – stoß ihn ab, lange Stöße, kurze Stöße, wie Kitzlings Stute, bis der Sattelgurt oder Schwanzriemen reißt und seine Herrlichkeit im Dreck liegt. Ihn todt zu machen brauchst Du nicht.

Aber bitte, wer war Kitzlings Stute? – Das ist gerade eine so thörichte Frage und zeigt von so wenig Schulbildung, Sir, als ob Sie gefragt hätten, in welchem Jahre (*ab urbe con.*) der zweite pu-

217

nische Krieg ausgebrochen wäre. – Wer Kitzlings Stute war! Studiren Sie, studiren Sie, studiren Sie – meine ungelehrten Leser, – studiren Sie, sonst – bei der Gelehrsamkeit des heiligen Paraleipomenon – sage ich Ihnen im Voraus, Sie thäten, besser dieses Buch sogleich wegzuwerfen; denn ohne viel Studiren, womit ich, wie Ew. Hochehrwürden begreifen, »viel Wissen« meine, werden Sie nicht eine einzige Seite desselben verstehen.

Einundachtzigstes Kapitel

– »*Nihil me poenitet hujus nasi*« sagt Pamphagus, – das heißt – »Meiner Nase habe ich's zu verdanken« – Worauf Cocles erwiedert: »*Nec est cur poeniteat*«, das heißt: »Wie, der Teufel, könnt' es auch bei einer solchen Nase fehlen?«

Man sieht, Erasmus hat hier die Sache, ganz wie mein Vater es wünschte, mit größter Klarheit dargelegt; aber worin sich mein Vater getäuscht sah, war das, daß eine so fähige Feder nicht mehr gab als ein bloßes Faktum, ohne jegliche Anwendung spekulativer Feinheit und Sattelgerechtheit in der Argumentation desselben, wie der Himmel sie doch dem Menschen verliehen, um die Wahrheit zu ergründen und nach allen Seiten hin zu vertheidigen. – Mein Vater prustete und schimpfte zuerst gewaltig.– Ein berühmter Name ist aber immer wozu gut; da der Dialog von Erasmus war, so besann sich mein Vater bald, las ihn mit dem größten Fleiße wieder und wieder, und studirte jedes Wort, jede Silbe auf das Genaueste nach ihrer strengsten und buchstäblichsten Bedeutung. – Das half nichts. – Vielleicht meint er mehr, als er geradezu gesagt hat, sagte mein Vater. – Gelehrte Männer, Bruder Toby, schreiben Dialoge über lange Nasen nicht so um nichts. Ich will mir Mühe geben, den verborgenen, den allegorischen Sinn heraus zu bekommen. Da kann sich Einer daran zeigen, Bruder.

Mein Vater studirte weiter.

Nun muß ich Ew. Wohlgeboren und Hochehrwürden mittheilen, daß der Dialogist, außer mannigfaltiger Vorzüge, welche die langen Nasen für das Seewesen haben, auch darauf hinweist, daß eine lange Nase ebenfalls sehr gut im Hause zu gebrauchen sei, wie z.B. in Ermangelung eines Blasebalges *ad excitandum focum* (um das Feuer anzufachen).

Die Natur, welche meinen Vater so überaus reich mit ihren Gaben bedacht hatte, hatte auch den Samen der Wortkritik, wie den aller andern Wissenschaften, tief in ihn gestreut; er nahm also sein Federmesser aus der Tasche und experimentirte an den Sätzen herum, um zu versuchen, ob er nicht einen besseren Sinn hineinradiren könne. – Bruder Toby, rief er aus, bis auf einen einzigen Buchstaben bin ich der wahren Meinung des Erasmus nahe gekommen. – Du bist gewiß ganz nahe, Bruder, erwiederte Onkel Toby. – Pah! rief mein Vater und radirte weiter – ebenso möglich, daß ich sieben Meilen davon bin. – So, sagte er, indem er mit den Fingern ein Schnippchen schlug, – jetzt habe ich den Sinn verbessert.

– Aber Du hast ein Wort verdorben, erwiederte mein Onkel Toby. – Mein Vater setzte die Brille auf – biß sich in die Lippe und riß heftig das Blatt heraus.

Zweiundachtzigstes Kapitel

O Slawkenbergius! Du wahrhaftiger Analytiker meines Gebrechens! Du Unglücksprophet all der Geißelschläge und Wechselfälle, die mich auf den verschiedensten Stationen meines Lebens einzig und allein der Kürze meiner Nase wegen (wenigstens weiß ich keine andere Ursache) getroffen haben, – sage mir, Slawkenbergius, was für eine geheime Regung war es? mit was für einer Stimme sprach's zu dir? woher kam sie? wie klang's in dein Ohr? hörtest du es auch wirklich, da es zuerst dir zurief: Gehe hin, gehe hin, Slawkenbergius, laß es die Arbeit deines Lebens sein, opfere deine Muße, nimm die ganze Kraft und Festigkeit deiner Natur zusammen, schinde dich im Dienst der Menschheit und schreibe für sie einen dicken Folioband über Nasen.

Wie diese Eröffnung in Slawkenbergius' Bewußtsein trat, ob er sich darüber klar geworden ist, wessen Finger die Taste berührte und wessen Hand den Blasebalg in Bewegung setzte; – darüber kann man jetzt nur Konjekturen aufstellen, denn er selbst ist todt und liegt seit länger als 90 Jahren im Grabe.

So viel ich weiß, wurde in derselben Art auf ihm gespielt, wie auf einem Jünger Whitefields – d.h. Sir, er hatte ein ebenso klares Bewußtsein davon, welcher von den beiden Meistern seine Kunst an ihm übte, als jener, – so daß alles Reden darüber unnütz ist.

– Denn in dem Berichte, welchen Hafen Slawkenbergius der Welt darüber abstattet, was ihn eigentlich zum Schreiben bewogen und ihn veranlaßt habe, so viele Jahre seines Lebens diesem einzigen Werke zu opfern, – einem Berichte, der, nebenbei gesagt, voranstehen sollte, der aber am Ende seiner Prolegomena steht, weil der Buchbinder ihn zwischen Inhaltsanzeige und Buch selbst gebunden hat, – theilt er dem Leser mit, daß, schon seitdem er in das Alter getreten sei, wo der Mensch überhaupt unterscheiden könne und fähig sei, anzuhalten und den wahren Zustand und die Bedingungen seines Wesens zu erwägen, auch den Zweck und das Ziel seines Daseins zu erkennen, oder – aber ich muß hier meine Übersetzung etwas abkürzen, denn Slawkenbergius' Buch ist lateinisch geschrieben, und an dieser Stelle ist er wirklich ein bischen zu wortreich, – oder, sagt Slawkenbergius, seitdem ich überhaupt die Dinge und das Wesen der Dinge begreifen lernte, und einzusehen im Stande war, daß die Frage über »lange Nasen« von allen meinen Vorgängern höchst nachlässig behandelt worden sei, habe ich, Slawkenbergius, eine heftige Neigung und eine mächtige und unüberwindliche Aufforderung in mir verspürt, mich diesem Werke zu unterziehen. –

Und *die* Ehre muß man Slawkenbergius lassen, er ist mit einer stärkern Lanze in die Schranken geritten und hat einen gewaltigeren Anlauf genommen, als alle, die dasselbe vor ihm versuchten: ja, in mancher Hinsicht verdient er *allen* Schriftstellern, wenigstens allen Verfassern bändereicher Werke als Prototyp und nachahmungswürdiges Muster hingestellt zu werden. Denn, Sir, er hat sich des ganzen Gegenstandes bemächtigt, jeden Theil desselben dialektisch untersucht und ins hellste Licht gestellt, und ihn entweder mit den Funken beleuchtet, welche aus der Reibung seiner eigenen natürlichen Anlagen entsprangen, oder die Strahlen darauf fallen lassen, welche seiner gründlichen Kenntniß der Wissenschaften entströmten. Er hat unverdrossen kollationirt, gesammelt, completirt, gebettelt, geborgt, und weiterhin alles zusammengestohlen, was in den Schulen und Akademien der Gelehrten vor ihm geschrieben und gestritten worden ist, so daß sein Buch nicht allein für ein Modell, sondern für das wahrhaftige *corpus nasorum* angesehen zu werden verdient, indem es alles enthält, was über Nasen zu wissen nur nöthig ist oder nöthig gedacht werden kann.

Deshalb unterlasse ich es, von den mancherlei andern, immerhin werthvollen Büchern und Abhandlungen aus der Bibliothek meines Vaters zu reden, die entweder ausführlich über Nasen handelten, oder den Gegenstand nur nebenbei berührten, z.B. von Prignitz, der jetzt vor mir auf dem Tische liegt, und der mit unendlicher Gelehrsamkeit und als Resultat einer höchst sorgfältigen wissenschaftlichen Untersuchung von mehr als viertausend verschiedenen Schädeln, welche er auf einer Reise durch Schlesien in mehr als zwanzig Beinhäusern anstellte, uns darüber belehrt, daß das Maß und die Form der Knochentheile der menschlichen Nasen, überall, außer in der Krim, wo man die Nase mit dem Daumen eindrücke, bei weitem gleichartiger seien, als man gewöhnlich annehme. Der Unterschied, sagt er, sei so unbedeutend, daß er gar nicht in Betracht komme; aber die Gestalt und Annehmlichkeit der Nase, das, worin die eine die andere übertreffe und aussteche, verdanke sie ihren Fleischtheilen und Muskeln, in deren Gänge und Kanäle das Blut und die Lebensgeister, vermittels der Wärme und Gewalt der Einbildungskraft, die ihren Sitz ganz in der Nähe hätte, getrieben und gejagt würden (was nach Prignitz, der lange in der Türkei lebte, nur bei Idioten eine Ausnahme erleidet, weil diese unter der unmittelbaren Obhut des Himmels stehen). Und so kommt es denn und kann nicht anders sein, fährt Prignitz fort, daß die Vortrefflichkeit der Nase stets in richtiger arithmetischer Proportion zu der Vortrefflichkeit der Phantasie ihres Trägers steht.

Aus demselben Grunde, nämlich weil Alles in Slawkenbergius steht, sage ich auch von Scroderus (Andrea) nichts der, wie allgemein bekannt, Prignitz mit großer Heftigkeit angreift, indem er auf seine Weise zuerst logisch und dann durch eine ganze Reihe unwiderlegbarer Thatsachen beweist, daß er, Prignitz, ganz und gar fehlgeschossen habe, wenn er behaupte, daß die Phantasie die Nase mache; es sei gerade umgekehrt, die Nase mache die Phantasie.

Den Gelehrten erschien das von Scroderus als ein unanständiger Sophismus, und Prignitz schrie laut, Scroderus habe ihm diesen Gedanken untergeschoben, aber dieser blieb bei seiner Behauptung.

Mein Vater war noch ungewiß mit sich, auf welche Seite er sich schlagen sollte, als Ambrosius Paräus die Sache auf Einmal entschied, und meinen Vater dadurch aus der Verlegenheit zog, daß er beide Systeme, sowohl das des Prignitz, als jenes des Scroderus, über den Haufen warf.

Man urtheile –

Wenn ich das hier erwähne, so will ich dem gelehrten Leser nicht etwa etwas Neues sagen, – ich will nur zeigen, daß ich die Sache auch weiß –

Ambrosius Paräus war Leibchirurg und Nasenflicker Franz' IX. von Frankreich; er stand bei diesem und den beiden vorhergehenden oder nachfolgenden Königen (ich weiß das wirklich nicht genau) in hohem Ansehen und wurde selbst von allen Ärzten jener

Zeit als der anerkannt, der von den Nasen mehr verstünde, als irgend Jemand, der sich je mit ihrer Behandlung beschäftigt hätte. –

Nun überzeugte Paräus meinen Vater, daß die wahre und wirkliche Ursache jenes Umstandes, welcher die allgemeine Aufmerksamkeit so sehr erregt, und dessentwegen Prignitz und Scroderus so viel Gelehrsamkeit und Witz verschwendet hatten, weder diese noch jene sei, sondern daß die Länge und Vortrefflichkeit der Nase einzig und allein von der Weichheit und Schlaffheit der nährenden Brust abhienge, so wie die Abplattung und Kürze der Klumpnasen nur von der Festigkeit und der elastischen Widerstandsfähigkeit dieses Säugorganes bei gesunden und frischen Ammen komme; denn wenn Letzteres für die Frau selbst auch ganz gut sei, so sei es doch für das Kind von den schlimmsten Folgen, indem die Nase desselben angedrückt, gezwängt, zurückgestoßen und dadurch abgekühlt werde, so daß sie nie *ad mensuram suam legitimam* auswachsen könne; – ist dagegen die Brust der Amme oder der Mutter schlaff und weich, so versinkt, sagt Paräus, die Nase darin wie in Butter, und wird dadurch gestärkt, genährt, erquickt, erfrischt, gefördert und für immer in Schuß gebracht.

Ich habe hier über Paräus zweierlei zu bemerken: erstens, daß er Alles mit der größten Wohlanständigkeit und Keuschheit im Ausdruck vorbringt und beweist, wofür seiner Seele das ewige Heil beschieden sei.

Und zweitens, daß die Hypothese des Ambrosius Paräus nicht allein die Systeme von Prignitz und Scroderus, sondern zu gleicher Zeit den Frieden und die Einigkeit unserer Familie über den Haufen warf und drei Tage lang nicht nur meinen Vater und meine Mutter miteinander verfeindete, sondern das ganze Haus und Alles, was darin war, auf den Kopf stellte – Onkel Toby ausgenommen.

Ein lächerlicherer Bericht, wie Mann und Weib sich zankten, ist wohl noch nie, zu keiner Zeit und in keinem Lande, durchs Schlüsselloch der Hausthür gedrungen.

Man muß wissen, daß meine Mutter – aber vorher habe ich dem Leser noch fünfzig nöthigere Dinge zu sagen, hunderterlei Zweifel hab' ich versprochen ihm aufzuklären, tausendfältig schaaren sich Trübsale aller Art und häusliche Unfälle um mich, immer einer auf dem Nacken des andern. Eine Kuh brach (am Morgen darauf) in meines Onkels Befestigungen ein, fraß zwei und eine halbe Ration trocknes Gras und riß dabei den Rasen gegenüber dem Hornwerke und dem gedeckten Wege auf – Trim will sie durchaus vor ein Kriegsgericht stellen, die Kuh soll erschossen – *Dr.* Slop gekreuzigt – ich selbst getristramt und schon bei der Taufe zum Märtyrer gemacht werden. Arme, unglückliche Teufel, die wir alle miteinander sind! und wickeln muß man mich auch, – aber verlieren wir nicht die Zeit mit Ausrufungen.

Ich verließ meinen Vater, wie er quer über seinem Bette lag, ihm zur Seite mein Onkel Toby im alten befransten Polsterstuhl, und versprach, in einer halben Stunde zurück zu sein. Fünfunddreißig Minuten sind bereits verflossen – wahrhaftig, in solcher Verlegenheit hat sich noch kein sterblicher Schriftsteller befunden, denn, Sir, ich habe Hafen Slawkenbergius' Folioband zu beendigen, – ein Gespräch zwischen meinem Vater und meinem Onkel Toby über die Hypothesen des Prignitz, Scroderus, Ambrosius Paräus, Panocrates und Grangousier wiederzugeben, – eine Erzählung aus Slawkenbergius zu übersetzen und zu alledem fünf Minuten *minus*. – O, der Kopf brennt mir, – ich wollte, meine Feinde könnten hineinsehen!

Dreiundachtzigstes Kapitel

Unterhaltendere Scenen hat's in unserer Familie nie gegeben, – und der Wahrheit die Ehre! – hier nehme ich meine Kappe ab und lege sie dicht neben mein Dintenfaß hin, damit meine Erklärung dem Publikum gegenüber feierlicher werde – vielleicht, daß Liebe und Parteilichkeit mich blind machen, aber ich glaube aufrichtig, daß der allmächtige Schöpfer und Urheber aller Dinge nie eine Familie zusammenbrachte (wenigstens nicht zu der Zeit, wo ich diese Geschichte schreibe), deren verschiedene Charaktere zu solchen Scenen passender gebildet oder glücklicher einander gegenübergestellt gewesen wären als die unsrige, oder daß er je einer reichlicher die Fähigkeit verliehen hätte, ununterbrochen vom Morgen bis zum Abend solche Scenen herbeizuführen, als der Shandy'schen Familie.

Unterhaltendere also, sagte ich, hat es nie auf dieser kleinen Familienbühne gegeben, als die waren, welche aus Veranlassung eben dieses Themas von den langen Nasen entstanden, besonders wenn meines Vaters Phantasie durch die kritische Untersuchung erhitzt war, und er durchaus meines Onkel Toby's Phantasie auch erhitzen wollte.

Mein Onkel Toby ließ ihn ruhig gewähren; mit unendlicher Geduld saß er ganze Stunden lang da und rauchte seine Pfeife, während mein Vater gegen seinen Kopf manövrirte und auf alle mögliche Weise versuchte, Prignitz' und Scroderus' Hypothesen hineinzubringen.

Ob es *über* meines Onkels Verstand ging, – oder ob das Gegentheil der Fall war, – oder ob sein Gehirn wie feuchter Zunder den Funken nicht fangen konnte; oder ob Minen, Gräben, Blenden und Courtinen es verhinderten eine klare Einsicht in die Doktrinen der Prignitz und Scroderus zu gewinnen, – ich weiß es nicht, mögen Schulmänner, Küchenjungen, Anatomen und Ingenieure das unter sich ausfechten.

Ein Übelstand bei der Sache war wahrscheinlich der, daß mein Vater meinem Onkel Slawkenbergius' Latein Wort für Wort übersetzen mußte, und daß die Übersetzung, denn er war darin kein großer Held, namentlich dann, wenn etwas darauf ankam, gewöhnlich nicht sehr genau war. Dies hatte den weitern Übelstand zur Folge, daß, wenn mein Vater recht in Eifer gerieth und meinem

Onkel die Sache recht klar machen wollte, seine Gedanken der Übersetzung ebenso viel vorausliefen, als die Übersetzung den Gedanken meines Onkels, was denn allerdings nicht sehr dazu diente, den Vortrag meines Vaters verständlich zu machen.

Vierundachtzigstes Kapitel

Die Gabe der Ratiocination, d.h. die Fähigkeit, Vernunftschlüsse zu machen, welche dem Menschen eigen ist, – denn höhere Wesen, also Engel und Geister, haben's, wie man sagt und Ew. Wohlgeboren wissen werden, durch Intuition, und niedere Wesen, wie Ew. Wohlgeboren ebenfalls wissen, folgen ihrer Nase; und hierbei ist zu bemerken, daß es eine Insel giebt, die im Meere schwimmt (es ist ihr aber nicht ganz wohl dabei), wo die Einwohner, wenn meine Nachricht nicht trügt, so wundervoll begabt sind, daß sie es ebenso machen, und dabei manchmal ganz gut fahren, – aber das gehört nicht zur Sache: –

Die Gabe also, es so zu machen, wie es sich für mich schickt, oder der große und wichtige Akt der Ratiocination beim Menschen besteht, wie die Logiker uns lehren, darin, das Übereinstimmende oder Abweichende zweier Ideen vermittels eines Dritten (des *medius terminus*) zu finden, gerade so, wie Jemand (um Locke's Beispiel anzuführen) zweier Leute Kegelbahnen, die, um ihre Gleichförmigkeit zu konstatiren, doch nicht zusammengebracht werden können, vermittelst der Elle, durch Juxtaposition, als gleich lang erkennt.

Hätte der große Philosoph, während mein Vater seine Nasensysteme demonstrirte, zugeschaut und meines Onkels Betragen dabei beobachtet: – wie aufmerksam er jedem Worte lauschte, und mit welchem tiefen Ernste er die Länge seiner Pfeife betrachtete, so oft er sie aus dem Munde nahm; wie er sie, zwischen Daumen und Finger haltend, erst von vorne, dann von der Seite, jetzt so, jetzt so, nach allen Richtungen und in allen Verkürzungen musterte, –

er würde zu dem Schlusse gekommen sein, mein Onkel Toby halte seinen *medius terminus* in der Hand und messe damit die Wahrheit jeder einzelnen Hypothese über lange Nasen, welche mein Vater vor ihm aufstellte. – Dies wäre jedoch mehr gewesen, als mein Vater verlangte; sein Zweck bei diesen philosophischen Vorträgen, die er sich so sauer werden ließ, war keineswegs der, meinen Onkel zur Kritik zu befähigen, – er wollte ihn nur zum Verständniß führen, damit er die Gran und Skrupel der Gelehrsamkeit mit Händen greifen könne, nicht damit er sie wäge. – Mein Onkel that keins von Beiden, wie man im nächsten Kapitel lesen kann.

Fünfundachtzigstes Kapitel

Es ist ein Jammer, rief mein Vater eines Winterabends aus, nachdem er sich drei Stunden lang mit der Übersetzung des Slawkenbergius abgequält hatte; – es ist ein Jammer, Bruder Toby, rief er aus und legte, während er sprach, ein Zwirnwickel meiner Mutter als Zeichen in das Buch, – daß die Wahrheit sich selbst hinter solchen uneinnehmbaren Festungen verschanzt, und oft so hartnäckig ist, daß sie sich der schärfsten Belagerung nicht ergeben will.

Nun waren meines Onkels Gedanken, die, während ihm mein Vater den Prignitz erklärte, nichts zu thun hatten, wie gewöhnlich ein bischen nach dem Rasenplatze gewandert, so daß er, anscheinend tief mit dem *medius terminus* beschäftigt, in Wahrheit so wenig von dem ganzen Vortrage und alle den *Pro*'s und *Contra*'s wußte, als ob mein Vater den Slawkenbergius aus dem Lateinischen ins Griechische übersetzt hätte. Aber das Wort Belagerung, dessen sich mein Vater in seinem Gleichnisse bediente, wirkte auf meines Onkel Toby's Phantasie so unmittelbar, wie der Ton dem Anschlagen der Taste folgt; – er spitzte die Ohren – und mein Vater, der sah, daß er die Pfeife aus dem Munde nahm und seinen Stuhl, um besser zu vernehmen, näher an den Tisch heranschob, fing seinen Satz mit großer Befriedigung noch einmal an, jedoch mit dem Unterschiede, daß er das Bild mit der Belagerung fallen ließ, um jede Gefahr, die er davon befürchten mochte, aus dem Wege zu halten.

Es ist ein Jammer, sagte mein Vater, daß die Wahrheit nur auf Einer Seite liegen kann, Bruder Toby, nämlich wenn man sieht, welchen Scharfsinn diese gelehrten Leute bei ihren Lösungen hinsichtlich der Nasen bewiesen haben. – Können Nasen auch gelöst werden? erwiederte mein Onkel Toby.

Mein Vater warf sich in seinen Stuhl zurück, – stand auf – setzte seinen Hut auf – ging mit vier großen Schritten zur Thür – öffnete sie – steckte seinen Kopf halb hinaus – warf sie wieder zu – kümmerte sich den Teufel nichts um die verdorbene Angel – trat wieder an den Tisch – riß meiner Mutter Zwirnwickel aus dem Slawkenbergius – ging rasch zu seinem Schreibebureau – langsam zurück – drehte meiner Mutter Zwirnwickel um den Daumen – knöpfte seine Weste auf – warf meiner Mutter Zwirnwickel ins Feuer – biß ihr seidenes Nadelkissen entzwei und bekam den ganzen Mund voll Kleie – fing darüber an zu fluchen – aber, wohlgemerkt, der Fluch über die verdammte Konfusion zielte auf meines Onkel Toby's Kopf, der schon konfus genug war – der Fluch war nur mit der Kleie geladen – die Kleie, sehen Sie, war blos das Pulver zu der Kugel.

Es war gut, daß meines Vaters Heftigkeit nie lange dauerte, denn so lange sie dauerte, jagte sie ihn schrecklich umher, und es bleibt mir immer eines der unauflöslichsten Räthsel, die mir in der menschlichen Natur aufgestoßen sind, daß meinen Vater nichts so sehr in Feuer und Flammen setzen und seine Heftigkeit zu solchen Ausbrüchen reizen konnte, als die unerwarteten Schläge, welche mein Onkel Toby mit seinen treuherzigen Fragen seiner Gelehrsamkeit versetzte. Hätten zehn Dutzend Hornissen ihn hinten an ebenso viel verschiedenen Stellen gestochen, er würde nicht mehr Bewegungen in der kurzen Zeit gemacht haben, nicht halb so hoch aufgefahren sein, als bei dem einzigen *quaere* dieser paar Worte, die dem vollen Laufe seines Steckenpferdes so unzeitig in den Weg kamen.

Meinen Onkel Toby kümmerte das nicht im geringsten; er rauchte seine Pfeife in aller Ruhe weiter; absichtlich seinen Bruder beleidigen zu wollen, das lag seinem Herzen fern, und da sein Kopf selten ausfindig machen konnte, wo der Stachel eigentlich säße, so überließ er die Mühe, sich abzukühlen, meinem Vater allein. – Diesmal waren fünf Minuten fünfunddreißig Sekunden dazu nöthig.

Bei Allem, was gut ist! rief mein Vater, sobald er wieder etwas zu sich gekommen war, und griff dabei zu einem Fluch aus dem Corpus des Ernulphus (was übrigens sonst, wie er auch der Wahrheit gemäß zu *Dr.* Slop gesagt hatte, sein Fehler durchaus nicht war) – bei Allem, was gut und groß ist! Bruder Toby, sagte mein Vater, stände Einem die Philosophie nicht bei, wie sie dies so freundlich thut, Du könntest Einen aus aller Fassung bringen. Unter den Lösungen hinsichtlich der Nasen, von denen ich sprach, meinte ich doch nichts Anderes – und mit ein wenig Aufmerksamkeit hättest Du das längst wissen müssen – als die unterschiedlichen Erklärungen, welche gelehrte Männer der verschiedensten Art über die Ursachen kurzer und langer Nasen gegeben haben. – Da giebt's nur Eine Ursache, erwiederte mein Onkel Toby, weshalb des Einen Nase länger ist, als die des Andern, die ist – weil's dem lieben Gott so gefallen hat. – So erklärt's Grangousier, sagte mein Vater. – *Er* ist's, fuhr mein Onkel Toby fort, ohne meines Vaters Unterbrechung zu beachten, und sah dabei empor – der uns Alle erschafft und bildet und uns solche Gestalt und solche Verhältnisse und zu solchem Ende zuertheilt, wie es seiner unendlichen Weisheit gefällt. – Das ist fromm, aber nicht philosophisch begründet, – das ist mehr Religion als vernünftige Wissenschaft. – Es war kein unwesentlicher Zug im Charakter meines Onkels Toby, daß er Gott fürchtete und die Religion achtete. – Sobald mein Vater seine Bemerkung geendigt hatte, fing mein Onkel Toby an, lebhafter als gewöhnlich (aber etwas unrein) den Lillabullero zu pfeifen.

Was ist aus meiner Mutter Zwirnwickel geworden?

Sechsundachtzigstes Kapitel

Ei was! als Nähutensil mochte das Zwirnwickel für meine Mutter seinen Werth haben, als Zeichen im Slawkenbergius für meinen Vater hatte es gar keinen. Slawkenbergius bot meinem Vater auf jeder Seite einen unerschöpflichen Schatz des Wissens; ihn an unrechter Stelle aufzuschlagen, war ihm gar nicht möglich, und oft, wenn er das Buch schloß, sagte er: Gesetzten Falls, daß alle Künste und Wissenschaften der Welt, sammt allen Büchern, die von ihnen handeln, verloren gingen, daß die Weisheit und Politik der Regierungen durch Mißbrauch in Vergessenheit geriethe, und Alles, was die Staatsmänner über Vorzüge und Mängel der Höfe und Reiche geschrieben hätten oder hätten schreiben lassen, aus dem Gedächtniß schwände, – so würde, wenn nur Slawkenbergius übrig bliebe, dies, seiner innigsten Überzeugung nach, hinreichend sein, die Welt wieder in Gang zu bringen. In der That, es war ein Schatz, ein Speicher alles Wissenswürdigen, sowohl über Nasen, als über alle andern Dinge. Morgens, Mittags und Abends war Slawkenbergius sein Labsal und sein Entzücken; er hatte das Buch immer in der Hand, und so abgenutzt war es, so gleißend, so mitgenommen und zerlesen, von Anfang bis zu Ende, daß Sie geschworen hätten, Sir, es sei ein Gebetbuch.

So bigott wie mein Vater bin ich nun nicht; gewiß, das Buch hat seinen Werth, aber meiner Ansicht nach sind die Erzählungen das Beste darin – nicht das Belehrendste, aber das Unterhaltendste. Slawkenbergius ist ein Deutscher und dafür erzählt er nicht schlecht. Die Erzählungen machen das zweite Buch und fast die Hälfte des Foliobandes aus, sind in zehn Dekaden getheilt, und jede dieser

230

Dekaden enthält deren zehn. Philosophie gründet sich nicht auf Erzählungen, und darum war es unstreitig falsch von Slawkenbergius, daß er sie unter diesem Titel veröffentlichte. Einige aus der achten, neunten und zehnten Dekade sind in der That eher scherzhaft und lustig, als philosophisch; im Allgemeinen jedoch müssen sie von den Gelehrten als eine Aufzählung ebenso vieler unabhängiger Thatsachen angesehen werden, die sich alle in verschiedenster Weise um die Hauptangel seines Gegenstandes drehen, mit großer Treue gesammelt sind und seinem Werke als ebenso viel erläuternde Beispiele zu seiner Lehre von den Nasen dienen.

Da wir gerade Zeit genug haben, Madame, so werde ich Ihnen, mit Ihrer Erlaubniß, hier die neunte Erzählung aus der zehnten Dekade mittheilen.

Slawkenbergii fabella[7]

Vespera quadam frigidula, posteriori in parte mensis Augusti, peregrinus, mulo fusco colore insidens, mantica a tergo, paucis indusiis, binis calceis, braccisque sericis coccineis repleta, Argentoratum ingressus est.

Militi eum percontanti, quum portas intraret, dixit, se apud Nasorum promontorium fuisse, Francofurtum proficisci, et Argentoratum, transitu ad fines Sarmatiae, mensis intervallo, reversurum.

Miles peregrini in faciem suspexit: – Di boni, nova forma nasi!

---

7 Da *Hafen Slawkenbergius de nasis* außerordentlich selten ist, so wird es dem gelehrten Leser gewiß nicht unwillkommen sein, aus einigen Seiten, die ich hier als Probe geben will, das Original kennen zu lernen; ich bemerke dabei nur, daß des Autors Erzählungslatein etwas bündiger ist als das, dessen er sich zu seiner Philosophie bedient; auch meine ich, hat es mehr Latinität.

At multum mihi profuit, inquit peregrinus, carpum amento extrahens, e quo pependit acinaces: loculo manum inseruit et magna cum urbanitate, pilei parte anteriore tacta manu sinistra, ut extendit dextram, militi florenum dedit, et processit.

Dolet mihi, ait miles, tympanistam nanum et valgum alloquens, virum adeo urbanum vaginam perdidisse: itinerari haut poterit nuda acinaci; neque vaginam toto Argentorato habilem inveniet. – Nullam unquam habui, respondit peregrinus respiciens, seque comiter inclinans – hoc more gesto, nudam acinacem elevans, mulo lente progrediente, ut nasum tueri possim.

Non immerito, benigne peregrine, respondit miles.

Nihili aestimo, ait ille tympanista, e pergamena factitius est.

Prout christianus sum, inquit miles, nasus ille, ni sexties major sit, meo esset conformis.

Crepitare audivi, ait tympanista.

Mehercule! sanguinem emisit, respondit miles.

Miseret me, inquit tympanista, qui non ambo tetigimus.

Eodem temporis puncto, quo haec res argumentata fuit inter militem et tympanistam, disceptabatur ibidem tubicine et uxore sua, qui tunc accesserunt, et peregrino praetereunte restiterunt.

Quantus nasus! aeque longus est, ait tubicina, ac tuba.

Et ex eodem metallo, ait tubicen, velut sternutamento audias.

Tantum abest, respondit illa, quod fistulam dulcedine vincit.

Aeneus est, ait tubicen.

Nequaquam, respondit uxor.

Rursum affirmo, ait tubicen, quod aeneus est.

Rem penitus explorabo; prius enim digito tangam, ait uxor, quam dormivero.

Mulus peregrini gradu lento progressus est, ut unumquodque verbum controversiae, non tantum inter militem et tympanistam, verum etiam inter tubicinem et uxorem ejus, audiret.

Nequaquam, ait ille, in muli collum fraena demittens, et manibus ambabus in pectus positis (mulo lente progrediente), nequaquam,

ait ille respiciens, non necesse est ut res isthaec dilucidata foret. Mi-
nime gentium! meus nasus nunquam tangetur, dum spiritus hos reget
artus – Ah quid agendum? ait uxor burgomagistri.

Peregrinus illi non respondit. Votum faciebat tunc temporis sancto
Nicolao; quo facto, in sinum dextram inserens, e qua negligenter
pependit acinaces, lento gradu processit per plateam Argentorati la-
tam, quae ad diversorium templo ex adversum ducit.

Peregrinus mulo descendens stabulo includi et manticam inferri
jussit: qua aperta et coccineis sericis femoralibusextractis cum argen-
teo laciniato περιζώματι, his sese induit, statimque, cum acinace in
manu, ad forum deambulavit.

Quod ubi peregrinus esset ingressus, uxorem tubicinis obviam
euntem aspicit; illico cursum flectit, metuens ne nasus suus explora-
retur, atque ad diversorium regressus est, – exuit se vestibus, braccas
coccineas sericas manticae imposuit mulumque educi jussit.

Francofurtum proficiscor, ait ille, et Argentoratum quatuor abhinc
hebdomadis revertar.

Bene curasti hoc jumentum? (ait muli faciem manu demulcens)
– me, manticamque meam, plus sex centis mille passibus portavit.

Longa via est! respondit hospes, nisi plurimum esset negotii –

Enimvero, ait peregrinus, a Nasorum promontorio redivi, et nasum
speciosissimum, egregiosissimumque quem unquam quisquam sortitus
est, acquisivi.

Dum peregrinus hanc miram rationem de seipso reddit, hospes et
uxor ejus, oculis intentis, peregrini nasum contemplantur. – Per
sanctos sanctasque omnes, ait hospitis uxor, nasis duodecim maximis
in toto Argentorato major est! – Estne, ait illa mariti in aurem insu-
surrans, nonne est nasus praegrandis?

Dolus inest, anime mi, ait hospes, nasus est falsus.

Verus est, respondit uxor.

Ex abiete factus est, ait ille, terebinthinum olet.

Carbunculus inest, ait uxor.

Mortuus est nasus, respondit hospes.

Vivus est, ait illa – et si ipsa vivam, tangam

Votum feci sancto Nicolao, ait peregrinus, nasum meum intactum fore usque ad – Quodnam tempus? illico respondit illa.

Minime tangetur, inquit ille (manibus in pectus compositis), usque ad illam horam – Quam horam? ait illa. – Nullam, respondit peregrinus, donec pervenio ad – Quem locum, obsecro? ait illa. – Peregrinus nil respondens mulo conscenso discessit.

Slawkenbergius' Erzählung

Es war an einem kühlen, erquickenden Abende nach einem schwülen Tage, etwa gegen Ende August, als ein Fremder auf einem dunkelfarbigen Maulthiere, einen Mantelsack mit einigen Hemden, einem Paar Schuh und einem Paar karmoisinrother seidener Beinkleider hinter sich, zum Thore der Stadt Straßburg hineinritt.

Er sagte der Schildwache, die ihn anhielt und befragte, daß er vom Vorgebirge der Nasen komme, nach Frankfurt wolle und einen Monat später auf seinem Wege nach der Tartarei Straßburg wieder zu passiren gedenke.

Die Schildwache sah dem Fremden ins Gesicht – in ihrem Leben hatte sie eine solche Nase nicht gesehen.

Ich habe Glück damit gehabt, sagte der Fremde; hiemit zog er seine Faust aus der schwarzen Bandschlinge, an der ein kurzer Säbel hing, steckte die Hand in die Tasche, berührte die Vorderseite seiner Mütze sehr höflich mit der Linken, streckte die Rechte aus, ließ einen Gulden in die Hand der Schildwache gleiten – und ritt weiter.

Es thut mir leid, sagte die Schildwache zu dem kleinen krummbeinigen Trommelschläger, daß so ein verbindlicher Mann, wie es scheint, seine Scheide verloren hat; ohne Scheide zu seinem Säbel kann er gar nicht reisen und hier in Straßburg wird er keine finden, die paßt. – Ich habe nie eine gehabt, erwiederte der Fremde, der sich nach der Schildwache umsah und während er sprach, die Hand an die Mütze legte. Ich führe ihn so, fuhr er fort und hielt, indeß das Maulthier langsam weiter schritt, den nackenden Säbel in die Höhe, um meine Nase zu schützen.

Sie ist es werth, edler Fremdling, entgegnete die Schildwache.

Keinen Pfifferling ist sie werth, sagte der krummbeinige Trommelschläger, – es ist eine Pergamentnase.

So wahr ich ein ehrlicher Katholik bin, sagte die Schildwache, es ist eine Nase gerade wie meine, nur sechsmal so groß.

Ich habe sie knistern hören, sagte der Trommelschläger.

Himmeldonnerwetter! sagte die Schildwache, ich sah, wie sie blutete.

Schade, rief der krummbeinige Trommelschläger, daß wir sie nicht angefaßt haben.

Um dieselbe Zeit, als dieser Streit zwischen der Schildwache und dem Trommelschläger stattfand, wurde die nämliche Angelegenheit zwischen einem Trompeter und seiner Frau verhandelt, die gerade des Wegs gekommen waren und Halt gemacht hatten, um den Fremden vorbeireiten zu sehen.

Benedicta! sagte die Trompetersfrau, was für eine Nase! die ist ja so lang wie eine Trompete.

Und aus demselben Metall gemacht, sagte der Trompeter, höre nur, wie sie schmettert.

Es klingt so sanft wie eine Flöte, sagte sie.

's ist Blech, sagte der Trompeter.

Dummheiten, sagte die Frau.

Ich sage Dir noch einmal, entgegnete der Trompeter, 's ist Blech.

Na, das muß ich erfahren, sagte die Trompetersfrau, ich will nicht ruhig schlafen, bis ich sie nicht mit den Fingern angefaßt habe.

Des Fremden Maulthier ging so langsam weiter, daß er Alles hörte, nicht allein was die Schildwache und der Trommelschläger mit einander sprachen, sondern auch des Trompeters und seines Weibes Reden.

Nein, sagte er und ließ die Zügel auf den Nacken seines Maulthieres sinken, worauf er beide Hände nach Art der Heiligen über der Brust kreuzte, während das Maulthier immer ruhig weiter schritt – nein, sagte er und sah empor, das bin ich der Welt nicht schuldig, – wie sehr sie mich auch verläumdet und gekränkt hat, – daß ich ihr diesen Beweis liefere. Nein, sagte er, meine Nase soll Niemand berühren, so lange mir der Himmel noch Kraft verleiht. – Wozu? fragte des Bürgermeisters Weib.

Der Fremde achtete nicht auf des Bürgermeisters Weib, – er that dem heiligen Nikolaus ein Gelübde, entkreuzte seine Arme mit derselben Feierlichkeit, womit er sie gekreuzt hatte, ergriff die Zügel wieder mit der linken Hand, steckte die Rechte, an deren Gelenk der Säbel leicht hieng, in seinen Busen und ritt Schritt vor Schritt, so langsam, wie die Beine seines Maulthiers sich folgen wollten, durch die Hauptstraßen Straßburgs weiter, bis er an den großen Gasthof auf dem Marktplatze, der Kirche gegenüber, gelangte.

Sobald der Fremde abgestiegen war, befahl er, sein Maulthier in den Stall zu führen und seinen Mantelsack auf das Zimmer zu tragen: er öffnete ihn, nahm seine karmoisinrothen seidenen Beinkleider, die etwas mit Silberfransen Besetztes(das ich nicht zu übersetzen wage) an sich trugen, heraus, zog die Beinkleider mit der befransten Hosenklappe an, nahm seinen kurzen Säbel in die Hand und ging auf den großen Paradeplatz.

Der Fremde war gerade dreimal auf dem Platze hin- und hergegangen, als er auf der gegenüberliegenden Seite die Trompetersfrau erblickte; er machte also sogleich rechtsum, denn er befürchtete einen Angriff auf seine Nase, und ging geraden Wegs in seinen Gasthof zurück; hier zog er sich um, packte seine karmoisinrothen seidenen Beinkleider u.s.w. wieder in den Mantelsack und befahl, daß man ihm sein Maulthier bringe.

Ich reise jetzt, sagte der Fremde, nach Frankfurt weiter, aber in einem Monate komme ich wieder durch Straßburg.

Ich hoffe, fuhr er fort und strich, indem er aufsitzen wollte, dem Maulthiere mit der Hand über den Kopf, daß Ihr gegen dieses treue Thier gut gewesen seid; es hat mich und meinen Mantelsack mehr als sechshundert Meilen weit getragen. Als er dies sagte, klopfte er es auf den Rücken.

Das ist weit, Herr, sagte der Gastwirth, da muß man große Geschäfte haben.

– Ja, ja, entgegnete der Fremde, ich bin am Vorgebirge der Nasen gewesen und habe, Gott sei Dank, eine der besten und tüchtigsten bekommen, die noch jemals einem Menschenkinde zu Theil geworden ist.

Während der Fremde diesen sonderbaren Bericht über sich gab, ließen der Wirth und die Wirthin seine Nase nicht aus den Augen. – Bei der heiligen Radagunda, sagte die Wirthsfrau zu sich, die nimmt's mit einem Dutzend der größten Nasen hier in Straßburg auf. – Ist das nicht, raunte sie ihrem Manne zu, – ist das nicht eine prächtige Nase?

's ist Betrug, sagte der Wirth, sie ist falsch, mein Kind.

Sie ist ächt, sagte das Weib.

Sie ist aus Fichtenholz, sagte er, sie riecht nach Terpentin.

s ist ein Pickelchen drauf, sagte sie.

's ist eine todte Nase, entgegnete der Wirth.

s ist Leben drin, sagte die Wirthin, und so wahr Leben in mir ist, ich will sie anfassen.

Ich habe dem heiligen Nikolaus noch heute das Gelübde gethan, sagte der Fremde, daß Niemand meine Nase anfassen soll, bis – hier stockte er und sah empor. – Bis wann? fragte sie hastig.

Niemand soll sie anfassen, sagte er, indem er seine Hände faltete und gegen die Brust hielt, bis zu der Stunde – Bis zu welcher, rief die Wirthsfrau. – Nicht eher, sagte der Fremde, nicht eher, als bis ich werde gelangt sein – Wohin, um's Himmels willen? rief sie. – Der Fremde ritt fort, ohne ein Wort zu erwiedern.

Noch hatte der Fremde nicht eine halbe Meile auf seinem Wege nach Frankfurt zurückgelegt, als bereits ganz Straßburg seiner Nase wegen in Aufruhr war. Die Vesperglocken riefen eben die Straßburger zur Abendandacht und mahnten sie, ihr Tagewerk im Gebet zu beschließen – keine Seele hörte auf sie; die ganze Stadt war wie ein Bienenstock – Männer, Weiber, Kinder (das Gebimmel der Vesperglocken immer dazwischen) schwärmten umher, aus einer Thür in die andere, hierhin, dorthin, Straß' auf, Straß' ab, Gassen aus, Gassen ein, auf allen Plätzen und Durchfahrten. *Sahst* Du sie? Sahst *Du* sie? Sahst *Du* sie? O, *sahst* Du sie? Wie sah sie aus? Wer hat sie gesehen? Wer sah sie ums Himmels willen!

O, weh! Ich war in der Vesper! Ich wusch! ich stärkelte, ich scheuerte, ich nähte. Schade, ewig schade! ich habe sie nicht gesehn – nicht angefaßt – Wäre ich doch die Schildwache gewesen, oder der krummbeinige Trommelschläger, oder der Trompeter, oder die Trompetersfrau! – so war das allgemeine Geschrei und die allgemeine Klage auf allen Märkten und Gassen Straßburgs.

Während so Aufregung und Verwirrung in der ehrwürdigen Stadt Straßburg herrschte, ritt der verbindliche Fremde langsam nach Frankfurt weiter, als ob ihn das Alles gar nichts anginge, und redete den ganzen Weg lang in lauter abgebrochenen Sätzen bald mit seinem Maulthier – bald mit sich – bald mit seiner Julia.

O Julia, geliebte Julia! – nein, ich kann nicht anhalten, weil Du die Distel fressen willst: – daß die verdächtige Zunge eines Nebenbuhlers mich der Seligkeit berauben mußte, als ich eben in Begriff stand, sie zu kosten!

– Pah! – 's ist ja nur eine Distel – schlag Dir's aus dem Sinn, Du sollst heute Abend was Besseres bekommen.

– Verbannt von meinem Vaterlande, meinen Freunden – von Dir!

Armer Teufel, bist Du müde? Nur zu, – ein bischen schneller – 's ist ja nichts im Mantelsack als zwei Hemden, ein Paar karmoisinrothe seidene Hosen und eine silberbesetzte – Ach! theure Julia!

– Aber warum nach Frankfurt? führt mich denn eine unsichtbare Hand geheimnißvoll durch all diese Irrwege und Hinterhalte –

– Du stolperst bei jedem Schritt! Heiliger Nikolaus, so werden wir heute Nacht nicht – – zum Glücke? oder soll ich der Spielball des Zufalls und der Verläumdung sein? bestimmt dazu, weiter gejagt zu werden unüberführt – ungehört – unberührt? Ist's so, warum blieb ich nicht in Straßburg, wo doch Gerechtigkeit – aber ich hatte dem heiligen Nikolaus – Du sollst gleich saufen – gelobt! – O Julia! Was spitzest Du die Ohren, – 's ist ja nur ein Mann u.s.w.

So ritt der Fremde weiter und redete bald mit seinem Maulthier, bald mit Julia, bis er bei seiner Herberge anlangte, wo er alsbald abstieg; und nachdem er für sein Maulthier, so wie er es ihm versprochen, Sorge getragen, nahm er seinen Mantelsack mit den karmoisinrothen seidenen Hosen u.s.w. auf sein Zimmer, ließ sich zum Abendessen einen Eierkuchen backen, legte sich gegen zwölf Uhr zu Bett und war in fünf Minuten eingeschlafen. –

Um dieselbe Stunde waren auch die Straßburger, nachdem der Aufruhr für diese Nacht sich gelegt hatte, still zu Bett gegangen, aber nicht um die Ruhe des Leibes und der Seele zu genießen, wie der Fremde: Königin Mab, die Elfe, nahm des Fremden Nase und zertheilte sie ohne Verringerung ihrer Größe in so viel Nasen verschiedenster Form und Gestalt, als Köpfe dazu in Straßburg waren. Die Äbtissin von Quedlinburg, die mit den vier Würdenträgerinnen ihres Kapitels, der Priorin, der Diakonin, der Vorsängerin und der Kanonissin, in dieser Woche nach Straßburg gekommen war, um die Universität wegen eines Gewissensfalles (es handelte sich um die Schlitzen in den Unterröcken) zu konsultiren, war die ganze Nacht unwohl.

Des verbindlichen Fremden Nase saß auf der Zirbeldrüse ihres Gehirnes und rumorte desgleichen in der Phantasie der vier Würdenträgerinnen ihres Kapitels so gewaltig umher, daß sie die ganze Nacht kein Auge zuthun und kein Glied stille halten konnten, bis sie zuletzt aufstanden und wie Geister herumschlichen.

Den Pönitentiarierinnen vom Orden des heiligen Franciscus, – den Kalvarienserinnen – den Prämonstratenserinnen – den Kluni-enserinnen[8] – den Karthäuserinnen und allen Nonnen der strengern Orden, die in dieser Nacht auf leinenen oder härenen Laken lagen, ging es noch schlimmer als der Äbtissin von Quedlinburg; sie drehten und wälzten, und wälzten und drehten sich die ganze Nacht von einer Seite zur andern; sie kratzten und scheuerten sich fast zu Tode und standen am Morgen ganz geschunden auf; jede meinte, St. Antonius habe sie mit seinem Feuer heimgesucht; die ganze Nacht von der Vesper bis zur Frühmette hatte keine einzige ein Auge zugemacht.

Die Nonnen der heiligen Ursula waren klüger, sie gingen gar nicht zu Bette.

Der Dechant von Straßburg, die Präbendare, die Dom- und Stiftsherren, als sich das Kapitel am Morgen versammelte, um die Frage wegen der Butterfladen in Betracht zu ziehen, wünschten Alle, sie wären dem Beispiel der Ursulinerinnen gefolgt.

In der Hast und Verwirrung des vergangenen Abends hatten nämlich die Bäcker ganz vergessen Teig anzurühren, und so gab es in ganz Straßburg keine Butterfladen zum Frühstück; der ganze Domplatz war in fortwährender Bewegung, eine solche Veranlassung zur Unruhe und Besorgniß und ein solch eifriges Forschen nach der Ursache dieser Unruhe hatte in Straßburg nicht stattgefunden, seitdem Luther mit seinen Lehren die Stadt auf den Kopf gestellt hatte.

Wenn sich so des Fremden Nase auf aller heiligen Orden Schüsseln[9] fand – was für eine Verheerung mußte sie dann erst in

8   Hafen Slawkenbergius meint hiemit die Benediktinerinnen von St. Cluny, einen Orden, der im J. 940 von Odo, Abt zu Cluny, gestiftet wurde.

9   Mr. Shandy empfiehlt sich den Herren Rhetoren und Stylisten; – er weiß sehr gut, daß Slawkenbergius hier aus dem Gleichniß gefallen ist; das ist gewiß sehr unrecht; als Übersetzer hat er

den Köpfen der Laien anrichten! Das ist mehr, als eine bis zum Stumpf abgeschriebene Feder, wie die meinige, berichten kann, obgleich ich gestehe (ruft hier Slawkenbergius mit mehr Übermuth, als ich ihm zugetraut hätte, aus), daß es noch manches gute Gleichniß in der Welt giebt, wodurch ich meinen Landsleuten eine Idee davon beibringen könnte; aber am Schlusse eines solchen Foliobandes wie dieser, den ich um ihretwillen verfaßt und auf den ich den größten Theil meines Lebens verwandt habe, wäre es doch wohl unvernünftig von ihnen, wenn sie erwarteten, ich sollte Zeit und Neigung dazu haben, dieses Gleichniß aufzusuchen, obgleich es, wie gesagt, nicht unfindbar ist. Also der Aufruhr und die Verwirrung, in welche diese Nase die Phantasie der Straßburger versetzte, war so allgemein, sie übte auf alle Geister eine so überwältigende Herrschaft aus, so verwunderliche Dinge wurden von ihr in höchster Begeisterung überall vorgetragen und geglaubt, erzählt und betheuert, daß sie den alleinigen Gegenstand der Unterhaltung und der Verwunderung ausmachte: Jedermann, gut oder bös – reich oder arm – gebildet oder ungebildet – Doktor oder Student – Herrin oder Magd – adlig oder bürgerlich – Nonne oder Nichtnonne, genug, alle Welt in Straßburg lauschte den Berichten über sie, – jedes Auge in Straßburg lechzte danach, sie zu sehen, – jeder Finger in Straßburg brannte, sie anzufassen.

Was die Heftigkeit dieser Begierde noch steigerte, wenn es dessen bedurft hätte, war der Umstand, daß die Schildwache, der krummbeinige Trommelschläger, der Trompeter, die Trompetersfrau, die Bürgermeisterswittwe, der Gastwirth und sein Eheweib in ihren Zeugnissen und Berichten über die Nase des Fremden zwar vielfach auseinandergingen, in zwei Punkten aber vollkommen übereinstimmten, nämlich darin, daß er selbst nach Frankfurt gereist sei und in einem Monat wieder nach Straßburg kommen würde,

sich alle mögliche Mühe gegeben, ihn dabei festzuhalten, es war aber nicht möglich. –

– und zweitens, daß der Fremde ein wahres Bild der Schönheit sei, der bestgestaltete, anmuthigste, freigebigste, liebenswürdigste Mann, der je durch die Thore von Straßburg eingezogen wäre. Daß, als er den Säbel leicht am Knöchel tragend durch die Straßen dahin geritten und später in seinen karmoisinrothen seidenen Beinkleidern über den Paradeplatz geschritten sei, er dies mit einem so holdseligen Ausdruck natürlicher Bescheidenheit und doch wieder mit so viel männlicher Würde gethan habe, daß ihm jeder Jungfrau Herz hätte entgegenhüpfen müssen (wäre nicht die Nase im Wege gewesen).

Es mag vielleicht Herzen geben, die dem Drängen und den Lockungen einer so erregten Neugierde widerstehen können, aber die Meisten werden es wohl natürlich finden, daß die Äbtissin von Quedlinburg, die Priorin, die Diakonin, die Vorsängerin und die Kanonissin gegen Mittag nach der Trompetersfrau schickten; sie kam die Straßen her mit ihres Mannes Trompete in der Hand, als das beste Beweisstück zur Erhärtung ihrer Aussage, das sie in der Geschwindigkeit hatte aufraffen können, und blieb nicht länger als drei Tage.

Und die Schildwache? und der krummbeinige Trommelschläger? – Das alte Athen hatte ihres Gleichen nicht gesehn! Unter den Thoren der Stadt hielten sie allen Aus- und Eingehenden ihre Vorträge, mit einer Würde und einem Glanze, wie nicht Chrysippus noch Crantor unter ihren Portiken.

Der Gastwirth, neben sich den Hausknecht, perorirte in derselben Weise unter dem Thorwege oder der Stallthür – seine Frau hielt ihre Vorträge im Hinterzimmer. Von allen Seiten strömten die Zuhörer herbei – nicht wie's gerade kam – sondern die zu dem, jene zu jenem, je nachdem, wie das immer der Fall ist, Glaube und Glaubseligkeit sie leiteten. Genug, jeder Straßburger war begierig, etwas zu erfahren, und jeder Straßburger erfuhr etwas, so wie er's brauchte.

Zum Besten aller Docenten der Naturphilosophie u.s.w. mag bemerkt werden, daß des Trompeters Weib, sobald sie ihre Privatlektionen bei der Äbtissin von Quedlinburg beendigt hatte und öffentlich vorzutragen anfing, was sie auf dem großen Paradeplatze von einem Stuhle herab that, den andern Docenten gewaltigen Schaden zufügte, indem sie unausgesetzt den vornehmsten Theil der Straßburger Zuhörerschaft an sich zog. – Aber, wenn ein Professor der Philosophie (ruft Slawkenbergius aus) eine Trompete als Apparat hat, wie kann da ein Nebenbuhler in der Wissenschaft auch nur erwarten, neben ihm gehört zu werden? –

Während sich die Ungelehrten auf dieser Weise abmüheten, der Wahrheit auf dem Wege der Erfahrung auf den Grund zu kommen, quälten sich die Gelehrten damit, dieselbe durch die Röhren des dialektischen Induktionsprozesses heraufzupumpen; sie kümmerten sich nicht um Thatsachen, sie raisonnirten.

Kein Mensch würde so viel Licht über diesen Gegenstand haben verbreiten können, als die medicinische Fakultät, wenn sie sich in ihren Disputationen nur von Schwulst und Auswüchsen frei gehalten hätte; mit Schwulst und Auswüchsen hatte des Fremden Nase aber nichts zu thun.

Dennoch wurde sehr befriedigend bewiesen, daß eine solche Masse heterogener Materie der Nase nicht zugeführt und mit ihr verbunden werden könne, während das Kind sich im Uterus befinde, ohne das Gleichgewicht des Fötus zu stören und ihn neun Monat vor der Zeit auf den Kopf zu stellen.

– In der Theorie gaben die Gegner das zu – die Konsequenzen leugneten sie.

Und wenn die erforderliche Menge von Venen, Arterien u.s.w, die zur Ernährung einer solchen Nase unerläßlich sind, nicht schon vor dem Geborenwerden und im Anfange der Bildung gelegt wäre, sagten sie – so könne sie nachher nicht (krankhafte Auswüchse ausgenommen) zu solcher Größe wachsen und dabei erhalten werden.

Alles dies wurde widerlegt in einer Dissertation über die Ernährung und die Wirkung, welche die Ernährung auf die Ausbildung der Gefäße und auf das Wachsthum und das Sichausdehnen der Muskeltheile bis zur allergrößten denkbaren Größe hervorbringt. Im Siegesgefühl der von ihnen aufgestellten Theorien gingen sie sogar so weit, zu behaupten: es spreche kein Gesetz der Natur dagegen, daß die Nase nicht die gleiche Größe wie der Mensch selbst erlangen könne.

Die Gegner bewiesen, daß dies nicht stattfinden könne, so lange der Mensch nur *einen* Magen und *ein* Paar Lungen habe; denn, sagten sie, da der Magen das einzige Organ ist, welches die Nahrung aufnimmt und in Speisebrei verwandelt, – und die Lunge das einzige Organ zur Bluterzeugung, so kann die letztere unmöglich mehr verarbeiten, als was ihr durch den Appetit zugeführt wird: oder nehmen wir selbst die Möglichkeit an, daß ein Mensch seinen Magen überlade, so hat die Natur der Lunge doch Gränzen gesteckt, die Maschine ist von einer gewissen Größe und Kraft, sie kann in einer gegebenen Zeit nur so und so viel zu Stande bringen, d.h. sie kann eben nur so viel Blut erzeugen, als für einen einzelnen Menschen hinreichend ist. Wäre nun ebenso viel Nase als Mensch da, so müßte nothwendigerweise ein Absterben stattfinden, und da für beide hinreichende Nahrung nicht vorhanden wäre, würde der Fall eintreten, daß entweder der Mensch von der Nase, oder die Nase von dem Menschen abfiele.

Die Natur accommodirt sich dem Bedürfnisse, entgegneten die Andern, was würde sonst bei ganzem Magen und vollständiger Lunge aus einem halben Menschen werden, z.B. aus einem, dem unglücklicherweise beide Beine weggeschossen sind?

Er stirbt am Schlage, sagten sie, oder speit Blut und hat in vierzehn Tagen die Auszehrung.

Das kommt oft ganz anders, erwiederten die Gegner.

Sollte aber nicht, sagten sie.

Noch Andere, welche sorgsamer und genauer die Natur und ihr Thun erforschten, gingen zwar eine gute Strecke Wegs Hand in Hand zusammen, trennten sich aber doch auch zuletzt dieser Nase wegen, wie die Herren von der Fakultät.

Sie stimmten freundschaftlich darin überein, daß es ein richtiges, ein geometrisches Verhältniß zwischen den verschiedenen Theilen des menschlichen Körpers gäbe, welches von ihrer Bestimmung, ihren Leistungen und Funktionen abhängig sei und nur innerhalb gewisser Gränzen überschritten werden könne; die Spiele der Natur wären auf einen gewissen Kreis beschränkt, – aber über den Durchmesser dieses Kreises wichen ihre Meinungen von einander ab.

Die Logiker hielten sich genauer an die vorliegende Sache selbst, als die andern Gelehrtenklassen, sie fingen mit dem Worte Nase an und hörten damit auf; und wäre nicht einer von ihnen gleich im Anfang des Streites mit dem Kopf gegen eine *petitio principii* gerannt, so würde die Frage bald erledigt gewesen sein.

Eine Nase, demonstrirte der Logiker, kann ohne Blut nicht bluten, und nicht allein nicht ohne Blut, sondern auch nicht ohne Blutumlauf, wodurch erst eine Folge von Tropfen möglich ist (worin zugleich liegt, daß ein Strom eine schnellere Folge von Tropfen ist, sagte er). Da nun, so fuhr der Logiker fort, der Tod nichts Anderes ist als ein Stillstehen des Blutes –

Diese Definition verwerfe ich, sagte sein Gegner; – Tod ist Trennung von Leib und Seele. – Dann haben wir uns über die Waffen, mit denen wir kämpfen wollen, noch nicht verständigt, sagte der Logiker. – Dann lohnt es sich nicht zu disputiren, erwiederte der Gegner.

Die Rechtsgelehrten faßten die Frage noch mehr zusammen; was sie zu Tage förderten, glich mehr einer Verordnung als einer Disputation.

Wäre, sagten sie, diese ungeheure Nase eine wirkliche Nase gewesen, so hätte sie unmöglich in der bürgerlichen Gesellschaft gelitten werden dürfen; wäre sie dagegen eine falsche gewesen, so hätte diese Täuschung der Gesellschaft eine noch viel größere Versündigung gegen die Rechte dieser letztern involvirt und würde deshalb noch viel härter zu bestrafen gewesen sein.

Hiergegen war nur das einzuwenden, daß dadurch, wenn überhaupt etwas, nichts weiter bewiesen wurde als: des Fremden Nase sei weder ächt, noch falsch gewesen.

Dies ließ Raum für allerhand Controversen. – Die Advokaten des geistlichen Gerichtshofes behaupteten, ein Grund zu gerichtlicher Verfolgung sei nicht vorhanden, da der Fremde *ex mero motu* selbst bezeugt habe, er sei am Vorgebirge der Nasen gewesen und habe eine der allerbesten u.s.w. – Dagegen wurde erwiedert, daß es unmöglich einen solchen Ort wie das Vorgebirge der Nasen geben könne und daß die Gelehrten von seiner Lage nichts wüßten. Der Rechtsanwalt des Bischofs von Straßburg nahm die Partei des Advokaten und erläuterte die Sache in einer Abhandlung über sprüchwörtliche Redensarten, worin er zeigte, daß der Ausdruck »Vorgebirge der Nasen« nur bildlich zu verstehen sei und nichts weiter bedeuten solle, als er habe von Natur eine lange Nase erhalten; – zum Beweise dafür citirte er mit großer Gelehrsamkeit die untenangegebenen Autoritäten[10], was den Punkt unwiderruflich

10 *Nonnulli ex nostratibus eadem loquendi formula utuntur. Quinimo et Logistae et Canonistae. – Vid. Parce Barne Jas in d.L. Provincial. Constitut. de conject. vid. Vol. Lib. 4. Titul. 1 N 7, qua etiam in re conspir. Om. de Promontorio Nas. Tischmak. ff. d. tit. 3. fol. 189. passim. Vid. Glos. de contrahend. empt. etc. necnon J. Scrudr. in cap. § refut. per totum. Cum his conf. Rever. J. Tubal, Sentent. et Prov. cap. 9. ff. 11, 12. obiter. V. et Librum, cui Tit. de Terris et Phras. Belg. ad finem, cum comment. N. Bardy Belg. Vid. Scrip. Argentoratens. de Antiq. Ecc. in Episc. Archiv. fid. coll. per Von Jacobum Koinshoven Folio Argent. 1583. praecip. ad finem. Quibus add. Rebuff in L. obvenire de Signif. Nom. ff. fol. et de jure Gent. et Civil.*

246

entschieden haben würde, wenn sich nicht gezeigt hätte, daß schon neunzehn Jahre früher eine Streitsache wegen einiger Gerechtsame von Dechantei- und Kapitel-Ländereien durch dieselben Citate entschieden worden wäre.

Es traf sich, – ich will nicht sagen zum Nachtheil der Wahrheit, denn es kam dieser auf der andern Seite wieder zu Gute, – daß die beiden straßburger Universitäten, die lutherische, welche im Jahre 1538 von dem Rathsherrn der Stadt, Jacobus Sturmius, und die katholische, welche von dem Erzherzog Leopold von Österreich gegründet worden war, gerade um diese Zeit die ganze Tiefe ihrer Gelehrsamkeit aufbieten mußten (nur ein kleines Quantum wurde für die Schlitzenfrage der Äbtissin von Quedlinburg in Anspruch genommen), um über die Verdammung Martin Luthers zu einer Entscheidung zu kommen.

Die päbstlichen Doktoren hatten es unternommen, *a priori* zu beweisen, daß Luther schon wegen des maßgebenden Einflusses der Planeten am 22. Oktober 1483, zu welcher Zeit der Mond im zwölften Hause, Jupiter, Mars und Venus im dritten waren, die Sonne, Saturn und Merkur im vierten zusammentrafen, nothwendigerweise ein verdammter Mensch sein müsse, und daß seine Lehren folgerecht deshalb auch nicht anders als verdammt sein könnten.

Bei Untersuchung seines Horoskopes erwies sich, daß im neunten Hause, welches die Araber der Religion zuweisen, sich fünf Planeten mit dem Skorpion[11] in Coition befanden, (Martin Luthern gewiß

---

de protib. aliena feud. per federa, test. Joha. Luxius in prolegom. quem velim videas, de Analy. Cap. 1, 2, 3. Vid. Idea.

11 *Haec mira, satisque horrenda. Planetarum coitio sub Scorpio asterismo in nona coeli statione, quam Arabes religioni deputabant, efficit Martinum Lutherum sacrilegum hereticum, christianae religionis hostem acerrimum atque profanum, ex horoscopi directione ad Martis coitum, religiosissimus obiit, ejus*

sehr gleichgültig, aber mein Vater schüttelte an dieser Stelle immer den Kopf,) was, mit der Konjunktion des Mars zusammengehalten, klar anzeigte, daß er unter Flüchen und Lästerungen sterben mußte, von deren Hauche getrieben dann seine schuldbelastete Seele mit vollen Segeln in das höllische Feuermeer eingelaufen sei.

Die lutherischen Doktoren erhoben dagegen den geringfügigen Einwand, daß es wahrscheinlich die Seele eines andern am 22. Oktober 1483 geborenen Menschen gewesen sein müsse, die so vor dem Winde zu segeln gezwungen worden sei, da es aus dem Kirchenbuche der Stadt Eisleben im Mansfeldischen erhelle, daß Luther nicht im Jahre 1483, sondern im Jahre 1484, und nicht am 22. Oktober, sondern am 10. November, am Abend vor dem Martinstage geboren worden sei, weshalb er auch den Namen Martin trage.

(– Ich muß meine Übersetzung hier einen Augenblick unterbrechen, denn thät' ich's nicht, so dürfte es mir leicht wie der Äbtissin von Quedlinburg ergehen, – d.h. ich könnte nicht ruhig schlafen. Ich muß nämlich dem Leser mittheilen, daß mein Vater diese Stelle in Slawkenbergius nie anders als mit einem Gefühle des Triumphes las, – nicht über meinen Onkel Toby, denn der opponirte ihm ja nicht, aber über die ganze Welt.

– Nun, da siehst Du, Bruder, sagte er dann und sah empor, daß Taufnamen doch nicht so etwas Gleichgültiges sind; wäre Luther nicht Martin getauft worden, so hätte er in alle Ewigkeit verdammt sein können; – nicht etwa, daß ich Martin für einen sonderlich guten Namen halte, – weit entfernt – er ist nur eben ein klein bischen besser als neutral, aber wie wenig es auch sei, Du siehst, was ihm das genutzt hat.

anima selectissima ad infernos navigavit – ab Alecto, Tisiphone et Megara flagellis igneis cruciata perenniter.

– Lucas Gaurieus in tractatu astrologico de praeteritis multorum hominum accidentibus per genituras examinatis.

Mein Vater wußte so gut, als es der beste Logiker ihm hätte zeigen können, wie schwach die Stütze war, die er seiner Hypothese unterstellte; – aber der Mensch ist *auch* schwach, und da sie ihm einmal in die Hand kam, so konnte er nicht umhin, sich ihrer zu bedienen. Und das ist sicherlich der Grund, weshalb mein Vater von allen Erzählungen des Slawkenbergius die hier übersetzte am liebsten las, obgleich die andern wenigstens ebenso unterhaltend sind; sie schmeichelte zweien seiner Hypothesen auf einmal: der über Namen und der über Nasen. Und wahrlich, es ist nicht zu viel gesagt, wenn ich behaupte, er hätte die ganze alexandrinische Bibliothek durchlesen können, wäre nicht anderweitig vom Schicksal über dieselbe verfügt worden, ohne darin ein Buch oder eine einzige Stelle zu finden, wo zwei solche Nägel mit Einem Schlage so auf den Kopf getroffen worden wären.)

Den beiden straßburger Universitäten machte die Segelfahrt Luthers ganz gewaltig viel zu schaffen. Die protestantischen Doktoren hatten bewiesen, daß er *nicht* grade vor dem Wind gesegelt sei, wie die päbstlichen Doktoren behauptet hatten, und da man bekanntlich nicht geradezu *gegen* den Wind segeln kann, so stritten sie sich darüber, wenn überhaupt, mit wie viel Wind er gesegelt sei, und ob er das Kap umschifft oder ans Ufer geworfen worden wäre; da dies nun eine sehr erbauliche Streitfrage wenigstens für dergleichen Schifffahrtskundige war, so würden sie ihre Erörterung trotz der großen Nase des Fremden fortgesetzt haben, wenn die Nase nicht die Aufmerksamkeit der Welt von dem, was *sie* trieben, abgezogen hätte, – da mußten sie folgen.

Die Äbtissin von Quedlinburg und ihre vier Würdenträgerinnen waren kein Hinderniß, denn denen lag die ungeheure Nase des Fremden mehr im Sinn als ihr Gewissensfall, und die Angelegenheit mit den Schlitzen ruhte; genug – die Drucker bekamen Befehl, ihren Satz auseinanderzunehmen, – die Controversen hörten gänzlich auf.

Eine polnische Mütze mit Silbertroddel gegen eine Nußschale, – wer räth, auf welche Seite der Nase die beiden Universitäten sich stellen werden?

Es geht über die Vernunft, riefen die Doktoren auf der einen Seite.

Es geht gegen die Vernunft, riefen die andern.

Es ist wahr, sagte Einer.

Es ist Dummheit, sagte ein Anderer.

Es ist möglich, schrie dieser.

Es ist unmöglich, sagte jener.

Gottes Macht ist ohne Gränzen, riefen die Nasophilen, er kann alles, was er will.

Er kann nichts wollen, sagten die Nasophoben, was sich selbst widerspricht.

Er kann machen, daß die Materie denkt, sagten die Nasophilen.

So sicher, wie Ihr eine Sammtmütze aus einem Sauohr machen könnt, erwiederten die Nasophoben.

Er kann machen, daß zwei und zwei fünf ist, sagten die päbstlichen Doktoren.

Das ist nicht wahr, sagten die Gegner.

Allmacht ist Allmacht, sagten die Doktoren, die für das wirkliche Vorhandensein der Nase stritten.

Sie erstreckt sich nur auf das Mögliche, erwiederten die Lutheraner.

Bei Gott im Himmel! riefen die päbstlichen Doktoren, wenn er will, kann er eine Nase so groß wie das straßburger Münster machen.

Da nun das straßburger Münster den größten und höchsten Thurm der Christenheit hat, so leugneten die Nasophoben, daß ein Mensch von durchschnittlicher Größe eine 575 Fuß lange Nase tragen könne. Die päbstlichen Doktoren schworen, er könne – Die lutherischen Doktoren sagten Nein, er könne nicht.

Dies entfachte einen neuen Streit über das Wesen und die Eigenschaften Gottes, den sie weiter verfolgten, wobei sie ganz natürlich auf Thomas von Aquino und von Thomas von Aquino zu allen Teufeln kamen.

Von des Fremden Nase war in ihrem Streite nicht mehr die Rede; dieselbe war die Fregatte gewesen, auf der sie sich im Golf der Schulweisheit eingeschifft hatten, und nun segelten sie alle frisch vor dem Winde.

Je geringer das wirkliche Wissen, desto größer die Heftigkeit.

Die Streitfrage wegen des Wesens u.s.w. diente nur dazu, die Gemüther der Straßburger erst recht zu erhitzen, statt sie abzukühlen. Je weniger sie von der Sache verstanden, um desto größer war ihre Verwunderung darüber; unbefriedigt in ihrer heftigen Wißbegier, sahen sie ihre Doktoren, die Pergamentarier, Pressarier und Dintarier hier, die päbstlichen Doktoren dort, mit vollen Segeln dahinsegeln, wie Pantagruel und seine Gefährten auf der Fahrt nach dem Orakel der Flasche, bis sie außer Sicht waren.

– Die armen Straßburger standen verlassen am Ufer.

Was sollten sie anfangen? – Es war keine Zeit zu verlieren – der Aufruhr wuchs – die Verwirrung nahm zu – die Stadtthore waren unvertheidigt.

Arme Straßburger! Aber gab es denn auch im ganzen Vorrathshause der Natur, in den Rumpelkammern der Gelehrsamkeit, in dem großen Arsenal des Zufalls eine einzige Maschine, die nicht in Bewegung gesetzt worden wäre, um Eure Neugierde zu reizen? die von der Hand des Schicksals nicht auf Euer Herz gerichtet worden wäre, um Eure Begierde zu steigern? Ich tauche meine Feder nicht etwa ein, um Euch wegen Eurer Niederlage zu entschuldigen, nein – um Euer Lob zu verkünden. Wo ward je eine Stadt von banger Erwartung so ausgehungert – siebenundzwanzig Tage lang, ohne zu essen, zu trinken, zu schlafen noch zu beten – ohne den Forderungen weder der Religion noch der Natur Gehör zu geben, – welche hätte sich da nur einen einzigen Tag länger halten können?

Am achtundzwanzigsten hatte der verbindliche Fremde wieder nach Straßburg zurückkehren wollen.

Siebentausend Kutschen (ich vermuthe, daß sich Slawkenbergius in diesen Zahlenangaben irrt), 7000 Kutschen, 15,000 Einspänner, 20,000 Leiterwagen gedrängt voll mit Senatoren, Rathsherren, Schöppen, Nonnen, Wittwen, Ehefrauen, Jungfrauen, Kanonissinnen, Maitressen, alle in ihren Kutschen, – an der Spitze der Procession die Äbtissin von Quedlinburg mit der Priorin, der Dechantin und der Vorsängerin in einer Kutsche, links von ihr der Dechant von Straßburg mit den vier Würdenträgern seines Kapitels, der Rest *pêle-mêle* hinterher, einige zu Pferde, einige zu Fuße, einige geführt, einige gefahren, einige rheinabwärts, einige von daher, andere von dorther, machten sich bei Tagesanbruch auf den Weg, dem verbindlichen Fremden entgegen.

Eilen wir nun zur Katastrophe meiner Erzählung – ich sage zur *Katastrophe* (ruft Slawkenbergius aus), denn eine wohlgefügte Erzählung erfreut sich *(gaudet)* wie das Drama nicht nur einer Katastrophe und Peripetie, sondern auch aller andern wesentlichen und integrirenden Theile desselben; so hat sie ihre *Protasis, Epitasis, Catastasis* und ihre Katastrophe oder Peripetie, von denen immer Eins aus dem Andern hervorwächst in der Ordnung, wie Aristoteles es zuerst festgesetzt hat; – wer nicht so erzählen kann, sagt Slawkenbergius, der thäte besser, seine Geschichte für sich zu behalten.

Jede meiner zehn Erzählungen in jeder meiner zehn Dekaden habe ich, Slawkenbergius, nach dieser Regel organisch in sich verbunden, wie den Fremden mit seiner Nase.

Von seinem ersten Gespräche mit der Schildwache bis dahin, wo er seine karmoisinrothen seidenen Hosen auszieht und Straßburg verläßt, ist die *Protasis* oder Einleitung, wo die *personae dramatis* eingeführt werden und die Handlung beginnt.

Die *Epitasis*, wo die Handlung im vollen Gange und in der Steigerung ist, bis sie ihre volle Höhe in der *Catastasis* erreicht, was gewöhnlich den zweiten und dritten Akt ausmacht, umfaßt die geräuschvolle Periode meiner Erzählung von dem nächtlichen Aufruhr bis zum Schlusse der Vorträge der Trompetersfrau auf dem Paradeplatze; aber wie die Gelehrten sich in den Streit einlassen, die Doktoren schließlich davonsegeln und die Straßburger in der höchsten Noth am Ufer zurückbleiben, das bildet die *Catastasis* oder den Höhepunkt der Begebenheiten und Leidenschaften, die im fünften Akte zum Ausbruch kommen sollen.

Dieser beginnt mit dem Auszug der Straßburger auf die frankfurter Landstraße und endigt mit der Lösung der Verwirrung und damit, daß der Held aus dem Zustande der Erregung (wie Aristoteles es nennt) in den Zustand der Ruhe versetzt wird.

Dies, sagt Hafen Slawkenbergius, macht die Katastrophe oder Peripetie meiner Erzählung aus und diesen Theil derselben werde ich jetzt erzählen.

Wir verließen den Fremden schlafend, in seinem Bette – er betritt jetzt die Bühne wieder.

Was spitzest Du die Ohren? es ist nur ein Mann zu Pferde, – waren die letzten Worte gewesen, welche der Fremde an sein Maulthier gerichtet hatte. Es war damals nicht angebracht, dem Leser zu sagen, daß das Maulthier seinem Herrn aufs Wort glaubte, und ohne weitere Wenn und Aber ließen wir den Reisenden und sein Pferd vorüberziehen.

Der Reisende beeilte sich, so sehr er konnte, Straßburg noch in dieser Nacht zu erreichen. – Wie thöricht ist es von mir, sprach er zu sich, nachdem er ohngefähr eine Meile weiter geritten war, zu glauben, daß ich heute Nacht noch nach Straßburg hineinkommen werde. Straßburg, das große Straßburg! die Hauptstadt des Elsaß! Straßburg, die kaiserliche Reichsstadt, mit einer Garnison von 5000 Mann der besten Truppen! – Ach! und wenn ich in diesem Augenblicke vor den Thoren Straßburgs wäre, ich käme doch nicht hinein – nicht für einen Dukaten; ja, nicht für anderthalb! Das wäre zu viel, – lieber reite ich zu dem Gasthof, an dem ich vorbeikam, zurück, als daß ich wer weiß wo die Nacht über bleibe, oder wer weiß wie viel geben muß. – Damit drehete der Reisende sein Pferd herum, und drei Minuten nachdem der Fremde auf sein Zimmer geführt worden war, kam er in demselben Gasthofe an.

– Wir haben Schinken, sagte der Wirth, und Brod; bis elf Uhr heute Abend hatten wir auch noch drei Eier, aber ein Fremder, der vor einer Stunde hier abstieg, hat sich einen Eierkuchen davon machen lassen, und so haben wir nichts weiter.

– Ach, sagte der Reisende, ich bin so müde, daß ich nichts brauche als ein Bett. – In ganz Elsaß finden Sie kein weicheres, als ich Ihnen anbieten kann, sagte der Wirth.

Ich hätte es dem Fremden gegeben, fuhr er fort, denn es ist mein bestes Bett, aber seiner Nase wegen that ich's nicht – Hat er den Schnupfen? fragte der Reisende. – Daß ich nicht wüßte, sagte der Wirth; aber es ist ein Feldbett, und Jacinte meinte, – dabei sah er das Mädchen an – es wäre für seine Nase zu eng. – Wie so? rief der Reisende und fuhr erschrocken zurück. – Die Nase ist so sehr lang, erwiederte der Wirth. – Der Reisende heftete den Blick auf Jacinte, dann auf den Boden, dann kniete er auf dem rechten Knie nieder und legte die Hand aufs Herz. – Scherzen Sie nicht mit meiner Angst, sagte er und stand wieder auf. – Es ist kein Scherz, sagte Jacinte, es ist eine gar prächtige Nase! – Der Reisende fiel wieder auf das Knie, legte wieder die Hand aufs Herz und sagte dann mit gen Himmel gewandtem Blicke: Du hast mich an das Ziel meiner Pilgerschaft geführt, – es ist Diego!

Der Reisende war der Bruder jener Julia, welche der Fremde an dem Abend, als er von Straßburg wegritt, so oft auf seinem Maulthiere angerufen hatte; sie hatte ihn ausgesandt, um nach Diego zu forschen. Er war mit der Schwester von Valladolid über die Pyrenäen nach Frankreich gekommen und hatte viel Noth und

Mühe gehabt, des Liebenden verschlungenen Pfaden und Hin- und Herzügen zu folgen.

Julia war dieser Anstrengung unterlegen, – sie hatte nur bis Lyon kommen können. Die Qualen eines liebenden Herzens, von denen so Viele reden, und die so Wenige fühlen, hatten ihre Gesundheit angegriffen; sie hatte nur noch so viel Kraft gehabt, einen Brief an Diego zu schreiben, und nachdem sie ihren Bruder beschworen, sich ohne ihn nicht wieder vor ihr zu zeigen, hatte sie diesen Brief in seine Hände gelegt und war auf das Krankenlager gesunken.

Obgleich das Feldbett so weich war, als nur irgend eins im ganzen Elsaß, so konnte Fernandez (dies war des Bruders Name) doch kein Auge darin schließen. Sobald der Tag anbrach, stand er auf, und da er hörte, daß Diego ebenfalls aufgestanden sei, ging er in das Zimmer desselben und entledigte sich seines Auftrags.

Der Brief lautete folgendermaßen:

Sennor Diego!

Ob mein Verdacht wegen Eurer Nase begründet war oder nicht, – laßt mich jetzt nicht fragen; genug, daß ich nicht die Kraft gehabt habe, es weiter zu untersuchen.

Wie war es möglich, daß ich mich so wenig selbst kannte, als ich meine Duenna zu Euch schickte und Euch verbieten ließ, unter meinem Gitterfenster zu erscheinen? oder wie konnte ich Euch, Diego, so wenig kennen, daß ich wähnte, Ihr würdet auch nur einen Tag länger in Valladolid weilen, um mich von meinen Zweifeln zu erlösen? War es Recht, Diego, mich zu verlassen, weil ich irrte? War es gütig, mich beim Wort zu nehmen und mich der Ungewißheit und dem Kummer preis zu geben, mochte mein Verdacht nun begründet sein oder nicht?

Wie Julia dafür gebüßt hat, das mag Euch mein Bruder verkünden, der diesen Brief überbringt; er wird Euch erzählen, wie schnell sie die übereilte Botschaft an Euch bereute, in welcher wilden Hast sie an ihr Gitterfenster stürzte, wie lange Tage und

Nächte sie unbeweglich, auf ihren Ellenbogen gestützt, den Weg hinabstarrte, den Diego sonst zu kommen pflegte!

Er wird Euch erzählen, wie ihr aller Muth entsank, als sie Eure Abreise vernahm, – wie alle Heiterkeit von ihr wich, – wie rührend sie klagte, – wie sie das Köpfchen hängen ließ. O Diego! Weite, kummervolle Wege hat mich des Bruders mitleidige Hand den Deinigen nach geführt, meine Sehnsucht war stärker als meine Kraft! Wie oft sank ich ohnmächtig am Wege hin, in seine Arme, und konnte nur noch rufen: O, mein Diego!

Wenn Dein Herz die Liebenswürdigkeit Deines Benehmens nicht Lügen straft, so fliehe zu mir, schnell wie Du *von* mir flohest. – Wie schnell Du auch eilest, Du wirst doch nur kommen, um mich sterben zu sehen. Es ist ein bitterer Kelch, Diego, aber ach, er wird noch bitterer dadurch, daß ich sterben soll, ohne –

Sie hatte nicht weiter fortfahren können.

Slawkenbergius meint, sie hätte hier noch schreiben wollen, »ohne überzeugt worden zu sein«, aber die Kraft habe ihr gefehlt, den Brief zu beendigen.

Das Herz floß dem liebenswürdigen Diego über, sobald er den Brief gelesen; er befahl sogleich, sein Maulthier und Fernandez' Pferd zu satteln, und da in solchen Herzenskonflikten Prosa nicht halb so viel Erleichterung verschafft als Poesie, der Zufall aber, der uns ebenso oft Heilmittel wie Krankheiten zuführt, ein Stückchen Kohle ins Fenster geschleudert hatte, so bemächtigte sich Diego dieses Stückchens und schüttete seine Seele in der kurzen Zeit, während der Hausknecht sein Maulthier holte, folgendermaßen gegen die Wand aus:

Ode

Mißtönig schallt der Liebe Melodie,
  Wo Julia nicht die Saiten rührt;
  Nur Julia's Finger kennt den Ort,

An dem man sie
Berühren muß: so führt
Und reißt sie Herz und Sinne mit sich fort.

Zweite Strophe

O Julia!

Die Verse waren sehr einfach und natürlich, denn sie hatten, sagt Slawkenbergius, weiter gar keinen Zweck, und es ist schade, daß es nicht mehr waren. Ob das daher kam, daß Sennor Diego zu langsam im Versemachen oder der Hausknecht zu rasch im Maulthiersatteln war, ist durch nichts bezeugt, nur so viel ist gewiß, daß Diego's Maulesel und Fernandez' Pferd fertig vor der Thür des Gasthauses standen, ehe Diego's zweite Stanze fertig war; ohne also die Ode beendigt zu haben, bestieg Diego sein Thier, Fernandez sein Pferd und beide traten ihre Reise an. Sie passirten den Rhein, zogen quer durch den Elsaß, nahmen ihren Cours auf Lyon, überstiegen, noch ehe die Straßburger und die Äbtissin von Quedlinburg sich zur Einholung auf den Weg gemacht hatten, die Pyrenäen und kamen glücklich in Valladolid an.

Ich brauche dem länderkundigen Leser wohl nicht erst zu sagen, daß es unmöglich war, dem verbindlichen Fremden auf der frankfurter Straße zu begegnen, wenn Diego sich in Spanien befand, aber das will ich doch aussprechen, daß die Neugierde von allen ruhelosen Begierden die allerruheloseste ist. Das mußten die guten Straßburger fühlen; drei Tage und drei Nächte lang wurden sie von der stürmischen Wuth dieser Leidenschaft auf der frankfurter Straße hin und her gestoßen, ehe sie nach Hause zurückkehren durften, – als ach! ein Ereigniß eintrat, wie es schmerzlicher einem freien Volke nicht begegnen kann.

Da die straßburger Revolution oft besprochen und selten verstanden worden ist, so will ich, sagt Slawkenbergius, der Welt dieselbe in ein paar Worten erklären und damit meine Erzählung schließen.

Jedermann hat von dem »System der Universalmonarchie« gehört, welches auf Befehl des Herrn Colbert verfaßt und Ludwig XIV. im Jahre 1664 überreicht wurde.

Es ist bekannt, daß die Besitznahme Straßburgs einen Theil dieses umfassenden Systems ausmachte, wodurch es möglich werden sollte, ungehindert zu jeder Zeit in Schwaben einzurücken und die Ruhe Deutschlands zu stören, – und daß in Folge dieses Planes Straßburg leider in die Hände der Franzosen fiel.

Nur Wenigen ist es vergönnt, die wahren Ursachen dieser und ähnlicher Revolutionen aufzufinden; die große Menge sucht sie zu hoch, die Staatsmänner suchen sie zu niedrig, – die Wahrheit liegt (endlich einmal) in der Mitte.

Wie unheilvoll ist der Pöbelstolz einer freien Stadt! sagt der eine Historiker. Die Straßburger hielten es für eine Schmälerung ihrer Freiheit, wenn sie eine kaiserliche Garnison aufnähmen, – so fielen sie den Franzosen in die Hände.

Das Schicksal der Straßburger, sagt ein Anderer, kann allen freien Völkern als Warnung dienen, sparsam mit dem Gelde zu sein. Sie hatten ihre Einkünfte vorweg verzehrt, hatten sich schwere Abgaben auflegen müssen und ihre Kräfte dadurch erschöpft, bis sie ein so schwaches Volk wurden, daß sie keine Kraft mehr hatten, ihre Thore fest zuzumachen, – so kamen die Franzosen und stießen sie auf.

Ach! ach! ruft Slawkenbergius aus, nicht die Franzosen, – die Neugier stieß sie auf. Allerdings, als die Franzosen, die immer auf der Lauer stehen, sahen, daß alle Straßburger, Männer, Weiber und Kinder herauszogen, um der Nase des Fremden zu folgen, folgten sie männiglich ihrer eigenen und zogen hinein.

Handel und Wandel ist seitdem im Verfall und heruntergekommen, aber nicht etwa aus einem *der* Gründe, welche die Statistiker anführen; der wahre Grund ist der: daß sich die Straßburger die Nasen *so* eingerannt haben, daß sie ihre Geschäfte nicht mehr ordentlich versehen können.

Ach! ach! ruft Slawkenbergius mit Pathos aus, – es ist nicht die erste und wird, fürchte ich, nicht die letzte Festung sein, die erobert oder verloren wurde durch – *Nasen*.

Ende der Erzählung des Slawkenbergius.

Siebenundachtzigstes Kapitel

Erwägt man alle diese gelehrten Dinge über Nasen, welche meinen Vater fortwährend beschäftigten, erwägt man ferner die mancherlei Familienvorurtheile und die zehn Dekaden ähnlicher Erzählungen, die jenen noch zur Hülfe kamen, so war es wohl kaum möglich – Sagen Sie, war's eine wirkliche Nase? – so war es wohl kaum möglich, daß ein Mann von meines Vaters erregbarem Gefühl dieses Mißgeschick im untern – oder eigentlich im obern Stock – in einer andern Position ertragen sollte, als in der von mir geschilderten.

Da bleibt Einem wohl nichts Anderes übrig, als sich ein Dutzend Mal aufs Bett zu schmeißen; nur stelle man vorher einen Spiegel auf den Stuhl neben dem Bette – Aber war des Fremden Nase eine wirkliche oder eine falsche?

Wenn ich Ihnen das vorher sagen wollte, Madame, so hieße das die beste Geschichte von der Welt verhunzen, und das ist die zehnte aus der zehnten Dekade, die, welche auf jene folgt.

Diese Erzählung, ruft Slawkenbergius etwas frohlockend aus, habe ich mir für den Schluß des ganzen Werkes aufgespart, denn das weiß ich, habe ich sie erzählt und hat mein Leser sie durchgelesen, so wird es für unsbeide gerade Zeit sein, das Buch zuzumachen; denn ich kenne keine Geschichte, fährt er fort, die nach ihr noch gefallen könnte.

– Und wirklich, es ist eine Geschichte, die ihres Gleichen sucht.

Sie fängt mit der ersten Zusammenkunft im Gasthaus zu Lyon an, in dem Augenblick, wo Fernandez aus dem Zimmer gegangen ist und den verbindlichen Fremden mit Julia allein gelassen hat, und trägt die Überschrift:

Die Verstrickungen Diego's und Julia's.

Beim Himmel! Slawkenbergius! Du bist ein sonderbares Wesen! Was Du für einen närrischen Einblick in die Windungen des weiblichen Herzens gewährst! Wie man so etwas übersetzen kann, – ah! pah! gefielen diese Erzählungen in Slawkenbergius' Art mit ihrer trefflichen Moral dem Publikum, so sollten ein paar Bände bald übersetzt sein! – sonst aber, wie man so etwas in unsere gute ehrliche Sprache übersetzen kann, das begreife ich schier nicht. An einigen Stellen müßte man einen sechsten Sinn haben, um es ganz gut zu machen. Was versteht er z.B. unter der lodernden Augapfelei eines leisen, heimlichen, unterdrückten Plauderns, fünf Töne unter dem natürlichen Sprechton, – was, wie Sie wissen, Madame, nicht viel mehr als ein Geflüster sein wird. – Sobald ich die Worte aussprach, fühlte ich eine Art Erschütterung in der Gegend der Herzstränge. Das Gehirn gab kein Zeichen. – Herz und Gehirn verstehen sich oft nicht. – Ich fühlte, als ob ich es verstünde. Ich dachte nichts. – Die Erregung mußte doch aber eine Ursache haben. Ich weiß nicht, was ich daraus machen, wie ich es zusammenreimen soll! – Wär's vielleicht das, Ew. Wohlgeboren? Wenn die Stimme nur ein Geflüster ist, so zwingt sie die Augen, sich auf sechs Zoll einander zu nähern; aber ist es nicht gefährlich, sich in die Augäpfel zu sehen? Kann doch nicht vermieden werden, – denn beim Blicken nach der Zimmerdecke würden die beiden Kinne unvermeidlich aneinander stoßen, und sähe Eins in des Andern Schooß, so kämen die Stirnen in unmittelbare Berührung, womit dann die Unterhaltung sogleich zu Ende wäre, – ich meine der empfindsame Theil derselben. – Das Übrige, Madame, ist nicht werth, daß wir uns dabei aufhalten.

Achtundachtzigstes Kapitel

Mein Vater lag länger als eine Stunde quer über dem Bett, regungslos, als ob die Hand des Todes ihn dahingeworfen hätte; endlich fing er an mit der Zehe des Fußes, der über das Bett hinabhing, auf der Zimmerdiele zu spielen.

Meines Onkels Herz wurde um ein Pfund leichter. – Nach einigen Minuten kam das Gefühl in seine linke Hand zurück, deren Knöchel bis dahin auf dem Henkel des Nachttopfes geruht hatten; er schob ihn ein wenig mehr unter das Bett, nahm, als er das gethan, die Hand herauf und steckte sie in den Busen – dann ließ er ein Hm! hören. – Mein guter Onkel Toby antwartete seelenvergnügt auf dieselbe Weise, und herzlich gern würde er dieser Eröffnung einige Trostworte haben folgen lassen, aber da er, wie gesagt, dazu kein Talent besaß und außerdem fürchtete, daß er etwas sagen möchte, wodurch die Sache nur schlimmer würde, so begnügte er sich damit, das Kinn auf den Griff seiner Krücke gestemmt, ruhig dazusitzen.

War es nun, daß dieser Druck meines Onkel Toby's Gesicht zu einem ganz besonders angenehmen Oval verkürzte, oder hatte die Menschenfreundlichkeit seines Herzens jetzt, wo er seinen Bruder aus dem Abgrund der Schmerzen wieder auftauchen sah, die Muskeln desselben ungewöhnlich angespannt, so daß der Druck gegen das Kinn den Ausdruck des Wohlwollens, der ohnehin darin lag, nur verdoppelte, – genug, als mein Vater sich umkehrte, sah er im Antlitze seines Bruders einen so hellen Sonnenschein, daß die Starrheit seines Schmerzes augenblicklich daran schmolz.

Er brach das Stillschweigen, wie folgt:

Neunundachtzigstes Kapitel

Bruder Toby – rief mein Vater, indem er sich auf seinem Ellenbogen aufrichtete und nach der andern Seite des Bettes umdrehte, wo mein Onkel Toby mit dem Kinn auf der Krücke in dem alten Polsterstuhle saß, – gab es wohl je einen unglückseligen Mann, der so viel Hiebe erdulden mußte? – Die meisten, die ich geben sah, sagte mein Onkel Toby und zog die Klingelschnur, die am Kopfende des Bettes hing, um Trim herbeizurufen, bekam ein Grenadier, – ich glaube von Mackay's Regiment.

Als ob mein Onkel Toby eine Stückkugel durch meines Vaters Herz geschossen hätte, so plötzlich fiel dieser mit der Nase wieder auf die Bettdecke zurück.

Gott im Himmel! sagte mein Onkel Toby.

Neunzigstes Kapitel

War's in Mackay's Regiment, fragte mein Onkel Toby, wo der arme Grenadier in Brügge wegen der Dukaten so grausam gepeitscht wurde? – Herr Jesus! er war unschuldig, rief der Korporal mit einem tiefen Seufzer, und wurde doch fast zu Tode gepeitscht, Ew. Gnaden. Hätten sie ihn lieber kurzweg todtgeschossen, wie er bat, so wäre er geraden Wegs in den Himmel marschirt, denn er war so schuldlos wie Ew. Gnaden. – Ich danke dir, Trim, sagte mein Onkel Toby. – Wenn ich, fuhr Trim fort, an sein und meines armen Bruders Tom Unglück denke, – wir waren alle drei Schulkameraden, Ew. Gnaden – so muß ich wie 'ne Memme weinen. – Man braucht keine Memme zu sein, Trim, um zu weinen. Es passirt mir selbst, rief mein Onkel Toby. – Ich weiß es, Ew. Gnaden, erwiederte Trim, und deshalb schäme ich mich auch nicht. Aber wenn man das denkt, fuhr er fort, und die Thränen traten ihm in die Augen, wenn man das denkt, Ew. Gnaden, daß zwei brave Burschen, mit so warmen Herzen im Leib und so ehrlich, wie sie aus Gottes Hand kamen, Kinder rechtlicher Leute, die muthig in die Welt gezogen sind, um ihr Glück zu machen, in solch ein Elend fallen können, – armer Tom! daß man sie auf die Folter spannt, um nichts, als weil sie eine Judenwittwe geheirathet haben, die mit Würsten handelt; – ehrlicher Dick Johnson! daß man ihnen die Seele aus dem Leibe peitscht, um nichts, als weil ein Anderer Dukaten in ihren Tornister gesteckt hat – O! das nennt man Unglück! rief Trim und zog sein Taschentuch heraus– das nennt man Unglück – da könnte man sich mit Recht hinschmeißen und heulen.

Mein Vater eröthete unwillkürlich.

Gott bewahre Dich, Trim, vor eigenem Herzeleid, sagte mein Onkel Toby, Du fühlst so warm für Andere. – Ei, erwiederte der Korporal und sein Gesicht klärte sich auf, – Ew. Gnaden wissen, ich habe nicht Weib noch Kind, da bin ich in dieser Welt vor Herzeleid sicher. – Mein Vater mußte lächeln. – So wenig als irgend Jemand, Trim, erwiederte mein Onkel Toby; doch weiß ich allerdings kaum, was für ein Unglück einen Burschen von Deinem leichten Sinn niederdrücken sollte, wär' es nicht etwa Armuth in alten Tagen, wenn Du nicht mehr dienen kannst, Trim, und Deine Freunde todt sind. – Damit, Ew. Gnaden, entgegnete Trim fröhlich, hat's keine Noth. – *Soll*'s keine Noth haben, so viel es von mir abhängt, sagte mein Onkel Toby und stemmte, indem er aufstand, seine Krücke gegen den Fußboden; zum Lohn für Deine Treue gegen mich und für Dein gutes Herz, von dem ich so viele Beweise habe, sollst Du nimmer Almosen erbetteln müssen, Trim, so lange Dein Herr noch einen Heller im Vermögen hat. – Trim wollte meinem Onkel Toby danken, aber er vermochte es nicht; – die

Thränen flossen ihm so reichlich über die Backen, daß er sie kaum abwischen konnte. Er legte die Hand aufs Herz, verbeugte sich tief und machte, daß er zum Zimmer hinaus kam.

– Ich habe Trim meinen Rasenplatz vermacht, rief mein Onkel Toby. Mein Vater lächelte. Und ein Jahrgehalt dazu, fuhr mein Onkel Toby fort. Mein Vater wurde ernsthaft.

Einundneunzigstes Kapitel

Ist das ein passender Augenblick, sagte mein Vater zu sich, von *Jahrgehältern* und *Grenadieren* zu reden?

Zweiundneunzigstes Kapitel

Ich sagte, daß mein Vater, sobald mein Onkel Toby des Grenadiers erwähnte, mit der Nase platt auf die Bettdecke gefallen war, als ob mein Onkel ihn durch und durch geschossen hätte; aber ich fügte nicht hinzu, daß mit seiner Nase auch jedes andere Glied seines Körpers genau in die frühere Lage zurückgesunken war. Als der Korporal jetzt das Zimmer verließ und mein Vater sich anschickte vom Bett aufzustehen, mußte er also alle die kleinen vorbereitenden Bewegungen wie vorher wieder durchmachen. – Stellungen an und für sich sind nichts, Madame; die Hauptsache ist der Übergang aus einer Stellung in die andere, wie die Vorbereitung und Auflösung eines disharmonischen Akkordes in den Dreiklang.

Deshalb fing mein Vater noch einmal an mit der Fußzehe auf der Zimmerdiele zu spielen, – schob den Nachttopf noch ein bischen weiter unter das Bett, – ließ ein Hm! hören, – richtete sich auf dem Ellenbogen in die Höhe und wollte eben meinen Onkel Toby wieder anreden, als er sich erinnerte, wie erfolglos der erste Versuch in dieser Stellung gewesen war. Er stand also auf, schritt dreimal durchs Zimmer, blieb plötzlich vor meinem Onkel Toby stehen, legte die drei Finger seiner linken Hand in die rechte, wobei er sich ein wenig vorbeugte, und sprach zu ihm, wie folgt:

Dreiundneunzigstes Kapitel

Bruder Toby, – wenn ich den Menschen betrachte und die dunkle Seite seines Wesens ins Auge fasse, wie vielen Anlässen zu Noth und Unruhe sein Leben preisgegeben ist; – wenn ich bedenke, Bruder Toby, daß wir das Brod der Trübsal essen, welches uns durch unsere Geburt als Erbtheil bestimmt ward – Mir ward kein Erbtheil bestimmt, unterbrach mein Onkel Toby meinen Vater, als meine Offizierstelle. – Potz tausend! rief mein Vater, hinterließ Dir mein Onkel nicht eine Rente von 120 Pfund im Jahr? – Was hätte ich auch anfangen sollen, wenn ich die nicht gehabt hätte, erwiderte mein Onkel Toby. – Das ist etwas Anderes, sagte mein Vater verdrießlich. – Aber ich sage, Toby, wenn man so das ganze Register der schlimmen Posten und der leidigen *item*'s durchläuft, die des Menschen Herz belasten, so ist es unbegreiflich, was für verborgene Hülfsmittel die Seele findet, darüber hinwegzukommen und sich unter den Beschwerden, welche die Natur über sie häuft, aufrecht zu erhalten. – Das ist des allmächtigen Gottes Beistand, rief mein Onkel Toby und sah mit gefalteten Händen empor, nicht unsere eigene Kraft, Bruder Toby; ebenso gut könnte es eine Schildwache in einem hölzernen Schilderhause mit einem Detachement von 50 Mann aufnehmen wollen. Was uns aufrecht erhält, ist die Gnade und der Beistand des allgütigen Gottes.

So haut man den Knoten durch, ohne ihn zu lösen, sagte mein Vater. Aber laß mich, Bruder Toby, Dich etwas tiefer in dies Geheimniß einführen.

Von Herzen gern, erwiederte mein Onkel Toby.

Sogleich veränderte mein Vater seine Stellung, indem er die annahm, in welcher Rafael, in seiner Schule von Athen, den Sokrates gemalt hat, – eine Stellung, die, wie Sie als Kenner wissen werden, so vortrefflich erfunden ist, daß sie selbst die dem Sokrates eigenthümliche Beweisführung ausdrückt, denn er hält den Zeigefinger seiner linken Hand zwischen dem Zeigefinger und dem Daumen seiner rechten, so daß es scheint, als ob er zu dem vor ihm stehenden Zweifler spräche: Du giebst also das zu, – und das, – nun weiter brauche ich nicht zu fragen, denn das und das folgt ganz von selbst daraus.

So stand mein Vater da, den Zeigefinger fest zwischen Zeigefinger und Daumen gepreßt, und argumentirte meinem Onkel Toby vor, der ruhig in dem alten, mit bunten wollenen Fransen beschlagenen Polsterstuhle saß. – O Garrick! was für eine herrliche Scene würde dein unvergleichliches Talent daraus gemacht haben! Wie gern möcht' ich darin deiner Unsterblichkeit nachstreben und so die meine sichern!

Vierundneunzigstes Kapitel

Vergleiche ich, sagte mein Vater, den Menschen mit einem künstlich gebauten Fuhrwerke, so ist dasselbe zwar künstlicher als alle andern, aber zu gleicher Zeit auch so zart und so zerbrechlich, daß es von den plötzlichen Stößen und den harten Püffen, denen es auf seinem rauhen Wege nicht ausweichen kann, täglich zehnmal zerschellt und zertrümmert werden würde, wenn nicht etwas in ihm wäre, Bruder Toby, das – Dieses Etwas, sagte mein Onkel Toby, ist, meine ich, die Religion. – Kann *sie* meinem Kinde eine Nase ansetzen? rief mein Vater und schlug, indem er den Finger fahren ließ, mit der einen Hand in die andere. – Sie richtet uns auf, sagte mein Onkel Toby. – Figürlich gesprochen, mag das sein, ich gebe es zu, lieber Toby, sagte mein Vater; aber das Etwas, das ich meinte, ist die Elasticität unseres Geistes, die als Gegengewicht des Übels dient, und die, gleich der Sprungfeder in einem gut gebauten Wagen, zwar nicht den Stoß verhindern kann, aber ihn auffängt und macht, daß wir ihn weniger fühlen.

Nun sieh, lieber Bruder, fuhr mein Vater fort und brachte seinen Zeigefinger wieder in die alte Lage, denn er näherte sich jetzt dem Hauptpunkte: – wäre mein Kind heil zur Welt gekommen, unbeschädigt an jenem köstlichen Gliede, so hätte ich – wie thöricht und ausschweifend meine Ansicht über Taufnamen und ihren geheimnißvollen Einfluß auf unsern Charakter und unsere Handlungen der Welt auch immer erscheinen mag, – in meines Herzens glühendstem Verlangen, mein Kind glücklich zu sehen, doch nicht mehr gewünscht, Gott ist mein Zeuge, als sein Haupt mit dem Ruhm und der Ehre zu krönen, welche ihm die Namen *Georg* oder *Eduard* verliehen haben würden.

Aber ach! setzte er hinzu, ihm ist das größte Übel begegnet, und das muß ich nun mit dem größten Guten wieder auszugleichen suchen.

Bruder – ich will ihn Trismegistus taufen!

Wenn's nur hilft, erwiederte mein Onkel Toby und stand auf.

Fünfundneunzigstes Kapitel

Ja, Zufall! sagte mein Vater und drehte sich, als er mit meinem Onkel Toby hinabging, auf dem ersten Treppenabsatz herum, – das ist ein langes Kapitel! Was für Zufällen sind wir nicht im Leben unterworfen! Nimm Dinte und Feder, Bruder Toby, und berechne einmal – Ich verstehe von Zahlen nicht mehr als dieses Treppengeländer, sagte mein Onkel Toby und schlug mit seiner Krücke daran, wobei er meinen Vater gerade aufs Schienbein traf – Hätt' ich doch Hundert gegen Eins wetten wollen, rief er sich entschuldigend – Ich dachte, sagte mein Vater und rieb sich das Bein, Du verstündest von Zahlen nichts. – 's war ein unglücklicher Zufall. – Einer mehr für das lange Kapitel, erwiederte mein Vater.

Über den beiden glücklichen Antworten vergaß mein Vater sein schmerzendes Bein, – es war ein glücklicher Zufall (wieder ein Zufall), daß es so kam, sonst würde die Welt nie erfahren haben, was mein Vater eigentlich berechnet haben wollte – es zu errathen, wäre mehr als Zufall. – Wie glücklich sich dieses Kapitel vom Zufall gemacht hat; es hat mir die Mühe erspart, ein besonderes zu schreiben, und wahrhaftig! ich habe auch ohnehin schon genug zu thun. Habe ich meinen Lesern nicht ein Kapitel über Knoten versprochen? zwei Kapitel über das rechte und über das unrechte Ende am Weibe? ein Kapitel über Schnurrbärte? ein Kapitel über Wünsche? ein Kapitel über Nasen? aber nein – das habe ich schon gebracht! – ein Kapitel über meines Onkels Schamhaftigkeit? gar nicht zu erwähnen ein Kapitel über Kapitel, das ich noch vor Schlafengehen schreiben werde. – Bei meines Urgroßvaters Schnurrbart, nicht mit der Hälfte dieser Kapitel kann ich in diesem Jahre fertig werden.

Nimm Dinte und Feder, Bruder Toby, sagte mein Vater, und berechne einmal; standen nicht Millionen Fälle gegen einen, daß die scharfe Kante eher irgend einen andern Theil des Körpers fassen, als unglücklicherweise gerade auf diesen treffen und damit ihn und das Glück unseres Hauses zertrümmern mußte?

Es hätte schlimmer kommen können, erwiederte mein Onkel Toby. – Wie das möglich gewesen wäre, begreife ich nicht, sagte mein Vater. – Aber wenn nun die Hüfte vorgetreten wäre, entgegnete mein Onkel Toby, wie *Dr.* Slop es vermuthete?

Mein Vater dachte einen Augenblick nach – sah zu Boden – tippte sich mit dem Zeigefinger leicht vor die Stirn und sagte dann:

Ja, da hast Du Recht.

Sechsundneunzigstes Kapitel

Ist es nicht eine Schande, zwei Kapitel zu brauchen, um die Treppe hinunterzukommen? denn wir sind erst auf dem ersten Absatz und haben noch fünfzehn Stufen bis nach unten, und da mein Vater und mein Onkel Toby eben im besten Plaudern sind, so könnten es leicht ebenso viel Kapitel werden. – Das ist Alles ganz gut, Sir, ich kann dabei aber nichts machen; es ist Schicksal! – Da kommt mir plötzlich eine Idee: – laßt den Vorhang fallen, Shandy. – Ich lasse ihn fallen. – Macht hier einen Strich, quer über's Papier, Tristram! – Ich mache ihn. – Nun frisch ein neues Kapitel!

Den Teufel werde ich mir hier von Andern Regeln vorschreiben lassen; – ich thue Alles ohne Regeln, und käme man mir mit einer, so würde ich sie in Stücke reißen und ins Feuer werfen. – Bin ich warm geworden? Ich bin's und die Sache verlangt's. – Das könnte mir gefallen! Soll der Mensch den Regeln gehorchen, oder die Regel dem Menschen?

Da dies nun, wie man wissen muß, das Kapitel über Kapitel ist, das ich vor Schlafengehen zu schreiben versprochen habe, so hielt ich es passend, ehe ich mich niederlegte, mein Gewissen vollständig zu erleichtern und Alles klar heraus zu sagen, was ich über den Gegenstand weiß. Ist das nicht zehnmal besser, als dogmatisirend und sich mit sententiöser Weisheit spreizend anzufangen, um dann der Welt eine Geschichte von einem gebratenen Pferde zu erzählen? wie z.B. daß Kapitel den Geist erfrischen, – der Einbildungskraft nachhelfen, sie anregen,– daß sie in einem Werke dramatischer Gattung wie dieses ebenso nöthig sind, wie das Abtheilen in Scenen, und fünfzig anderer solcher kühlen Einfälle, die hinreichend sind, das Feuer auszulöschen, an dem das Pferd gebraten werden soll? O! wer das begreifen will, was es heißt, so in Diana's heilige Tempelflamme blasen, der lese Longinus – nur frisch zu, – ist er vom ersten Mal Lesen um kein Körnchen klüger geworden, so schadet das nichts – nur immer noch einmal gelesen. Avicenna und Licetus lasen jeder des Aristoteles Metaphysik vierzigmal von Anfang bis zu Ende und verstanden nicht ein Wort davon. Aber man bemerke die Folgen, die es hatte. Avicenna wurde ein famoser Schriftsteller in allerlei Fächern, denn er schrieb Bücher *de omni scribili;* Licetus (Fortunio) aber, obgleich es allgemein bekannt ist, daß er als eine Frühgeburt[12]) und nur fünf und einen halben Zoll lang zur Welt

12 *Ce foetus n'étoit pas plus grand que la paume de la main; mais son père l'ayant examiné en qualité de médecin, et ayant trouvé que c'étoit quelque chose de plus qu' un embryon, le fit transporter tout vivant à Rapallo où il le fit voir à Jérôme Bardi et à d'autres médecins du lieu. On trouva qu'il ne lui manquoit rien d'essentiel à la vie; et son père pour faire voir un essai de son experience, entreprit d'achever l'ouvrage de la nature, et de travailler à la formation de l'enfant avec le même artifice que celui dont on se sert pour faire éclore les poulets en Egypte. Il instruisit une nourrice de tout ce qu' elle avoit à faire, et ayant fait mettre son fils dans un four proprement accommodé, il reussit à l'élever et à lui faire prendre ses accroissements néces-saires, par l'uniformité d'une chaleur étrangère mesurée exacte-ment sur les dégrés d'un thermomètre, ou d'un autre instrument équivalent. (Vide Mich. Giustinian, ne gli Scritt. Liguri à Cart. 223. 488.)*

On auroit toujours été très satisfait de l'industrie d'un père si expérimenté dans l'art de la génération, quand il n'auroit pû prolonger la vie à son fils que pour quelques mois, ou pour peu d'années.

Mais quand on se représente que l'enfant a vécu près de quatre-vingts ans, et qu'il a composé quatre-vingts ouvrages différents tous fruits d'une longue lecture – il faut convenir, que tout ce qui est incroyable n'est pas toujours faux, et que la vraisem-blance n'est pas toujours du côté de la vérité.

kam, wuchs in der Literatur doch zu einer so erstaunlichen Höhe auf, daß er ein Buch schrieb, dessen Titel so lang als er selbst war. Die Gelehrten wissen, daß ich damit seine *Gonopsychanthropologia* oder »Über den Ursprung der menschlichen Seele« meine.

Damit sei dieses Kapitel über Kapitel geschlossen; ich halte es für das beste in meinem ganzen Werke, und es durch- oder Strohhalme auflesen für gleich nützliche Beschäftigungen.

Siebenundneunzigstes Kapitel

So werden wir Alles wieder in Ordnung bringen, sagte mein Vater und trat von dem Treppenabsatz auf die erste Stufe hinunter. – Dieser Trismegistus, fuhr mein Vater fort, indem er das Bein wieder zurückzog und sich zu meinem Onkel Toby wandte, war der größte (Toby) aller Sterblichen; er war der größte Herrscher, – der größte Gesetzgeber, – der größte Philosoph und der größte Priester – Und Ingenieur, sagte mein Onkel Toby – – Seiner Zeit, sagte mein Vater.

Achtundneunzigstes Kapitel

– Wie geht's Deiner Herrin? rief mein Vater Susanna zu, die mit einem großen Nadelkissen in der Hand unten an der Treppe vorüberging, dabei machte er denselben Schritt wie vorher auf die erste Stufe. Wie geht's Deiner Herrin? – Wie sich erwarten läßt, antwortete Susanna, ohne heraufzusehen, und trippelte weiter. – Ich Narr,

---

Je n'avoit que dix-neuf ans lorsqu'il composa Gonopsychanthropologia de origine animae humanae.
(Les Enfans célèbres, revûs et corrigés par M. de la Monnaye de l'Académie françoise.)

271

sagte mein Vater und zog das Bein wieder zurück, als ob man nicht immer dieselbe Antwort bekäme, Bruder Toby, mag's auch gehn wie's will. – Und was macht das Kind? – Keine Antwort. – Und wo ist *Dr.* Slop? rief mein Vater jetzt lauter hinab und sah über das Treppengeländer. Aber Susanna war schon außer Gehörweite.

Von allen Unbegreiflichkeiten im ehelichen Leben, sagte mein Vater und schritt dabei quer über den Treppenabsatz, um sich mit dem Rücken gegen die Wand zu lehnen, während er meinem Onkel Toby die Sache auseinandersetzte – von allen unbegreiflichen Unbegreiflichkeiten, die im ehelichen Leben vorkommen, – und glaube mir, Bruder Toby, es sind ihrer so viele, daß Hiobs sämmtliche Esel sie nicht fortgeschleppt hätten, – ist doch keine so sinnverwirrend als die, daß jede weibliche Person im Hause, von der Kammerjungfer an bis zum Küchenmensch, in demselben Augenblicke, wo die Hausfrau sich ins Kindbett legt, um einen Zoll wächst, und daß sie sich auf diesen Zoll mehr einbildet, als auf ihre ganze übrige Länge.

Ich glaube eher, erwiederte mein Onkel Toby, daß wir um einen Zoll kleiner werden. Mir wenigstens geht es so, wenn ich einer Frau mit einem Kinde begegne. Es ist eine schwere Last, die dieser Hälfte unserer Mitmenschen auferlegt ist, sagte mein Onkel Toby, eine große Bürde, und dabei schüttelte er den Kopf. – Ja, ja, sagte mein Vater, es ist ein leidiges Ding, und schüttelte ebenfalls den Kopf; aber seitdem das Kopfschütteln aufgekommen ist, sind wohl nie zwei Köpfe zu gleicher Zeit und gemeinschaftlich aus so verschiedenen Beweggründen geschüttelt worden.

Gott segne/Hole der Teufel sie Alle! sagten mein Onkel Toby und mein Vater, jeder zu sich.

Neunundneunzigstes Kapitel

Heda! Du, Junge! hier hast Du einen Groschen; laufe doch einmal in den Buchladen und hole mir so einen *tagstarken* Kritikus her. Ich will ihm gern eine Krone geben, wenn er mir mit seinen Siebensachen behülflich ist, meinen Vater und meinen Onkel Toby von der Treppe weg und ins Bett zu schaffen.

– Es ist die höchste Zeit, denn wenn man das bischen Einnicken abrechnet, während Trim die Stulpstiefeln bohrte, was aber meinem Vater wegen der schadhaften Angel gar nichts geholfen hat, so haben sie seit der Zeit, wo Obadiah den besudelten *Dr.* Slop ins Hinterzimmer führte, also seit neun Stunden, kein Auge zugethan.

Sollte jeder Tag meines Lebens *so* unruhig sein und sollten die –

Aber ich will den Satz nicht beendigen, bevor ich nicht über die eigenthümliche Art und Weise, wie die Dinge zwischen mir und dem Leser jetzt stehen, eine Bemerkung gemacht habe. Diese Bemerkung paßt auf keinen einzigen Biographen, der, so lange die Welt steht, bis jetzt geschrieben hat, oder der, bis sie in Flammen untergeht, schreiben wird (wenigstens glaub' ich das), als auf mich; darum empfehle ich sie, schon der Neuheit wegen, der ganz besondern Aufmerksamkeit Ew. Wohlgeboren.

Ich bin diesen Monat ein ganzes Jahr älter als vor zwölf Monaten, und da ich, wie Sie bemerken werden, fast in der Mitte meines dritten Bandes, übrigens aber noch bei dem ersten Tage meines Lebens stehe, so ist es einleuchtend, daß ich jetzt 364 Tage mehr von meinem Leben zu schildern habe, als damals, wo ich anfing; dennoch bin ich, statt wie jeder andere Schriftsteller vorwärts zu kommen, durch alles das, was ich an meinem Werke gethan habe, um so viel Bände zurückgeworfen worden. Sollte nun jeder Tag meines Lebens so unruhig sein wie dieser – und warum nicht? – und sollten meine Bemerkungen und Meinungen, die ich darüber gebe, ebenso ausführlich werden – und warum sollte ich sie beschränken? – so müßte ich gerade dreihundertvierundsechzigmal länger schreiben als leben; denn das sehen Ew. Wohlgeboren wohl ein, je länger ich schreibe, desto mehr werde ich zu schreiben haben, und je mehr Ew. Wohlgeboren lesen, – das folgt natürlich daraus – desto mehr werden Ew. Wohlgeboren zu lesen haben.

Wird das aber auch gut für Dero Augen sein?

Den meinigen wird es ganz gut thun, und redete ich mich nicht durch meine *Meinungen* um den Hals, so könnte ich mit meinem *Leben* ein schönes Leben führen, – oder, noch richtiger, ich könnte mich eines schönen Doppellebens erfreuen.

Was den Vorschlag anbetrifft, ich möchte jährlich zwölf Bände, oder einen Band jeden Monat schreiben, so ändert derselbe nichts an meinem Vorsatze: zu schreiben, wie ich will und wo immer ich kann, und nach Horatius' Rath mitten in die Sache hineinzugehen. – Ich kann mich doch nie überholen, und wenn ich mich noch so plagte und hetzte. Schlimmsten Falls werde ich meiner Feder immer um einen Tag voraus sein, und ein Tag ist genug für zwei Bände und zwei Bände sind genug für ein Jahr.

Mögen denn die Papierfabrikanten unter dieser glückverheißenden Regierung, welche soeben für uns begonnen hat, grünen und blühen, wie ich hoffe, daß überhaupt Alles unter ihrem Schutze sich des Segens erfreuen werde.

Was das Gedeihen der Gänse anbetrifft, so macht mir das keine Sorge, – die Natur ist gütig – sie wird es mir an dem, was ich zu meinem Handwerk brauche, nicht fehlen lassen.

So, mein guter Freund, haben Sie also meinen Vater und meinen Onkel Toby die Treppe hinunter und zu Bette gebracht? – Und wie fingen Sie's an? – Den Vorhang am Fuß der Treppe heruntergelassen? Ich dacht' es gleich, daß Sie's nicht anders würden machen können. – Na, hier haben Sie eine Krone für Ihre Mühe.

Einhundertstes Kapitel

So reiche mir meine Hosen dort vom Stuhl, sagte mein Vater zu Susanna. – Sie haben keinen Augenblick zum Anziehen, Herr, rief Susanna, – das Kind ist schon so schwarz im Gesicht wie meine – Wie was? sagte mein Vater, denn wie alle Redner machte er auf Gleichnisse Jagd. – Um's Himmels willen, Herr, sagte Susanna, das Kind hat Krämpfe. – Und wo ist Mr. Yorick? – Nie da, wo er sein sollte, sagte Susanna, aber sein Vikar ist im Ankleidezimmer und hat das Kind auf dem Arm und wartet auf den Namen – und meine Frau befahl mir, Sie so schnell wie möglich zu fragen, ob Kapitän Shandy Gevatter stünde und ob man nicht nach ihm schicken solle?

Wär' es gewiß, sagte mein Vater zu sich und kraute sich in den Augenbrauen, daß das Kind stürbe, so könnte man meinem Bruder Toby wohl das Kompliment machen, und es wäre schade, einen so herrlichen Namen wie Trismegistus zu verschleudern, – aber es könnte auch wieder aufkommen.

Nein, nein, sagte mein Vater zu Susanna, ich werde aufstehen. – Dazu ist keine Zeit, rief Susanna, das Kind ist schon so schwarz wie meine Schuhe. – Trismegistus, sagte mein Vater. Aber halt, Du bist ein flüchtiges Ding, Susanna, Trismegistus – wirst Du das auch so lange behalten können, bis Du über die Gallerie bist, ohne etwas davon zu vergessen? – Und ob! rief Susanna und warf die Thür laut hinter sich zu. – Ich will mich todtschießen lassen, wenn sie's behält, sagte mein Vater und sprang im Dunkeln aus dem Bett, um nach seinen Hosen zu tappen.

Susanna lief, so schnell sie konnte, über die Gallerie.

Mein Vater suchte, so schnell er konnte, nach seinen Hosen.

Susanna hatte den Vorsprung und behielt ihn. – Er soll Tris – ja, so fing's an, rief Susanna. – Es giebt keinen christlichen Taufnamen, der so anfängt, außer Tristram, sagte der Vikar. – Dann ist es Tristram-gistus, sagte Susanna.

Ohne Gistus, Du Gänschen! es ist der Name, den ich selbst trage, sagte der Vikar; damit tauchte er die Hand in das Becken und: Tristram, sprach er u.s.w. u.s.w. So ward ich Tristram getauft und muß Tristram bleiben bis an das Ende meiner Tage.

Mein Vater folgte Susanna, den Schlafrock über dem Arm, in bloßen Hosen, die in der Eile nur mit einem Knopfe zugeknöpft waren, und auch der saß nur halb im Knopfloche.

Hat sie den Namen nicht vergessen? rief mein Vater durch die halbgeöffnete Thür. – Nein, nein, sagte der Pfarrer mit einem Tone, als wisse er, worum es sich handle. – Und mit dem Kinde geht's besser, rief Susanna. – Und was macht Deine Herrin? – Wie sich's erwarten läßt, sagte Susanna. – Psch! sagte mein Vater, und zugleich schlüpfte der Hosenknopf aus dem Knopfloche, so daß man nicht wissen konnte, ob der Ausruf dem Knopfloch oder Susanna galt; – ob also Psch! ein Ausruf der Verachtung oder der Schamhaftigkeit war, blieb zweifelhaft und muß zweifelhaft bleiben, bis ich werde Zeit gefunden haben, nachfolgende drei Kapitel zu schreiben, nämlich mein Kapitel über Kammermädchen, mein Kapitel über Psch's und mein Kapitel über Knopflöcher.

Alles, was ich vor der Hand zur Aufklärung des Lesers mittheilen kann, beschränkt sich darauf, daß mein Vater, sobald er Psch! gerufen, sich eiligst davon machte; mit dem Schlafrock über'm Arm und die Hosen mit der Hand haltend, kehrte er durch die Gallerie in sein Schlafzimmer zurück, – etwas langsamer, als er gekommen war.

Einhundertunderstes Kapitel

Könnte ich doch ein Kapitel über Schlaf schreiben.

Eine bessere Gelegenheit dazu als dieser Augenblick ist gar nicht denkbar – alle Bettvorhänge sind heruntergelassen – alle Lichter ausgelöscht – keines Sterblichen Auge blieb geöffnet außer ein einziges, – denn das andere war der Wärterin meiner Mutter schon vor 20 Jahren ausgelaufen.

Ein herrlicher Vorwurf!

Und doch wollte ich eher ein Dutzend Kapitel über Knopflöcher schreiben, und glänzender schreiben, als Eines über den Schlaf.

Knopflöcher! In dem bloßen Gedanken daran liegt etwas Ermunterndes, und verlaßt Euch darauf, Ihr Herren mit den großen Bärten, gerathe ich einmal darüber, dann soll's lustig hergehen, mögt Ihr so ernst dazu sehen, wie Ihr wollt, – ich werde sie mir schon zu Gemüthe ziehen – der Gegenstand hat etwas Jungfräuliches – ich riskire da nicht auf anderer Leute Weisheit und schöne Redensarten zu stoßen.

Aber Schlaf! – daraus werde ich nichts machen, das weiß ich vorher, eh' ich anfange. – Erstens bin ich kein Freund von schönen Sentenzen, und dann könnt' ich um keinen Preis solch ein Thema feierlich behandeln und der Welt vorerzählen: er sei dem Unglücklichen eine Zuflucht, Freiheit dem Gefangenen, ein Ruhekissen dem Hoffnungslosen, Mühseligen und Betrübten; noch könnte ich gleich mit einer Lüge beginnen und betheuern, daß er von alle den angenehmen und köstlichen Verrichtungen unserer Natur, durch welche der große Schöpfer in seiner Güte die Leiden, so seine Gerechtigkeit und sein Belieben über uns verhängt hat, ein Gegengewicht geben wollte, die vorzüglichste sei (ich kenne zehnmal bessere), noch könnte ich entzückt verkündigen, wie glücklich ein Mensch zu achten sei, wenn er nach des Tages Angst und Unruhe sich auf den Rücken lege, und seine Seele, wohin sie immer blicke, den Himmel über sich so still und feierlich sähe, – von keiner Begierde, keiner Furcht und keinem Zweifel getrübt, während die Phantasie über jede Schwierigkeit, die vor dem Blicke aufsteige, sei es vergangene, gegenwärtige oder zukünftige, leicht dahingleite.

Gott segne den Mann, sagt Sancho Pansa, welcher das Ding, »Schlaf« genannt, zuerst erfand; es deckt Einen zu wie ein Mantel! – Darin liegt etwas, das stärker zu meinem Herzen und Gefühl spricht, als Alles, was sich gelehrte Köpfe über diesen Gegenstand ausgepreßt haben.

Deshalb mißachte ich nicht, was Montesquieu darüber sagt; es ist in seiner Art vortrefflich (ich citire aus dem Gedächtniß):

Man genießt den Schlaf, sagt er, wie andere Freuden wohl auch, ohne ihn zu schmecken und darauf zu achten, wie er verläuft und vor sich geht. Wir sollten ihn zum Gegenstande unserer Untersuchung und unseres Nachdenkens machen, um dankbarer zu werden gegen Ihn, der ihn uns gab. – Aus diesem Grunde lasse ich mich oft aus dem Schlafe wecken, so genieße ich ihn erst recht und besser. Doch giebt es, sagt er an einer andern Stelle, schwerlich Viele, die, wenn's nöthig ist, so wenig Schlaf bedürfen als ich: mein Körper ist einer stetigen, aber keiner heftigen und plötzlichen Anstrengung fähig, – ich vermeide in letzterer Zeit alle anstrengenden Leibesübungen. – Gehen ermüdet mich nie, – aber von Jugend auf liebte ich nicht auf hartem Steinpflaster zu reiten. – Am liebsten schlafe ich hart und allein – selbst ohne mein Weib. – Dieser letztere Punkt könnte unwahrscheinlich erscheinen, doch erinnere man sich, wie Bayle (in dem Falle von Licetus) sagt: »*La Vraisemblance n'est pas toujours du côté de la vérité.*« So viel über den Schlaf.

Einhundertundzweites Kapitel

Wenn meine Frau nichts dagegen hat, Bruder Toby, so soll man Trismegistus anziehen und ihn herunterbringen, während wir beide frühstücken.

Geh, Obadiah, und sage Susanna, daß sie herkommen soll.

Sie lief eben die Treppe hinauf, sagte Obadiah, heulend und schreiend, und rang dabei die Hände, als ob ihr das Herz brechen wollte.

Das wird ein guter Monat werden, sagte mein Vater, indem er sich von Obadiah wegwandte und meinen Onkel Toby bedeutend ansah; – das wird ein verteufelter Monat werden, Bruder Toby, sagte er, die Arme ineinanderschlagend, und schüttelte dazu den Kopf: Feuer, Wasser, Weiber, Wind – Bruder Toby. – Unheil genug, sagte mein Onkel Toby. – Ja, wahrhaftig, rief mein Vater, so viel wüthende Elemente losgelassen und übermächtig in jedem Winkel des Hauses. Was hilft es da zur Ruhe der Familie, daß wir, Du und ich, uns tapfer halten und still und unbewegt hier sitzen, wenn solch ein Sturm über unsern Häuptern –

Was ist denn los, Susanna? – Sie haben das Kind Tristram getauft und meine Frau hat darüber einen hysterischen Anfall gekriegt – Aber meine Schuld ist's nicht, betheuerte Susanna, ich sagte ihm Tristram-gistus.

Mache Dir nur den Thee allein, Bruder Toby, sagte mein Vater und nahm seinen Hut; aber wie anders war der Klang seiner Stimme, wie anders die Bewegung, als ein gewöhnlicher Leser sich würde vorstellen können!

Denn er sprach in dem mildesten Tone und langte seinen Hut mit der sanftesten Bewegung herab, wie Beides nur mit der tiefsten Betrübniß in Einklang gedacht werden kann. – Geh nach dem Rasenplatz und hole mir den Korporal Trim, sagte mein Onkel Toby zu Obadiah, sobald mein Vater das Zimmer verlassen hatte.

Einhundertunddrittes Kapitel

Als das Unglück mit meiner *Nase* so schwer über meinen Vater hereinbrach, ging er, wie sich der Leser erinnern wird, sogleich hinauf und warf sich aufs Bett, und wer keine tiefere Einsicht in die menschliche Natur hat, wird geneigt sein zu vermuthen, es würde dieser Unfall mit dem *Namen* dieselbe Wirkung auf ihn geäußert haben. – Nein!

Das verschiedene Gewicht, Sir, ja nur die verschiedene Vertheilung desselben Gewichtes zweier Unfälle macht einen gewaltigen Unterschied in der Art und Weise, wie wir sie ertragen und darüber hinwegkommen. Erst vor einer halben Stunde warf ich (in der Hast und Eile, die ein armer, um's tägliche Brod schreibender Teufel nicht vermeiden kann,) einen guten Bogen, den ich eben beendigt und sauber fertig geschrieben hatte, statt eines andern, der nichts taugte, ins Feuer.

Sogleich riß ich mir die Perücke vom Kopf und warf sie mit aller Gewalt gerade in die Höhe an die Decke des Zimmers, – allerdings fing ich sie wieder auf, aber damit war die Sache auch abgemacht; – ich weiß nicht, ob mir irgend etwas Anderes eine solche Erleichterung verschafft hätte. – Natur, die göttliche Helferin, läßt uns in allen Fällen besonderer Erregung unwillkürlich dieses oder jenes Glied bewegen, oder schiebt uns in diese oder jene Lage oder Körperstellung, ohne daß wir wissen, wie es zugeht. – Aber, wohl zu merken, Madame, wir leben umgeben von Räthseln und Geheimnissen, – die allernatürlichsten Dinge, die uns aufstoßen, haben ihre verhüllte Seite, welche das schärfste Auge nicht erkennt, und jede kleine Ritze und Spalte in den Werken der Natur verwirrt sogleich den klarsten und scharfsinnigsten Verstand; – deshalb müssen wir, wie bei tausend andern Dingen, die wir nicht ergründen können, auch hier damit zufrieden sein, die Zweckmäßigkeit erkannt zu haben, was mit Ew. Wohlgeboren und Hochehrwürden Erlaubniß übrigens genügen wird.

Nun konnte sich mein Vater mit diesem neuen Kummer durchaus nicht hinlegen, auch nicht hinaufgehen, – er ging also ganz gefaßt nach dem Fischteich.

Hätte er den Kopf in die Hand genommen und eine Stunde lang überlegt, wohin er gehen solle, so würde alles Überlegen ihn nicht besser gewiesen haben. In Fischteichen ist etwas, Sir, – *was* aber, das mögen die ergründen, die Systeme bauen und Fischteiche graben, – aber in Fischteichen ist etwas – so etwas Besänftigendes, die heftigste Aufregung des Gemüthes Niederschlagendes, wenn man nämlich langsam und anständig um sie herumwandelt, daß ich mich oft gewundert habe, wie weder Pythagoras, noch Plato, noch Solon, noch Lykurg, noch Mohamed, noch irgend einer der berühmtern Gesetzgeber darauf verfallen ist, sich welche anlegen zu lassen.

Einhundertundviertes Kapitel

Ew. Gnaden, sagte Trim, nachdem er vorher die Thür zugemacht hatte, haben vermuthlich von dem Unglück gehört. – Ach ja, Trim, sagte mein Onkel Toby und es thut mir sehr leid. – Mir thut's auch leid, erwiederte Trim, aber ich hoffe, Ew. Gnaden werden mir die Gerechtigkeit widerfahren lassen, daß *ich* nicht im Geringsten daran schuld bin. – Du, Trim? rief mein Onkel Toby und sah ihn freundlich dabei an, – Susanna und der Vikar haben es zwischen sich auszumachen. – Was hatten denn die im Garten zusammen zu schaffen, Ew. Gnaden? – Du meinst in der Gallerie, erwiederte mein Onkel Toby.

Trim merkte, daß er auf falscher Fährte sei, und verbeugte sich. – Zwei Unglücke, sagte der Korporal zu sich, sind einmal und noch einmal zu viel, um zu gleicher Zeit besprochen zu werden; das Unglück mit der Kuh, die in unsere Befestigungen brach, kann Se. Gnaden nachher erfahren. – Trims Pfiffigkeit und List, die er unter einer tiefen Verbeugung verbarg, verhinderten, daß mein Onkel Toby den geringsten Verdacht schöpfte; so fuhr er in seiner Rede fort:

Wenn es mir auch völlig gleich scheint, Trim, ob mein Neffe Tristram oder Trismegistus getauft ist, so hat mein Bruder doch einmal sein Herz daran gehängt, und ich gäbe mit Vergnügen hundert Pfund darum, wenn es nicht geschehen wäre. – Hundert Pfund, Ew. Gnaden! rief Trim, ich gäbe nicht einen Kirschkern. – Auch ich nicht, Trim, meinetwegen nicht, sagte mein Onkel Toby, – aber mit meinem Bruder ist gar nicht darüber zu reden; er meint, daß von Taufnamen viel mehr abhinge, als die Leute, die davon nichts verstünden, sich träumen ließen, und daß, so lange die Welt stünde, noch keine große und herrliche That von Einem vollbracht worden wäre, der Tristram geheißen hätte. Ja, er behauptet sogar, Trim, daß ein Mann mit diesem Namen weder gelehrt, noch weise, noch tapfer sein könne. – Das ist Alles pure Einbildung, Ew. Gnaden, sagte der Korporal; ich focht nicht schlechter zu der Zeit, wo ich im Regimente Trim hieß, als da sie mich James Butler nannten. – Und was mich betrifft, Trim, sagte mein Onkel Toby, so fällt es mir nicht ein, mich rühmen zu wollen, – aber wäre mein Name auch Alexander gewesen, ich hätte darum doch bei Namur nicht mehr als meine Pflicht thun können. – Potz tausend, Ew. Gnaden, rief Trim und machte drei Schritte vorwärts, wer denkt an Taufnamen, wenn's zur Attake geht! – Oder wenn er im Laufgraben steht, Trim! rief mein Onkel Toby und sah Trim fest an. – Oder sich in die Bresche stürzt! sagte Trim und schob zwei Stühle auseinander. – Oder in die Reihen bricht, rief mein Onkel Toby, indem er aufstand und seine Krücke wie eine Pike vor sich hielt. – Oder ein Peloton angreift! rief Trim, und legte seinen Stock als Flinte an. – Oder wenn er auf das Glacis hinaufstürmt! rief mein Onkel ganz aufgeregt und setzte dabei den Fuß auf seinen Stuhl.

Einhundertundfünftes Kapitel

Mein Vater war von seinem Spaziergange nach dem Fischteich zurückgekehrt und öffnete die Thür des Zimmers gerade in dem Augenblicke, als die Attake am heißesten war und mein Onkel Toby eben das Glacis hinaufstürmte. Trim ließ seine Arme sinken.

– Noch nie in seinem Leben war mein Onkel Toby so auf seinem Steckenpferde überrascht worden. Ach! lieber Onkel Toby! hätte nicht ein wichtigeres Thema meines Vaters ganze Beredsamkeit in Anspruch genommen, wie würdest Du und Dein armes Steckenpferd es haben entgelten müssen!

Mit derselben Miene, wie er ihn heruntergenommen, hing mein Vater seinen Hut wieder auf; dann warf er einen flüchtigen Blick auf die Unordnung, die im Zimmer herrschte, faßte einen der Stühle, welche dem Korporal als Bresche gedient hatten, stellte ihn vor meinen Onkel Toby hin, setzte sich darauf und brach, als das Theegeschirr weggeräumt und die Thür zugemacht worden war, in folgendes Klagelied aus.

Klagelied meines Vaters

Es ist vergebens, sagte mein Vater und wandte sich dabei ebenso sehr an Ernulphus' Fluch, der auf dem Kamine lag, als an meinen Onkel Toby, der davor saß, – es ist vergebens, sagte er mit grollender Eintönigkeit, daß ich mich länger gegen diese trostloseste aller menschlichen Überzeugungen sträube. – Ich sehe es klar, Bruder Toby, meine eigenen Sünden, oder die Sünden und Thorheiten der Shandy'schen Familie haben den Himmel bewogen, seine schwersten Geschosse gegen mich zu schleudern; das Glück meines Kindes ist der Punkt, auf den er seine ganze Wuth richtet. – Mit solchen Geschossen, Bruder Shandy, sagte mein Onkel Toby, könnte man die ganze Welt in Trümmer schießen. – Unglücklicher Tristram! Kind der Gebrechlichkeit, der Unterbrechung, des Mißverständnisses, der Unbehaglichkeit! Giebt es im Buche der embryonischen Übel ein Unglück, ein Mißgeschick, geeignet dein Gefüge zu entfügen, deine Fasern zu entfasern, das dein Haupt nicht getroffen hätte? Und da du zur Welt kamest, wie viel Mißgeschick unterwegs, wie viel Mißgeschick seitdem! – Ins Dasein gerufen von einem alternden Vater, zu einer Zeit, wo die Kraft seiner Phantasie und

283

seines Körpers bereits abnahm, wo die Urwärme und Urfeuchtigkeit, die Elemente deiner Mischung, im Erlöschen und Vertrocknen waren, und nichts zur Bildung deines Stoffes übrig geblieben war als Negatives! O, Bruder Toby, wie überaus nothwendig war da jene kleine Nachhülfe, die Sorge und Aufmerksamkeit auf beiden Seiten gewähren kann, – und wie ward Alles, Alles vereitelt! Du weißt, Bruder Toby, worauf ich ziele; es ist zu traurig, es zu wiederholen, wie die spärliche Lebenskraft, die ich noch aufzubieten vermochte, diese Lebenskraft, mit der Gedächtniß, Phantasie, und jede geistige Begabung hätte übermittelt werden sollen, zerstreut, verwirrt, zerstört, zerrissen und zum Teufel geschickt wurde.

Hier nun wenigstens hätte die Verfolgung gegen ihn zum Stillstand gelangen sollen, – hier wenigstens wäre der Versuch zu machen gewesen, ob deine Schwägerin durch Gemüthsruhe und heitere Stimmung, durch strenge Aufmerksamkeit auf ihre Diät, auf ihre Ausleerungen u.s.w. im Verlaufe von neun Monaten nicht Alles wieder in Ordnung bringen konnte. – Auch das wurde meinem Kinde nicht zu Theil! – Wie quälte sie sich und natürlich auch ihre Leibesfrucht mit der unsinnigen Idee, ihr Wochenbett in London abzuhalten! – Ich glaubte, meine Schwägerin hätte sich mit großer Geduld gefügt, entgegnete mein Onkel Toby. Ich hörte von ihr nie ein unwilliges Wort darüber. – Sie tobte innerlich, rief mein Vater, und das, Bruder, war zehnmal schlimmer für das Kind; – und dann, was für Auftritte mit mir, was für Stürme gab es wegen des Geburtshelfers! – Da gab sie nach, sagte mein Onkel Toby. – Nach! rief mein Vater und sah gen Himmel. –

Aber was war das Alles, lieber Toby, gegen das Unrecht, daß mein Kind mit dem Kopf voraus zur Welt kommen mußte, obgleich ich doch so sehnlich wünschte, wenigstens seinen kleinen Helm unzerbrochen und unbeschädigt aus dem allgemeinen Schiffbruch seines Leibes zu retten.

Wie wurde, trotz aller meiner Vorsicht, mein ganzes System mit dem Kinde im Mutterleibe zusammen auf den Kopf gestellt! sein

Schädel der Hand der Gewalt überantwortet und ein Druck von vierhundertundsiebenzig Pfund Gewicht so senkrecht auf den Scheitel ausgeübt, daß man jetzt Zehn gegen Eins wetten kann, es muß das feine Netzwerk seines Gehirnes vollständig verdorben und in tausend Fetzen zerrissen sein.

Es wäre immer noch möglich gewesen! Ob Narr, Dummkopf, Rindvieh – nur eine Nase! – Mag er dann aussehen, wie er will, – laß ihn Krüppel, Zwerg, Faselhans – Einfaltspinsel sein: – das Thor des Glückes stünde ihm offen. O Licetus! Licetus! wäre ich nur mit einem Kinde gesegnet worden, so lang wie du, fünf Zoll und einen halben, – ich hätte nichts danach gefragt.

Noch *ein* Glückswurf, Bruder Toby, noch einer für mein Kind, blieb trotz alle dem übrig – und nun auch noch das: O Tristram! Tristram! Tristram!

Wir wollen nach Mr. Yorick schicken, sagte mein Onkel Toby. Schick nach wem Du willst, erwiederte mein Vater.

Einhundertundsechstes Kapitel

In welcher Hast ich durch diese drei Bände galoppirt bin, ohne nur einmal hinter mich oder zur Seite zu sehen, ob ich nicht Jemandem ein Leid zugefügt habe! Ich will Niemandem ein Leid zufügen, sagte ich zu mir, als ich aufstieg; ich will meinen guten tüchtigen Galopp reiten, aber nicht Ein armes Eselsthier auf der Straße will ich umrennen. – So jagte ich fort – Weg auf, Weg ab, – durch dies Gehege, über jenes, als ob die wilde Jagd hinter mir wäre.

Nun reite Einer so, und hätte er den besten Willen und die besten Vorsätze von der Welt, irgend Jemandem wird er Schaden zufügen, wenn nicht sich selbst, darauf kann man eine Million gegen Eins wetten. – Es hat ihn abgeworfen – er ist herunter – aus dem Sattel – da liegt er – er wird den Hals brechen – nun sieh!

plagt ihn der Teufel, da gerade unter die Tribüne der Kritiker von Fach zu galoppiren! – er wird sich den Kopf gegen einen ihrer Pfähle einrennen; – da ist er wieder – seht, seht, – jetzt reitet er wie ein Toller gerade hinein in den dichten Haufen der Maler, Musikanten, Poeten, Biographen, Ärzte, Juristen, Philosophen, Schauspieler, Schulmänner, Gottesgelehrten, Staatsmänner, Soldaten, Casuisten, Kunstenthusiasten, Prälaten, Päbste und Ingenieure. – Nur unbesorgt, sage ich. Nicht dem dümmsten Esel, der auf der Landstraße einhertrabt, werde ich zu nahe kommen. – Aber Ihr Pferd schleudert Koth; sehen Sie doch, wie Sie den Bischof beschmutzt haben. – Ich hoffe zu Gott, es war nur Ernulphus, sagte ich. Aber Sie haben den Herren Le Moyne, De Romigny und De Marcilly, diesen Doktoren der Sorbonne, gerade ins Gesicht gespritzt. – Das war voriges Jahr, erwiederte ich. – Aber Sie haben eben einen König überritten. – Das wären schlechte Zeiten für Könige, sagte ich, wenn solche Leute wie ich auf ihnen herumreiten könnten.

Sie haben's aber gethan, entgegnete mein Ankläger.

Ich leugne es, sagte ich und machte mich los – und hier stehe ich mit dem Zaum in der einen und mit der Mütze in der andern Hand, um meine Geschichte zu erzählen. – Was für eine? – Das werden Sie im nächsten Kapitel hören.

Einhundertundsiebentes Kapitel

An einem Winterabende stand Franz I., König von Frankreich, vor einem fast ausgebrannten Kaminfeuer und wärmte sich, während er mit seinem Premierminister über allerhand wichtige Staatsangelegenheiten sprach. Es könnte nichts schaden, sagte der König und stieß dabei mit seinem Stocke in die Asche, wenn das gute Einvernehmen zwischen uns und den Schweizern etwas aufgefrischt würde. – Sire, erwiederte der Minister, dies Volk ist unersättlich,

– sie wären im Stande den ganzen Schatz Frankreichs zu verschlingen. – Pah! antwortete der König, es giebt noch andere Wege, Herr Minister, Staaten zu kirren, – noch andere als Geld. Ich gedenke der Schweiz die Ehre zu erweisen, sie bei meinem nächsten Kinde zu Gevatter zu bitten. – Damit würden sich Ew. Majestät alle Grammatiker in Europa auf den Hals laden, erwiederte der Minister; denn da die Schweiz weiblichen Geschlechtes ist, so kann sie nicht Gevatter sein. – Nun, so mag sie Gevatterin sein, sagte Franz, etwas gereizt; man soll sie morgen durch einen Courier von meiner Absicht in Kenntniß setzen lassen. –

Ich wundere mich, sagte Franz I. (vierzehn Tage später) zu seinem Minister, der eben zu ihm ins Kabinet trat, daß wir von der Schweiz noch keine Antwort haben. – Sir, erwiederte der Minister, ich bin gerade gekommen, Ew. Majestät eine darauf bezügliche Depesche vorzulesen. – Sie nehmen natürlich an, sagte der König. – Allerdings, Sire, erwiederte der Minister, und wissen die Ehre vollkommen zu schätzen, die Ew. Majestät ihnen erweist. Doch als Gevatterin erhebt die Republik Anspruch auf das ihr zukommende Recht, dem Kinde den Namen zu geben.

Versteht sich, sagte der König; sie wird ihn Franz oder Heinrich oder Ludwig taufen oder ihm sonst einen Namen geben, von dem sie weiß, daß er uns genehm ist. – Ew. Majestät dürften irren, erwiederte der Minister. Ich habe soeben diese Depesche unseres Gesandten erhalten, worin er den Beschluß der Republik mittheilt. – Und was für einen Namen hat die Republik dem Dauphin bestimmt? – Sadrach, Mesach, Abednego, erwiederte der Minister. – Bei St. Peters Gürtel, dann will ich mit der Schweiz nichts zu schaffen haben, sagte Franz I., indem er seine Hosen in die Höhe zog und heftig durch das Zimmer schritt.

Ew. Majestät werden ihrer nicht entbehren können, warf der Minister ein.

So wollen wir ihnen Geld geben, sagte der König.

Sir, antwortete der Minister, es sind Alles in Allem nicht mehr als sechzigtausend Kronen in unserm Schatz.

So will ich das beste Juwel meiner Krone verpfänden, sagte Franz I.

Ew. Majestäts Ehre *ist* in dieser Sache bereits verpfändet, antwortete der Premierminister. –

Nun denn, so wollen wir Krieg mit ihnen anfangen, Herr Premier, sagte der König.

Einhundertundachtes Kapitel

Obgleich ich, lieber Leser, nach dem Maße der geringen Kraft, welche Gott mir verliehen, und so weit andere einbringlichere Geschäfte und heilsame Zerstreuungen es mir erlaubt haben, eifrig und unablässig bemüht gewesen bin, diese kleinen Bücher, welche ich hier in deine Hände gebe, so auszustatten, daß sie es dreist mit manchem dickeren Buche werden aufnehmen können, – habe ich mich dir gegenüber doch so frei und ungenirt gehen lassen, daß ich jetzt mit Beschämung um deine Nachsicht bitten muß. Glaube ja nicht, darum beschwör' ich dich, daß ich bei dem, was ich von meinem Vater und seinen Taufnamen sagte, im Entferntesten daran gedacht habe, Franz dem Ersten nahetreten zu wollen, oder Franz dem Neunten mit der Geschichte von der Nase. Auch habe ich nicht etwa die Absicht gehabt, die militärischen Geister meines Landes in dem Charakter meines Onkels Toby zu schildern (die Wunde am Schambein verbietet eine Vergleichung mit allen andern Wunden von selbst); noch habe ich mit Trim den Herzog von Ormond gemeint, und ebensowenig glaube, daß dieses Buch gegen Prädestination oder gegen die Freiheit des Willens oder gegen Steuern geschrieben sei. Es ist überhaupt gegen Niemanden und gegen gar nichts geschrieben, Ew. Wohlgeboren, außer gegen den Mißmuth, und hat gar keinen andern Zweck, als vermittels häufigerer und lebhafterer Dehnung und Zusammenziehung des Zwerchfells und vermittels der Erschütterung der Rippen und Bauchmuskeln beim Lachen die Galle und andere Bitterkeiten, sammt allen schädlichen Leidenschaften, die daraus entspringen, von der Gallenblase, Leber und Milz der getreuen Unterthanen Seiner Majestät hinweg in den Zwölffingerdarm zu leiten.

Einhundertundneuntes Kapitel

– Aber kann die Sache ungeschehen gemacht werden, Yorick? sagte mein Vater; meiner Meinung nach, fuhr er fort, ist das unmöglich. – Ich verstehe mich schlecht auf das Kirchenrecht, erwiederte Yorick, – aber aller Übel größtes ist die Ungewißheit, und wir werden wenigstens bald erfahren, wie wir daran sind. – Ich hasse diese großen Diners, sagte mein Vater. – Groß oder nicht, das kommt dabei nicht in Betracht, antwortete Yorick; wir wollen, Mr. Shandy, dem Dinge auf den Grund kommen, ob der Name geändert werden kann oder nicht, und da nun so viele Abgeordnete, Officiale, Advokaten, Anwälte, Registratoren, die Spitzen unserer Gottesgelahrheit u.s.w. sich an einem und demselben Tage treffen werden, – Didius Sie überdies dringend eingeladen hat, so dürfen Sie in Ihrer Bedrängniß eine solche Gelegenheit auf keinen Fall versäumen. Es ist nichts weiter nöthig, fuhr Yorick fort, als Didius vorher zu benachrichtigen, er wird den Gegenstand dann nach Tische aufs Tapet bringen. – Wenn das ist, rief mein Vater und schlug in die Hände, so muß mein Bruder Toby auch mit gehen.

Hänge meine alte Stutzperücke und meine Uniform heute Nacht ans Feuer, Trim, sagte mein Onkel Toby.

Einhundertundzehntes Kapitel

✳ ✳
✳ ✳
✳ ✳

Einhundertundelftes Kapitel

Ganz recht, Sir, – hier fehlt ein ganzes Kapitel und eine Lücke von
zehn Seiten findet sich in dem Buche; – aber der Buchbinder ist
nicht daran schuld, – auch ist das Buch nicht defekt (wenigstens
deshalb nicht), – sondern im Gegentheil, es ist perfekter und vollständiger, als wenn das Kapitel nicht fehlte, was ich Ew. Hochehrwürden gleich beweisen werde. Ich möchte vorher nur noch in aller
Geschwindigkeit fragen, ob man nicht mit vielen andern Kapiteln
dasselbe Experiment, und zwar mit dem besten Erfolge machen
könnte, – aber des Experimentirens mit Kapiteln würde dann kein
Ende sein, Ew. Hochehrwürden, und wir haben schon zu viel davon
gehabt – Also lassen wir's.

Bevor ich nun meinen Beweis anhebe, muß ich Ihnen sagen,
daß jenes Kapitel, welches Sie jetzt, wenn ich es nicht herausgerissen
hätte, statt dieses lesen würden, eine Beschreibung der Fahrt enthielt, welche mein Vater, mein Onkel Toby, Trim und Obadiah
nach *** zur Kirchenvisitation machten.

Wir wollen uns einsetzen, sagte mein Vater. Ist das Wappen
abgeändert, Obadiah? – Aber so fängt die Geschichte nicht gut an;
ich muß erst etwas Anderes erzählen; nämlich: Als das Wappen
meiner Mutter dem der Familie Shandy beigefügt und die Familien-
kutsche zur Hochzeit meines Vaters neu gemalt wurde, hatte der
Maler, entweder weil er mit der linken Hand malte, oder weil er
nicht sowohl mit der Hand als mit dem Kopf linkisch war, – oder

weil nun einmal Alles, was mit unserer Familie in Beziehung stand, nach links neigte, statt des nach rechts aufsteigenden Balkens, der uns seit der Zeit Heinrichs VIII. von Rechts wegen zukam, einen linksaufsteigenden quer über das Shandy'sche Wappenschild gemalt. Es ist kaum glaublich, daß eine so unbedeutende Sache einen so vernünftigen Mann, wie meinen Vater, sehr hätte kümmern sollen. Doch war es der Fall; sobald nur das Wort Kutsche oder Kutscher, oder Kutschpferd oder Miethskutsche in der Familie ausgesprochen wurde, fing er sogleich an, sich bitter über dieses Zeichen der Illegitimität auf seinem Kutschenschlage zu beklagen; nie stieg er in die Kutsche, nie heraus, ohne sich umzusehen und das Wappen zu betrachten, wobei er jedesmal betheuerte, daß es nun das letzte Mal gewesen sei, daß er seinen Fuß hineingesetzt habe, wenn der verdammte Balken nicht weggenommen würde. Aber wie die Thürangel, so war auch dies eines von den Dingen, die nach des Schicksals Schluß (in unserer wie in andern weisern Familien) ewig bemäkelt und nie gebessert werden sollten.

Ist der Balken weggenommen, frage ich? sagte mein Vater. 's ist nichts weggenommen, Herr, antwortete Obadiah, als der Überzug. – Dann wollen wir reiten, sagte mein Vater, indem er sich zu Yorick wandte. – Außer von Politik, sagte dieser, versteht die Geistlichkeit von nichts in der Welt weniger, als von der Heraldik. – Das ist mir gleich, rief mein Vater, ich will nicht mit diesem Makel in meinem Wappen vor ihnen erscheinen. – Laß Dich doch den Balken nicht kümmern, sagte mein Onkel Toby und setzte seine Stutzperücke auf. – Fahr Du mit Tante Dinah und dem Bastardbalken auf die Kirchenvisitation, wenn Du willst, sagte mein Vater. – Mein armer Onkel Toby wurde roth. Mein Vater ärgerte sich über sich selbst. – Nein, lieber Bruder Toby, sagte mein Vater mit plötzlich verändertem Tone, das feuchte Kutschenpolster könnte Dir Dein Hüftweh wiederbringen, wie vergangenen Winter im December, Januar und Februar. Setze Dich lieber auf das Pferd meiner Frau, und Sie, Yorick, da Sie predigen müssen, werden besser thun, vorauszureiten; ich folge langsam mit Bruder Toby nach.

Das Kapitel, welches ich ausgerissen habe, war nun die Beschreibung dieses Rittes und schilderte, wie Korporal Trim und Obadiah auf den beiden Kutschpferden den Zug anführten, während mein Onkel Toby in seiner Uniform und Stutzperücke und mein Vater ihnen folgten, wobei sie sich abwechselnd in grundlose Wege und gelehrte Gespräche über die Vorzüge der Wissenschaft und der Wappen vertieften.

Aber als ich die Schilderung dieses Rittes noch einmal durchlas, schien sie mir in Styl und Gattung so weit über alle dem zu stehen, was ich sonst in diesem Werke geleistet habe, daß es gar nicht möglich war, sie stehen zu lassen, ohne zugleich das Gleichgewicht (sei es nun im Guten oder Schlechten) zwischen Kapitel und Kapitel zu zerstören, ein Gleichgewicht, von dem die Einheit des ganzen Werkes abhängt. Ich bin in dem Geschäft zwar noch ein Neuling und kann mich irren, Madame, aber meiner Meinung nach ist es mit dem Bücherschreiben gerade so wie mit dem Trällern eines Liedes; bleiben Sie nur im Ton, ob Sie hoch oder niedrig anfangen, ist ganz gleich.

Das ist der Grund, Ew. Hochehrwürden, weshalb so viele der seichtesten und erbärmlichsten Schriften Erfolg haben, nämlich (wie Yorick neulich zu meinem Onkel Toby sagte) durch »Aushungern«. Mein Onkel sah bei dem Worte »Aushungern« lebhaft auf, – wußte aber nicht, was er daraus machen sollte.

Ich muß nächsten Sonntag bei Hofe predigen, sagte Homenas; sehen Sie doch einmal mein Koncept an; – ich trällerte also meines Doktors Stückchen durch: – ganz gut modulirt, – wenn's so fort geht, Homenas, ist nichts dagegen zu sagen. Ich trällerte weiter, es schien mir eine ganz passable Komposition zu sein, und bis zu dieser Stunde, Ew. Hochehrwürden, würde ich nicht gemerkt haben, wie gemein, geistlos und abgedroschen sie war, wenn ich nicht mitten drin plötzlich auf eine Melodie gestoßen wäre, so schön, so rein, so göttlich, daß sie meine Seele in eine ganz andere Welt emporriß. Wäre es (wie Montaigne in einem ähnlichen Falle sagt) langsam in die Höhe gegangen, hätte ein gangbarer Weg hinaufgeführt, – ich hätte mich täuschen lassen. – Eure Komposition, Homenas, sagte ich, ist eine gute Komposition; aber da ging's auf einmal so gewaltig in die Höhe, – es hob sich so plötzlich von allem Andern ab, – bei dem ersten Ton war ich in einer andern Welt, und sah von da oben in das Thal hinab, das ich gekommen war; – es war so tief, so klein, so eng, daß ich den Muth nicht hatte, wieder hinunter zu steigen.

*** Ein Zwerg, der eine Fahne in der Hand hält, an der man seine Kleinheit messen kann, ist in mehr als einer Hinsicht ein Zwerg, darauf kann man sich verlassen.

Damit mag das Herausreißen des Kapitels erklärt sein.

Einhundertundzwölftes Kapitel

Nun, da sehe Einer! zerschneidet er sie nicht zu Streifen und reicht sie als Fidibus herum! – Das ist doch abscheulich, erwiederte Didius. – Das kann man nicht so hingehen lassen, sagte Kysarcius: – *NB.* von den Kysarcii aus den Niederlanden.

Ich meine, sagte Didius, indem er sich halb vom Stuhl erhob und eine Flasche und eine große Wasserkaraffe, die zwischen ihm und Yorick standen, bei Seite schob, – ich meine, Mr. Yorick, Sie hätten Ihren Spott sparen sollen und würden besser gethan haben, ihn auf einen andern Gegenstand zu richten, oder wenigstens eine andere Gelegenheit zu wählen, um Ihre Mißachtung für das, was wir hier beginnen, auszudrücken. Ist die Predigt nichts Besseres werth, als die Pfeifen damit anzuzünden, so war sie sicherlich nicht gut genug, Sir, um vor einer so gelehrten Versammlung gehalten zu werden, und war sie gut genug, vor einer so gelehrten Versammlung gehalten zu werden, so war sie ohne Zweifel zu gut, um nachher die Pfeifen damit anzuzünden.

So bleibt er ohne Rettung an einem der beiden Hörner meines Dilemma's hängen, sagte Didius zu sich, – laß ihn sich losmachen, wenn er kann.

Ich habe bei der Abfassung dieser Predigt solche Qual ausgestanden, sagte Yorick, daß ich hiemit erkläre, ich will lieber tausendmal jedes Märtyrthum über mich nehmen und mein Pferd mit mir, wenn es sein muß, als daß ich mich hinsetzen und noch eine solche machen möchte; sie floß mir nicht aus der rechten Stelle, sie kam aus dem Kopf, statt aus dem Herzen, und für die Pein, die sie mir sowohl im Ausarbeiten wie im Halten verursacht, habe ich mich auf diese Weise an ihr gerächt. Predigen, um seine Gelehrsamkeit oder die Schärfe seines Verstandes zu zeigen, vor den Augen der Menge mit dem bettelhaften Stückwerk eiteln Wissens zu paradiren, das, aufgeputzt mit einigen prunkenden Worten, nicht Licht, nicht Wärme verbreitet, – das ist ein schändlicher Mißbrauch der kurzen halben Stunde, die uns wöchentlich anvertraut ist, – das heißt nicht das Evangelium, das heißt sich selbst predigen. Fünf Worte, gerade ins Herz gezielt, zieh' ich vor, fuhr Yorick fort.

Bei den Worten: »gerade ins Herz gezielt« erhob sich mein Onkel Toby, um Einiges über Wurfgeschosse im Allgemeinen zu sagen, – als ein Wort, ein einziges Wort, das von der andern Seite des Tisches kam, jedes Ohr auf sich zog, – ein Wort, im ganzen Schatz der Sprache giebt es keines, das man hier weniger erwartet hätte, – ein Wort, das ich nur mit Beschämung niederschreibe, und doch muß es niedergeschrieben, muß es gelesen werden; ein gesetzwidriges, ein unkanonisches Wort – und wenn Ihr tausend Vermuthungen anstellt, sie mit sich selbst multiplicirt, Eure Einbildung martert und quält, so werdet Ihr es doch nicht errathen. Kurz – ich werde es Euch im nächsten Kapitel sagen.

Einhundertunddreizehntes Kapitel

Sapperment! --------------------------------

- Sapp-! rief Phutatorius halb für sich, doch laut genug, daß man's hören konnte, und das Sonderbarste dabei war, daß es mit einem Blicke und in einem Tone geschah, die Beides, sowohl Erstaunen als körperliches Unbehagen ausdrückten.

Einige, die sehr feine Ohren hatten und den Ausdruck wie die Mischung dieser beiden Töne so klar wie Terz und Quint im Akkord heraushören konnten, waren am meisten verdonnert. Der Akkord war an und für sich ganz gut, aber es war nur eine ganz andere Tonart und paßte zu der, die angeschlagen war, in keiner Weise; deshalb wußten sie durchaus nicht, was sie daraus machen sollten.

Andere, die von dem musikalischen Ausdruck nichts verstanden und nur den schlichten Wortausdruck erwogen, meinten, Phutatorius, der etwas cholerischer Natur war, nehme dem Didius den Knüppel aus der Hand und wolle auf Yorick losgehen, so daß das verzweifelte »Sapperment« nur die Einleitung, so zu sagen nur das *Exordium* der Rede wäre, die dieser Probe nach etwas klobig zu werden drohte, worüber mein Onkel Toby in seiner Gutmüthigkeit Yoricks wegen im Voraus Qualen litt. Aber da Phutatorius innehielt und weder den Versuch machte, noch Lust zu haben schien fortzufahren, so vermutheten noch Andere, daß es wohl nur eine unwillkürliche Herzenserleichterung gewesen sei, die sich zufällig und wie von selbst in das Gewand eines kleinen Fluches gekleidet hätte, ohne damit die Sünde und Wesenhaftigkeit eines wirklichen über sich zu nehmen.

Aber Zwei oder Drei, die ihm am nächsten saßen, hielten es für einen wirklichen und förmlichen Fluch, den er gegen Yorick geschleudert hätte, denn sie wußten, daß er ihm nicht grün war; und dieser Fluch, so philosophirte mein Vater, hätte dem Phutatorius die ganze Zeit über im Gekröse gewirthschaftet, und wäre dann ganz naturgemäß durch den plötzlichen Andrang des Blutes zur Herzkammer, der bei dem gewaltigen Erstaunen über Yoricks seltsame Aufstellungen stattgefunden haben müsse, herausgestoßen worden.

Wie fein wir doch über falsch erkannte Thatsachen philosophiren können!

Nicht ein Einziger von alle Jenen, die sich des Phutatorius Kraftwörtlein zu erklären suchten, zweifelte im Allergeringsten daran, – nein, sie gingen vielmehr Alle als von einem Axiom davon aus, daß Phutatorius' Aufmerksamkeit ganz und gar auf die Debatte zwischen Didius und Yorick gerichtet sei; – und in der That, wer, der ihn bald diesen, bald jenen mit der Miene eines lauschenden Zuhörers anblicken sah, konnte auch etwas Anderes glauben? Dennoch wußte Phutatorius nicht eine Silbe von dem, was vorging; alle seine Gedanken und seine ganze Aufmerksamkeit waren vielmehr auf einen Vorgang gerichtet, der in diesem Augenblicke innerhalb seiner Pluderhosen, und zwar an einer sehr beachtungswerthen Stelle stattfand, und obgleich er scheinbar höchst aufmerksam gerade vor sich ausblickte und jeder Nerv und Muskel seines Gesichtes sich immer mehr und mehr spannte, als ob er eine scharfe Erwiederung für Yorick, der ihm gegenübersaß, vorbereite, – so blieb seinem Gehirn doch nichts ferner als Yorick; – die wahre Ursache seines Ausrufs lag wenigstens eine Elle tiefer.

Ich werde versuchen, dies mit aller möglichen Decenz zu erklären.

Bei einem Gange nach der Küche, den er vor dem Essen gemacht hatte, um zu sehen, wie die Sachen stünden, hatte Gastripheres auf dem Küchentische einen Korb voll schöner Kastanien bemerkt und befohlen, ein paar hundert davon zu rösten und nach dem Essen heraufzuschicken; denn Didius und Phutatorius, wie er, um seinem Befehle mehr Nachdruck zu geben, hinzufügte, seien ganz besondere Liebhaber davon.

Ohngefähr zwei Minuten vorher, ehe mein Onkel Yoricks Rede unterbrach, waren die Kastanien hereingebracht worden, und da der Diener die Liebhaberei des Phutatorius kannte, so hatte er dieselben, mit einer Serviette bedeckt, vor ihm hingestellt.

Nun war es eine reine Unmöglichkeit, daß, wenn ein halb Dutzend Hände auf Einmal unter die Serviette fuhren, nicht einige von den Kastanien, die besonders rund und lebhaft waren, in Bewegung hätten kommen sollen. So geschah es denn auch, daß eine vom Tische fiel, und da Phutatorius sehr breitbeinig dasaß, fiel sie in jene Öffnung seiner Hosen, für welche unsere Sprache, zu ihrer Schande sei's gesagt, kein anständiges Wort hat; ich vermeide es also, sie zu benennen, und sage beschreibend – in jene besondere Öffnung, von welcher die Gesetze des Anstands unerbittlich verlangen, daß sie in guter Gesellschaft, wie der Tempel des Janus (im Frieden wenigstens), geschlossen sei.

Die Mißachtung dieses obersten Gesetzes von Seiten des Phutatorius hatte (was Allen zur Warnung dienen möge) dem Zufall die Thür geöffnet.

Zufall nenne ich es, in Anbequemung an eine hergebrachte Redeweise, nicht daß ich dadurch der Ansicht des Acrites oder Mythogeras entgegentreten wollte; ich weiß wohl, sie beide waren der Meinung und sind bis zu dieser Stunde vollständig davon überzeugt, daß hier kein Zufall gewaltet habe, sondern daß dies Rollen der Kastanie, die Richtung, die sie genommen, und das Herabfallen derselben, heiß wie sie war, gerade an diese und keine andere Stelle, eine gerechte Strafe für Phutatorius habe sein sollen, wegen der erbärmlichen und unsittlichen Abhandlung *de concubinis retinendis*, welche er vor zwanzig Jahren veröffentlicht hatte, und wovon gerade in jener Woche eine zweite Auflage erscheinen sollte.

Es ist nicht meines Amtes, meine Feder dieser Streitfrage zu leihen; ohne Zweifel läßt sich viel *pro* und *contra* sagen, – aber meine Pflicht als Historiker beschränkt sich darauf, die Thatsachen hinzustellen und es dem Leser glaubwürdig zu machen, daß der Hiatus

297

in Phutatorius' Pluderhosen weit genug war, um die Kastanie durchzulassen, ferner – daß sie (gleichviel auf welche Weise) senkrecht hineinfiel und darin fortglühte, ohne daß Phutatorius oder sonst Jemand es bemerkte.

In den ersten zwanzig oder fünfundzwanzig Sekunden war die belebende Wärme, welche die Kastanie ausstrahlte, nicht unangenehm, sie lenkte nur eben des Phutatorius Aufmerksamkeit auf jenen Ort; – aber die Hitze nahm zu, – nach wenigen Sekunden überschritt sie bereits das Maß des Wohlgefühls, – dann stieg sie schnell bis zur Pein, und die Seele des armen Phutatorius, all sein Sinnen, seine Gedanken, seine Aufmerksamkeit, seine Einbildungskraft, sein Urtheil, seine Entschließung, Erwägung, Überlegung, sein Gedächtniß, seine Phantasie, sammt zehn Bataillon Lebensgeister machten sich auf allerhand Umwegen und durch allerlei Engpässe nach dem Orte der Gefahr hin auf den Weg, so daß die obern Regionen, wie man sich vorstellen kann, so leer wurden wie mein Geldbeutel.

Aber keiner der Boten konnte ihm Kunde zurückbringen, die das Räthsel da unten erklärt hätte, – nicht einmal vermuthen konnte er, was zum Teufel es sein möchte. Also hielt er es für am klügsten, den Schmerz so lange als möglich wie ein Stoiker zu ertragen, was er mit Hülfe einiger verzogenen Gesichter und Maulverrenkungen auch sicherlich zu Stande gebracht hätte, wäre seine Phantasie nicht aufrührerisch geworden. Aber in solchen Fällen läßt sich die Phantasie nicht beherrschen; – ein Gedanke schoß ihm durch den Sinn, daß es, obgleich es sich wie ein Brennen anfühle, ja ebenso gut ein Biß sein könne, daß vielleicht eine Eidechse, oder eine Natter, oder sonst ein verdammtes Reptil hineingekrochen wäre und seine Zähne dort einschlüge, – ein fürchterlicher Gedanke, der, unterstützt von dem Brennen der Kastanie, Phutatorius' Seele mit panischem Schrecken erfüllte, so daß er, wie es wohl dem allerbesten Feldherrn schon begegnet ist, ganz und gar den Kopf verlor, plötzlich aufsprang und den so viel gedeuteten Ausruf des Erstaunens mit der Aposiopesis Sapp – als Wiederholung ausstieß, der, wenn auch nicht gerade kanonisch zu nennen, in solcher Lage doch zu entschuldigen war, – und den, ob kanonisch oder nicht, Phutatorius wenigstens nicht unterdrücken konnte.

So viel Zeit erforderlich gewesen ist, dies Alles zu erzählen, so wenig Zeit erforderte der Hergang der Sache selbst, – nicht mehr in der That, als Phutatorius dazu brauchte, um die Kastanie herauszuziehen und auf den Boden zu schleudern, und Yorick, um von seinem Stuhle aufzustehen und sie aufzuheben.

Es ist gewiß interessant zu beobachten, was für einen bedeutenden Einfluß geringfügige Umstände auf unsern Geist ausüben und von welcher unglaublichen Wichtigkeit sie bei der Bildung und Feststellung unserer Ansichten über Menschen und Dinge sind, so daß solche Geringfügigkeiten, die doch leichter als ein Haar sind, eine Überzeugung in unsere Seele pflanzen und sie so fest darin einrammen, daß selbst Euclidische Beweise zu ohnmächtig sein würden, sie wieder umzuwerfen.

Yorick, sagte ich, nahm die Kastanie vom Boden auf, die Phutatorius wüthend hingeschleudert hatte, – das war etwas sehr Unbedeutendes – fast schäme ich mich, es zu erzählen, – er that es, ohne etwas Anderes dabei zu denken, als daß die Kastanie um kein Haar schlechter geworden sei, und daß man sich einer guten Kastanie wegen wohl bücken könne. Aber in Phutatorius' Kopf brachte dieser an und für sich so unbedeutende Umstand eine andere Wirkung hervor; ihm erschien diese Handlung Yoricks als ein offenes Geständniß, daß die Kastanie ihm (Yorick) gehöre, und daß er, der Eigner der Kastanie, es also gewesen sein müsse, der ihm den Streich gespielt habe. Was ihn in dieser Meinung noch befestigte, war die Form des Tisches, ein längliches, ziemlich schmales Viereck; Yorick saß dem Phutatorius gerade gegenüber, hatte also die beste Gelegenheit gehabt, die Kastanie hineinrollen zu lassen, – und natürlich hatte er es gethan. – Der mehr als argwöhnische Blick, den Phutatorius bei diesem Gedanken auf Yorick warf, sprach diese Meinung zu deutlich aus, und da Jeder annehmen konnte, daß Phutatorius von der Sache mehr als ein Anderer wissen müsse, so wurde seine Meinung alsbald die allgemeine; – aber noch etwas, was bis jetzt nicht angedeutet wurde, trug dazu bei, die Sache über jeden Zweifel zu erheben.

Wenn große und unerwartete Ereignisse auf der Bühne dieser sublunarischen Welt stattfinden, so macht sich des Menschen Geist, der von Natur voll Forschbegierde ist, sogleich hinter die Scene, um zu erspähen, was die Veranlassung und die Ursache dieser Ereignisse war. – In unserm Falle dauerte die Nachforschung nicht lange.

Es war allgemein bekannt, daß Yorick nie eine gute Meinung von der Abhandlung des Phutatorius *de concubinis retinendis* gehabt hatte, ja daß er sie geradezu für schädlich ansah; so fand man denn heraus, es sei dieser Streich nicht ohne Beziehung darauf, und das Hineinprakticiren der heißen Kastanie in Phutatorius' *** – *** müsse als ein boshafter Hieb auf das Buch angesehen werden, dessen Inhalt, sagten sie, manchen ehrlichen Mann an derselben Stelle erhitzt hätte.

Dieser Gedanke ermunterte den Somnolentius, – brachte Agelastes zum Lächeln, – und gab dem Gesichte des Gastripheres jenen eigenthümlichen Blick und Ausdruck eines Menschen, der sich damit abmüht, ein Räthsel zu rathen; von den Meisten aber wurde es als ein prächtiger Witz betrachtet.

Das war, wie die Leser wissen, ebenso falsch, als Alles, was vorher philosophirt worden war. Ohne Zweifel war Yorick, wie Shakespeare von seinem Vorfahren sagt, »ein witziger Kopf«, aber bei all seinem Witze besaß er Etwas, das ihn von diesem, wie von jedem andern unziemlichen Scherze, deren man ihm manche fälschlich beimaß, abhielt; – allein es war einmal lebenslang sein Unglück, daß er Aussprüche und Handlungen auf sich nehmen mußte, deren seine Natur (wenn mich nicht Alles trügt) unfähig war. Was ich einzig und allein an ihm tadle, oder eigentlich an ihm tadle und schätze, ist die Wunderlichkeit seines Wesens, die es ihm nie erlauben wollte, die Leute über solch ein Geschichtchen des Bessern zu belehren, auch wenn er es recht gut hätte thun können. Überall, in welcher Weise man ihm auch Unrecht that, machte er es wie dort mit dem Gaule. Er hätte die Sache vollkommen zu seiner Ehre aufklären können, aber darüber war sein Geist erhaben; und dann mochte er auch den, der so etwas auf seine Kosten erfunden hatte, der es verbreitete oder glaubte, nicht um sein Geschichtchen bringen; – ob es ihm auch Unrecht that, er überließ es der Zeit und der Wahrheit, für ihn einzutreten.

Dieser Heldenmuth schadete ihm in vielen Fällen; im gegenwärtigen zog er ihm die entschiedene Rache des Phutatorius zu, der, als Yorick eben seine Kastanie verzehrt hatte, zum zweiten Male aufstand, um ihm – allerdings mit einem Lächeln – zu versichern, daß er sich bemühen werde, den Dienst zu erwiedern.

Aber hier muß man zwei Dinge wohl von einander trennen und unterscheiden:

Das Lächeln war für die Gesellschaft –
Die Drohung für Yorick.

Einhundertundvierzehntes Kapitel

– Können Sie mir nicht rathen, wandte sich Phutatorius zu Gastripheres, der ihm zunächst saß, – wie man die Hitze herauszieht? man kann sich in solcher dummen Sache doch nicht an den Wundarzt wenden. – Fragen Sie Eugenius, erwiederte Gastripheres. – Das hängt, sagte Eugenius und that, als ob er von der Sache gar nichts wisse, – davon ab, was für ein Glied beschädigt ist. Ist es ein zartes Glied und ein solches, das man leicht umwickeln kann – Es ist Beides, sagte Phutatorius und legte, während er sprach, mit bedeutsamem Kopfnicken seine Hand auf das fragliche Glied,

301

wobei er zu gleicher Zeit sein rechtes Bein etwas aufhob, um ihm Raum und Luft zu machen. – In dem Fall, sagte Eugenius, rathe ich Ihnen, nicht mit allerlei zu quacksalbern; schicken Sie in die nächste Buchdruckerei und versuchen Sie es ganz einfach mit einem weichen, eben aus der Presse gekommenen Druckbogen; sie brauchen ihn nur herumzuwickeln. – So viel ich weiß, sagte Yorick (der neben Eugenius saß), ist dabei nicht das feuchte Papier die Hauptsache, obgleich es kühlt, – sondern was eigentlich hilft, ist die Druckerschwärze, womit das Papier bedeckt ist. – Ganz recht, sagte Eugenius, und sie ist von allen äußerlichen Mitteln, die ich empfehlen möchte, das schmerzstillendste und sicherste.

Wenn es also die Druckerschwärze ist, die hilft, sagte Gastripheres, so wäre es vielleicht noch besser sie auf einen Lappen zu streichen und so aufzulegen. – Da würde er ja schwarz wie der Teufel werden, entgegnete Yorick. – Und dann, setzte Eugenius hinzu, entspräche es auch dem Zwecke nicht, der nach der bestimmten und klar angesprochenen Verordnung der Fakultät nur dadurch erreicht werden kann, daß es halb Papier und halb Druckerschwärze ist; denn, sehen Sie, wenn der Druck (wie er sein soll) sehr klein ist, so haben die heilenden Theilchen, die in dieser Form in Kontakt kommen, den Vorzug, so außerordentlich fein und so mathematisch gleich vertheilt zu sein (nur die Absätze und die Initialen machen eine Ausnahme), daß keine Kunst noch Anstrengung dies mit dem Spatel zu Stande bringen könnte. – Es trifft sich sehr glücklich, entgegnete Phutatorius, daß gerade die zweite Auflage meines Buches *de concubinis retinendis* unter der Presse ist. – Da können Sie irgend einen Bogen davon nehmen, sagte Eugenius, gleichviel welchen. – Vorausgesetzt, sagte Yorick, daß er nicht schmutzig ist.

Man druckt jetzt eben am neunten Kapitel, erwiederte Phutatorius, dem vorletzten des ganzen Buches. – Bitte, wie ist das Kapitel überschrieben? fragte Yorick höflich, indem er sich gegen Phutatorius verbeugte. – Ich glaube: »*de re concubinaria*« antwortete Phutatorius. –

Dann, um's Himmels willen, nehmen Sie sich vor dem Kapitel in Acht, sagte Yorick.

Jedenfalls, setzte Eugenius hinzu.

Einhundertundfünfzehntes Kapitel

– Hier stand Didius auf, legte die ausgespreizte Hand aufs Herz und sagte: Wäre nun ein solches Versehen mit dem Taufnamen *vor* der Reformation geschehen, – (es geschah erst vorgestern, sagte mein Onkel Toby zu sich) und hätte die Taufe in lateinischer Sprache stattgefunden – (sie fand in unserer Sprache statt, sagte mein Onkel) – so hätte mancherlei zusammentreffen können, was auf Grund kirchlicher Dekrete anzuführen gewesen wäre, um die Taufe für null und nichtig zu erklären und dem Kinde einen andern Namen zu geben. Hätte z.B. ein Priester, weil er der lateinischen Sprache nicht mächtig gewesen wäre, wie das nicht ungewöhnlich ist, das Kind des Hans oder des Peter *in nomine patriae et filia et spiritum sanctos* getauft, so würde die Taufe nicht gültig sein. – Da bitte ich um Verzeihung, rief Kysarcius, – in diesem Falle würde die Taufe wohl gültig sein, denn die Endungen sind blos falsch; – hätte aber der Priester die erste Silbe, nicht, wie Sie anführten, blos die letzte jedes Wortes verdreht, dann allerdings wäre sie ungültig.

Solche Spitzfindigkeiten waren ganz nach meines Vaters Geschmacke; er horchte mit unbeschreiblicher Aufmerksamkeit zu.

Gastripheres, fuhr Kysarcius fort, tauft z.B. das Kind von Jochen Krummbein *in gomine gatris* u.s.w. statt *in nomine patris* u.s.w. – Gilt die Taufe? Nein, sagen die geschicktesten Kirchenlehrer, darum nämlich nicht, weil hier die Wurzel jedes Wortes verhunzt ist und dadurch Sinn und Bedeutung ganz und durchaus anders geworden sind, denn *gomine* bedeutet nicht Name und *gatris* nicht Vater. – Was bedeutet es denn? fragte mein Onkel Toby. – Gar nichts, sagte Yorick. – *Ergo* ist eine solche Taufe ungültig, sagte Kysarcius.

Natürlich, sagte Yorick, mit einem Tone, der zwei Drittheil wie Spaß, ein Drittheil wie Ernst klang.

Aber in dem angeführten Falle, fuhr Kysarcius fort, wo *patriae* für *patris, filia* für *filii* u.s.w. gesetzt ist, wo also der Fehler nur in der Deklination liegt, die Wurzeln der Wörter aber dieselben geblieben sind, stören die falschen Flexionen die Gültigkeit der Taufe durchaus nicht, denn mögen sie sein wie sie wollen, der Sinn der Worte ist, wie gesagt, geblieben. – Aber dann, sagte Didius, muß wenigstens bewiesen werden, daß der Priester nach den Regeln der Grammatik hat taufen *wollen*. – Ganz Recht, Kollege Didius, antwortete Kysarcius, und dafür haben wir in den Dekretalien des Pabstes Leo III. eine einschlagende Verordnung. – Aber meines Bruders Kind hat ja doch mit dem Pabste nichts zu schaffen, rief mein Onkel Toby; es ist ein ehrliches Protestantenkind, und gegen den Willen seines Vaters, seiner Mutter und aller Verwandten Tristram getauft worden.

Wenn der Wunsch und Wille aller derer, unterbrach Kysarcius meinen Onkel Toby, welche zu dem Kinde des Herrn Shandy in einem verwandtschaftlichen Verhältnisse stehen, überhaupt von Gewicht sein kann, so ist dies doch in Betreff der Madame Shandy durchaus nicht der Fall. – Mein Onkel Toby legte seine Pfeife hin, und mein Vater rückte seinen Stuhl näher an den Tisch, um den Schluß einer so überraschenden Eingangsbehauptung besser vernehmen zu können.

Es ist, Kapitän Shandy, fuhr Kysarcius fort, unter den Gesetzkundigen[13] dieses Landes nicht allein die Frage aufgeworfen worden, »ob die Mutter überhaupt zu den Verwandten des Kindes gehöre«, sondern man hat sich auch nach vielen vorurtheilsfreien Untersuchungen und nachdem Gründe dafür und dagegen angeführt wur-

---

13 *Vide* Swinburn über Testamente. Abth. 7, § 8.

den, endlich dahin entschieden, daß die Mutter mit dem Kinde nicht verwandt sei[14].

Mein Vater legte seine Hand sogleich auf meines Onkel Toby's Mund, anscheinend weil er ihm etwas ins Ohr sagen wollte, eigentlich aber weil er den Lillabullero befürchtete, und da er äußerst begierig war, einen so interessanten Beweis zu vernehmen, beschwor er meinen Onkel Toby, um des Himmels willen still zu sein. Mein Onkel Toby nickte, steckte seine Pfeife wieder in den Mund und pfiff den Lillabullero blos inwendig. Kysarcius, Didius und Triptolemus aber setzten ihr Gespräch folgendermaßen fort:

Wie sehr diese Entscheidung der gewöhnlichen Anschauungsweise auch entgegen zu sein scheint, sagte Kysarcius, so hat sie doch gewichtige Gründe für sich, und seit dem berühmten Rechtsstreit, der unter dem Namen »der Suffolksche Prozeß« bekannt ist, ist sie als unbestreitbar angenommen. – Brooke citirt den Fall, sagte Triptolemus. – Auch Lord Coke erwähnt ihn, fügte Didius hinzu. – Und in Swinburn »über testamentarische Verfügungen« kann man ihn ebenfalls finden, sagte Kysarcius.

Der Fall war folgender, Mr. Shandy:

Unter der Regierung Eduards VI. vermachte der Herzog Karl von Suffolk, der aus verschiedenen Ehen einen Sohn und eine Tochter hatte, dem Sohne seine Güter und starb. Nach ihm starb auch der Sohn, der unverheirathet geblieben war, ohne ein Testament zu hinterlassen; seine Mutter und seine Stiefschwester (aus des Vaters erster Ehe) überlebten ihn. Alsbald trat die Mutter in den Besitz der Güter ihres Sohnes ein, kraft des Statutes Heinrichs VIII. vom Jahre 21, welches verordnet, daß, so Jemand ohne Testament stirbt, seine Güter dem nächsten Verwandten zufallen sollen.

Nachdem der Mutter die Güter (unrechtmäßigerweise) übergeben worden waren, strengte die Schwester des Verstorbenen (von väterlicher Seite) vor dem königlichen Erbschaftsgerichte einen Prozeß

---

14 *Vide* Brooke's Auszug. Abth. Verwaltungsgesetze Nr. 47

an, indem sie behauptete, 1) daß sie die nächste Verwandte und 2) daß die Mutter gar keine Verwandte des Verstorbenen sei, weshalb sie das Gericht bat, die Übergabe der Güter an die Mutter zu widerrufen und ihr, als der nächsten Verwandten, welcher sie nach dem Statute zukämen, dieselben zu übergeben.

Da dies ein wichtiger Fall war, von dessen Entscheidung insofern viel abhing, als dadurch für alle spätern Fälle eine Präcedenz geschaffen wurde, so befragte man die gelehrtesten Rechtskundigen darüber, ob die Mutter als Verwandte des Sohnes zu betrachten sei oder nicht, worauf nicht allein die Civilisten, sondern auch die Kanonisten, die Juriskonsulte, – die bürgerlichen Gerichtshöfe, die Konsistorien und die Richter der geistlichen Gerichtshöfe der Erzbischöfe von Canterbury und York, sowie die Graduirten der Fakultät einstimmig den Ausspruch thaten, »daß die Mutter keine Verwandte des Kindes sei«[15].

Und was sagte die Herzogin von Suffolk dazu? fragte mein Onkel Toby.

Diese Frage meines Onkels Toby kam so unerwartet, daß sie Kysarcius mehr verwirrte, als irgend ein Einwurf, den der geschickteste Advokat ihm hätte machen können. Er hielt inne – und sah meinen Onkel Toby eine ganze Minute lang schweigend an; diesen Augenblick benutzte Triptolemus, um ihn bei Seite zu schieben und das Wort zu ergreifen.

Ein Fundamentalsatz des Rechtes ist der, sagte er, daß nichts hinauf-, sondern alles hinabsteigt; deshalb ist das Kind allerdings vom Blut und Samen der Eltern, aber die Eltern sind nicht vom Blut und Samen des Kindes, denn das Kind hat nicht die Eltern, sondern die Eltern haben das Kind erzeugt, so steht es geschrieben: *Liberi sunt de sanguine patris et matris, sed pater et mater non sunt de sanguine liberorum.*

---

15 *Mater non numeratur inter consanguineos. Bald. in ult. c. de verb. signific.*

306

Das aber, Triptolemus, beweist wieder zu viel, rief Didius; denn dieser Autorität zufolge würde nicht allein die *Mutter* des Kindes Verwandte nicht sein, was allgemein zugegeben wird, sondern auch der Vater wäre ihm nicht verwandt. – Man hält dies auch allgemein für die richtigere Ansicht, sagte Triptolemus, weil Vater, Mutter und Kind, obgleich drei Personen, doch nur *una caro*[16] – Ein Fleisch sind, und also keine Verwandtschaft stattfindet, noch auf natürliche Weise stattfinden kann. – Sie beweisen wieder zu viel, rief Didius; – weshalb nicht auf natürliche Weise? wenn gleich das levitische Gesetz es verbietet; kann nicht Jemand mit seiner Groß-mutter ein Kind erzeugen? In diesem Falle, und angenommen, das Kind wäre eine Tochter, würde sie so wohl verwandt sein mit – Aber wem würde das je einfallen? rief Kysarcius. – Warum nicht, sagte Yorick, z.B. jenem Burschen, von dem Selden erzählt, dem fiel es nicht blos ein, sondern er rechtfertigte seine Ansicht auch noch seinem Vater gegenüber, indem er sich auf das Recht der Wiedervergeltung berief. – Schlafen Sie bei meiner Mutter, Sir, sagte der Junge, warum ich nicht bei Ihrer? – Das ist ein *argumentum commune*, setzte Yorick hinzu – Sie verdienen's nicht besser, entgegnete Eugenius und griff nach seinem Hut.

Die Gesellschaft brach auf.

Einhundertundsechzehntes Kapitel

Also bitte, sagte mein Onkel Toby und lehnte sich dabei auf Yorick, der ihm mit meinem Vater zusammen die Treppe hinunterhalf – – Sein Sie nur nicht bange, Madame, dies Treppengespräch dauert nicht so lange als das vorige. – Also bitte, Yorick, sagte mein Onkel, was haben diese gelehrten Leute nun wegen der Sache mit Tristram ausgemacht? – O, erwiederte Yorick, es steht Alles vortrefflich, Sir;

---

16 Brooke's Auszug. Abth. Verwaltungsgesetze Nr. 47.

keinen Menschen geht die Sache etwas an, denn Mrs. Shandy, des Kindes Mutter, ist gar nicht einmal mit ihm verwandt, und wenn sie nicht einmal bei der Sache betheiligt ist, so ist es natürlich Mr. Shandy noch viel weniger. Da bin ich dem Kinde ebenso gut verwandt als er, Sir. –

Das kann wohl sein, sagte mein Vater und schüttelte den Kopf.

Mögen die Gelehrten sagen, was sie wollen, erwiederte mein Onkel Toby, es muß zwischen der Herzogin von Suffolk und ihrem Sohne doch Blutsverwandtschaft stattgefunden haben.

Ja, die Leute glauben's bis zu dieser Stunde, sagte Yorick.

Einhundertundsiebenzehntes Kapitel

Obgleich die Spitzfindigkeiten dieser gelehrten Leute meinen Vater höchlich ergötzt hatten, so war das doch nur Salböl auf seine Wunden. Sobald er nach Hause kam, kehrten die trüben Gedanken nur um so peinigender zurück, was stets der Fall ist, wenn der Stab, auf den wir uns lehnen, uns entgleitet. Er wurde nachdenklich, – ging oft nach dem Fischteiche, – ließ die Hutkrämpe niederhängen, – seufzte oft – und ärgerte sich nicht, – da aber Aufbrausen, mit gelegentlichem Ärger, wie Hippokrates uns lehrt, die Ausdünstung und Verdauung gar sehr befördern, so würde er durch die Störung dieser Heilwege sicherlich erkrankt sein, hätte nicht ein frischer Schub Sorgen und Unruhen, welche Tante Dinah durch ein Legat von tausend Pfund ihm hinterließ, seiner Natur aufgeholfen.

Kaum hatte mein Vater den Brief gelesen, als er auch schon das Ding beim rechten Zipfel anfaßte und sich den Kopf darüber zerbrach, wie er das Geld zur Ehre der Familie am besten anlegen sollte. Hundert verschiedenartige Projekte gingen ihm durch den Sinn; er wollte das thun, und jenes – und dann wieder etwas Anderes. Er wollte nach Rom reisen, – er wollte ein Notariat kaufen,

– er wollte das Geld in Staatspapieren anlegen, – er wollte John Hobsons Meierei kaufen, – er wollte seinem Hause eine neue Fronte geben und einen Flügel anbauen, der Symmetrie wegen. – An dem diesseitigen Ufer war eine Wassermühle, – er wollte jenseits des Flusses, gerade gegenüber eine Windmühle hinsetzen, als *pendant.* – Aber vor allen Dingen wollte er das große Ochsenmoor einzäunen und meinen Bruder Bobby auf Reisen schicken.

Da indessen die Summe beschränkt war und sich doch nicht Alles mit ihr ausführen ließ, – wovon übrigens das Meiste ganz unnütz gewesen wäre, – so schienen die beiden letztgenannten Projekte vor allen andern den größten Eindruck auf ihn zu machen, und wäre die kleine ebenerwähnte Unbequemlichkeit nicht gewesen, so würde er sich zweifelsohne zu beiden auf einmal entschlossen haben; so aber sah er sich gezwungen, von den beiden eines zu wählen.

Das war aber nicht so leicht, denn obgleich mein Vater in der Überzeugung, daß eine Bildungsreise für meinen Bruder unerläßlich sei, längst schon bei sich beschlossen hatte, dieselbe mit dem ersten Gelde, welches er aus den Aktien der zweiten Mississippi-Gesellschaft, an der er betheiligt war, ziehen würde, ins Werk zu setzen, – so hatte doch das Ochsenmoor, ein schönes, großes, mit Gras bestandenes, undrainirtes und unbebautes Stück Land, das zum Shandy'schen Gute gehörte, ältere Ansprüche an ihm; er hatte so lange, so sehnlich gewünscht, es auf irgend eine Art nutzbar zu machen.

Da die Umstände es bis jetzt nicht von ihm gefordert hatten, sich über das weitere Recht oder die höhere Bedeutung dieser Ansprüche zu entscheiden, so hatte er sich als ein weiser Mann jeder schärferen und eingehenderen Untersuchung dieser Frage enthalten; – jetzt aber, nachdem alle andern Projekte bei Seite geworfen waren, brachten ihn diese beiden, wegen des Ochsenmoors und wegen meines Bruders, in einen heftigen Zwiespalt mit sich selbst; sie wogen in des alten Herrn Geist so ganz gleich schwer, daß nicht abzusehen war, welches von beiden zur Ausführung gebracht werden würde.

Man möge darüber lachen, aber der Fall lag so:

Es war von jeher in unserer Familie Brauch gewesen und zuletzt zu einem wohlbegründeten Rechtsanspruch geworden, daß der älteste Sohn vor seiner Verheirathung fremder Herren Länder bereise, nicht damit er durch Bewegung und Luftwechsel sich stärke, sondern zur Belustigung seiner Phantasie, damit er das Federlein, ein gereister Mann zu sein, auf seine Mütze stecken könne. *Tantum valet,* pflegte mein Vater zu sagen, *quantum sonat.*

Da dies nun eine vernünftige und mithin eine höchst christliche Vergünstigung war, so hätte es ihn schlechter als einen Türken behandeln heißen, wenn man ihm dieselbe ohne allen Grund hätte vorenthalten und ihn den ersten Shandy hätte sein lassen wollen, der nicht in einer Postchaise in Europa herumgerollt worden wäre, blos weil er etwas vernagelt war.

Andererseits aber war die Sache mit dem Ochsenmoor ebenso dringlich.

Außer dem ursprünglichen Kaufpreise von achthundert Pfund hatte es der Familie vor fünfzehn Jahren eines Prozesses wegen weitere achthundert Pfund gekostet, die unsägliche Schererei und Unruhe während des Prozesses gar nicht gerechnet.

Dazu kam, daß es seit der Mitte des vorigen Jahrhunderts im Besitze der Shandy'schen Familie war; aber obgleich es unmittelbar vor dem Hause lag, auf der einen Seite von der Wassermühle, auf der andern von der obenerwähnten *projektirten* Windmühle begränzt, und somit den nächsten Anspruch auf die Sorgfalt und Pflege der Familie hatte, so war es dennoch, wie das sowohl den Menschen, als dem Boden, den sie treten, unbegreiflicherweise oft zu geschehen pflegt, auf das Allerärgste vernachlässigt worden, und hatte, ehrlich gestanden, so darunter gelitten, daß es (nach Obadiahs Ausspruch) Jedem, der nur einen Begriff von dem Werthe des

Grund und Bodens hatte, in der Seele weh thun mußte, wenn er darüber ritt und sah, in welchem Zustande es war.

Aber da mein Vater dieses Land weder gekauft, noch es, so zu sagen, auf die Stelle, wo es lag, hingelegt hatte, so meinte er, es ginge ihn nichts an, – bis vor fünfzehn Jahren der obenerwähnte verdammte Prozeß ausbrach (es war wegen der Gränzen) und meinen Vater zu eigenem Handeln und zur Bethätigung zwang. Dadurch wurde sein Interesse rege, und von da an wuchs es stätig; er fand, daß sowohl sein Vortheil als seine Ehre es verlangten, daß er etwas dafür thue, und – jetzt oder nie war der Augenblick. –

Ich meine, es war ein besonderes Unglück, daß die Gründe auf beiden Seiten so gleich wogen, denn obgleich es mein Vater in jeder Stimmung und Lage versuchte, – obgleich er manche Stunde in tiefen und abgezogenen Gedanken über das, was er thun solle, verbrachte, – heute Bücher über Landwirthschaft, morgen Reisebeschreibungen las, – sich von aller Leidenschaftlichkeit frei zu machen suchte, – die Dinge ganz in ihrem eigenen Lichte und den Umständen gemäß ins Auge faßte, – jeden Tag mit meinem Onkel Toby konferirte, – mit Yorick sich herumstritt, – mit Obadiah die Ochsenmoorfrage durchsprach, – so wollte sich doch nichts herausstellen, was mehr für das eine als für das andere Projekt gesprochen hätte, oder was durch eine andere Erwägung nicht wieder so aufgehoben worden wäre, daß die Wagschale hätte sinken können.

Denn sicherlich, wenn das Ochsenmoor mit gehöriger Nachhülfe und in der Hand der rechten Leute bald ein ganz anderes Aussehen haben mußte als jetzt, – so galt das Alles von meinem Bruder Bobby ebenso gut, – da mochte nun Obadiah sagen was er wollte.

Faßte man nur den Vortheil ins Auge, – so schien es freilich auf den ersten Blick, als ob da kein Zweifel sein könne; denn wenn mein Vater Dinte und Feder nahm und die einmalige Ausgabe des Rodens, Ausbrennens und Einhegens mit dem zusammenstellte, was ihm das Ochsenmoor späterhin eintragen würde, so ergab sich bei seiner Art zu rechnen eine so enorme Revenue, daß kein Land der Welt mit dem Ochsenmoore den Vergleich ausgehalten hätte. Im ersten Jahre, das war klar, gab es hundert Lasten Rüben, die Last wenigstens zu zwanzig Pfund; im zweiten eine vortreffliche Weizenernte, – im darauffolgenden Jahre, wenig gesagt, hundert, aber wahrscheinlich einhundertundfünfzig, wenn nicht zweihundert Malter Erbsen und Bohnen, außer Kartoffeln, deren Menge gar nicht zu berechnen war. – Aber dann schlug der Gedanke, daß mein Bruder unterdeß wie ein Schwein, das sie fräße, aufwachsen solle, Allem wieder vor den Kopf und machte den alten Herrn so verwirrt, daß er meinem Onkel Toby oft erklärte, er wäre so rathlos wie sein kleiner Finger.

Keiner, der es nicht an sich selbst erfahren hat, kann sich einen Begriff machen von der Qual, wenn der Geist so mit sich selbst in Zwiespalt gerathen ist und von zwei Planen mit gleicher Kraft nach entgegengesetzten Seiten gerissen wird. Denn der Verwüstung zu geschweigen welche ein solcher Zustand in den Nerven anrichtet, die doch die Lebensgeister und alle feinern Säfte zum Gehirne führen, so ist es gar nicht zu sagen, in welcher Weise eine solche Zwickmühle auf die gröberen und festeren Theile wirkt, und wie sie mit jedem Zug hierher oder dorthin an dem Fett und an dem Fleisch des Menschen zehrt.

Mein Vater würde dieser Heimsuchung so sicher erlegen sein, wie jener mit meinem Taufnamen, von der ihn diese erlöste, wäre er nicht auch von dieser durch eine neue erlöst worden: durch den Tod meines Bruders Bob nämlich.

Was ist des Menschen Leben? Ein Schwanken hierhin – dorthin – von Sorge zu Sorge. Ein Loch stopft man zu, – ein anderes ist gleich wieder da.

312

Einhundertundachtzehntes Kapitel

Von diesem Augenblicke an bin ich als der Thronerbe der Familie Shandy anzusehen und damit beginnt eigentlich die Geschichte meines Lebens und meiner Meinungen. Mit aller Hast und Eile habe ich bis jetzt den Grund gelegt, auf welchem ich das Gebäude errichten will, und ein Gebäude soll es werden, ich sehe es voraus, wie seit Adams Zeiten noch keins entworfen, viel weniger ausgeführt worden ist. In weniger als fünf Minuten werde ich meine Feder ins Feuer geworfen haben und mein Dintenfaß mit dem Tröpfchen dicker Dinte hinterdrein; vorher habe ich nur erst noch allerlei abzumachen, zuerst noch etwas zu *nennen,* – dann noch etwas zu *beklagen,* – etwas zu *hoffen,* – etwas zu *versprechen,* und dann noch mit etwas zu *drohen.* Ferner habe ich noch etwas *vorauszusetzen,* – etwas zu *erklären,* etwas zu *verschweigen,* – etwas zu *wählen* und um etwas zu *bitten.* Dies Kapitel *nenne* ich also das Kapitel über *Etwas,* und das nächste soll dann, wenn Gott mir Leben schenkt, mein Kapitel über Schnurrbärte sein, damit Alles hübsch in der Ordnung vor sich geht.

Was ich nun zu *beklagen* habe, ist das, daß sich mein Stoff immer mehr häuft, und ich immer noch nicht im Stande gewesen bin, an *den* Abschnitt meines Werkes zu gelangen, auf den ich mich schon so lange gefreut habe, ich meine an die Campagnen, aber besonders an die Liebescampagne meines Onkels Toby, deren Begebenheiten so eigenthümlicher Art, so Cervantisch sind, daß, wenn ich sie nur so behandeln und so der fremden Anschauung übermitteln kann, wie sie mir vorschweben, ich dafür einstehen will, es soll mein Buch in der Welt mehr Glück machen, als sein Herr gemacht hat. O Tristram! Tristram! wenn du das nur ordentlich zu Stande bringst, so wird dein Ruhm als Autor alle die Übel aufwiegen, die du als Mensch ertragen mußtest, du kannst von jenem dann noch zehren, wenn du längst alles Gefühl für diese und alle Erinnerung daran verloren hast.

Kein Wunder, daß es mich prickelt, an diese Liebesgeschichte zu kommen; sie ist das Nierenstückchen meiner ganzen Geschichte! Und wenn ich dabei bin, so verlaßt Euch darauf, liebe Leutchen (mag ekel sein wer will), ich werde mich in meinen Ausdrücken nicht geniren. Und das ist das Etwas, das ich zu *erklären* hatte. – Aber ich werde schwerlich in fünf Minuten fertig werden; das *befürchte* ich, und was ich *hoffe,* ist, daß Ew. Wohlgeboren und Hochehrwürden es nicht übel nehmen; sollten Sie es aber doch übel nehmen, so sein Sie versichert, ich werde Ihnen nächstes Jahr eine bei Weitem bessere Veranlassung zum Übelnehmen geben. So macht's meine Jenny – Ja wer meine Jenny ist? und wie das rechte Ende heißt, bei dem die Weiber angefaßt sein wollen und wie das unrechte? das ist eben das Etwas, das ich *verschweige;* ich werde es in dem zweitfolgenden Kapitel nach dem »über Knopflöcher« sagen – eher auf keinen Fall.

Und da ich nun hier am Ende dieser vier Bände angelangt bin, so habe ich auch etwas zu *fragen:* Wie steht's mit den Köpfen? Thun sie ein bischen weh? – Was die Gesundheit im Allgemeinen anbetrifft, so weiß ich, es geht viel besser. – Der Shandeismus macht, man sage was man will, Herz und Lungen frei und läßt, wie alle Reizmittel dieser Art, das Blut und die Lebenssäfte ungehinderter durch ihre Kanäle laufen, indem er das Lebensrad schneller und leichter umschwingt.

Hätte ich mir, wie Sancho Pansa, ein Königreich zu *wählen,* es sollte keine Insel sein, auch kein Negerreich, aus dem ich mir etwas herausschlagen könnte, – nein – es sollte ein Königreich sein mit lauter fröhlichen und lachenden Unterthanen; und da Habsucht und Schwermuth, die Blut und Säfte verderben, auf den Staat eine nicht minder schädliche Wirkung äußern als auf den menschlichen Körper, nichts aber sie beherrschen und der Vernunft unterwerfen kann als ein tugendhaftes Leben, so würde ich weiter *bitten,* daß

Gott meinen Unterthanen Gnade verleihen möchte, so weise als fröhlich zu sein, und dann wäre ich der glücklichste Herrscher und mein Volk wäre das glücklichste Volk auf Erden. –

Mit dieser schönen Moral will ich jetzt von Ew. Wohlgeboren und Hochwürden auf ein Jahr Abschied nehmen; dann aber (vorausgesetzt, daß mich dieser abscheuliche Husten nicht in die Grube bringt) werde ich Wohldieselben wieder an den Bärten zupfen und eine Geschichte zu Markte bringen, von der Sie sich schwerlich etwas träumen lassen.

Zweiter Band

Erstes Kapitel

Den Einfall verdanke ich den beiden feurigen Mähren und dem waghalsigen Postillon, der mich auf dem Wege von Stilton nach Stamford fuhr, er wäre mir sonst nie in den Kopf gekommen. Wir flogen wie der Blitz, – drei und eine halbe Meile ging es bergab, – kaum berührten wir den Boden, – die Bewegung war reißend schnell – stürmisch – sie theilte sich meinem Gehirne, meinem Herzen mit. – »Beim großen Gotte des Lichts«, rief ich aus, indem ich nach der Sonne sah und den Arm, wie zum Gelübde, aus der Chaise streckte, – »sobald ich nach Hause komme, schließe ich mein Studierzimmer zu und werfe den Schlüssel neunzig Fuß tief unter die Oberfläche der Erde, in den Brunnen hinter meinem Hause!«

Der londoner Postwagen bestärkte mich in meinem Entschlusse; er schleppte sich den Berg hinauf, – es ging kaum vorwärts – hotte! hotte! – acht schwere Thiere vorgespannt – »Die pure Anstrengung«, sagte ich und nickte dazu; »Bessere als ihr machen es ebenso – schleppen auch und allerlei! – Drollig«! –

Sagt mir doch, Ihr Gelehrten, sollen wir denn ewig die Masse so sehr vermehren, und so wenig zum eigentlichen Werthe hinzuthun?

Sollen wir ewig neue Bücher machen, wie der Apotheker Mixturen, der aus einem Gefäße ins andere gießt?

Sollen wir immer dasselbe Seil drehen und aufdröseln? – immer in demselben Geleise – immer in demselben Schritte?

Sollen wir in alle Ewigkeit, Werkeltag und Sonntag, darauf angewiesen sein, die Reliquien unserer Gelehrsamkeit vorzuweisen, wie die Mönche die Reliquien ihrer Heiligen, ohne ein einziges, kleines Wunder damit zu thun?

Ward der Mensch, dieses höchste, vortrefflichste und edelste Geschöpf der Welt, – dieses Wunder der Natur, wie Zoroaster ihn in seiner *περὶ φύσεως* nennt, – der Shekinah der göttlichen Gegenwart, wie Chrysostomus, – das Ebenbild Gottes, wie Moses, – der Strahl der Gottheit, wie Plato, – das Wunder der Wunder, wie Aristoteles ihn nennt, – ward dieser Mensch, begabt mit der Kraft, sich wie ein Pfeil von der Erde zum Himmel zu schwingen, dazu gemacht, so jämmerlich, so erbärmlich, so miserabel dahin zu kriechen und zu schleichen? –

Ich möchte bei dieser Gelegenheit nicht so ausfallend werden wie Horaz, aber wenn es keine Übertreibung und keine Sünde wäre, so wünschte ich, daß jeder Nachahmer in Großbritannien, Frankreich und Irland den Aussatz bekäme für seine Mühe, und daß ein Haus für Aussätzige da wäre, groß genug, um sie alle zu fassen, wo man das Lumpenpack quecksilberte, Männlein und Weiblein, alle zusammen! Und das bringt mich auf das Kapitelder Schnurrbärte, durch welche Gedankenverbindung aber? das – aufzufinden, vermache ich als unveräußerliches Erbtheil allen Prüden und Tartüffen, die sich daran nach Herzenslust erfreuen mögen.

Über Schnurrbärte

Es thut mir leid, daß ich es gegeben habe, – es war ein höchst unbedachtes Versprechen. Ein Kapitel über Schnurrbärte! Ach! das Publikum wird es nicht vertragen können, das Publikum ist so überaus zart; aber ich wußte nicht, was ich that, und dann hatte ich auch das untenstehende Fragment noch nicht gesehen, sonst würde ich, so gewiß Nasen Nasen und Schnurrbärte Schnurrbärte sind (mag das Gegentheil behaupten, wer kann), diesem gefährlichen Kapitel aus dem Wege gegangen sein.

Fragment

✳ ✳

✳ ✳

Sie scheinen schläfrig zu sein, Verehrteste, sagte der alte Herr, der die Hand der alten Dame ergriff und sie sanft drückte, während er das Wort *Schnurrbart* aussprach. Lassen Sie uns von etwas Anderem reden. – Keineswegs, erwiederte die alte Dame; Ihre Geschichte gefällt mir ungemein. – Damit bedeckte sie sich den Kopf mit einem dünnen Gazetuche, lehnte sich, das Gesicht ihm zugewandt, im Lehnstuhl zurück, schob beide Füße etwas weiter vor und sagte dann: Bitte, fahren Sie fort. –

Der alte Herr fuhr fort, wie folgt: Schnurrbart! sagte die Königin von Navarra und ließ ihr Knäuel fallen, als La Fosseuse das Wort aussprach. – Schnurrbart, Madame, sagte La Fosseuse, indem sie das Knäuel an der Schürze der Königin feststeckte und das Wort mit einem Knixe wiederholte.

La Fosseuse's Stimme war von Natur weich und tief, sie hatte eine sonore Stimme, und jeder Buchstabe des Wortes »Schnurrbart« drang der Königin vernehmlich ins Ohr. Schnurrbart! rief die Königin mit einem Tone, als ob sie ihren Ohren immer noch nicht traue. – Schnurrbart, erwiederte La Fosseuse, indem sie das Wort zum dritten Male wiederholte. Kein Kavalier seines Alters, Madame, fuhr das Hoffräulein fort und nahm sich des Pagen mit Eifer an, – keiner in ganz Navarra hat einen so schönen – Was? fragte Margaretha lächelnd. – Schnurrbart, sagte La Fosseuse mit unbeschreiblicher Züchtigkeit. –

Das Wort »Schnurrbart« hielt es aus; – trotz des indiskreten Gebrauches, welchen La Fosseuse davon gemacht hatte, bediente man sich desselben nach wie vor in der besten Gesellschaft des kleinen Königreiches Navarra. La Fosseuse hatte nämlich das Wort nicht allein vor der Königin, sondern überhaupt bei Hofe und bei vielen andern Gelegenheiten mit einem ganz besondern, geheimnißvollen Tone ausgesprochen. – Margaretha's Hof war zu jener Zeit, wie allgemein bekannt, ein Gemisch von Galanterie und Frömmigkeit, und da sich Schnurrbärte mit beiden vertragen, so hielt das Wort es aus; – was es hier an Terrain verlor, gewann es dort wieder, d.h. die Geistlichkeit war dafür, die Laien dagegen, und die Frauen waren getheilt.

Um diese Zeit war es, daß die herrliche Gestalt und die Schönheit des jungen Sieur de Croix die Aufmerksamkeit der Hoffräulein nach der Terrasse vor dem Schloßthore zog, wo die Wache aufgestellt war. Die Dame De Baussiere verliebte sich sterblich in ihn; La Battarelle desgleichen; die Witterung war dazu so günstig, wie sie nur je in Navarra gewesen. La Guyol, La Maronette, La Sabatiere verliebten sich ebenfalls in Sieur de Croix; La Rebours und La Fosseuse wußten es besser; de Croix hatte einen verunglückten Versuch gemacht, sich die Gunst der La Rebours zu gewinnen, und La Rebours und La Fosseuse waren unzertrennlich.

Die Königin von Navarra saß mit ihren Frauen an dem gemalten Bogenfenster dem Thor des zweiten Hofes gegenüber, als de Croix eben hindurchschritt. – Er ist hübsch, sagte die Dame De Baussiere. – Er sieht gut aus, sagte La Battarelle. – Eine treffliche Gestalt, sagte La Guyol. – Nie in meinem Leben, sagte La Maronette, sah ich bei einem Offizier der Leibwache so schöne Beine. – Und wie er damit schreitet, sagte La Sabatiere. – Aber er hat keinen Schnurrbart, rief La Fosseuse. – Nicht ein Fläumchen, sagte La Rebours.

Die Königin ging sogleich nach ihrem Oratorium und dachte, als sie die Gallerie dahinschritt, den ganzen Weg an nichts Anderes; sie sann und sann. – *Ave Maria* †, was mag La Fosseuse nur meinen, sagte sie und kniete auf das Kissen nieder.

La Guyol, La Battarelle, La Maronette und La Sabatiere zogen sich auch in ihre Gemächer zurück. Schnurrbart! sagten alle Viere und verriegelten die Thüren von innen.

Die Dame Carnavalette ließ, ohne daß es Jemand merkte, den Rosenkranz unter ihrer Schürze durch die Finger laufen. Vom heiligen Antonius bis zur heiligen Ursula war kein Heiliger, der nicht einen Schnurrbart gehabt hätte – der heilige Franciscus, der heilige Dominicus, der heilige Benedict, der heilige Basilius, die heilige Brigitta – Alle hatten Schnurrbärte.

Die Dame Baussiere war ganz verwirrt davon geworden, daß sie zu eifrig über La Fosseuse's Worte nachgedacht hatte; sie bestieg ihren Zelter, ihr Page folgte ihr; – das Allerheiligste kam vorüber, – die Dame Baussiere ritt weiter.

Eine Gabe! – rief ein Bettelmönch, – eine kleine Gabe! – tausend arme Gefangene flehen zu Gott und Euch um ihre Erlösung.

Die Dame Baussiere ritt weiter.

Erbarmt Euch der Bedrängten, – sagte ein frommer, ehrwürdiger Graukopf und hielt mit zitternder Hand eine eisenbeschlagene Büchse hin: – ich bitte für Unglückliche, edle Dame – für ein Gefängniß, ein Hospital, für einen alten Mann – für einen Schiffbrüchigen, einen Abgebrannten; – Gott und alle seine Engel mögen mir's bezeugen, – es ist, um den Nackenden zu kleiden, – den Hungernden zu speisen, – den Kranken und Elenden zu trösten.

Die Dame Baussiere ritt weiter.

Ein heruntergekommener Verwandter verbeugte sich bis zur Erde.

Die Dame Baussiere ritt weiter.

Bittend, baarhäuptig folgte er dem Zelter; er beschwor sie bei ihrer früheren Freundschaft, bei den Banden der Natur, der Blutsverwandtschaft u.s.w. – Muhme, Tante, Schwester, Mutter, – um Alles in der Welt willen, im Deinet-, meinet-, um Christi willen gedenke mein, erbarme Dich meiner!

Die Dame Baussiere ritt weiter.

Halte meinen Schnurrbart! sagte die Dame Baussiere. – Der Page hielt ihren Zelter. Sie stieg am Ende der Terrasse ab.

Gewisse Ideen hinterlassen auf unserer Stirn und in unsern Augen gewisse Spuren; wir fühlen, daß sie da sind, und dadurch werden sie noch deutlicher. Man sieht sie, man liest sie und versteht sie ohne Dictionnaire.

Ha! ha! – hi! hi! riefen La Guyol und La Sabatiere, als jede von ihnen die Spuren bei der Andern gewahr wurde. Ho! ho! riefen La Battarelle und Maronette, denen es nicht besser ging. Pst! rief die Eine, – hscht! hscht! sagte die Andere, – still! still! eine Dritte – oho! die Vierte. – Um Gottes willen! rief Dame Carnavalette, – das war die, welche der heiligen Brigitta den Schnurrbart angehängt hatte.

La Fosseuse zog ihre Nadel aus dem Haarzopf und zeichnete mit dem stumpfen Ende derselben einen kleinen Schnurrbart auf die eine Seite ihrer Oberlippe, dann gab sie die Nadel La Rebours in die Hand. La Rebours schüttelte den Kopf.

Die Dame Baussiere hustete dreimal in ihren Muff hinein. La Guyol lächelte. Pfui! sagte die Dame Baussiere. Die Königin von Navarra tippte sich mit dem Zeigefinger ins Auge, als wollte sie sagen: ich verstehe Euch alle.

Das Wort war zu Grunde gerichtet, – so viel war dem ganzen Hofe klar. La Fosseuse hatte ihm eine Wunde versetzt, und davon konnte es sich nicht wieder erholen. Es machte zwar noch einige Monate lang schwache Versuche, sich aufrecht zu erhalten, dann aber fand es Sieur de Croix an der Zeit, Navarra zu verlassen, weil ihm der Schnurrbart ganz fehlte; – das Wort wurde unanständig und war nicht mehr zu gebrauchen.

Das beste Wort der besten Sprache der besten Welt hätte unter solchen Umständen gelitten. Auch schrieb der Curate d'Estella ein Buch, worin er das Gefährliche der Nebengedanken darlegt und davor warnt.

Weiß nicht alle Welt, sagt d'Estella am Schluß dieses Werkes, daß vor einigen Jahrhunderten das Wort »Nase« in den meisten Ländern Europa's dasselbe Schicksal hatte, wie jetzt das Wort

»Schnurrbart« im Königreich, Navarra? – Seitdem hat sich allerdings das Übel nicht weiter verbreitet, aber haben nicht Bette, Polster, Schlafmütze, Nachttopf je und je auf der Kippe gestanden? Sind nicht Hose, Schlitze, Hahn und Zapfen noch jetzt der Gefahr solcher Nebengedanken ausgesetzt? – Übertreibe man nur die Schamhaftigkeit, die doch eine der edelsten Tugenden ist, und sie wird ein reißender und brüllender Löwe werden.

D'Estella's eigentliche Meinung ward nicht verstanden; man folgte einer falschen Spur und zäumte den Esel beim Schwanze auf. – Und wenn die Fanatiker der Schamhaftigkeit und die Wollüstlinge ihr nächstes Kapitel halten, so erklären sie vielleicht auch dieses für eine Zote.

Zweites Kapitel

Als mein Vater den Brief mit der traurigen Nachricht von meines Bruder Bobs Tode erhielt, berechnete er gerade, was die Reise von Calais bis Paris und weiter bis Lyon kosten könne.

Es war eine unglückliche Reise; jeder Schritt hatte doppelt gemacht werden müssen, die ganze Berechnung war noch einmal von vorn angefangen worden, und mein Vater war damit nun eben fast fertig, als Obadiah die Thür öffnete und meldete, daß kein Hafer im Hause sei: ob er nicht morgen ganz früh das große Kutschpferd nehmen und wegreiten solle, um welchen zu holen. – Gut, sagte mein Vater und fuhr in seiner Reise fort, – nimm's. – Aber dem armen Thier fehlt ein Hufeisen, sagte Obadiah. – Armes Thier, sagte mein Onkel Toby, bei dem die gleichgestimmte Saite gleich mitklang. – So nimm den Schotten, sagte mein Vater hastig. – Der leidet den Sattel nicht, sagte Obadiah, um nichts in der Welt. – Verdammtes Pferd; so nimm den Fellow, rief mein Vater, und mach die Thür zu. – Der ist ja verkauft, sagte Obadiah. – Noch besser, rief mein Vater und sah meinen Onkel Toby so starr an, als ob das unmöglich der Fall sein könne. – Ich habe ihn doch vergangenen April verkaufen müssen, sagte Obadiah. – So geh zu Fuße, rief mein Vater. – Das ist mir auch viel lieber, sagte Obadiah und machte die Thür wieder zu.

Plagt er mich! rief mein Vater und fuhr in seiner Berechnung fort. – Aber das Wasser ist ausgetreten, sagte Obadiah, der die Thür wieder aufmachte.

Bis dahin hatte mein Vater, vor dem Sansons Karte und ein Posthandbuch aufgeschlagen lagen, die Hand am Knopfe des Zirkels gehalten, dessen einer Schenkel bei Nevers (der letzten bezahlten Station) eingesetzt war, – mit der Absicht, in seiner Reise und seiner Berechnung fortzufahren, sobald Obadiah zum Zimmer hinaus wäre; aber dieser zweite Angriff Obadiahs, der nun die Thür wieder öffnete und das ganze Land unter Wasser setzte, war zu viel. Er ließ den Zirkel fahren, oder eigentlich er warf ihn halb unwillkürlich, halb aus Ärger auf den Tisch und nun blieb ihm nichts Anderes übrig, als so klug wie vorher (was schon Manchem so gegangen) wieder nach Calais umzukehren.

Als der Brief mit der Nachricht von meines Bruders Tode ins Zimmer gebracht wurde, war mein Vater in seiner Reise bis auf einen Zirkelschritt wiederum nach Nevers gekommen. Mit Erlaubniß, Monsieur Sanson, rief mein Vater und stieß die Spitze seines Zirkels mitten durch Nevers in den Tisch hinein, zweimal an einem Abende von so einer lumpigen Stadt zurückgeworfen zu werden, das wäre doch für einen englischen Gentleman und seinen Sohn ein bischen zu viel. Was meinst Du, Bruder Toby? setzte er mit munterm Tone hinzu. – Wenn's keine Garnison hat, sagte mein Onkel Toby, – sonst aber – Will ich ein Narr sein, so lang ich lebe, sagte mein Vater und lächelte. Dann nickte er noch einmal mit dem Kopfe und lehnte sich, während er mit der einen Hand den Zirkel fest auf Nevers, mit der andern das Posthandbuch hielt, halb weiterrechnend, halb horchend auf beiden Ellenbogen über den Tisch, indeß mein Onkel Toby den Brief leise vor sich hin murmelte

∗ Er hat uns verlassen, sagte mein Onkel Toby. Was? Wer? rief mein Vater. – Mein Neffe, sagte mein Onkel Toby. – Wie – ohne Erlaubniß – ohne Geld – ohne Begleitung? rief mein Vater ganz erstaunt. – Ach nein! er ist todt, lieber Bruder, sagte mein Onkel Toby. – Und ohne krank gewesen zu sein! rief mein Vater, aufs neue erstaunt, aus. – Gewiß nicht, sagte mein Onkel Toby leise, und ein tiefer Seufzer entwand sich seiner Brust; er ist gewiß krank genug gewesen, der arme Junge! dafür möcht' ich stehen, denn er ist ja todt! –

Als man der Agrippina den Tod ihres Sohnes hinterbrachte, war sie, wie uns Tacitus erzählt, unfähig, die Heftigkeit ihres Schmerzes zu bezwingen und brach ihre Beschäftigung ab. – Mein Vater stach seinen Zirkel nur noch fester in Nevers ein. Bei ihm war es allerdings eine Berechnung, – bei Agrippina muß es wohl etwas Anderes gewesen sein; denn wer könnte sonst aus der Geschichte einen vernünftigen Schluß ziehen?

Was mein Vater aber weiter that, das verdient meiner Meinung nach ein besonderes Kapitel.

Drittes Kapitel

– – Und ein Kapitel soll ihm werden, und ein ganz verteufeltes obendrein. Also, vorgesehen! –

Entweder Plato, oder Plutarch, oder Seneca, oder Xenophon, oder Epictet, oder Theophrast, oder Lucian, oder vielleicht auch ein späterer, also vielleicht Cardian, oder Budäus, oder Petrarch oder Stella, ja möglicherweise auch ein Heiliger oder Kirchenvater, also etwa St. Augustin oder St. Crispin oder St. Bernhard – genug irgend einer von diesen bezeugt, daß es eine unwiderstehliche und ganz natürliche Neigung sei, über den Verlust unserer Freunde oder Kinder zu weinen, – und Seneca (diesmal aber bin ich gewiß) sagt uns irgendwo, daß ein Kummer der Art sich auf diesem besondern Wege am besten entleere. Deshalb finden wir denn auch, daß David um seinen Sohn Absalon, Hadrian um seinen Antinous, Niobe um ihre Kinder weinten, und daß Apollodorus und Crito um Sokrates noch vor seinem Tode Thränen vergossen.

Mein Vater verfuhr mit seinem Kummer anders und unterschied sich in der Art, wie er ihn behandelte, von der Mehrzahl der Menschen alter und neuer Zeit; denn er weinte ihn nicht aus, wie die Hebräer und Römer, noch schlief er ihn aus, wie die Lappländer, noch hing er ihn weg, wie die Engländer, noch ersäufte er ihn, wie die Deutschen, auch wetterte und fluchte, und exkommunicirte, und reimte, und pfiff er ihn nicht weg – Aber er wurde ihn doch los.

Möchten mir Ew. Wohlgeboren nun erlauben, hier eine ganz, ganz kleine Geschichte einzuschieben.

Als dem Tullius die geliebte Tochter Tullia entrissen ward, nahm er sich das zuerst sehr zu Herzen; er horchte auf die Stimme der Natur und modulirte die seine danach. O meine Tullia! meine Tullia! mein Kind! und immer, immer, immer wieder: O meine Tullia! meine Tullia! Mir ist, als säh' ich meine Tullia, als hört' ich meine Tullia, als spräch' ich mit meiner Tullia! – Aber sobald er anfing, sich nach den Hülfsmitteln der Philosophie umzusehen und zu erwägen, wie viel Vortreffliches sich über die Sache sagen lasse – da, ruft der große Redner aus, war es unbegreiflich, wie glücklich und wie froh mich das machte. –

Mein Vater bildete sich auf seine Beredsamkeit ebenso viel ein, als Marcus Tullius Cicero auf die seinige und, meiner völligen Überzeugung nach, mit ebenso großem Rechte; sie war seine starke und seine schwache Seite. Seine starke, – denn er war wirklich beredt; seine schwache, – denn er ließ sich stündlich von ihr zum Narren haben. Bot sich ihm nur eine Gelegenheit dar, sein Talent zu zeigen, konnte er nur etwas Kluges, Witziges oder Feingedachtes sagen, so fehlte ihm (den Punkt mit dem systematischen Mißgeschick ausgenommen) weiter nichts. Ihm galt ein Glücksfall, der ihm die Zunge band, nicht mehr als ein Unglücksfall, der sie ihm auf gute Art löste, ja manchmal zog er das Letztere sogar vor. War z.B. das Vergnügen des Redehaltens = 10, und der Schmerz, welchen der Unglücksfall ihm verursachte, = 5, so hatte er hundert Procent dabei gewonnen und stand sich besser dabei, als wäre nichts geschehen.

Damit erklärt sich manches, was sonst in dem häuslichen Leben meines Vaters ganz unerklärlich gewesen sein würde, und daher kam es zugleich, daß bei allen vorkommenden Nachlässigkeiten und Versehen der Dienstboten, oder bei anderen unvermeidlichen Unannehmlichkeiten in der Familie die Heftigkeit oder Dauer seines Ärgers jeder Berechnung spottete.

Mein Vater hatte eine kleine Lieblingsstute, die er von einem sehr schönen arabischen Hengste belegen ließ, um von ihm ein Reitpferd für sich zu erzielen. Sanguinisch, wie er in all seinen Plänen war, sprach er nun tagtäglich von seinem Reitpferde, mit einer Sicherheit, als ob es schon großgezogen und zugeritten wäre, und nur noch gesattelt und aufgezäumt zu werden brauche, um bestiegen zu werden. Obadiah hatte aber wahrscheinlich nicht ordentlich Acht gegeben; genug, meines Vaters Erwartungen wurden jämmerlich getäuscht: es fiel ein Maulesel, ein so häßliches Thier, wie man sich nur vorstellen kann.

Meine Mutter und mein Onkel Toby befürchteten, daß mein Vater Obadiah zu Leibe gehen würde, und machten sich schon auf endloses Reden und endloses Jammern gefaßt. – Nun sieh, Du Schlingel! schrie mein Vater und zeigte auf den Maulesel, – was Du da gemacht hast! – Ich bin nicht schuld daran, sagte Obadiah. – Wie kann ich das wissen? erwiederte mein Vater.

Meines Vaters Augen schwammen bei dieser Antwort im Triumph, – das attische Salz biß ihm das Wasser heraus, – und Obadiah hörte kein Wort mehr über die Sache.

Jetzt wollen wir zu meines Bruders Tode zurückkehren.

Die Philosophie hat über Alles einen treffenden Ausspruch. Über den Tod hat sie eine ganze Unzahl; es war nur schade, daß meinem Vater zu viele einfielen, so daß es schwer war, sie aneinander zu reihen und etwas daraus zu machen, was sich als ein Ganzes konnte sehen lassen. – Er nahm sie also, wie sie kamen.

Es ist ein unvermeidliches Loos, – das Grundgesetz der *magna charta*, – eine unabänderliche Parlamentsakte, lieber Bruder: *Alle Menschen müssen sterben.*

Das wäre zu verwundern gewesen, wenn mein Sohn nicht hätte sterben können, – nicht daß er gestorben ist.

Herrscher und Fürsten tanzen mit uns denselben Reigen.

Sterben ist die große Schuld, die wir der Natur zahlen müssen; selbst die Grabmäler und Monumente, die unser Gedächtniß erhalten sollen, zahlen sie, und das stolzeste von allen, die Pyramide, sie, die Macht und Wissenschaft thürmten, hat ihre Spitze verloren und ragt verstümmelt am Horizont des Wanderers. (Mein Vater spürte eine bedeutende Erleichterung und fuhr deshalb fort:) Königreiche und Provinzen, Herrschersitze und Städte, haben sie nicht ihre Zeit gehabt? und wenn die Kräfte und Gewalten, welche sie verbanden und zusammenfügten, ihre verschiedenen Evolutionen durchgemacht haben, so sinken sie dahin. – Bruder Shandy, sagte mein Onkel Toby und legte bei dem Worte »Evolutionen«, seine Pfeife hin. – Revolutionen, meine ich, sagte mein Vater, – bei Gott! ich meinte Revolutionen, Bruder Toby; Evolutionen ist Unsinn. – Unsinn ist's nicht, sagte mein Onkel Toby. – Aber ist's nicht Unsinn, mir den Faden meiner Rede so zu zerreißen? rief mein Vater; ich bitte Dich, Bruder Toby, fuhr er fort und ergriff seine Hand, – ich bitte Dich, ich beschwöre Dich, unterbrich mich jetzt, in solchem Augenblicke, nicht. – Mein Onkel Toby steckte die Pfeife wieder in den Mund.

Wo ist Troja und Mycene und Theben und Delos und Persepolis und Agrigent? fuhr mein Vater fort und nahm dabei das Posthandbuch wieder auf, das er vorher hingelegt hatte. Was, Bruder Toby, ist aus Niniveh und Babylon und Cyzicus und Mitylene geworden? Die herrlichsten Städte, die je die Sonne beschien, sind nicht mehr! ihre Namen nur sind geblieben und auch die (denn viele werden schon ganz falsch buchstabirt) fallen nach und nach in Trümmer, bis sie endlich vergessen und mit der ewigen Nacht bedeckt werden, die Alles einhüllt. Die Welt selbst, Bruder Toby, muß vergehen.

»Auf meiner Rückfahrt von Asien, als ich von Aegina nach Megara segelte« – (wann kann denn das gewesen sein? dachte mein Onkel Toby) – »betrachtete ich das Land rund um mich her; Aegina lag mir im Rücken, Megara vor mir, Piräus zur Rechten, Korinth zur Linken. Was für blühende Städte, die nun darniederliegen! Ach! ach! sprach ich zu mir selbst, wie kann der Verlust eines Kindes eines Menschen Seele trüben, wenn so viel wie hier vor seinen Augen in Trümmer dahingesunken liegt? Gedenke, sprach ich dann weiter zu mir selbst, gedenke, daß du ein Mensch bist!« –

Nun wußte mein Onkel Toby nichts davon, daß dieser letzte Absatz ein Bruchstück aus des Servius Sulpicius Trostbrief an Tullius war, denn der gute Mann war in den Bruchstücken, wie in den ganzen Werken der Alten gleich wenig bewandert, und da mein Vater in seinem türkischen Geschäfte zwei- oder dreimal in der Levante gewesen war und einmal länger als ein Jahr in Zante verweilt hatte, so schloß mein Onkel Toby ganz natürlich, daß er bei Gelegenheit einer dieser Reisen auch einen kleinen Abstecher durch den Archipelagus nach Asien gemacht hätte, und daß diese ganze Seefahrt mit Aegina hinten, Megara vorne, Piräus zur Rechten u.s.w. nichts Anderes als sein wirklicher Reisecours und die Betrachtungen dabei seine eigenen Betrachtungen wären. Seine *Art* war's, und mancher unternehmende Kritiker würde auf ein schlechteres Fundament noch ein paar Stockwerk höher gebaut haben. – Bitte, Bruder, sagte mein Onkel Toby und legte die Spitze seiner Pfeife, so zart als möglich ihn unterbrechend, auf meines Vaters Hand, nachdem er erst das Ende des Absatzes abgewartet hatte: – in welchem Jahre unseres Herrn war denn das? – In gar keinem Jahre unseres Herrn, erwiederte mein Vater. – Wie wäre das möglich? rief mein Onkel Toby. – Simpel, sagte mein Vater, es war vierzig Jahre vor Christi Geburt.

Mein Onkel Toby konnte nur zweierlei annehmen: entweder war sein Bruder der ewige Jude, oder das Unglück hatte ihm den Kopf verwirrt. – Daß Gott im Himmel ihn schütze und behüte! sagte er mit stillem Gebete für meinen Vater und mit Thränen im Auge.

Mein Vater schrieb die Thränen auf Rechnung seiner Rede und fuhr mit größerem Schwunge fort: »Gut und Übel sind sich einander nicht so ungleich, als die Welt meint.« (Solche Äußerung war, beiläufig gesagt, nicht dazu geeignet, meines Onkels Verdacht zu zerstreuen.) »Arbeit, Sorge, Kummer, Krankheit, Mangel und Elend sind Würzen des Lebens.« – Wünsche guten Appetit, sagte mein Onkel Toby zu sich. – »Mein Sohn ist todt«, desto besser; – es wäre schmählich, wenn man in solchem Sturme nur Einen Anker hätte.

»Aber er ist für immer von uns gegangen«, – sei's – er ist der Hand des Haarkräuslers entlaufen, bevor er kahl geworden; er stand vom Mahle auf, bevor er sich den Magen überladen hatte, – vom Trinkgelage, bevor er trunken war.

Die Thracier weinten, wenn ein Kind geboren ward (Wir waren auch sehr nah daran, sagte mein Onkel Toby), und feierten Freudenfeste, wenn Einer starb. Sie thaten recht. Der Tod öffnet das Thor des Ruhmes und schließt hinter sich das Thor des Neides; er nimmt dem Gefangenen die Kette ab und übergiebt die Arbeit des Sklaven einem Andern.

Zeige mir den Mann, der das Leben kennt und ihn fürchtet, so will ich Dir einen Gefangenen zeigen, dem es vor seiner Freiheit graut.

Ist es, lieber Bruder Toby, nicht besser, gar nicht zu hungern (denn jeder Hunger ist ein Unwohlsein), als zu essen – gar nicht zu dursten, als seinen Durst mit Arzenei zu löschen?

Ist es nicht besser, frei zu sein von allen Sorgen und Plagen – von Liebe und Schwermuth – von all den Fieberparoxysmen des Lebens, als, gleich dem fußmüden Wanderer, der erschöpft zur Herberge kommt, gezwungen zu sein, seine Wanderschaft von Neuem zu beginnen?

Er ist nicht schrecklich – Bruder Toby – all sein Schrecken entlehnt er dem Stöhnen und den Krämpfen, dem Nasenschnauben und Thränenabwischen in die Zipfel der Bettvorhänge, diesen unerläßlichen Zugaben jedes Sterbezimmers. – Nimm das hinweg – Was ist er? – Er ist besser in der Schlacht als im Bette, sagte mein Onkel Toby. – Nimm ihm das Leichengepränge, die Träger, das Trauergefolge – die Federn – die Wappen und alle die andern Äußerlichkeiten hinweg – was ist er? – *Besser in der Schlacht!* fuhr mein Vater lächelnd fort, denn er hatte meinen Bruder Bob nun gänzlich vergessen; – er ist nirgends schrecklich – denn sieh, Bruder Toby, – sind *wir,* so ist der Tod nicht, und ist der Tod, so sind *wir* nicht. – Mein Onkel Toby legte seine Pfeife hin, um sich den Satz etwas näher anzusehen; aber meines Vaters Beredsamkeit war zu eilfertig, um auf Jemanden zu warten, – sie stürmte weiter und riß meines Onkel Toby's Gedanken mit sich.

Deshalb, fuhr mein Vater fort, lohnt es die Mühe, sich daran zu erinnern, wie wenig Veränderung die Annäherung des Todes in großen Männern bewirkt hat. Vespasian starb mit einem Scherz über seinen Stuhlgang, – Galba mit einer Sentenz, – Septimius Severus bei der Abfassung einer Depesche,– Tiberius mit einer Verstellung und Cäsar Augustus über einem Kompliment. – Ich hoffe, daß es ein aufrichtiges war, sagte mein Onkel Toby.

Es war an seine Frau gerichtet, sagte mein Vater.

Viertes Kapitel

Und schließlich sei von all den trefflichen Beispielen, welche die Geschichte uns hierfür liefert, noch eines erwähnt, fuhr mein Vater fort, das wie eine goldene Kuppel das Gebäude krönt.

Es ist von dem Prätor Cornelius Gallus, von dem Du gelesen haben wirst, Bruder Toby. – Ich wüßte nicht, erwiederte mein Onkel. – Er starb, sagte mein Vater, während * * * * * * * *. – Nun daran ist nichts Schlimmes, sagte mein Onkel Toby, denn hoffentlich war's mit seinem Weibe. – Ja, das weiß ich nicht, entgegnete mein Vater.

Fünftes Kapitel

Gerade als mein Onkel Toby das Wort »Weibe« aussprach, kam meine Mutter im Dunkeln durch den Korridor, der nach dem Wohnzimmer führte. – Das Wort hat an und für sich etwas Durchdringendes, und Obadiah hatte dadurch, daß er die Thür nicht fest zugemacht, auch noch etwas nachgeholfen, so daß meine Mutter genug vernahm, um sich einzubilden, sie sei der Gegenstand der Unterhaltung; sie legte also die Spitze ihres Fingers auf beide Lippen – beugte mit einer kleinen Wendung des Nackens den Kopf etwas nieder (die Wendung nicht etwa zur Thür hin, sondern von ihr ab, so daß das Ohr gerade an die Spalte kam) und horchte mit aller Anstrengung; – der horchende Sklave, mit der Göttin der Verschwiegenheit hinter sich, hätte keinen trefflicheren Gegenstand für eine Gemme abgeben können.

In dieser Stellung, bin ich entschlossen, sie fünf Minuten stehen zu lassen, bis ich die Dinge in der Küche (wie Rapin die in der Kirche) bis zu demselben Punkt geführt haben werde.

Sechstes Kapitel

Obgleich unsere Familie, in gewissem Sinne, eine sehr einfache Maschine mit nur wenigen Rädern war, so muß man doch sagen, daß diese Räder durch so viel verschiedene Federn in Bewegung gesetzt wurden und nach so vielen eigenthümlichen Principien auf einander wirkten, daß ihr trotz aller Einfachheit dennoch die Ehre und die Vorzüge einer recht komplicirten nicht abzusprechen waren, und daß sie, was die Mannigfaltigkeit ihrer wunderlichen Bewegungen anbetraf, den Vergleich mit der künstlichen Maschinerie einer holländischen Seidenfabrik aushalten konnte.

Das, wovon ich jetzt reden will, war übrigens noch gar nicht so sonderbar, als manches Andere; es bestand nämlich darin, daß jede Aufregung, jede Debatte oder Verhandlung, jede Unterhaltung, jedes Projekt, jede Disputation – mit einem Worte Alles, was im Wohnzimmer vor sich ging – gleichzeitig auch in der Küche stattfand.

Dies möglich zu machen, wurde ein Kunstgriff angewandt. War nämlich eine ungewöhnliche Meldung, oder ein Brief in das Wohnzimmer gebracht worden, wurde ein Gespräch abgebrochen, bis der Dienstbote aus dem Zimmer wäre, zeigte das Gesicht meines Vaters oder meiner Mutter irgend eine Spur von Unzufriedenheit, – genug, schien irgend etwas auf dem Tapet zu sein, das zu erfahren und zu erforschen sich lohnte, so war es Regel, die Thür nicht fest zuzumachen, sondern sie blos anzulehnen – wie jetzt, – was unter dem Vorwande, daß die Thürangel verdorben sei, leicht zu bewerkstelligen war (und das war auch wohl mit eine der Ursachen, weshalb sie nie reparirt wurde). Auf diese Weise war jedenfalls eine Durchfahrt geschaffen, – nicht gerade so breit als die Dardanellen, aber breit genug, um so viel von jedem Handel durchzulassen, daß mein Vater der Mühe überhoben war, sein Haus zu regieren. – In diesem Augenblicke profitirte meine Mutter davon. – Dasselbe hatte Obadiah gethan, sobald er den Brief mit meines Bruders Tode auf den Tisch gelegt hatte, so daß Trim bereits dastand und seine Gefühle bei dieser Gelegenheit aussprach, noch ehe mein Vater ich von seinem Erstaunen erholen und seine Rede beginnen konnte.

Ein wißbegieriger Beobachter der Natur, der Hiobs ganzen Heerdenreichthum besessen hätte, – *leider sind die wißbegierigen Beobachter gewöhnlich höchst armselig,* – würde die Hälfte darum gegeben haben, mit anzuhören, wie Korporal Trim und mein Vater, zwei nach Begabung und Bildung so verschiedene Redner, sich über derselben Bahre aussprachen.

Mein Vater, ein Mann tiefsten Studiums, schärfsten Gedächtnisses, – der seinen Cato, Seneca und Epictet an den Fingern hatte –

Der Korporal, ohne irgend etwas, dessen er sich hätte erinnern können, – der nie etwas gelesen als die Musterrolle, und nichts von großen Namen an den Fingern hatte, als die, welche in derselben verzeichnet gewesen waren.

Der Eine, von Periode zu Periode in Metaphern und Allegorien fortschreitend und (nach Art witziger und phantasiereicher Leute) die Einbildungskraft durch den Reiz und die Anmuth seiner Bilder und Gleichnisse immer lebhafter anregend –

Der Andere, ohne Witz, ohne Antithese, ohne alles Zuspitzen, ohne geistreiche Wendungen, geradeaus, alles Schildern und Bildern rechts und links zur Seite lassend, wie Natur ihn führte, geradeaus ins Herz! O Trim! wollte Gott, Du hättest einen bessern Biographen! – Wollte Gott, Dein Biograph hätte ein Paar bessere Hosen! – Kritiker, Kritiker! kann Euch denn nichts erweichen?! –

Siebentes Kapitel

– Unser junger Herr in London ist gestorben, sagte Obadiah.
– Ein grünseidenes Kleid meiner Mutter, das schon zweimal gereinigt worden war, stieg bei Obadiahs Ausruf als erster Gedanke

in Susanna's Kopf auf. – Gewiß mit Recht konnte Locke ein Kapitel
über die Unzulänglichkeit der Worte schreiben!– Dann müssen
wir Alle Trauer anlegen, sagte Susanna. – Aber, bemerke man
weiter: obgleich Susanna das Wort Trauer selbst gebrauchte, so
that es seinen Dienst doch nicht – es erregte keine Vorstellung von
etwas grau oder schwarz Gefärbtem – alles war grün. Das grünsei-
dene Kleid hing noch immer da.

– O! das wird meiner armen Madame Tod sein! rief Susanna. –
Meiner Mutter ganze Garderobe rückte nach. Welch ein Besitz! ihr
rothdamastenes, – ihr orangefarbenes, – ihr weiß und gelb gestreiftes, – ihr braunтаffetnes, – ihre Spitzenhauben, – ihre Nachtkleider,
– ihre prächtigen Unterröcke – Nicht ein Fetzen wurde vergessen.
– Nein, das wird sie nicht überwinden, sagte Susanna.

Wir hatten ein dickes, einfältiges Küchenmensch – mein Vater
hielt sie ihrer Dummheit wegen; den ganzen Herbst hatte sie an
der Wassersucht gelitten. – – Er ist gestorben, sagte Obadiah, er
ist ganz gewiß gestorben. – Gut, daß ich's nicht bin, sagte das
dumme Küchenmensch.

Schlimme Neuigkeiten, Trim, rief Susanna und wischte sich die
Augen, als der Korporal in die Küche trat; Junker Bobby ist gestorben und *begraben!* – Das »begraben« war Susanna's eigene Erfindung. – Wir werden Alle Trauer anlegen müssen, sagte Susanna.

Gott behüt' es, sagte Trim. – Wie so? rief Susanna ganz eifrig.
– Trim dachte nicht an die Trauer. – Gott behüte es, sagte er, daß
die Nachricht wahr sei. – Ich habe den Brief mit meinen eigenen
Ohren vorlesen hören, entgegnete Obadiah; das wird ein höllisches
Stück Arbeit sein, das Ochsenmoor auszureuten. – O, er ist todt,
sagte Susanna. – So wahr ich lebe, sagte das Küchenmensch.

Das thut mir von ganzer Seele leid, sagte Trim und seufzte. –
Armes Menschenkind! armer Junge! armer Herr!

Vergangene Pfingstzeit lebte er noch! sagte der Kutscher. –
Pfingstzeit! rief Trim und streckte seinen rechten Arm aus, indem
er in dieselbe Stellung verfiel, in welcher er die Predigt vorgelesen

hatte; – ach, Jonathan, was ist Pfingstzeit oder Fastenzeit, oder sonst eine Zeit, die vergangen, – dagegen! Sind wir nicht jetzt hier, fuhr der Korporal fort und stieß mit dem Ende seines Stockes gerade auf den Boden, um den Begriff der Gesundheit und Dauerhaftigkeit zu geben, – und sind wir nicht (hier ließ er seinen Hut auf die Erde fallen) im nächsten Augenblick dahin? – Es war außerordentlich schlagend! Susanna brach in Thränen aus. – Man ist auch nicht von Stein. Jonathan, Obadiah, die Köchin, alle waren gerührt. Das einfältige, dicke Küchenmensch sogar, das gerade einen Fischkessel auf den Knieen scheuerte, war aufgestanden. Die ganze Küche drängte sich um den Korporal.

Da ich nun vollkommen einsehe, daß der Bestand unserer Staats- und Kirchenverfassung, ja vielleicht der Bestand der ganzen Welt, oder, was dasselbe ist, – die Vertheilung und Bilance des Besitzes und der Macht in der Folge größtentheils von dem richtigen Verständniß dieses Rednerkunstgriffs unseres Korporals abhängen wird, so erbitte ich mir Ew. Wohlgeboren und Hochehrwürden Aufmerksamkeit für die nächsten zehn Seiten, wogegen sie dann an einer andern beliebigen Stelle dieses Werkes sich ausschlafen mag.

Ich sagte: »Man ist auch nicht von Stein!« – das ist ganz gut. Ich hätte aber hinzufügen sollen: ebenso wenig ist man ein Engel! – ich wünschte, wir wären's! – Nein, – wir sind Menschen, umkleidet mit einem Leibe und regiert von unsern Einbildungen, und was für ein Hin- und Hernaschen zwischen diesen und unsern fünf Sinnen, besonders zwischen einigen! – Ich wenigstens muß das zu meiner Beschämung einräumen. – Genüge es, hier auszusprechen, daß von allen Sinnen das Gesicht (*viel* mehr als der Tastsinn, obgleich ich wohl weiß, daß die Barbati diesem den Vorrang geben) den unmittelbarsten Verkehr mit der Seele hat, daß er stärkere Eindrücke giebt und der Phantasie etwas Unaussprechliches hinterläßt, das durch Worte ihr nicht zugeführt werden – oder das sie durch Worte wieder loswerden kann.

Ich habe einen kleinen Umweg gemacht, aber das schadet nichts, das ist gesund; kommen wir jetzt auf die Sterblichkeit und auf Trims Hut zurück. – »Sind wir nicht jetzt hier, und im nächsten Augenblick dahin!« In den Worten selbst liegt weiter nichts Besonderes, es ist eine von den ausgemachten Wahrheiten, die man alle Tage hören muß, und hätte sich Trim hier nicht mehr auf seine Kopfbedeckung als auf seinen Kopf verlassen, so würde er nichts zu Wege gebracht haben. – »Sind wir nicht jetzt hier« – fuhr der Korporal fort, »und sind wir nicht« – (hier ließ er seinen Hut platt auf die Erde fallen und machte eine kleine Pause, eh' er weiter sprach) »im nächsten Augenblick dahin?« – Der Hut fiel, als ob ein Erdkloß in den Kopf hineingeknetet wäre; nichts hätte das Gefühl der Sterblichkeit, dessen Bild und Vorbote er war, besser auszudrücken vermocht; die Hand schien unter ihm zu schwinden, – er fiel platt hin, – des Korporals Auge stierte ihn an wie eine Leiche, und Susanna brach in Thränen aus.

Nun giebt es zehntausend und zehntausendmal zehntausend verschiedene Arten (denn Materie und Bewegung sind unendlich), wie man einen Hut ohne die allergeringste Wirkung auf die Erde kann fallen lassen. Hätte er ihn geworfen, oder geschleudert, oder geschmissen, seitwärts oder im Bogen, oder geradeaus, oder in welcher Richtung er sonst gewollt hätte, – hätte er ihn wie eine Gans, oder wie einen jungen Hund, oder wie einen Esel fallen lassen, – oder hätte er, nachdem er ihn fallen ließ, wie ein Narr, oder Pinsel, oder Tolpatsch hinterhergesehen, – so würde er nichts erreicht haben, die Wirkung auf das Herz wäre verloren gewesen.

Ihr, die Ihr die mächtige Welt und die mächtigen Dinge der Welt mit dem Steuer Eurer Beredsamkeit lenkt, – die Ihr sie erhitzt, abkühlt, schmelzt, erweicht und wieder härtet zu Euren Zwecken –

Die Ihr die Leidenschaften mit dieser großen Haspel aufwindet und aufzieht, und nachdem Ihr das gethan, die von ihnen Besessenen hinführt, wohin es Euch beliebt –

Also Ihr, die Ihr treibt – und warum nicht? Aber auch Ihr, die Ihr getrieben werdet, zu Markte getrieben, wie Truthähne, mit einem Stecken und einem rothen Tuchlappen – denkt nach über Trims Hut – ich bitte Euch – denkt nach!

Achtes Kapitel

Halt – ehe Trim in seiner Rede fortfahren kann, habe ich erst noch etwas mit dem Leser abzumachen. In zwei Minuten soll's geschehen sein.

Unter den verschiedenen Buchschulden, die ich zu gelegener Zeit alle tilgen werde, befinden sich auch zwei, zu denen ich mich dem Publikum gegenüber öffentlich bekenne: ein Kapitel »über Kammermädchen« und eines »über Knopflöcher«. Ich ging sie beide in einem frühern Theile meines Werkes ein, und meine Absicht war es, sie in diesem Jahre zu bezahlen. Aber da ich nun von verschiedenen Seiten darauf aufmerksam gemacht worden bin, daß diese beiden Gegenstände, besonders durch ihre Zusammenstellung, die öffentliche Moral gefährden könnten, so bitte ich Ew. Wohlgeboren und Hochehrwürden, mir diese beiden Kapitel zu erlassen, und dafür das vorstehende annehmen zu wollen, welches nichts weiter als ein Kapitel über Kammermädchen, grüne Kleider und alte Hüte ist.

Trim nahm seinen Hut vom Boden auf – bedeckte sich damit und fuhr dann in seiner Rede über den Tod folgendermaßen fort:

Neuntes Kapitel

Uns, Jonathan, die wir nicht Sorge noch Mangel kennen, die wir im Dienste zweier der besten Herren leben (Se. Majestät Wilhelm III. ausgenommen, dem ich die Ehre hatte, in Irland und Flandern zu dienen), uns freilich dünkt es von Pfingsten bis drei Wochen vor Weihnachten nur eine kurze Zeit – so gut wie nichts; – aber für die, Jonathan, die wissen, was der Tod ist, was für Verheerung und Verwüstung er anrichten kann, eh' es dem Menschen gelingt, sich aus dem Staube zu machen, für die ist es eine lange, lange Zeit! O, Jonathan, – eines wohlgesinnten Mannes Herz möchte bluten, wenn er bedenkt, wie mancher brave, hochherzige Bursche (hier stand er kerzengerade) in dieser Zeit ins Grab gestiegen ist! Und glaube mir, Suschen, setzte der Korporal hinzu, indem er sich zu Susanna wandte, deren Augen in Thränen schwammen, ehe jene Zeit wiederkehrt, wird manch strahlendes Auge erloschen sein. – Susanna that das hin, wohin es gehörte, – sie weinte, aber sie vergaß auch nicht, einen Knix zu machen. – Sind wir nicht, fuhr Trim fort und sah immer noch nach Susanna hin, – sind wir nicht wie die Blume des Feldes? – Je eine Thräne des Stolzes zwischen zwei Thränen der Demuth – anders wäre Susanna's Betrübniß nicht zu beschreiben gewesen. – Ist nicht alles Fleisch Gras? ist es nicht Staub – Koth? – Alle sahen das Küchenmensch an; sie hatte eben den Fischkessel gescheuert. – Das war nicht hübsch! –

Was ist das herrlichste Antlitz, auf dem eines Menschen Auge je geruht? – Ich könnte Trim immer so zuhören, rief Susanna. – Was ist es? (Susanna legte die Hand auf Trims Schulter) – Verwesung! – Susanna zog sie zurück.

Wahrlich, wahrlich, ich liebe Euch deswegen, – diese wundervolle Mischung macht Euch ja eben zu den lieben Geschöpfen, die Ihr seid. Wer Euch deshalb haßt, von dem kann ich nur sagen, daß er entweder einen Kürbiß statt eines Kopfes, oder einen Tannenzapfen an Stelle des Herzens haben muß; sollte er secirt werden, so würde sich das unfehlbar zeigen.

Zehntes Kapitel

Ob nun Susanna durch das Zurückziehen der Hand den Gedankengang des Korporals etwas gestört hatte –

Oder ob der Korporal zu merken anfing, daß er sich versteige und mehr wie der Kaplan, als wie er selbst spräche –

Oder ob ....

Oder ob .... denn bei solchen Gelegenheiten kann ein erfinderischer und begabter Kopf leicht ein paar Seiten mit Vermuthungen anfüllen, – möge das also ein scharfsinniger Psycholog oder sonst ein Schlaukopf entscheiden, – genug, der Korporal fuhr in seiner Rede folgendermaßen fort:

Was mich anbetrifft, so will ich nur sagen, daß ich *draußen* den Tod nicht so viel fürchte, und dabei schnippte er mit den Fingern, aber mit einem Ausdrucke, wie er nur dem Korporal eigen war. – In der Schlacht fürchte ich den Tod nicht *so* viel, und wenn er mich hinterrücks packte, wie den armen Joseph Gibbons, der eben die Kanone putzte. – Was ist er? Ein Druck am Stecher – ein Bajonnetstoß einen Zoll mehr rechts oder links, das ist der ganze Unterschied. Sieh die Reihe hinunter, – rechts – sieh! Da liegt der Jack – was weiter – ihm ist so wohl, als wär' er Oberst geworden. – Nein, – 's ist Dick – Nun, um so besser für Jack. – Gleichviel, welcher von beiden – wir rücken vor – dem Tod entgegen, – selbst die Wunde, die ihn bringt, schmerzt nicht; – am besten ist's, man hält ihm Stand, – wer flieht, läuft ihm zehnmal sicherer in die Klauen, als wer dreist vorgeht. – Ich habe ihm ins Auge gesehen, setzte der Korporal hinzu, hundertmal hab' ich ihm ins Auge gesehen und weiß, wie er aussieht. Draußen im Felde, Obadiah, ist er nichts. – Aber zu Hause ist er schrecklich, sagte Obadiah. – Auf'm Kutschbock mag er meinetwegen kommen, sagte Jonathan. – Meiner Meinung nach, sagte Susanna, ist er im Bett am natürlichsten. – Aber könnt' ich ihm dadurch aus dem Wege gehen, daß ich in das schlechteste Kalbfell kröche, das je zum Tornister verarbeitet ward, – *her* thät' ich's, sagte Trim, – so will's einmal die Natur.

Natur ist Natur, sagte Jonathan. – Und deshalb thut mir eben meine Madame so leid, rief Susanna. – Mir thut der Kapitän am meisten leid von der ganzen Familie, sagte Trim. Deine Madame, die weint sich aus, und der alte Herr Shandy, der spricht sich aus. Aber mein armer Herr, der behält's für sich. Ich werde ihn noch einen ganzen Monat im Bette seufzen hören, wie um den Lieutenant Le Fever. Ew. Gnaden, sagte ich, als ich so neben ihm lag, seufzen Sie doch nicht so erbärmlich. – Ich kann's nicht ändern, sagte er, es ist gar zu traurig. Es drückt mir das Herz ab. – Ew. Gnaden fürchten doch selber den Tod nicht. – Ich hoffe, Trim, sagte er, daß ich nichts fürchte, aber wenn ein Anderer stirbt, ist's schlimm. Nun ich will für des armen Le Fever Jungen sorgen, setzte er dann gewöhnlich hinzu, und damit schlief er ein, wie nach einem beruhigenden Tranke.

Ich höre Trim gar zu gern vom Kapitän erzählen, sagte Susanna. – Er ist so ein guter, lieber Herr, sagte Obadiah, wie es keinen zweiten giebt. – Ja wohl, und so tapfer wie nur einer, der je vor seiner Kompagnie gestanden. Einen bessern Offizier hat es in des Königs ganzer Armee nicht gegeben, und einen bessern Mann nicht in Gottes weiter Welt; er wäre einer Kanone in den Schlund hineinmarschirt, wenn er auch die brennende Lunte über dem Zündloch gesehen hätte, – und bei alledem hat er für andere Leute ein Herz so weich wie ein Kind, – keinem Menschen könnte er was zu Leide thun. – Ich wollte solchem Herrn, sagte Jonathan, lieber für sieben Pfund jährlich fahren, als einem andern für acht. – Danke Dir, Jonathan, sagte der Korporal und schüttelte ihm die Hand, danke Dir für Deine zwanzig Schilling, – 's ist, als wenn Du sie mir geschenkt hättest. Ich möchte ihm umsonst dienen, aus purer Liebe, bis zu meinem Tode. Er ist mir wie ein Freund, – wie ein Bruder, und wär' es gewiß, daß mein Bruder Tom *nicht* mehr lebte, – hier zog der Korporal sein Schnupftuch heraus – und hätte ich zehntausend Pfund im Vermögen, ich wollte Alles dem Kapitän vermachen. – Dieser testamentarische Beweis seiner Liebe zu seinem Herrn entlockte ihm selbst Thränen. – Die ganze Küche war gerührt. – Erzähle uns doch die Geschichte von dem armen Lieutenant Le Fever, sagte Susanna. – Herzlich gern, erwiederte der Korporal.

Susanna, die Köchin, Jonathan, Obadiah und der Korporal Trim schlossen einen Kreis um das Küchenfeuer, und sobald das Küchenmensch die Thür zugemacht hatte, begann der Korporal.

Elftes Kapitel

Ich will ein Türke sein, wenn ich nicht meine Mutter so ganz vergessen hatte, als ob die Natur mich ohne Mutter selbst geknetet und nackend an das Ufer des Nils hingesetzt hätte. – Gehorsamster Diener, Madame, – ich habe Ihnen Mühe genug gemacht, – wünsche nur, daß es nicht vergebens gewesen ist; – aber Sie haben mir da eine Spalte im Rücken gelassen – und hier ist auch schon früher ein großes Stück abgefallen, – und was soll ich mit *dem* Fuß anfangen? Damit werde ich nun und nimmer nach England kommen.

Was mich anbetrifft, so wundere ich mich nie über etwas, und mein Urtheil hat mich mein Lebtag so oft betrogen, daß ich ihm nie traue, mag es nun richtig oder falsch sein: wenigstens vermeide ich Übereilung, wo ruhige Überlegung noth thut. – Die Wahrheit verehre ich trotz Einem, und wenn sie abhanden gekommen ist und Jemand mich ruhig bei der Hand nehmen will, um nach ihr zu forschen, als nach einem Dinge, das wir beide verloren haben und das keiner von uns gut entbehren kann, so gehe ich mit ihm bis ans Ende der Welt. Aber allen Streit hasse ich, und darum will ich lieber (außer in religiösen und gesellschaftlichen Fragen) Alles zugeben, was mir nicht gar zu anstößig ist, ehe ich mich darauf einlasse. – Aber ersticken mag ich mich nicht lassen, – und Gestank ist mir im höchsten Grade zuwider. – Deshalb habe ich mir von

Anfang an vorgenommen, meine Hand nicht dabei im Spiel haben zu wollen, weder so, noch so, wenn die Schaar der Märtyrer vermehrt, oder eine neue gebildet werden soll.

Zwölftes Kapitel

Aber kehren wir zu meiner Mutter zurück.

Meines Onkel Toby's Meinung, Madame, daß daran nichts Schlimmes sei, wenn der römische Prätor Cornelius Gallus bei seinem Weibe schlafe, – oder vielmehr das vorletzte Wort dieser Meinung (denn mehr hatte sie nicht gehört) faßte sie bei der schwächsten Seite ihres Geschlechtes, – verstehen Sie mich nicht falsch – ich meine bei der Neugierde: augenblicklich nahm sie an, daß sie der Gegenstand der Unterhaltung sei, und deutete jedes Wort, das mein Vater sprach, auf sich oder ihre Familienangelegenheiten.

Bitte, Madame, in welcher Straße wohnt die Frau, – die das nicht gethan hätte?

Von dem wunderbaren Tode des Cornelius war mein Vater auf den des Sokrates übergegangen und gab nun meinem Onkel Toby eine kleine Idee von der Rede desselben vor den Richtern – sie war wirklich unwiderstehlich, nämlich nicht die Vertheidigungsrede des Sokrates, sondern die Versuchung für meinen Vater. Ein Jahr vorher, eh' er sein Geschäft aufgab, hatte er selbst ein Leben des Sokrates[17] geschrieben, und ich glaube, daß dieser Umstand nicht ohne Einfluß auf jenen Entschluß gewesen war: so war also Niemand besser im Stande, sich auf diesen Gegenstand einzulassen

---

17 Mein Vater konnte sich nie zur Herausgabe dieses Lebens entschließen; das Manuskript nebst einigen andern Abhandlungen befindet sich in den Händen der Familie und soll seiner Zeit dem Publikum nicht vorenthalten werden.

und ihn mit wahrhaft epischer Erhabenheit zu behandeln. Da gab es keinen Satz in Sokrates' Rede, der mit einem kürzern Worte geendet hätte, als: Seelenwanderung oder Vernichtetwerden, – keinen, der als Kern einen geringern Gedanken enthalten hätte, als: *Sein oder Nichtsein* – Übergehn zu einem neuen, unerprobten Zustand der Dinge – oder zu langem, tiefem, friedevollem Schlafe, ohne Träume, ohne Störung, – *daß wir und unsere Kinder geboren wären, um zu sterben, doch nicht, um Sklaven zu sein.* – Aber nein, hier verwahre ich mich, das kommt in Eleazars Rede vor, von der Josephus *(de bell. Judaic.)* berichtet. Eleazar gesteht, diesen Gedanken von einem indischen Philosophen zu haben. Wahrscheinlich hat Alexander der Große auf seinem Zuge nach Indien, nächst vielen andern Dingen, auch diesen Gedanken gestohlen; so wurde derselbe dann, wenn auch nicht den ganzen Weg von ihm (denn bekanntlich starb er in Babylon), doch von einem seiner Freibeuter nach Griechenland gebracht; von Griechenland kam er hierauf nach Rom, von Rom nach Frankreich, und von Frankreich nach England. – So kommt etwas in der Welt herum. –

Zu Lande kann ich mir keinen andern Weg denken. –

Zu Wasser hätte der Gedanke auf dem Ganges hinunter in den Meerbusen von Bengalen und von da in den indischen Ocean gehen können; dann der Handelsstraße folgend (denn der Weg um's Vorgebirge der guten Hoffnung war damals noch nicht entdeckt) würde er mit Specereien und andern Waaren das rothe Meer hinauf nach Djeddo, dem Hafen von Mekka, oder nach Tor oder Suez am äußersten Ende des arabischen Meerbusens gegangen sein, von wo ihn Karawanen in drei Tagen nach Koptos gebracht hätten, und so hinab den Nil geraden Wegs nach Alexandria, wo er am Fuße der großen Treppe der Bibliothek selbst hätte landen und aus den Speichern derselben weiter hätte bezogen werden können.

Mein Gott! was für Handel die Gelehrten in jenen Tagen trieben!

Dreizehntes Kapitel

Nun hatte mein Vater etwas von der Art Hiobs; ich setze hierbei voraus, daß es je einen solchen Mann gegeben hat, – wenn nicht, so ist darüber nicht weiter zu reden.

Übrigens meine ich, daß es doch ein wenig hart ist, einem so großen Manne kurzweg die Existenz abzusprechen, blos weil es den Gelehrten schwer fällt, die Zeit, in welcher er lebte, ob vor, ob nach den Patriarchen u.s.w., genau zu bestimmen; auf diese Weise sollte man mit ihm und seines Gleichen nicht umspringen. – Sei dem nun aber, wie ihm wolle, genug, mein Vater hatte, sobald ihm etwas in die Quere kam, besonders im ersten Ausbruch seiner Heftigkeit, die Gewohnheit, sich zu verwundern, warum er geboren sei, oder sich todt zu wünschen, oder noch Schlimmeres; und war die Veranlassung besonders stark, – verlieh der Schmerz seinen Lippen eine mehr als gewöhnliche Kraft, dann, Sir, hätten Sie ihn von Sokrates selbst kaum unterscheiden können. Jedes Wort athmete dann die Empfindung einer Seele, welche das Leben verachtet und gegen alle Geschicke gleichgültig ist. Deshalb waren die Ideen der Sokratischen Rede, die mein Vater meinem Onkel Toby vortrug, meiner Mutter durchaus nichts Neues, obgleich sie sich sonst mit Studien nicht abgab. – Sie horchte mit ruhiger Aufmerksamkeit und würde bis zum Ende des Kapitels gehorcht haben, hätte sich nicht mein Vater (wozu früher keine Gelegenheit gewesen war) in jenen Theil der Vertheidigung begeben, wo der große Philosoph seine Bekanntschaften, seine Verbindungen und seine Kinder aufzählt, es aber verschmähet, damit auf die Gefühle seiner Richter wirken zu wollen. – »Ich habe Freunde, ich habe Verwandte, ich habe drei trostlose Kinder« – sagt Sokrates –

– Dann, Shandy, rief meine Mutter und riß die Thür auf, hast Du eins mehr, als ich weiß.

Bei Gott! Ich habe eins weniger, sagte mein Vater, der aufstand und das Zimmer verließ.

Vierzehntes Kapitel

Es sind ja Sokrates' Kinder, sagte mein Onkel Toby. – Der ist schon seine hundert Jahr todt, erwiederte meine Mutter.

Mein Onkel war in der Chronologie nicht sehr stark; um also sicher zu gehen, legte er seine Pfeife bedächtig auf den Tisch, stand auf, nahm meine Mutter, ohne ein Wort zu reden, freundlich bei der Hand und führte sie meinem Vater nach, der das selbst bestimmen mochte.

Fünfzehntes Kapitel

Wäre dieses Buch eine Posse, – zu welcher Voraussetzung übrigens gar kein Grund da ist, denn sonst könnten Jedermanns Leben und Meinungen ebenso gut als Posse angesehen werden, – so würde mit dem vorigen Kapitel, Sir, der erste Akt geschlossen haben, und dieses Kapitel müßte dann so anfangen:

Schr – r – r – ing, – ting – teng – rong – trong – eine verdammte Geige! – Sagen Sie, ich bitte, stimm' ich oder nicht? – rong – trong – das sollen Quinten sein. – Niederträchtige Saiten – tr *a.e.i.o.u.* reng – Der Steg ist eine halbe Meile zu hoch, und der Stimmstock viel zu niedrig, sonst – rong – trong – Horch! der Ton ist gar nicht so schlecht. Didel – didel, didel – didel, didel – didel dum. – Vor wirklichen Kennern läßt sich schon spielen, – aber da steht dort ein Mann – nein, nicht der mit dem Packet unter'm Arm – der Würdevolle dort im schwarzen Rock. – Zum Henker! nicht der mit dem Degen. Lieber wollte ich der Calliope selbst ein Capriccio vorspielen, als vor diesem Menschen meinen Bogen über die Saiten ziehn; und doch will ich meine Cremoneser gegen eine Judentrompete setzen, was die größte musikalische Wette ist, die noch je angeboten wurde, daß ich dreihundertundfünfzig Meilen Mißton aus meiner Geige ziehen will, ohne daß es seine Nerven im Geringsten angreift. – Quadel – didel, Quedel – didel, quiddel – didel, Quodel – didel, Quudel – didel, – rong – gong, – krink – kronk – krank. Ich bin fertig, Sir, – sehen Sie – ihm ist ganz wohl; wenn ihm jetzt Apollo selbst etwas vorspielt, so ist es ganz dasselbe.

Didel – didel, didel – didel, didel – didel, hum – dum – drum.

Ew. Wohlgeboren und Hochehrwürden lieben Musik, und Gott hat Ihnen allen ein gutes Ohr gegeben; einige von Ihnen spielen selbst vortrefflich – trong – grong, grong – trong.

O! Einer ist, dem könnte ich tagelang zuhören – was er geigt, das fühlt man – er erfüllt mich mit Freude und Hoffnung und setzt die verborgensten Federn meines Herzens in Bewegung. Wenn Sie fünf Guineen von mir borgen wollen, Sir, was gewöhnlich zehn mehr sind, als ich entbehren kann, und wenn Ihr Herren Apotheker und Schneider Eure Rechnung bezahlt haben wollt, – dann nehmt diese Gelegenheit wahr.

Sechzehntes Kapitel

Das Erste, was meinem Vater in den Sinn kam, nachdem die Familienangelegenheiten etwas geordnet waren und Susanna den Besitz des grünseidenen Kleides meiner Mutter angetreten hatte, war, sich nach Xenophons Beispiel ruhig hinzusetzen und eine *Tristrapädie* oder Erziehungslehre für mich zu schreiben; zu diesem Zwecke sammelte er zuerst alle seine zerstreuten Gedanken, Bemerkungen und Notizen und heftete sie zusammen, so daß sie als Institutionen für die Leitung meiner Kindheit und meines Jugendalters dienen konnten. – Ich war meines Vaters letzter Stab; meinen Bruder Bob hatte er ganz verloren, von mir seiner Schätzung nach Dreiviertel, d.h. er war in seinen drei ersten Schöpfungsentwürfen für mich: in meiner Zeugung, meiner Nase und meiner Namengebung unglücklich gewesen, nur das eine Viertel war ihm geblieben, und dem widmete er sich nun mit nicht geringerer Hingebung, als mein Onkel Toby an seine Projektilen-Lehre gewandt hatte. Der Unterschied zwischen ihnen bestand nur darin, daß mein Onkel Toby seine ganze Kenntniß von den Projektilen aus dem Nicolas Tartaglia schöpfte, mein Vater dagegen jeden Faden aus seinem eigenen Gehirn spann, oder Alles, was andere Spinner und Spinnerinnen vor ihm gesponnen hatten, so weifte und verwickelte, daß es ihm beinahe dieselbe Mühe verursachte.

In ohngefähr drei Jahren, oder etwas mehr, war er bis fast in die Mitte seines Werkes vorgeschritten. Gleich einem jeden andern Schriftsteller mußte er manche Enttäuschung erfahren. Er hatte sich eingebildet, Alles, was er zu sagen hätte, so bündig ausdrücken zu können, daß es meine Mutter, wenn es fertig und geheftet wäre, in ihre Schürzentasche stecken solle. Aber der Stoff wuchs ihm unter den Händen. – Möge doch Niemand sagen: ich will ein Duodezbändchen schreiben!

Nichtsdestoweniger gab sich mein Vater alle erdenkliche Mühe, sein vorgesetztes Ziel zu erreichen: Schritt vor Schritt, Zeile vor Zeile, ging er mit derselben Vor- und Umsicht zu Werke (wenn auch nicht mit ganz so frommer Absicht) als Jean de la Casse, Erzbischof von Benevent, bei der Abfassung seiner Galatea, worauf Se. Eminenz vierzig Jahre ihres Lebens verwandte; und als das Ding fertig war, war es nicht halb so stark als Riders Almanach. Wie der heilige Mann das angefangen hat, muß jedem Sterblichen unbegreiflich vorkommen, der nicht in das Geheimniß eingeweiht ist (wenn man nämlich nicht annehmen will, er habe die meiste Zeit dazu angewandt, seinen Schnurrbart zu kämmen und mit seinem Kaplan *primero* zu spielen); es wird sich also der Mühe lohnen, es der Welt zu erklären, wäre es auch nur zur Ermuthigung der Wenigen, die nicht sowohl ums Brod, als um des Ruhmes willen schreiben.

Ich gestehe, wäre Jean de la Casse, Erzbischof von Benevent, den ich (trotz seiner Galatea) hoch verehre, ein kleiner Skribent, ein bornirter Geist, ein schwaches Talent, ein schwerfälliger Kopf u.s.w. gewesen, so hätte er sich mit seiner Galatea meinetwegen bis zu Methusalems Alter hinschreiben mögen, – die Sache würde der Erwähnung nicht werth gewesen sein.

Aber das gerade Gegentheil davon war der Fall: Jean de la Casse war ein talentvoller Mann, mit einer fruchtbaren Phantasie begabt; und trotz dieser natürlichen Vorzüge, die ihn in seiner Galatea hätten vorwärts treiben müssen, lag er die ganze Zeit über unter einem Bann der Ohnmacht, so daß er während eines ganzen langen Sommertages nicht mehr als anderthalb Zeilen niederschreiben konnte. Diese Ohnmacht entsprang aus einer Überzeugung, die Se. Eminenz schwer bedrückte. Er meinte nämlich, wenn ein Christ ein Buch verfasse (nicht zu seiner Belustigung, sondern) *bona fide* in der Absicht und mit dem Vorsatze, es drucken zu lassen und herauszugeben, dann seien seine *ersten* Gedanken immer Versuchungen des Bösen. So sei es bei gewöhnlichen Schriftstellern; gebe sich aber ein Mann von ehrwürdigem Charakter und hoher Stellung in Staat oder Kirche zum Schriftsteller her, so brauche er nur die Feder in die Hand zu nehmen, und alle Teufel der Hölle würden aus ihren Verstecken hervorbrechen, um ihn zu verführen. Dann trieben sie ihr Spiel – jeder Gedanke, der erste wie der letzte, sei verfänglich, möchte er noch so unschuldig aussehen; wie und in welcher Form derselbe sich auch dem Geiste darbiete, es wäre immer ein Streich, den einer oder der andere böse Geist nach ihm führe und der parirt werden müsse. – So sei das Leben eines Schriftstellers, möge er auch das Gegentheil wähnen, nicht ein Zustand behaglicher Ruhe, sondern ein Kriegszustand, und seine Befähigung beweise er, ganz wie jeder andere Soldat – nicht durch Anbauen und Ernten – sondern durch Widerstand.

Meinem Vater gefiel diese Theorie des Jean de la Casse, Erzbischofs von Benevent, ungemein; und wäre sie nicht ein wenig gegen

348

seinen Glauben gewesen, so würde er gewiß zehn Morgen des besten Shandy'schen Ackerlandes dafür gegeben haben, wenn er sie ausgeheckt gehabt hätte. Inwiefern mein Vater wirklich an den Teufel glaubte, wird sich zeigen, wenn ich im weiteren Verlaufe dieses Werkes auf seine religiösen Ansichten zu sprechen kommen werde, – hier will ich nur so viel sagen, daß er sich die Ehre dieser Lehre ihrem Wortsinne nach freilich nicht beimessen konnte, dafür aber die Ehre, sie gedeutet zu haben, in Anspruch nahm; denn oft, besonders wenn die Feder nicht recht fort wollte, pflegte er zu sagen, daß unter diesem bildlichen Ausdrucke des Jean de la Casse wohl ebenso viel gute Gesinnung, Wahrheit und Erkenntniß verborgen liege, als unter irgend einer poetischen Fiktion oder einem Mysterium des Alterthums. – Anerzogenes Vorurtheil – sagte er – ist der Böse, und die Menge der Vorurtheile, die wir mit der Muttermilch einsaugen, das sind, »alle Teufel«. Die sind uns auf den Hacken, Bruder Toby, bei allen unseren Studien und Untersuchungen, und wäre Einer thöricht genug, alles das gelten zu lassen, was sie Einem aufhängen – so würde das ein schönes Buch werden! – Nichts, – setzte er dann hinzu und warf seine Feder mit einer gewissen Wuth auf den Tisch – nichts als Ammenklatsch – ein Sammelsurium von Unsinn, wie ihn die alten Weiber (beiderlei Geschlechts) im Land umhertragen.

Einen bessern Grund werde ich für meines Vaters langsames Vorwärtskommen in seiner Tristrapädie nicht angeben; er war nun, wie gesagt, drei Jahre und noch etwas mehr damit beschäftigt und hatte doch seiner eigenen Berechnung nach kaum die Hälfte des Werkes beendet. Das Unglück dabei war, daß ich während dieser Zeit ganz vernachlässigt wurde und meiner Mutter allein überlassen blieb, – dann aber, was fast ebenso schlimm war, daß der erste Theil des Werkes, auf den mein Vater die meiste Mühe verwandt hatte, durch diese Verzögerung allen Werth verloren hatte, – jeden Tag wurden ein paar Seiten überflüssig.

– Ja, gewiß soll es eine Zuchtruthe für unsern Hochmuth und unsere Einbildung sein, daß selbst der Klügste von uns sich betrüget und über sein Ziel hinausschießt, weil er es zu eifrig verfolgt. –

Genug, mein Vater war so hartnäckig in seinem *Widerstand,* oder mit andern Worten, er schritt so langsam in seinem Werke vor, und ich lebte so rasch weiter, daß ich vollkommen überzeugt bin, er würde mich bald ganz aus den Augen verloren haben, – hätte sich nicht etwas ereignet, was – wenn wir dahin kommen, und es mit Anstand erzählt werden kann, dem Leser durchaus nicht vorenthalten werden soll.

Siebenzehntes Kapitel

– Es war nichts, – ich vergoß nicht zwei Tropfen Blut dabei, – es lohnte sich nicht, einen Arzt zu holen, und wenn er nebenan gewohnt hätte. Tausende erleiden freiwillig, was ich zufällig erlitt. *Dr.* Slop machte zehnmal mehr Aufsehens davon, als nöthig war. Es giebt Leute, die dadurch in die Höhe kommen, daß sie schwere Gewichte an kleine Schnüre hängen; – noch heute (den 10. August 1761) verdankt mir der Mann einen Theil seines Rufes. – O! es möchte einen Stein erbarmen, wie die Dinge in der Welt zugehen! – Das Stubenmädchen hatte keinen * * * unter das Bett gestellt. – Ich denke, Kleiner, sagte Susanna und schob dabei mit der einen Hand das Fenster in die Höhe, während sie mich mit der andern auf das Fensterbrett stellte, ich denke, Herzchen, du wirst wohl einmal * * * * *.

Ich war fünf Jahr alt, Susanna bedachte nicht, daß bei uns im Hause keine Schraube fest saß, – bums! fuhr das Fenster herunter wie ein Blitz. – Es ist nichts übrig geblieben – schrie Susanna, – nichts übrig – für mich – als in die weite Welt zu laufen.

Onkel Toby's Haus war indessen ein besserer Zufluchtsort, und so lief Susanna dahin.

Achtzehntes Kapitel

Als Susanna dem Korporal das Unglück mit dem Fenster ausführlich erzählt hatte und nun verzweifelnd ausrief, daß sie mich (wie sie's nannte) gemordet hätte, wurde der Korporal leichenblaß. Bei einem Morde sind Mitschuldige und Thäter gleich strafbar. Trims Gewissen sagte ihm, daß er ebenso schuldig sei als Susanna, und – war dieser Ausspruch Wahrheit – so hatte mein Onkel Toby ebenso gut für das vergossene Blut zu verantworten, als einer von ihnen, so daß also weder Überlegung, noch Instinkt, noch beides zusammen Susanna nach einem passenderen Zufluchtsorte hätte leiten können. – Es wäre zwecklos, wollte ich hier die Phantasie des Lesers sich selbst überlassen; sollte er irgend eine Vermuthung aufstellen, die annehmbar wäre, so würde er sein Gehirn vergebens plagen müssen, und um das Richtige zu treffen, dazu müßte er ein Gehirn haben, wie noch kein Leser vor ihm gehabt hat. – Weshalb ihn aber auf die Probe stellen, oder ihn plagen? – Meine Sache ist's ja: ich will's also auch selbst erklären.

Neunzehntes Kapitel

Es ist schade, sagte mein Onkel Toby, indem er sich mit einer Hand auf des Korporals Schulter stützte und mit ihm die Festungswerke musterte, – es ist schade, daß wir nicht ein paar Feldgeschütze haben, um die Kehle der neuen Redoute damit zu montiren; dann würde die ganze Linie hier gedeckt und der Angriff von dieser Seite vollständig sein – Mache mir ein Paar, Trim.

Ew. Gnaden sollen Sie haben, erwiederte Trim, noch heute.

Das war Trims größte Freude, und nie war sein erfindungsreicher Kopf in Verlegenheit, wenn es galt, für meinen Onkel Toby das herbeizuschaffen, was diesem für seine Campagnen nöthig schien:

auf den leisesten Wunsch seines Herrn würde er sich hingesetzt und seine letzte Krone zur Drehbasse verhämmert haben. Was hatte er nicht schon alles angestellt: meines Onkels Dachrinnenenden hatte er abgeschnitten, – die Seiten seiner bleiernen Traufen hatte er bemeißelt, – seine zinnerne Rasirbüchse eingeschmelzt; der Kirche war er wie Ludwig XIV. aufs Dach gestiegen u.s.w., und so war es ihm gelungen, für diese Campagne nicht weniger als acht neue Kanonen schweren Kalibers und drei Feldschlangen ins Feld zu stellen. Meines Onkel Toby's weitere Forderung, auch noch die Redoute mit zwei Geschützen zu bewaffnen, hatte den Korporal von Neuem in Thätigkeit gesetzt, und da sich ihm kein besserer Ausweg bot, so hatte er die beiden Bleigewichte von dem Fenster des Kinderzimmers genommen, nebst den dazu gehörigen, nun unnütz gewordenen Rollen, aus denen er ein paar Laffetenräder anzufertigen beschloß.

So hatte er es schon früher mit jedem Schiebfenster in meines Onkels Hause gemacht, nur nicht immer in derselben Reihenfolge, denn einmal waren Rollen nöthig gewesen, aber kein Blei, dann hatte er mit den Rollen angefangen, und wenn dann die Bleigewichte, weil die Rollen fehlten, unnütz geworden waren, – so hatte er nachträglich auch das Blei genommen.

Daraus ließe sich eine prächtige Lehre ziehen, wenn ich nur Zeit dazu hätte, ich will also nur so viel sagen: wo auch die Zerstörung begann, für das Fenster hatte es immer dieselben übeln Folgen.

Zwanzigstes Kapitel

Der Korporal hatte bei diesem Armaturstückchen seine Maßregeln nicht so schlecht getroffen, daß er sich nicht die ganze Sache hätte vom Halse halten können, wo dann Susanna hätte sehen müssen, wie sie sich allein herauswände: aber echter Muth sucht nicht so davonzukommen. Der Korporal, gleichviel ob als General oder

Trainführer, hatte das gethan, was Veranlassung zu einem Unglücke geworden war, das, wie er meinte, sonst nicht, wenigstens nicht unter Susannens Händen stattgefunden haben würde. – Wie hätten Ew. Wohlgeboren da gehandelt? – Er beschloß ohne Zögern, nicht hinter Susanna Schutz zu suchen, sondern *sie* zu schützen, und mit diesem festen Entschlusse marschirte er in strammer Haltung in das Wohnzimmer, um meinem Onkel Toby über die ganze Affaire Bericht zu erstatten.

Mein Onkel Toby hatte Yorick soeben eine Schilderung der Schlacht bei Steinkirk gemacht und ihm von dem sonderbaren Verfahren des Grafen Solms erzählt, der dem Fußvolke Befehl gab, Halt zu machen, und die Reiterei vorrücken ließ, wo sie nicht agiren konnte; es war gegen des Königs ausdrücklichen Befehl, und dadurch ging die Schlacht verloren.

Manche Dinge ereignen sich in solcher Familie so zu rechter Zeit und in so richtiger Folge, daß kein dramatischer Schriftsteller sie besser erfinden könnte – oder vielmehr konnte, denn jetzt ist's anders.

Mit Hülfe seines Zeigefingers, den er auf den Tisch legte und auf den er dann mit der scharfen Kante seiner Hand im rechten Winkel niederschlug, versuchte Trim die Geschichte so zu erzählen, daß Priester und Jungfrauen hätten zuhören können. – Nachdem sie erzählt war, ging das Gespräch fort, wie folgt:

Einundzwanzigstes Kapitel

– Ich wollte lieber mit Wachenstellen zu Tode gehetzt werden, rief der Korporal, ehe ich litte, daß das Frauenzimmer hier zu Schaden käme. Es war meine Schuld, Ew. Gnaden, nicht ihre.

Korporal Trim, sagte mein Onkel Toby, und setzte den Hut auf, der vor ihm auf dem Tische lag, – wenn da überhaupt von Schuld die Rede sein kann, wo der Dienst etwas durchaus verlangte, so bin ich es allein, den die Verantwortung trifft; Du gehorchtest der Ordre, die ich Dir gab.

Hätte Graf Solms in der Schlacht bei Steinkirk ebenso gehandelt, Trim, sagte Yorick, und wollte den Korporal damit ein wenig necken, der auf dem Rückzuge von einem Dragoner überritten worden war, – so wäret Ihr nicht zu Schaden gekommen – – Zu Schaden gekommen! rief Trim, indem er Yorick unterbrach und den Satz auf seine Art zu Ende führte – fünf Regimenter wären nicht zu Schaden gekommen. Da war das Regiment Cutt, fuhr der Korporal fort und zählte vom Daumen der linken Hand anfangend jedes Regiment mit dem Zeigefinger der rechten vor – da war das Regiment Cutt und Mackay und Angus und Graham und Leven. Die wurden alle in die Pfanne gehauen, und der Garde wäre es nicht besser ergangen, wenn ihr nicht ein paar Regimenter vom rechten Flügel zu Hülfe gekommen wären und ruhig des Feindes Feuer ausgehalten hätten, ehe nur eine einzige Kompagnie ihre Flinten abschoß. – Gott lohn's ihnen, setzte Trim hinzu. – Trim hat Recht, sagte mein Onkel Toby und nickte Yorick zu – so war's. – Was sollte das heißen, fuhr der Korporal fort, daß er die Reiterei vorgehen ließ, bei dem schwierigen Terrain, wo die Franzosen hinter so viel Hecken und Büschen und Gräben standen und den Weg mit so viel gefällten Bäumen gesperrt hatten (wie sie's immer machen). Graf Solms hätte *uns* schicken sollen, wir würden sie schon zusammengeschossen haben, Mann gegen Mann, – Reiterei konnte da nichts ausrichten. – Übrigens, fuhr der Korporal fort, haben sie ihm dafür in der nächsten Campagne bei Landen das Bein abgeschossen. – Der arme Trim bekam da seine Wunde, sagte mein Onkel Toby. – Daran, Ew. Gnaden, ist nur der Graf Solms schuld; hätte er es ihnen bei Steinkirk ordentlich gegeben, so würden sie uns bei Landen in Ruhe gelassen haben. – Vielleicht auch nicht, Trim, sagte mein Onkel Toby; das ist so eine Nation, gieb ihnen den Vortheil eines Waldes, oder ein bischen Zeit sich zu verschanzen, so hast Du sie gleich auf dem Halse. Mit denen ist

nicht anders fertig zu werden, als gerade drauf los, – laß sie schießen – immer drauf – *pêle-mêle*. – Pipp – paff – sagte Trim. – In-
fanterie und Reiterei, sagte mein Onkel Toby. – Holterdipolter,
sagte Trim. – Rechts und links, rief mein Onkel Toby. – Kein
Pardon, schrie der Korporal. – Die Schlacht wüthete. Yorick rückte
der Sicherheit wegen seinen Stuhl ein wenig auf die Seite, und nach
einer kleinen Pause fuhr mein Onkel Toby in etwas ruhigerem
Tone folgendermaßen fort:

Zweiundzwanzigstes Kapitel

König Wilhelm, sagte mein Onkel Toby, indem er sich zu Yorick
wandte, zürnte dem Grafen Solms wegen dieser Mißachtung seines
Befehles so heftig, daß er ihn Monate lang nicht sehen wollte. –
Ich fürchte, antwortete Yorick, daß Mr. Shandy es den Korporal
nicht weniger wird entgelten lassen, als der König es den Grafen
entgelten ließ. Das wäre aber hart, fuhr er fort, wenn Korporal
Trim, der doch so ganz anders handelte, als der Graf Solms, dasselbe Schicksal wie jener erleiden müßte und auch in Ungnade fiele;
so geht es nur zu oft in der Welt! –

Eher wollt' ich eine Mine anzünden, rief mein Onkel Toby, indem er sich erhob, – und meine Befestigungen und mein Haus in
die Luft sprengen und mit Mann und Maus unter den Trümmern
umkommen, eh' ich dastünde und das mit ansähe. – Trim verbeugte
sich leicht gegen seinen Herrn, aber aus dieser Verbeugung sprach
sein Dank, – und damit endet das Kapitel.

Dreiundzwanzigstes Kapitel

– So wollen wir beide den Zug anführen, sagte mein Onkel Toby,
und Du, Korporal, folgst einige Schritte hinter uns. – Und Susanna,

Ew. Gnaden, kann die Nachhut bilden, sagte Trim. – Es war eine treffliche Disposition, und so zogen sie ohne Trommelschlag und ohne fliegende Fahnen langsam von meines Onkel Toby's Hause nach dem Gutshause hinüber.

Ich wollte, sagte Trim, als sie an die Thür kamen, ich hätte statt der Fenstergewichte die Kirchendachröhre abgeschnitten. – Ihr habt genug Röhren abgeschnitten, entgegnete Yorick.

Vierundzwanzigstes Kapitel

Obgleich mein Vater dem Leser schon bei so vielen Vorkommenheiten und in so verschiedenen Lagen vorgeführt worden ist, so kann ihm doch das Alles nicht dazu helfen, sich eine Vorstellung davon zu machen, wie er in einem noch nicht dagewesenen Falle gedacht, gesprochen oder gehandelt hat. – Er war aus so vielen Wunderlichkeiten zusammengesetzt, und es war so ganz unberechenbar, wie er etwas aufnahm, daß Sie besser thun würden, Sir, sich nicht mit Vermuthungen abzuquälen. – Die Wahrheit zu gestehen, sein Weg lag von dem, den die Meisten gingen, sehr weit ab, so daß sich seinem Auge jeder Gegenstand von einer andern Seite und unter einem andern Gesichtswinkel darstellte, als Andern. Es *war* wirklich ein anderer Gegenstand, und deshalb sah er ihn auch anders.

Das ist auch die Ursache, weswegen wir beide, meine liebe Jenny und ich, so gut wie andere Leute, so viel Streit um nichts haben. – Sie sieht auf ihr Äußeres – ich auf ihr Inneres. – Wie können wir *da* über ihren Werth derselben Meinung sein?

Fünfundzwanzigstes Kapitel

Es ist eine ganz ausgemachte Sache – ich sage das zum Trost des Confucius[18], der sich bei der einfachsten Geschichte so leicht verwickelt, – daß man in einer Geschichte vorwärts oder rückwärts gehen kann, ohne daß es als Abschweifung gilt, – wenn man nur in der geraden Richtung bleibt.

Dies vorausgeschickt, mache ich jetzt selbst von der Erlaubniß des Zurückgehens Gebrauch.

Sechsundzwanzigstes Kapitel

Fünfzigtausend Körbe voll Teufel (nicht von der Art des Erzbischofs von Benevent, ich meine Rabelaissche Teufel) mit abgeschnittenen Schwänzen hätten nicht ein so höllisches Geschrei ausstoßen können, wie ich ausstieß, – als mir das geschah; es rief meine Mutter sogleich ins Kinderzimmer, so daß Susanna kaum Zeit hatte, die Hintertreppe hinunter zu kommen, während jene die Vordertreppe herauf kam.

Obgleich ich nun alt genug war, um die Sache selbst erzählen zu können, und jung genug – meine ich – um es ganz treuherzig zu thun, – so hatte Susanna doch für alle Fälle, als sie an der Küche vorüberging, der Köchin die Geschichte mitgetheilt – die Köchin hatte dieselbe mit einigen Erläuterungen an Jonathan – Jonathan sie an Obadiah weiter gegeben, und als mein Vater jetzt ein halb Dutzendmal an der Klingel gerissen hatte, um zu erfahren, was denn oben los sei, konnte ihm Obadiah Alles genau erzählen, wie

---

18 Mr. Shandy meint hier wahrscheinlich Herrn ****, Parlamentsmitglied für ***, nicht den chinesischen Gesetzgeber.

es geschehen war. – Nun, das dachte ich, sagte mein Vater, schlug seinen Schlafrock zusammen und ging die Treppe hinauf.

Daraus könnte man schließen, (obgleich ich es bezweifle) daß mein Vater schon damals jenes merkwürdige Kapitel in der »Tristrapädie« geschrieben gehabt hätte, welches für mich eines der originellsten und interessantesten in dem ganzen Buche ist – das Kapitel nämlich über »Schiebfenster«, mit einer angehängten Philippika gegen die Nachlässigkeit der Stubenmädchen.

Aber zwei Gründe bewegen mich zu einer andern Annahme.

Erstens, – hätte mein Vater die Sache *vor* dem Unfalle in Betracht gezogen, so würde er wahrscheinlich das Fenster vernagelt haben, was er, dem das Bücherschreiben so schwer wurde, gewiß eher zu Stande gebracht hätte, als das betreffende Kapitel. – Dieser Grund könnte allerdings auch gegen die Behauptung angewandt werden, daß das Kapitel *nach* dem Vorfall geschrieben worden sei; doch dem ist vorgebeugt durch den zweiten Grund, welchen ich dem Publikum für meine Ansicht anführe, daß mein Vater zu jener Zeit das Kapitel über Schiebfenster und Nachttöpfe noch nicht geschrieben hatte, nämlich:

weil ich das Kapitel zur Vervollständigung der »Tristrapädie« selbst geschrieben habe.

Siebenundzwanzigstes Kapitel

Mein Vater setzte die Brille auf, – sah hin – nahm sie wieder ab – steckte sie ins Futteral, – Alles in weniger als einer Minute und ohne ein Wort zu sprechen; dann drehte er sich um und ging hinunter. Meine Mutter meinte, er sei nach Charpie und Wundsalbe gegangen, – als sie ihn aber mit ein paar dicken Foliobänden unter dem Arme und von Obadiah, der ein Lesepult trug, gefolgt zurückkehren sah, nahm sie als ausgemacht an, daß es Bücher wären, in denen Heilmittel angeführt ständen; sie rückte ihm also einen Stuhl nahe ans Bett, damit er sich bequemer Raths erholen könne für den betreffenden Fall.

– Wenn es richtig gemacht wird, sagte mein Vater und schlug den Abschnitt *de sede vel subjecto circumcisionis* auf, denn er hatte *Spenser de legibus Hebraeorum ritualibus* und Maimonides herauf- gebracht, um *uns* zu vergleichen und *uns* gemeinschaftlich auf den Zahn zu fühlen –

– Wenn es richtig gemacht wird – sagte er – Aber was soll man denn auflegen, rief meine Mutter, so sage doch. – Da mußt Du zu *Dr.* Slop schicken, erwiederte mein Vater.

Meine Mutter machte, daß sie hinunter kam, und mein Vater fuhr in seinem Abschnitt fort, wie folgt: – . Sehr wohl, sagte mein Vater. – »I nun, wenn's *den* Nutzen hat«, – und ohne sich weiter den Kopf darüber zu zerbrechen, ob die Juden es von den Egyptern, oder die Egypter von den Juden hätten, stand er auf, strich sich zwei- oder dreimal mit der flachen Hand über die Stirn, wie man wohl thut, um die Spuren der Sorge zu verwischen, wenn ein Übel leichter vorüberging, als man befürch- tete, – schlug sein Buch zu und ging hinunter. – I nun, sagte er und sprach immer einen der Völkernamen aus, sowie er den Fuß auf eine neue Stufe setzte, – wenn die Egypter – die Syrier – die Phönicier – die Araber – die Kappadocier – die Kolchier und die Troglodyten es gethan haben, – wenn Solon und Pythagoras sich dem unterwarfen, – warum nicht Tristram? – Wer bin ich, daß ich mich einen Augenblick darüber ärgern oder ereifern sollte? –

Achtundzwanzigstes Kapitel

Lieber Yorick, sagte mein Vater lächelnd, – Yorick war nämlich in dem schmalen Vorhause aus der Reihe gebrochen und trat zuerst ins Zimmer – unser Tristram muß die religiösen Gebräuche etwas hart durchmachen. Gewiß, nie ward ein Juden-, Christen-, Türken- oder Heidenkind so damit geplagt. – Es ist doch nicht schlechter mit ihm? sagte Yorick. – Der Teufel muß irgendwo los gewesen sein, als dieses Kind in die Welt gesetzt wurde. – Das müssen Sie besser beurtheilen können als ich, erwiederte Yorick. – Die Astrologen, sagte mein Vater, wissen es am besten; die gedritten und gesechsten Aspekten haben schief gestanden, oder die ihnen gegenüberstehenden Ascendenten haben sie nicht berührt, wie sie sollten, – oder die Herren der Zeugung (wie sie es nennen) haben Versteckens gespielt, oder irgend etwas über, unter oder neben uns ist nicht in Ordnung gewesen.

Das ist möglich, antwortete Yorick. – Aber das Kind, rief mein Onkel Toby, steht es schlechter mit ihm? – Die Troglodyten meinen nein! erwiederte mein Vater; und Eure Theologen Yorick, sagen uns – In ihrer Qualität als Theologen? fragte Yorik, oder als Apotheker[19], oder als Staatsmänner[20], oder als Waschweiber?[21]

Das weiß ich nicht bestimmt, erwiederte mein Vater, aber sie sagen uns, Bruder Toby, daß es im Gegentheil besser mit ihm stehe. – Vorausgesetzt, daß Sie ihn nach Egypten schicken wollen, sagte Yorick. – Es wird ihm nützen können, entgegnete mein Vater, wenn er sich die Pyramiden ansieht.

– Nun, mir ist das Alles Arabisch, sagte mein Onkel Toby. – Ich wollte, das wär' es der halben Welt, antwortete Yorick.

Ilus[22], fuhr mein Vater fort, unterzog eines Morgens seine ganze Armee der Beschneidung. – Doch nicht ohne Kriegsgericht? rief

---

19 *Χαλεπῆς νόσου, καὶ δυσιάτου ἀπαλλαγὴ, ην ἄνθρακα καλοῦσιν. Philo.*

20 *Τὰ τεμνόμενα τῶν ἐθνῶν πολυγονώτατα, καὶ πολυανθρωπότατα εἶναι.*

21 *Καθαριότητος εἵνεκεν. Bochart.*

22 *Ὁ Ἴλος, τὰ αἰδοῖα περιτέμνεται, ταὐτὸ ποιῆσαί καὶ τοὺς ἀμ' αὐτῶ αυμμάχους καταναγκάσας. Sanchuniatho.*

mein Onkel Toby. – Indessen sind die Gelehrten sehr verschiedener Meinung, fuhr er zu Yorick gewendet fort, ohne meines Onkels Einwurf zu beachten, – wer Ilus eigentlich war; – Einige meinen Saturn, – Andere das höchste Wesen, – noch Andere halten ihn bloß für den Anführer einer Heeresabtheilung unter Pharao Necho. – Mag er gewesen sein, was er will, sagte mein Onkel Toby, aber ich weiß nicht, was für ein Kriegsartikel ihm ein Recht *dazu* gegeben hat.

Diese geben für ihre Behauptung zweiundzwanzig verschiedene Gründe an, die auf der andern Seite haben freilich die Nichtigkeit der Mehrzahl derselben dargethan. Aber die besten Polemiker unter den Gottesgelahrten – Ich wollte, es gäbe im ganzen Lande nicht Einen gottesgelahrten Polemiker, sagte Yorick; eine Unze praktischen Christenthums ist mehr werth, als eine gemalte Schiffsladung von all dem Zeug, das die hochwürdigen Herren seit fünfzig Jahren eingeführt haben. – Sagen Sie doch, Mr. Yorick, fragte mein Onkel Toby, was versteht man eigentlich unter einem gottesgelahrten Polemiker? – Nie fand ich, Kapitän Shandy, ein Paar solcher Gottesgelahrten besser geschildert als in der Erzählung von dem Kampfe zwischen Gymnast und Kapitän Tripet; ich habe das Buch in der Tasche. – O, lassen Sie hören, sagte mein Onkel Toby begierig. – Sehr gern, sagte Yorick. – Und da der Korporal, der gute Bursche, vor der Thür auf mich wartet, so bitte ich, Bruder, erlaube ihm, hereinzukommen, die Beschreibung eines Kampfes wird ihm gewiß mehr Vergnügen machen, als das beste Abendessen. – Ei gewiß, sagte mein Vater. Trim kam herein, kerzengrade und glücklich wie ein Kaiser; nachdem er die Thür zugemacht hatte, nahm Yorick das Buch aus seiner rechten Rocktasche und las (oder that, als ob er läse), wie folgt:

Neunundzwanzigstes Kapitel

– worauf die Soldaten, welche diese Rede vernommen hatten und zum Theil darüber erschreckt waren, zurückwichen und dem Herausforderer Platz machten. Alles dies bemerkte und beachtete Gymnast sehr wohl; er that also, als ob er vom Pferde steigen wollte, und indem er sich auf der linken Seite (mit Hülfe des kleinen Schwertes, das er trug) im Gleichgewicht erhielt, seinen Fuß im Steigbügel wechselte und seinen Körper zusammenzog, schnellte er sich in die Luft und stand mit beiden Füßen aufrecht auf dem Sattel da, den Rücken dem Kopfe des Pferdes zugewendet. Jetzt, sagte er, fange ich an. – Damit machte er, sowie er dastand, einen Luftsprung auf einem Bein und drehte dabei seinen Körper links herum, so daß er wieder wie früher zu stehen kam, ohne daß ihm etwas mißlungen wäre. – Ha, sagte Tripet, das mache ich jetzt nicht – und habe meine Gründe dazu. – Gut, sagte Gymnast – ich habe mich versehen, ich will's ungeschehen machen. Damit that er mit bewunderungswürdiger Kraft und Geschicklichkeit denselben Sprung noch einmal, aber rechts herum; dann stützte er den Daumen seiner rechten Hand auf den Sattelknopf, schnellte die Beine in die Höhe, balancirte die ganze Last seines Körpers auf dem Muskel und Nerv dieses Daumens, drehte sich dreimal um sich selbst und ließ hierauf beim vierten Male die Beine herabsinken, so daß sie zwischen die Ohren des Pferdes kamen, ohne etwas zu berühren; dann gab er sich einen Schwung und saß auf dem Kreuze des Pferdes.

(Das ist doch kein Kampf, sagte mein Onkel Toby. Der Korporal schüttelte den Kopf. – Nur Geduld, sagte Yorick.)

Nun zog er (Tripet) das rechte Bein über den Sattel und setzte sich *en croupe*. Aber im Sattel säße ich besser, sagte er, und damit stellte er beide Daumen auf das Kreuz des Pferdes, stützte seinen ganzen Körper darauf, überschlug sich und saß sofort ganz bequem im Sattel. Plötzlich aber flog er mit einem gewaltigen Schwunde in die Luft, drehte sich wie eine Windmühle und machte wohl hundert verschiedene Sprünge, Wendungen und Sätze. – Herr Gott! rief Trim, der die Geduld verlor, ein tüchtiger Bajonnetstoß ist besser als alles das. – So mein' ich auch, erwiederte Yorick. – Ich nicht, sagte mein Vater. –

Dreißigstes Kapitel

Nein, Yorick, sagte mein Vater, als Antwort auf eine Frage, die dieser an ihn gerichtet hatte, ich habe nichts in der ganzen Tristrapädie aufgestellt, was nicht so klar wäre wie ein Satz des Euclid. Trim, reicht mir doch jenes Buch von meinem Schreibtisch her. – Ich habe oft daran gedacht, es Euch beiden, Yorick und Dir, Bruder Toby, vorzulesen, und es ist nicht recht von mir, daß ich es nicht schon längst gethan habe. Sollten wir nicht jetzt ein oder ein paar kleine Kapitel lesen – später, bei Gelegenheit, lesen wir dann wieder ein paar, und so fort, bis wir durch sind. – Mein Onkel Toby und Yorick machten die schickliche Verbeugung, und der Korporal, obgleich das freundliche Anerbieten ihm nicht mit galt, legte nichtsdestoweniger seine Hand aufs Herz und machte ebenfalls seinen Diener. Die Gesellschaft lächelte. – Trim, sagte mein Vater, hat sich das Recht erkauft, der Vorlesung beiwohnen zu dürfen. – Ihm schien das Stück nicht zu gefallen, meinte Yorick. – Es war, mit Ew. Hochehrwürden Erlaubniß, ein Hansnarrenkampf, der da von dem Kapitän Tripet und dem andern Offizier; warum machten sie so viel Sprünge, statt auf einander los zu gehen? Die Franzosen machen wohl auch Kapriolen, aber so doch nicht! –

Mein Onkel Toby fühlte sich nie so behaglich, als in diesem Augenblicke, bei des Korporals und seinen eigenen Reflexionen; er zündete seine Pfeife an; Yorick rückte seinen Stuhl näher an den

Tisch, – Trim putzte die Lichter, – mein Vater störte das Feuer auf, – nahm dann das Buch, hüstelte ein paarmal und begann.

Einunddreißigstes Kapitel

Die ersten dreißig Seiten, sagte mein Vater und schlug die Blätter um, sind ein bischen trocken, und da sie nicht durchaus zur Sache gehören, so wollen wir sie für jetzt überschlagen. Es ist nämlich eine Vorrede als Einleitung oder eine einleitende Vorrede (ich weiß noch nicht, wie ich es nennen werde) über politische und bürgerliche Verfassung, deren Grund in der ursprünglichen Verbindung zwischen Mann und Weib zum Zwecke der Fortpflanzung des Geschlechtes gesucht werden muß; – ich kam da so, ohne es selbst zu merken, hinein. – Natürlich, sagte Yorick.

Die Urform der Gesellschaft, fuhr mein Vater fort, ist, wie Politian uns sagt, die Ehe, das Zusammenleben eines Mannes mit einer Frau, wozu der Philosoph (nach Hesiod) noch ein Dienendes fügt; – da aber anzunehmen ist, daß ursprünglich die Menschen nicht zum Dienen geboren wurden, so gilt ihm als die Urform: ein Mann, ein Weib und ein Stier. – Ich glaube, es ist ein Ochs, sagte Yorick, indem er die betreffende Stelle *(οἶκον μὲν πρώτιστα, γυναῖκα τε, βοῦν τ' αροτῆρα)* anführte. Ein Stier würde auch mehr eine Last als eine Hülfe gewesen sein. – Es ist auch noch ein besserer Grund dafür, sagte mein Vater und tauchte seine Feder ins Dintenfaß; – denn da der Ochs ein so geduldiges Thier und so geeignet dazu ist, das Land zu ihrer Ernährung zu bearbeiten, so war er für das neuverbundene Paar wohl das passendste Werkzeug und Sinnbild, welches die Schöpfung ihnen zugesellen konnte. – Und noch etwas, fügte mein Onkel Toby hinzu, spricht mehr als alles Andere für den Ochsen. – Mein Vater hätte seine Feder nicht aus dem Dintenfasse nehmen können, er mußte erst Onkel Toby's Grund hören. – Denn wenn der Acker gepflügt war, sagte dieser, so lohnte es sich auch, ihn einzuhegen, also schützten sie ihn durch Gräben und Wälle, und das war der Anfang der Befestigungskunst. – Sehr wahr, sehr wahr, lieber Toby, rief mein Vater, strich den Stier aus und setzte Ochs dafür.

Darauf gab er Trim einen Wink, die Lichter zu putzen, und nahm das Gespräch wieder auf.

Ich gehe überhaupt auf diese Frage nur deshalb ein, sagte er leicht hin und schlug das Buch halb zu, um die Grundlage der verschiedenen Beziehungen zwischen Vater und Kind nachzuweisen, über welches letztere jener auf verschiedene Weise Recht und Gewalt erhält:

erstens durch Heirath,

zweitens durch Adoption,

drittens durch Anerkennung, und

viertens durch Zeugung – welche ich alle der Reihe nach betrachte.

Auf das Letztere lege ich wenig Werth, entgegnete Yorick; meiner Meinung nach verpflichtet sie weder das Kind, noch giebt sie dem Vater Gewalt. – Da haben Sie Unrecht, sagte mein Vater eifrig, und zwar aus dem einfachen Grunde, weil * * * * * * * * * * * * *
* *
* Ich gebe aber zu, schloß mein Vater, daß das Kind deswegen nicht in gleichem Maße unter der Gewalt und Herrschaft der Mutter steht. – Indessen spricht der Grund ebenso gut auch für sie, sagte Yorick. – Sie steht selbst unter der Autorität, erwiederte mein Vater, und dann, Yorick – hier nickte er mit dem Kopfe und legte einen Finger an die Nase – ist sie nicht das Hauptagens. – Wobei? fragte mein Onkel Toby und stopfte seine Pfeife. – Nichtsdestoweniger, fügte mein Vater, ohne auf Onkel Toby's Frage zu achten, hinzu – ist der Sohn ihr Ehrerbietung schuldig, wie Sie das im ersten Buche der Pandekten, Titel XI im zehnten Abschnitt, ausführlich lesen können. – Das kann ich auch ebenso gut im Katechismus lesen, erwiederte Jener.

Zweiunddreißigstes Kapitel

Trim weiß ihn auswendig, sagte mein Onkel Toby. – Pah! sagte mein Vater, der von Trims Hersagen des Katechismus nicht unterbrochen sein wollte. – Nein, auf Ehre, erwiederte mein Onkel Toby. Fragen Sie ihn einmal, Mr. Yorick.

Nun, wie heißt das fünfte Gebot, Trim? sagte Yorick mit milder Stimme und freundlichem Nicken, als ob er einen schüchternen Katechumenen vor sich hätte. – Der Korporal schwieg. – Sie fragen ihn nicht recht, sagte mein Onkel Toby; zugleich erhob er seine Stimme und rief mit Kommandoton: Das fünfte? – Ich kann's nur von vorne, Ew. Gnaden, sagte der Korporal.

Yorick konnte sich des Lächelns nicht erwehren; – Ew. Ehrwürden bedenken nicht, sagte der Korporal, indem er seinen Stock wie eine Flinte schulterte und, um die Sache klar zu machen, bis in die Mitte des Zimmers marschirte, – daß das ganz ebenso ist wie mit dem Exercitium.

Gewehr auf! – rief der Korporal und führte das Kommando, das er selbst gab, zugleich aus.

Schultert's Gewehr! – rief der Korporal, als Offizier und Gemeiner in einer Person.

Gewehr über! – Sie sehen, Ew. Ehrwürden, 's geht immer aus dem Einen ins Andere. Wenn also Ew. Gnaden von vorne anfangen wollen –

Das erste! rief mein Onkel und stemmte die Hand in die Seite
_ *

Das zweite! rief mein Onkel Toby und schwenkte seine Tabakspfeife, als ob er, den Degen in der Hand, vor dem Regimente stände. – Der Korporal machte den ganzen Katechismus ohne Fehler durch, und nachdem er »Vater und Mutter geehrt hatte«, verbeugte er sich tief und marschirte nach seinem frühern Standort im Hintergrunde des Zimmers zurück.

Alles in der Welt, sagte mein Vater, hat seine spaßhafte Seite, zugleich aber einen tiefern Sinn und gewährt Belehrung, – man muß sie nur zu finden wissen.

– Hier haben wir das *Gerüste des Unterrichts* – eine pure Thorheit ohne das *Gebäude* dahinter.

– Hier haben wir einen Spiegel für Pädagogen, Lehrer, Erzieher, Schulmeister, Mensapauker und Bärenführer, worin sie sich selbst erkennen können.

O, mit dem Lernen zugleich, Yorick, wächst eine Hülse und Schale, die ihre Ungeschicklichkeit nicht zu entfernen weiß.

– Wissenschaft kann auswendig gelernt werden – Weisheit nicht.

Yorick hielt meinen Vater für inspirirt. – Ich will mich verpflichten, sagte mein Vater, hier auf der Stelle Tante Dinahs Legat für wohlthätige Zwecke herzugeben (von denen mein Vater beiläufig gesagt keine sehr hohe Meinung hatte), wenn der Korporal von dem, was er da aufgesagt hat, nur ein einziges Wort versteht. – Sagt doch, Trim, wandte er sich zu ihm, was versteht Ihr darunter: »Du sollst Vater und Mutter ehren?«

Du sollst ihnen, mit Ew. Gnaden Verlaub, anderthalb Pence täglich von Deinem Solde abgeben, wenn sie alt und schwach geworden sind. – Und habt Ihr das gethan, Trim? sagte Yorick. – Er hat's gethan, entgegnete mein Onkel Toby. – Nun dann, Trim, rief Yorick, der vom Stuhle aufsprang, und faßte des Korporals Hand, – dann habt Ihr dies Gebot so gut ausgelegt, wie es nur Einer kann, und ich schätze Euch mehr darum, Korporal Trim, als wenn Ihr am Talmud selbst mitgeholfen hättet.

Dreiunddreißigstes Kapitel

O, Segen der Gesundheit! rief mein Vater aus, als er die Blätter des nächsten Kapitels durch die Hände laufen ließ, – du bist mehr werth als alles Gold und alle Schätze, denn du machst die Seele weit und erschließest alle ihre Kräfte, daß sie Belehrung empfangen und die Tugend lieben lernen kann. Wer dich besitzt, dem bleibt wenig zu wünschen übrig, und wer so unglücklich ist, dich zu entbehren, der entbehrt Alles.

Was ich über diesen wichtigen Punkt gesagt habe, ist in sehr wenig Raum zusammengedrängt, fuhr mein Vater fort, deshalb wollen wir das ganze Kapitel lesen.

Er las also:

»Das ganze Geheimniß der Gesundheit beruht auf dem nothwendigen Kampf um das Übergewicht zwischen der Urwärme und der Urfeuchtigkeit.« – Sie haben diese Thatsache wahrscheinlich schon früher bewiesen, sagte Yorick. – Hinreichend, erwiederte mein Vater.

Als er dies sagte, machte er das Buch zu, – nicht so, als ob er nicht hätte weiter lesen wollen, denn er ließ seinen Zeigefinger als Zeichen darin, – auch nicht ärgerlich, denn er schloß das Buch langsam; sein Daumen lag ganz ruhig auf dem obern Deckel und drei Finger stützten den untern, ohne jeden heftigen Druck.

Ich habe, sagte mein Vater und nickte dabei Yorick zu, diesen Punkt im vorhergehenden Kapitel ausführlich behandelt.

Nun wahrhaftig! wenn man dem Mann im Monde das sagen könnte, daß ein Menschenkind ein Kapitel geschrieben hätte, worin das Geheimniß der Gesundheit als abhängig von dem nothwendigen Kampfe um das Übergewicht zwischen der Urwärme und der Urfeuchtigkeit erwiesen sei, und daß die Frage so sein behandelt wäre, daß in dem ganzen Kapitel auch nicht *ein* nasses oder trockenes Wort von Urwärme und Urfeuchtigkeit, und nicht *eine* Silbe weder *pro* noch *contra,* weder direkt noch indirekt, über einen Kampf zweier Kräfte (gleichviel welcher) des Naturreichs darin vorkäme, – so würde er sich mit der rechten Hand (vorausgesetzt, daß er eine hätte) an die Brust schlagen und ausrufen: O! du ewiger Schöpfer der Dinge! Du, dessen Macht und Güte die Fähigkeiten deiner Geschöpfe bis zu einer unbegreiflichen Höhe und Vortrefflichkeit steigern kann, – was haben wir armen Mondbewohner verbrochen?

Vierunddreißigstes Kapitel

Mit zwei kleinen Hieben auf Hippokrates und Lord Verulam schloß mein Vater.

Der Hieb auf den König der Ärzte, der zuerst fiel, war weiter nichts, als eine kleine Verhöhnung der schmerzlichen Klage: *ars longa – vita brevis.* Das Leben ist kurz, rief mein Vater, und die Heilkunst endlos! Und wem haben wir das zu danken, als der Unwissenheit dieser Quacksalber und den Wagenladungen von Geheimmitteln und peripatetischem Zeuge, womit sie zuerst der Welt geschmeichelt und dann sie betrogen haben?

O, Mylord Verulam, rief er dann, indem er Hippokrates gehen ließ und seinen zweiten Hieb nach jenem als dem ärgsten Arkanenbrauer und dem hervorragendsten der ganzen Sippschaft richtete: – was soll ich von dir sagen, mein großer Lord Verulam? Was von deinem »Geist in uns«, – deinem Opium, – deinem Salpeter, – deinen Fetteinreibungen, – deinen täglichen Abführungen, – deinen nächtlichen Klystieren und Succedaneen?

Mein Vater war nie in Verlegenheit, was er über irgend einen beliebigen Gegenstand sagen sollte; und einer besonderen Einleitung bedurfte es dazu für ihn nicht. Wie er mit Sr. Herrlichkeit Ansicht umsprang, werden wir sehen; – aber wann, das weiß ich nicht. – Zuerst wollen wir sehen, was Sr. Herrlichkeit Ansicht war.

Fünfunddreißigstes Kapitel

»Die beiden Ursachen, welche hauptsächlich dazu beitragen, unser Leben zu verkürzen«, sagt Verulam, »sind:

erstens der Geist in uns, der wie eine gelinde Flamme den Leib verzehrt, und zweitens die äußere Luft, welche den Leib zu Asche sengt; beide Feinde greifen unseren Leib von zwei Seiten an, zerstören unsere Organe und machen sie unfähig, die Lebensfunktionen auszuüben.«

Bei so bewandten Umständen ergiebt sich der Weg zur Langlebigkeit von selbst: um der Verwüstung, welche der Geist in uns anrichtet, entgegenzuarbeiten, ist nichts nöthig, sagt Se. Herrlichkeit, als daß man einestheils seine Substanz durch regelmäßigen Gebrauch von Opiaten verdickt, anderntheils seine Hitze dadurch mindert, daß man jeden Morgen vor dem Aufstehen drei und einen halben Gran Salpeter einnimmt.

Damit bliebe unser Leib noch den feindlichen Angriffen der äußern Luft ausgesetzt; diese wären durch regelmäßige Fetteinreibungen abzuwehren, wodurch die Poren so vollgetränkt würden, daß nichts hinein-noch herausdringen könnte. Diese Hemmung der Ausdünstung erzeuge aber mancherlei andere Übel; also seien regelmäßige Klystiere nöthig, um die überflüssigen Stoffe zu entfernen und das System vollständig zu machen.

Alles, was mein Vater über Lord Verulams Opiate, Salpeter, Fetteinreibungen und Klystiere zu sagen hatte, soll mitgetheilt werden, aber nicht heute und nicht morgen: die Zeit drängt, mein Leser wird ungeduldig, ich muß weiter. – Mag man's in Muße lesen, wenn die »Tristrapädie« gedruckt sein wird.

Hier sei es genug, wenn ich sage, daß mein Vater die Hypothese ganz und gar über den Haufen warf und an ihre Stelle – wie die Gelehrten wissen – seine eigene setzte.

Sechsunddreißigstes Kapitel

Da das ganze Geheimniß der Gesundheit, so fing mein Vater den Satz noch einmal an, augenscheinlich auf dem nothwendigen

Kampfe um das Übergewicht zwischen der Urwärme und der Urfeuchtigkeit beruht, – so hätte es wahrscheinlich keiner großen Geschicklichkeit bedurft, um sie zu erhalten, wäre die Sache von den Gelehrten nicht dadurch erschwert worden (van Helmont, der berühmte Chemiker, beweist's), daß sie alle das Talg und Fett des thierischen Körpers für die Urfeuchtigkeit hielten.

Nun aber ist nicht das Talg oder Fett der Thiere die Urfeuchtigkeit, sondern diese ist eine ölige, balsamische Substanz; denn das Fett oder Talg, als das Phlegma oder die wässerigen Theile, ist kalt, wogegen den öligen oder balsamischen Theilen lebendige Wärme und Geistigkeit eigen sind; daher auch die Bemerkung des Aristoteles: *quod omne animal post coitum est triste.*

Es ist nun sicher, daß die Urwärme an der Urfeuchtigkeit haftet, ob das aber auch *vice versa* der Fall ist, bleibt zweifelhaft; immer jedoch vermindert sich mit der einen auch die andere, und dann entsteht entweder eine *un*natürliche Wärme, welche eine *un*natürliche Trockenheit erzeugt, oder eine *un*natürliche Feuchtigkeit, welche Wassersucht verursacht. Kann also ein Kind, das heranwächst, dahin belehrt werden, daß es sich vor Feuer und Wasser hüte, als die ihm beide mit Vernichtung drohen, – so ist das Alles, was in dieser Beziehung nöthig zu sein scheint.

Siebenunddreißigstes Kapitel

Nicht die Beschreibung der Belagerung von Jericho hätte die Aufmerksamkeit meines Onkels Toby so mächtig anregen können, als dieses letzte Kapitel es that. Seine Augen waren starr auf meinen Vater geheftet; so oft er der Urwärme und der Urfeuchtigkeit erwähnte, nahm mein Onkel seine Pfeife aus dem Munde und schüttelte den Kopf, und nicht sobald war das Kapitel zu Ende, als er den Korporal Trim ganz nahe an seinen Stuhl heranwinkte und ihn Folgendes fragte: – (leise) * * * * * * * *? Es war bei der Belagerung von Limerick, Ew. Gnaden, antwortete der Korporal und verbeugte sich.

Ja, das war auch der Grund, sagte mein Onkel Toby, indem er sich zu meinem Vater wandte, weshalb wir beide, der arme Bursche und ich, zu der Zeit, als die Belagerung von Limerick aufgehoben wurde, kaum aus unserem Zelte kriechen konnten. – Was in aller Welt, rief mein Vater, ist Dir da wieder durch den Sinn gefahren, lieber Bruder Toby? Das zusammenzureimen, könnte einen Ödipus in Verwirrung bringen, setzte er für sich hinzu.

– Ich glaube wirklich, Ew. Gnaden, sagte der Korporal, hätten wir nicht alle Abend die Menge Branntwein nachgefeuert, und den Rothwein, und den Zimmt, womit ich Ew. Gnaden bearbeitete – Und den Genever, Trim, setzte mein Onkel Toby hinzu, der uns ganz besonders wohlthat – Ich glaube wirklich, Ew. Gnaden, so hätten wir alle Beide unser Leben in den Trancheen gelassen und lägen da begraben.

– Das beste Grab, Korporal, rief mein Onkel mit funkelnden Augen, das ein Soldat sich wünschen kann. – Aber 's wäre doch ein trauriger Tod gewesen, mit Ew. Gnaden Verlaub, entgegnete der Korporal.

Alles das war Arabisch für meinen Vater, wie vorher die Gebräuche der Kolchier und Troglodyten für meinen Onkel; er wußte nicht, ob er sich ärgern oder lachen sollte.

Mein Onkel Toby wandte sich zu Yorick und sprach sich deutlicher über den Fall bei Limerick aus, so daß mein Vater den Zusammenhang sogleich begriff.

Achtunddreißigstes Kapitel

Es war, sagte mein Onkel Toby, für mich und den Korporal ohne Zweifel ein großes Glück, daß wir während der ganzen achtundzwanzig Tage, daß die Ruhr in unserem Lager wüthete, ein heftiges

Fieber mit einem so rasenden Durste hatten; denn sonst würde, wie mein Bruder sagt, die Urfeuchtigkeit unfehlbar die Oberhand gewonnen haben. – Mein Vater zog seine Lungen ganz voll und blies die Luft so langsam als möglich wieder aus, wobei er nach oben sah.

– Es war Gottes Gnade, fuhr mein Onkel Toby fort, die es dem Korporal eingab, den nothwendigen Kampf zwischen der Urwärme und der Urfeuchtigkeit dadurch aufrecht zu erhalten, daß er dem Fieber mit heißem Wein und Gewürzen zu Hülfe kam, so daß das Feuer nicht ausging, und die Urwärme der Urfeuchtigkeit von Anfang bis zu Ende die Spitze bieten konnte, wie schrecklich die letztere auch war. – Auf Ehre, setzte Onkel Toby hinzu, man hätte den Kampf in unsern Leibern zwanzig Meilen weit hören können, Bruder Shandy. – Wenn gerade nicht geschossen wurde, sagte Yorick.

Wohl, sagte mein Vater, mit vollem Athem und einer kleinen Pause nach jedem Worte, – wäre ich Richter, und die Gesetze des Landes, das mich dazu machte, erlaubten es, so würde ich einige der schlimmsten Verbrecher, nachdem sie gebeichtet hätten –

Yorick, der voraussah, daß der Satz erbarmungslos endigen würde, legte die Hand auf meines Vaters Brust und bat ihn nur um einige Minuten Aufschub, bis er dem Korporal eine Frage vorgelegt haben würde. – Sagt mir ehrlich, Trim, fuhr er dann fort, ohne meines Vaters Zustimmung abzuwarten, was ist Eure Meinung von der Urwärme und der Urfeuchtigkeit?

Unbeschadet Eurer Gnaden besseren Einsicht, sagte der Korporal und verbeugte sich gegen meinen Onkel Toby. – Sag Deine Meinung frei heraus, Korporal, entgegnete mein Onkel Toby. Der arme Bursche ist mein Diener, fügte er gegen meinen Vater gewendet hinzu, nicht mein Knecht.

Der Korporal steckte seinen Hut unter den linken Arm, auf dessen Handgelenk sein Stock an einer schwarzledernen, betroddelten Schlinge hing; dann marschirte er auf die Stelle hin, wo er seinen Katechismus aufgesagt hatte, berührte, bevor er den Mund öffnete, sein Kinn mit dem Daumen und den Fingern seiner rechten Hand und ließ sich dann folgendermaßen vernehmen:

Neununddreißigstes Kapitel

Gerade als der Korporal sich räusperte, um anzufangen, watschelte *Dr.* Slop ins Zimmer. – Es ist keine große Sache, der Korporal kann im nächsten Kapitel anfangen; dann mag aber hereinkommen, wer will.

– Nun, mein lieber Doktor, rief mein Vater scherzend, denn die Übergänge von einer Laune zur anderen waren bei ihm ganz unberechenbar, was sagt mein Sprößling dazu?

Hätte mein Vater nach der Schwanzamputation eines jungen Hundes gefragt, er hätte es in keinem sorgloseren Tone thun können; das stimmte keineswegs zu der Art und Weise, wie *Dr.* Slop die Sache behandelt wissen wollte. – Er setzte sich.

– Bitte, Sir, fragte mein Onkel Toby, mit einem Tone, der eine Antwort unumgänglich machte – wie steht es mit dem armen Jungen? – Es wird, *Phimosis* werden, erwiederte *Dr.* Slop.

Da bin ich nicht klüger als vorher, sagte mein Onkel Toby und steckte die Pfeife wieder in den Mund. – So laß den Korporal in seinem medicinischen Vortrage fortfahren, sagte mein Vater. – Der Korporal machte seinem alten Freunde, dem Doktor, eine Verbeugung und sprach darauf seine Ansicht über die Urwärme und die Urfeuchtigkeit folgendermaßen aus:

Vierzigstes Kapitel

Die Festung Limerick, deren Belagerung unter Sr. Majestät König Wilhelm selbst, ein Jahr nachdem ich zur Armee gekommen war, begann, – liegt, mit Ew. Gnaden Verlaub, mitten in einer verteufelt morastigen Gegend. – Sie ist, sagte mein Onkel Toby, ganz vom Shannon umgeben und durch ihre Lage einer der am stärksten befestigten Plätze Irlands.

Ich meine, das ist eine neue Art, einen medicinischen Vortrag anzufangen, sagte *Dr.* Slop. – Was ich sage, ist wahr, sagte Trim. – Nun dann wünschte ich, die Fakultät machte es nach demselben Schnitt, sagte Yorick. – Ja, es ist Alles durchschnitten, Ew. Ehrwürden, sagte der Korporal, mit Gräben und mit Sümpfen, und außerdem fiel während der Belagerung noch so viel Regen, daß das ganze Land *ein* Mantsch war; – das und nichts Anderes war die Ursache der Ruhr, die Ew. Gnaden und mich um ein Haar getödtet hätte. Schon nach den ersten zehn Tagen war es unmöglich, trocken in seinem Zelte zu liegen, wenn man nicht einen Graben darum zog, um das Wasser abzuleiten; aber das allein half nicht, wenn man sich nicht, wie Ew. Gnaden, alle Abend eine Bowle Punsch brauen konnte, die die feuchte Luft abhielt und das Zelt so warm wie einen Ofen machte.

Und was schließt Ihr nun aus alle dem, Korporal Trim? rief mein Vater.

Ich schließe daraus, mit Ew. Gnaden Verlaub, erwiederte Trim, daß die Urfeuchtigkeit nichts Anderes ist als das Grabenwasser, und die Urwärme, wenn man es bezahlen kann, warmer Punsch; – aber die Urfeuchtigkeit und die Urwärme eines gemeinen Soldaten, Ew. Gnaden, sind Grabenwasser und ein Schluck Schnaps, und hat man davon genug und eine Pfeife Tabak dazu, um Einem die Lebensgeister wach zu erhalten und die Gedanken zu vertreiben, – so fürchtet man sich vor dem Tode nicht.

Ich weiß in der That nicht, Kapitän Shandy, sagte *Dr.* Slop, in welcher Wissenschaft sich Euer Diener mehr auszeichnet, in der Medicin oder in der Theologie. – Slop hatte Trims Kommentar zur Predigt noch nicht vergessen.

Es ist noch keine Stunde her, erwiederte Yorick, daß der Korporal in der letzteren ein höchst ehrenvolles Examen bestanden hat.

Die Urwärme und die Urfeuchtigkeit, so wandte sich jetzt *Dr.* Slop zu meinem Vater, sind, das müssen Sie wohl ins Auge fassen, die Basis und Grundlage unseres Wesens, wie die Wurzel eines Baumes die Ursache und die Bedingung seines Wachsthums ist. – Sie sind dem Samen aller Thiere innewohnend und können auf verschiedene Weise unterhalten werden, am besten aber, meiner Meinung nach, durch Gleichartiges, Reizendes und Herabstimmendes. Nun hat der gute Bursche (hierbei zeigte er auf den Korporal) das Unglück gehabt, zufällig einiges empirisches Gewäsche über diesen Gegenstand zu hören. – Das ist's, sagte mein Vater. – Wahrscheinlich, sagte mein Onkel. – Ganz gewiß, sagte Yorick. –

Einundvierzigstes Kapitel

Da *Dr.* Slop wieder hinausgehen mußte, um nach einem Breiumschlag zu sehen, den er verordnet hatte, so ergriff mein Vater die Gelegenheit, zu einem anderen Kapitel der »Tristrapädie« überzugehen. – Lustig, Jungens! wir sehen Land! wenn wir uns durch dies Kapitel durchgearbeitet haben, so klappen wir das Buch für ein Jahr zu. Hurrah!

Zweiundvierzigstes Kapitel

– Fünf Jahre mit einem Speichelläppchen unter dem Kinn; –
Vier Jahre von der Fibel bis zu Maleachi; –
Anderthalb Jahre, um seinen Namen schreiben zu lernen; –
Sieben lange Jahre und mehr zu $\tau\acute{v}\pi\tau\omega$ u.s.w. – Griechisch und Lateinisch; –

376

Vier Jahre positive und negative Beweise: – immer noch schlummert die liebliche Gestalt im Marmorblocke, und erst die Meißel werden geschliffen, um sie herauszuhauen. – Es geht erbarmungswürdig langsam! War nicht der große Scaliger nahe daran, sein Handwerkszeug gar nicht scharf zu kriegen? Vierundvierzig Jahre war er alt, ehe er sein Griechisch bewältigen konnte, und Peter Damianus, der Bischof von Ostia, verstand, wie Jedermann weiß, noch nicht einmal zu lesen, als er bereits ein Mann war, ja selbst Baldus, wie groß er nachher auch ward, fing das Studium der Jurisprudenz so spät an, daß Jeder meinte, er würde es wohl erst in jenem Leben bis zum Advokaten bringen. Kein Wunder, daß Eudamidas, des Archidamas Sohn, als er Xenokrates, der 75 Jahre alt war, über Weisheit disputiren hörte, in allem Ernste fragte: »Wenn der alte Mann jetzt noch über die Weisheit disputirt, wann wird er denn Zeit haben, sie anzuwenden?« –

Yorick hörte meinem Vater mit großer Aufmerksamkeit zu; unter die allergrößten Wunderlichkeiten mischte sich hin und wieder tiefe Weisheit; aus der dicksten Finsterniß schlugen ab und zu solche Gedankenblitze, daß man ganz geblendet wurde. – Sehen Sie sich vor, Sir, wenn Sie ihm nachahmen wollen.

Ich bin überzeugt davon, Yorick, fuhr mein Vater fort, indem er halb las, halb frei sprach, daß es auch in der intellektuellen Welt eine nordwestliche Durchfahrt giebt, und daß die Seele des Menschen einen kürzeren Weg einschlagen kann, um zum Wissen und zum Erkennen zu gelangen, als den gewöhnlichen. – Aber ach! nicht neben jedem Acker läuft ein Fluß, oder ein Bach – nicht jedes Kind, Yorick, hat einen Vater, der ihm diesen Weg zeigen könnte.

Das Ganze beruht – dies sagte mein Vater mit leiserer Stimme – auf den Hülfszeitwörtern.

Hätte Yorick auf Virgils Natter getreten, er hätte nicht erschrockener aussehen können. – Ich erstaune selbst darüber, rief mein Vater, der es bemerkte, und halte es für einen der beklagenswerthesten Übelstände unseres Bildungsganges, daß die, welchen die Erziehung unserer Kinder anvertraut ist, deren Geschäft es sein sollte, ihren Geist zu entwickeln und ihn mit Ideen zu befruchten, damit die Einbildungskraft sich frei bewege, bis jetzt so wenig Nutzen von den Hülfszeitwörtern gezogen haben, wie es der Fall ist, mit Ausnahme etwa von Raymond Lullius und dem ältern Pellegrini, welcher Letztere sich in dem Gebrauche derselben bei seinen Gesprächen eine solche Fertigkeit erworben hatte, daß er einen jungen Mann in wenigen Lehrstunden dahin bringen konnte, über jeden beliebigen Gegenstand ganz plausibel *pro* und *contra* zu reden und Alles, was darüber gesagt oder geschrieben werden konnte, zu sagen oder zu schreiben, ohne sich in einem Worte verbessern zu müssen, worüber Alle, die es sahen, erstaunt waren.

Ich möchte das gern ganz begreifen, unterbrach Yorick meinen Vater. – Sie sollen es, erwiederte dieser. – Die höchste Anwendung, deren ein Wort fähig ist, ist als bildlicher Ausdruck, – wodurch meiner Ansicht nach die Vorstellung gemeiniglich eher abgeschwächt, als verstärkt wird – doch lassen wir das; hat nun der Geist diese Anwendung davon gemacht, so ist die Sache zu Ende; – Geist und Vorstellung sind mit einander fertig, bis eine zweite Vorstellung auftritt u.s.w.

Nun sind es aber die Hülfsverben, welche die Seele in den Stand setzen, das ihr zugeführte Material selbstständig zu behandeln, und durch die Beweglichkeit der großen Maschine, um die es läuft, neue Wege der Untersuchung zu eröffnen und jede einzelne Vorstellung millionenfach zu vervielfältigen.

Sie erregen meine Neugierde im höchsten Grade, sagte Yorick.

Was mich anbetrifft, sagte mein Onkel Toby, ich habe es aufgegeben. – Die Dänen, Ew. Gnaden, bemerkte der Korporal, – die bei der Belagerung von Limerick auf dem linken Flügelstanden, waren auch Hülfsvölker – Und treffliche, sagte mein Onkel Toby; – aber mein Bruder, Trim, spricht von Hülfsverben, und das wird wohl was Anderes sein.

Meinst Du? sagte mein Vater und stand auf.

Dreiundvierzigstes Kapitel

Mein Vater schritt einmal durchs Zimmer, dann setzte er sich wieder und beendigte das Kapitel.

Die Hülfsverben, von denen hier die Rede ist, fuhr mein Vater fort, sind *sein, haben, werden, mögen, sollen, wollen, lassen, dürfen, können, müssen* und *pflegen* in den verschiedenen Zeiten der Gegenwart, Zukunft oder Vergangenheit und in Verbindung mit dem Verbum *sehen* angewandt. Als positive Frage: Ist es? Was ist es? Kann es sein? Konnte es sein? Mag es sein? Mochte es sein? – Als negative Frage: Ist es nicht? War es nicht? Soll es nicht sein? – Oder affirmativ: es ist – es war – es muß sein, – oder chronologisch: Ist es je gewesen? Kürzlich? Wie lange ist es her? – oder hypothetisch: Wenn es war? Wenn es nicht war? Was würde daraus folgen? Wenn die Franzosen die Engländer schlagen sollten? Wenn die Sonne aus dem Thierkreis treten würde?

Würde nun eines Kindes Gedächtniß durch den rechten Gebrauch und die rechte Anwendung dieser Formen geübt, fuhr mein Vater fort, so könnte keine Vorstellung in sein Gehirn eintreten, und wäre es auch noch so unfruchtbar, ohne eine unendliche Menge von Begriffen und Folgerungen daraus zu ziehen. – Habt Ihr schon einmal einen weißen Bären gesehen? rief mein Vater und kehrte sich rasch nach Trim um, der hinter seinem Stuhle stand. – Nein, Ew. Gnaden, erwiederte der Korporal. – Aber Ihr könntet darüber reden, Trim, sagte mein Vater, wenn es sein müßte? – Wie wäre denn das möglich, Bruder, sagte mein Onkel Toby, wenn er nie einen gesehen hat. – Das brauch' ich gerade, erwiederte mein Vater, Du sollst sehen, daß es möglich ist:

Ein weißer Bär! Sehr wohl, habe ich je einen gesehen? Könnte ich jemals einen sehen? Werde ich jemals einen sehen? Dürfte ich jemals einen sehen? oder – sollte ich jemals einen sehen?

Ich wollte, ich hätte einen weißen Bären gesehen! (wie könnte ich mir sonst einen vorstellen?)

Sollte ich einen weißen Bären sehen, was würde ich dazu sagen? Wenn ich nie einen weißen Bären sehen sollte, was dann?

Wenn ich nie einen weißen Bären habe sehen können, sollen, dürfen, – habe ich vielleicht ein Fell von ihm gesehen? Habe ich einen abgebildet, geschildert gesehen? Habe ich je von einem geträumt?

Haben mein Vater, meine Mutter, mein Onkel, meine Tante, mein Bruder oder meine Schwestern je einen weißen Bären gesehen? Was würden sie darum geben? Wie würden sie sich dabei betragen? Wie würde der weiße Bär sich dabei betragen? Ist er wild? zahm? schrecklich? struppig? glatt?

Ist es der Mühe werth, einen weißen Bären zu sehen?

Oder eine weiße Bärin?

Ist es keine Sünde?

Ist es besser, als eine schwarze?

Vierundvierzigstes Kapitel

Nur ein paar Augenblicke, Sir; – da wir nun durch diese fünf Bände miteinander gelaufen sind, (ich bitte, setzen Sie sich, hier – auf diesen Stoß, – es ist immer besser als nichts) so wollen wir doch einen Blick zurückwerfen auf die Gegend, die wir durchwandert haben.

Was für eine Wildniß! Ein Glück, daß wir uns nicht verirrt haben oder von wilden Thieren zerrissen worden sind.

Hätten Sie es für möglich gehalten, Sir, daß es so viel Esel auf der Welt gäbe? Wie sie uns anstierten und wieder anstierten, als wir dort in dem kleinen Thale über den Fluß setzten; und als wir dann über den Hügel stiegen und ihnen außer Sicht kamen, Gott im Himmel! was sie da für ein Geschrei ausstießen.

– Ei, lieber Schäfer, wer hält denn alle diese Esel? * * *

– Möge der Himmel sich ihrer erbarmen! – Was? Werden sie denn nie gestriegelt? – Werden sie im Winter nicht in den Stall gebracht? – Yah, yah, yah! – Ja, yaht nur immer zu, die Welt hat's um euch verschuldet, – lauter, – immer lauter – das ist noch nicht laut genug; wahrhaftig – man geht schlecht mit euch um.

Wäre ich ein Esel, bei Allem, was groß und heilig ist, vom frühen Morgen bis zum späten Abend wollt' ich mein *sol-re-ut* yahen.

Fünfundvierzigstes Kapitel

Nachdem mein Vater seinen weißen Bären ein halb Dutzend Seiten vor- und rückwärts hatte tanzen lassen, schloß er endlich das Buch und gab es mit triumphirendem Lächeln an Trim zurück, damit dieser es wieder auf den Schreibtisch lege, von wo er es genommen. – So, sagte er, soll Tristram jedes Wort im Dictionnaire vor- und rückwärts konjugiren. Sie sehen, Yorick, daß auf diese Weise ein jedes Wort zur These und Hypothese wird, jede These und Hypothese wieder verschiedene Hauptsätze erzeugt, und jeder Hauptsatz wieder seine verschiedenen Schlüsse und Folgerungen mit sich bringt, die wiederum den Geist auf neue Wege der Untersuchung und des Zweifels leiten. Es ist eine bewunderungswürdige Maschinerie, um einem Kinde den Kopf zu erschließen. – Genug, Bruder Shandy, rief mein Onkel Toby, um ihn in tausend Stücke zu sprengen.

Ich vermuthe, sagte Yorick lächelnd, daß es diesem Verfahren allein zu verdanken ist (denn, was auch die Logiker sagen mögen, der bloßen Anwendung der zehn Kategorien kann das nicht zugeschrieben werden), wenn der berühmte Vicent Quirino unter andern staunenswerthen Leistungen seiner Kindheit, von denen Kardinal Bembo uns ausführlich berichtet, im Stande war, in dem so jugendlichen Alter von acht Jahren nicht weniger als viertausendfünfhundertundsechzig verschiedene Thesen, und zwar über die abstrusesten Fragen der abstrusesten Theologie, an die öffentlichen Schulen zu Rom anzuschlagen und sie so zu vertheidigen und aufrecht zu erhalten, daß er alle seine Opponenten zu Boden schmetterte und zermalmte. – Was will das bedeuten gegen den großen Alphonsus Tostatus, rief mein Vater, von dem uns berichtet wird, daß er fast noch auf dem Arme der Wärterin alle Wissenschaften und freien Künste ganz ohne Lehrer erlernte? Und was sollen wir erst zu dem großen Peireskius sagen? – Das ist derselbe, rief mein Onkel Toby, von dem ich Dir einmal erzählte, Bruder Shandy, daß er fünfhundert Meilen weit zu Fuße gegangen sei, nämlich von Paris nach Scheveningen und von Scheveningen wieder zurück nach Paris, blos um Stevinus' fliegenden Wagen zu sehen. – Das war wirklich ein großer Mann, setzte mein Onkel Toby hinzu (womit er Stevinus meinte). – Ja, das war er, Bruder, sagte mein Vater (meinte damit aber Peireskius); er hatte seinen Geist so entwickelt und sich eine so erstaunliche Menge von Kenntnissen erworben, daß wir wohl einer Anekdote, die von ihm erzählt wird, Glauben schenken müssen, wenn wir nicht die Glaubwürdigkeit *jeder* Anekdote anzweifeln wollen; es wird nämlich von ihm berichtet, daß sein Vater ihm, als er erst sieben Jahr alt war, die Sorge für die Erziehung eines jüngern Bruders von fünf Jahren gänzlich übertragen habe, ohne sich im geringsten weiter darum zu bekümmern. – War der Vater ebenso klug als der Sohn? fragte mein Onkel Toby. – Ich sollte meinen nein, sagte Yorick. – Aber was sind diese Alle, fuhr mein Vater in einer Art Begeisterung fort, gegen jene Wunderkinder, gegen die Grotius, Scoppius, Heinsius, Politian, Pascal, Joseph Scaliger, Ferdinand von Cordova und Andere, von denen einige schon im neunten Jahre oder noch früher sich nur noch im Abstrakten bewegten, – andere ihre Klassiker siebenmal gelesen hatten, oder mit acht Jahren bereits Tragödien schrieben! Ferdinand von Cordova war mit neun Jahren so klug, daß man meinte, er sei vom Teufel besessen, und er gab in Venedig solche Beweise von seiner

Gelehrsamkeit und seinen Gaben, daß die Mönche ihn für den Antichrist hielten. Andere konnten mit zehn Jahren vierzehn verschiedene Sprachen, beendigten ihren Cursus der Rhetorik, Poetik, Logik und Ethik mit elf, verfaßten ihre Kommentarien zu Servius und Martianus Capella mit zwölf und wurden mit dreizehn zu Doktoren der Philosophie, Jurisprudenz und Gottesgelahrtheit promovirt. – Aber Sie vergessen den großen Lipsius, sagte Yorick, der an demselben Tage, an dem er geboren ward, schon ein Werk[23] aufzeichnete. – Das hätte man wieder auswaschen sollen, sagte mein Onkel Toby, und damit war das Gespräch zu Ende.

Sechsundvierzigstes Kapitel

Als der Breiumschlag fertig war, war in Susanna's Seele ein Skrupel aufgestiegen, ob es sich auch schicke, daß sie das Licht halte, während *Dr.* Slop ihn auflege. Slop hatte Susanna's unruhigen Zustand nicht mit besänftigenden Mitteln behandelt, und so war es zum Zank gekommen.

Ho, ho, sagte *Dr.* Slop und warf Susanna, als sie die Dienstleistung verweigerte, einen etwas unverschämten Blick zu, – dann kenne ich Sie, Mamsell. – Sie kennen mich, Sir! rief Susanna heftig und mit einer verächtlichen Kopfbewegung, die augenscheinlich

---

23 *Nous aurions quelque intérêt*, sagt Baillet, *de montrer qu'il n'a rien de ridicule s'il étoit véritable, au moins dans le sens énigmatique que Nicius Erythraeus a tâché de lui donner. Cet auteur dit que pour comprendre comme Lipse a pu composer un ouvrage le premier jour de sa vie, il faut s'imaginer, que ce premier jour n'est pas celui de sa naissance charnelle, mais celui auquel il a commencé d'user de la raison; il veut que ç'ait été à l'âge de neuf ans; et il nous veut persuader que ce fut en cet âge, que Lipse fit un poëme. – Le tour est ingénieux, etc. etc.*

nicht sowohl seinem Berufe, als ihm persönlich galt, – Sie kennen mich! wiederholte sie. – *Dr.* Slop faßte sich mit Finger und Daumen an die Nase. – Susanna hielt sich kaum noch. – Das ist nicht wahr, sagte sie. – Nu rasch, rasch, Mamsell Zimperlich, sagte *Dr.* Slop, der sich nicht wenig über den Erfolg seiner Stichelei freute, – wenn Sie das Licht nicht halten und hinsehen will, so halte Sie's nur, Sie kann ja die Augen zu machen. – Das ist wieder so eins von Ihren papistischen Stückchen, rief Susanna. – Immer besser, sagte Slop und nickte dazu, als gar kein Stückchen. – Das weiß ich nicht, sagte Susanna.

Unmöglich konnten sich zwei Personen bei einem Verbande mit herzlicherem Widerwillen gegenseitig helfen, als diese Beiden.

Slop griff nach dem Umschlag – Susanna griff nach dem Licht. – Mehr hierher, sagte Slop. – Susanna, die hierhin sah und dorthin ruderte, kam mit der Flamme an *Dr.* Slops Perücke; buschig und gut geschmiert, wie sie war, stand sie augenblicklich in Flammen und war auch gleich kahlgebrannt. – Sie unverschämtes Mensch! schrie Slop (denn der Zorn ist eine Bestie) – Sie unverschämtes Mensch! schrie er und richtete sich mit dem Breiumschlag in der Hand in die Höhe. – Ich habe Niemand um seine Nase gebracht, sagte Susanna, und das ist mehr, als Sie von sich sagen können. – So? schrie *Dr.* Slop und warf ihr den Breiumschlag ins Gesicht. – Ja, gerade so, schrie Susanna und erwiederte das Kompliment mit dem Rest, der noch in der Pfanne war.

Siebenundvierzigstes Kapitel

Dr. Slop und Susanna trugen ihre beiderseitigen Klagen unten im Wohnzimmer vor; nachdem dies geschehen war, verzogen sie sich Beide in die Küche, um einen neuen Breiumschlag für mich zu bereiten; unterdessen entschied mein Vater die Sache, wie wir gleich lesen werden.

Achtundvierzigstes Kapitel

– Man sieht, es ist die höchste Zeit, sagte mein Vater zu meinem
Onkel Toby und Yorick, daß dieses junge Geschöpf den Weibern
aus den Händen genommen und einem Erzieher übergeben werde.
Marcus Antoninus nahm für seinen Sohn Commodus vierzehn
Erzieher auf einmal, und in sechs Wochen jagte er fünf davon
wieder fort. Ich weiß wohl, fuhr er fort, daß Commodus' Mutter
vor seiner Geburt ein Verhältniß mit einem Gladiator hatte, was
manche spätere Grausamkeit des Commodus, als er Kaiser geworden war, erklärt; aber dennoch bin ich der Ansicht, daß diese fünf,
welche Antoninus fortjagte, auf den Charakter des Commodus in
dieser kurzen Zeit einen schädlicheren Einfluß ausgeübt haben, als
die andern neun ihr Lebelang wieder gut machen konnten.

Ich betrachte den Mann, der um meinen Sohn sein wird, als einen Spiegel, in welchem dieser sich vom Morgen bis zum Abend
beschauen und nach welchem er seine Blicke, sein Betragen, ja die
innersten Regungen seines Herzens bilden soll. Ich möchte einen
haben, Yorick, der in jeder Hinsicht so geschliffen wäre, daß mein
Kind sich in ihm spiegeln könnte. – Das ist vernünftig, sagte mein
Onkel Toby zu sich.

– Es giebt eine gewisse Miene, eine Bewegung des Körpers beim
Handeln und Sprechen, fuhr mein Vater fort, die uns sogleich kund
thut, wie es inwendig in dem Menschen bestellt ist, und so wundere
ich mich gar nicht, daß Gregor von Nazianz, als er die hastigen
und ungeschickten Bewegungen Julians sah, sofort seine spätere
Apostasie vorhersagte, oder daß der heilige Ambrosius seinem
Amanuensis wegen einer unschicklichen Bewegung des Kopfes, der
diesem wie ein Dreschflegel hin- und herging, die Thür wies; oder
daß Democritus den Protagoras sogleich für einen Gelehrten erkannte, weil derselbe beim Zusammenbinden eines Reisbündels die
kleinen Zweige nach innen legte. Ja gewiß, fuhr mein Vater fort,

385

es giebt tausend unscheinbare Ritzen, durch die ein scharfes Auge in eines Andern Seele blicken kann, und ich behaupte, fügte er hinzu, daß ein Mann von Geist nicht ins Zimmer tritt und seinen Hut hinlegt, oder ihn nimmt und hinausgeht, ohne daß ihm dabei etwas entwische, was ihn als solchen verräth.

Deshalb, fuhr mein Vater fort, darf der Erzieher, welchen ich wählen soll, weder lispeln[24], noch schreien, noch blinzeln, noch laut reden, noch hochmüthig, noch albern aussehen; er darf sich nicht die Lippen beißen, nicht mit den Zähnen knirschen, noch durch die Nase reden, noch darin herumwühlen, noch sich mit den Fingern schneuzen.

Er darf weder langsam noch rasch gehen, noch die Arme ineinander schlagen – denn das ist Trägheit, – noch sie herunterhängen lassen – denn das ist albern, – noch sie in die Tasche stecken – denn das ist Unsinn.

Er darf seine Nägel weder abbeißen, noch abkneifen, noch abfeilen, noch abreißen, noch mit dem Messer abschneiden, – sich in Gesellschaft weder räuspern, noch darf er spucken, noch schnauben, noch mit den Füßen oder den Fingern trommeln, noch (wie Erasmus erwähnt) zu Jemand sprechen, während er sein Wasser abschlägt, oder gar dabei nach Aas und Exkrementen zielen. – Das ist nun wieder lauter Unsinn, sagte mein Onkel Toby zu sich selbst.

Er muß aufgeweckt, gewandt, heiter sein, fuhr mein Vater fort, dabei aber vorsichtig, achtsam auf sein Geschäft, wachsam, scharfsinnig, fein, erfinderisch, geschickt, Zweifel und heiklige Fragen zu lösen; – er muß vernünftig sein und von richtigem Urtheil und gelehrt. – Und warum nicht demüthig und bescheiden und sanftmüthig und gut? sagte Yorick. – Und warum nicht offen und edelmüthig und freigebig und brav? fragte mein Onkel Toby. – Gewiß, gewiß, lieber Toby, sagte mein Vater, indem er aufstand und ihm die Hand schüttelte. – Dann, Bruder Shandy, sagte mein

---

24 *Vide* Pellegrina.

Onkel Toby und stand jetzt auch auf, indem er seine Pfeife hinlegte und meines Vaters andere Hand ergriff – dann, laß Dir, ich bitte, des armen Le Fevre Sohn empfohlen sein (und bei diesem Vorschlage glänzte eine Freudenthräne vom reinsten Wasser in meines Onkel Toby's Auge, die in dem des Korporals ihr Gegenbild fand): – weshalb? das werden Sie erfahren, wenn Sie Le Fever's Geschichte lesen. – O, ich Narr! daß ich sie nicht den Korporal auf seine Weise erzählen ließ (was mich daran verhinderte, weiß ich wirklich nicht mehr, aber der Leser wird es an der betreffenden Stelle finden); – die Gelegenheit ist hin, jetzt muß ich sie auf *meine* Art erzählen.

Neunundvierzigstes Kapitel

Le Fever's Geschichte

Im Sommer desselben Jahres, in welchem Dendermond von den Verbündeten genommen wurde, also ohngefähr sieben Jahr vor meines Vaters Übersiedelung auf das Land und etwa ebenso lange nach der Zeit, da mein Onkel Toby in Begleitung Trims meines Vaters Stadthaus heimlich verlassen hatte, um eine der schönsten Belagerungen einer der schönsten Festungen Europa's zu beginnen, – saß mein Onkel Toby eines Abends bei seinem Abendessen und Trim auf einer kleinen Bank hinter ihm, – denn wegen seines lahmen Kniees (welches dem Korporal oft heftige Schmerzen verursachte) litt mein Onkel, wenn er allein war, nie, daß Trim stünde; aber des guten Burschen Verehrung für seinen Herrn war so groß, daß mein Onkel (mit hinreichendem Geschütze) eher Dendermond eingenommen hätte, als daß es ihm gelungen wäre, Trim hierzu zu bewegen, und oft, wenn er Trims Bein in Ruhe wähnte und sich umsah, mußte er gewahr werden, wie jener ehrerbietig hinter ihm stand. Darüber gab es in fünfundzwanzig Jahren mehr Wortwechsel zwischen ihnen, als über sonst etwas: – aber das gehört nicht hierher. – Weshalb es also erwähnen? – Fragt meine Feder; sie beherrscht mich, nicht ich sie.

Er saß also eines Abends bei seinem Abendessen, als der Wirth der kleinen Dorfschenke mit einem leeren Fläschchen in der Hand ins Zimmer trat und um ein bischen Wein bat. Es ist für einen armen Herrn, einen Offizier, glaub' ich, sagte der Wirth, der vor vier Tagen in meinem Hause erkrankte und seitdem dagelegen hat, ohne etwas anzurühren; jetzt hat er ein bischen Appetit zu einem Schluck Wein und einem Stückchen Brod. »Ich glaube«, sagte er, indem er die Hand von der Stirne nahm, »es wird mir bekommen.«

Könnt' ich's nicht erbitten, oder erborgen oder erkaufen, setzte der Wirth hinzu, so stöhl' ich's, glaube ich, für den armen Herrn, so krank ist er. Ich hoffe, Gott wird ihn wieder aufkommen lassen, fuhr er fort, – wir sind alle recht besorgt um ihn.

Ihr seid eine gute Seele – das ist gewiß, – rief mein Onkel Toby; hier trinkt mit mir auf des armen Herrn Gesundheit und bringt ihm ein paar Flaschen mit meiner Empfehlung, und ich gäbe sie gern und ein Dutzend mehr, wenn sie ihm gut thäten.

Obgleich ich ihn gewiß und wahrhaftig für einen mitleidigen Burschen halte, sagte mein Onkel, sobald der Wirth wieder zur Thür hinaus war, so kann ich doch nicht umhin, auch von seinem Gaste eine hohe Meinung zu hegen. Er muß kein gewöhnlicher Mensch sein, Trim, da er sich des Wirthes Zuneigung in so kurzer Zeit erworben hat. – Und die der ganzen Familie, setzte der Korporal hinzu, denn sie sind alle besorgt um ihn. – Geh ihm doch nach, Trim, sagte mein Onkel Toby, und frage ihn nach dem Namen. – Ich habe ihn wirklich wieder vergessen, sagte der Wirth, der mit dem Korporal zurückkehrte, aber ich kann seinen Sohn noch einmal fragen. – Hat er einen Sohn bei sich? fragte mein Onkel Toby. – Einen Knaben von elf bis zwölf Jahren, erwiederte der Wirth; und der arme Junge hat so wenig wie sein Vater etwas angerührt, er thut Tag und Nacht nichts als weinen und lamentiren; zwei Tage lang ist er nicht vom Bett gewichen.

Als der Wirth das sagte, legte mein Onkel Toby Messer und Gabel hin und schob seinen Teller weg; ohne auf den Befehl dazu zu warten, räumte Trim schweigend den Tisch ab und brachte Pfeife und Tabak.

Bleibe hier, sagte mein Onkel Toby.

Trim, sagte mein Onkel Toby, nachdem er seine Pfeife angezündet und ein Dutzend Züge gethan hatte; Trim trat vor seinen Herrn und verbeugte sich. Mein Onkel rauchte weiter und schwieg. – Korporal, sagte mein Onkel Toby. Der Korporal verbeugte sich wieder. – Mein Onkel fuhr in seiner Rede nicht weiter fort, er rauchte seine Pfeife aus.

Trim, sagte mein Onkel Toby, ich habe ein Projekt; es ist ein unfreundlicher Abend, ich will meinen Rockelor umnehmen und dem armen Herrn einen Besuch machen. – Ew. Gnaden Rockelor ist keinmal umgewesen, erwiederte der Korporal, seit der Nacht vor dem Tage, wo Sie die Wunde erhielten, – Sie bezogen damals die Wache in der Tranchée vor dem St. Nicolas-Thor; überdies ist die Nacht so kalt und so regnerisch, daß von wegen des Rockelors und von wegen des Wetters zusammen Ew. Gnaden sich den Tod holen können, und Ew. Gnaden Schambein gewiß wieder schlimm werden wird. – Das fürchte ich auch, sagte mein Onkel Toby, aber es läßt mir keine Ruhe, seitdem der Wirth mir das erzählte. Ich wünschte, ich hätte weniger von der Sache gehört, setzte er hinzu, oder ich wüßte mehr davon. Wie ist das nun anzufangen? – Überlassen Sie mir's, Ew. Gnaden, sagte der Korporal. Ich will Hut und Stock nehmen und nach der Schenke hinübergehen und recognosciren; ich werde schon sehen, was sich machen läßt, und bringe dann Ew. Gnaden in weniger als einer Stunde ausführlichen Bericht. – Geh, Trim, sagte mein Onkel Toby, und hier ist ein Schilling, trinke eins mit dem Bedienten. – Ich werde es schon aus ihm herauskriegen, sagte der Korporal und verließ das Zimmer.

Mein Onkel Toby stopfte seine Pfeife wieder; und wären seine Gedanken nicht manchmal zu der Frage abgeirrt, ob eine gerade Courtine vor einem Scherenwerke nicht ebenso gut wäre als eine gekrümmte, so hätte man wohl sagen können, daß er während des Rauchens an nichts Anderes dachte, als an den armen Le Fever und seinen Sohn.

Fünfzigstes Kapitel

Le Fever's Geschichte. Fortsetzung

Erst als mein Onkel Toby die Asche seiner dritten Pfeife ausklopfte, kam Korporal Trim aus der Schenke zurück und stattete folgenden Bericht ab:

Zuerst verzweifelte ich ganz, sagte er, daß ich Ew. Gnaden genauere Auskunft über den armen kranken Lieutenant würde verschaffen können. – Er dient also in der Armee? sagte mein Onkel Toby. – Ja, er dient, sagte der Korporal. – In welchem Regimente? fragte mein Onkel. – Ich werde Ew. Gnaden Alles erzählen, erwiederte der Korporal, wie ich's selbst erfahren habe. – Dann will ich mir erst eine Pfeife stopfen, sagte mein Onkel Toby, damit ich Dich nachher nicht störe; setze Dich dorthin ans Fenster, Trim, – und nun fange Deine Geschichte an. – Der Korporal machte seine gewohnte Verbeugung, die so deutlich, wie es nur einer Verbeugung möglich war, die dankbare Überzeugung aussprach: »Ew. Gnaden sind gar zu gütig«, – und nachdem er sich hierauf, wie ihm befohlen, gesetzt hatte, fing er die Geschichte ohngefähr mit denselben Worten noch einmal an.

– Zuerst verzweifelte ich ganz, sagte der Korporal, daß ich Ew. Gnaden genauere Auskunft über den Lieutenant und seinen Sohn würde verschaffen können; denn als ich mich erkundigte, wo der Bediente sei, von dem ich sicherlich alles erfahren hätte, wonach man schicklicherweise fragen kann, – (Schicklicherweise! so ist's recht, Trim sagte mein Onkel Toby) – so erfuhr ich, Ew. Gnaden, daß er gar keinen Bedienten habe, und daß er mit Miethspferden nach der Schenke gekommen sei, die am Morgen nach seiner Ankunft zurückgeschickt worden wären, weil er sich zur Weiterreise, wahrscheinlich zu seinem Regimente, zu unwohl gefühlt hätte. »Ist mir wieder wohler, hatte er zu seinem Sohne gesagt, als er ihm die Börse reichte, um den Fuhrmann zu bezahlen, so können wir ja hier Pferde miethen.« – Aber ach! der arme Herr wird wohl von hier nicht wieder fortkommen, sagte die Wirthin zu mir, denn ich habe den Todtenwurm die ganze Nacht picken hören, und wenn er stirbt, so stirbt der arme Junge, sein Sohn, auch, – denn er ist schon jetzt halb todt vor Herzeleid.

Ich hörte eben zu, fuhr der Korporal fort, als der junge Mensch in die Küche trat, um das Schnittchen geröstetes Brod zu bestellen, von dem der Wirth sagte. Ich will es aber lieber meinem Vater selbst rösten, sagte der Knabe. – Erlauben Sie, daß ich es röste, junger Herr, sagte ich und nahm die Gabel, wobei ich ihm meinen Sitz am Feuer anbot, während ich damit beschäftigt sein würde. – Ich glaube, sagte er sehr bescheiden, daß ich es ihm am besten nach seinem Geschmack machen werde. – O sicherlich wird Sr. Gnaden das Brod nicht schlechter schmecken, sagte ich, wenn ein alter Soldat es geröstet hat. – Der junge Mensch ergriff meine Hand und brach in Thränen aus. – Armer Junge, sagte mein Onkel Toby, – er ist von Kindesbeinen an in der Armee gewesen und der Name Soldat klang seinem Ohr wie der Name eines Freundes! Ich wollte, ich hätte ihn hier.

Nach dem längsten Marsche, sagte der Korporal, habe ich nicht solche Lust zum Essen gespürt, als ich jetzt spürte, mit ihm zu weinen. Woher kam das, Ew. Gnaden? – Sicherlich daher, Trim, sagte mein Onkel Toby, und schneuzte sich, weil Du ein gutherziger Bursche bist.

– Als ich ihm das geröstete Brod gab, fuhr der Korporal fort, hielt ich es für schicklich, ihm zu sagen, daß ich Kapitän Shandy's Bedienter sei, und daß Ew. Gnaden (wenn schon ein Fremder) herzlichen Antheil an dem Zustande seines Vaters nähme, und daß Alles, was Ew. Gnaden Haus und Keller bieten könne, (hättest auch Börse sagen sollen, sagte mein Onkel Toby,) gern zu seinen Diensten stände. – Er verbeugte sich tief (das galt Ew. Gnaden), aber er antwortete nichts; das Herz war ihm zu voll; – so ging er mit dem gerösteten Brode hinauf. – Ich bin versichert, lieber junger Herr, sagte ich, als ich ihm die Küchenthür öffnete, Ihr Vater wird sich erholen. – Mr. Yoricks Vikar rauchte seine Pfeife beim Küchenfeuer, aber er sagte kein Wort zu dem jungen Menschen, kein liebes und kein böses. Das war doch wohl nicht recht, setzte der Korporal hinzu. – Wohl nicht, sagte mein Onkel Toby.

Als der Lieutenant sein Glas Wein und sein Stückchen Brod genossen hatte, fühlte er sich ein bischen gestärkt und schickte herunter in die Küche, um sagen zu lassen, es würde ihm angenehm sein, wenn ich etwa nach zehn Minuten zu ihm hinauf käme. – Ich glaube, sagte der Wirth, er hält jetzt sein Gebet; denn auf dem Tische neben seinem Bette lag ein Gebetbuch, und als ich das Zimmer verließ, sah ich, wie sein Sohn ein Kissen holte.

Ich glaubte gar nicht, Mr. Trim, sagte der Vikar, daß Ihr Herren Soldaten auch betetet. – Gestern Abend, sagte die Wirthin, habe ich mit meinen eigenen Ohren den armen Herrn recht inbrünstig beten hören, – ich würd' es sonst nicht geglaubt haben. – Habt Ihr Euch auch nicht geirrt? sagte der Vikar. – Ein Soldat, mit Ew. Ehrwürden Verlaub, sagte ich, betet wohl so oft (auf seine Art) wie ein Pfarrer, und wenn er für seinen König, für sein eignes Leben und für seine Ehre kämpft, so hat er, meine ich, so viel Grund zu beten als irgend Einer. – Das hast Du gut gesagt, Trim, sagte mein Onkel Toby. – Aber wenn ein Soldat, sagte ich, mit Ew. Ehrwürden Verlaub, zwölf Stunden hintereinander in den Laufgräben gestanden hat, knietief im kalten Wasser, – oder, sagte ich, Monate lang hintereinander ohne Rasttag auf dem Marsch gewesen ist, heute im Nachtrapp angegriffen, morgen selber angreifend, – hier abdetaschirt, dort Contreordre erhaltend, – heute die ganze Nacht unter Waffen, – morgen aus dem Bett herausgetrommelt, – erstarrt an allen Gliedern, – vielleicht ohne Stroh im Zelt, um darauf zu knieen, – da muß er schon beten, *wie* und *wo* er kann. Ich glaube, sagte ich, denn die Reputation der Armee hatte mich warm gemacht, rief der Korporal, – ich glaube, mit Ew. Ehrwürden Verlaub, sagte ich, daß, wenn ein Soldat nur Zeit zum Beten hat, so betet er so von Herzen wie ein Pfarrer, wenn auch nicht mit so viel Augenverdreherei und Heuchelei. – Das hättest Du nicht sagen sollen, Trim, sagte mein Onkel Toby, denn Gott allein weiß, wer ein Heuchler ist, wer nicht. Bei der großen Revue, Korporal, am jüngsten Tage (eher nicht) wird sich's zeigen, wer seine Pflicht gethan hat in dieser Welt, und wer nicht, und danach, Trim, werden wir avancirt werden. – Ich hoff' es, sagte Trim. – Es steht in der heiligen Schrift, sagte mein Onkel Toby, und ich will Dir's morgen zeigen. Und uns zum Trost können wir uns auch *darauf* verlassen, Trim, sagte mein Onkel, daß Gott der Allmächtige ein guter und gerechter Regierer der Welt ist, und daß, wenn wir unsere Pflicht hienieden gethan haben, nicht danach gefragt werden wird, ob wir einen rothen oder einen schwarzen Rock getragen haben. – Ich hoff', es wird danach nicht gefragt werden, sagte Trim. – Aber fahre in Deiner Geschichte fort, sagte mein Onkel Toby.

Als ich nach zehn Minuten in des Lieutenants Zimmer trat, fuhr der Korporal fort, lag er in seinem Bett, den Kopf in die Hand und den Ellenbogen auf das Kissen gestützt; ein weißes batistenes Schnupftuch lag neben ihm. – Der junge Mensch beugte sich eben nieder, um das Kissen aufzunehmen, auf dem er wahrscheinlich gekniet hatte; das Buch lag auf dem Bette, und als er sich aufrichtete und mit der einen Hand das Kissen hielt, griff er mit der andern nach dem Buche, um es ebenfalls wegzunehmen. – Laß es hier, mein Kind, sagte der Lieutenant. – Er machte nicht eher

Miene, mit mir zu sprechen, als bis ich ganz dicht vor seinem Bette stand. – Wenn Ihr Kapitän Shandy's Diener seid, sagte er, so bitte ich, sagt Eurem Herrn für seine Freundlichkeit meinen und meines Kindes Dank. Wäre er etwa vom Regimente Leven – Ich sagte ihm, daß Ew. Gnaden in diesem Regimente gestanden hätten. – So habe ich, sagte er, drei Campagnen mit ihm in Flandern zusammen gedient, und erinnere mich seiner; aber da ich nicht die Ehre gehabt habe, näher mit ihm bekannt zu sein, so ist es leicht möglich, daß er mich nicht kennt. – Doch sagt ihm, daß der, den er sich durch seine Herzensgüte so sehr verpflichtet hat, ein gewisser Le Fevre ist, Lieutenant vom Regimente Angus; aber er kennt mich nicht, – sagte er noch einmal, wie vor sich hin, – vielleicht meine Geschichte, setzte er dann hinzu. Sagt, ich bitte, dem Kapitän, daß ich der Fähnrich sei, dessen Frau vor Breda durch eine Flintenklugel getödtet wurde, die in mein Zelt flog, als sie mir im Arme lag. – Ich erinnere mich der Begebenheit sehr gut, Ew. Gnaden, sagte ich. – Erinnert Ihr Euch? sagte er und trocknete sich die Augen mit dem Schnupftuche; und *ich* erst!! – Als er dies sagte, zog er einen kleinen Ring aus seinem Busen, der ihm an einem schwarzen Bande um den Hals hing, und küßte ihn zweimal. – Komm, Billy, sagte er; – der Knabe flog zum Bett – dort kniete er nieder, nahm den Ring in die Hand und küßte ihn ebenfalls. Dann küßte er den Vater, setzte sich auf das Bett und weinte.

Ich wollte, sagte mein Onkel Toby mit einem tiefen Seufzer, ich wollte, Trim, – ich schliefe!

Ew. Gnaden lassen sich's zu nahe gehen, erwiederte der Korporal. Soll ich nicht Ew. Gnaden ein Glas Wein zur Pfeife einschenken? – Thu das, Trim, sagte mein Onkel Toby.

Ich erinnere mich, sagte mein Onkel Toby und seufzte wieder, der Geschichte des Fähnrichs und seines Weibes, nebst *eines* Umstandes, den sein Zartgefühl nicht berührt hat; besonders auch, daß sowohl er als sie, aus irgend einem Grunde, den ich vergessen habe, im ganzen Regimente allgemein bedauert wurden. Aber endige Deine Geschichte. – Sie ist schon zu Ende, sagte der Korporal, denn ich konnte nicht länger bleiben, und so wünschte ich dem armen Herrn eine gute Nacht. – Der junge Le Fever stand vom Bette auf und begleitete mich die Treppe hinunter; beim Heruntergehen erzählte er mir, daß sie von Irland kämen und auf dem Wege zum Regimente wären, das in Flandern läge. – Aber ach! sagte der Korporal, der Lieutenant hat seinen letzten Tagesmarsch gemacht! – Und was soll dann aus dem armen Jungen werden? rief mein Onkel Toby.

Einundfünfzigstes Kapitel

Le Fever's Geschichte. Fortsetzung

Es wird meinem Onkel Toby zur ewigen Ehre gereichen, – ich sage das hauptsächlich für die, die nicht wissen, wie sie sich drehen und wenden sollen, wenn sie zwischen der Forderung ihrer Sittlichkeit und einem positiven Gesetz in die Enge gerathen, – ja, es wird ihm zur ewigen Ehre gereichen, daß er, obgleich die Belagerung im vollen Gange war und die Alliirten so unaufhaltsam vorgingen, daß ihm kaum Zeit zum Mittagsessen blieb, Dendermond dennoch aufgab, die Position auf der Contrescarpe im Stich ließ und alle seine Gedanken auf die Bedrängniß drüben in der Schenke richtete. Er befahl die Gartenthür zu verriegeln, wodurch er so zu sagen die Belagerung in eine Blokade verwandelte, sonst aber überließ er Dendermond sich selbst, gleichviel ob der König von Frankreich ihm zu Hülfe kommen werde oder nicht; das mochte der halten, wie er wollte, *er* dachte einzig und allein daran, wie er selbst dem armen Lieutenant und seinem Sohne zu Hülfe käme.

Gott der Allgütige, der Freund aller Freundlosen, möge Dir dafür lohnen! –

– Du hast es doch worin versehen, sagte mein Onkel Toby zum Korporal, als dieser ihn zu Bette brachte, – und ich will Dir auch sagen worin, Trim. – Erstens, als Du Le Fever meine Dienste anbotest, – Du weißt ja, Krankheit und Reisen kosten Geld, und er ist blos ein armer Lieutenant, der (noch dazu mit einem Sohne) von seiner Gage leben muß – da hättest Du ihm auch meine Börse anbieten sollen, die hätte ihm von Herzen gern zu Diensten gestanden, wenn's nöthig war. – Ew. Gnaden wissen, sagte der Korporal, daß ich dazu keine Ordre hatte. – Wahr, sagte mein Onkel Toby, als Soldat hast Du recht gehandelt, Trim, – aber als Mensch hättest Du's besser machen können.

Zweitens, fuhr mein Onkel fort, – (freilich hast Du dafür dieselbe Entschuldigung) hättest Du ihm nicht blos, was mein Haus bietet, zu Diensten stellen sollen, sondern mein Haus selbst. Ein kranker Kamerad muß das beste Quartier haben, Trim, und hätten wir ihn hier, so könnten wir nach ihm sehen und ihn pflegen. Du, Trim, bist ein vortrefflicher Krankenwärter, und wenn wir Andern auch für ihn sorgen, das alte Weib und sein Junge und ich, so müßte das wohl helfen, und wir brächten ihn wieder auf die Beine.

– In vierzehn Tagen oder drei Wochen, setzte mein Onkel Toby hinzu, würde er wieder weiter marschiren können.

Der wird in dieser Welt nicht wieder marschiren, Ew. Gnaden, sagte der Korporal.

Er *wird* marschiren, sagte mein Onkel Toby und stand vom Bett auf, obgleich er den einen Schuh schon ausgezogen hatte. – Der wird nur noch ins Grab marschiren, mit Ew. Gnaden Verlaub, sagte der Korporal. – Er *soll* marschiren, rief mein Onkel Toby und marschirte dabei mit dem beschuheten Fuße, doch ohne einen Zoll vorzurücken, – er *soll* zu seinem Regimente marschiren. – Er hält's nicht aus, sagte der Korporal. – So unterstützt man ihn, sagte mein Onkel Toby. – Er wird zuletzt zusammenbrechen, sagte der Korporal, und was soll dann aus dem jungen Burschen werden? – Er soll nicht zusammenbrechen, sagte mein Onkel Toby sehr bestimmt. – Ei ja, sagte Trim, der nicht nachgab, da mögen wir anfangen, was wir wollen, der arme Mann wird doch sterben. – Er soll nicht sterben, zum T–! rief mein Onkel Toby.

Der Racheengel, der diesen Schwur zur Himmelskanzelei trug, erröthete, als er ihn ablieferte; der Engel aber, der ihn in das Buch einzeichnete, ließ eine Thräne auf das Wort fallen und löschte es damit für immer aus. –

Zweiundfünfzigstes Kapitel

Mein Onkel schritt zu seinem Bureau, – steckte seine Börse in die Hosentasche und befahl dem Korporal, gleich am frühen Morgen einen Arzt zu holen, – dann ging er zu Bette und schlief ein.

Dreiundfünfzigstes Kapitel

Le Fevers Geschichte. Schluß

Hell erglänzte die Sonne des nächsten Morgens dem Auge aller Dorfbewohner, nur nicht denen Le Fevers und seines bekümmerten Sohnes; die Hand des Todes lag schwer auf seinen Augenlidern, und das Herz hatte kaum noch Kraft zum Schlagen, als mein Onkel Toby, der heute eine Stunde früher aufgestanden war, in des Lieutenants Zimmer trat und sich ohne alle Vorrede und Entschuldigung sogleich auf den Stuhl neben dem Bette hinsetzte. Aller Sitte und allem Herkommen zuwider schlug er, wie ein alter Freund und Kamerad es gethan haben würde, den Vorhang zurück, fragte den Kranken, wie es ihm gehe, wie er die Nacht geschlafen, was ihm fehle, wo es weh thue, wie ihm zu helfen sei, und erzählte ihm dann, ohne eine Antwort auf alle diese Fragen abzuwarten, den kleinen Plan, den er in Betreff seiner am Abend vorher mit dem Korporal entworfen hatte.

– Sie müssen gleich mit mir kommen, Le Fever, sagte mein Onkel, zu mir ins Haus, und dann wollen wir nach dem Doktor schicken, daß er Sie untersuche, und nach der Apotheke, und der Korporal soll Ihr Krankenwärter sein und ich Ihr Diener, Le Fever.

Es lag in meines Onkel Toby's ganzem Benehmen etwas so Offenes, so Ungezwungenes, was nicht sowohl aus Vertraulichkeit entsprang, als dazu aufforderte, so daß man seine Seele mit Einem Blicke durchschauen und die Trefflichkeit seiner Natur sogleich erkennen mußte. Dazu kam, daß in seinen Augen, in seiner Stimme, in seiner Art zu sein, Etwas war, das dem Unglücklichen immer und immer zu winken schien, zu ihm zu kommen und Schutz bei ihm zu suchen, so daß, noch ehe mein Onkel Toby mit seinen liebevollen Anerbietungen an den Vater zu Ende war, der Sohn sich bereits unwillkürlich zu seinen Knieen hingedrängt hatte und ihn fest an der Brust fassend gegen sich zog. Das Blut und die Lebensgeister Le Fevers, die träg und erkaltend in ihm dahinschlichen und sich in ihre letzte Festung, in das Herz zurückzogen, kehrten noch einmal zurück, – das matte Auge bekam für einen Augenblick wieder Glanz, – bittend sah er in meines Onkels Antlitz, – dann warf er einen Blick auf seinen Sohn, und dieses Band, so leise geschlungen es war, es ward nie – nie zerrissen.

Damit hatte sich die Natur erschöpft, – das Auge verlor seinen Glanz wieder, – der Puls wurde unregelmäßig – setzte aus – fing wieder an – schlug – blieb wieder stehen – hob sich noch einmal – stand. – Soll ich fortfahren? – Nein!

Vierundfünfzigstes Kapitel

Ich bin so ungeduldig, zu meiner eigenen Geschichte zurückzukehren, daß ich alles Weitere, was den jungen Le Fever angeht, d.h.

von dieser Wendung seines Schicksals an bis zu der Zeit, wo mein Onkel ihn als Erzieher für mich empfahl, mit wenigen Worten im nächsten Kapitel erzählen werde. Hier soll nur, als durchaus nothwendig, erwähnt werden:

Daß mein Onkel Toby, mit dem jungen Le Fever an der Hand, den armen Lieutenant als Hauptleidtragender zu Grabe geleitete;

Daß der Gouverneur von Dendermond seinen sterblichen Überresten alle militärische Ehren erwies, und daß Yorick, um nicht dahinten zu bleiben, ihm alle kirchlichen angedeihen ließ, denn er begrub ihn im Chor. Auch scheint es, daß er ihm eine Leichenrede gehalten hat. – Ich sage, es scheint so, denn Yoricks Gewohnheit (eine Gewohnheit, die, glaube ich, bei seinen Berufsgenossen sehr allgemein ist) war es, auf dem ersten Blatt jeder von ihm verfaßten Rede anzugeben, wann, wo und bei welcher Gelegenheit sie gehalten worden war; dem fügte er meist eine kurze Bemerkung oder eine Inhaltsangabe der Rede selbst hinzu, – allerdings selten etwas Schmeichelhaftes, z.B.: »Diese Rede über den jüdischen Dispens mißfällt mir ganz und gar; allerdings ist vielerlei gelehrter Kram darin, aber es ist abgedroschenes Zeug und auf abgedroschene Art zusammengestellt. Ein schwaches Stück Arbeit, – was lag mir im Kopfe, als ich es machte?«

– »*NB.* Das Beste an diesem Texte ist, daß er zu jeder Predigt paßt, und das Beste an dieser Predigt, daß sie zu jedem Texte zu gebrauchen ist.«

– »Für diese Predigt verdiene ich gehängt zu werden, denn den größten Theil habe ich gestohlen. Doktor Pädagon entdeckte es gleich. *** Ein Dieb fängt den andern am besten.«

Ein halbes Dutzend tragen die Aufschrift: »So so«, nichts weiter, und auf zwei andern steht *moderato,* was nach Altieri's italienischem Wörterbuch, aber mehr noch auf Grund einer grünen Peitschenschnur (offenbar von Yoricks aufgedrehter Peitsche), mit der sowohl die beiden *moderato*'s als das halbe Dutzend »So-so« erst einzeln, dann zu einem gemeinschaftlichen Packen zusammengeschnürt sind, wahrscheinlich ohngefähr dasselbe bedeuten soll.

Dieser Konjektur steht nur das Eine entgegen, daß die *moderato's* fünfmal besser sind als die So-so's, – daß sie zehnmal mehr Kenntniß des menschlichen Herzens bekunden, – siebenzigmal mehr Verstand und Geist offenbaren, – tausendmal mehr (ich muß doch in meinem *climax* fortfahren) Genie beweisen und – um der Sache die Krone aufzusetzen – unendlich unterhaltender sind als jene in demselben Packete. – Sollten deshalb die *dramatischen Predigten* Yoricks je von mir herausgegeben werden, so würde ich zwar von den So-so's keine einzige unterdrücken, aber kaum würde ich es wagen, von den *moderato's* auch nur eine drucken zu lassen.

Was Yorick unter den Worten *lentamente, tenuto, grave,* – auch *adagio,* – angewandt auf geistliche Reden und als Bezeichnung für einige seiner Predigten, verstanden haben mag, unterstehe ich mich nicht zu deuten. Noch unerklärlicher ist, was ich auf einigen andern finde: auf der einen *a l'ottava alta,* – *con strepito* auf der andern, – *Siciliana* auf der dritten, – *alla capella* auf der vierten, – *con l'arco* auf dieser, *senza l'arco* auf jener. Ich weiß wohl, alles das sind musikalische Ausdrücke und bezeichnen als solche etwas, und da er sich viel mit Musik beschäftigt hat, so zweifle ich gar nicht, daß die Anwendung dieser Ausdrücke auf die erwähnten Schriftstücke den verschiedenen Charakter derselben sehr bestimmt bezeichnen soll, – obgleich sie andern Leuten räthselhaft erscheinen mögen.

Unter diesen Predigten befindet sich nun auch *die,* welche mich so unverantwortlicher Weise zu dieser Ausschweifung veranlaßt hat, die Leichenrede nämlich auf Le Fever; es ist eine saubere Abschrift, was ich deshalb erwähne, weil er besondere Stücke auf diese Rede gehalten zu haben scheint. – Sie handelt von der Sterblichkeit und ist kreuz und quer mit einem Zwirnsfaden zusammengeschnürt, und dann in einen halben Bogen blauen Papiers eingerollt, der einmal der Umschlag einer »Review« gewesen zu sein scheint und noch jetzt erschrecklich nach dem Gewürzladen riecht. – Ob diese scheinbare Mißachtung Absicht ist, das bezweifle ich, denn am Ende der Rede (nicht vorne) steht, ganz abweichend von der Behandlung, welche die andern erfahren mußten:

Bravo!

doch nicht so, daß es in die Augen fällt, denn es steht wenigstens zwei bis drei Zoll unter der letzten Zeile, ganz unten auf der Seite, und zwar in der Ecke rechts, die man gewöhnlich mit dem Daumen zudeckt; überdies ist es mit einer Krähenfeder und so klein geschrieben, daß es, auch wenn der Daumen es nicht bedeckt, das Auge kaum auf sich zieht, und so mag es durch die Art, wie es auftritt, entschuldigt sein. Auch ist es mit so blasser Dinte geschrieben, daß es fast ganz verschwindet und höchstens als ein Schatten des Schattens der Eitelkeit gelten kann, als eine Regung flüchtigen Wohlgefallens, wie es heimlich in dem Herzen des Schaffenden aufsteigt, – so weit verschieden von der eiteln Selbstbewunderung, die sich der Welt aufdrängen möchte.

Trotz alle dem erweise ich dem Charakter Yoricks, als einem bescheidenen Manne, durch diese Mittheilung keinen Dienst, – das weiß ich! Aber Niemand ist ohne Fehler, und was seine Schuld verringert oder vielmehr ganz tilgt, ist der Umstand, daß das Wort später (die verschiedene Dinte zeigt's) wieder ausgestrichen wurde, als ob er die Meinung, die er einst gehegt, geändert, oder sich ihrer geschämt hätte.

Die kurzen Charakterisirungen seiner Predigten standen, diesen einzigen Fall ausgenommen, gewöhnlich auf dem ersten Blatte, dem Umschlagblatte der Rede, und zwar auf der inwendigen Seite, dem Texte gegenüber; aber am Ende, wo ihm oft fünf bis sechs Seiten, ja manchmal noch mehr, übrig geblieben waren, hatte er sich viel freier und ungehinderter gehen lassen, als ob er begierig die Gelegenheit ergriffen hätte, sich aller lustigen Hiebe gegen das

Laster zu entledigen, die für die Strenge der Kanzel nicht paßten. – Und auch das sind Hülfstruppen der Tugend, obschon sie husarenmäßig plänkeln und außer aller Ordnung fechten. Weshalb also, Mynheer Vander Blonederdondergewdenstronke, sollten sie nicht gedruckt werden?

Fünfundfünfzigstes Kapitel

Nachdem mein Onkel Toby Alles zu Gelde gemacht und alle Rechnungen Le Fevers mit dem Regimentszahlmeister und allerhand andern Leuten in Ordnung gebracht hatte, blieb nichts übrig, als ein alter Militärüberrock und ein Degen, so daß er keine Schwierigkeiten fand, die Verwaltung des Vermögens zu übernehmen. – Den Überrock gab mein Onkel Toby dem Korporal. – Trage ihn, Trim, sagte mein Onkel, so lange er halten will, um des armen Le Fever willen. Und diesen, sagte er, indem er den Degen in die Hand nahm und ihn aus der Scheide zog, und diesen, Le Fever, hebe ich für Dich auf. Das ist Alles – fuhr er fort und hing ihn wieder an die Wand, – das ist Alles, mein lieber Le Fever, was Gottes Wille Dir übrig gelassen; – aber hat er Dir ein Herz gegeben, Dich damit durch die Welt zu schlagen, und thust Du's wie ein Ehrenmann, – so ist's genug.

Sobald mein Onkel Toby einen Grund gelegt und den Knaben so weit gebracht hatte, daß er ein rechtwinkliges Polygon in einen Kreis zeichnen konnte, schickte er ihn in eine öffentliche Schule, in welcher er – Pfingsten und Weihnachten ausgenommen, wo Korporal Trim ihn regelmäßig nach Hause abholen mußte – bis zum Frühling des Jahres 17 blieb. Um diese Zeit entflammten die Berichte über den ungarischen Feldzug des Kaisers gegen die Türken den Sinn des Jünglings so sehr, daß er sein Griechisch und Lateinisch ohne Erlaubniß im Stiche ließ, sich meinem Onkel Toby zu Füßen warf und ihn um seines Vaters Degen und um die Erlaubniß beschwor, sein Glück unter Eugen versuchen zu dürfen. Zweimal vergaß mein Onkel Toby seine Wunde und rief: Ich gehe mit Dir, Le Fever, Du sollst an meiner Seite fechten, und zweimal legte er die Hand auf die kranke Stelle und ließ traurig und betrübt den Kopf hängen.

Mein Onkel Toby nahm den Degen von der Wand, wo er seit des Lieutenants Tode gehangen hatte, und gab ihn Trim zum Putzen; dann, nachdem er Le Fever noch vierzehn Tage bei sich behalten, um ihn zu equipiren und die Überfahrt nach Livorno für ihn zu besorgen, übergab er ihm den Degen.

– Wenn Du brav bist, Le Fever, sagte mein Onkel Toby, so wird er Dich nicht im Stiche lassen; aber das Glück, sagte er und sann etwas nach, das Glück könnte es; und thut es das – hier umarmte er ihn – so komm zurück zu mir, Le Fever, dann versuchen wir's anders.

Das größte Leid hätte Le Fever das Herz nicht schwerer machen können, als meines Onkels väterliche Zärtlichkeit; – er schied von ihm, wie der beste Sohn vom besten Vater. Beide vergossen Thränen, und als mein Onkel Toby ihm den letzten Kuß gab, ließ er ihm sechzig Guineen in die Hand gleiten, die er, mit der Mutter Ring zusammen, in des Vaters alten Geldbeutel gethan hatte. – Gott segne ihn dafür!

Sechsundfünfzigstes Kapitel

Le Fever war gerade zu rechter Zeit bei der kaiserlichen Armee eingetroffen, um bei der Niederlage der Türken vor Belgrad seinen Degen zu versuchen; aber von da an hatte ihn allerhand unverdientes Mißgeschick verfolgt und war vier Jahre lang nicht von seinen Fersen gewichen. Er hatte den Schlägen des Schicksals ruhig Widerstand geleistet, bis er in Marseille erkrankte, von wo er meinem Onkel Toby schrieb, daß er seine Zeit, seinen Dienst, seine Gesundheit, kurz Alles verloren habe, nur nicht seinen Degen, und nun auf das erste Schiff warte, um zu ihm zurückzukehren. –

Dieser Brief war ohngefähr sechs Wochen vor Susanna's Unfall eingetroffen, und Le Fever wurde nun stündlich erwartet. Die ganze Zeit über, während mein Vater die Schilderung von dem Erzieher, wie er ihn für mich wünsche, machte, hatte er meinem Onkel im Sinne gelegen; da er aber meines Vaters Ansprüche zuerst für übertrieben hielt, so hatte er Le Fevers Namen nicht nennen mögen, bis es durch Yoricks Einmischung unerwarteter Weise dahin ausschlug, daß der Erzieher ein sanftmüthiger, edelgesinnter und guter Mensch sein müsse. Da kehrte der Gedanke an Le Fever so heftig zurück, die Theilnahme für ihn wurde in meinem Onkel Toby so stark, daß er augenblicklich vom Stuhle aufstand, seine Pfeife hinlegte, um meinen Vater bei beiden Händen fassen zu können, und ausrief: Lieber Bruder Shandy, dann laß, ich bitte, des armen Le Fever Sohn Dir empfohlen sein. – Ja, bitte, thun Sie's, fügte Yorick hinzu. – Er hat ein gutes Herz, sagte mein Onkel Toby – Und Courage, Ew. Gnaden, sagte der Korporal. –

Die besten Herzen sind auch die unerschrockensten, Trim, erwiederte mein Onkel Toby. – Und die in unserm Regimente keine Courage hatten, Ew. Gnaden, das waren auch die größten Schurken. Da war Sergeant Kumber, und Fähnrich –

Davon wollen wir ein anderes Mal sprechen, sagte mein Vater.

Siebenundfünfzigstes Kapitel

Was für eine fröhliche, lustige Welt müßte das sein, Ew. Wohlgeboren, wenn nicht dieses unentwirrbare Gewirr von Schulden, Sorgen und Übeln, von Mangel, Kummer, Unzufriedenheit, Schwermuth, großen Leibgedingen, Betrügereien und Lügen wäre!

Dr. Slop, der verdammte Charlatan, wie ihn mein Vater deswegen nannte, log mich todtkrank, damit er sich dabei besser befände; er machte aus dem, was Susanna verschuldet hatte, tausendmal mehr, als daran war, so daß es schon in weniger als einer Woche überall hieß, der arme kleine Shandy sei * * * * * * * * * * * * * * * bis auf * * * *; und die Fama, die Alles zu vergrößern liebt, schwur drei Tage später, sie habe es mit eignen Augen gesehen, und wie gewöhnlich glaubte es ihr alle Welt, daß das Kinderzimmerfenster nicht allein * sondern daß auch *.

Wäre es möglich gewesen, die ganze Welt in Person gerichtlich zu belangen, so würde mein Vater die Sache anhängig gemacht und auf Bestrafung angetragen haben; aber den Einzelnen zu Leibe zu gehen, von denen Jeder stets mit dem allergrößten Bedauern des Unfalls erwähnte, das hätte seine besten Freunde ins Gesicht schlagen heißen; – und das alberne Gerücht stillschweigend dulden war so gut, als es für wahr anerkennen, wenigstens in den Augen der einen Hälfte, und dagegen protestiren, das konnte wieder nur dazu dienen, die andere Hälfte in ihrer Meinung noch mehr zu befestigen.

Ward je einem armen Landedelmanne so mitgespielt? sagte mein Vater.

Ich würde ihn öffentlich auf dem Marktplatze zeigen, sagte mein Onkel Toby.

Es würde nichts helfen, erwiederte mein Vater.

Achtundfünfzigstes Kapitel

Aber in Hosen will ich ihn stecken, sagte mein Vater, laß die Leute sagen, was sie wollen.

Neunundfünfzigstes Kapitel

Tausend Beschlüsse, Sir, in kirchlichen wie in staatlichen Angelegenheiten, oder in Dingen, Madame, die mehr einen privaten Charakter tragen, – tausend Beschlüsse, die allem Anscheine nach übereilt, widersinnig, unbedacht gefaßt wurden, sind nichtsdestoweniger (wenn Sie nur im Kabinet dabei hätten sein oder hinter dem Vorhang lauschen können, Sie würden es schon erfahren haben) erwogen, überlegt, durchdacht, durchsiebt, eingehend besprochen und von allen Seiten mit solcher Leidenschaftslosigkeit geprüft worden, daß die Göttin der Leidenschaftslosigkeit selbst (deren Existenz ich übrigens nicht verbürgen will) es nicht besser hätte wünschen oder machen können.

Von dieser Art war der Beschluß meines Vaters, mich in Hosen zu stecken, der zwar in einem Anfall von Trotz und Menschenverachtung gefaßt worden war, über den er dann aber, unter Berücksichtigung aller *pro* und *contra's*, bereits einen Monat früher in zwei verschiedenen, zu diesem Zwecke besonders abgehaltenen *lits de justice* mit meiner Mutter verhandelt hatte. Ich werde die Natur dieser *lits de justice* in meinem nächsten Kapitel näher betrachten, und in dem darauf folgenden Kapitel sollen Sie dann, Madame, mit mir hinter den Vorhang treten, um zu hören, wie mein Vater und meine Mutter über diese Hosenangelegenheit miteinander debattirten, wonach Sie sich dann einen Begriff davon machen können, wie etwa geringfügigere Angelegenheiten zwischen ihnen verhandelt wurden.

Sechzigstes Kapitel

Bei den alten Gothen in Deutschland, welche (darin ist der gelehrte Cluverus sehr bestimmt) ihren ersten Sitz zwischen der Weichsel und der Oder hatten und späterhin die Heruler, Rugier, sowie einige andere vandalische Völkerschaften mit sich vereinigten, herrschte der weise Gebrauch, jede wichtige Angelegenheit zweimal zu berathen, einmal im trunkenen, das andere Mal im nüchternen Zustande: im trunkenen, damit es ihren Rathschlägen nicht an Kühnheit, im nüchternen, damit es ihnen nicht an Vorsicht fehle.

Mein Vater, der sich Alles, was die Alten gesagt oder gethan hatten, zu Nutzen zu machen pflegte, aber ein entschiedener Wassertrinker war, hatte sich lange den Kopf darüber zerbrochen, was er hiermit für sich anfangen könne; erst im siebenten Jahre seiner Verheirathung und nach tausend fruchtlosen Einfällen und Versuchen war er auf einen zweckmäßigen Ausweg verfallen. Wenn nämlich in der Familie irgend eine wichtige und schwierige Frage auftauchte, deren Entscheidung sowohl große Ruhe als auch Entschlossenheit verlangte, so bestimmte er die erste Sonntagsnacht im Monat und die Samstagsnacht vor derselben dazu, um sie mit meiner Mutter im Bett zu diskutiren, auf welche Weise er, wie Sie einsehen werden, Sir, ✳.

Dies nannte mein Vater, sonderbar genug, seine *lits de justice*, denn aus den beiden sehr verschiedenen Entschließungen, welche in zwei ganz verschiedenen Stimmungen gefaßt waren, wurde dann das Mittel gezogen, welches den Kern der Weisheit so sicher traf, als ob er hundertmal betrunken und nüchtern gewesen wäre.

Es darf der Welt nicht verschwiegen bleiben, daß dies bei literarischen Fragen ebenso wirksam ist als bei militärischen oder häuslichen; aber nicht jeder Autor kann das Experiment den Gothen und Vandalen nachmachen; mancher würde dadurch seinem Körper schaden, und wollte er's wie mein Vater machen, so möchte das manchem für seine Seele schädlich sein.

Ich mache es so:

Stoßen mir heikle und schwierige Fragen zur Behandlung auf (und das ist in diesem Buche, Gott sei's geklagt, nur zu oft der

Fall), bei denen ich befürchten muß, Ew. Wohlgeboren und Hochehrwürden auf den Hals zu bekommen, so schreibe ich die eine Hälfte im hungrigen, die andere im satten Zustande, – oder ich schreibe, wenn ich gegessen habe, und korrigire, wenn ich hungrig bin, – oder schreibe, wenn ich hungrig bin, und korrigire, wenn ich gegessen habe, was alles auf eins herauskommt.

Indem ich so von meines Vaters Verfahren viel weniger abweiche, als er von dem der Gothen, weiß ich mich mit ihm, was sein erstes *lit de justice* anbetrifft, auf gleicher Höhe, und was das zweite anbetrifft, so stehe ich nicht unter ihm. Diese verschiedenartigen und fast unbegreiflichen Wirkungen entströmen hier wie da der weisen und wunderbaren Einrichtung der Natur, – darum, geben wir ihr die Ehre! Alles, was wir thun können, ist, diese Einrichtung uns zu Nutzen zu machen und sie zur Vervollkommnung und besseren Handhabung der Künste und Wissenschaften anzuwenden.

Denn wahrlich, – schreibe ich mit vollem Magen, so schreibe ich, als ob ich mein Lebtag nicht wieder würde hungern müssen, d.h. ich schreibe unbekümmert um die Welt und ohne Furcht, ich zähle meine Narben nicht und meine Phantasie verliert sich nicht in dunkeln Gängen und Verstecken, um künftige Wunden vorauszumalen. Meine Feder läuft, wie sie will, und kurz – ich schreibe aus vollem Herzen, weil ich mit vollem Magen schreibe.

Aber schreibe ich in hungrigem Zustande, dann, Ew. Gnaden, ist es ein ganz anderes Ding. Dann zolle ich der Welt alle mögliche Aufmerksamkeit und Rücksicht und habe (so lang es dauert) ebenso viel von der unterkriechenden Tugend der Vorsicht, als der Beste von Ihnen.

So zwischen beiden schreibe ich dagegen ein harmloses, höfliches, thörichtes, lustiges Shandy-Buch, das Ihnen allen das Herz erfrischen soll. –

Und den Kopf auch – wenn Sie's nämlich verstehen.

Einundsechzigstes Kapitel

– Wir müssen nun bald daran denken, sagte mein Vater, indem er sich im Bett umwandte und sein Kopfkissen etwas näher zu dem meiner Mutter schob, – wir müssen nun bald daran denken, dem Jungen Hosen anzuziehen.

Das müssen wir, sagte meine Mutter. – Wir haben schon gar zu lange damit gewartet, fuhr mein Vater fort.

Allerdings, sagte meine Mutter.

Wenn nur der Junge, sagte mein Vater, in seinem Hemdchen und Röckchen nicht gar zu gut aussähe.

Er sieht sehr gut aus, erwiederte meine Mutter.

Darum wäre es eigentlich schade, sie ihm auszuziehen, fügte mein Vater hinzu.

Ja, es wäre schade, sagte meine Mutter. – Aber der Junge wird doch zu groß, fuhr mein Vater fort.

Er ist sehr groß für sein Alter, sagte meine Mutter, das ist wahr.

Ich begreife nicht, sagte mein Vater, von wem er das in aller Welt haben mag.

Ich kann es auch nicht begreifen, sagte meine Mutter.

Hm! – sagte mein Vater.

(Hier trat eine kleine Pause ein.)

Ich selber bin doch klein, fuhr mein Vater etwas ernst fort.

Ja, sehr klein, sagte meine Mutter.

Hm! brummte mein Vater zum zweiten Male vor sich hin; dabei rückte er das Kopfkissen ein wenig weiter ab und drehte sich auf die andere Seite. Die Unterhaltung war drei und eine halbe Minute lang unterbrochen.

In den Hosen, rief mein Vater mit etwas lauterer Stimme, wird er abscheulich aussehen.

Er wird zuerst wunderlich genug darin aussehen, erwiederte meine Mutter.

Noch gut, wenn's weiter nichts ist, setzte mein Vater hinzu.

Noch gut, antwortete meine Mutter.

Nun, erwiederte mein Vater, und hielt ein wenig inne, – es wird bei ihm auch nicht anders sein als bei andern Kindern.

Gewiß, sagte meine Mutter.

Sollte mir aber leid thun, setzte mein Vater hinzu, und damit stockte das Gespräch wieder.

Es müssen lederne sein, sagte mein Vater und drehte sich wieder herum.

Die halten am längsten, sagte meine Mutter.

Aber die kann man nicht füttern, sagte mein Vater.

Das kann man nicht, sagte meine Mutter.

Darum sind plüschene besser, sagte mein Vater.

Ja plüschene sind die besten, sagte meine Mutter.

Camelotene ausgenommen, erwiederte mein Vater. – Die sind freilich noch besser, erwiederte meine Mutter.

Er darf sich aber auch nicht erkälten, unterbrach sie mein Vater.

Gewiß nicht, sagte meine Mutter, und damit wurde es wieder still.

Aber Taschen soll er nicht darin haben, sagte mein Vater und brach zum vierten Mal das Stillschweigen, – das will ich entschieden nicht.

Wozu auch? sagte meine Mutter.

Ich meine im Rock und in der Weste, rief mein Vater.

Natürlich, erwiederte meine Mutter.

Aber wenn er nun einen Kreisel oder einen Ring hat, das ist die höchste Seligkeit für solche Kinder, und kann dann nichts einstecken?

Bestelle sie ganz, wie Du Lust hast, erwiederte meine Mutter.

Aber ist's nicht wahr? setzte mein Vater hinzu, der eine entschiedene Antwort verlangte.

Mache es, wie Du Lust hast, sagte meine Mutter.

Das ist, um aus der Haut zu fahren! rief mein Vater ärgerlich. Wie ich Lust habe? Handelt sich's darum? Wirst Du denn nie unterscheiden lernen zwischen dem, wozu man Lust hat, und was einmal sein muß.

Dies war Sonntag Nacht – und damit schließt dies Kapitel.

Zweiundsechzigstes Kapitel

Nachdem mein Vater die Angelegenheit wegen der Hosen mit meiner Mutter besprochen hatte, zog er Albertus Rubenius darüber zu Rathe, und mit diesem ging es ihm wo möglich noch zehnmal schlechter als mit meiner Mutter; denn da Rubenius einen ganzen Folioband *de re vestiaria veterum* geschrieben hatte, so war es freilich seine Sache, meinem Vater Auskunft zu geben, aber mein Vater hätte ebenso gut daran denken können, die sieben Kardinaltugenden aus einem langen Bart zu kämmen, als aus Rubenius ein einziges Wort über seinen Gegenstand herauszukriegen.

Hinsichtlich aller andern Kleidungsstücke der Alten war Rubenius außerordentlich mittheilsam gegen meinen Vater; er gab ihm genaue Auskunft über

    die Toga, oder das wollene Oberkleid,

    die Chlamys,

    den Ephod,

    die Tunika, oder Leibrock,

    die Synthesis,

    die Pänula,

    die Lacinia mit ihren Gugeln,

    das Paludamentum,

    die Prätexta,

    das Sagum oder den Kriegsmantel,

    die Trabea, von welcher es, nach Sueton, drei Arten gab.

Aber das sind alles keine Hosen, sagte mein Vater.

Rubenius tischte ihm allerhand Schuhwerk auf, das bei den Römern in Gebrauch gewesen war; da war

der offene Schuh,

der geschlossene Schuh,

der Schlappschuh,

der Holzschuh,

der Soccus,

der Halbstiefel,

der Soldatenschuh mit Nägeln, dessen Juvenal erwähnt;
da waren die Überschuhe,

die Pantoffeln,

die Sandalen mit Riemen daran;
da war der Filzschuh,

der linnene Schuh,

der Schnürschuh,

der geflochtene Schuh,

der *calceus incisus,*
und der *calceus rostratus.*

Rubenius zeigte meinem Vater, wie zweckmäßig sie alle waren, was für Spitzen, Zacken, Riemen, Bänder u.s.w. sie hatten. –

Aber ich will über Hosen etwas wissen, sagte mein Vater.

Albertus Rubenius belehrte meinen Vater, daß die Römer verschiedene Stoffe für ihre Kleider verfertigt hätten: glatte, gestreifte, mit Gold und Seide geblümte wollene, – daß Linnen erst in der späteren Kaiserzeit in Gebrauch gekommen sei, als die eingewanderten Egypter es aufbrachten; –

daß Personen von Ansehen und Vermögen sich durch die Feinheit und Weiße ihrer Kleider ausgezeichnet hätten, daß weiß die Farbe gewesen sei, welche nach dem Purpur (der indessen nur hohen obrigkeitlichen Personen zustand) am liebsten und besonders an Geburts- und anderen Festen getragen worden wäre; – daß sie, nach den besten Geschichtsschreibern jener Zeit, ihre Kleider oft zum Walker geschickt hätten, um sie reinigen und färben zu lassen,

412

– daß aber das niedere Volk, um diese Ausgabe zu sparen, gemeiniglich braune Kleider, und zwar von gröberem Stoffe getragen hätte, indessen nur bis zum Anfang der Regierung Augusts, von wo an Sklave und Herr gleich gekleidet gewesen wären und jeder Unterschied im Anzuge aufgehört hätte, mit Ausnahme des *latus clavus.*

– Und was war das? sagte mein Vater.

Rubenius belehrte ihn, daß die Gelehrten darüber noch im Unklaren wären; daß Egnatius, Sigonius, Bossius, Ticinensis, Bayfius, Budäus, Salmasius, Lipsius, Lazius, Isaak Casaubonus und Joseph Scaliger alle von einander abwichen, und er wiederum von Allen, – daß der große Bayfius in seiner »Garderobe der Alten«, Kapitel XII, ehrlich bekenne, er wisse nicht, was damit gemeint sei, ob eine Nestel, eine Agraffe, ein Knopf, ein Besatz, eine Schnalle, oder Klammer oder was sonst.

Mein Vater ließ sich nicht irre machen. – Es sind Haken und Öhsen, sagte er, und so bestellte er meine Hosen mit Haken und Öhsen.

Dreiundsechzigstes Kapitel

Wir betreten jetzt die Bühne neuer Ereignisse.

Lassen wir also die Hosen in den Händen des Schneiders, vor dem mein Vater, gestützt auf seinen Stock, dasteht, und dem er eine Vorlesung über den *latus clavus* hält, wobei er ihm genau die Stelle des Gürtels anzeigt, wo das Betreffende angebracht werden müsse.

Lassen wir meine Mutter (die wahre *Pococuranta* ihres Geschlechts), völlig unbekümmert auch darum, wie um Alles, was sie angeht, d.h. ganz gleichgültig dagegen, *wie* etwas gemacht wird, wenn es überhaupt nur gemacht wird.

Lassen wir auch *Dr.* Slop im Vollgenuß der mir zugefügten Schmach.

Lassen wir den armen Le Fever, der sich erholen und von Marseille nach Hause kommen mag, wie er kann, und – endlich, lassen wir den, dem es am schlechtesten von Allen geht –

Lassen wir mich *selbst;* – aber das ist nicht möglich, – ich muß schon bis ans Ende des Buches mitlaufen.

Vierundsechzigstes Kapitel

Wenn der Leser von den anderthalb Faden Land, die am Ende von meines Onkel Toby's Küchengarten liegen und der Schauplatz seiner genußreichsten Stunden sind, keine klare Vorstellung hat, so ist das mein Fehler nicht, sondern ein Fehler seiner Einbildungskraft; denn ich kann wohl sagen, ich habe ihm denselben so genau beschrieben, daß ich mich fast schäme.

Als eines Nachmittags das Fatum in die großen Vorgänge zukünftiger Zeiten hinaussah und daran gedachte, zu welchen Zwecken dieses Stückchen Erde nach unwandelbaren Beschlüssen bestimmt sei, gab es der Natur einen Wink, und er genügte. Alsbald warf Natur einen Spaten voll ihrer trefflichsten Mischung hierher, gerade so viel Lehm, als nöthig war, um die Formen der Winkel und Ecken fest zu halten, und doch gerade nicht mehr, damit die Erde nicht an dem Spaten anklebe und das ruhmvolle Werk bei nassem Wetter nicht im Koth ersaufe. –

Mein Onkel hatte, wie dem Leser schon berichtet wurde, die Pläne fast aller befestigten Plätze in Flandern und Italien mit aufs Land gebracht; mochte nun der Herzog von Marlborough oder mochten die Alliirten sich vor einer Stadt, gleichviel welcher, festsetzen, mein Onkel Toby war vorbereitet.

Er verfuhr dabei auf die einfachste Weise von der Welt. – Sobald eine Stadt belagert wurde, oder sobald nur die Absicht, sie zu bela-

gern, bekannt geworden war, nahm er ihren Plan vor und vergrö-
ßerte ihn nach dem Maßstabe seines Rasenplatzes, auf welchen er
dann mit Hülfe einer großen Rolle Packschnur und einer Menge
kleiner Pflöcke, die er an den verschiedenen Ecken und Vorsprün-
gen in die Erde steckte, die Linien vom Papier übertrug; hierauf
nahm er das Profil des Platzes und seiner Werke, um die Tiefe und
die Böschung der Gräben, die Abdachung des Glacis, die genaue
Höhe der verschiedenen Brustwehren, Parapete u.s.w. zu bestimmen,
und ließ dann den Korporal ans Werk gehen; ohne Hinderniß
schritt dasselbe fort. Die Bodenart, die Art der Arbeit selbst, besonders aber die liebevolle Art meines Onkels Toby, der vom Morgen
bis zum Abend dabei saß und mit dem Korporal freundlich von
alten Kriegsthaten plauderte, – das Alles ließ es nur dem Namen
nach eine Arbeit sein.

Wenn die Festung auf diese Weise beendigt und in gehörigen
Vertheidigungszustand gesetzt war, dann fing die Belagerung an,
mein Onkel Toby und der Korporal zogen ihre erste Parallele. –
Ich möchte sehr bitten, mich hier in meiner Erzählung nicht etwa
mit dem Einwurf zu unterbrechen, daß die erste Parallele wenigstens
dreihundert Toisen von dem Hauptkörper des Platzes entfernt sein
müsse, und daß dazu kein Zoll breit Land übrig gelassen sei; denn
mein Onkel nahm sich die Freiheit, den Küchengarten mit zu benutzen, um die Werke auf dem Rasenplatze größer anlegen zu
können. Deshalb zog er seine erste und zweite Parallele gewöhnlich
zwischen seinem Weißkohl und seinem Blumenkohl, was seine
Vorzüge und seine Unbequemlichkeiten hatte, auf die ich in der
Geschichte der Feldzüge meines Onkels Toby und Trims zurückkommen werde; denn jetzt gebe ich nur eine kurze Skizze, die, wie
ich vermuthe, (aber was helfen da alle Vermuthungen!) nicht mehr
als drei Seiten füllen wird. Die Feldzüge aber werden wenigstens
ebenso viele Bände ausmachen, und deshalb fürchte ich, es hieße
ein Werk so leichter Art wie dieses mit einer zu großen Menge
eines und desselben Stoffes überladen, wollte ich sie, wie es erst

meine Absicht war, demselben einverleiben; es möchte also besser sein, sie besonders drucken zu lassen. – Ich werde mir das überlegen; vorläufig gebe ich nur folgende Skizze.

Fünfundsechzigstes Kapitel

Wenn die Stadt mit ihren Werken fertig war, so zogen mein Onkel Toby und Trim ihre erste Parallele, nicht etwa aufs Gerathewohl und so wie's kam, sondern von denselben Punkten aus und in denselben Entfernungen, wie die Alliirten sie gezogen hatten, und indem sie die Approchen und Angriffe ganz nach den Berichten vornahmen, die mein Onkel Toby durch die Zeitungen erhielt, rückten sie während der ganzen Belagerung Schritt vor Schritt, wie die Alliirten, vor.

Wenn der Herzog von Marlborough eine Position nahm, nahm mein Onkel Toby auch eine; wenn die Fronte einer Bastion niedergeschossen oder ein Verhau zerstört wurde, so griff der Korporal nach seiner Hacke und machte es ebenso u.s.w., bis sie immer mehr Fuß faßten, ein Werk nach dem andern überwältigten und die Festung endlich in ihre Hände fiel.

Brachte die Zeitung dann etwa die Nachricht, daß Herzog Marlborough eine praktikable Bresche in das Hauptwerk der Festung gelegt habe, so hätte wohl Niemand, dem der Anblick fremden Glückes Freude macht, vom heimlichen Verstecke hinterm Hagedornbusche aus etwas Herzerquickenderes sehen können, als wie mein Onkel Toby, Trim hinter sich, herbeieilte, – der Eine die Zeitung in der Hand, der Andere den Spaten auf der Schulter, um Alles auszuführen, was dort gedruckt stand. – Welcher Triumph in meines Onkels Toby Blicken, wenn er gegen die Brustwehr anrückte! Wie selig glänzten seine Augen, wenn er so über den Korporal gebeugt da stand und ihm, während jener die Arbeit that, zehnmal die Stelle vorlas, damit die Bresche ja nicht um einen Zoll

zu breit oder zu schmal würde. – Und wurde dann Chamade geschlagen, – half der Korporal meinem Onkel hinauf und folgte ihm
mit fliegender Fahne, um dieselbe auf den Wall zu pflanzen –
Himmel, Erde und Meer, – aber was helfen alle Apostrophen! –
spendeten eure Elemente, naß oder trocken, wohl je einen so be-
rauschenden Wonnetrank? –

In diesem Geleise stillen Glückes bewegten sich mein Onkel
Toby und Trim lange Jahre, ohne jede andere Unterbrechung, als
daß vielleicht der Wind acht oder zehn Tage aus Westen blies und
die Flandrische Post zurückhielt; dann litten sie Qualen der Erwartung, aber es waren doch immer nur die Qualen eines Glücklichen.
Jedes Jahr, ja jeden Monat verfiel der Eine oder der Andere von
ihnen auf eine neue Idee, einen neuen Anschlag zur Verbesserung
ihrer Kriegsführung, und dadurch eröffneten sich ihnen immer
neue Quellen der Lust und des Vergnügens.

Die Campagne des ersten Jahres wurde von Anfang bis zu Ende
in der schlichten und einfachen Weise ausgeführt, die ich oben
besprochen habe.

Im zweiten Jahre, wo mein Onkel Toby Lüttich und Ruremond
einnahm, glaubte er sich nicht weniger als vier Zugbrücken gestatten
zu dürfen, wovon ich zwei an einer früheren Stelle beschrieben
habe.

Am Schlusse desselben Jahres fügte er noch ein Paar mit Fallgat-
tern hinzu; diese letzteren wurden nachher zu spanischen Reitern
benutzt, da sie so besser wirkten; und im Winter desselben Jahres
regalirte sich mein Onkel Toby, statt mit einem neuen Anzuge,
den er sich sonst immer zu Weihnachten anzuschaffen pflegte, mit
einem niedlichen Schilderhause, das in die eine Ecke des Rasenplatzes hingestellt wurde, dahin, wo zwischen demselben und dem
Fuße des Glacis eine Art Esplanade gemacht war, auf welcher er
und der Korporal Kriegsrath hielten.

Das Schilderhaus sollte ihn gegen den Regen schützen.

Alles das wurde im nächsten Frühjahr dreimal weiß angestrichen, so daß mein Onkel Toby mit großem Pomp ins Feld rückte. –

Oft sagte mein Vater zu Yorick, wenn irgend Jemand anders als sein Bruder Toby so etwas gethan hätte, so würde Jedermann es für die feinste Satire auf Ludwig XIV. und seine prunkende und prahlende Art der Kriegsführung (namentlich dieses Jahres) haben halten können. Aber das ist nicht meines Bruder Toby's Art, setzte er dann hinzu, die gute Seele kränkt Niemand.

Wollen wir aber weiter gehen.

Sechsundsechzigstes Kapitel

Ich muß bemerken, daß, obgleich das Wort Stadt in der Campagne des ersten Jahres öfter genannt wurde, doch zu jener Zeit noch keine Stadt innerhalb des Polygons bestand; diese Verbesserung wurde erst in dem Sommer *nach* dem Frühjahr vorgenommen, in welchem die Brücken und das Schilderhaus angestrichen worden waren, also im dritten Jahre der Campagnen meines Onkels Toby. Als er nämlich Amberg, Bonn, Rheinsberg, Huy und Limburg eines nach dem andern nahm, schoß es dem Korporal durch den Kopf, daß es doch eigentlich ein rechter Unsinn sei, von der Einnahme so vieler Städte zu sprechen und keine Stadt zu haben; er schlug also meinem Onkel Toby vor, eine kleine Stadt aus dünnen Brettern bauen zu lassen, sie hübsch anzustreichen und dann innerhalb der Wälle zu beliebigem Gebrauche aufzustellen.

Mein Onkel erkannte die Vortrefflichkeit dieser Idee sogleich und stimmte ihr augenblicklich bei, jedoch brachte er noch zwei Verbesserungen an, auf die er ebenso stolz war, als ob er der ursprüngliche Erfinder dieses Planes gewesen wäre.

Erstens sollte die Stadt ganz im Stile jener Städte gebaut werden, die sie wahrscheinlich vorzustellen bestimmt wäre, also sie sollte

Gitterfenster, Giebel nach der Straße u.s.w. haben, wie Gent und Brügge und die andern Städte in Brabant und Flandern.

Zweitens sollten die Häuser nicht, wie der Korporal es vorgeschlagen, zusammenhängen, sondern jedes Haus für sich bestehen, so daß sie alle einzeln wegzunehmen wären und nach dem Plane jeder beliebigen Stadt aufgestellt werden könnten. – Dies wurde sogleich in Angriff genommen, und mancher, mancher Blick gegenseitiger Beglückwünschung ward zwischen meinem Onkel Toby und Trim gewechselt, während der Zimmermann das Werk vollendete.

Es bewährte sich im nächsten Herbste auf das Herrlichste: die Stadt war ein wahrer Proteus. Bald war es Landen und Trarbach, bald Santvliet und Drusen und Hagenau, – und dann war es wieder Ostende und Menin und Aeth und Dendermond.

Wahrhaftig, solche Veränderungen erlitt keine Stadt seit Sodom und Gomorrah, als meines Onkel Toby's Stadt.

Im vierten Jahre meinte mein Onkel Toby, daß die Stadt ohne Kirche doch sonderbar aussähe; es wurde also eine recht schöne mit einem Thurme dazu gebaut. – Trim wollte auch Glocken haben, aber mein Onkel Toby meinte, man könne das Metall besser zu Kanonen gebrauchen.

Das ward die Veranlassung, daß in der nächsten Campagne ein halbes Dutzend metallener Feldstücke, drei und drei zu jeder Seite, neben meines Onkels Schilderhause aufgestellt wurden; in kurzer Zeit führte das zu einer Batterie etwas größern Kalibers und so immer weiter (es pflegt bei Liebhabereien stets so zu gehen), bis es von einem halben Zoll Bohrloch zuletzt bis zu meines Vaters Stulpstiefeln kam.

Im nächsten Jahre, – dem, wo Lisle belagert wurde und an dessen Schlusse Gent und Brügge in unsere Hände fielen – war mein Onkel Toby sehr in Unruhe darüber, wie er eine passende Ammunition ausfindig machen könne, – eine passende, sage ich, denn Pulver konnte sein schweres Geschütz nicht aushalten, und das war ein wahres Glück für die Shandy'sche Familie, – denn die

Zeitungen waren vom Beginn bis zum Ende der Belagerung so voll von dem ununterbrochenen Feuer der Belagerer, und meines Onkels Phantasie war von den Berichten so erhitzt, daß er wahrscheinlich sein ganzes Vermögen verpufft hätte.

Irgend etwas, ein Nothmittel, war also aufzufinden, um dieses ununterbrochene Feuer, besonders während einiger der heftigsten Beschießungen, nachzuahmen, und dieses Etwas verschaffte der Korporal, dessen stärkste Seite Erfindung war, durch ein ganz neues, ihm eigenthümliches Geschützsystem, ohne welche Erfindung die militärischen Kritiker den Kriegsapparat meines Onkels Toby bis in alle Zeit für mangelhaft angesehen haben würden.

Dies wird darum nicht weniger klar gemacht werden, wenn ich mich, meiner Gewohnheit nach, etwas von dem Gegenstande entferne.

Siebenundsechzigstes Kapitel

Unter einigen kleinen, aber werthgehaltenen Geschenken, welche der arme Tom, des Korporals unglücklicher Bruder, diesem zugleich mit der Nachricht von seiner Verheirathung mit der Judenwittwe herübergeschickt hatte, befanden sich auch:

Eine Monterokappe und zwei türkische Tabakspfeifen.

Die Monterokappe werde *ich* gelegentlich beschreiben. Die türkischen Pfeifen waren nichts Besonderes; sie waren ganz auf gewöhnliche Art ausgestattet und verziert, hatten biegsame, mit marokkanischem Leder und Golddraht umwickelte Röhre und das Mundstück der einen war von Elfenbein, das der andern von schwarzem Ebenholz.

Mein Vater, der jedes Ding von einer andern Seite ansah als andere Leute, pflegte zum Korporal zu sagen, er müsse diese beiden Geschenke nicht sowohl als ein Zeichen der Zuneigung, als vielmehr als einen Beweis für die Reinlichkeitsliebe seines Bruders betrachten.

– Denn das, Trim, sagte er, ist klar. – Tom wollte die Kappe des Juden nicht tragen und nicht aus seinen Pfeifen nicht rauchen. – Trim antwortete dann jedesmal: Gott bewahre, Ew. Gnaden (es klang aber anders), wie wäre das möglich! –

Die Monterokappe war scharlachen, vom feinsten, in der Wolle gefärbten spanischen Tuche und rings mit Fell besetzt, nur die vordere Seite nicht, die ohngefähr vier Zoll breit mit einer zarten blauen Stickerei bedeckt war; sie schien einem portugiesischen Wachtmeister, nicht zu Fuß, sondern zu Pferd, wie das Wort schon besagt, gehört zu haben.

Der Korporal war nicht wenig stolz darauf, theils um ihrer selbst willen, theils des Gebers wegen, und trug sie nie oder selten anders als an hohen Festtagen. Trotzdem diente wohl nie eine Monterokappe zu so verschiedenen Zwecken: denn in allen streitigen Fällen, mochten dieselben nun den Kriegsdienst oder die Küche betreffen, überall, wo der Korporal sich im Recht wußte, schwor er bei ihr, oder setzte sie als Wette ein, oder verschenkte sie.

Im vorliegenden Falle verschenkte er sie.

Dem ersten besten Bettler, der da kommt, sagte der Korporal, will ich meine Monterokappe schenken, wenn ich das Ding nicht zu Sr. Gnaden Zufriedenheit zu Stande bringe.

Die Ausführung fand schon am nächsten Morgen statt; es war der Tag, an welchem der Sturm auf die Contrescarpe zwischen der untern Schleuße, mit dem Andreasthor zur Rechten und dem St. Magdalenenthor mit dem Fluß zur Linken, ausgeführt wurde.

Da dieses der denkwürdigste Angriff im ganzen Kriege war, bei welchem von beiden Seiten die größte Tapferkeit und Hartnäckigkeit bewiesen wurde, und der, muß ich hinzufügen, das meiste Blut kostete, denn die Alliirten allein verloren elfhundert Mann, so bereitete sich mein Onkel Toby mit besonderer Feierlichkeit darauf vor.

Am Abend vorher, als er schlafen ging, befahl er, daß seine Ramillieperücke, die viele Jahre umgewendet in dem alten Feldkoffer neben seinem Bette verwahrt gelegen hatte, herausgenommen und auf den Deckel gelegt werde, damit er sie am Morgen gleich dort finden könne; und das Erste, was er beim Heraussteigen aus dem Bette, noch im Hemde, that, war, daß er die rauhe Seite herausdrehte und sie aufsetzte. Hierauf zog er die Hosen an und nachdem er sie zugeschnallt hatte, knöpfte er das Degengehänke daran; eben hatte er seinen Degen hineingesteckt, als ihm einfiel, daß er sich erst noch rasiren müsse, wobei ihn der Degen geniren würde. Er legte ihn also wieder ab. – Als er dann seine Uniform und die Weste anziehen wollte, fand er wieder, daß die Perücke ihm hinderlich sei, und so bald auf diese, bald auf jene Weise aufgehalten, wie das gewöhnlich so geht, wenn man Eile hat, war es zehn Uhr geworden, d.h. eine halbe Stunde über seine gewöhnliche Zeit, bevor er sich auf den Weg machte.

Achtundsechzigstes Kapitel

Mein Onkel Toby war kaum um die Judenkirschenhecke gebogen, welche den Küchengarten vom Rasenplatze trennte, als er sogleich gewahr ward, daß der Korporal den Angriff ohne ihn begonnen hatte.

Laßt mich hier einen Augenblick innehalten, um Euch des Korporals Apparat und den Korporal selbst zu schildern, wie mein Onkel beide erblickte, als er sich dem Schilderhause zuwandte, wo der Korporal bei seiner Arbeit war; denn in der Welt giebt's kein zweites solches Bild, und wenn man Alles, was lächerlich und verdreht in ihr ist, zusammenthut, so bringt man doch etwas Ähnliches nicht zu Stande.

Der Korporal –

Tretet leichter auf seine Asche, Ihr Leute von Genie, denn er war Euch verwandt; –

Haltet sein Grab von Unkraut rein, Ihr Leute von tugendhafter Gesinnung, denn er war Euer Bruder. O Korporal! Hätt' ich Dich nur jetzt, – jetzt, wo ich Dir Tisch und Obdach geben könnte, wie wollt' ich Dich hegen und pflegen. Alle Stunden des Tages, alle Tage der Woche solltest Du Deine Monterokappe tragen, und wenn sie vertragen wäre, wollte ich Dir zwei neue kaufen. Aber ach! ach! Jetzt, da ich das trotz der hochwürdigen Herren thun könnte, habe ich keine Gelegenheit dazu, denn Du bist todt! Dein Genius ist aufgeflogen zu den Sternen, von wannen er kam, und Dein warmes Herz mit allen seinen edelmüthigen und ehrlichen Regungen ist ein Häufchen gefühlloser Erde.

Doch was ist das, was ist das gegen die schreckliche Aufgabe, die mir noch bevorsteht, – wenn mein Blick auf die sammtene Sargdecke fällt, geschmückt mit den kriegerischen Ehrenzeichen Deines Herrn, des ersten, des trefflichsten aller Menschen, – wenn ich Dich sehe, Du treuer Diener, wie Du Degen und Scheide mit zitternder Hand auf den Sarg legst und dann aschenbleich zur Thür Dich wendest, um sein Trauerpferd am Zügel zu fassen und seiner Bahre zu folgen, wie er Dir befohlen; wenn der Kummer alle Systeme meines Vaters über den Haufen geworfen hat und er bei Besichtigung der Sargplatte zweimal die Brille abnehmen muß, trotz aller seiner Philosophie, um den Thau von den Gläsern zu wischen, den die Natur darauf geträufelt – Wenn ich ihn sehe, wie er daliegt in den Rosmarinen, mit einer Miene der Verzweiflung, die mir ins Ohr schreit: O, Toby, in welchem Winkel der Welt soll ich Dich suchen, Bruder! –

Barmherzige Mächte! die ihr zuerst die Lippen des Bekümmerten aufschlosset und der Zunge des Stammelnden ungehemmte Rede gabt, – wenn ich an diese gefürchtete Stelle komme, so kargt mit Eurer Hülfe nicht.

Neunundsechzigstes Kapitel

Als der Korporal am Abend vorher bei sich beschlossen hatte, dem großen Mangel abzuhelfen und auf irgend eine Art während der Hitze des Angriffes ein unaufhörliches Feuer gegen den Feind zu unterhalten, war er zuerst nur auf den Gedanken gekommen, aus einem der sechs Feldstücke, welche neben meines Onkels Schilderhause aufgestellt waren, Tabak gegen die Stadt zu passen; wie er das machen wollte, hatte er sich ebenfalls ausgedacht, und so gewiß war er seiner Sache, daß er ruhig seine Monterokappe für den Erfolg eingesetzt hatte.

Aber als er das so in seinem Kopfe hin und her drehte, kam ihm ein noch besserer Gedanke; wenn er an jeder seiner türkischen Pfeifen drei kleine lederne Schläuche befestigte, jeden dieser Schläuche wieder mit einem kleinen Blechrohr verbände, das auf das Zündloch gesetzt und gut mit Thon verschmiert wurde, so war er im Stande, aus allen sechs Feldstücken zugleich zu feuern, ebenso gut wie aus einem einzigen.

Wer vermag zu sagen, was für geringfügige Kleinigkeiten oft dahin führen, die menschliche Erkenntniß zu erweitern? Wer, der je meines Vaters erstes und zweites *lit de justice* gelesen hat, wird auftreten und sagen wollen, was und *wie* gerade etwas eintreffen muß oder nicht, um Kunst und Wissenschaft zu fördern? Himmel, Du weißt es, wie ich sie beide liebe, Du kennst jede Falte meines Herzens und weißt, daß ich diesen Augenblick mein Hemd hingäbe – –

Sei kein Narr, Shandy, sagte Eugenius, Du hast im Ganzen nur ein Dutzend, und das wäre dann nicht mehr vollständig.

Schadet nichts, Eugenius; das Hemd vom Leibe gäb' ich her und ließe es zu Zunder brennen, blos um einem Wißbegierigen darüber Gewißheit zu verschaffen, wie viel Funken man mit einem guten Stahl und Stein auf Einen Streich hineinschlagen kann. Meinst Du nicht, daß er bei diesem *Hinein*schlagen zufälliger Weise auch etwas *heraus*schlagen könnte? Ganz gewiß.

– Aber das nebenbei. –

Der Korporal blieb den größten Theil der Nacht auf, um seine Idee so gut als möglich auszuführen, und nachdem er einen Versuch mit seinen Geschützen gemacht und sie bis an die Öffnung mit Tabak geladen hatte, ging er vergnügt zu Bette.

Siebenzigstes Kapitel

Der Korporal war ohngefähr zehn Minuten vor meinem Onkel Toby in den Garten hinausgeschlichen, um Alles fertig zu machen und ein paar Schüsse auf den Feind abzufeuern, ehe mein Onkel käme.

Dazu hatte er die sechs Feldgeschütze neben einander vor dem Schilderhause aufgestellt; nur zwischen den dreien zur Rechten und denen zur Linken hatte er einen kleinen Zwischenraum von anderthalb Ellen gelassen, um sie bequemer laden zu können u.s.w., vielleicht aber auch deshalb, weil er zwei Batterien für doppelt so ehrenvoll hielt als eine.

Um nicht unversehens in der Flanke gefaßt zu werden, hatte der Korporal wohlweislich seinen Posten hinter den Geschützen genommen, dem Eingang gegenüber und den Rücken dem Schilderhause zugewandt. Die Elfenbeinpfeife, die zur Batterie rechts gehörte, hielt er zwischen Daumen und Finger der rechten Hand, die mit dem ebenholznen Mundstücke, als zur Batterie links gehörig, zwischen Daumen und Finger der andern, und mit dem rechten Knie, wie in der ersten Reihe des Pelotons, fest auf der Erde ruhend, ließ er, die Monterokappe auf dem Kopfe, seine beiden Batterien *a tempo* gegen das Bollwerk spielen, welches der Contrescarpe gegenüberlag und auf welches der Angriff heute Morgen geschehen sollte. Seine erste Absicht war, wie gesagt, nur die gewesen, dem

Feinde einen oder höchstens ein paar Schüsse zu geben, aber das Vergnügen, zu puffen und zu paffen, hatte ihn unmerklich hingerissen, und so war der Angriff in vollem Gange, als mein Onkel Toby sich näherte.

Es war ein Glück für meinen Vater, daß mein Onkel Toby sein Testament nicht an diesem Tage zu machen hatte.

Einundsiebenzigstes Kapitel

Mein Onkel Toby nahm dem Korporal die Elfenbeinpfeife aus der Hand – betrachtete sie eine halbe Minute lang – und gab sie zurück.

Nach weniger als zwei Minuten nahm er die Pfeife wieder – hob sie bis halb zum Munde und gab sie dem Korporal dann schnell zum zweiten Male wieder.

Der Korporal verdoppelte den Angriff; – mein Onkel Toby lächelte; sah dann ernst darein – lächelte wieder einen Augenblick und wurde dann längere Zeit nachdenklich. – Gieb mir die Elfenbeinpfeife, Trim, sagte er. – Mein Onkel Toby setzte die Pfeife an die Lippen, – nahm sie aber sogleich wieder ab und guckte über die Hagebuschhecke. – In seinem ganzen Leben hatte ihm der Mund nicht so nach einer Pfeife gewässert. – Mit der Pfeife in der Hand zog sich mein Onkel Toby in das Schilderhaus zurück.

Lieber Onkel Toby! geh nicht mit der Pfeife in das Schilderhaus – so ein Ding in der Hand und in solchem Versteck – kein Mensch kann sich da auf sich verlassen.

Zweiundsiebenzigstes Kapitel

Jetzt, lieber Leser, hilf mir, ich bitte dich, meines Onkel Toby's Geschütz hinter die Scene fahren, sein Schilderhaus wegtragen, die Bühne so gut es geht von den Hornwerken und Halbmonden frei machen und all den militärischen Kram aus dem Wege räumen. – So, lieber Garrick, nun lassen Sie uns die Lichter putzen, die Bühne mit einem neuen Besen reinfegen, den Vorhang aufziehen und meinen Onkel Toby in einem neuen Charakter darstellen, in dem die Welt ihn noch nicht kennt; sie kann sich natürlich nicht vorstellen, wie er darin handeln wird, und doch, – wenn die Barmherzigkeit der Liebe verwandt und die Tapferkeit ihr nicht fremd ist, so hat man, meine ich, meinen Onkel Toby genugsam kennen gelernt, um die Familienähnlichkeit zwischen diesen beiden Herzensregungen leicht auffinden zu können, vorausgesetzt immer, daß eine solche besteht.

Thörichte Wissenschaft! in solchen Fällen stehst du uns nicht bei, ja du verwirrst uns nur noch.

Mein Onkel Toby, Madame, hatte ein so einfältiges Herz, daß es ihn von den kleinen und verschlungenen Wegen, auf welchen Dinge dieser Art gemeiniglich betrieben werden, weit abführte. – Sie können sich wirklich keinen Begriff davon machen, – und dabei war seine Denkart so treuherzig und bieder, so wenig ahnte er etwas von den verborgenen Falten des weiblichen Herzens, so blos und wehrlos stand er Ihnen gegenüber (wenn er nicht gerade eine Belagerung im Kopfe hatte), daß Sie auf einem Ihrer verschlungenen Wege hätten stehen und ihm zehnmal täglich durch die Leber schießen können; neunmal, Madame, wäre Ihnen wahrscheinlich nicht genug gewesen.

Zu alle dem – und das diente auch wieder dazu, die Sache zu verwirren – besaß mein Onkel Toby, wie schon früher erwähnt, eine so beispiellose Schamhaftigkeit, die so unaufhörlich über seinen Gefühlen wachte, daß Sie eher – Aber was mache ich? Diese Betrachtungen kommen mir wenigstens zehn Seiten zu früh in den Kopf und rauben mir die Zeit, die ich auf Thatsachen zu verwenden habe.

Dreiundsiebenzigstes Kapitel

Von der geringen Zahl legitimer Adamssöhne, deren Herz nie den Stachel der Liebe gefühlt, – (denn vorweg behaupte ich, daß alle Weiberfeinde Bastarde sind) – gebührt den größeren Helden des Alterthums und der neuern Geschichte die Ehre, neun Zehntheile geliefert zu haben; ihretwegen möchte ich nur auf fünf Minuten den Schlüssel zu meinem Studierzimmer wieder haben, der im Brunnen liegt, damit ich ihre Namen nennen könnte; aus dem Gedächtniß kann ich es nicht und muß mir deshalb an einigen genügen lassen.

Da war der große König Aldrovandus und Bosphorus und Cappadocius und Dardanus und Pontus und Asius, – nicht zu reden von dem eisenherzigen Karl XII., aus dem selbst die Gräfin K*** nichts machen konnte. Da war Babylonicus und Mediterraneus und Polyxenes und Persicus und Prusicus, von denen sich nicht ein einziger (bis auf Cappadocius und Pontus, die allerdings ein bischen verdächtig waren) der Gottheit beugte. Es ist wahr, sie hatten alle etwas Anderes zu thun – und das war auch bei meinem Onkel Toby der Fall, bis das Schicksal, das Schicksal sage ich, neidisch darüber, es möchte sein Name mit dem des Aldrovandus und der Übrigen ruhmgeschmückt der Nachwelt überliefert werden, heimtückischer Weise den Utrechter Frieden zusammenstoppelte.

– Glauben Sie mir, meine Herren, das war die gemeinste That, welche das Schicksal in diesem Jahre verübte.

Vierundsiebenzigstes Kapitel

Unter den mancherlei übeln Folgen des Utrechter Friedens war auch die, daß er meinem Onkel Toby um ein Haar die Belagerungen ganz und gar verleidet hätte; und wenn sich auch nachher die Lust daran bei ihm wieder einstellte, so hinterließ doch Utrecht in seinem Herzen eine tiefere Narbe als Calais in Maria's. Bis an sein Lebensende konnte er den Namen Utrecht nicht nennen hören, oder eine Nachricht aus der Utrechter Zeitung lesen, ohne tief aufzuseufzen, als ob das Herz ihm brechen wollte.

Mein Vater, der ein großer Ursachen-Schnüffler und deshalb eine gefährliche Person zum Nebenansitzen war, denn gewöhnlich wußte er, man mochte lachen oder weinen, die Ursache davon viel besser als man selbst, – pflegte meinen Onkel Toby bei solchen Gelegenheiten auf eine Weise zu trösten, die deutlich genug zeigte, daß seiner Meinung nach mein Onkel bei der ganzen Sache nichts so sehr beklage, als daß sein Steckenpferd darunter leiden müsse. – Gieb Dich zufrieden, Bruder Toby, sagte er dann, mit Gottes Hülfe wird schon bald wieder ein Krieg ausbrechen; und kommt's dazu, so mögen sich die kriegführenden Mächte auf den Kopf stellen, wir wollen auch dabei sein. Denn das sollen sie wohl bleiben lassen, lieber Toby, setzte er hinzu, Länder ohne Festungen und Festungen ohne Belagerungen zu nehmen.

Diesen Hieb auf sein Steckenpferd ertrug mein Onkel Toby nie mit Gleichmuth; er hielt ihn für unedel, um so mehr, da er zwar auf das Pferd gestührt wurde, aber den Reiter traf, und noch dazu an der verwundbarsten Stelle. Darum legte er bei solchen Gelegenheiten gewöhnlich seine Pfeife auf den Tisch, um sich lebhafter, als es sonst seine Art war, zu vertheidigen.

Ich erzählte dem Leser vor zwei Jahren, daß es meinem Onkel an Beredsamkeit gefehlt hätte, und gab an derselben Stelle sogleich ein Beispiel vom Gegentheil. Ich wiederhole die Bemerkung und lasse ihr die Thatsache nochmals widersprechen. Es fehlte ihm an Beredsamkeit, das ist wahr, es wurde ihm nicht leicht, längere Reden zu halten, und aller Redeschmuck war ihm zuwider; aber es gab Gelegenheiten, wo der Strom über die Ufer brach und dann so ganz gewaltig dahinrollte, daß mein Onkel Toby an einigen Stellen es füglich mit Tertullian aufnehmen konnte, an andern, meiner Meinung nach, ihn weit übertraf.

Über eine dieser Prodomo-Reden, welche mein Onkel Toby eines Abends vor Yorick und meinem Vater hielt, war Letzterer so entzückt, daß er sie vor dem Schlafengehen niederschrieb.

Ich war so glücklich, dieselbe unter meines Vaters Papieren zu finden; hier und da hat mein Vater eigene Bemerkungen eingestreut, die zwischen Klammern () stehen. Sie ist überschrieben:

»Meines Bruder Toby's Rechtfertigung seiner Grundsätze, die ihn bei seinem Wunsche hinsichtlich der Fortsetzung des Krieges leiten.«

Ich habe diese Rede wohl hundertmal gelesen, und ich halte sie für eine so vortreffliche Vertheidigung, für einen so schönen Beweis des ritterlichen Sinnes und der biedern Denkungsart meines Onkels Toby, daß ich sie Wort für Wort, wie ich sie gefunden, (nebst den Bemerkungen) hierher setze.

Fünfundsiebenzigstes Kapitel

Meines Onkel Toby's *oratio pro domo*

Ich weiß wohl, Bruder Shandy, es hat ein schlechtes Aussehen, wenn ein Mann, dessen Handwerk die Waffen sind, den Krieg wünscht, wie ich's gethan habe; mag er sich in seinen Beweggründen und seinen Absichten noch so rein und untadelhaft wissen, es wird ihm doch nicht leicht werden, die selbstischen Zwecke, die man ihm unterschiebt, zurückzuweisen.

Ist also der Soldat ein kluger Mann, was er ja ohne Beeinträchtigung seiner Tapferkeit sein kann, so wird er seinen Wunsch vor einem Feinde nicht aussprechen, denn dieser wird ihm nicht glauben, möge er sagen, was er wolle. Ja, auch vor einem Freunde wird er es nur mit Vorsicht thun, denn dieser könnte ihn deshalb weniger achten. – Aber wenn sein Herz voll ist, und er seines Herzens Seufzer nach den Waffen nicht unterdrücken kann, so soll er ihn für das Ohr eines Bruders sparen, der seinen Charakter von Grund aus kennt, der besser als Einer weiß, was für Ansichten, Neigungen und Überzeugungen er besitzt. – Wie die meinigen beschaffen sind, Bruder Shandy, kommt mir zu sagen nicht zu; – nicht ganz so gut, das weiß ich wohl, als sie sein sollten, vielleicht schlechter, als ich selber wähne: aber so, wie ich bin, mußt Du, mein lieber Bruder Shandy, der Du mit mir an Einer Mutterbrust gelegen, mit dem ich erzogen worden bin von der Wiege auf, dem ich von der Zeit unserer Kinderspiele an bis jetzt nie eine Handlung meines Lebens, kaum einen Gedanken verhehlt habe, mich endlich kennen, mit allen meinen Schwächen und Fehlern, die meinem Alter, meinem Temperamente, meinem Herzen oder meinem Kopfe anhaften.

So sage mir denn, lieber Bruder Shandy, was berechtigt Dich dazu, Deinen Bruder unwürdiger Absichten zu zeihen, wenn er den Utrechter Frieden verdammt und bedauert, daß der Krieg nicht ein wenig länger kräftig fortgeführt worden sei? Wie kannst Du meinen, er sei so schlecht, um zu wünschen, daß noch mehr seiner Mitgeschöpfe getödtet, noch mehr in Gefangenschaft geschleppt, noch mehr Familien aus ihren friedlichen Wohnungen verjagt würden, blos seines Vergnügens wegen? – Sage mir, Bruder Shandy, wessen habe ich mich je gegen Dich schuldig gemacht, daß Du so etwas von mir voraussetzest? (Außer den hundert Pfund, die ich Dir zu diesen verdammten Belagerungen lieh, lieber Toby, nichts, zum Teufel!)

Schon als Schulbube schlug mir das Herz schneller, wenn ich eine Trommel rühren hörte: war das *meine* Schuld? Pflanzte *ich* den Trieb in mich hinein – schlug *ich* dadrinnen Allarm, oder that's Mutter Natur?

431

Wenn Guy, Graf von Warwick, und Parismus und Parismenus und Valentin und Orson und die sieben Kämpen von England in der Schule von Hand zu Hand gingen, hatte ich sie nicht alle mit meinem Taschengelde bezahlt? – War das egoistisch, Bruder Shandy? – Als wir die Belagerung von Troja lasen, die zehn Jahre und acht Monate dauerte, obgleich die Stadt mit dem Artillerietrain, den wir vor Namur hatten, in einer Woche zu nehmen gewesen wäre, ging mir da der Tod der vielen edlen Griechen und Trojaner nicht ebenso nahe, als irgend einem meiner Mitschüler? Mußte ich nicht drei Ruthenstreiche aushalten, zwei auf die rechte und einen auf die linke Hand, weil ich Helena, eben deswegen, ein Beest genannt hatte? Vergoß Einer mehr Thränen um Hektor als ich? Und als König Priamus nach dem Lager kam, um den Leichnam seines Sohnes zu erflehen, als er weinend damit nach Troja heimkehrte, da wirst Du noch wissen, Bruder, daß ich nicht zu Mittag essen konnte!

Spricht das dafür, daß ich grausam bin? oder weil alle meine Gedanken nach dem Feldlager standen und mein Herz sich nach Krieg sehnte, war das ein Beweis, daß es unfähig sei, die Leiden des Krieges zu beklagen?

O Bruder, ein Anderes ist es für den Soldaten, Lorbeeren zu ernten, und ein Anderes, Cypressen zu streuen. (Wer sagte Dir denn, lieber Toby, daß die Alten bei Trauerfällen sich der Cypressen bedienten?)

Ein Anderes ist es, Bruder Shandy, für einen Soldaten sein Leben zu wagen, der Erste in den Graben zu springen, wenn er sicher ist, in Stücke gehauen zu werden; ein Anderes, getrieben von Vaterlandsliebe und Ruhmbegier, der Erste auf der Bresche zu sein, im vordersten Gliede zu stehen und unter Trommelwirbel und Trompetenklang, von fliegender Fahne umweht, vorwärts zu dringen, – ein Anderes, sage ich, Bruder Shandy, ist das, und wieder ein Anderes, das Elend des Krieges ins Auge zu fassen, die Verwüstung ganzer Länder zu betrachten und die unerträgliche Mühsal, die Entbehrungen zu erwägen, welchen des Krieges Werkzeug selbst, der Soldat (für so geringen Sold, wenn er ihn ja bekommt,) sich zu unterziehen gezwungen ist.

Brauche ich es zu sagen, was Sie, Yorick, in Le Fevers Leichenrede aussprachen, daß ein so sanftes, so edles Geschöpf wie der Mensch, geboren zur Liebe, zum Mitleid, zum Helfen, – dazu nicht bestimmt ist? – Aber, Yorick, weshalb setzten Sie nicht hinzu, – nicht bestimmt von der Natur, aber wohl von der Nothwendigkeit? – Denn was ist der Krieg? was ist er, wenn er, wie der unsrige, für Freiheit und Ehre gekämpft wird? was anders, als das Zusammenschaaren eines ruhigen, harmlosen Volkes, um mit dem Schwert in der Hand den Ehrgeizigen und Unruhigen in seine Gränzen zurückzuweisen? – Und, Gott ist mein Zeuge, Bruder Shandy, die Freude, die ich an diesen Dingen gefunden, und besonders das unendliche Vergnügen, welches mir, und ich hoffe auch dem Korporal, meine Belagerungen auf dem Rasenplatze gewährt haben, es entsteht bei uns Beiden aus dem Bewußtsein, daß wir damit den großen Zweck unseres Daseins erfüllen.

Sechsundsiebenzigstes Kapitel

Ich sagte bereits dem christlichen Leser – dem christlichen, sage ich, denn ich hoffe, das ist er, – wäre er's nicht, so sollt' es mir leid thun, und ich möchte ihn dann nur bitten, die Sache bei sich zu überlegen und diesem Buche nicht *alle* Schuld beizumessen –

Ich sagte ihm bereits – denn wahrlich, wenn Jemand auf so wunderliche Art wie ich eine Geschichte erzählt, so ist er gezwungen, unaufhörlich rückwärts und vorwärts zu gehen, damit in des Lesers Phantasie Alles hübsch beisammen bleibt; wollte ich darauf jetzt nicht mehr sehen als früher, jetzt, wo so viele unabgewickelte und zweideutige Dinge häufig unterbrochen und mit Pausen aufs Tapet gekommen sind, und wo die Sterne, die ich an den dunkelsten Stellen aufgehängt habe, obgleich ich weiß, daß die Leute oft selbst um Mittagszeit bei hellstem Sonnenschein den Weg nicht finden können, nur so wenig helfen, so – ja sehen Sie, da hab' ich ihn nun selber verloren.

Aber daran ist mein Vater schuld; sollte mein Gehirn einmal secirt werden, so können Sie es ohne Brille sehen, daß er da einen unebenen Faden hat stehen lassen, wie man ihn oft in einem ausgeschossenen Stück Cambrik findet, der so störend durch das ganze Gewebe läuft, daß man nicht ein * * (hier hänge ich wieder ein paar Lichter aus), oder eine Binde, oder einen Däumling daraus schneiden kann, ohne ihn zu sehen oder zu fühlen.

»*Quanto id diligentius in liberis procreandis cavendum*«, sagt Cardan; welches alles wohl in Betracht gezogen, und da es, wie Sie wohl einsehen, ganz unmöglich für mich wäre, Ende und Anfang jetzt noch zusammenzubringen, –

also fange ich das Kapitel lieber noch einmal von vorne an.

Siebenundsiebenzigstes Kapitel

Ich sagte dem christlichen Leser im Eingange des Kapitels, welches der Rechtfertigungsrede meines Onkels Toby vorhergeht, jedoch mit einem andern Bilde, als ich jetzt gebrauchen werde, daß der Utrechter Friede um ein Haar zwischen meinem Onkel Toby und seinem Steckenpferde eine ähnliche Erkältung hervorgebracht hätte, wie zwischen der Königin und den mit ihr verbündeten Mächten.

Es giebt eine beleidigende Art, wie man von einem Pferde absteigen kann, eine Art, die so gut ist, als sagte man zu ihm: »Lieber will ich mein Lebtag zu Fuße gehen, als je wieder eine Meile auf deinem Rücken reiten.« – Auf diese Art stieg nun mein Onkel Toby nicht von seinem Pferde ab, denn eigentlich kann man überhaupt nicht sagen, daß er abgestiegen wäre, er wurde vielmehr abgeworfen, und zwar etwas hinterlistiger Weise, weshalb er sich auch noch zehnmal mehr gekränkt fühlte. Das mögen nun übrigens die Staatsjockeys unter sich ausmachen, – aber so viel ist gewiß, eine gewisse Erkältung zwischen meinem Onkel Toby und seinem Steckenpferde trat ein. Von Monat März bis November, also den ganzen Sommer nach der Unterzeichnung der Artikel, machte er sich wenig mit ihm zu schaffen, – höchstens daß er es ab und zu zu einem kleinen Ritte gebrauchte, blos um nachzusehen, ob die Festungswerke und der Hafen von Dünkirchen auch so demolirt würden, wie es der Vertrag festsetzte.

Die Franzosen betrieben die Sache den ganzen Sommer über sehr schläfrig, und Monsieur Tugghe, der Abgeordnete des dünkirchner Magistrates, machte der Königin so ergreifende Vorstellungen, er beschwor Ihre Majestät so rührend, Allerhöchst Ihre Donnerkeile doch nur auf die Kriegsbefestigungen, als welche ihr Mißfallen erregt hätten, fallen zu lassen, aber den Molo, – den Molo, – um des Molo's willen zu schonen, der ja, in seiner unbeschützten Lage, nur ein Gegenstand des Mitleids sei; und die Königin (die ein Weib war) hatte ein so mitleidiges Herz, und ihre Minister, denen aus besondern Gründen nichts daran gelegen war, daß die Stadt ihrer Befestigungen beraubt würde, ebenfalls, daß *
* . –

* *
* *
* * * * * * * * * * * * * * * *; so hatte also mein Onkel Toby eine schwere Zeit, denn es vergingen drei volle Monate, nachdem er und der Korporal die Stadt aufgebaut und zur Zerstörung fertig gemacht hatten, bevor die verschiedenen Kommandanten, Kommissarien, Deputirten, Unterhändler und Intendanten ihm erlauben wollten, ans Werk zu gehen. – Schmerzliche Zeit der Unthätigkeit!

Der Korporal war dafür, man solle die Zerstörung immer anfangen und wenigstens eine Bresche in die Wälle oder Hauptbefestigungen der Stadt legen. – Nein, das geht nicht, Korporal, sagte mein Onkel Toby, weil die englische Garnison in dem Fall keine

Stunde sicher sein würde. Denn wären die Franzosen Verräther –
Natürlich sind sie's, Ew. Gnaden, sagte Korporal Trim. – Ich höre
das immer mit Bedauern, sagte mein Onkel Toby, denn es fehlt
ihnen nicht an persönlicher Tapferkeit; – und wenn eine Bresche
in die Mauern gelegt wäre, so könnten sie hereindringen und sich
zu Herren des Platzes machen, wann es ihnen beliebte. – Laßt sie
nur kommen, sagte der Korporal und hob seinen Spaten mit beiden
Händen auf, als ob er damit um sich hauen wollte, – laßt sie nur
kommen, Ew. Gnaden, wenn sie's wagen! – In solchen Fällen,
sagte mein Onkel Toby und ließ seine Hand bis auf die Mitte seines
Rohres hinabgleiten, das er dann mit ausgestrecktem Zeigefinger
wie einen Kommandostab vor sich hielt, – in solchen Fällen hat
ein Kommandant nicht zu fragen, was der Feind wagen könnte
oder nicht, sondern er muß vorsichtig handeln. Wir wollen mit
den Außenwerken anfangen, sowohl auf der See- als auf der
Landseite, und namentlich das Fort Louis, als das am meisten
vorgerückte, zuerst zerstören, und dann das Übrige eins nach dem
andern, zur Rechten wie zur Linken, sowie wir auf die Stadt zurück-
weichen; dann wollen wir den Molo zerstören, dann den Hafen
ausfüllen, dann uns auf die Citadelle zurückziehen und sie in die
Luft sprengen, und wenn wir das gethan haben, Korporal, so wollen
wir uns nach England einschiffen. – Wir sind in England, sagte
der Korporal, der sich besann. – Richtig, sagte mein Onkel Toby
und sah nach dem Kirchthurm.

Achtundsiebenzigstes Kapitel

Ab und zu brachte nun wohl eine solche sinnetäuschende, herzer-
quickende Berathung über die Zerstörung von Dünkirchen meinem
Onkel Toby für kurze Augenblicke einen Schimmer jener Lust zurück, die ihm zu entweichen drohte. Dennoch – dennoch war es
eine schwere Zeit; denn war die kurze Täuschung vorüber, so hin-

terließ sie die Seele nur um so matter; Stille und Schweigen zogen in das einsame Wohnzimmer ein und warfen ihren Nebelschleier über meines Onkel Toby's Haupt; Verdrossenheit mit ungespanntem Muskel und gegenstandslosem Blicke setzte sich zu ihm in den Lehnstuhl. Nicht länger regten Amberg und Rheinsberg und Limburg und Huy und Bonn in dem einen Jahre, – nicht länger die Aussicht auf Landen und Trerebach und Drusen und Dendermond im nächsten sein Blut auf; nicht länger hielten Sappen und Minen und Blenden und Schanzkörbe und Palissaden den holden Feind menschlicher Ruhe entfernt; nicht länger konnte mein Onkel Toby, wenn er sein Ei zum Abendessen aß, nach Durchbrechung der französischen Linien in das Herz Frankreichs eindringen, über die Oise setzen und, die ganze Picardie ohne Feind hinter sich, auf Paris losmarschiren; nicht länger mit Ruhmesgedanken entschlummern, nicht länger träumen, er habe die königliche Fahne auf die Bastille gepflanzt, und mit ihrem Rauschen noch im Ohr erwachen!

Lieblichere Gesichte – sanftere Erregungen schlichen in seine Träume ein; die Kriegsdrommete entsank seinen Händen – er griff nach der Laute, nach dem süßesten Instrumente, dem zartesten – dem schwierigsten von allen. Wie wirst Du sie schlagen, mein lieber Onkel Toby?

Neunundsiebenzigstes Kapitel

In meiner unbedachten Art habe ich mich wohl ein paarmal geäußert, daß die nachstehenden Memoiren über meines Onkel Toby's Liebschaft mit Wittwe Wadman, wenn ich sie zu schreiben je die Zeit fände, ein so vollständiges Handbuch des elementaren und praktischen Theiles der Liebe und des Liebens werden sollten, wie noch keines existire; danach könnte man sich nun einbilden, daß ich damit anfangen würde, zu untersuchen, was Liebe sei? ob halb Gott und halb Teufel, wie Plotinus behauptet, oder – indem ich mich auf eine mehr kritische Abwägung einließe und das Ganze der Liebe = 10 annähme – mit Ficinus zu bestimmen, zu wie viel Theilen sie aus dem einen und zu wie vielen aus dem andern bestände, oder ob sie, wie Plato behaupten will, vom Kopf bis zum Schwanz des Teufels sei, worüber ich meine Ansicht zurückhalte; aber meine Ansicht von Plato selbst ist die: daß er nach diesem Beispiel ein Mann gewesen zu sein scheint, der hinsichtlich seines Charakters und seiner Art zu urtheilen dem *Dr.* Baynyard geglichen haben muß. Dieser nämlich war ein großer Feind von Blasenpflastern, von denen seiner Meinung nach ein halb Dutzend im Stande wären, einen Menschen so gewiß ins Grab zu ziehen, wie ein sechsspänniger Leichenwagen; und daraus schloß er etwas voreilig, daß der Teufel selbst nichts Anderes als eine große spanische Fliege sei.

Leuten, welche sich derartige Schlußfolgerungen erlauben, habe ich nichts zu sagen, als was Nazianz (ironisch natürlich) dem Philagrius zurief:

»*Εὐγε!* Wundervoll! eine treffliche Art zu schließen, Sir, das muß man sagen! *–ὅτι φιλοσοφεῦς ἐγ Πάϑεσι*« – Sie streben der Wahrheit höchst würdig nach, wenn Sie auf diese Weise ihren Launen und Leidenschaften beim Philosophiren folgen!

Aus demselben Grunde wird man von mir nicht erwarten, daß ich mich herbeilassen soll, zu untersuchen, ob Liebe eine Krankheit sei, oder daß ich mich mit Rhasis und Dioscorides darüber abquäle, ob sie ihren Sitz im Gehirn oder in der Leber habe, denn das würde zu einer Untersuchung der beiden ganz entgegengesetzten Heilmethoden führen: der einen, die Aëtius anwandte, der immer mit einem kühlenden Lavement aus Hanfsamen und gequetschten Gurken anfing und dann dünne Tränke von Wasserlilien und Portulak folgen ließ, denen er eine Prise Hanneapulver beimischte, auch wohl seinen Topasring hineintauchte, wenn er es wagen konnte;

sowie der andern, der des Gordinus, welcher (in seinem Kap. 12 *de amore*) verordnet: »man soll sie peitschen *ad putorem usque,* – bis sie nicht mehr aus noch ein wissen.«

Das sind Untersuchungen, die mein Vater schon, wenn es nöthig ist, in die Hand nehmen wird, denn dazu hat er das Zeug. Ich will darüber nur so viel hier erwähnen, daß er von seinen Theorien der Liebe (womit er meinen Onkel Toby nicht weniger quälte, als diesen die Liebe selbst) einen einzigen Schritt zur Praxis that, indem er dem Schneider, der gerade ein Paar neue Hosen für meinen Onkel anfertigte, ein Stück mit Kampher bestrichenen Wachstuches als Futterleinwand in die Hände schob, wodurch er bei meinem Onkel die von Gordinus beabsichtigte Wirkung, doch ohne den damit verbundenen Schimpf, vollständig erreichte.

Welche Veränderungen danach eintraten, wird der Leser an der geeigneten Stelle erfahren; nur so viel ist hier noch hinzuzufügen, daß die Wirkung auf das Haus keine gute war, mochte sie auch bei meinem Onkel sein wie sie wollte; und hätte mein Onkel Toby sie nicht durch Rauchen glücklich beseitigt, so hätte sie sich auch meinem Vater schädlich erweisen können.

Achtzigstes Kapitel

Nun, es wird schon nach und nach zum Vorschein kommen. Vor der Hand freue ich mich nur darüber, daß ich nicht nöthig habe die Liebe zu definiren, und so lange, als ich meine Geschichte verständlich, mit schlichten Worten erzählen kann, ohne nöthig zu haben denselben einen andern Begriff unterzulegen, als den sie für alle Welt so gut wie für mich haben, warum sollte ich voreilig davon abgehen? – Aber wenn ich nicht weiter kann, wenn ich mich in diesen geheimnißvollen Irrgängen verrannt habe, dann wird mir natürlich meine *Meinung* zu Hülfe kommen und mich herausführen müssen.

Noch werde ich hoffentlich hinreichend verstanden werden, wenn ich dem Leser mittheile, daß mein Onkel Toby in Liebe verfiel.

Der Ausdruck gefällt mir eigentlich nicht, denn wenn man sagt: ein Mensch verfällt in Liebe, oder er steckt tief in der Liebe, oder bis an die Ohren in Liebe, oder manchmal gar: er steckt bis *über* die Ohren in Liebe, so sagt man damit doch eigentlich, daß die Liebe etwas *unter* dem Menschen sei. Das kommt wieder auf die Ansicht Plato's heraus, die ich, mag er sonst auch noch so sehr Idealist sein, für verdammenswerth und ketzerisch halte. Doch das neben bei.

Mag Liebe sein, was sie will, mein Onkel Toby verliebte sich.

– Und ich fürchte, lieber Leser, es wäre dir bei gleicher Versuchung nicht anders ergangen, denn wohl nimmer erblickten deine Blicke, begehrten deine Begierden etwas Reizvolleres, als diese Wittwe Wadwan war.

Einundachtzigstes Kapitel

Um dies recht zu begreifen, lassen Sie Dinte und Feder bringen, – Papier haben wir. So, – setzen Sie sich hin, Sir, und malen Sie sie nun ganz nach Ihrem Geschmack – Ihrer Geliebten so ähnlich als möglich, Ihrem Weibe so unähnlich, als Ihr Gewissen es Ihnen erlaubt; – mir ist das gleichgültig – machen Sie es nur, wie es Ihnen gefällt.

– Gab es je ein so holdseliges Wesen! je etwas so Reizendes! Nun, Sir, und dem hätte mein Onkel Toby widerstehen sollen?

Dreimal glückliches Buch! du wirst wenigstens eine Viertel-Seite zwischen deinen Deckeln haben, welche *Bosheit* nicht verläumden und *Dummheit* nicht falsch verstehen kann.

Zweiundachtzigstes Kapitel

Da Susanna von ihrer Freundin Mrs. Bridget schon vierzehn Tage früher, als mein Onkel Toby nur daran dachte, durch einen Expressen war unterrichtet worden, daß er in ihre Herrin verliebt sei, und Susanna die Nachricht sofort an meine Mutter weiter gab, so hat mir das Gelegenheit verschafft, meines Onkels Liebschaft vierzehn Tage vor ihrem wirklichen Anfang anzufangen.

Ich habe eine Neuigkeit, lieber Mann, sagte meine Mutter, die Dich sehr überraschen wird.

Mein Vater hielt in diesem Augenblicke grade eines seiner zweiten *lits de justice* ab und grübelte über die Beschwerden des ehelichen Standes, als meine Mutter das Schweigen brach.

Schwager Toby, sagte sie, wird sich mit Mrs. Wadman verheirathen. – Dann wird er, sagte mein Vater, in seinem Bette nie mehr die Diagonale ziehen können.

Es war ein alter Ärger meines Vaters, daß meine Mutter, wenn sie etwas nicht verstand, niemals fragte. – Sie hat keine Schulbildung, pflegte er zu sagen, das ist ihr Unglück, – aber sie könnte doch fragen.

Meine Mutter that es einmal nicht. Sie schied von der Erde, ohne zu wissen, ob dieselbe sich drehe oder stillstände. Mein Vater hat es ihr freilich tausendmal gesagt, aber sie hatte es immer wieder vergessen.

Deshalb kam es in einem Gespräche mit ihr selten weiter als zu einer Äußerung, – einer Antwort, – und dann noch zu einer Erwiederung; darauf trat gewöhnlich eine Pause von einigen Minuten ein (wie in dem Fall wegen der Hosen) und dann ging es wieder weiter.

– Wenn er heirathet, so ist das für uns nicht gut, sagte meine Mutter.

– Was weiter? sagte mein Vater, ob er sein Vermögen nun so oder so los wird.

– Freilich, sagte meine Mutter; damit war die Äußerung, Antwort und Erwiederung, von der ich eben sprach, wieder einmal fertig.

– Es wird eine Zerstreuung für ihn sein, sagte mein Vater.

– Eine große, sagte meine Mutter, wenn er Kinder haben wird.

– Gott sei mir gnädig! sagte mein Vater bei sich – * * * * * * *
* *
* *
* * * * * *

Dreiundachtzigstes Kapitel

Jetzt fange ich an in Zug zu kommen, und ich zweifle gar nicht daran, daß es mir mit Hülfe einer vegetabilischen Diät und einiger kühlenden Tränkchen gelingen wird, meines Onkel Toby's Geschichte, sowie meine eigene in ziemlich gerader Linie fortzusetzen. Bis jetzt –

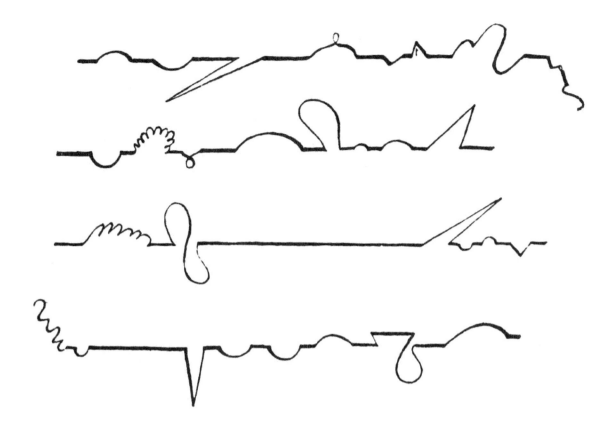

Das waren die vier Linien, die ich in meinem ersten, zweiten, dritten und vierten Bande beschrieben habe. Im fünften habe ich mich sehr gut gehalten. Die genaue Linie, der ich folgte, ist diese:

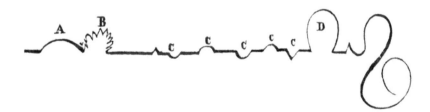

Daraus sieht man, daß ich außer der Kurve *A*, wo ich einen Abstecher nach Navarra machte, und der beabsichtigten Kurve *B*, wo ich mit Dame Baussiere und ihrem Pagen ein bischen frische Luft schöpfte, mir nicht die geringste Abschweifung habe zu Schulden kommen lassen, bis Jean de la Casse's Teufel mich in die Runde drehten, wie dies bei *D* zu sehen ist, denn die paar kleinen *c* sind nichts als Parenthesen und so zu sagen alltägliche kleine Peccadillos im Leben großer Staatsmänner, die, wenn man sie mit dem vergleicht, was diese Männer gethan, oder mit meinen eigenen Abschweifungen *A B D,* gar nicht der Rede werth sind.

Im letzten Bande ist es mir noch besser gelungen: vom Schlusse der Le Fever-Episode bis zum Beginn der Campagnen meines Onkels Toby bin ich kaum einen Fußbreit vom Wege abgewichen.

Wenn ich so fortfahre mich zu bessern, so ist es, – vorausgesetzt, das die Teufel Sr. Eminenz von Benevent mir nichts zwischen die Beine werfen – gar nicht unmöglich, daß ich es endlich zu der Vollkommenheit bringe, meinen Weg so

----

grade fortzusetzen, wie die Linie, die ich eben mit dem eigens zu diesem Zwecke geliehenen Lineal eines Schreibmeisters zog, d.h. weder links noch rechts abzuweichen.

Die gerade Linie! ein Weg, den Christen wandeln, sagen die Pastoren.

Das Sinnbild moralischer Vollkommenheit, sagt Cicero –

Die beste Linie, sagen die Kohlpflanzer; – die kürzeste Linie, sagt Archimedes, die zwischen zwei gegebenen Punkten gezogen werden kann. – Ich wollte, meine Damen, Sie nähmen sich das bei ihren nächsten Geburtstagskleidern zu Herzen.

Wie prächtig sich das geht! –

Aber – bitte – eh' ich mein Kapitel über gerade Linien schreibe, könnten Sie mir nicht etwa sagen, – nur müssen Sie nicht ärgerlich werden, – welchem Mißverständniß wir es verdanken (wer hat Ihnen das gesagt?) – nun also, – woher es kommt, daß Leute von Geist und Verstand diese Linie so lange mit der Gravitationslinie verwechselt haben?

Vierundachtzigstes Kapitel

Nein; – ich glaube, ich sagte, daß ich jedes Jahr zwei Bände schreiben wollte, wenn mich nur der abscheuliche Husten, der mich immer noch quält und den ich mehr als den Teufel fürchte, dazu kommen ließe, und an einer andern Stelle, (aber ich erinnere mich nicht mehr, wo?) als ich mein Buch eine Maschine nannte und Feder und Lineal kreuzweis auf den Tisch legte, um meinen Worten größere Glaubwürdigkeit zu geben, schwor ich, daß das seine vierzig Jahre so fortgehen solle, wenn nur der Urquell alles Lebens mich so lange mit Gesundheit und frischem Lebensmuthe segnen würde.

Was nun meinen Lebensmuth anbetrifft, so habe ich mich über ihn nicht zu beklagen, – so wenig (denn daß er mich neunzehn Stunden lang von vierundzwanzigen auf einem Stecken reiten und Thorheiten treiben läßt, darüber kann ich ihm doch nicht gram sein), daß ich ihm im Gegentheil großen, großen Dank schuldig bin. Schwer tragend an der Last des Lebens (doch nicht an Sorgen), bin ich an seiner Hand munter meines Weges gewandelt: keinen Augenblick, so viel ich mich erinnere, ist er von mir gewichen und hat, was mir in den Weg kam, nie grau, oder kränklich grün gefärbt; war ich in Gefahren, so hat er mir meinen Horizont mit Hoffnung vergoldet, und klopfte der Tod an meine Thür, so rief er ihm zu, er möge ein anderes Mal wieder kommen, und das that er mit einem so fröhlichen Tone, mit einer so sorglosen Gleichgültigkeit, daß jener stutzig wurde und meinte, er habe sich versehen.

– Das muß ein Irrthum sein, sagte er.

Nun ist mir in der Welt nichts verhaßter, als in einer Geschichte unterbrochen zu werden, und ich erzählte eben Eugenius eine recht drollige, so eine in meiner Art, von einer Nonne, die sich einbildete, ein Schalthier zu sein, und einem Mönche, der verdammt war, immer Austern zu essen; eben zeigte ich ihm, wie vernünftig und gerecht das Alles gewesen sei.

– Ist nun wohl je eine gesetzte Person in solcher schmählichen Verlegenheit gewesen! sagte der Tod.

– Du bist ihm knapp genug entwischt, Tristram, sagte Eugenius und faßte meine Hand, als ich die Geschichte beendigte.

– Aber so ist es unmöglich zu leben, Eugenius, erwiederte ich. Jetzt, da der Hurensohn meine Wohnung kennt –

Du nennst ihn bei seinem rechten Namen, sagte Eugenius, denn durch Sünde, sagt man uns, kam er in die Welt. – Wie er hereinkam, sagte ich, das gilt mir gleich, wenn er mich nur nicht mit solcher Eile hinausnehmen wollte, denn ich habe noch vierzig Bände zu schreiben und noch viertausend Dinge zu sagen und zu thun, die kein Mensch in der Welt für mich sagen noch thun kann, Du ausgenommen; und da Du siehst, daß er mich schon bei der Kehle gehabt hat (denn Eugenius konnte kaum über den Tisch hören, was ich sprach), und ich mit ihm Mann gegen Mann nicht fertig werde, was meinst Du, Eugenius, wäre es da nicht besser für mich, davon zu laufen, so lange diese Spinnenbeine mich noch tragen wollen? (Dabei hielt ich eins in die Höhe.) – Das ist auch mein Rath, lieber Tristram, sagte Eugenius. – Nun denn, beim Himmel! so soll er tanzen, wie er sich's nicht versieht, rief ich; denn ich will fort im Galopp, ohne mich umzusehen, fort zu den Ufern der Garonne, – und höre ich ihn dort an meinen Fersen klappern, weiter nach dem Vesuv und von da nach Joppe und von Joppe ans Ende der Welt, – und folgt er mir auch dahin, so bitte ich den lieben Gott, daß er ihm den Hals breche.

Er läuft dabei mehr Gefahr als Du, sagte Eugenius.

Eugenius' Scherz und seine herzliche Zärtlichkeit brachten das Blut, zum ersten Mal seit Monden, in meine bleichen Wangen zurück; – es war ein schmerzlicher Augenblick, als ich von ihm Abschied nahm. – Er führte mich zum Wagen. – Allons, sagte ich –

der Postillon schwang die Peitsche – fort flog ich wie eine Kanonenkugel, ein halb Dutzendmal schlug ich auf, und – war in Dover.

Fünfundachtzigstes Kapitel

Hol's der Henker! sagte ich, als ich nach der französischen Küste hinübersah; – ehe der Mensch ins Ausland geht, sollte er eigentlich erst sein eigenes Land ein wenig kennen gelernt haben, und ich bin weder in Rochester in die Kathedrale gegangen, noch habe ich mir in Chatham das Dock angesehen, noch habe ich St. Thomas in Canterbury besucht, obgleich alles Dreies auf meinem Wege lag.

Aber bei mir liegt die Sache freilich anders.

Ohne mich also um Thomas a Becket oder um sonst Jemanden zu kümmern, ging ich aufs Schiff, und fünf Minuten später waren wir unter Segel, – wir flogen wie der Wind.

Ist schon einmal Jemand auf der Überfahrt gestorben, Kapitän? fragte ich, als ich in die Kajüte hinunterging.

Hier hat man nicht einmal Zeit, krank zu werden, erwiederte er.

Verdammter Lügner, sagte ich, bin ich nicht schon krank wie ein Pferd? – Wie das im Kopf rumort – Alles durcheinander – heidi! Die Zellen platzen, und das Blut und die Lymphe und die Lebenssäfte mit den festen und flüchtigen Salzen – Alles läuft in einen großen Brei zusammen. Heiliger Gott! Alles dreht sich da drinnen, wie tausend Strudel – Ob ich jetzt klarer schreiben könnte? – Einen Schilling gäb' ich darum, es zu wissen.

Krank! krank! krank! krank!

Wann kommen wir an, Kapitän? – Das sind Herzen wie Stein. – O! ich bin todtkrank! – Reiche mir einmal das da her, Junge, – 's ist eine abscheuliche Krankheit. Ich wollte, ich läge auf dem Grund des Meeres! – Wie befinden *Sie* sich, Madame? – Schrecklich, schrecklich, schr – O! schrecklich, Sir. – War das das erste Mal? – Ach nein, Sir, das zweite, dritte, sechste, zehnte Mal. – He! was ist

das für ein Getrampel über unsern Köpfen? – Hollah – Steward,
was giebt's?

Der Wind hat umgesetzt. – Zum Teufel, dann werde ich ihn
gerade ins Gesicht haben. –

– Gute Neuigkeit! er hat wieder umgesetzt, Kapitän. – Den
Teufel auch mit seinem Umsetzen!

Um's Himmels willen, Kapitän, sagte ich, machen Sie, daß wir
ans Land kommen.

Sechsundachtzigstes Kapitel

Für Jeden, der Eile hat, ist es sehr unbequem, daß drei verschiedene
Straßen von Calais nach Paris führen; denn die verschiedenen
Fürsprecher der an diesen Straßen gelegenen Städte haben Einem
so viel zu sagen, daß man leicht einen halben Tag verliert, ehe man
sich entschließt.

Da ist zuerst die Straße über Lisle und Arras; dieser Weg ist
zwar etwas um, aber sehr interessant und belehrend –

Dann zweitens die Straße über Amiens, die man nehmen kann,
wenn es Einem darauf ankommt, Chantilly zu sehen –

Und drittens die Straße über Beauvais, die man wählen kann,
wenn man will –

Das ist auch der Grund, weswegen die Meisten über Beauvais
gehen.

Siebenundachtzigstes Kapitel

Eh' wir jetzt Calais verlassen, – so etwa würde ein Reisebeschreiber
sich vernehmen lassen – möchte es nicht unpassend sein, ein paar
Worte über die Stadt zu sagen. – Nun halte ich es aber für höchst
unpassend, daß ein Mensch nicht einfach durch eine Stadt fahren

und sie, die ihn in Ruhe läßt, auch in Ruhe lassen kann, sondern sich in Einem fort umdrehen und jede Gasse, durch die er fährt, mit seiner Feder schildern muß, blos um sie zu schildern; denn urtheilt man nach dem, was in dieser Art geschrieben wurde, sowohl von denen, die schrieben und Courier ritten, als von denen, die Courier ritten und schrieben (was immer noch etwas Anderes ist), oder von den noch Eiligeren, die, wie ich jetzt, während des Courierreitens schrieben, – überschaut man die ganze Reihe von dem großen Addison an, dem der Schulsack auf dem A – hing und seines Thieres Hintertheil wund rieb, – so wird man unter allen diesen Courierreitern keinen finden, der nicht ebenso gut in seinem Garten (wenn er einen besaß) hätte herumgehen und trockenen Fußes alles das schreiben können, was er zu schreiben hatte.

Was mich anbetrifft, so ist der Himmel mein Zeuge (und auf den berufe ich mich immer, wenn's gilt), daß ich, außer der Lumperei, die der Barbier mir während des Messerabstreichens erzählte, von Calais nicht mehr weiß als von Groß-Kairo; denn als ich am Abend landete, war es schon dämmerig, und als ich am Morgen weiterfuhr, war es noch ganz dunkel. Dennoch wollte ich jede Wette eingehen, daß ich aus allgemeinen Betrachtungen und vermittels Schließens aus einem Theil der Stadt auf den andern, und indem ich dies erriethe und jenes mit dem zusammenstellte u.s.w., ein Kapitel über Calais zusammenschreiben wollte, so lang als mein Arm, und mit so genauen und ausführlichen Einzelnheiten über jede Merkwürdigkeit der Stadt, daß man glauben sollte, ich sei Stadtschreiber von Calais.

– Und warum nicht, Sir? was wäre daran so Wunderbares? – War nicht Demokrit, der zehnmal mehr als ich gelacht hat, Stadtschreiber von Abdera, und war nicht – – (den Namen hab' ich vergessen), der zweimal mehr kluge Zurückhaltung besaß, als wir beide, Stadtschreiber von Ephesus? – Gewiß, Sir, – es sollte mit *so* viel Sachkenntniß, Überlegung, Wahrhaftigkeit und Genauigkeit verfaßt sein –

Nun wohlan – wenn Sie mir nicht glauben wollen, so sollen Sie das Kapitel zur Strafe lesen.

Achtundachtzigstes Kapitel

Calais, *Calatium, Calusium, Calesium.*

Wenn wir den Urkunden dieser Stadt Glauben schenken wollen, die anzuzweifeln ich hier keinen Grund sehe, so war Calais ehemals ein kleines Dorf, welches einem der ersten Grafen von Guignes gehörte, und da es jetzt, außer 420 Familien in der untern oder Vor-Stadt, vierzehntausend Einwohner zählt, so muß es wahrscheinlich nach und nach zu seiner jetzigen Größe herangewachsen sein.

Obgleich die Stadt vier Klöster in ihren Mauern birgt, so hat sie doch nur eine einzige Parochialkirche. Ich hatte keine Gelegenheit, die genaue Größe derselben zu messen, doch läßt sie sich mit einiger Gewißheit vermuthen; denn wenn die Kirche sämmtliche 14,000 Einwohner fassen kann, so muß sie von nicht unbeträchtlicher Größe sein; – kann sie das dagegen nicht, so ist es sehr zu bedauern, daß nicht noch eine zweite da ist. – Sie ist in Kreuzform gebaut und der Jungfrau Maria geweiht. Der Thurm, der eine Spitze hat, befindet sich in der Mitte der Kirche und steht auf vier Pfeilern, die zwar zierlich und leicht, nichtsdestoweniger aber sehr stark sind. Sie ist mit elf Altären geschmückt, von denen einige sich durch besondere Schönheit auszeichnen. Der Hauptaltar ist ein Meisterstück in seiner Art; er ist aus weißem Marmor und soll sechzig Fuß hoch sein. Wäre er noch viel höher, so würde er so hoch wie der Calvarienberg selbst sein; deshalb nehme ich an, daß er wahrhaftig hoch genug ist.

Nichts hat mich mehr in Erstaunen gesetzt, als der große Platz, obgleich ich nicht sagen könnte, daß er gut gepflastert oder mit schönen Gebäuden besetzt wäre, aber er liegt mitten in der Stadt und viele Straßen jener Gegend münden auf ihn. Da einen Platz nichts so sehr ziert als ein Springbrunnen, so würden die Einwohner ohne Zweifel einen solchen in der Mitte angebracht haben, wenn dies nicht leider hier, wie überall in Calais, unmöglich gewesen wäre.

Man hatte mir viel vom Courgain gesagt, aber daran ist nichts Sehenswerthes; es ist ein entferntes Stadtviertel, das hauptsächlich von Matrosen und Fischern bewohnt wird, und aus einer Anzahl kleiner Straßen mit saubern, größtentheils steinernen Häusern besteht. Es ist außerordentlich volkreich, aber da sich das ganz natürlich aus der Lebensweise der Leute erklären läßt, so ist auch das nichts Merkwürdiges. Ein Reisender mag es sich immer ansehen, um es gesehen zu haben; was er aber zu sehen ja nicht versäumen darf, das ist der Wartthurm *(tour de guet),* welcher im Kriege dazu dient, die Annäherung des Feindes zu Wasser oder zu Lande zu erspähen und zu beobachten; er ist so erstaunlich hoch, daß er einem immer im Auge ist, man mag ihn sehen wollen oder nicht.

Außerordentlich leid hat es mir gethan, daß ich nicht die Erlaubniß erhalten konnte, die Befestigungen genauer zu besichtigen, die die stärksten in der Welt sind. Alles in Allem, d.h. von der Zeit, da sie unter Philipp von Frankreich, Grafen von Boulogne, zuerst angelegt wurden, bis zu dem gegenwärtigen Kriege, wo viele Verbesserungen daran gemacht worden sind, haben sie, wie ich erst später von einem Ingenieur in der Gascogne erfuhr, hundert Millionen Livres gekostet. – Es ist sehr merkwürdig, daß man am *tête de Gravelines* und da, wo die Stadt am schwächsten ist, das meiste Geld verschwendet hat, so daß die Außenwerke sich sehr weit ausdehnen und demzufolge einen großen Raum einnehmen. Trotz Allem, was gesagt und gethan worden ist, muß man doch eingestehen, daß Calais nie seiner selbst wegen so wichtig war, als wegen seiner Lage; es war für unsere Vorfahren ein bequemes Eingangsthor nach Frankreich, hatte jedoch auch seine Unbequemlichkeit, denn es war für das damalige England nicht minder beunruhigend, als Dünkirchen für das England unserer Zeit, so daß es mit Recht für den Schlüssel zu beiden Königreichen galt. Daraus entstanden zweifelsohne die vielfachen Kämpfe um seinen Besitz, von denen die Belagerung oder eigentlicher die Blokade von Calais (denn es wurde zu Land und zur See eingeschlossen) der denkwürdigste war, denn die Stadt widerstand den Anstrengungen Eduards III. ein ganzes Jahr und wurde zuletzt nur durch Hungersnoth und schreckliches Elend überwunden; der ritterliche Edelmuth Eustace de St. Pierre's, der sich zuerst als Opfer für seine Mitbürger anbot, hat seinen Namen dem der tapfersten Helden gleichgestellt. Da der ausführliche Bericht über diesen höchst romantischen Hergang, sowie über die Belagerung selbst nicht mehr als ohngefähr fünfzig Seiten einnehmen wird, so wäre es ungerecht gegen den Leser, wenn ich ihn nicht in Rapins eigenen Worten geben wollte.

Neunundachtzigstes Kapitel

– Aber sei nicht bange, lieber Leser, – ich verschmähe es, – es ist mir genug, daß ich dich in meiner Gewalt habe, aber von dem »guten Glück« der Feder, das ich über dich errungen, Gebrauch zu machen, wäre zu viel. Nein, bei dem allgewaltigen Feuer, das des Sehers Hirn erhitzt und den Geistern auf ihren überirdischen Bahnen leuchtet, ehe ich ein armes hülfloses Geschöpf so mißhandelte und ihm fünfzig Seiten aufzwänge, die ich ihm zu verkaufen kein Recht habe, lieber wollte ich nackend, wie ich bin, auf den Gebirgen weiden und den Nordwind dafür anlächeln, daß er mich ohne Zelt und Mittagsessen ließe.

Also fahre fort, mein Junge, und mach dich auf den Weg nach Boulogne.

Neunzigstes Kapitel

Boulogne! – Ha! da sind wir ja Alle beisammen! Zöllner und Sünder – eine schöne Gesellschaft, – aber ich kann nicht bleiben und es mit Euch verzechen; – man ist hinter mir her, wie der Teufel hinter einer armen Seele, – und eh' ich die Pferde wechseln kann, werde ich eingeholt. – Um's Himmels willen, schnell – schnell – – 's ist ein Majestätsverbrecher, flüsterte ein sehr kleiner Mann ganz leise einem sehr großen zu. – Oder ein Mörder, sagte der große Mann. – Gut gestochen, Treffaß, sagte ich. – Nein, sagte ein Dritter, der Herr ist angeklagt –

Ah! ma chère fille! sagte ich, als sie aus der Frühmette hereingetrippelt kam, – Sie sehen so rosig aus wie der Morgen, (die Sonne ging nämlich eben auf, und so machte sich das Kompliment ganz besonders gut) – Nein, das kann nicht sein, sagte ein Vierter (sie machte einen Knix, – ich warf ihr einen Handkuß zu), es ist wegen Schulden. – Ja, gewiß wegen Schulden, sagte ein Fünfter. – Ich möchte seine Schulden auch nicht bezahlen, sagte das Aß, nicht für tausend Pfund. – Und ich nicht für sechstausend, sagte Treff. – Wieder gut gestochen, Treffaß, sagte ich, – aber ich habe keine andere Schuld zu zahlen, als die der Natur, und sie soll nur Geduld haben, so zahle ich sie ihr bis auf den letzten Heller. – Wie können Sie so unbarmherzig sein, Madame, einen armen Reisenden anhalten zu wollen, der Niemandem etwas zu Leide thut und der nichts Böses im Sinne führt? Befehlen Sie dem abscheulichen, klapperbeinigen Sünder, der da hinter mir herläuft, daß er still stehen soll. Sie allein haben ihn mir nachgeschickt, – lassen Sie mich nur ein paar Stationen voraus – ich beschwöre Sie, Madame. Bitte! bitte! –

Nun, das ist wahrhaftig schade, sagte der Wirth, ein Irländer, – daß so viel schöne Worte ganz umsonst gesprochen worden sind, denn das Fräulein ist eben hinausgegangen und hat nichts davon gehört.

Pinsel! sagte ich.

So ist also hier in Boulogne sonst nichts Sehenswerthes?

Herjes! wir haben hier das allerbeste Seminar für die Humaniora –

Einverstanden, sagte ich.

Einundneunzigstes Kapitel

Wenn eines Menschen Wünsche neunzigmal schneller laufen als das Vehikel, dessen er sich bedienen muß, dann wehe der Wahrheit und wehe dem Vehikel nebst Zubehör (mag es nun sein aus welchem Stoffe es will), – er wird den Zorn seiner Seele darüber ausschütten.

Da ich nie ein allgemeines Urtheil über Menschen und Dinge im Zorn fälle, so beschränkte sich Alles, was ich zuerst bei der Sache dachte, auf das alte Sprüchwort: »wer sich übereilt, wird langsam fertig«; das zweite, dritte, vierte und fünfte Mal blieb ich auch noch immer bei dem vorliegenden Fall stehen und maß blos dem Postillon für das zweite, dritte, vierte und fünfte Mal die Schuld zu, ohne indessen meine Gedanken auf Weiteres zu richten; – als aber die Sache ein sechstes, siebentes, achtes, neuntes und zehntes Mal und so fort ohne alle Ausnahme immer wieder vorkam, da konnte ich nicht mehr umhin, eine allgemeine, nationale Bemerkung zu machen, die so lautet:

Daß an einer französischen Postchaise, beim Ausfahren, immer etwas in Unordnung ist – – oder, wie man es auch ausdrücken kann:

Ein französischer Postillon wird immer vom Bock steigen müssen, eh' er sich noch dreihundert Schritt von der Station entfernt hat.

Was ist denn nun schon wieder? Zum Henker! ein Strick ist gerissen – eine Schlinge ist aufgegangen – ein Haken herausgefallen

– ein Pflock muß zugespitzt werden – ein Stift – ein Nagel – eine Schnalle – oder eine Schnallenzunge ist nicht in Ordnung.

So wahr dies nun ist, so halte ich mich doch nicht für berechtigt, die Postchaise oder den Postillon deshalb zu verwünschen, noch fällt es mir etwa ein, bei dem lebendigen Gotte zu schwören, ich wollte lieber zehntausendmal zu Fuße gehen oder der Teufel solle mich holen, wenn ich meinen Fuß je wieder in solch ein Ding setzte; – nein, ich fasse die Sache mit Ruhe an und bedenke, daß immer ein Strick, oder eine Schlinge, oder ein Pflock, oder ein Stift, oder ein Nagel, oder ein Riemen, oder eine Schnalle, oder eine Schnallenzunge in Unordnung sein oder fehlen werden, mag ich reisen, wo ich will; deshalb ereifere ich mich nicht und nehme mit Gleichmuth hin, was mir auch begegne, sei es gut oder schlimm. – Mach's zurecht, Schwager, sagte ich; er hatte schon fünf Minuten beim Absteigen verloren, um ein Stück Schwarzbrod aus dem Wagenkasten hervorzuwühlen, und fuhr jetzt, als er wieder aufgestiegen war, langsam weiter, um es bequemer verarbeiten zu können. – Fahr zu, Schwager, sagte ich lebhaft, aber mit einem sehr überzeugenden Tone, denn ich klopfte mit einem Vierundzwanzig-Sousstück gegen das Fenster, wobei ich Sorge trug, daß die flache Seite ihm zugekehrt war, als er sich umdrehte. Der Sappermenter hatte es verstanden; grinsend verzog er das Maul vom rechten bis zum linken Ohr und wies hinter seinem schmutzigen Maule eine solche Perlenreihe von Zähnen, daß Königinnen Juwelen dafür versetzt hätten.

Himmel, was für Kauwerkzeuge!/Brod!

Und als er das letzte Maulvoll hinuntergekaut hatte, fuhren wir in Montreuil ein.

Zweiundneunzigstes Kapitel

In ganz Frankreich giebt es, meiner Meinung nach, keine Stadt, die auf der Karte besser aussieht als Montreuil. – Im Posthandbuch sieht sie allerdings schon nicht so gut aus, aber wenn man erst hineinkommt, so ist es wirklich eine ganz erbärmliche Stadt.

Doch Eins an ihr ist sehr hübsch – das ist die Tochter des Gastwirths. Sie ist achtzehn Monate in Amiens und sechs in Paris gewesen, wo sie ihre Schule gemacht hat; daher strickt und näht und tanzt sie ganz gut und kokettirt auch ein bischen.

– Ein durchtriebenes Ding! während der fünf Minuten, die ich ihr zusah, ließ sie wenigstens ein Dutzend Maschen an ihrem weiß-zwirnen Strickstrumpf fallen. Ja, ja, ich sehe, Du kleine Hexe! – er ist lang und schmal – Du brauchst ihn nicht so ans Knie zu pressen; – 's ist Deiner – er steht Dir vortrefflich.

Daß doch Natur diesem Geschöpfchen gesagt hat, wie man den Daumen halten muß!

Aber da dieses Pröbchen mehr werth ist als alle Daumen zusammen, – übrigens erhalte ich ja ihre Daumen und Finger mit in den Kauf, wenn sie mir als Fingerzeig dienen können, – und Jeannette (das ist ihr Name) so schön zum Schildern dasteht, – so soll nichts mich abhalten, es zu thun; möge ich sonst nie wieder schildern oder vielmehr mein Lebtag als Schildwach schildern müssen, wenn ich sie jetzt nicht auf das genaueste abkonterfeie, und zwar mit einem so dreisten Pinsel, als ob sie in nassem Gewande vor mir stände.

Aber Ew. Wohlgeboren wollen lieber etwas über die Länge, Breite und Höhe des großen Kirchthurms hören, oder wie die Façade der St. Austreberte-Abtei aussieht, die von Artois hierher geschafft worden ist; ich vermuthe, sie ist noch ganz ebenso, wie die Maurer und Zimmerleute sie ihrer Zeit hingestellt haben, und wird in fünfzig Jahren noch ebenso sein, wenn der Christenglaube noch so lange aushält; also brauchen Ew. Wohlgeboren und Hochehrwürden sich mit dem Maßnehmen nicht zu übereilen. Wer aber Dir, Jeannette, das Maß nehmen will, der muß es jetzt thun, denn Du trägst die Quelle der Veränderung in Dir selbst, und wenn ich die Wechselfälle des vergänglichen Lebens ins Auge fasse, so möchte ich nicht einen Augenblick für Dich einstehen; ehe noch ein Jahr dahin, kannst Du wie ein Kürbiß schwellen und Deine *Gestalt* verlieren, oder Du kannst wie ein Blume welken und Deine *Schönheit* verlieren, oder ein Nickel werden und Dich selbst verlieren. – Nicht für meine Tante Dinah, wenn sie noch lebte, möchte ich einstehen, – ja kaum für ihr Bild, wenn es selbst von Reynolds gemalt wäre.

Aber ehe ich *jetzt,* wo ich diesen Sohn Apollo's genannt habe, noch weiter im Schildern fortfahre, will ich mich lieber todtschießen lassen.

Sie müssen also mit dem bloßen Original zufrieden sein, das, wenn Sie an einem schönen Abend durch Montreuil kommen, an ihre Chaisenthür tritt, während die Pferde gewechselt werden, und haben Sie dann keinen so leidigen Grund zur Eile wie ich, so bleiben Sie lieber. – Sie ist ein bischen fromm – aber das, Sir, ist eine Terz zu neun *für* Sie.

Helf' mir Gott! ich konnt' es nicht einmal bis zu einem Point bringen; – Stich auf Stich verloren und zuletzt Matsch geworden.

Dreiundneunzigstes Kapitel

Deshalb, und weil der Tod mir vielleicht näher war, als ich glaubte, – sprach ich zu mir: Ich wünschte, ich wäre in Abbeville, nur um zu sehen, wie sie die Wolle kämmen und spinnen; also weiter:

[25] *de Montreuil à Nampont – poste et demi*
de Nampont à Bernay – poste
de Bernay à Nouvion – poste
de Nouvion à Abbeville – poste;

aber die Wollkämmer und Spinner waren schon zu Bette gegangen.

Vierundneunzigstes Kapitel

Reisen ist doch eine schöne Sache! nur macht es warm; aber dagegen giebt es ein Mittel, das man sich aus dem nächsten Kapitel heraussuchen mag.

Fünfundneunzigstes Kapitel

Könnte ich mit dem Tode eine Übereinkunft treffen, an welchem Orte ich ihn erdulden sollte, so wie ich jetzt eben mit dem Chirurgus darüber unterhandle, wo ich sein Klystier nehmen will, – so würde ich mich dagegen erklären, daß dies vor meinen Freunden geschähe; denn niemals denke ich ernstlich an die Art und Weise, in welcher diese große Katastrophe vor sich gehen wird, – ein Gedanke, der mich mehr beschäftigt und quält, als der Gedanke an die Katastrophe selbst, – daß ich nicht sogleich den Vorhang darüber fallen lasse und nur den einen Wunsch fühle: es möge der Lenker aller Dinge es so ordnen, daß der Tod mich nicht in meinem Hause ereile, sondern lieber in einem anständigen Gasthofe. Zu Hause, das weiß ich, würden mich der Schmerz meiner Freunde, die letzten Liebesdienste, welche sie mir erwiesen, wenn sie mit

---

25 Siehe Handbuch der französischen Posten, *pag.* 36. Ausgabe
    von 1762.

zitternder Hand meine Stirn trockneten, oder mein Kissen glätteten, mir die Seele quälen, so daß ich an einem Wehe stürbe, von dem der Arzt nichts ahnete; in einem Gasthofe dagegen bezahlte ich die wenigen gleichgültigen Dienste, deren ich bedürfte, mit ein paar Guineen und erkaufte mir dafür eine unbekümmerte, aber pünktliche Pflege; – doch, wohlgemerkt, dieser Gasthof dürfte nicht etwa der Gasthof zu Abbeville sein, den striche ich – und gäb' es in der ganzen Welt nur diesen einzigen Gasthof – aus der Übereinkunft aus. – So sorgen Sie dafür, daß die Pferde morgen früh Punkt 4 Uhr angespannt sind. – Sehr wohl, Sir, um 4 Uhr – Oder, bei der heiligen Genoveva, ich werde Ihnen hier im Hause einen Tanz aufspielen, daß die Todten davon wach werden sollen.

Sechsundneunzigstes Kapitel

»Daß sie werden wie ein Rad« ist, wie alle Gelehrten wissen, ein bitterer Spott auf den *grand tour,* wie auf den ruhelosen Geist, der dazu treibt, und der die Menschheit in den letzten Tagen umherjagen wird, wie David prophezeit hat. Der große Bischof Hall hält dies für eine der stärksten Verwünschungen Davids gegen die Feinde des Herrn und für ebenso gut, als wenn er gesagt hätte: ich wünsche ihnen nichts Besseres, als immer herumgerollt zu werden. So viel Bewegung, fährt er fort, so viel Unruhe (er war nämlich sehr korpulent), und dem analog: so viel Ruhe, so viel Seligkeit.

Ich (der ich mager bin) denke anders; ich meine, so viel Bewegung, so viel Leben und Freude, und still stehen oder langsam vorwärts kommen, ist nicht besser als Tod und Teufel.

Halloh! he! – Schläft denn das ganze Haus? – Bringt die Pferde – schmiert die Räder – bindet den Koffer auf und schlagt einen Nagel in diese Kramme! – Ich will keinen Augenblick verlieren.

Das Rad, von dem wir eben sprachen, in welches (nicht *auf* welches, sonst würde ein Ixion-Rad daraus) David seine Feinde verwünschte, müßte also für solche von des Bischofs Leibesbeschaffenheit ein Postchaisenrad gewesen sein, mag es solche nun damals in Palästina schon gegeben haben oder nicht; *mein* Rad dagegen wäre, aus den entgegengesetzten Ursachen, ein Karrenrad, das sich nur einmal im Jahrhundert herumleiert, und als Kommentator würde ich also ohne Bedenken annehmen, daß sie davon in jenem hügligen Lande eine große Menge gehabt hätten.

Ich liebe die Pythagoräer (viel mehr, als ich es meiner lieben Jenny zu sagen wage) wegen ihres »χωφισμὸν ἀπὸ τοῦ σώματός, εἰς τὸ καλῶς φιλοσοφεῖν« (ihres) »sich vom Leiblichen frei machen, um besser zu denken«. Niemand denkt richtig, so lange er darin steckt; denn seine Stimmungen stören ihn, und entweder zu schlaffe oder zu angespannte Nerven ziehen ihn nach verschiedenen Seiten ab – wie man dies z.B. an dem Bischof und mir sieht.

Vernunft ist zur Hälfte Empfindung, und das Maß, mit dem wir den Himmel messen, ist unser Appetit und unsere Verdauung.

Aber an welchem von beiden liegt Ihrer Meinung nach, in unserem gegenwärtigen Falle, der Fehler ganz besonders?

An Ihnen, ohne Frage, sagte sie, daß Sie ein ganzes Haus so früh auftrommeln.

Siebenundneunzigstes Kapitel

– Aber sie wußte nicht, daß ich das Gelübde gethan hatte, mich nicht eher zu rasiren, als bis ich in Paris angekommen sein würde; doch ich hasse alle Geheimnißkrämerei, sie ist die herzlose und vorsichtige Art jener kleinen Seelen, von denen bereits Lessius (*lib.* 13 *de moribus divinis cap.* 24) seine Schätzung abgegeben hat, wenn er behauptet, daß eine deutsche Meile, zum Kubik erhoben, Raum genug und mehr als genug für 800 Tausend Millionen derselben bieten wird, was, wie er vermuthet, die allerhöchste Zahl der Seelen (von Adams Fall an) sein möchte, die bis ans Ende der Welt verdammt werden.

Auf welchen Grund er diese zweite Annahme stützt, – wenn nicht vielleicht auf die väterliche Liebe Gottes, – weiß ich nicht; noch viel weniger aber, was Franciscus Ribbera gedacht haben muß, der behauptet, es gehörte ein Raum von 200 italienischen Meilen multiplicirt mit sich selber dazu, um die obige Anzahl zu fassen; er hat bei seiner Berechnung wahrscheinlich alte römische Seelen angenommen, von denen er gelesen, ohne dabei in Anschlag zu bringen, daß dieselben zu der Zeit, als er schrieb, durch achtzehnhundertjähriges allmähliches Schwinden und Verfallen fast zu nichts zusammengeschrumpft sein mußten.

Als Lessius schrieb, der mehr ruhige Überlegung gehabt zu haben scheint, waren sie schon so klein, wie man sich nur irgend vorstellen kann.

Jetzt sind sie noch kleiner –

Und nächsten Winter werden sie noch kleiner sein, – und wenn das so von klein zu kleiner und von kleiner zu nichts fortgeht, so zweifle ich keinen Augenblick daran, daß wir auf die Weise in einem halben Jahrhundert gar keine Seelen mehr haben werden; da dies aber zugleich der Zeitpunkt ist, über welchen hinaus ich das Fortbestehen des Christenglaubens bezweifle, so wird das den Vortheil haben, daß beide zusammen aufhören.

Heil dir, Jupiter – Heil euch, ihr anderen Heidengötter und Göttinnen! Dann werdet ihr Alle, Alle wieder an die Reihe kommen. – Was werden das für fröhliche Zeiten sein! Aber wo bin ich? in welchen wonnereichen Zustand der Dinge verliere ich mich? – Ich, ich, dessen Tage gezählt sind, und der des Lebens Freuden nur in Gedanken genießt? – Still, du Thor – und – fahren wir fort.

Achtundneunzigstes Kapitel

»Da ich es also hasse, Geheimnisse zu machen aus nichts«, – so vertraute ich meines dem Postillon, sobald wir das Straßenpflaster hinter uns hatten. Er, um das Kompliment zu erwiedern, knallte mit der Peitsche, das Handpferd fing an zu traben, das Sattelpferd machte auch eine ähnliche Bewegung, und so tanzten wir nach Ailly aux Clochers, ehemals weit und breit wegen seines schönen Glockenspiels berühmt; aber wir tanzten ohne Musik hindurch, denn die Glocken (wie überall in Frankreich) waren ganz in Unordnung.

Und so ging es in größter Eile von Ailly aux Clochers nach Hixcourt, von Hixcourt nach Pequignay und von Pequignay nach Amiens, von welcher Stadt ich dem Leser nichts weiter zu berichten habe, als was ich schon oben mittheilte, daß Jeannette hier nämlich in die Schule gegangen war.

Neunundneunzigstes Kapitel

Klick – klack, klick – klack, klick – klack! – So, das ist Paris! sagte ich (noch immer in derselben Stimmung); – das ist also Paris! – Hm! – Paris! sagte ich und wiederholte den Namen zum dritten Male.

Das unvergleichliche – schöne – glänzende –

Aber die Straßen sind schmutzig –

Nun, es wird wohl besser aussehen, als es riecht. – Klick – klack, klick – klack! Was Du für einen Lärm machst, als wenn es durchaus nöthig wäre, das gute Volk davon zu benachrichtigen, daß ein bleicher Mann in einem schwarzen Rocke die Ehre hat, Abends neun Uhr von einem Postillon in dunkelgelber Jacke mit rothen Aufschlägen nach Paris hineingefahren zu werden. Klick – klack, klick – klack, klick – klack, klick – klack! – Ich wollte, Deine Peitsche – Aber das liegt diesem Volke nun einmal im Blute; – wohl – so klatsche weiter.

Wie? und Keiner, der mir entgegenkommt und ein wenig den Hof macht? in dieser hohen Schule der Höflichkeit scheint man das Hofiren anders zu verstehen, wie ich an den Häusern sehe.

Und weshalb werden die Laternen nicht angezündet? – Was? doch wohl nicht gar im Sommer – Jetzt ist die Zeit, wo der Salat wächst! – O trefflich! – Salat und Suppe – Suppe und Salat – Salat und Suppe, und immer wieder – das ist *zu viel* für einen armen Sünder.

Solche Rohheiten kann ich nicht ertragen. Wie kann der gewissenlose Kutscher mit dem armseligen Pferde solches schmutzige Zeug reden? Seht Ihr denn nicht, mein Freund, wie abscheulich eng die Straßen sind, so daß in ganz Paris kein Raum ist, um einen Schiebkarren umzuwenden? Es hätte sich für die größte Stadt der Welt wohl geschickt, daß sie ein klein bischen breiter angelegt worden wäre, jede Straße nur um so viel, daß ein Mensch (zu seiner eigenen Befriedigung wenigstens) wissen könnte, auf welcher Seite er ginge.

Eins – zwei – drei – vier – fünf – sechs – sieben – acht – neun – zehn. – Zehn Garköche und doppelt so viel Perückenmacher, und das alles in drei Minuten Fahrens! Man sollte denken, alle Köche der Welt hätten sich bei einem Lustgelage mit den Perückenmachern getroffen und sie hätten einstimmig zu einander gesagt: Kommt, laßt uns Alle nach Paris gehen. Die Franzosen lieben gut zu essen, sie sind Alle Gourmands – man wird uns in Ehren halten; – wenn ihr Magen ihr Gott ist, so werden ihr Köche vornehme Herren sein; und da die Perücke den Mann macht, und der Perückenmacher die Perücke, *ergo,* hätten die Perückenmacher gesagt, werden wir noch angesehener sein, – wir werden über Allen stehen

– man wird uns wenigstens zu Capitouls[26] machen – *Pardi!* wir werden Degen tragen. –

Und man sollte schwören, (d.h. bei Lampenlicht, aber darauf kann man sich nicht verlassen) daß sie das bis zum heutigen Tage thun. –

Hundertstes Kapitel

Die Franzosen werden gewiß mißverstanden, – ob die Schuld aber an ihnen liegt, weil sie sich nicht deutlich ausdrücken und nicht mit der Schärfe und Präcision reden, wie sie es über einen so wichtigen Punkt thun sollten, – oder ob der Fehler auf unserer Seite zu suchen ist, indem wir ihre Sprache nicht hinreichend verstehen, um zu merken, was hinter den Wörtern versteckt liegt – darüber will ich nicht entscheiden; aber so viel leuchtet mir ein: wenn sie behaupten, »Jemand, der Paris gesehen habe, habe Alles gesehen«, so verstehen sie darunter nur den, der Paris bei Tage gesehen hat. –

Bei Lampenlicht mag ich nichts damit zu thun haben; schon vorher sagte ich, daß man sich darauf nicht verlassen kann, und ich wiederhole es hier, – nicht deshalb, weil Licht und Schatten zu scharf, oder weil die Farben verwischt sind – oder weil Schönheit und Haltung fehlt u.s.w., denn Alles das ist nicht der Grund; – sondern es ist insofern ein unsicheres Licht, weil kaum Einer unter Fünfzigen, in einem der fünfhundert großen Hôtels, die sie Euch in Paris aufzählen, an eins der fünfhundert guten Dinge, die sie enthalten (wobei nur eins auf jedes Hôtel kommt) und die bei Lampenlicht am besten gesehn, gefühlt, gehört und (mit Lilly zu reden) verstanden werden, – gelangen kann.

---

26   Oberste Magistratsperson in Toulouse u.a. St.

Das ist also bei der Behauptung, welche die Franzosen aufstellen, außer Acht gelassen; diese stützt sich einfach auf Folgendes:

Bei der letzten Aufnahme, welche im Jahre 1716 geschah, – und seitdem haben bedeutende Vergrößerungen stattgefunden, enthielt Paris neunhundert Straßen, nämlich:

im Quartier de la cité	53 Straßen,
in St. Jacques des étaux	55 Straßen,
in St. Oportune	34 Straßen,
im Quartier du Louvre	25 Straßen,
im Palais royal oder St. Honoré	49 Straßen,
in St. Eustace	29 Straßen,
in den Halles	27 Straßen,
in St. Denis	55 Straßen,
in St. Martin	54 Straßen,
in St. Paul de la Mortellerie	27 Straßen,
im Grève	38 Straßen,
in St. Avoy oder la Verrerie	19 Straßen,
in den Marais oder im Temple	52 Straßen,
in St. Antoine	68 Straßen,
in der Place Maubert	81 Straßen,
in St. Bénoît	60 Straßen,
in St. André des arcs	51 Straßen,
im Quartier du Luxembourg	62 Straßen,
in St. Germain	52 Straßen.

in die man alle hineingehen kann, und wenn man sie bei Tageslicht mit Allem, was dazu gehört, ordentlich besehen hat, mit ihren Thoren, ihren Brücken, ihren Plätzen und ihren Denkmälern, und durch alle Kirchen gewandert ist, wobei man St. Roche und St. Sulpice ja nicht auslassen darf – und dann zu guter Letzt noch die vier großen Plätze besucht hat, die man, wie es Einem gefällt, entweder mit oder ohne Statuen und Gemälden besichtigen kann –

dann hat man gesehen –

Aber, das brauche ich weiter nicht zu sagen, denn man kann es am Portikus des Louvre selbst lesen, da steht es mit folgenden Worten:

Die Erde hat kein solches Volk, kein Volk hat solche Stadt,
Wie dieses Volk und diese Stadt, die so viel Straßen hat.[27]

Die Franzosen haben doch eine heitere Art, das Große zu behandeln; da läßt sich weiter nichts sagen. –

Einhundertunderstes Kapitel

Bei der Erwähnung des Wortes »heiter« (am Ende des vorigen Kapitels) fällt Einem (d.h. einem Autor) unwillkürlich das Wort »Mißmuth« ein, besonders wenn man etwas darüber zu sagen hat. Nicht etwa, daß zu einem Bündnisse zwischen diesen beiden Wörtern, ihres Begriffes wegen, oder aus Interesse oder Verwandschaft, mehr Grund vorhanden wäre, als z.B. zwischen Licht und Finsterniß, oder andern solchen natürlichen Feinden, – es ist eben nur ein kleiner diplomatischer Kunstgriff der Autoren, damit ein gutes Verständniß unter den Wörtern aufrecht erhalten bleibe, so wie es die Diplomaten mit den Menschen machen; man weiß nicht, wie bald man in den Fall kommen kann, sie zusammenbringen zu müssen, und da dieser Zweck nun erreicht ist, so will ich das Wort, um es mir gegenwärtig zu erhalten, hier niederschreiben:

---

27 *Non orbis gentem, non urbem gens habet ullam*
– – – – – – – – – – – – – ulla parem.

Mißmuth

Als ich Chantilly verließ, erklärte ich ihn für das beste Mittel, um schnell vorwärts zu kommen, aber ich stellte es blos als Meinung auf. Ich bin derselben Überzeugung noch, doch hatte ich damals nicht Erfahrung genug, um seine Wirkung ganz beurtheilen zu können. Allerdings hilft er Einem reißend schnell vorwärts, aber man befindet sich nicht wohl dabei; deshalb lege ich ihn hier für immer ab; – wer ihn haben will, dem steht er herzlich gern zu Diensten. Mir hat er die Verdauung verdorben und eine gallige Diarrhöe zugezogen, so daß ich zu meinen frühern Grundsätzen zurückgekehrt bin, mit denen ich nun zu den Ufern der Garonne weiter eilen will – –

Nein – ich kann mich keinen Augenblick damit aufhalten, Euch den Charakter dieses Volkes, seine Anlagen, Sitten, Gebräuche, Gesetze, seine Religion und Regierungsform, seine Manufakturen, seinen Handel und seine Finanzen nebst den offenkundigen und verdeckten Quellen derselben zu beschreiben, obgleich ich hinreichend dazu befähigt bin, denn ich habe drei Tage und zwei Nächte in seiner Mitte verweilt und während der ganzen Zeit diese Dinge zum Gegenstande meiner Nachforschungen und meines Nachdenkens gemacht.

Aber – aber – ich muß weiter. – Die Straßen sind gut gepflastert, – die Stationen sind kurz, – die Tage sind lang; – es ist erst Mittag – und ich muß noch vor dem Könige in Fontainebleau sein.

Wollte er dahin fahren? – Nicht daß ich wüßte.

Einhundertundzweites Kapitel

Ich ärgere mich jedesmal, wenn Jemand, besonders aber ein Reisender, darüber klagt, daß man in Frankreich nicht so schnell reise als in England; *consideratis considerandis* reist man viel schneller.

Erwägt man nämlich, was für Fuhrwerk sie haben, und was für Gebirge von Gepäck sie hinten und vorne aufladen, wie winzig ihre Pferdchen sind und was sie ihnen zu fressen geben, so ist es ein reines Wunder, daß sie überhaupt noch vorwärts kommen. Es ist unbarmherzig, und ich bin vollkommen überzeugt, daß ein französisches Postpferd es gar nicht zu Stande brächte, wären nicht die beiden Wörter * * * und * * *, in deren jedem wenigstens so viel Nahrungsstoff sein muß wie in einer Metze Hafer. Da nun diese Worte nichts kosten, so möchte ich sie dem Leser gern nennen; aber Eins hält mich ab: – sie müssen ihm geradezu und mit dem gehörigen Ausdruck gegeben werden, – sonst helfen sie nichts. – Geradezu aber geht das nicht; – denn obgleich Ew. Wohlgeboren und Hochehrwürden sich im Kämmerlein wohl daran ergötzen dürften, so würden Sie sie doch so vor allen Leuten verdammen, darauf wollt' ich wetten. – Deshalb habe ich lange hin- und hergedacht – doch ohne Erfolg – durch welchen anständigen Kunstgriff oder durch welche kleine List ich sie so zustutzen könnte, daß sie das eine Ohr, welches der Leser mir leiht, nicht beleidigten, und das andere, das er für sich behält, doch auch nicht unbefriedigt ließen.

Die Dinte brennt mir in den Fingern – ich möcht' es versuchen; – aber nachher, fürchte ich, könnte es noch schlimmer werden – sie könnten das Papier verbrennen.

Nein – ich wag' es nicht.

Aber wer wissen möchte, wie die Äbtissin von Andouillet und eine Novize ihres Klosters über diese Schwierigkeit hinweg kamen, (wünsche er mir nur guten Erfolg) – dem will ich es ohne alle Skrupel erzählen. –

Einhundertunddrittes Kapitel

Wollt Ihr wissen, wo Andouillet liegt, so braucht Ihr nur auf der neuen Specialkarte nachzusehen, die soeben zu Paris erschienen ist – Ihr findet es auf der Hügelkette, welche Burgund von Savoyen trennt. Die Äbtissin dieses Klosters lief Gefahr, eine *anchylosis* oder Gelenksteifigkeit zu bekommen (die *sinovia* des Knies war nämlich von dem vielen Messeknieen hart geworden) und hatte bereits alles Mögliche gegen das Übel versucht; – zuerst Gebete und Gelübde, – dann Anrufungen aller Heiligen des Himmels im Allgemeinen; dann jedes Heiligen, der vor ihr ein steifes Bein gehabt hatte, im Besondern; dann Berühren der kranken Stelle mit den Reliquien des Klosters, vorzüglich mit dem Schenkelknochen des Mannes von Lystra, der von Jugend auf impotent gewesen war; dann Umwickeln dieser Stelle mit ihrem Schleier, wenn sie zu Bette ging; dann kreuzweises Umschlingen mit dem Rosenkranz; dann allerhand weltliche Mittel, also Einreibungen mit Ölen und Fetten; Behandlung mit erweichenden und auflösenden Umschlägen; Umschläge von Eibisch, Pappel, *Bonus Henricus*, weißen Lilien und Bockshorn; dann die Stengel von den Kräutern, ich meine Räucherungen damit, wobei sie ihr Skapulier über den Schooß legte; dann Abkochungen von wilden Cichorien, Brunnenkresse, Kerbel, Petersilie und Löffelkraut – und als das Alles nichts half, hatte sie sich endlich entschlossen, die heißen Bäder von Bourbon zu versuchen, wozu ihr der Ordensgeneral auch die Erlaubniß ertheilt hatte. So befahl sie denn, Alles zur Reise fertig zu machen. Eine Novize des Klosters, siebenzehn Jahr alt, die an einem Nagelgeschwüre litt, welches davon entstanden war, daß sie ihren Finger fortwährend in die kalten Umschläge u.s.w. der Äbtissin gesteckt hatte, bekam aus diesem Grunde den Vorzug vor einer alten gichtbrüchigen Nonne, welcher die Bäder von Bourbon vielleicht sehr gut gethan hätten, – und ward zur Reisebegleiterin gewählt.

Die alte, mit grünem Tuch ausgeschlagene Kalesche der Äbtissin wurde an das Sonnenlicht hervorgezogen. Der Gärtner des Klosters, dem zugleich das Amt eines Maulthiertreibers übertragen war, führte die beiden alten Mäuler heraus und schor ihnen das Haar am obern Ende der Schwänze, während ein Paar Laienschwestern damit beschäftigt waren, die leinenen Überdecken zu stopfen und die Trümmer des gelben Besatzes festzunähen, den der Zahn der Zeit zernagt hatte. Der Untergärtner stutzte des Maulthiertreibers Hut mit heißer Weinhefe wieder zurecht und ein musikalischer Schneider saß dem Kloster gegenüber unter einem Schuppen und wählte vier Dutzend Schellen für das Geschirr aus, wobei er jeder Schelle eins zupfiff, während er sie mit einem Riemen festband.

Der Zimmermann und der Schmied von Andouillet hielten ein Räderkoncil ab, und um 7 Uhr morgens sah Alles fein blank aus und stand zur Fahrt nach den heißen Bädern von Bourbon vor den Thoren des Klosters fertig. Zwei Reihen Bettler standen schon eine Stunde früher da.

Die Äbtissin von Andouillet, auf Margarita, die Novize, gestützt, schritt langsam der Kalesche zu; beide waren weiß gekleidet und hatten schwarze Rosenkränze auf der Brust hängen.

In diesem Kontraste lag etwas ganz besonders Feierliches; – sie stiegen in die Kalesche, – die Nonnen alle, in derselben Kleidung (ein Symbol der Unschuld), standen an den Fenstern, und als die Äbtissin und Margarita hinaufsahen, ließ jede (nur die gichtbrüchige Nonne nicht) das Ende ihres Schleiers in der Luft fliegen und küßte dann die Lilienhand, mit der sie den Schleier hielt. Die gute Äbtissin und Margarita falteten die Hände wie Heilige über der Brust, blickten zum Himmel empor – dann auf sie – und in den Blicken lag: Gott segne Euch, geliebte Schwestern!

Ich muß sagen, die Geschichte interessirt mich, – ich wollte, ich wär' dabei gewesen. –

Der Gärtner, den ich nun den Maulthiertreiber nennen werde, war ein kleiner, freundlicher, breitschultriger, gutmüthiger, schwatzhafter, durstiger Gesell, der sich über das Wie und Warum des Lebens den Kopf nicht sehr zerbrach; so hatte er einen Monat seines Klostergehaltes für einen *borrachio*, d.h. für einen Schlauch Weines verpfändet, der jetzt hinten auf der Kalesche lag, und den er, um ihn vor der Sonne zu schützen, mit einem großen braunrothen Kutschermantel zugedeckt hatte. Da das Wetter heiß war und das Stillsitzen ihm nicht zusagte, so ging er meistens zu Fuße nebenher und nahm dabei die Gelegenheit wahr, öfter, als die Natur es verlangte, zurückzubleiben, bis durch dieses häufige Kommen und Gehen sein ganzer Weinvorrath auf ordnungsmäßigem Wege durch das Spundloch ausgeleckt war, ehe noch die Reise einen halben Tag gedauert hatte.

Der Mensch ist ein Gewohnheitsthier. Der Tag war drückend heiß gewesen – der Abend war köstlich – der Wein von der edelsten Sorte – der burgundische Hügel, auf dem er wuchs, außerordentlich steil – über der Thür der kühlen Herberge am Fuße des Hügels schwang sich ein verlockendes Büschel in vollständiger Harmonie mit seinen Neigungen – ein leises Lüftchen rauschte durch die Blätter und vernehmlich rief's: »Komm, durstiger Maulthiertreiber, komm herein!«

Der Maulthiertreiber war von Adams Geschlecht, – mehr brauche ich nicht zu sagen. Er hieb jedem der Mäuler noch eins über den Rücken, wobei er die Äbtissin und Margarita ansah, als wollte er sagen: »Hier bin ich;« – klatschte noch einmal laut mit der Peitsche, als wollte er zu den Mäulern sagen: »Nur immer zu« – und dann blieb er sachte zurück und trat in die kleine Herberge am Fuße des Hügels ein.

Ich sagte schon, der Maulthiertreiber war ein kleiner, lustiger, fideler Bursche, der nicht an morgen dachte und den nicht kümmerte, was vorüber war oder noch kommen mochte, wenn er bei seinem Glase Burgunder sitzen und ein Schwätzchen machen konnte. So ließ er sich in eine weitläufige Unterhaltung ein und erzählte, daß er Obergärtner im Kloster von Andouillet sei u.s.w., daß er aus Freundschaft für die Äbtissin und Mamsell Margarita, die erst Novize wäre, diese Beiden von der savoyischen Gränze bis hierher begleitet habe u.s.w. u.s.w., daß sie aus lauter Frömmigkeit eine Geschwulst bekommen hätte, und was für Kräuter er habe anschaffen müssen, um ihre Säfte zu reinigen u.s.w. u.s.w., und daß sie leicht auf beiden Beinen lahm werden könnte, wenn die heißen Bäder von Bourbon ihr das kranke nicht wieder herstellten u.s.w. u.s.w. Und er vertiefte sich in seine Erzählung so, daß er seine Heldin nebst der kleinen Novize ganz und gar vergaß, und, was noch schlimmer war, die beiden Maulthiere dazu. Diese nun, als Geschöpfe, die sich jede Gelegenheit zu Nutzen machen müssen (wie ihre Eltern es auch gethan haben), die aber nicht (wie Männer, Frauen und alle andern Thiere) in der Verfassung sind, dieser Verbindlichkeit in gerader Linie nachzukommen, thun es seitwärts, auf Umwegen, rückwärts, Berg auf, Berg ab – wie's ihnen eben möglich. – Die Philosophen denken bei ihrer Tugendlehre daran zu wenig; wie sollte also der arme Maulthiertreiber bei seinem Glase daran denken? – Es fiel ihm nicht ein, – aber es ist Zeit, daß *wir's* thun. Deshalb wollen wir diesen glücklichsten und gedanken-losesten aller Sterblichen sich im Strudel seines Elementes drehen lassen und einen Augenblick nach den beiden Mäulern, nach der Äbtissin und nach Margarita sehen.

Dank den beiden letzten Hieben, welche ihnen der Maulthiertreiber versetzt hatte, waren die Mäuler ruhig weiter gegangen und ihrem Gewissen den Hügel hinauf gefolgt, bis sie die Hälfte desselben erklommen hatten; da aber, wo der Weg sich umbog, schielte das ältere von ihnen, eine alte schlaue Bestie, seitwärts und bemerkte, daß der Maulthiertreiber nicht mehr da sei.

Bei meinem Schwanz! rief es sogleich, – ich gehe keinen Schritt weiter. – Und wenn *ich* weiter gehe, sagte das andere, so soll man eine Trommel aus meiner Haut machen. –

Damit blieben sie Beide, wie verabredet, stehen.

Einhundertundviertes Kapitel

Fort! sagte die Äbtissin.

Sch – sch – sch – schte Margarita.

Psch – psch – psch – pschte die Äbtissin.

Hü – hü – hü – hü – hü – hü'te Margarita und spitzte ihre süßen Lippen halb zum hü und halb zu einem Pfiff.

Pump – pump – pump – pumpste die Äbtissin von Andouillet mit dem Ende ihres goldknöpfigen Stockes gegen den Boden der Kalesche.

Das alte Maulthier ließ einen –

Einhundertundfünftes Kapitel

– Wir sind verloren, mein Kind, sagte die Äbtissin zu Margarita, – wir werden die ganze Nacht hier bleiben müssen – man wird uns berauben – oder vielleicht noch was Schlimmeres anthun!

– Vielleicht noch was Schlimmeres, sagte Margarita, – ach gewiß!

– *Sancta Maria!* rief die Äbtissin (und vergaß das *O!),* wohin hat mich diese steife Hüfte gebracht! warum habe ich das Kloster von Andouillet verlassen? warum läßt du deine Magd nicht unbefleckt in die Grube fahren?

– O, mein Finger! mein Finger! rief die Novize, die das Wort Magd auffing, – was mußte ich ihn auch in Alles stecken! O, daß ich nie in diese Klemme gekommen wäre!

Klemme! sagte die Äbtissin.

Klemme, sagte die Novize; denn der Schrecken hatte sie Beide verwirrt gemacht, die Eine wußte nicht, was sie sagte, die Andere nicht, was sie erwiederte.

O, meine Unschuld, meine Unschuld, rief die Äbtissin.

– schuld – schuld – schluchzte die Novize.

Einhundertundsechstes Kapitel

Hochwürdige Mutter, sagte die Novize, als sie sich etwas beruhigt hatte, es giebt zwei Wörter, die, wie man mir gesagt hat, jedes Pferd oder Maulthier zwingen, einen Berg hinaufzugehen, mag es wollen oder nicht; sei es noch so böswillig, noch so eigensinnig, sobald es diese Wörter hört, muß es gehorchen. – Das sind Zauberworte, rief die Äbtissin mit Zeichen des tiefsten Abscheus aus. – Nein, erwiederte Margarita ruhig, aber es sind sündhafte Wörter. – Was sind es für Wörter? unterbrach sie die Äbtissin. – Sie sind im höchsten Grade sündlich; sie auszusprechen, ist Todsünde; und wenn uns das Schlimmste angethan wird und wir Beide ohne Absolution sterben, so werden wir – Aber mir kannst Du sie doch sagen, sagte die Äbtissin von Andouillet. – Man kann sie nicht aussprechen, hochwürdige Mutter, erwiederte die Novize, sie treiben Einem das Blut ins Gesicht – Aber Du kannst sie mir ja ganz leise ins Ohr flüstern, sagte die Äbtissin.

Himmel! hattest du keinen Schutzengel, um ihn in die Herberge dort am Fuße des Hügels zu schicken? Hatte kein edelmüthiger, liebevoller Geist Zeit dazu? Hattest Du nicht ein Schauerchen zur Hand, es erinnernd durch die Adern zum Herzen des Maulthiertreibers schleichen zu lassen und ihn damit von seinem Zechgelage aufzustören? nicht ein holdes Klingen, das das liebliche Bild der Äbtissin und Margarita's mit ihren schwarzen Rosenkränzen vor seine Seele zurückgeführt hätte?

Schnell – schnell – aber schon ist es zu spät! Die schrecklichen Wörter wurden eben ausgesprochen, – doch wie ich sie kund thun soll – o ihr! die ihr Alles mit unbefleckten Lippen sagen könnt, das lehret mich, – da leitet mich!

Einhundertundsiebentes Kapitel

Alle Sünden, sagte die Äbtissin, die in ihres Herzens Angst zur Casuistik ihre Zuflucht nahm, sind, wie der Beichtvater unseres Klosters sagt, entweder Todsünden, oder Sünden, die vergeben werden können, andere giebt es nicht. Eine solche, die vergeben werden kann, ist die leichtere und geringere; theilt man sie noch, d.h. begeht man sie nur zur Hälfte und läßt die andere Hälfte unbegangen, – oder wird sie zwar ganz begangen, aber so, daß man sich mit einer andern Person freundschaftlich darein theilt, so ist sie fast gar keine Sünde mehr.

Nun sehe ich keine Sünde darin, wenn ich hundertmal hinter einander *bou, bou, bou, bou, bou* sage; ebenso wenig schändlich ist es, die Silbe *ger, ger, ger, ger, ger* auszusprechen, und wenn man es von der Frühmette an bis zur Vesper thäte. – Darum, meine geliebte Tochter, fuhr die Äbtissin von Andouillet fort, will ich *bou* sagen und Du sage *ger,* und weil in *fou* nicht mehr Sünde steckt als in *bou,* so sage Du dann *fou* und ich falle (wie in unserer *hora* mit *fa sol la re mi ut*) mit *ter* ein. Damit schlug die Äbtissin den Grundton an und los ging's.

Äbtissin/Margarita
    Bou – bou – bou –
    – ger – ger – ger.
Margarita/Äbtissin
    Fou – fou – fou –
    – ter – ter – ter.

Die beiden Mäuler schlugen mit den Schwänzen den Takt dazu, – aber die Beine regten sie nicht.

Es wird schon helfen, sagte die Novize.

Äbtissin/Margarita

Bou – bou – bou – bou – bou – bou –
– ger – ger – ger – ger – ger – ger.

Noch stärker, rief Margarita:

Fou – fou – fou – fou – fou – fou –
fou – fou – fou –

Immer noch stärker, rief Margarita:

Bou – bou – bou – bou – bou – bou –
bou – bou – bou –

Noch, noch stärker – Gott sei mir gnädig! sagte die Äbtissin. – Sie verstehen uns nicht, rief Margarita. – Aber der Böse versteht uns, sagte die Äbtissin von Andouillet.

Einhundertundachtes Kapitel

Ei! was für eine Strecke Landes ich hinter mir gelassen habe! um wie viel Grade ich der Sonne näher gekommen bin und wie viel herrliche und freundliche Städte ich gesehen habe, während Sie, Madame, diese Geschichte lasen und darüber nachdachten. Ich war in Fontainebleau, in Sens und Joigny, in Auxerre und in Dijon, der Hauptstadt von Burgund, in Chalons und in Macon, der Hauptstadt der Maconaise, und noch in einem halben Schock anderer Städte, die auf dem Wege nach Lyon liegen, und jetzt, da ich nun durch alle gekommen bin, könnte ich Ihnen ebenso gut von so viel Städten im Monde etwas erzählen als von diesen. Also dies Kapitel wenigstens, wenn nicht auch noch das nächste, geht ganz verloren; ich kann's nicht ändern.

– Das ist aber eine sonderbare Geschichte, Tristram!

– Ach! Madame, hätte ich von der Trübsal des Lebens, oder von dem Frieden der Demuth, oder von dem Glücke der Genügsamkeit gehandelt, so würde ich nicht belästigt worden sein; oder hätte ich über abstrakte Dinge, über Weisheit, Heiligkeit, Beschaulichkeit geschrieben, Stoffe, von denen sich des Menschen Geist (wenn er erst vom Leibe geschieden ist) in alle Ewigkeit nähren wird, gewiß, Sie würden sich besser angeregt fühlen.

– Ich wünschte, ich hätte sie nicht geschrieben, aber da ich nie etwas wieder ausstreiche, so müssen wir nun sehen, wie wir sie uns auf eine ehrliche Weise wieder aus dem Sinne bringen.

– Bitte – geben Sie mir einmal meine Narrenkappe her – ich fürchte, Sie sitzen darauf, Madame – sie liegt wahrscheinlich unter dem Kissen; – ich will sie aufsetzen.

– Mein Gott, Sie sitzt Ihnen ja bereits seit einer halben Stunde auf dem Kopfe?

– So? nun dann mag sie auch darauf sitzen bleiben, also

Lirum, larum, dideldei
und larum, lirum, deideldi,
und dideldum und deideldum
bim – bom – dideldum.

Jetzt, Madame, glaube ich, können wir fortfahren.

Einhundertundneuntes Kapitel

Alles, was man über Fontainebleau zu sagen braucht (wenn man gefragt wird), ist, daß es ohngefähr vierzig Meilen (etwas südlich) von Paris mitten in einem ausgebreiteten Walde liegt, daß es ziemlich großartig ist, daß der König alle zwei oder drei Jahre einmal mit seinem ganzen Hofe dahin geht, um zu jagen, und daß dann jeder Engländer von Stand (man braucht sich selbst nicht auszunehmen) während dieses Jagdkarnevals mit einem oder einem Paar Pferden versehen wird, damit er an dem Vergnügen der Jagd Theil nehmen könne, wobei er nur darauf zu achten hat, daß er den König nicht überholt.

Das darf man aber aus zwei Gründen nicht laut sagen.

Erstens, weil man sonst nicht mehr so leicht Pferde bekäme, und zweitens – weil kein Wort daran wahr ist. – Allons!

Was Sens anbetrifft, so kann man das mit einem Worte abmachen: »Es ist der Sitz eines Bischofs.« –

Je weniger man von Joigny sagt, desto besser.

Aber über Auxerre könnte ich viel sagen, denn bei meiner großen Tour durch Europa, auf welcher mich schließlich mein Vater selbst begleitete, da er mich keinem Andern anvertrauen wollte, – auch mein Onkel Toby, Trim und Obadiah, überhaupt fast die ganze Familie nahm an der Reise Theil, nur meine Mutter nicht, die zu jener Zeit die löbliche Idee gefaßt hatte, meinem Vater ein Paar wollene Strümpfe zu stricken und darin nicht gestört sein wollte, deshalb also zu Hause blieb und in Shandy-Hall nach dem Rechten sah, während wir uns in der Welt herumtrieben, – auf dieser Tour also, sage ich, hatte mein Vater zwei Tage in Auxerre Rast gemacht, und da seine Nachforschungen stets der Art waren, daß sie selbst in einer Wüste Früchte getragen hätten, – so hat er mir Material genug hinterlassen. – Denn das muß wahr sein, – wo auch mein Vater hinkam – besonders auffallend war dies aber bei seinen Reisen in Frankreich und Italien, – da lagen seine Wege so abseits von denen, die andere Reisende vor ihm gewandert waren, – er sah die Herrscher und die Höfe und die Herrlichkeiten aller Art in einem so eigenthümlichen Lichte, – seine Gedanken und Bemerkungen über die Menschen, Sitten und Gebräuche der Länder, welche wir durchzogen, waren so abweichend von denen aller andern Sterblichen, vorzüglich aber von denen meines Onkels Toby und Trims (von mir gar nicht zu reden) – und – noch mehr – die

Verwickelungen und Verlegenheiten, in welche er durch seine Theorien und durch seine Hartnäckigkeit gerieth, waren so närrischer, mannigfaltiger und tragikomischer Art, daß diese Reise wahrhaftig einen Anstrich und eine Farbe trägt, wie keine, die je durch Europa unternommen wurde; und wenn sie nicht immer und immer wieder von allen Reisenden und Reisebeschreibungslesern gelesen werden sollte, so lange, bis das Reisen überhaupt aufhört, oder, was dasselbe ist, es der Welt schließlich einfällt ganz still zu stehen, so wird das meine, und meine Schuld allein sein. –

Aber dieser reiche Ballen soll jetzt nicht geöffnet werden; ich will nur ein paar Fädchen herausziehen, um den Umstand zu erklären, weshalb mein Vater in Auxerre anhielt.

Denn da ich der Sache einmal erwähnt habe, so will ich sie auch gleich hier abmachen; sie ist zu unbedeutend, um hängen zu bleiben; dann bin ich fertig damit.

– Während unser Mittagsessen kocht, Bruder Toby, sagte mein Vater, wollen wir nach der Abtei St. Germain gehen, wenn auch nur um den *Dörrleichen* einen Besuch abzustatten, die Mr. Sequier so sehr empfiehlt. – Welchen *dergleichen* Du willst, sagte mein Onkel Toby, der während der ganzen Reise die Gefälligkeit selbst war. – Mein Gott! sagte mein Vater – ich meine die Mumien. – Dann hat man nicht nöthig sich zu rasiren, sagte mein Onkel Toby. – Rasiren! nein, rief mein Vater, unter Verwandten macht man keine Umstände. – So gingen wir nach der Abtei St. Germain; der Korporal, mit meinem Onkel Toby unter dem Arm, beschloß den Zug.

Alles ist sehr schön, sehr reich, sehr köstlich und sehr prächtig, sagte mein Vater zu dem Sakristan, einem jungen Benediktinermönche, – aber wir wären besonders begierig, die Mumien zu sehen, welche Mr. Sequier so genau beschrieben hat. – Der Sakristan verbeugte sich, und nachdem er eine Fackel, die zu diesem Behufe in der Sakristei vorräthig lag, angezündet hatte, führte er uns in St. Heribalds Grab. – Dies, sagte der Sakristan, indem er seine

Hand auf den Sarg legte, war ein berühmter Prinz des bairischen Hauses, der unter den Nachfolgern Karls des Großen, Ludwig dem Frommen und Karl dem Kahlen, eine hohe Stelle im Regimente einnahm, und dem es hauptsächlich zu verdanken war, daß Ordnung und Gesetz herrschte.

Dann ist er, sagte mein Onkel Toby, ebenso groß im Rathe wie im Felde gewesen. Er war ohne Zweifel ein tapferer Krieger. – Er war Mönch, sagte der Sakristan.

Mein Onkel Toby und Trim sahen sich etwas trostlos an. – Mein Vater schlug sich mit beiden Händen vor den Bauch, was immer seine Art war, wenn ihn etwas ganz besonders kitzelte; denn obgleich er alle Mönche und was nach Mönchen roch, ärger als den Bösen selbst haßte, so traf der Schlag Onkel Toby und Trim doch noch viel härter als ihn, es war also immer ein Triumph, und das versetzte ihn in die beste Laune.

Und wie heißt *dieser* gute Freund? fragte er in etwas scherzhaftem Tone.

– Dieses Grab, sagte der junge Benediktiner und blickte dabei zur Erde, enthält die Gebeine der heiligen Maxima von Ravenna, welche die Sehnsucht hierher trieb nach der Berührung des Körpers –

Des heiligen Maximus, sagte mein Vater und platzte mit seinem Heiligen hinein – sie waren zwei der größten Heiligen in der ganzen Märtyrergeschichte, setzte er hinzu.

– Verzeihen Sie, sagte der Sakristan, sie wollte die Gebeine St. Germains, des Erbauers unserer Abtei, berühren. – Und wozu half ihr das? sagte mein Onkel Toby. – Wozu hilft das den Weibern überhaupt? sagte mein Vater. – Zum Martyrthum, erwiederte der junge Benediktiner, indem er sich zur Erde beugte, und er sprach das Wort mit einem so demüthigen und doch so festen Tone, daß es meinen Vater für einen Augenblick entwaffnete. – Man nimmt an, fuhr der Benediktiner fort, daß die heilige Maxima vor vierhundert Jahren in dieses Grab gelegt wurde, d.h. zweihundert Jahre vor ihrer Heiligsprechung. – Das ist ein langsames Avancement in dieser Heerschaar der Märtyrer, sagte mein Vater, nicht wahr, Bruder Toby? – Verzweifelt langsam, Ew. Gnaden, sagte Trim, wenn man sich das Patent nicht etwa kaufen kann. – Ich würde lieber *ver*kaufen, sagte mein Onkel Toby. – Ganz meine Meinung, Bruder, sagte mein Vater.

Arme heilige Maxima! sagte mein Onkel leise vor sich hin, als wir uns von dem Grabe abwandten. – Sie war eine der schönsten und anmuthigsten Frauen, deren Italien wie Frankreich sich rühmen konnten, fuhr der Sakristan fort.

– Aber wer Tausend! liegt denn da neben ihr? fragte mein Vater und wies mit seinem Stocke auf ein großes Grab, an dem wir eben vorbeigingen. – Hier liegt St. Optat, mein Herr, erwiederte der Sakristan. – Und an einer sehr passenden Stelle, sagte mein Vater; wer war denn dieser St. Optat? fuhr er fort. – St. Optat, erwiederte der Sakristan, war ein Bischof.

Dacht' ich's doch, beim Himmel! unterbrach ihn mein Vater. St. Optat! wie wäre es auch anders denkbar! – Damit holte er sein Taschenbuch heraus, und während der junge Benediktiner mit der Fackel leuchtete, schrieb er diesen Fall als neuen Beweis für seine Namenstheorie auf; – und so uneigennützig war er in seinem Forschen nach Wahrheit, daß ich kühn behaupten kann, ein Schatz, den er in St. Optats Grabe gefunden hätte, würde ihn nicht so glücklich gemacht haben. Der Todtenbesuch war von dem herrlichsten Erfolge begleitet gewesen, und er war mit Allem, was sich dabei ereignet hatte, so zufrieden, daß er sogleich beschloß, noch einen Tag in Auxerre zu bleiben.

Ich will mir doch morgen die übrigen Leutchen auch ansehen, sagte er, als wir über den Platz schritten. – Und während Du dort hingehst, Bruder Shandy, will ich mit dem Korporal die Festungswälle besteigen, sagte mein Onkel Toby.

Einhundertundzehntes Kapitel

Nun – jetzt wird die Verwirrung aber immer größer! Im letzten Kapitel bin ich mit einem und demselben Federzuge in zwei verschiedenen Reisen weiter gekommen, in so fern wenigstens, als es mich aus Auxerre herausgebracht hat; denn in *der* Reise, die ich jetzt schreibe, bin ich ganz heraus, nur in *der,* die ich später schreiben werde, bin ich erst halb heraus. Aber Alles kann nur bis zu einem gewissen Grade von Vollkommenheit gebracht werden. Dadurch, daß ich mehr erreichen wollte, habe ich mich in eine Lage versetzt, in der sich wohl noch kein Reisender vor mir befunden hat; denn in diesem Augenblicke gehe ich mit meinem Vater und meinem Onkel Toby über den Marktplatz von Auxerre nach dem Gasthofe zurück, um zu Mittag zu essen, und in diesem Augenblicke ziehe ich auch mit meiner in tausend Stücke zertrümmerten Postchaise in Lyon ein, und endlich sitze ich in diesem Augenblicke auch an den Ufern der Garonne in einem von Pringello[28] erbauten, hübschen Pavillon, den Mr. Sligniac mir überlassen hat, und stoppele alle diese Dinge hier auf dem Papier zusammen.

Lassen Sie mich nur erst zur Besinnung kommen – dann setze ich sogleich meine Reise fort.

Einhundertundelftes Kapitel

Ich bin ganz froh, sagte ich zu mir, als ich in Lyon, hinter einem Karren her, einzog, auf den meine zerbrochene Postchaise nebst

---

28 Dies ist derselbe Pringello, der berühmte spanische Architekt, dessen mein Vetter Anton in einer Anmerkung zu der unter seinem Namen erschienenen Erzählung so ehrenvoll erwähnt. *Vid. p.* 129 kl. Ausgabe.

all' meinem Gepäcke kopfüber, kopfunter geladen worden war. –
Ich bin wirklich ganz froh, sagte ich, daß sie zerbrochen ist, denn
nun kann ich direkt zu Wasser nach Avignon gehen, was mich 120
Meilen weiter bringt und nicht mehr als sieben Livres kostet; und
von dort, fuhr ich in meiner Berechnung fort, kann ich ein paar
Maulthiere miethen, oder ein paar Esel (denn wer kennt mich?)
und das flache Land von Languedoc fast umsonst durchreisen. Es
ist klar, ich gewinne wenigstens vierhundert Livres durch den Unfall
– und das Vergnügen obendrein. Das Vergnügen ist zweimal mehr
werth als das Geld. Mit welcher Schnelligkeit, fuhr ich fort und
schlug dabei in die Hände, werde ich die reißende Rhone hinabflie-
gen, Vivares rechts, die Dauphiné links! die alten Städte Vienne,
Valence und Viviers werde ich kaum zu sehen kriegen. – Wie wird
das Lämpchen wieder aufflackern, wenn ich so an Hermitage und
am Coté-roti vorüberschieße und die erröthende Traube im Flug
erhasche! wie wird das Blut mir lebhaft in den Adern rollen, wenn
ich auf beiden Ufern die romantischen Schlösser heranfliegen und
verschwinden sehe, wo edle Ritter in alten Tagen der Bedrängten
Schirm und Schutz waren, – und mit schwindelndem Blicke die
Felsen, die Gebirge, die Wasserfälle, das rastlose Treiben der Natur
in ihren erhabenen Werken betrachte. –

Je länger ich so sann, desto mehr schrumpfte in meinen Augen
die zertrümmerte Kalesche zusammen, die mir doch erst stattlich
genug vorgekommen war; ihr Lack verlor allen Glanz, ihre Vergol-
dung alles Ansehn – die ganze Geschichte erschien mir so armselig
– so armselig – so erbärmlich – schlechter als die der Äbtissin von
Andouillet – so daß ich eben den Mund öffnen und Alles zum
Teufel wünschen wollte, als ein pfiffiger Wagenbauer zu mir über
die Straße gelaufen kam und mich fragte: ob Monsieur die Chaise
nicht wollte repariren lassen. – Nein, nein, sagte ich und schüttelte
mit dem Kopfe, ohne mich weiter umzusehen. – Da wird Monsieur
sie vielleicht verkaufen? fragte der Mann weiter. – Mit Vergnügen,

sagte ich; das Eisen daran ist vierzig Livres werth, die Spiegelgläser ebenfalls vierzig Livres, und das Leder schenk' ich Ihnen.

– Diese Reisechaise ist eine wahre Goldgrube für mich, sagte ich zu mir, als er mir das Geld hinzählte. – Und so rechne ich gewöhnlich, wenigstens mit den Unfällen des Lebens, ich schlage mir aus ihnen immer noch einen kleinen Vortheil heraus.

Erzähle Du, liebe Jenny, der Welt statt meiner, wie ich mich damals bei einem der schmerzlichsten Unfälle betrug, die einem Manne begegnen können, der auf seine Mannheit stolz ist.

– Es ist genug, sagtest Du und stelltest Dich dicht neben mich, während ich mit den Tragbändern in der Hand dastand und darüber nachdachte, was *nicht* geschehen war: – es ist genug, Tristram, ich bin zufrieden, sagtest Du, und flüstertest mir dann ins Ohr * * * * * * * *; – * * * * * * * * * – jeder Andere wäre in die Erde gesunken.

Alles ist wozu gut, sagte ich.

Ich will auf sechs Wochen nach Wales gehen und Ziegenmolken trinken, – der Unfall trägt mir sieben Jahre meines Lebens ein. – Deshalb halte ich es für unverantwortlich von mir, daß ich, wie ich es so oft gethan, das Schicksal wegen allerhand kleiner Übel, die es mir zufügte, geschmäht habe. Wahrlich, ich sollte es eher dafür schmähen, daß es mir kein großes auf den Hals geschickt hat; so ein halbes Schock tüchtiger, verdammter Unfälle würde mir besser gethan haben, als die schönste Rente. – Ein Procent jährlich ist Alles, was ich verlange; – für mehr möchte ich allerdings nicht eingeschätzt werden.

Einhundertundzwölftes Kapitel

Wer weiß, was »ärgerlich« ist, wird auch wissen, daß es nichts Ärgerlicheres geben kann, als fast einen ganzen Tag in Lyon, der reichsten und blühendsten Stadt Frankreichs, zu verweilen und von ihr und ihren Alterthümern, derentwegen sie so berühmt ist, nichts besehen zu können. Es ist schon ärgerlich, durch irgend welche Ursache daran verhindert zu werden, aber ist diese Ursache auch noch etwas Ärgerliches, so ist das

Ärgerlich^{Ärgerlich}

wie ein Mathematiker sich ausdrücken würde.

Ich hatte meine zwei Tassen Milchkaffee getrunken (was, nebenbei gesagt, ein vortreffliches Getränk ist, nur muß Milch und Kaffee zusammengekocht werden, denn sonst ist es weiter nichts, als Kaffee mit Milch), und da es erst 8 Uhr morgens war, das Boot aber vor Mittag nicht abfuhr, so hatte ich Zeit genug, so viel von Lyon zu sehen, um alle meine Freunde mit dem Bericht darüber zu langweilen. – Ich will nach der Kathedrale gehen, sagte ich, indem ich meine Liste überflog und mir vor Allem den merkwürdigen Mechanismus besehen, den Lippius von Basel an der großen Uhr angebracht hat.

Nun verstehe ich aber von allen Dingen in der Welt von Mechanik am allerwenigsten; es fehlt mir dazu an Anlage, an Neigung, an Verständniß, und mein Gehirn ist für Alles, was dahin einschlägt, so ungeschickt, daß ich nun und nimmer im Stande gewesen bin, den Mechanismus eines Eichhornkäfigs oder eines gewöhnlichen Scherenschleiferrades zu begreifen, obgleich ich manche Stunde meines Lebens mit der größten Andacht bei dem einen und mit der christlichsten Geduld bei dem andern gestanden habe.

– Ich will mir den erstaunlichen Mechanismus dieser großen Uhr ansehen, sagte ich; das soll das Allererste sein, und dann will ich der großen Jesuitenbibliothek einen Besuch abstatten und mir wo möglich die dreißig Bände der chinesischen Universalgeschichte zeigen lassen, die (nicht in tartarischer, sondern) in chinesischer Sprache und mit chinesischen Zeichen geschrieben ist.

Nun verstehe ich von der chinesischen Sprache gerade so viel wie von dem Mechanismus der Lippiusschen Uhr; – wie beides also dazu gekommen war, auf meiner Liste obenan zu stehen, ist ein Räthsel der Natur, das lösen mag, wer will. Mir scheint es eine der Wunderlichkeiten dieser Dame zu sein, und wer ihr den Hof macht, wird es vielleicht mehr als ich in seinem Interesse halten, hinter ihre Launen zu kommen.

– Wenn ich diese Merkwürdigkeiten gesehen habe, sagte ich halb zu mir, halb zu dem Lohndiener, der hinter meinem Stuhle stand, so wird es nicht übel sein, wenn wir nach der St. Irenäuskirche gehen und den Pfosten besehen, an den Christus gebunden wurde, und dann nach dem Hause, wo Pontius Pilatus wohnte – Das wäre in der nächsten Stadt, sagte der Lohndiener, in Vienne. – Das ist mir lieb, sagte ich, wobei ich rasch vom Stuhle aufstand und mit doppelt so großen Schritten als gewöhnlich durchs Zimmer ging, – das ist mir lieb, denn um so schneller komme ich dann zum *Grabe der beiden Liebenden*.

Was war die Ursache dieser Aufregung, und weshalb machte ich so große Schritte, als ich das sagte? Ich könnte das zu errathen dem Leser überlassen, aber da es sich hier um kein künstliches Uhrwerk handelt, so kann ich's auch selbst erklären.

Einhundertunddreizehntes Kapitel

O! es ist eine selige Zeit im menschlichen Leben, jene Zeit, wo das Gehirn noch zart und breiartig wie Mus ist und sich an der Geschichte zweier Liebenden nähren kann, die grausame Eltern und das noch grausamere Schicksal von einander geschieden –

     Amandus – er

     Amanda – sie; –

keiner weiß von des andern Bahnen,

     Er – hier

Sie – dort –

Amandus von den Türken gefangen genommen und an den Hof des Kaisers von Marokko gebracht, wo die Prinzessin von Marokko sich in ihn verliebt und ihn, weil er Amanda liebt, zwanzig Jahre lang im Gefängniß schmachten läßt.

Sie aber, Amanda, wandert diese ganze Zeit über baarfuß, mit fliegenden Haaren über Fels und Gebirg, nach Amandus suchend. – Amandus! Amandus! – Sie weckt das Echo der Hügel und der Thäler mit seinem Namen ––

Amandus! Amandus!

Am Thore jeder Stadt und jedes Städtchens sinkt sie weinend nieder: – kam mein Amandus, mein Amandus nicht dieses Weges? Endlich, nachdem sie rund, rund die ganze Welt durchwandert, treffen Beide höchst unerwartet in derselben Stunde der Nacht, aber aus verschiedener Richtung kommend, am Thore von Lyon, ihrer Vaterstadt, zusammen; mit wohlbekannter Stimme ruft Jedes von ihnen:

Amandus,/Amanda, lebst Du noch?

fliegen sich jubelnd in die Arme und – sinken todt vor Freude nieder.

O! es ist eine schöne Zeit im Leben eines edlen Sterblichen, wo eine solche Geschichte dem Gehirne mehr Nahrung bietet, als die Brocken und Krümel und Überbleibsel des Alterthums, welche Reisende ihm aufwärmen.

Von alle dem, was Spon und andere Berichterstatter über Lyon in mich hineingegossen hatten, war dies das Einzige, was in meinem Siebe geblieben war, und als ich nun noch in einem andern Reisehandbuch, aber Gott weiß in welchem, angeführt fand, daß außerhalb der Stadt der treuen Liebe des Amandus und der Amanda ein Grabmal errichtet sei, zu dem die Liebenden bis zu dieser Stunde wallfahrten, um Gelübde zu thun, – so hatte mir von der Zeit an dieses *Grab der Liebenden* immerfort im Sinn gelegen, sobald ich nur in Liebesnoth gerieth, und der Gedanke daran hatte solche Gewalt über mich erlangt, daß ich an Lyon nicht denken, von ihm nicht hören, nicht eine lyoner Weste sehen durfte, ohne daß sich dieses alterthümliche Denkmal sogleich meiner Phantasie aufdrang. In meiner etwas raschen und hier wohl nicht sehr ehrerbietigen Weise hatte ich oft gesagt: ich schätzte dieses Heiligthum, wie vernachlässigt es auch sei, für ebenso werthvoll, als die Kaaba zu Mekka, und nur ein wenig minder werthvoll als die Santa Casa selbst (die Edelsteine natürlich ausgenommen), so daß ich, wenn ich auch sonst in Lyon nichts zu thun hätte, eine Pilgerfahrt unternehmen möchte, blos um es zu besuchen.

Also war dies von allem Sehenswerthen in Lyon für mich das Erste, wenn es auch auf der Liste zuletzt stand. Als ich demnach bei dem Gedanken daran ein Paar Dutzend ungewöhnlich große Schritte durch das Zimmer gemacht hatte, stieg ich ruhig in den Flur des Gasthauses hinunter, um fortzugehen; aber da es ungewiß war, ob ich zurückkommen würde, ließ ich mir vorher meine Rechnung geben. Ich hatte sie eben bezahlt, dem Dienstmädchen überdies noch zehn Sous in die Hand gedrückt und empfing gerade den letzten Glückwunsch Mr. le Blancs zu einer glücklichen Reise – als ich an der Thür aufgehalten wurde.

Einhundertundvierzehntes Kapitel

Es war nur ein Esel, der mich aufhielt: auf dem Rücken trug er zwei große Körbe, um milde Gaben von Turnipsblättern und Kohlstrünken darin zu sammeln; mit den Vorderbeinen stand er zögernd im Thorwege, mit den Hinterbeinen auf der Straße, als wisse er nicht, ob er hereinkommen solle oder nicht.

Einen Esel kann ich nicht schlagen, wenn ich auch noch so in Eile bin; in seinen Blicken, wie in seiner ganzen Haltung liegt ein Ausdruck des Leidens, der für ihn bittet und mich stets entwaffnet; ja noch mehr, wo ich ihm auch begegne, auf dem Lande oder in der Stadt, im Karren oder mit Körben beladen, in Freiheit oder Dienstbarkeit, immer habe ich ein freundliches Wort für ihn, und da ein Wort das andere giebt, so gerathe ich gewöhnlich bald (wenn er nämlich nichts zu thun hat, wie ich) in eine kleine Unterhaltung mit ihm. Nichts beschäftigt meine Einbildungskraft dann so sehr, als seine Antworten aus seinen Gesichtszügen herauszulesen und – wenn mir diese nicht Fingerzeig genug sind – mich aus meinem Herzen in seines zu versetzen und zu erspähen, was wohl ein Esel, so gut wie ein Mensch, vernünftigerweise in diesem Falle denken müßte. – Ein Esel ist wirklich von allen Geschöpfen, die unter dem Menschen stehen, das einzige, mit dem ich das thun kann, denn mit Papageien, Elstern u.s.w. wechsele ich nie ein Wort, auch mit Affen u.s.w. nicht – aus dem nämlichen Grunde; sie *thun* Alles nach, wie jene Alles nach*plappern,* und das nimmt mir das Wort von der Zunge; ja sogar mein Hund und meine Katze (könnte der erstere nur sprechen, er thät's gewiß) besitzen kein Talent zur Unterhaltung, obgleich ich sie beide schätze; will ich mich einmal mit ihnen unterhalten, so kommt es nie weiter als zu Äußerung, Antwort und Erwiederung, gerade wie in den *lit de justice*-Gesprächen meines Vaters und meiner Mutter – und sind wir damit fertig, so ist die Unterhaltung auch zu Ende. –

Aber mit einem Esel kann ich tagelang reden.

Komm, Grauchen, sagte ich – denn ich sah, daß ich zwischen ihm und dem Thor nicht hindurch kommen konnte, – willst du herein oder heraus?

Der Esel drehte den Kopf herum und sah auf die Straße.

– Gut, sagte ich, ich werde warten, bis dein Führer kommt.

Hier wendete er gedankenvoll den Kopf wieder um und blickte das andere Ende der Straße hinunter.

– Ich verstehe dich vollkommen, sagte ich; wenn du in dieser Sache etwas nicht recht machst, so wird er dich braun und blau schlagen; nun gut – eine Minute ist nicht alle Welt, und kann man damit einem Mitgeschöpf einen Buckel voll Prügel ersparen, so ist sie, meine ich, nicht schlecht angewandt.

Während dieser Unterhaltung fraß er einen Artischockenstrunk; gewiß war er hungrig, aber der Strunk war kein schmackhafter Fraß, – Hunger und Widerwille kämpften in ihm, er ließ ihn wohl ein Dutzendmal aus dem Maule fallen und nahm ihn wieder auf. – Gott helfe dir, Grauchen, sagte ich, du hast da ein bitteres Frühstück, und ein bitteres Tagewerk manchen Tag und gewiß manchen bittern Schlag als Lohn. – Für dich ist Alles, Alles Bitterkeit, was Andern Leben heißt. Und jetzt, wo ich annehmen darf, daß dir das Maul so bitter wie Galle ist (er hatte den Strunk nämlich eben weggeworfen), hast du wohl in der ganzen Welt keinen Freund, der dir eine Makrone gäbe? Bei diesen Worten holte ich eine Düte voll, die ich eben gekauft hatte, heraus und gab ihm eine, und just wo ich dies erzähle, fällt es mir schwer aufs Herz, daß ich es mehr aus Übermuth und aus Neugierde that, zu sehen, wie ein Esel Makronen fräße, als aus wirklichem Wohlwollen gegen ihn.

Als der Esel seine Makronen gefressen hatte, wollte ich ihn bewegen hereinzukommen; das arme Vieh war schwer beladen, – seine Beine schienen unter ihm zu zittern, – er drängte mehr nach hinten, und als ich am Halfter zog, riß dieser in meiner Hand entzwei. – Er sah mich nachdenklich an: Prügle mich nicht damit, – indessen – wenn Du willst, so thu's! – Wenn ich's thue, sagte ich, will ich ver – –

Das Wort war erst halb gesprochen (wie die Wörter der Äbtissin von Andouillet, also war's keine Sünde), als ein Mann herankam und des armen Esels Hintertheil fürchterlich zu bearbeiten anfing, womit das Komplimentiren ein Ende hatte.

Heraus mit ihm! – schrie ich, – aber der Ausruf war zweideutig und übel angebracht, glaube ich; ein Stück Weidenruthe, die aus dem Geflecht des einen Korbes, den der Esel trug, hervorstand, hatte meine Hosentasche gefaßt und zerriß mir die Hosen in der allerunglücklichsten Richtung, die sich nur denken läßt; – so daß das

Heraus mit ihm! meiner Meinung nach *hier* besser angebracht gewesen wäre; aber das mögen die *Recensenten* unter sich ausmachen, denen ich zu diesem Zwecke jeden nöthigen Nachweis zu geben erbötig bin. –

Einhundertundfünfzehntes Kapitel

Als der Schaden nothdürftig ausgebessert worden war, ging ich mit dem Lohndiener wieder in die Hausflur hinunter, um mich nun zu dem Grabe der beiden Liebenden u.s.w. auf den Weg zu machen, und wurde zum zweiten Mal an der Thür aufgehalten, – aber nicht von dem Esel, sondern von dem Manne, der ihn geschlagen hatte; dieser hatte unterdessen (wie das nach einer Niederlage gewöhnlich zu geschehen pflegt) von der Stellung Besitz ergriffen, die der Esel vorher inne gehabt hatte.

Es war ein Postbeamter mit einem Schein, wonach ich sechs Livres und einige Sous bezahlen sollte.

– Wofür? sagte ich. – Königliche Gebühr, erwiederte der Beamte und zuckte die Achseln.

– Lieber Freund, sagte ich, so gewiß ich ich und Sie Sie sind –

– Und wer sind Sie? sagte er.

– Machen Sie mich nicht konfus, sagte ich.

Einhundertundsechzehntes Kapitel

– Aber es ist dennoch außer allem Zweifel, fuhr ich zu dem Beamten gewandt fort (indem ich nur die Betheuerungsformel veränderte), daß ich dem Könige von Frankreich nichts schulde, als meine besten Wünsche, denn er ist ein vortrefflicher Mann; möge er sich also immer wohl befinden und sich so gut amüsiren, als er kann.

– *Pardonnez-moi,* erwiederte der Beamte, Sie schulden ihm sechs Livres und vier Sous für die nächste Station von hier nach St. Fons auf Ihrem Wege nach Avignon; – da hier königliche Post ist, so haben Sie für Pferde und Postillon das Doppelte zu zahlen, sonst würde es nur drei Livres und zwei Sous betragen.

– Aber ich will gar nicht zu Lande weiter reisen, sagte ich.

– Das mögen Sie halten, wie Sie wollen, erwiederte der Beamte.

– Ihr ergebener Diener, sagte ich und machte ihm eine tiefe Verbeugung.

Der Beamte gab mir, mit aller Herzlichkeit und Würde, wie guter Anstand es verlangt, die Verbeugung ebenso tief zurück. – In meinem Leben hatte mich eine Verbeugung nicht so in Verwirrung gebracht.

– Der Teufel hole die Ernsthaftigkeit dieses Volkes! sagte ich (bei Seite) – *Ironie* verstehen sie nicht besser als dieser –

Der Verglichene stand mit seinen Körben dicht dabei, aber etwas verschloß mir den Mund, ich konnte den Namen nicht aussprechen.

– Mein Herr, sagte ich, nachdem ich mich wieder gesammelt hatte, ich habe nicht die Absicht, Post zu nehmen.

– Aber wenn Sie wollen, sagte er, bei seiner ersten Antwort verharrend, so können Sie auch Post nehmen –

– Und wenn ich will, kann ich auch Salz zu meinem Hering nehmen. Aber ich will nicht.

– Aber bezahlen müssen Sie dafür, ob Sie nun nehmen oder nicht –

– Ei ja, für das Salz, sagte ich, das weiß ich.

– Und für die Post auch, sagte er.

– I, noch besser, rief ich. Ich reise zu Wasser – ich fahre diesen Nachmittag auf der Rhone weiter, – mein Gepäck ist schon im Boot, und ich habe neun Livres für meine Passage bezahlt.

– *C'est tout égal,* das ist ganz gleich, sagte er.

492

– *Bon dieu!* für den Weg, den ich mache, bezahle ich, und für den, den ich nicht mache, soll ich auch bezahlen?

– *C'est tout égal,* sagte er.

– Den Teufel ist's, sagte ich – Lieber lass' ich mich zehntausendmal in die Bastille setzen.

O England, England! du Land der Freiheit, du Zone des gesunden Menschenverstandes, du zärtlichste der Mütter, du edelste Hüterin! rief ich und kniete, als ich diese Apostrophe begann, auf einem Knie nieder –

Wenn nun Madame Le Blancs Beichtvater in diesem Augenblicke hereingetreten wäre, als ich scheinbar betend so auf dem Knie lag, ein schwarz gekleideter Mann, mit einem aschenfarbenen Gesichte, das durch den Kontrast und die Beschädigung meines Kleidungsstückes noch aschgrauer geworden war, – wenn er mich nun gefragt hätte, ob ich der Hülfe der Kirche bedürftig sei?

– Ich will zu Wasser, würde ich ihm geantwortet haben, und dieser hier will, daß ich für »Schmieren« bezahlen soll.

Einhundertundsiebenzehntes Kapitel

Da ich sah, daß der Postbeamte seine sechs Livres vier Sous durchaus haben wollte, so blieb mir nichts Anderes übrig, als noch einige schnöde Reden für mein Geld an den Mann zu bringen.

Ich fing also an:

– Sagen Sie mir doch, Herr Beamter, nach welchem Gesetze der Höflichkeit wird denn ein armer Reisender in diesem Lande anders behandelt als ein Franzose?

– Keineswegs ist das der Fall, sagte er.

– Entschuldigen Sie, erwiederte ich; – denn Sie haben damit angefangen, mir die Hosen vom Leibe zu ziehen, und nun gehen Sie auf meine Tasche los. Hätten Sie mir erst die Tasche geleert, wie Sie's bei Ihren Landsleuten machen, und *dann* die Hosen vom

Leibe gezogen, so müßte ich ein Vieh sein, wenn ich mich beklagen wollte; –

Aber so ist es

wider das natürliche Recht,

wider die Vernunft,

und wider Gottes Wort.

Aber nicht *dawider,* sagte er und reichte mir ein gedrucktes Papier.

Par le roi.

– Ein nachdrückliches Vorwort, sagte ich und las * * * * * * * *
* *
* *

– Daraus geht also hervor, sagte ich, nachdem ich etwas zu flüchtig das Papier durchgelesen, – daß, wenn sich Einer in Paris in eine Postchaise setzt, er sein ganzes Lebelang darin herumreisen oder wenigstens dafür bezahlen muß. – Bitte um Entschuldigung, sagte der Beamte, der Sinn der Vorschrift ist folgender: Wenn Sie von Paris aus Post nehmen, um nach Avignon oder sonst wohin zu fahren, unterwegs aber Ihren Entschluß oder Ihre Reiseroute ändern, so müssen Sie von dem Orte an, wo dies geschieht, noch für zwei Stationen bezahlen, und das hat *den* Grund, daß die öffentlichen Einnahmen doch nicht durch Ihren Wankelmuth leiden dürfen.

Beim Himmel! rief ich, wenn man sogar den Wankelmuth in Frankreich besteuert, so bleibt uns nichts Anderes übrig, als Frieden zu schließen, so gut es angeht.

Also wurde der Friede geschlossen.

Und war es ein schlechter, so mag Tristram Shandy, der den Grund dazu legte, auch allein dafür gehängt werden.

Einhundertundachtzehntes Kapitel

Obgleich ich mir bewußt war, dem Beamten für seine sechs Livres vier Sous genug Schnödigkeiten gesagt zu haben, so wollte ich doch nichtsdestoweniger die Betrügereien in meine Bemerkungen verzeichnen, ehe ich den Ort verließ; ich griff also in die Rocktasche – (hier möge sich jeder Reisende ein Beispiel nehmen, ja recht vorsichtig mit seinen Bemerkungen zu sein) – aber meine Bemerkungen waren mir gestohlen. Wohl nie hat ein unglücklicher Reisender so viel Lärm und Spektakel seiner Bemerkungen wegen gemacht, als ich bei dieser Gelegenheit wegen der meinigen.

– Himmel! Erde! Meer! Feuer! schrie ich und rief Alles zu Hülfe, was mir nichts helfen konnte, – meine Bemerkungen sind gestohlen! Was fange ich an? Herr Postkommissär, ließ ich nicht meine Bemerkungen fallen, als ich neben Ihnen stand?

Sie ließen allerhand höchst sonderbare fallen, erwiederte er. – Pah! sagte ich, das waren nur ein paar, nur für sechs Livres vier Sous – aber die *ich* meine, das war ein ganzes Bündel. – Er schüttelte den Kopf.

– Monsieur Le Blanc – Madame Le Blanc, haben Sie nicht Papiere von mir gefunden? –

– He, Stubenmädchen – suche Sie doch oben – he, François, ihr nach –

Ich muß meine Bemerkungen wieder haben, es waren die vortrefflichsten Bemerkungen, rief ich, die je gemacht worden sind, die einsichtsvollsten, die witzigsten – Was fange ich nun an, – wo soll ich sie suchen?

Sancho Pansa, als er seinen Esel verloren hatte, kann nicht schmerzlicher geklagt haben.

Einhundertundneunzehntes Kapitel

Als die erste Aufregung vorüber war, und in den Schubfächern meines Gehirnes die Verwirrung etwas nachzulassen anfing, welche dieser Mischmasch von Unannehmlichkeiten, die mir über den Hals gekommen waren, darin angerichtet hatte, fiel mir ein, daß ich meine Bemerkungen in der Wagentasche hatte stecken lassen; so waren sie also mit der Chaise zusammen an den Wagenbauer verkauft.

Ich lasse hier eine kleine Lücke, damit der Leser sie mit dem ihm geläufigsten Fluche vollfluchen kann. – Was mich aber anbetrifft, so kann ich wohl sagen – wenn ich je einen herzhaften Fluch in irgend eine Lücke meines Lebens hineingeflucht habe, so war's in diese. Also meine Reisebemerkungen über Frankreich, die so voll Witz waren, wie ein Ei voll Dotter, und die ebenso gut ihre vierhundert Pfund werth waren, wie ein Ei einen Pfennig, die hatte ich an einen Stellmacher für vier Louisd'or verkauft und ihm die Reisechaise, die ihrer sechs werth war, noch obendrein gegeben! Wär's noch an Dodsley oder an Becket oder an sonst einen anständigen Buchhändler, der sein Geschäft aufgeben wollte und eine Reisechaise brauchte, – oder der eins anfangen wollte und meine Reisebemerkungen brauchte und ein paar Guineen dazu, – das hätte ich noch ertragen können, – aber an einen Stellmacher!

– François, sagte ich, führen Sie mich sogleich hin. – Der Lohndiener setzte den Hut auf und ging voran – ich folgte ihm und nahm meinen Hut ab, als ich an dem Postkommissär vorbeiging.

Einhundertundzwanzigstes Kapitel

Als wir zu dem Stellmacher kamen, war das Haus und die Werkstatt verschlossen; es war der 8. September, das Geburtsfest der Jungfrau Maria, der Mutter Gottes.

– Tantarra – tantarra – tan – Alle Welt war zur Maie hinaus, um dort zu hüpfen und zu springen; kein Mensch bekümmerte sich um meine Bemerkungen; ich setzte mich also auf eine Bank vor der Thür und dachte über meine Lage nach. Ich hatte mehr Glück als gewöhnlich, denn noch hatte ich kaum eine halbe Stunde gewartet, als die Meisterin nach Hause kam, um ihre Papilloten aus dem Haar zu nehmen und dann zur Maie zu gehen.

Die Französinnen lieben, beiläufig gesagt, die Maien *à la folie*, sie lieben sie noch mehr als die Frühmetten. Gebe man ihnen nur eine Maie, gleichviel, ob im Mai, Juni, Juli oder September, – die Zeit ist ihnen gleichgültig, gleich geht es los; eine Maie ist ihnen viel lieber als Essen, Trinken, Waschen, Wohnen; – und wären wir nur so höflich, Ew. Wohlgeboren, ihnen eine tüchtige Anzahl davon hinüberzuschicken (denn das Holz ist rar in Frankreich) – –

so würden die Weiber sie schon einpflanzen und darum herumtanzen (und die Männer mit), bis ihnen Hören und Sehen verginge.

Die Frau des Stellmachers kam, wie gesagt, nach Hause, um die Papilloten aus dem Haar zu nehmen. Die Gegenwart eines Mannes stört keine Toilette; sobald sie also in die Stube getreten war, nahm sie ihre Mütze ab, um anzufangen; dabei fiel eine der Papilloten auf die Erde – ich sah sogleich, es war meine Handschrift!

– Herr des Himmels, rief ich, Sie haben also meine Bemerkungen auf Ihrem Kopfe, Madame!

J'en suis bien mortifié, sagte sie. – Noch gut, dachte ich, daß sie da stecken; etwas tiefer würden sie einen französischen Weiberkopf gut in Verwirrung gebracht haben; da wäre ihm besser gewesen, ewig unfrisirt zu bleiben.

– *Tenez,* sagte sie, und ohne die geringste Ahnung von meinen Leiden nahm sie eine nach der andern vom Kopf und legte sie mir in den Hut; die eine war dahin gedreht, die andere dorthin. O weh! sagte ich, und wenn sie nun herausgegeben werden!

Da wird man sie noch ganz anders verdrehen!

Einhundertundeinundzwanzigstes Kapitel

– Jetzt also zu Lippius' Uhr! sagte ich mit der Miene eines Mannes, der endlich alle Schwierigkeiten überwunden hat, – nun hindert mich nichts mehr daran, sie zu besehen, und die chinesische Geschichte und das Andere auch. – Nichts als die Zeit, sagte François, denn es ist bald elf Uhr. – So müssen wir desto mehr eilen, sagte ich und schlug den Weg nach der Kathedrale ein.

Ich kann nicht sagen, daß es mich sehr betrübt hätte, als mir einer der niedern Geistlichen beim Eintritt in die Kirche sagte, daß Lippius' große Uhr in Unordnung sei und seit Jahren nicht mehr ginge. – So bleibt mir desto mehr Zeit, sagte ich, die chinesische Geschichte ordentlich zu besehen, und außerdem werde ich besser im Stande sein, dem Publikum von der in Unordnung gerathenen Uhr einen Bericht abzustatten, als wenn ich sie in vollkommenem Zustande gefunden hätte.

Also trabte ich nach dem Jesuitenkollegium.

Nun ist es aber mit dem Vorhaben, eine chinesisch geschriebene chinesische Geschichte zu besehen, gerade so wie mit vielen andern Dingen, die ich nennen könnte, und die die Phantasie nur aus der Ferne reizen; je näher ich der Sache selbst kam, um so mehr kühlte sich mein Blut ab, die Lust schwand immer mehr, und zuletzt hätte ich keinen Pfifferling darum gegeben, sie zu befriedigen. – Ich hatte auch wirklich zu wenig Zeit, und dann zog es mich mächtig zum Grabe der Liebenden. – Gott gebe, sagte ich, als ich den Thürklopfer in die Hand nahm, daß der Bibliothekschlüssel verloren ist. – Es kam ganz ebenso gut – –

Denn die Jesuiten hatten sämmtlich die Kolik, und zwar in einem solchen Grade, wie sich die ältesten Praktiker dessen nicht erinnern konnten.

Einhundertundzweiundzwanzigstes Kapitel

– Da ich in der Geographie des Grabes der Liebenden so wohl beschlagen war, als hätte ich zwanzig Jahre in Lyon gelebt, namentlich aber wußte, daß man jenseit des Thores, welches in die Vorstadt Vaise führt, sich rechts zu halten hat, so schickte ich François nach dem Boote voraus, damit ich dem Grabe ohne Zeugen meiner Schwäche die langersehnte Huldigung darbringen konnte. Mit unaussprechlichem Wonnegefühl näherte ich mich dem Orte. Das Herz brannte mir, als ich der Mauer ansichtig wurde, welche das Grab einschloß.

Zärtliche, treue Geister, rief ich aus, indem ich Amandus und Amanda anredete, lange, lange habe ich danach geschmachtet, mit diesen Thränen Euer Grab zu netzen! Ich komme – ich komme –

Als ich kam, war aber kein Grab zum Benetzen da.

Was hätte ich darum gegeben, wäre nur mein Onkel Toby dagewesen, um seinen Lillabullero zu pfeifen.

Einhundertunddreiundzwanzigstes Kapitel

Wie und in welcher Stimmung ich von dem Grabe der Liebenden floh – oder eigentlich *von* ihm nicht floh, denn es war ja nicht da, – ist gleichgültig; genug, ich kam nur eben zur rechten Zeit bei dem Boote an, und eh' ich hundert Schritt weit gefahren war, hatten Rhone und Saone sich vereinigt, und lustig ging es thalab.

Aber diese Reise auf der Rhone habe ich schon früher, ehe ich sie machte, beschrieben.

So bin ich jetzt in Avignon, und da hier nichts zu sehen ist als das alte Haus, in welchem der Herzog von Ormond wohnte, und da ich blos eine kurze Bemerkung über diese Stadt zu machen habe, so könnt Ihr mich in drei Minuten auf einem Maulthiere über die Brücke reiten sehen: François auf einem Pferde, den Mantelsack hinten aufgeschnallt und der Eigenthümer der beiden Thiere zu Fuße vor uns, eine lange Flinte über der Schulter und ein Schwert unter dem Arme, für den Fall, daß wir ihm mit seinen Thieren davonlaufen wollten. Hättet Ihr meine Hosen gesehen, als ich in Avignon einzog, oder noch besser, als ich auf das Maulthier stieg, Ihr würdet diese Vorsicht nicht für überflüssig gehalten und sie dem Manne nicht verdacht haben; ich wenigstens fand mich nicht im Geringsten beleidigt und beschloß bei mir, ihm am Ende unserer Reise ein Geschenk damit zu machen, als Entschädigung dafür, daß sie ihn in solche Unruhe versetzt und ihn gezwungen hatten, sich so gegen uns zu bewaffnen.

Eh' ich aber weiter reite, will ich mich doch meiner Bemerkung über Avignon entledigen. Es ist folgende: Ich würde es für ein großes Unrecht halten, wenn Jemand blos deshalb, weil ihm zufällig am ersten Abend seines Aufenthaltes in Avignon der Hut vom Kopfe geblasen wurde, gleich behaupten wollte, Avignon leide mehr als irgend eine andere Stadt Frankreichs an heftigen Winden. Deshalb legte ich also keinen weitern Werth auf die Sache, bis ich mich bei meinem Wirthe erkundigt hatte; erst als dieser mir bestätigte, daß dem wirklich so sei, und nachdem ich gehört habe, daß die Windigkeit Avignons im ganzen Lande sprüchwörtlich ist, erwähne ich des Umstandes, damit die Gelehrten den Ursachen nachforschen; die Wirkung habe ich selbst beobachtet, denn hier sind alle Leute entweder Herzoge, oder Marquis, oder Grafen, – in ganz Avignon giebt es keinen Baron, so daß man vor lauter Wind mit den Leuten gar nicht reden kann.

– Guter Freund, sagte ich, haltet mir doch einen Augenblick mein Maulthier, – denn ich mußte einen meiner Stiefel ausziehen, weil er mich am Hacken drückte; der Mann stand müßig an der Thür des Gasthauses, und da ich annahm, daß er zum Hause oder zum Stalle gehörte, so gab ich ihm die Zügel und machte meinen Stiefel zurecht. Als ich fertig war, drehte ich mich herum, um das Maulthier dem Manne wieder abzunehmen und ihm zu danken.

Aber der Herr Marquis war ins Haus gegangen.

Einhundertundvierundzwanzigstes Kapitel

Ich konnte nun das südliche Frankreich von den Ufern der Rhone bis zur Garonne auf meinem Maulthiere ganz gemächlich durchstreifen; – gemächlich, sage ich, denn ich hatte den Tod, Gott weiß wo, weit hinter mir gelassen. – Ich bin schon Manchem durch Frankreich nachgefolgt, sagte er, aber in diesem Schritt noch Keinem! – Doch war er immer noch hinter mir – noch immer floh ich vor ihm, – aber ich war guten Muthes; – noch immer verfolgte er mich, aber er verfolgte mich wie Einer, der es aufgiebt, seine Beute zu erreichen; je weiter er dahintenblieb, je mehr ich ihm vorauskam, desto sanfter wurde sein starrer Blick – was brauchte ich noch zu eilen?

Also, was der Postkommissär mir auch gesagt hatte, ich änderte meinen Reisemodus noch einmal, und nachdem ich meinen Weg eine Zeitlang in so athemloser Eile zurückgelegt hatte, that mir jetzt der Gedanke wohl, die reichen Ebenen Languedocs auf meines Esels Rücken langsam Schritt vor Schritt zu durchziehen.

Es giebt nichts Köstlicheres für einen Reisenden und nichts Schrecklicheres für einen Reisebeschreiber, als eine weithingebreitete reiche Ebene, namentlich wenn sie keine großen Ströme und Brücken hat und dem Auge nichts darbietet, als ein ununterbrochenes Bild üppiger Fülle; denn wenn man einmal gesagt hat, daß sie wunderschön ist, oder wunderlieblich (wie's nun gerade kommt), daß der Boden hier Alles hervorbringt und die Natur ihr ganzes Füllhorn ausgeschüttet hat u.s.w., – so bleibt Einem ein großes, flaches Stück Land auf den Händen, mit dem man nichts anzufangen weiß, und das zu gar nichts nutz ist, als daß es Einen nach irgend einer Stadt bringt; und von dieser Stadt hat man dann vielleicht auch weiter nichts, als daß man von ihr aus wieder ins flache Land gelangt, und so fort.

Das ist ein schreckliches Stück Arbeit – möge man urtheilen, ob ich mit solchen Flachheiten besser fertig zu werden weiß.

Einhundertundfünfundzwanzigstes Kapitel

Noch ehe ich ein paar Meilen geritten war, fing der Mann mit der Flinte schon an, sein Gewehr in Stand zu setzen.

Ich war dreimal entsetzlich nachgeblieben; jedesmal gewiß eine halbe Meile, – einmal wegen einer sehr gelehrten Auseinandersetzung mit einem Trommelmacher, der seine Trommeln für die Jahrmärkte von Beaucaire und Tarascon fertigte; ich konnte aber den Mechanismus nicht begreifen. Das zweite Mal kann ich nicht eigentlich sagen, daß ich anhielt; – ich begegnete zwei Franciskanern, die weniger Zeit zu verlieren hatten als ich, und da sie nicht herauskriegen konnten, wer ich sei und was ich wolle, so ritt ich eine Strecke mit ihnen zurück. Das dritte Mal war's ein kleiner Handel mit einem jungen Weibe; er betraf einen Korb provençalischer Feigen für vier Sous und würde bald abgemacht gewesen sein, wenn nicht noch zuletzt ein Gewissensfall eingetreten wäre. Denn als die Feigen bereits bezahlt waren, erwies es sich, daß unten im Korbe, unter Weinblättern versteckt, zwei Dutzend Eier lagen; da ich nun gar nicht die Absicht hatte, Eier zu kaufen, so machte ich auch keinerlei Anspruch darauf – höchstens hätte der Platz in

Anschlag kommen können, den sie einnahmen; indessen das war nicht von Bedeutung – ich hatte Feigen genug für mein Geld.

Aber ich hatte auf den Korb gerechnet, während sie darauf gerechnet hatte, ihn zu behalten, denn ohne ihn konnte sie die Eier nirgends lassen, und bekam *ich* den Korb nicht, so konnte ich wieder mit meinen Feigen nichts anfangen, denn die meisten waren so reif, daß sie auf der einen Seite schon geplatzt waren. – Dies gab zu einem kleinen Streit Veranlassung, der mit allerhand sonderbaren Vorschlägen, wie wir's machen sollten, endigte.

Wie wir endlich unsere Eier und Feigen placirten, werdet Ihr nicht errathen – der Teufel selbst, wenn er nicht dabei gewesen (ich fürchte aber, er war dabei), erriethe es nicht. – Beruhigt Euch indeß; Ihr sollt es erfahren, nur nicht dieses Jahr, denn ich muß eilen, daß ich zu meines Onkel Toby's Liebschaft komme; Ihr sollt es Alles zu lesen kriegen in der Sammlung von Erzählungen, die sich auf meine Reise durch diese freie Ebene beziehen, und die ich deshalb

Freie Geschichten

nennen werde.

Ob meine Feder auf diesem unfruchtbaren Reisefelde wie die anderer Reisebeschreiber ermüdete, mag die Welt dann beurtheilen; aber die Spuren, welche die Reise selbst in mir hinterlassen und die noch in diesem Augenblicke so überaus lebhaft sind, sagen mir, daß es die fruchtbarste und geschäftigste Periode meines Lebens war. Mit dem Manne mit der Flinte hatte ich hinsichtlich der Zeit nichts bedungen; bei Jedem, der mir begegnete und nicht gerade die größte Eile hatte, blieb ich stehen und schwatzte mit ihm; die vor mir ritten, holte ich ein, die hinter mir kamen, wartete ich ab; denen, die auf Seitenwegen zogen, rief ich zu; alle Bettler, Pilger, Musikanten und Mönche hielt ich an; wo ein Weib im Maulbeerbaume saß, kritisirte ich ihre Beine und versuchte ein Gespräch mit ihr anzufangen, indem ich ihr eine Prise anbot, – kurz, nach Allem, was das Reiseglück mir bot, wie und welcher Art es auch war, griff ich und verwandelte so meine einförmige Ebene in eine belebte Stadt; ich war immer in Gesellschaft, – an Abwechselung fehlte es nie – und da mein Maulthier ebenso viel Geselligkeit besaß als ich, und für jedes Thier, dem es begegnete, stets eine kleine Zuvorkommenheit, einen kleinen Vorschlag in Bereitschaft hatte, so bin ich überzeugt, daß wir einen Monat lang Pall-Mall oder die St. James-Straße hätten auf- und abziehen können, ohne so viel Abenteuer zu erleben, oder so viel Menschliches zu sehen. –

O! hier herrscht jene muntere Offenheit, die jede Falte des languedocschen Gewandes löst, – was auch dahinter stecke, – es sieht aus wie die größte Einfalt der goldnen Zeit, von der die Dichter singen. – Ich *will* mich täuschen, – ich *will* daran glauben.

Es war auf dem Wege zwischen Nismes und Lunel, wo der beste Muskatwein in ganz Frankreich wächst, der, nebenbei gesagt, den tugendhaften Domherren von Montpellier gehört, – und Schmach über Jeden, der ihn an ihrer Tafel trinkt und ihnen den Tropfen mißgönnt –

Die Sonne war bereits untergegangen – das Tagewerk beendigt, – die Nymphen hatten das Haar frisch aufgebunden, und die Burschen machten sich zum Rundtanz fertig; – mein Maulesel blieb wie angenagelt stehen. – Es ist eine Querpfeife und ein Tambourin, sagte ich. – Ich bin zum Tode erschrocken, sagte er. – Sie wollen nur ein Tänzchen zu ihrem Vergnügen machen, sagte ich und stieß ihn in die Seite. – Bei St. Bougre und allen Heiligen, die das Fegefeuer durch die Hinterthür verlassen, sagte er (indem er zu demselben Entschlusse wie die Thiere der Äbtissin von Andouillet kam), ich will keinen Schritt weiter gehen. – Meinetwegen, sagte ich. Mein Lebtag werde ich mich nicht mit einem aus deiner Familie auf vernünftige Vorstellungen einlassen; – damit sprang ich herunter, schleuderte den einen Stiefel in den Graben rechts, den andern in den Graben links und rief ihm zu: – so, nun will ich eins tanzen, – bleib du hier stehen.

Als ich mich der Gruppe näherte, erhob sich eine sonnenverbrannte Tochter der Arbeit und kam mir entgegen; ihr Haar, vom dunkelsten Kastanienbraun, fast schwarz, war in einem einzigen Strange zu einem Knoten aufgebunden.

– Uns fehlt ein Tänzer, sagte sie und hielt mir beide Hände entgegen, als ob sie sich anbieten wollte. – Und einen Tänzer sollst Du haben, sagte ich, indem ich sie beide ergriff.

O, Nanette, wärest Du wie eine Herzogin angezogen gewesen!

Aber diese verdammte Schlitze in Deinem Rock!

Nanette kümmerte das nicht.

Ohne Euch wäre es nicht gegangen, sagte sie und ließ mit natürlichem Anstande eine meiner Hände los, während sie mich an der andern zu dem Reigen führte.

Ein lahmer Junge, den Apollo mit einer Querpfeife begnadigt hatte, wozu er aus eignem Antriebe noch ein Tambourin fügte, begann am Hügel, wo er saß, ein sanftes Vorspiel. – Binde mir doch diese Locke auf, sagte Nanette und reichte mir ein Endchen Schnur. – Ich vergaß ganz, daß ich hier fremd war. – Der ganze Haarknoten fiel herunter. – Wir waren wenigstens sieben Jahre mit einander bekannt gewesen.

Der Junge schlug das Tambourin, – seine Querpfeife folgte – der Tanz begann. – »Hole der Henker die Schlitze!« – –

Des Jungen Schwester, die ihre Stimme vom Himmel gestohlen hatte, sang abwechselnd mit dem Bruder, – es war ein gascognischer Rundgesang:

Viva la joia!
Fidon la tristessa!

Die Nymphen fielen ein, die Burschen ebenfalls, eine Oktave tiefer.

Eine Krone hätte ich darum gegeben, wäre sie zugenäht gewesen. Nanette hätte keinen Sous darum gegeben. *Viva la joia!* war auf ihren Lippen, *Viva la joia!* in ihren Augen. Wir wechselten leuchtende Blicke herzlichen Wohlgefallens. Wie liebenswürdig sie aussah! Warum konnte ich so nicht leben, so nicht meine Tage beschließen! – Gerechter Lenker unserer Freuden und Trübsale, rief ich, warum nicht hier im Schooß der Zufriedenheit sitzen und tanzen und singen und Gebete hersagen und zum Himmel eingehen mit diesem nußbraunen Mädchen? Neckisch beugte sie den Kopf auf eine Seite und sprang neckisch in die Höhe. – Nun ist's Zeit, weiter zu tanzen, sagte ich; – und so tanzte ich weiter, nur mit andern Tänzerinnen und anderer Musik, von Lunel nach Montpellier, – von da nach Pesçnas, Beziers – Ich tanzte mich durch Narbonne, Carcassonne, und Castel Naudairy bis hieher in Perdrillo's Pavillon, wo ich mir ein Transparent hervorhole, um nun ohne Abschweifung oder Parenthese ganz grade in meines Onkels Liebschaft fortzufahren.

Und zwar so:

Einhundertundsechsundzwanzigstes Kapitel

Aber sachte! – denn hier in diesen wonnigen Ebenen, unter dieser zeugenden Sonne, wo eben jetzt zur Weinlese alles Fleisch pfeift und fiedelt und tanzt und die Vernunft bei jedem Schritt von der Phantasie mit fortgerissen wird – versuch' es da nur Einer, trotz Allem, was in diesem Werke bereits über gerade Linien gesagt ist, und wäre er der beste Kohlpflanzer, den's je gegeben, und pflanzte er vorwärts und rückwärts (was bis auf die größere Verantwortung in dem einen Falle hier nicht weiter in Betracht kommt) – versuch' es nur Einer, seinen Kohl bedächtig, kritisch und nach der Regel, einen nach dem andern in geraden Linien und in stoischen Entfernungen zu pflanzen, besonders wenn die Schlitzen nicht zugenäht sind, – ob er da nicht hin und wieder über die Schnur hauen und auf Abwege gerathen wird. In Grönland und Kamtschatka und solchen Ländern mag es vielleicht möglich sein.

Aber hier in diesem sonnigen Klima der Phantasie und der Ausdünstung, wo jeder Gedanke, man mag wollen oder nicht, sich Luft macht; in diesem fruchtbaren Lande der Galanterie und Romantik, in dem *ich,* mein geliebter Eugenius, jetzt sitze und mein Dintenfaß losschraube, um meines Onkel Toby's Liebesabenteuer zu schreiben, wo mein Auge von meinem Studierzimmerfenster aus alle die Irrwege verfolgen kann, die Julia ging, um ihren Diego zu suchen – wenn Du da nicht kommst und mich bei der Hand nimmst –

Was für ein Werk wird das werden!

Doch fangen wir an.

Einhundertundsiebenundzwanzigstes Kapitel

Es ist mit der Liebe wie mit der Hahnreischaft – aber da schwatze ich davon, ein neues Buch anzufangen und habe doch dem Leser noch etwas mitzutheilen, was mir schon längst im Sinne liegt und was er sonst vielleicht sein Lebtag nicht erfährt (wogegen ihm das Gleichniß alltäglich und allstündlich mitgetheilt werden kann); – also will ich das erst kurz abmachen und dann wirklich anfangen.

Die Sache ist aber folgende:

Von allen verschiedenen Arten ein Buch anzufangen, welche in der bekannten Welt im Gebrauch sind, ist die meinige, davon bin ich überzeugt, die beste. Eines ist gewiß, es ist die frömmste, – denn ich fange immer damit an, den ersten Satz zu schreiben, und verlasse mich hinsichtlich des zweiten auf den lieben Gott.

Es würde einen Autor gewiß für alle Zeiten von dem thörichten Treiben kuriren, seine Straßenthür sperrangelweit aufzumachen und die Nachbarn, Freunde, Verwandten, den Teufel und die halbe

Höllenschaar mit ihren Hämmern und Werkzeugen u.s.w. herbeizurufen, wenn er nur Einmal darauf achten wollte, wie bei mir immer ein Satz aus dem andern und der Plan aus allen zusammen folgt.

Ich wünschte, sie sähen mich nur Einmal so, wenn ich mich in meinem Sessel erhebe und die Armlehne fasse, mit welcher Zuversicht ich emporblicke, – wie ich den kommenden Gedanken auf halbem Wege ergreife.

Wahrhaftig, ich glaube, daß ich manchmal einen Gedanken auffange, den der Himmel eigentlich für einen Andern bestimmt hat.

Pope und sein Porträt sind nichts gegen mich; kein Märtyrer ist so voll gläubiger Zuversicht und Begeisterung – ich wollte, ich könnte auch sagen: so voll guter Werke; aber ich bin ohne

Eifer und Zorn, oder
Zorn und Eifer,

und so lange Götter und Menschen beides nicht mit demselben Namen belegen, soll der arroganteste Tartüffe in Wissenschaft, Politik oder Religion mich nie in Harnisch bringen oder ein böseres Wort von mir erhalten oder einen unfreundlicheren Gruß, als der ist, den wir im nächsten Kapitel lesen werden.

Einhundertundachtundzwanzigstes Kapitel

– *Bon jour!* Guten Morgen! Also so früh schon den Mantel um? aber Sie haben recht daran gethan, es ist ein kalter Morgen, – besser gut geritten, als schlecht zu Fuße gegangen, und geschwollene Drüsen sind gefährlich. – Was macht denn Ihre Maitresse – Ihre liebe Frau – die beiderseitigen Kinderchen? – Haben Sie lange keine Nachricht von dem alten Herrn, – von der alten Dame, –

von Ihrer Schwester, Tante, Ihrem Onkel oder Ihren Vettern? – Ich hoffe, es geht besser mit ihrer Erkältung, ihrem Husten, ihrem Fieber, ihrer Wassersucht, ihrem Zahnweh und ihren schlimmen Augen.

– Weiß der Teufel, was dem Arzt einfällt, so viel Blut zu lassen! solche abscheuliche Abführung zu verordnen! solch ein Brechmittel, Kräuterkissen, Pflaster, Klystier, solch ein Dekokt, solche spanische Fliege! Und warum so viel Gran Kalomel – *Sancta Maria* – eine solche Dosis Opium? *Pardi,* er vergiftet Sie und Ihre ganze Familie vom Kopf bis zu den Zehen. – Bei meiner Großtante Dinah alter schwarzer Sammetmaske, *dazu,* meine ich, war kein Grund.

Nun hatte meine Großtante, eh' sie das Kind von dem Kutscher bekam, die Maske sehr viel benutzt und deshalb war sie um's Kinn herum so abgegriffen, daß keiner von der Familie sie nachher tragen wollte. Sie neu zu überziehen, lohnte sich nicht, und eine abgetragene Maske zu tragen oder so eine, durch die man hindurchsehen konnte, wäre ebenso gut gewesen, als ob man gar keine vorgehabt hätte.

Das, Ew. Wohlgeboren, ist der Grund, weshalb wir in unserer zahlreichen Familie seit vier Generationen nur Einen Erzbischof, Einen welschen Richter, drei oder vier Rathsherren und einen einzigen Quacksalber aufweisen können.

Im sechzehnten Jahrhundert können wir uns dagegen rühmen, nicht weniger als ein Dutzend Alchemisten in unserer Familie gehabt zu haben.

Einhundertundneunundzwanzigstes Kapitel

»Es ist mit der Liebe wie mit der Hahnreischaft« – der leidende Theil ist zum allerwenigsten der *dritte,* aber gewöhnlich der *letzte* im Hause. Der etwas davon erfährt; Das kommt, wie alle Welt weiß, daher, weil es für jedes Ding ein halb Dutzend verschiedener

Benennungen giebt, und so lange in diesem Gefäße unseres Leibes Dasjenige Liebe heißt, was in jenem Haß, – Das eine halbe Elle höher Gefühl, was dort Dummheiten – (Nein, Madame, nicht da, – ich meine die Stelle, auf die ich mit dem Finger zeige) – wie kann es da anders sein?

Von allen Sterblichen und meinetwegen Unsterblichen, die je über diesen räthselhaften Punkt nachgegrübelt haben, war mein Onkel wohl am wenigsten dazu befähigt, seine zwiespältigen Gefühle zu ergründen; auch hätte er sie unfehlbar ganz ruhig ihren Weg gehen lassen, wie man böse Dinge gehen läßt, um zu sehen, was daraus werden würde, wenn nicht Bridgets Brief an Susanna sie vorahnend verkündigt und Susanna sie nicht vor aller Welt laut bezeugt hätte; – so war mein Onkel Toby gezwungen, die Sache ins Auge zu fassen.

Einhundertunddreißigstes Kapitel

Daß für Weber, Gärtner und Fechter, sowie für Leute mit *einem* abgemagerten Bein (wenn dasselbe nämlich von einem Fußübel kommt) von jeher ein zärtliches Nymphenherz im Stillen brach, – das wird von ältern und neuern Physiologen hinreichend bestätigt und erklärt.

Ein Wassertrinker – ich meine einen von Profession, und bei dem es nicht Lug und Trug ist – befindet sich in demselben Falle. Auf den ersten Anblick fehlt hier der Zusammenhang und die logische Wahrscheinlichkeit; denn daß ein Strom kalten Wassers, der durch mein Inneres läuft, eine Fackel anstecken soll in meiner Jenny – – die Sache leuchtet Einem nicht ein, Ursache und Wirkung scheinen sich zu widersprechen – –

Aber das zeigt eben nur die Schwachheit und Beschränktheit der menschlichen Vernunft.

– Und es bekommt Ihnen?

510

– Vortrefflich, Madame, mein bester Freund könnte es mir nicht besser wünschen.

– Und Sie trinken nichts, gar nichts als Wasser?

Ungestümes Element! sobald du gegen die Schleußen des Gehirnes drängst, siehe, wie bald sie nachgeben!

Herein schwimmt *Neugier* und winkt ihren Gespielinnen; sie tauchen mitten in die Strömung.

Phantasie sitzt nachdenklich am Ufer und folgt dem Strome mit den Augen; sie wandelt Strohhalme und Binsen in Masten und Bugspriete. *Begierde* aber, mit der einen Hand das aufgeschürzte Gewand haltend, hascht mit der andern nach ihnen, wie sie an ihr vorüberschwimmen.

O, ihr Wassertrinker! also mit diesem betrügerischen Quell habt ihr so oft die Welt gelenkt und wie ein Mühlrad herumgedreht? – habt der Unvermögenden Angesicht geschunden, ihre Rippen gepudert, ihre Nasen eingeseift und manchmal gar Form und Gestalt der Natur verändert?

– An Deiner Stelle, Eugenius, sagte Yorick, würde ich mehr Wasser trinken. – Und an Deiner Stelle, Yorick, erwiederte Eugenius, würde ich das auch thun.

Das beweist, daß Beide den Longinus gelesen hatten.

Was mich anbetrifft, so habe ich mir vorgenommen, nie andere Bücher zu lesen, als solche, die ich selbst geschrieben habe.

Einhundertundeinunddreißigstes Kapitel

Ich wünschte, mein Onkel Toby wäre ein Wassertrinker gewesen; denn dann wäre es klar, weshalb sich bei Wittwe Wadman gleich das erste Mal, als sie ihn sah, etwas zu seinen Gunsten regte: etwas! – etwas! –

Etwas, – vielleicht mehr als Freundschaft – vielleicht weniger als Liebe; – etwas – nun ich weiß nicht was, noch wo, und gäbe auch kein Haar aus meines Maulthiers Schwanz darum, sollt' ich's gleich selber ausreißen müssen (der Bursche hat übrigens keins überflüssig und ist obendrein ein Racker), wenn Ew. Wohlgeboren mir das Räthsel erklären wollten.

So viel bleibt ausgemacht, – mein Onkel Toby war kein Wassertrinker; – er trank es weder unvermischt, noch vermischt, noch irgendwie, noch irgendwo, – ausgenommen zufällig, auf vorgeschobenen Posten, wo eine bessere Flüssigkeit nicht zu haben war, oder während seiner Krankheit, wo ihm der Wundarzt sagte, es würde die Fibern ausdehnen und sie schneller zusammenbringen, – da trank es mein Onkel Toby, um sich Ruhe zu schaffen.

Da nun aber alle Welt weiß, daß in der Natur keine Wirkung ohne Ursache sein kann, und es nicht minder bekannt ist, daß mein Onkel Toby weder ein Weber, noch ein Gärtner, noch ein Fechter war, so bleibt nichts Anderes übrig, als anzunehmen, daß meines Onkels Bein – aber das hilft uns wieder nichts zu unserer Vermuthung, denn dann hätte die Abmagerung des Beines von einem *Fußübel* kommen müssen, – Onkel Toby's Bein war aber durch kein Fußübel abgemagert – es war überhaupt nicht abgemagert. Weil er es drei Jahre lang, wo er krank in meines Vaters Hause gelegen, gar nicht gebraucht hatte, war es etwas steif und ungelenk geworden, aber sonst war es voll und muskulös und ein in jeder Hinsicht tüchtiges, vielversprechendes Bein, ganz wie das andere.

Ich entsinne mich wirklich keiner Meinung oder keiner Begebenheit in meiner Lebensgeschichte, wo ich so sehr in Verlegenheit gewesen wäre, gewisse Dinge zusammenzubringen und dem Kapitel, an dem ich schrieb, eine solche Wendung zu geben, daß das Nachfolgende sich natürlich anschlösse, wie dies im Augenblick der Fall ist; man sollte glauben, ich fände besonderes Vergnügen daran, mir selbst allerhand Schwierigkeiten zu bereiten, blos um sie dann zu überwinden.

Unbedachtsamer! Bist Du nicht ohnehin genug geplagt mit aller-hand Noth und Trübsal, die auf Dich als Autor wie als Mensch von allen Seiten einstürmt? mußt Du sie leichtsinnig selbst noch vermehren?

Ist es nicht genug, daß Du in Schulden steckst und zehn Wagen-ladungen von Deinem fünften und sechsten Bande noch immer unverkauft sind, und Du nicht weißt, was Du anfangen sollst, um sie los zu werden? – Quält Dich nicht bis zum heutigen Tage das abscheuliche Asthma, das Du Dir in Flandern beim Schlittschuh-laufen gegen den Wind geholt hast? und ist es nicht erst einen Monat her, daß Du einen Lachkrampf bekamest, weil Du einen Kardinal sein Wasser wie einen Chorknaben (mit beiden Händen) abschlagen sahest, und sprengtest Du Dir dabei nicht ein Gefäß in der Lunge, so daß Du in zwei Minuten ebenso viel Quart Blut verlorest, und sagte Dir damals nicht die gelehrte Fakultät, daß, wenn Du noch einmal so viel verloren hättest, so würde das – eine Gallone ausgemacht haben?

Einhundertundzweiunddreißigstes Kapitel

Aber um's Himmels willen, laßt uns jetzt nicht von Quart und Gallonen sprechen – laßt uns einfach der Geschichte folgen; sie ist so delikat und verwickelt, daß sie kaum die Verschiebung des kleinsten Tüttelchens vertragen kann, und Ihr hättet mich fast in die Mitte hineingebracht.

Wollen wir doch etwas vorsichtiger sein!

Einhundertunddreiunddreißigstes Kapitel

Um von dem oft erwähnten Rasenplatze Besitz zu ergreifen und die Campagne ja nicht später als die übrigen Alliirten zu eröffnen, waren mein Onkel Toby und der Korporal mit solcher Eile und solcher *Über*eilung auf das Land gefahren, daß sie eines der nothwendigsten Utensilien mitzunehmen vergessen hatten; das war nicht etwa ein Pionierspaten, oder eine Hacke, oder eine Schaufel, –

– sondern ein Bett, um darin zu schlafen, und da Shandy-Hall zu jener Zeit noch nicht wohnlich eingerichtet und die Herberge, wo der arme Le Fever starb, noch nicht gebaut war, so war mein Onkel Toby gezwungen, für eine oder ein paar Nächte Mrs. Wadmans Gastfreundschaft in Anspruch zu nehmen, bis der Korporal (der mit seiner Eigenschaft als vortrefflicher Kammerdiener, Reitknecht, Koch, Flickschneider, Chirurgus und Ingenieur auch die eines ausgezeichneten Tapeziers verband) mit Hülfe eines Zimmermannes und eines Schneiders ein Bett in meines Onkels Hause aufgeschlagen haben würde.

Eine Tochter Eva's – denn das war Wittwe Wadman, und es fällt mir nicht ein, ihr einen andern Charakter beilegen zu wollen, als

– »daß sie ganz ein Weib war« – thäte wahrhaftig besser, fünfzig Meilen davon zu bleiben, oder sich's in ihrem warmen Bette bequem zu machen, – oder mit dem Küchenmesser zu spielen, oder sonst was zu thun, aber nicht einen Mann zum Gegenstande ihrer Aufmerksamkeiten zu machen, wenn Haus und Hausgeräth ihr gehören. –

Außer dem Hause und bei hellem, lichtem Tage, wo die Frau, physisch gesprochen, den Mann in sehr verschiedenem Lichte betrachten kann, ist nichts dabei; aber hier kann sie ihn, mag sie's anfangen, wie sie will, in keinem Lichte betrachten, ohne etwas von ihrem Hab und Gut hineinzumischen, bis sie durch Wiederholung solcher Gedankenverbindungen dahin gelangt, ihn unter ihr Inventar mitzurechnen.

– Und dann gute Nacht!

Aber das ist keine Theorie – die habe ich schon oben abgemacht, auch kein Glaubensartikel, denn anderer Leute Glaube geht mich nichts an, – auch keine Thatsache, wenigstens nicht so viel ich wüßte. – Es steht nur der Verbindung wegen und soll das Nachfolgende einleiten.

Einhundertundvierunddreißigstes Kapitel

Ich will hier gar nicht von ihrer Grobheit oder Feinheit, oder von der Stärke ihrer Zwickel reden, – aber das wird man mir doch zugeben, daß Nachthemden sich auch darin von Tageshemden unterscheiden, daß sie viel länger sind; – wenn man liegt, so reichen sie Einem fast ebenso weit über die Füße hinaus, als die Tageshemden zu kurz schießen.

Wittwe Wadmans Nachthemden waren in dieser Art zugeschnitten (ich glaube, die Mode stammt aus der Regierungszeit König Wilhelms und der Königin Anna), und wenn sie abkommen sollte (in Italien sind die Hemden fast ganz aus der Mode), so sollte mir das des Publikums wegen leid thun. Wittwe Wadmans Nachthemden waren zwei und eine halbe vlämische Elle lang, und nimmt man an, daß eine Frau mittlerer Größe zwei Ellen mißt, so blieb ihr eine halbe Elle zu beliebigem Gebrauche übrig.

Eine siebenjährige Wittwenschaft mit ihren kalten, winterlichen Nächten hatte manche kleine Verwöhnung aufkommen lassen, und so hatte es sich nach und nach so gemacht und war seit den letzten zwei Jahren unverbrüchliche (Schlaf-) Kammerordnung geworden, daß, sobald Wittwe Wadman im Bette lag und ihre Beine ausgestreckt hatte, Bridget auf ein gegebenes Zeichen mit größter Wohlanständigkeit die Bettdecke von den Füßen zurückschlug, die erwähnte halbe Elle Leinwand faßte, sie leise mit beiden Händen, so weit es ging, herunterzog, der Länge nach in vier bis fünf glatte Falten schlug, dann eine große Nadel aus dem Ärmel nahm und damit, indem sie die Spitze gegen sich richtete, die sämmtlichen Falten etwas über dem Saume zusammensteckte; war das geschehen, so deckte sie die Füße wieder zu und wünschte ihrer Herrin eine gute Nacht.

So geschah es jeden Abend, nur mit dem einzigen kleinen Unterschied: wenn Bridget an unfreundlichen, stürmischen Abenden das Bett am Fußende aufdeckte u.s.w., so befragte sie dabei kein Thermometer, als das ihrer eigenen Gemüthsstimmung; demnach vollzog sie das Geschäft entweder stehend oder knieend oder gekauert, je nach den verschiedenen Graden von Glaube, Hoffnung und Liebe, in denen sie sich befand, oder die sie gegen ihre Herrin an dem Abend gerade hegte. Sonst aber wurde die Etikette heilig gehalten und konnte es, was das anbetrifft, mit der gedankenlosesten und unbeugsamsten Bettkammeretikette der Christenheit aufnehmen.

Den ersten Abend, als der Korporal meinen Onkel Toby in sein Schlafzimmer hinaufgebracht hatte, warf sich Mrs. Wadman in ihren Lehnstuhl, das linke Bein über das rechte, was einen Stützpunkt für ihren Ellenbogen abgab, legte ihre Wange in die flache Hand und sann, so vorwärts gelehnt, bis Mitternacht.

Den zweiten Abend ging sie an ihr Bureau, und nachdem ihr Bridget ein paar frische Lichter hatte bringen und auf den Tisch stellen müssen, nahm sie ihren Ehekontrakt heraus und las ihn mit großer Andacht durch; und den dritten Abend (den letzten, welchen Onkel Toby in ihrem Hause zubrachte), als Bridget das Nachthemd heruntergezogen hatte und eben die Nadel einstecken wollte, – gab sie auf einmal mit beiden Hacken einen Stoß, den allernatürlichsten, der in ihrer Lage gegeben werden konnte, denn stelle man sich vor, daß * * * * * die Sonne im Meridian wäre, so war's ein Nord-Ost-Stoß; – damit stieß sie ihr die Nadel aus den Fingern, daß sie auf den Boden fiel und mit ihr die Etikette, die daran hing und in tausend Trümmer zerschellte.

Woraus klar und deutlich hervorging, daß Wittwe Wadman in meinen Onkel Toby verliebt war.

516

Einhundertundfünfunddreißigstes Kapitel

Meines Onkel Toby's Kopf war um diese Zeit von andern Dingen voll, so daß er erst nach der Zerstörung von Dünkirchen, als alle andern europäischen Fragen geordnet waren, Muße fand, auf diese Angelegenheit zurückzukommen.

Somit trat ein Waffenstillstand (das heißt in Bezug auf meinen Onkel Toby, für Mrs. Wadman war es schier verlorene Zeit) von fast elf Jahren ein. Aber da es in allen Fällen dieser Art stets der zweite Hieb ist (mag er noch so spät fallen), mit dem die eigentliche Affaire beginnt, so ziehe ich es vor, diese Liebesgeschichte die Liebesabenteuer meines Onkels Toby mit Wittwe Wadman, nicht umgekehrt, die Liebesabenteuer der Wittwe Wadman mit meinem Onkel Toby zu nennen.

Diese Unterscheidung ist nicht unwesentlich.

Es ist damit nicht etwa wie mit dem alten dreieckigen Hut und dem dreieckigen alten Hut, worüber sich Ew. Hochehrwürden so oft in die Haare gerathen sind, hier findet ein wirklicher, in der Natur der Dinge begründeter Unterschied statt.

Und, Ihr könnt Euch darauf verlassen, ein recht großer.

Einhundertundsechsunddreißigstes Kapitel

So lange nämlich Wittwe Wadman meinen Onkel Toby, mein Onkel Toby aber nicht Wittwe Wadman liebte, blieb der Wittwe Wadman nichts zu thun übrig, als entweder meinen Onkel Toby immer ruhig weiter zu lieben, oder es bleiben zu lassen.

Wittwe Wadman konnte sich weder zu dem Einen noch zum Andern entschließen.

Barmherziger Himmel! aber ich vergesse ganz, daß ich selbst ein wenig von ihrem Temperamente habe: denn wenn es so kommt, wie es wohl manchmal um die Aequinoctien herum geschieht, daß eine erdgeborene Gottheit dies und das und noch was ist, und ich um ihretwillen mein Frühstück nicht anrühren mag, und sie sich nicht im Geringsten darum schiert, ob ich mein Frühstück esse oder nicht –

So verwünsche ich sie und schicke sie zur Tartarei und von der Tartarei nach Terra del Fuego u.s.w. zum Teufel. Es giebt keinen Höllenwinkel, wo ich ihre Göttlichkeit nicht hineinstecke.

Aber das Herz ist zärtlich, die Leidenschaften ebben und fluthen in solcher Zeit zehnmal in einer Minute, und so hole ich sie denn auch gleich wieder zurück, und da ich nichts mit Maße thue, pflanze ich sie dann gleich mitten in die Milchstraße hinein.

Glänzendster der Sterne! du wirst deinen Einfluß schon auf Jemand ausstrahlen!

– Hole der Henker sie und ihren Einfluß dazu! – denn dies Wort läßt mich alle Geduld verlieren – wohl bekomm's! Bei Allem, was rauh und gespalten ist! rufe ich und reiße mir die Pelzkappe vom Kopf, um sie um den Finger zu wickeln, nicht einen Groschen gebe ich für ein ganzes Dutzend der Art!

– Aber 's ist doch ein treffliches Käppchen (hier setze ich es wieder auf und drücke mir's recht in die Ohren), so warm und weich; besonders wenn man's nach der richtigen Seite streicht, – aber ach! das gelingt mir eben nie – (dann ist's mit meiner Philosophie wieder zu Ende).

Nein – die ganze Pastete ist nicht für mich (hier falle ich aus dem Gleichniß) –

Kruste und Krume,

Außenwerk, Innenwerk,

Deckel, Boden – ich mag's nicht, – ich verabscheue es, – es ekelt mich an.

Es ist nichts als Pfeffer,

Knoblauch,

Zwiebel,

Salz und

Teufelsdreck. – Beim großen Erzkoch aller Köche, der, glaube ich, von früh bis spät nichts weiter thut, als daß er am Herde sitzt und hitzende Gerichte für uns erfindet, – ich möcht' es nicht anrühren, um nichts in der Welt.

O, Tristram, Tristram, rief Jenny.

O, Jenny, Jenny, rief ich, – und damit wollen wir zum nächsten Kapitel übergehen.

Einhundertundsiebenunddreißigstes Kapitel

– »Ich möcht' es nicht anrühren, um nichts in der Welt« – sagte ich nicht so?

Gott – wie diese Metapher mich erhitzt hat!

Einhundertundachtunddreißigstes Kapitel

– Woraus ersichtlich, was Ew. Wohlgeboren und Hochehrwürden nun auch davon sagen mögen (denn darüber denken wird Jeder, der überhaupt denkt, ganz wie Sie), daß die Liebe, alphabetisch gesprochen, ein gar

A ufregendes,

B ethörendes,

C aptivirendes,

D ämonisches Ding ist; die

E rregbarste,

F lüchtigste,

G ährendste,

H itzigste,

I rreführendste (mit K find' ich nichts) und

L yrischeste aller menschlichen Leidenschaften, und zugleich von
    so

M ißgelaunter,

N aseweiser,

O bstruktiver,

P erfider,

S innloser,

R äthselvoller –

– hier hätte das R eigentlich vor dem S stehen müssen – genug von *solcher* Natur: »daß«, wie mein Vater einmal am Schluß einer langen Abhandlung über diesen Gegenstand zu meinem Onkel Toby sagte: »man nicht zwei Gedanken darüber, lieber Toby, ohne eine Hypallage zusammenstellen kann.«

– Was heißt das? fragte mein Onkel Toby.

– Das heißt, ohne den Karren vor das Pferd zu spannen, erwiederte mein Vater.

– Und was soll das Pferd da? rief mein Onkel Toby.

– Nichts, sagte mein Vater; es muß entweder in die Gabel, oder den Wagen stehen lassen.

Nun, wie gesagt, Wittwe Wadman wollte keines von beiden.

Aber sie stand fertig aufgezäumt und aufgeschirrt, und behielt die Sache im Auge.

Einhundertundneununddreißigstes Kapitel

Von den Schicksalsschwestern, welche die ganze Liebschaft der Wittwe Wadman und meines Onkels Toby ohne Zweifel vorausgesehen hatten, war von Urbeginn der Schöpfung an (und zwar auf eine rücksichtsvollere Weise, als es sonst ihre Art ist) eine so ununterbrochene Kette von Ursachen und Wirkungen geschlungen worden, daß mein Onkel Toby in gar keinem andern Hause hätte wohnen oder gar keinen andern Garten in der Christenheit hätte besitzen können, als gerade dieses Haus und diesen Garten, welche dicht neben Mrs. Wadmans Haus und Garten lagen; dies und eine dichte Laube, die zwar zu Mrs. Wadmans Garten gehörte, aber in gleicher Reihe mit meines Onkels Hecke stand, bot der zärtlichen Wittwe jede Gelegenheit, die sie zu ihrer Kriegsführung bedurfte: sie konnte meines Onkel Toby's Bewegungen beobachten und seinen Kriegsrath belauschen, und als sein argloses Herz dem Korporal, den sie durch Bridget hatte bearbeiten lassen, die Erlaubniß gab, ihr ein kleines Verbindungspförtchen einrichten zu dürfen, damit sie ihre Spaziergänge etwas weiter ausdehnen könne, setzte er sie in den Stand, ihre Approchen bis zur Thür seines Schilderhauses vorzuschieben, ja hin und wieder aus Dankbarkeit einen Angriff zu unternehmen und den Versuch zu machen, ihn mit sammt dem Schilderhaus in die Luft zu sprengen.

Einhundertundvierzigstes Kapitel

Es ist traurig genug, – aber nach Allem, was man täglich sieht, ist es doch gewiß, daß ein Mann wie ein Licht an beiden Enden in Brand gesetzt werden kann, – vorausgesetzt nämlich, daß Docht genug heraussteht. Steht zu wenig heraus, so brennt's nicht; – steht aber genug heraus und steckt man ihn unten an, so hat die Flamme gemeiniglich das Unglück, sich selbst auszulöschen, und damit ist die Sache dann wieder zu Ende.

Dürfte ich bestimmen, auf welche Art ich verbrannt werden möchte – denn wie ein Vieh verbrannt zu werden, den Gedanken kann ich nicht ertragen, – so würde ich eine Hausfrau bitten, mich immer am oberen Ende anzuzünden; so könnte ich anständig her-unterbrennen, d.h. vom Kopfe zum Herzen, vom Herzen zur Leber, von der Leber zu den Nieren und so weiter durchs Gekröse und alle Gedärme und Eingeweide bis zum Blinddarm.

– Bitte, *Dr.* Slop, sagte mein Onkel Toby und unterbrach diesen, der an jenem Tage, wo meine Mutter mit mir niederkam, in einem Gespräche mit meinem Vater das Wort Blinddarm gebrauchte, – bitte, sagte er, was ist das, Blinddarm? So alt ich bin, weiß ich doch bis diesen Tag noch nicht, wo er liegt.

– Der Blinddarm, sagte *Dr.* Slop, liegt zwischen dem *Ilion* und dem *Colon.*

– Beim Manne? sagte mein Vater.

– Das ist gleich, sagte *Dr.* Slop, beim Manne wie beim Weibe. – So, das habe ich nicht gewußt, sagte mein Vater.

Einhundertundeinundvierzigstes Kapitel

Um ganz sicher zu gehen, beschloß Mrs. Wadman meinen Onkel Toby weder an dem einen, noch an dem andern Ende anzustecken, sondern, wie ein Verschwender sein Licht, wo möglich an beiden Enden zugleich. –

– Und hätte Wittwe Wadman sieben Jahre lang hintereinander alle Waffenkammern Europa's, gleichviel ob für Fußvolk oder Reiterei – von dem großen Arsenal zu Venedig an bis zum londoner Tower (exklusive) durchstöbert, und Bridget ihr dabei geholfen, sie würde keine Waffe gefunden haben, die zu ihrem Zwecke so dienlich gewesen wäre als die, welche ihr meines Onkel Toby's Unternehmen in die Hand gab.

Ich glaube schon erzählt zu haben – indeß gewiß weiß ich's nicht, – es ist möglich, – doch gleichviel; es giebt Dinge, die man lieber gleich noch einmal thut, als daß man darüber streitet, und hier ist ein solcher Fall. Also: wenn der Korporal im Verlaufe einer Campagne irgend eine Stadt oder Festung unter den Händen hatte, so war es meines Onkel Toby's erste Sorge, daß der Plan der betreffenden Stadt auf der Innenwand des Schilderhauses links von ihm aufgehängt und dort mit zwei oder drei Nadeln am oberen Ende festgesteckt wurde, so daß er frei hinge und man ihn dem Auge bequem näher bringen könne u.s.w., wie die Umstände es gerade verlangten. – Sollte also ein Angriff gemacht werden, so hatte Mrs. Wadman, wenn sie bis zum Schilderhause gekommen war, nichts weiter zu thun, als ihre rechte Hand auszustrecken, den linken Fuß in derselben Richtung etwas vorzuschieben, die Karte oder den Plan in die Höhe zu halten und sich halb nach ihm hinzubeugen; sogleich fing mein Onkel Toby Feuer; er ergriff den andern Zipfel des Planes mit der linken Hand, und in der rechten die Pfeife haltend begann er die Erklärung.

War der Angriff bis zu diesem Punkte gediehen, so wird man leicht die Gründe zu Mrs. Wadmans nächstem Meisterzuge erkennen, der darin bestand, meinem Onkel Toby sobald als möglich die Tabakspfeife aus der Hand zu spielen. Das gelang ihr unter diesem oder jenem Vorwande, aber gewöhnlich unter dem, irgend eine Redoute oder eine Brustwehr auf dem Plane genauer bezeichnen zu wollen; ehe mein Onkel Toby (armer Onkel!) ein halb Dutzend Faden mit ihr marschirt war, hatte er sie verloren.

Nun war er gezwungen, den Zeigefinger zu gebrauchen.

Die Veränderung, welche dadurch im Angriff vor sich ging, war folgende. So lange sie mit ihrem Zeigefinger gegen meines Onkels Pfeifenspitze stritt, hätte sie die Linien hinunter von Dan bis Berseba marschiren können, wenn nämlich meines Onkels Linien sich so weit ausgedehnt hätten, ohne die geringste Wirkung zu erzielen; denn in der Pfeifenspitze war kein Blutstropfen, keine Lebenswärme, sie konnte weder Empfindung erregen, pulsiren und zünden, – noch durch Sympathie entzündet werden; – es war nichts als Rauch.

Folgte sie dagegen meines Onkels Zeigefinger mit dem ihrigen, ganz dicht, durch alle Windungen und Einschnitte seiner Festungswerke, drängte sie ihn von der Seite, tippte ihm auf den Nagel, stand ihm hier im Wege, berührte ihn hie und da und so fort, – so regte das auf.

Obgleich dies nur ein leichtes Geplänkel war, das ziemlich weit von der Linie stattfand, so verwickelte es doch die übrigen Truppen bald, und der Kampf wurde allgemein; denn nun ließ mein Onkel Toby in seiner Herzenseinfalt gewöhnlich den Plan gegen die Wand des Schilderhauses zurückfallen und legte seine Hand flach darauf, um im Erklären fortzufahren; Mrs. Wadman hatte dann aber im Umsehen dasselbe Manöver gemacht, und ihre Hand lag neben der seinigen. – Und damit war ein Weg eröffnet, wie ihn Jemand, der in den Anfangsgründen der Liebe bewandert ist und etwas Übung hat, nur braucht, um Gefühle aller Art auszutauschen.

Wenn ihr Zeigefinger, wie vorher, mit dem meines Onkels Toby in gleicher Richtung stehen wollte, so war es unvermeidlich, daß der Daumen sich auch mit betheiligen mußte, und waren Zeigefinger und Daumen ins Gefecht eingetreten, was war dann natürlicher, als daß bald die ganze Hand Theil nahm? – Die Deinige, lieber Onkel Toby, war nun nie mehr, wo sie sein sollte; Mrs. Wadman fand es in einem fort nöthig, sie aufzuheben, oder dort- oder dahin zu schieben, oder sie mit so zweideutigem Drucke, wie eine Hand nur gedrückt werden kann, um ein Haar breit bei Seite zu drücken.

Wie hätte sie dabei vergessen sollen, ihn darauf aufmerksam zu machen, daß es ihr (und keines Andern) Bein sei, das unten im Schilderhause leicht an seine Wade streife? Und wurde mein Onkel Toby solchergestalt auf seinen beiden Flügeln angegriffen und bedrängt, war es da zu verwundern, wenn auch sein Centrum in Verwirrung gerieth?

Der Henker hol' es, sagte mein Onkel Toby.

Einhundertundzweiundvierzigstes Kapitel

Man wird sich leicht vorstellen können, daß diese Angriffe der Wittwe Wadman sehr verschiedenartig waren, gerade wie die Angriffe, von denen die Kriegsgeschichte uns berichtet, und ganz aus denselben Gründen. Wer sie so im Allgemeinen betrachtet, würde sie kaum für Angriffe halten, oder sie wenigstens leicht mit einander verwechseln, – aber ich will sie ja hier nicht beschreiben. Das wird schon noch ausführlich genug geschehen, aber erst einige Kapitel später; hier will ich nur so viel sagen, daß sich in einem Packen verschiedener Schriftstücke und Zeichnungen, die mein Vater aufbewahrt hat, ein wohlerhaltener Plan von Bouchain vorfindet (und er soll erhalten bleiben, so lange ich noch etwas aufbewahren kann). In der rechten Ecke unten zeigt derselbe Spuren, welche von dem Finger und Daumen eines Tabaksschnupfers herrühren, aller Wahrscheinlichkeit nach von Mrs. Wadman; die andere Ecke, wahrscheinlich die meines Onkels Toby, ist ganz rein. Wir haben hier, so scheint es, einen urkundlichen Beweis für einen dieser Angriffe, denn man kann noch jetzt, zwar undeutlich, aber doch unzweifelhaft am obern Ende des Planes die beiden Löcher erkennen, wo derselbe an dem Schilderhause befestigt war.

Bei Allem, was priesterlich! ich schätze diese köstliche Reliquie mit ihren Flecken und Stichen mehr, als alle Reliquien der katholischen Kirche, wobei ich immer, wenn ich so rede, die Stiche ins Fleisch ausnehme, welche die heilige Radagunda in der Wüste bekam und welche Einem die Nonnen von Cligny auf der Straße von Fesse nach Cluny so bereitwillig zeigen.

Einhundertunddreiundvierzigstes Kapitel

– Ich meine, Ew. Gnaden, sagte Trim, – die Befestigungen sind nun genug zerstört, und das Bassin ist mit dem Molo gleich gemacht. – Ich meine auch, erwiederte mein Onkel Toby mit einem halb unterdrückten Seufzer, – aber geh ins Wohnzimmer, Trim, und hole mir die Stipulation, – sie liegt auf dem Tisch.

– Sie hat sechs Wochen da gelegen, sagte der Korporal, aber heute Morgen hat die Haushälterin Feuer damit angemacht.

– Dann braucht man uns also nicht mehr, sagte mein Onkel
Toby. – Schlimm genug, Ew. Gnaden, sagte der Korporal, und dabei
warf er seinen Spaten mit dem Ausdruck tiefster Bekümmerniß in
einen Schiebkarren, der neben ihm stand; dann sah er sich nach
seiner Hacke, seiner Schaufel, nach den Meßpflöcken und dem
andern Kriegsgeräth um, um Alles zusammen fortzuschaffen, als
– hei – ho – ein so kummervoller Ton aus dem leichtgezimmerten
Schilderhäuschen zu ihm herüberklang, daß er augenblicklich innehielt.

– Nein, sagte der Korporal zu sich, ich will das morgen früh
machen, eh' Se. Gnaden aufgestanden ist; – damit nahm er seinen
Spaten wieder vom Schiebkarren, schaufelte mit demselben ein
wenig Erde, als wolle er am Fuße des Glacis noch etwas glatt machen, – eigentlich aber um seinem Herrn näher zu kommen und
sich mit ihm zu unterhalten, – lockerte ein paar Rasenstücke, schnitt
ihre Seiten mit dem Spaten gerade, klopfte sie mit der Rückseite
desselben wieder an und setzte sich dann dicht zu meines Onkel
Toby's Füßen nieder, um folgendermaßen zu beginnen:

Einhundertundvierundvierzigstes Kapitel

– Es war doch jammerschade; aber, Ew. Gnaden, ich glaube, was
ich da sagen will, schickt sich für einen Soldaten nicht und ist sehr
dumm –

– Ein Soldat, Trim, rief mein Onkel Toby, indem er den Korporal
unterbrach, ist dem so gut wie jeder Gelehrte ausgesetzt, etwas
Dummes zu sagen. – Aber nicht so oft, Ew. Gnaden, sagte der
Korporal. – Mein Onkel nickte.

– Also, es war doch jammerschade, sagte der Korporal und warf
seine Blicke auf Dünkirchen und den Molo, wie Servius Sulpicius
bei seiner Rückkehr von Asien (während er von Aegina nach Megara segelte) die seinigen auf Korinth und den Piräus –

526

– Es war doch jammerschade, Ew. Gnaden, diese Werke zu zerstören, – aber sie stehen zu lassen, wäre ebenso schade gewesen.

– Du hast in Beidem recht, sagte mein Onkel Toby. – Das ist auch der Grund, fuhr der Korporal fort, weshalb ich von Anfang der Zerstörung an bis zu Ende nicht ein einziges Mal weder gepfiffen, noch gesungen, noch gelacht, noch gejucht, noch von alten Zeiten gesprochen, noch Ew. Gnaden eine gute oder schlechte Geschichte erzählt habe.

– Du hast manche gute Eigenschaften, Trim, sagte mein Onkel Toby, aber ich halte es für eine Deiner besten, weil Du doch nun einmal ein Erzähler bist, daß unter den vielen Geschichten, die Du mir in Stunden, wo ich litt, erzähltest, um mich zu erheitern, oder in solchen, wo ich ernst gestimmt war, um mich zu zerstreuen, selten eine schlechte war.

– Das kommt daher, Ew. Gnaden, weil sie alle wahr sind, – außer die von dem Könige von Böhmen und seinen sieben Schlössern; – sie sind mir alle selbst passirt.

– Sie gefallen mir darum nicht weniger, Trim, sagte mein Onkel Toby. – Aber was ist das für eine Geschichte? Du hast mich neugierig gemacht.

– Ich will sie Ew. Gnaden gleich erzählen, sagte der Korporal. – Das heißt, sagte mein Onkel Toby und sah traurig nach Dünkirchen und dem Molo hin, – das heißt, wenn sie nicht lustig ist; zu einer lustigen Geschichte, Trim, muß man aufgelegt sein, und die Stimmung, in welcher ich mich jetzt befinde, würde weder Dir, noch Deiner Geschichte Gerechtigkeit angedeihen lassen. – Sie ist gar nicht lustig, erwiederte der Korporal. – Auch möchte ich nicht, daß sie traurig wäre, setzte mein Onkel Toby hinzu. – Sie ist weder lustig, noch traurig, erwiederte der Korporal, sie wird gerade für Ew. Gnaden recht sein. – Dann werde ich Dir wirklich Dank wissen, rief mein Onkel Toby, – fange also an, Trim.

Der Korporal machte seine Verbeugung; nun ist es gewiß nicht so leicht, wie Mancher sich vielleicht einbildet, ein winziges Monterokäppchen mit Anstand abzunehmen, und noch schwieriger ist es meines Erachtens, glatt auf dem Boden sitzend eine so ehrfurchtsvolle Verbeugung zu machen, wie der Korporal dies zu thun gewohnt war; aber dadurch, daß er die flache Hand des rechten Armes, der seinem Herrn zugekehrt war, ein wenig hinter sich auf dem Grase schleifen ließ, was einen größeren Schwung möglich machte und die Kappe ganz ungezwungen mit dem Daumen und den beiden ersten Fingern der linken Hand zusammendrückte, wodurch er ihren Durchmesser verringerte, so daß er sie so zu sagen mehr vom Kopfe schob, als herunterriß, gelang es ihm, Beides besser zu Stande zu bringen, als man seiner Stellung nach hätte erwarten sollen, und nachdem er sich zweimal geräuspert hatte, um ausfindig zu machen, welcher Ton für seine Geschichte am besten passen und welcher der angemessenste für seines Herrn Stimmung sein würde, wechselte er mit diesem Letzteren einen freundlichen Blick und fing so an:

Die Geschichte vom Könige von Böhmen und seinen sieben Schlössern

– Es war einmal ein König von Böh –

Als der Korporal eben im Begriff war die böhmische Gränze zu überschreiten, veranlaßte ihn mein Onkel Toby, einen Augenblick anzuhalten. Er hatte seine Geschichte im bloßen Kopfe angefangen, denn seitdem er im vorigen Kapitel sein Monterokäppchen abgezogen, lag es neben ihm auf der Erde.

Dem Auge des Wohlwollens entgeht nichts; noch ehe der Korporal an das Ende der ersten fünf Worte seiner Geschichte gekommen war, hatte mein Onkel Toby zweimal mit dem Ende seines Stockes das Monterokäppchen angerührt, als ob er sagen wollte: Warum setzest Du es nicht auf, Trim? – Trim nahm es mit ehrerbietiger Langsamkeit vom Boden auf und warf einen kummervollen Blick auf die Stickerei des vordern Theils, die besonders in den

Hauptblättern und den am kühnsten geschwungenen Linien des Musters erbärmlich beschmutzt und verschossen war; dann legte er sie zwischen seine Füße, um seine Betrachtungen darüber anzustellen.

Alles, was Du darüber sagen willst, Trim, rief mein Onkel Toby, ist nur zu wahr:

»Nichts in der Welt, Trim, nichts ist ewig!«

Aber wenn die Pfänder Deiner Liebe, Deiner Erinnerung, Bruder Tom, so vergehen, sprach Trim, was sollen wir dann sagen?

– Mehr kann man nicht darüber sagen, Trim, sagte mein Onkel Toby, und wenn sich Einer bis zum jüngsten Tage den Kopf zerdenken wollte. Es ist nicht möglich.

Da der Korporal einsah, daß mein Onkel Toby Recht hätte und daß menschlichem Verstande nun und nimmer gelingen würde, eine bessere Lehre aus seiner Kappe zu ziehen, so versuchte er es auch nicht weiter, sondern setzte sie auf, und nachdem er sich mit der einen Hand eine nachdenkliche Falte aus der Stirn gestrichen, die der Text und die daraus gezogene Lehre darauf zurückgelassen hatte, kehrte er, in Ton und Stimme derselbe wie vorher, zu seiner Geschichte des Königs von Böhmen und seiner sieben Schlösser zurück.

Fortsetzung der Geschichte des Königs von Böhmen und seiner sieben Schlösser

Es war einmal ein König von Böhmen; aber unter wem er regierte, ausgenommen unter sich selbst, das kann ich Ew. Gnaden nicht kund und zu wissen thun.

– Ich verlange das auch gar nicht, Trim, rief mein Onkel Toby.

– Es war ein bischen vor der Zeit, Ew. Gnaden, wo die Riesen aufhörten, – aber in was für einem Jahr christlicher Zeitrechnung das war –

– Ich schere mich nicht so viel darum, das zu wissen, sagte mein Onkel Toby.

– So ’ne Geschichte macht sich aber besser, Ew. Gnaden, wenn man –

– Es ist ja Deine eigene, Trim, putze sie also heraus, wie Du willst; nimm irgend eine Zeit, fuhr mein Onkel Toby fort und sah ihn dabei freundlich an, nimm nur irgend eine Zeit, die Dir gefällt, und gieb sie ihr, – ich habe nichts dagegen.

Der Korporal verbeugte sich, denn mein Onkel Toby hatte jedes Jahrhundert und jedes einzelne Jahr jedes Jahrhunderts von der Erschaffung der Welt bis zur Sintfluth, von der Sintfluth bis zu Abrahams Geburt, die Wanderzüge der Patriarchen hindurch bis zum Auszug der Israeliten nach Egypten, alle Dynastien, Olympiaden, Urbeconditas und andere denkwürdige Epochen der verschiedenen Völker der Welt hindurch bis zu Christi Erscheinung und von da bis zu dem Augenblick, wo der Korporal seine Geschichte erzählte, – dieses weite Reich der Zeit und ihre Abgründe hatte er zu seinen Füßen gelegt; aber da Bescheidenheit kaum mit einem Finger berührt, was Freigebigkeit ihr mit beiden Händen darreicht, so begnügte sich der Korporal mit dem allererbärmlichsten Jahre aus dem ganzen Packen; und damit Ew. Wohlgeboren von der Majorität und Minorität sich nicht etwa darüber zanken und das Fleisch von den Knochen reißen: »ob das nicht etwa das letztverflossene Jahr war?« so sage ich Ihnen gerade heraus, ja das war es. – Aber aus einem andern Grunde, als Sie meinen.

Es war ihm das nächste; und da es das Jahr 1712 war, in welchem der Herzog von Ormond eine so verdammte Rolle in Flandern gespielt hatte, so nahm es der Korporal und rückte frisch wieder in Böhmen ein. –

Fortsetzung der Geschichte des Königs von Böhmen und seiner sieben Schlösser

Es war einmal im Jahre unseres Herrn 1712, mit Ew. Gnaden Erlaubniß –

– Wenn ich Dir die Wahrheit gestehen soll, Trim, sagte mein Onkel Toby, so würde mir eine andere Jahreszahl besser gefallen, nicht blos wegen des bösen Fleckens, den unsere Geschichte in diesem Jahr bekam, wo unsere Truppen davon marschirten und die Belagerung von Quesnoi nicht decken wollten, obgleich Fagel die Festungswerke mit unglaublicher Gewalt bestürmte, sondern auch wegen Deiner eigenen Geschichte, Trim; denn sieh, wenn Riesen darin vorkommen sollten, wie ich aus einigen Deiner Andeutungen vermuthen darf –

– Es kommt nur einer vor, Ew. Gnaden.

– Das ist ebenso gut, als wenn zwanzig vorkämen, erwiederte Onkel Toby; Du würdest besser thun, wenn Du ihn den Kritikern und dem andern Volke ein sieben- oder achthundert Jahre aus dem Wege führtest; deshalb rathe ich Dir, wenn Du die Geschichte wiedererzählst –

Wenn ich sie einmal in meinem Leben zu Ende erzählt habe, Ew. Gnaden, sagte Trim, so will ich sie Niemandem wieder erzählen, nicht Mann, nicht Frau, nicht Kind.

Pah! pah! sagte mein Onkel Toby; – aber er sagte es mit einem Tone so freundlicher Aufmunterung, daß der Korporal mit doppelter Lebhaftigkeit in seiner Geschichte fortfuhr.

Fortsetzung der Geschichte von dem König von Böhmen und seinen sieben Schlössern

Es war einmal, Ew. Gnaden, sagte der Korporal und erhob die Stimme, während er sich vergnügt die Hände rieb, ein König von Böhmen –

– Laß lieber die Jahreszahl ganz weg, sagte mein Onkel, indem er sich vorbeugte und seine Hand auf des Korporals Schulter legte, wie um die Unterbrechung zu entschuldigen, – laß sie lieber ganz weg, Trim; eine Geschichte kann solcher genauen Angaben sehr gut entbehren, besonders wenn man es nicht genau weiß. – Genau weiß! wiederholte der Korporal und schüttelte den Kopf.

Gewiß, fuhr mein Onkel Toby fort, es ist nicht leicht für unser Einen, Trim, der wie Du und ich in den Waffen aufgewachsen ist und selten weiter vorwärts gesehen hat, als bis zum Korn auf seiner Flinte und rückwärts bis auf seinen Tornister, alles das zu wissen. – J, natürlich, Ew. Gnaden, sagte der Korporal, dem die Art, wie mein Onkel Toby sprach, ebenso wohl that, als ihn das, *was* er sagte, überzeugte, – wenn er nicht im Gefecht ist, oder auf dem Marsch, oder seinen Garnisondienst thut, so hat er seine Flinte zu putzen, Ew. Gnaden, sein Lederzeug zu poliren, seine Uniform auszubessern, sich selbst zu rasiren und zu waschen, als ob er gleich auf die Parade müßte; – was braucht ein Soldat, setzte der Korporal triumphirend hinzu, von Geographie zu wissen?

Von Chronologie, meinst Du, Trim, sagte mein Onkel Toby, – denn Geographie ist durchaus nöthig für ihn; er muß mit jedem Land, wohin ihn sein Handwerk führt, sowie mit dessen Gränzen bekannt sein; auch sollte er jede Stadt und Festung, jedes Dorf und jeden Weiler, und die Kanäle, die Straßen, die Nebenwege, die dahin führen, kennen. Von jedem Flusse oder Bache, den er passirt, Trim, sollte er wissen, wie er heißt, in welchem Gebirge er entspringt, welche Gegenden er durchläuft, wie weit er schiffbar ist und wo er Furten hat, wo nicht; er sollte die Fruchtbarkeit jedes Thales so gut kennen wie der Bauer, der es pflügt, und im Stande sein, alle Ebenen, Defileen, leicht zu vertheidigende Stellen, steile Abhänge, Wälder und Moräste zu beschreiben oder, wenn es verlangt wird, einen Plan davon zu zeichnen; er sollte ihre Produkte, Pflanzen, Mineralien, Gewässer, Thiere, ihre Witterungsverhältnisse, ihr Klima, ihre Kälte und Hitze, ihre Einwohner, Sitten, Sprache, Verfassung, ja selbst ihre Religion kennen.

Wäre es sonst begreiflich, Korporal, fuhr mein Onkel Toby fort, der, immer wärmer werdend, sich jetzt im Schilderhause aufrichtete, – wie Marlborough mit seiner Armee von den Ufern der Maas nach Belburg hätte marschiren können, und von Belburg nach Kerpenord (hier konnte auch der Korporal nicht länger sitzen bleiben), von Kerpenord, Trim, nach Kalsaken, von Kalsaken nach Neudorf, von Neudorf nach Landenburg, von Landenburg nach Mildenheim, von Mildenheim nach Elchingen, von Elchingen nach Gingen, von Gingen nach Balmershoffen, von Balmershoffen nach Skellenburg, wo er des Feindes Verschanzungen durchbrach, den Übergang über die Donau erzwang, über den Lech setzte, seine Truppen in das Herz des Reiches führte und an ihrer Spitze durch Freiburg, Hokenwert und Schönefeld auf die Wahlstatt von Bennheim und Hochstadt zog? Wie groß er auch war, Korporal, ohne Geographie hätte er nicht einen Schritt vorwärts machen oder einen einzigen Tagesmarsch zurücklegen können. – Was dagegen die Chronologie anbetrifft, fuhr mein Onkel Toby mit mehr Ruhe fort und setzte sich wieder im Schilderhause hin, so gestehe ich, Trim, daß ich sie vor allen andern für eine Wissenschaft halte, die der Soldat entbehren kann, außer vielleicht, daß sie ihm einmal sagen wird, wann das Pulver erfunden wurde; denn die schreckliche Wirkung desselben, die jedes Widerstandes spottet, hat eine neue Ära der Kriegsführung geschaffen und die Art des Angriffs und der Vertheidigung, sowohl zur See als zu Lande, so durchaus verändert, dazu die Kunst derselben und die Fertigkeit darin so sehr vermehrt, daß die Wissenschaft in der genauen Bestimmung der Zeit seiner Erfindung nicht gewissenhaft genug sein kann, noch peinlich genug darin, festzustellen, wer der große Mann war, der es erfand, und auf welche Weise dies geschah.

Es fällt mir nicht ein, fuhr mein Onkel Toby fort, bestreiten zu wollen, was die Geschichtsschreiber allgemein annehmen, daß im

Jahr 1380 unter der Regierung Wenzeslaus', des Sohnes Karls IV., ein gewisser Mönch, Namens Schwarz, die Venetianer in ihrem Kriege gegen die Genueser mit der Anwendung des Pulvers bekannt machte; aber sicherlich war er nicht der Erste, – denn wenn wir Don Pedro, dem Bischof von Leon, Glauben schenken – (»Was hatten denn die Mönche und die Bischöfe sich um das Pulver zu bekümmern, Ew. Gnaden?« – Gott, der Alles zum Besten leitet, weiß es, sagte mein Onkel Toby), – so berichtet dieser in seiner Chronik von König Alfons, dem Sieger von Toledo, daß das Geheimniß des Pulvers bereits im Jahr 1343, also ganzer siebenunddreißig Jahr vor jener Zeit bekannt war, und daß dasselbe sowohl von den Mauren als den Christen nicht allein bei ihren Kämpfen zur See, sondern auch bei mehreren ihrer denkwürdigen Belagerungen in Spanien und der Berberei angewandt wurde. Auch ist es allgemein bekannt, daß Bacon, der Mönch, ohngefähr einhundertundfünfzig Jahr vor Schwarz schon darüber geschrieben und höchst uneigennützig die Anweisung, wie es zu machen sei, offenbart hat; – wie nicht minder, fuhr mein Onkel Toby fort, – daß die Chinesen uns und Alles, was berichtet wird, noch mehr in Verwirrung bringen, indem sie sich rühmen, diese Erfindung schon einige hundert Jahr früher gekannt zu haben.

– Ich glaube, sie lügen in ihren Hals hinein, rief Trim.

– Sie werden sich auf irgend eine Weise irren, sagte mein Onkel Toby, was mir bei dem erbärmlichen Zustande, in welchem sich bis zum heutigen Tage die Befestigungskunst bei ihnen befindet, sehr wahrscheinlich erscheint. Kennen sie doch weiter nichts als den Fossé, mit einer Steinmauer ohne Flankendeckung; denn was sie für eine Bastion mit hervorspringenden Winkeln ausgeben, sieht eher aus wie – –

Wie eins von meinen sieben Schlössern, mit Ew. Gnaden Verlaub, sagte Trim.

Obgleich mein Onkel Toby wegen eines passenden Vergleiches in größter Verlegenheit war, so lehnte er doch Trims Anerbieten höflich ab, – bis Trim ihm versicherte, er habe noch ein halbes Dutzend solcher Schlösser in Böhmen, mit denen er wirklich nichts anzufangen wisse. – Diese Herzensgüte des Korporals rührte meinen Onkel Toby so, daß er seine Abhandlung über das Schießpulver nicht weiter fortsetzte, sondern Trim bat, in seiner Geschichte von dem Könige von Böhmen und seinen sieben Schlössern fortzufahren.

Fortsetzung der Geschichte von dem Könige von Böhmen und seinen sieben Schlössern

Dieser *unglückliche* König von Böhmen, sagte Trim –

War er denn unglücklich? rief mein Onkel Toby; – denn obgleich er den Korporal gebeten hatte fortzufahren, so hatten ihn seine Abhandlung über das Schießpulver und die andern militärischen Gegenstände doch viel zu sehr in Anspruch genommen, als daß er sich der vielen Unterbrechungen, zu denen er Anlaß gegeben, bewußt genug gewesen wäre, um die Bezeichnung gerechtfertigt zu finden. – Also unglücklich war er? sagte mein Onkel Toby mit Pathos.

Das Erste, was der Korporal that, war, daß er das Wort und alle, die ihm ähnlich, zum Teufel wünschte, – dann lief er in Gedanken die Hauptbegebenheiten der Geschichte des Königs von Böhmen durch: – aus allen ging hervor, daß er der glücklichste Mensch von der Welt gewesen war. – Der Korporal hielt also inne, aber da er weder sein Prädikat zurückziehen, noch es erklären, noch (wie das oft geschieht) seiner Geschichte eines bestimmten Zweckes halber Zwang anthun wollte, so sah er hülfeheischend meinen Onkel Toby an; – da er aber bemerkte, daß mein Onkel Toby dieselbe Hülfe von ihm erwartete, so half er sich mit einem Hm! räusperte sich und fuhr fort:

– Der König von Böhmen, mit Ew. Gnaden Verlaub, war nämlich *so* unglücklich: er war ganz versessen auf das Seefahren und auf die Schiffe u.s.w., und da es nun zufällig in dem ganzen böhmischen Königreiche keine Stadt mit einem ordentlichen Seehafen gab –

Wie Henker, wäre das auch möglich gewesen, Trim! rief mein Onkel Toby; Böhmen ist ganz und gar ein Binnenland, und deshalb konnte es ja gar nicht anders sein.

– Es konnte schon, sagte Trim, wenn's dem lieben Gott gefallen hätte.

Mein Onkel Toby sprach von dem Wesen und den Eigenschaften Gottes nie anders als mit Ehrfurcht und mit einer gewissen Zurückhaltung.

– Ich glaube nicht, erwiederte er nach einer kleinen Pause; denn da es, wie gesagt, ein Binnenland ist und östlich an Schlesien und Mähren, nördlich an die Lausitz und Obersachsen, westlich an Franken und südlich an Bayern gränzt, so könnte es sich nicht bis zum Meere erstrecken, ohne aufzuhören Böhmen zu sein; auch könnte das Meer nicht bis nach Böhmen kommen, ohne einen großen Theil von Deutschland zu überfluthen und Millionen unglücklicher Bewohner zu verderben, die sich vor ihm nicht retten könnten. – Das wäre schändlich, rief Trim. – Was, fügte mein Onkel Toby mild hinzu, einen Mangel an Barmherzigkeit bei Dem voraussetzen hieße, der der Vater der Barmherzigkeit ist; – also glaube ich, Trim, die Sache ist nicht möglich. –

Der Korporal verbeugte sich zum Zeichen seiner völligen Überzeugung und fuhr fort:

Nun ging der König von Böhmen mit seiner Frau Königin und den Hofleuten zufällig an einem schönen Sommerabend spazieren – Ach! Trim, rief mein Onkel Toby, hier gebrauchst Du das Wort »zufällig« richtig; denn der König von Böhmen und seine Gemahlin konnten spazieren gehn, oder konnten nicht spazieren gehn, – das war etwas Zufälliges, das konnte sein oder nicht sein, wie der Zufall es wollte.

– Mit Ew. Gnaden Verlaub, sagte Trim: – König Wilhelm war der Meinung, daß Alles in der Welt voraus bestimmt sei; er pflegte zu seinen Soldaten zu sagen: jede Kugel hätte ihren Zettel. – Er war ein großer Mann, sagte mein Onkel Toby. – Und ich glaube bis auf diese Stunde, fuhr der Korporal fort, daß der Schuß, der mich in der Schlacht bei Landen zum Invaliden machte, zu keinem andern Zwecke auf mein Knie gerichtet war, als um mich aus seinem Dienst in Ew. Gnaden Dienst zu bringen, wo für meine alten Tage doch viel besser gesorgt sein wird. – Das soll es, Trim, sagte mein Onkel Toby.

Dem Herrn wie dem Diener pflegte das Herz leicht überzulaufen; – eine kurze Pause trat ein.

Und dann, nahm der Korporal das Gespräch wieder auf, aber in einem muntereren Tone, – wäre dieser Schuß nicht gekommen, so hätte ich mich, mit Ew. Gnaden Verlaub, auch nicht verliebt –

Wie? bist Du auch einmal verliebt gewesen? sagte mein Onkel Toby lächelnd.

Und ob! erwiederte der Korporal, bis über die Ohren, Ew. Gnaden. – Ei, sage doch, wann, wo, wie das zuging; ich habe nie ein Wort davon gehört, sagte mein Onkel Toby. – Ich glaube, jeder Tambour und jedes Sergeantenkind in unserem Regimente hat es gewußt, antwortete Trim. – So ist es die höchste Zeit, daß ich's auch erfahre, sagte mein Onkel Toby.

Ew. Gnaden erinnern sich gewiß noch mit Betrübniß, in welcher schrecklichen Verwirrung unser Lager und unsere Armee gegen das Ende der Schlacht bei Landen war; Jeder mußte für sich selber sorgen, und wären nicht die Regimenter Wyndham, Lumley und Galway gewesen, die den Rückzug über die Brücke von Neerspecken deckten, der König selbst hätte sie kaum erreicht; Ew. Gnaden werden wissen, wie hart er von allen Seiten bedrängt wurde.

Tapferer Held! rief mein Onkel, von Begeisterung hingerissen, – in diesem Moment, wo Alles verloren war, sehe ich ihn, Korporal, an mir vorüberfliegen, dorthin – links – in der Absicht, die zerstreuten Überreste der englischen Reiterei zu sammeln, um damit den rechten Flügel zu unterstützen und so, wo möglich, dem Luxemburger den Lorbeer von der Stirn zu reißen. – Ein Schuß nimmt die Schleife seiner Schärpe mit – ihn kümmert's nicht – er spricht den Leuten vom Regimente Galway Muth zu – er reitet die Reihen entlang – dann läßt er schwenken und stürzt sich mit ihnen auf Conti – Brav! brav! bei Gott! rief mein Onkel Toby, er verdient eine Krone! – So gewiß und wahrhaftig, jubelte Trim, wie ein Dieb den Strick.

Mein Onkel Toby kannte des Korporals loyale Gesinnung, sonst würde ihm der Vergleich füglich mißfallen haben; dem Korporal selbst schien er nicht recht zuzusagen, aber er war einmal heraus – es war geschehen, und so blieb ihm nichts übrig, als fortzufahren:

Da die Zahl der Verwundeten so ungeheuer groß war und Jeder nur Zeit hatte, an seine eigene Sicherheit zu denken – (Talmash übrigens, sagte mein Onkel Toby, zog das Fußvolk mit großer Geschicklichkeit aus dem Kampfe – Aber mich ließ man liegen, sagte der Korporal. – Das ist freilich wahr, Du armer Bursche, erwiederte mein Onkel Toby), – so dauerte es bis zum Mittag des andern Tages, eh' ich ausgewechselt und mit dreizehn oder vierzehn Andern auf einen Karren gelegt wurde, um nach unserem Lazareth gebracht zu werden.

An keiner Stelle des ganzen Körpers ist eine Wunde so schmerzhaft, Ew. Gnaden, als am Knie.

Ausgenommen am Schambein, sagte mein Onkel Toby. – Ich weiß nicht, Ew. Gnaden, erwiederte der Korporal, aber am Knie thut's doch wohl noch mehr weh, da sind so viel Flechsen und allerhand so 'n Zeugs.

Das ist eben die Ursache, sagte mein Onkel Toby, weshalb das Schambein unendlich empfindlicher ist; denn da sind nicht blos Flechsen und allerhand so 'n Zeugs (die Namen kenn' ich so wenig als Du), sondern da ist auch noch * * * –

Mrs. Wadman, die während der ganzen Zeit in ihrer Laube gehorcht hatte, hielt den Athem an – steckte die Haube los und stellte sich auf ein Bein.

Der kleine Streit setzte sich einige Zeit lang in freundschaftlicher Weise und mit gleichen Kräften zwischen meinem Onkel Toby und Trim fort, bis Trim sich zuletzt erinnerte, daß er oft über seines Herrn Leiden, nie aber über seine eigenen Schmerzen Thränen vergossen hätte, und damit seine Behauptung aufgab; – das wollte aber mein Onkel Toby nicht gelten lassen. – Das ist kein Beweis dafür, Trim, sagte er, das beweist nur für Dein gutes Herz.

Ob also eine Wunde am Schambein (*caeteris paribus*) mehr schmerzt als eine am Knie, – oder ob eine am Knie nicht doch etwa schmerzhafter ist als eine am Schambein, – darüber hat es bis zum heutigen Tage zu einer endgültigen Entscheidung noch nicht kommen können.

Einhundertundsechsundvierzigstes Kapitel

Der Korporal fuhr fort: Die Qual, welche mir mein Knie verursachte, die unbequeme Lage auf dem Karren, die Unebenheit der Straßen, die schrecklich aufgewühlt waren, Alles zusammen verschlimmerte meinen Zustand; bei jedem Ruck glaubte ich zu sterben, und dazu nun noch der heftige Blutverlust, der gänzliche Mangel an Pflege, das Fieber, das jetzt anfing – (Armer Bursche, sagte mein Onkel Toby) – es war wirklich nicht mehr zu ertragen, Ew. Gnaden.

Unser Karren, der der letzte im Zuge war, hatte bei einer Bauerhütte angehalten, und dort klagte ich einem jungen Frauenzimmer mein Leiden; man hatte mich hineingetragen, und das junge Mädchen hatte Tropfen aus ihrer Tasche genommen und sie auf Zucker geträufelt; – als sie sah, daß sie mir gut thaten, hatte sie mir noch einmal davon gegeben. – Ich sagte ihr, meine Qualen wären so groß und so unerträglich, daß ich lieber auf dem Bett da liegen und Jemandem im Zimmer das Gesicht zudrehen und sterben möchte, als weiter fahren. Sie versuchte, mich nach dem Bett zu führen, aber ich wurde in ihren Armen ohnmächtig. Es war eine gute Seele, sagte der Korporal und wischte sich die Augen, wie Ew. Gnaden gleich hören werden.

– Ich meinte, Liebe sei ein lustig Ding, sagte mein Onkel Toby.

– Es giebt nichts Ernsthafteres, Ew. Gnaden – in der Welt nichts Ernsthafteres – nämlich manchmal.

Auf die Bitte des jungen Mädchens, fuhr der Korporal fort, war der Karren mit den Verwundeten ohne mich weitergefahren; sie hatte versichert, ich würde sogleich sterben, wenn man mich wieder auf den Karren lege. – Als ich wieder zu mir kam, sah ich, daß ich noch in der stillen, ruhigen Hütte war, ganz allein mit dem jungen Frauenzimmer und dem Bauer und seiner Frau. Ich lag quer über dem Bette, das in der Ecke stand, das verwundete Knie auf einem Stuhle; das junge Frauenzimmer neben mir tunkte den Zipfel ihres Schnupftuches in Weinessig und hielt ihn mir mit der einen Hand unter die Nase, während sie mir mit der andern die Schläfe rieb.

Ich hielt sie zuerst für die Tochter des Bauers (denn das Haus war kein Gasthof), und deshalb bot ich ihr eine kleine Börse mit achtzehn Gulden an, die mir mein armer Bruder Tom (hier wischte sich Trim die Augen) durch einen Rekruten als Andenken geschickt hatte, ehe er nach Lissabon gereist war.

Das ist auch eine traurige Geschichte, die ich Ew. Gnaden noch nicht erzählt habe (hier wischte sich Trim zum dritten Mal die Augen).

Das junge Frauenzimmer rief den alten Mann und seine Frau ins Zimmer und zeigte ihnen das Geld, damit sie mir das Bett und das Wenige, was ich sonst noch brauchen würde, gäben, bis ich nach dem Lazareth geschafft werden könnte.

– Also gut, sagte sie und band die kleine Börse zu; – ich will Euer Schatzmeister sein; aber da mir das nicht genug zu thun geben wird, so will ich Euch auch pflegen.

An ihrer Art zu sprechen, wie an ihrem Anzuge, den ich jetzt aufmerksamer betrachtete, sah ich wohl, daß sie die Tochter des Bauers nicht sein konnte.

Sie war vom Kopf bis zu den Füßen schwarz gekleidet und trug ihr Haar unter einem eng anschließenden Leinwandhäubchen; es war, mit Ew. Gnaden Verlaub, eine von den Nonnen, wie man ihrer in Flandern viele sieht, die frei herumgehen – Deiner Beschreibung nach, Trim, sagte mein Onkel Toby, wird es eine Beguine gewesen sein, eine Art Nonnen, die man, außer in Amsterdam, nur in den spanischen Niederlanden findet; sie unterscheiden sich von den übrigen Nonnen darin, daß sie ihr Kloster verlassen können, wenn sie sich verheirathen wollen. Ihr Amt ist es, Kranke zu besuchen und zu pflegen; ich wollte lieber, sie thäten es blos aus gutem Herzen. –

– Sie sagte mir oft, erwiederte Trim, daß sie es um Christi willen thäte. Das wollte mir nicht gefallen. – Ich glaube, Trim, wir haben beide Unrecht, sagte mein Onkel Toby; – wir wollen heute Abend bei Bruder Shandy Mr. Yorick deshalb befragen, – erinnere mich doch daran.

Die junge Beguine, fuhr der Korporal fort, hatte mir kaum gesagt, daß sie meine Krankenpflegerin sein wolle, als sie auch schon ihren Dienst anfing und hinausging, um allerlei für mich zu besorgen; nach kurzer Zeit – obgleich es mir sehr lange vorkam – kehrte sie mit Flanellbinden u.s.w. u.s.w. zurück, und nachdem sie mir dann mein Knie ein paar Stunden lang tüchtig gebäht und mir zuletzt noch eine Tasse Haferschleim zum Abendessen gegeben hatte, wünschte sie mir eine gute Nacht und versprach, früh am Morgen wieder zu kommen. Sie wünschte mir, Ew. Gnaden, was es für mich nicht gab. Das Fieber nahm immer mehr zu, – ihre Gestalt ließ mir keinen Augenblick Ruhe, – ich theilte immer die Welt in zwei Hälften und gab ihr die eine, und dann schrie ich wieder, ich hätte nichts als meinen Tornister und achtzehn Gulden, die ich mit ihr theilen wollte. Die ganze Nacht war die schöne Beguine wie ein Engel dicht an meinem Bette und zog die Vorhänge zurück und reichte mir Tropfen, – und erst, als sie zur bestimmten Zeit wirklich kam und sie mir wirklich reichte, erwachte ich aus meinem

Traume. Sie verließ mich fast keinen Augenblick, und ich gewöhnte mich so an ihre Pflege, daß ich gleich den Muth verlor und todtenblaß wurde, wenn sie nur aus der Stube ging. Und doch, fuhr der Korporal fort (indem er eine der allerseltsamsten Betrachtungen anstellte) –

»und doch war es nicht Liebe«, denn ich kann Ew. Gnaden in Wahrheit versichern, daß mir während der drei Wochen, wo sie immer um mich war, und mir bei Tag und Nacht das Knie mit ihrer Hand verband, auch nicht ein einziges Mal * * * * * *.

– Das ist sonderbar, Trim, sagte mein Onkel Toby.

– Sehr sonderbar, sagte Mrs. Wadman.

– Nicht ein einziges Mal, sagte der Korporal.

Einhundertundsiebenundvierzigstes Kapitel

– Aber, fuhr der Korporal fort, der sah, daß mein Onkel Toby ganz nachdenklich geworden war, – mit der Liebe, Ew. Gnaden, ist es gerade so wie mit dem Kriege; ein Soldat kann Samstag Abend gerade drei Wochen glücklich durchgekommen sein und wird Sonntag Morgen doch durchs Herz geschossen. *Zufällig* kam's hier auch so, Ew. Gnaden, nur mit dem Unterschied, daß es an einem Sonntag Nachmittag war, als ich mich auf einmal »hast du nicht gesehn« verliebte. – Es kam wie eine Bombe über mich, Ew. Gnaden, so daß ich kaum Zeit hatte »Gott steh mir bei« zu sagen.

– Ich habe immer geglaubt, Trim, sagte mein Onkel Toby, die Liebe käme nicht so schnell über den Menschen –

– O, ja, Ew. Gnaden, erwiederte Trim, wenn er ihr so gerade in den Wurf kommt –

– Ich bitte, erzähle mir doch, wie das geschah, sagte mein Onkel Toby.

– Sehr gern, sagte der Korporal und verbeugte sich.

Einhundertundachtundvierzigstes Kapitel

– Ich war, fuhr der Korporal fort, die ganze Zeit glücklich durchgekommen und hätte mich auch bis zuletzt nicht verliebt, wenn es nicht anders bestimmt gewesen wäre. Seinem Schicksale entgeht Keiner. Es war an einem Sonntag Nachmittag, wie ich Ew. Gnaden bereits gesagt habe.

Der alte Bauer und seine Frau waren ausgegangen.

Auch auf dem Hofe ließ sich kein Huhn, keine Ente hören.

Da kam die schöne Beguine herein, um zu sehen, was ich machte.

Meine Wunde fing schon an zu heilen, die Entzündung hatte seit einiger Zeit aufgehört, aber jetzt war ein so unleidliches Jucken über und unter dem Knie eingetreten, daß ich die ganze Nacht kein Auge hatte zumachen können.

– Laßt einmal sehen, sagte sie, und kniete auf dem Boden nieder, während sie die Stelle unter dem Knie mit der Hand befühlte. Man muß ein wenig reiben, sagte sie; damit legte sie das Bettlaken wieder auf und fing an, die Stelle unter dem Knie mit dem Zeigefinger der rechten Hand zu reiben, indem sie ihn bis zum Rande der Flanellbinde, die den Verband hielt, hin- und herbewegte.

Nach fünf bis sechs Minuten fühlte ich auch die Spitze des zweiten Fingers; derselbe legte sich flach neben den andern und so rieb sie eine gute Zeit lang weiter. Da fiel mir ein, daß ich mich wohl verlieben könnte; – das Blut stieg mir ins Gesicht, als ich ihre weiße Hand ansah. – Ich werde in meinem Leben keine so weiße Hand wieder sehen, Ew. Gnaden. –

Nicht an der Stelle, sagte mein Onkel Toby.

Wie feierlich der Korporal auch gestimmt war, so konnte er doch ein Lächeln nicht unterdrücken.

– Da die junge Beguine sah, wie gut es mir that, fuhr der Korporal fort, so rieb sie bald mit drei Fingern, nach und nach auch mit dem vierten und zuletzt mit der ganzen Hand. – Ich will schon kein Wort mehr von Händen sagen, Ew. Gnaden, aber ihre war weicher als Sammet.

– Ich bitte Dich, Trim, sagte mein Onkel Toby, lobe sie nur, so viel Du willst. Ich höre Deine Geschichte nur um so lieber. – Der Korporal dankte seinem Herrn aus aufrichtigem Herzen, da er aber über die Hand der Beguine doch nichts weiter als dasselbe noch einmal zu sagen wußte, so fuhr er lieber fort, die wohlthätige Wirkung derselben zu beschreiben.

– Die schöne Beguine hörte nicht auf, sagte er, mir die Stelle unter dem Knie zu reiben, bis ich fürchtete, sie möchte müde sein. – Um Christi willen thäte ich's noch tausendmal länger, sagte sie. Damit führte sie die Hand über den Flanell weg nach der oberen Stelle, über die ich auch geklagt hatte, und rieb diese.

Jetzt merkte ich, daß ich anfing verliebt zu werden.

Wie sie so rieb und rieb und rieb, fühlte ich es, Ew. Gnaden, ordentlich in allen Gliedern.

Je länger es dauerte und je mehr sie strich, desto heißer kochte mir's in den Adern, bis endlich, bei zwei oder drei Strichen, die ein bischen höher hinauf gingen, meine Gluth den höchsten Grad erreichte. – Ich ergriff ihre Hand –

Und drücktest sie an Deine Lippen, sagte mein Onkel Toby, und sprachst Dich aus.

Ob sich nun des Korporals Liebesabenteuer gerade so geendet hatte, wie mein Onkel Toby meinte, thut nichts zur Sache; genug, daß es sich um dieselbe Angel drehte, wie alle Liebesromane, die, so lange die Welt steht, geschrieben worden sind.

Einhundertundneunundvierzigstes Kapitel

Sobald der Korporal, oder eigentlich mein Onkel Toby für ihn, seine Liebesgeschichte geendet hatte, verließ Mrs. Wadman leise ihre Laube, steckte die Haube wieder zurecht und schritt dann durch das Verbindungspförtchen, indem sie sich langsam dem Schilderhause näherte; Toby's Erzählung hatte die Seele meines Onkels Toby so vortrefflich vorbereitet, daß die günstige Gelegenheit nicht versäumt werden durfte.

– Der Angriff war beschlossen, und er wurde noch dadurch erleichtert, daß mein Onkel Toby dem Korporal befohlen hatte, Schaufel, Hacke, Spaten, Meßpflöcke, sowie all das Kriegsmaterial, das auf der Stelle, wo einst Dünkirchen gestanden hatte, zerstreut umherlag, auf dem Schiebkarren wegzufahren. Der Korporal war abmarschirt, das Feld war rein.

Nun sehen Sie, Sir, wie unsinnig es ist, wenn man sich beim Kriegführen oder Bücherschreiben, oder bei andern Dingen (gereimten oder ungereimten), mögen sie einen Namen haben, welchen sie wollen, einen Plan macht; denn wenn (ganz unabhängig von allen Umständen) je ein Plan verdiente, in goldenen Buchstaben verzeichnet zu werden, so war es gewiß *der* der Wittwe Wadman, meinen Onkel Toby vermittels des *Planes* in seinem Schilderhause anzugreifen. Aber der Plan, der gerade aufhieng, war der Plan von Dünkirchen, und die dünkirchner Geschichte war im höchsten Grade herabstimmend, – das hätte jeden Eindruck, den sie zu machen beabsichtigte, gestört; außerdem war das Manöver mit den Fingern und Händen von dem, was die schöne Beguine in Trims Geschichte gemacht hatte, so weit überholt, daß ein solcher Angriff in diesem Augenblicke durchaus erfolglos sein mußte, wie trefflich er sich auch früher bewährt hatte.

O! sorgt nur nicht für die Weiber! Mrs. Wadman hatte noch das Pförtchen nicht geöffnet, als ihr Genie schon Herr der veränderten Lage war.

– Sie entwarf sofort einen anderen Angriffsplan. –

Einhundertundfünfzigstes Kapitel

– Ich bin ganz blind, Kapitän Shandy, sagte sie und hielt ihr Schnupftuch vor das linke Auge, als sie sich der Thür des Schilderhauses näherte, – es muß mir eine Mücke oder ein Sandkorn oder sonst was ins Auge geflogen sein – Sehen Sie doch einmal nach – im Weißen ist es nicht.

Damit schlüpfte Mrs. Wadman an meines Onkel Toby's Seite und quetschte sich neben ihn auf die Bank, so daß er nicht aufstehen konnte. – Sehen Sie doch einmal hinein, sagte sie.

Ehrliche Seele! In der Einfalt Deines Herzens sahest Du hinein, wie ein Kind in einen Guckkasten, – es wäre Sünde gewesen, Dir wehe zu thun!

Will Jemand aus eigenem Antrieb in dergleichen Dinge hineinsehen, ei, so mag er's thun –

Aber mein Onkel Toby that das nie, und ich will dafür stehen, daß er ruhig von Juni bis Januar (also die heißen und die kalten Monate) auf einem Sofa neben einem Auge, schön wie das der thracischen Rhodope, hätte sitzen können, ohne nur einmal zu wissen, ob es schwarz oder blau gewesen wäre.

Die Schwierigkeit war nämlich die, meinen Onkel Toby überhaupt dahin zu bringen, daß er in eines sah.

Diese Schwierigkeit ist überwunden. Und –

Da sitzt er, – mit der herabhängenden Pfeife in der Hand, die Asche auf den Boden verstreuend, – und guckt und guckt – und reibt sich die Augen, – und guckt wieder – Galileo hat nicht halb so unverdrossen nach einem Flecken in der Sonne geguckt

Umsonst! bei allen Mächten, die im Auge walten, – Wittwe Wadmans linkes strahlt in diesem Augenblicke so hell als ihr rechtes – da ist nicht Mücke, noch Sandkorn, noch Staub, noch Spreu, noch Fleckchen, noch überhaupt etwas Undurchsichtiges. Nichts, gar nichts ist darin, mein guter, väterlicher Onkel, als ein spielendes, wonniges Feuer, das überall und nach allen Richtungen von ihm aus in das Deine schießt.

Noch einen Augenblick, Onkel Toby, – wenn Du noch einen Augenblick nach dieser Mücke suchst, so ist's um Dich geschehen.

Einhundertundeinundfünfzigstes Kapitel

Ein Auge gleicht darin ganz und gar einer Kanone, daß es eigentlich weniger auf das Auge oder die Kanone, sondern darauf ankommt, wie beide gerichtet werden, damit sie ihre Wirkung thun. Ich glaube, der Vergleich ist nicht schlecht, und da ich ihn nun einmal zu Nutz und Frommen hier an den Eingang des Kapitels gestellt habe, so wünsche ich nur, daß man sich ihn immer gegenwärtig halte, wenn ich von Mrs. Wadmans Augen sprechen werde (ausgenommen jedoch im nächsten Satze).

– Ich kann durchaus nichts in Ihrem Auge entdecken, Madame, sagte mein Onkel Toby.

– Es ist nicht im Weißen, sagte Mrs. Wadman. – Mein Onkel Toby sah mit aller Gewalt in die Pupille.

Nun gab es wohl unter allen erschaffenen Augen, von den Ihrigen, Madame, an gerechnet, bis zu denen der Venus, die doch gewiß ein Paar so verbuhlte Augen hatte, wie nur je Eine – kein Auge, das so geeignet gewesen wäre, meinen Onkel Toby um seine Ruhe zu bringen, als das, in welches er jetzt sah. Es war kein rollendes Auge, Madame, kein umherfahrendes oder herausforderndes; es blitzte auch nicht, oder sah trotzig und befehlend, es war kein anspruchsvolles Auge mit erschrecklichen Forderungen, vor dem die Milch der menschlichen Natur, aus der mein Onkel Toby gemacht war, hätte gerinnen müssen; – nein, es war voll sanften Grußes und milder Erwiederung, – ein sprechendes Auge – aber es schrie nicht wie das Trompetenregister einer schlechten Orgel – nein, es hauchte wie die Stimme eines sterbenden Heiligen:

547

»Kapitän Shandy, Kapitän Shandy, wie können Sie leben, so trostlos und allein – ohne eine Brust, um Ihr Haupt daran zu lehnen, oder die Ihrige darin auszuschütten?« –

Es war ein Auge –

Aber wenn ich noch ein Wort mehr sage, so verliebe ich mich selbst darein.

Genug – es that seine Wirkung.

Einhundertundzweiundfünfzigstes Kapitel

Nichts zeigt den Charakter meines Vaters und meines Onkels Toby in einem interessantern Lichte, als ihr Betragen bei einem und demselben Unfall, – denn Unglück kann ich die Liebe eigentlich nicht nennen, da ich überzeugt bin, daß sie des Menschen Herz stets besser macht. Großer Gott! was mußte sie aus meines Onkel Toby's Herzen machen, das ohne sie schon nichts als Güte war!

Aus verschiedenen der nachgelassenen Papiere ist ersichtlich, daß mein Vater vor seiner Verheirathung dieser Leidenschaft sehr unterworfen gewesen war; doch lag in seiner Natur etwas Grämliches, Ungeduldiges, das ihn stets verhindert hatte, sich wie ein Christ zu fügen; er prustete, schnaubte, schlug aus, stieß, spielte den Ungeduldigen und schrieb die allerbittersten Philippiken gegen das bezügliche Auge, so z.B. eine in Versen, auf ein Auge, das ihn ein paar Monate lang um seine Ruhe gebracht hatte, die er in seiner ersten Aufwallung also beginnen läßt:

Ein Teufelsaug! – das so viel Schaden thut,
Wie Heide nicht gethan, noch Türk, noch Jud![29]

29 Dieses Gedicht wird in meines Vaters »Leben des Sokrates u.s.w.« abgedruckt werden

Kurz, so lange der Anfall dauerte, führte mein Vater allerhand beleidigende und anzügliche Reden, die sich oft der Verwünschung näherten, – nur daß er dabei nicht so systematisch zu Werke ging wie Ernulphus; denn dazu war er zu heftig, – und daß er jenem in bedachtsamer Klugheit nachstand; denn obgleich er mit größter Unduldsamkeit Alles unter Gottes Himmel, was ihm gerade unter die Hände kam, verwünschte, mochte es nun seine Liebe nähren oder dämpfen, so endigte er doch nie anders, als daß er sich selbst zuletzt auch noch verwünschte, als den allerausgemachtesten Narren und Dummkopf, den es je auf Erden gegeben hätte.

Mein Onkel Toby dagegen hielt still wie ein Lamm und ließ das Gift in seinen Adern wirken, ohne sich dagegen aufzulehnen, – seine Wunde mochte noch so heftig brennen, nie hörte man von ihm ein ärgerliches oder unzufriedenes Wort (gerade wie damals, als die Wunde am Schambein ihn quälte). er beschuldigte nicht Himmel noch Erde, noch dachte oder sprach Er Etwas, das Jemanden oder Etwas im Himmel oder auf Erden hätte beleidigen können; – einsam und nachdenklich saß er mit seiner Pfeife da, – sah sein lahmes Bein an, ließ empfindsam den Athem ausströmen, halb Seufzer, halb Tabaksrauch, und that keinem Menschen was zu Leide.

Wie gesagt, er hielt still wie ein Lamm.

Allerdings wußte er zuerst nicht, was es war; an demselben Morgen hatte er mit meinem Vater einen Ritt gemacht, um ein schönes Gehölz, welches der Dechant und das Kapitel zum Besten der Armen[30] umhauen ließen, wo möglich zu retten, denn dasselbe stand in Sicht von meines Onkel Toby's Hause und war ihm bei der Beschreibung der Schlacht von Wynnendall von ganz besonderem Nutzen. In dem Eifer, es zu retten, war er sehr schnell geritten, und sowohl dies, als der unbequeme Sattel, das schlechte Pferd

---

30 Mr. Shandy meint hier wohl die *Geistlich*armen, da sie das Geld unter sich theilten.

u.s.w. hatten es zu Wege gebracht, daß sich in der untern Gegend meines Onkels die Wassertheile aus dem Blute unter der Haut gesammelt hatten. Da nun mein Onkel Toby noch keine Erfahrungen in der Liebe besaß, so hatte er das Prickeln für etwas mit der Liebe in Zusammenhang Stehendes gehalten, bis sich endlich auf der einen Stelle die Blase bildete und an der andern Alles beim Alten blieb, woraus er dann merkte, daß seine Wunde keine Hautwunde sei, sondern tiefer sitzen müsse.

Einhundertunddreiundfünfzigstes Kapitel

Die Welt schämt sich der Tugend. Mein Onkel Toby kannte die Welt nur wenig; als er daher fühlte, daß er in Mrs. Wadman verliebt sei, fiel es ihm gar nicht ein, daraus ein größeres Geheimniß zu machen, als wenn Mrs. Wadman ihn mit dem Küchenmesser in den Finger geschnitten hätte. Doch wäre es selbst anders gewesen, die Art und Weise, wie er Trim mit der Sache bekannt machte, würde doch dieselbe geblieben sein, denn er betrachtete den Korporal als einen ergebenen Freund und fand täglich mehr Grund, ihn als solchen zu behandeln.

Ich bin verliebt, Korporal, sagte mein Onkel Toby.

Einhundertundvierundfünfzigstes Kapitel

– Verliebt! sagte der Korporal. Ew. Gnaden befanden sich doch vorgestern, als ich Ihnen die Geschichte von dem Könige von Böhmen erzählte, noch ganz wohl. – Böhmen! sagte mein Onkel Toby und dachte lange nach, – wie war es denn mit der Geschichte, Trim?

– Sie fiel uns durch die Finger, Ew. Gnaden, – aber damals waren Ew. Gnaden noch ebenso wenig verliebt wie ich jetzt. – Es war gerade, als Du mit dem Schiebkarren wegfuhrst, sagte mein Onkel Toby; – Mrs. Wadman – ihre Kugel sitzt mir hier, fügte er hinzu und zeigte auf die Brust.

– Sie kann keine Belagerung aushalten, Ew. Gnaden, rief der Korporal, ebenso wenig, als sie fliegen kann.

Da wir Nachbarn sind, Trim, so wird es, glaube ich, am besten sein, sie auf eine höfliche Weise zuerst damit bekannt zu machen, sagte mein Onkel Toby.

– Da möchte ich doch nicht Ew. Gnaden Meinung sein, wenn ich mich unterstehen darf – sagte der Korporal.

– Darum spreche ich ja eben mit Dir, sagte mein Onkel Toby sanft.

– Nun, dann würde ich, mit Ew. Gnaden Verlaub, damit anfangen, von meiner Seite einen tüchtigen Angriff auf sie zu machen, und erst dann würde ich ihr höflich was sagen; – denn wenn sie schon vorher weiß, daß Ew. Gnaden verliebt sind –

– Du lieber Gott! sie weiß davon nicht mehr, Trim, sagte mein Onkel Toby, als ein ungeborenes Kind.

Einfältige Seelen!

Mrs. Wadman hatte bereits vierundzwanzig Stunden früher Alles umständlich an Bridget erzählt und war in demselben Augenblicke in eifrigster Berathung mit ihr, wegen einiger kleiner Befürchtungen, die sie über den glücklichen Ausgang hegte, und die der Teufel, der niemals müßig im Graben liegt, ihr in den Kopf gesetzt hatte, ehe er ihr erlauben wollte, ruhig ihr Tedeum zu singen.

– Wenn ich ihn heirathe, Bridget, sagte Wittwe Wadman, so fürchte ich nur, der arme Kapitän hat eine schwache Gesundheit. Die schreckliche Wunde, an der er leidet –

– Sie ist vielleicht gar nicht so schrecklich, Madame, als Sie glauben, sagte Bridget, und dann – setzte sie hinzu – wird sie wohl schon zugeheilt sein.

– Ich möchte das wohl wissen, – blos seinetwegen, sagte Mrs. Wadman.

– O, das wollen wir schon ganz genau erfahren – spätestens in zehn Tagen, antwortete Mrs. Bridget. Denn während sich der Kapitän um ihre Gunst bewirbt, wird Mr. Trim ohne Zweifel mir den Hof machen, und damit ich Alles aus ihm heraus bekomme, setzte sie hinzu, darf ich es ihm schon nicht verwehren.

– So waren die Maßregeln von dieser Seite getroffen; auf der andern thaten mein Onkel Toby und der Korporal weitere Schritte.

– Also gut, sagte der Korporal und stemmte die linke Hand in die Seite, während er die rechte siegesgewiß schwenkte, – wenn Ew. Gnaden mir erlauben wollen, den Angriffsplan vorzulegen –

– Das soll mir sehr lieb sein, Trim, sagte mein Onkel Toby, und da ich voraus sehe, daß Du mein Adjutant wirst sein müssen, so nimm hier diese Krone, um Dein Patent damit anzufeuchten.

– Dann, Ew. Gnaden, sagte der Korporal, nachdem er sich erst durch eine Verbeugung für das Patent bedankt hatte, – dann wollen wir damit anfangen, Ew. Gnaden große Uniform aus dem großen Feldkoffer herauszunehmen, damit ich sie auslüfte und das Blau und Gold an den Ärmeln herausdrehe, und dann will ich Ihre weiße Lockenperücke frisch einlegen und den Schneider holen lassen, damit er Ew. Gnaden dünne Scharlachhosen wendet.

– Es wird besser sein, wenn ich die rothplüschenen anziehe, sagte mein Onkel Toby.

– Sie sind zu dick, sagte der Korporal.

Einhundertundfünfundfünfzigstes Kapitel

– Und meinen Degen mußt Du ein bischen mit Kreide putzen. – Der wird Ew. Gnaden nur im Wege sein, erwiederte Trim.

Einhundertundsechsundfünfzigstes Kapitel

– Aber Ew. Gnaden Rasirmesser wollen wir schleifen lassen; und meine Monterokappe lasse ich neu aufputzen und des armen Lieutenant Le Fevers Uniformsrock ziehe ich an, den mir Ew. Gnaden geschenkt haben, damit ich ihn zum Andenken trüge; und wenn dann Ew. Gnaden glatt rasirt sind und ein reines Hemd angezogen haben, und Ihre Blau- und goldene oder die feinen Scharlachenen – bald einmal die, bald einmal die – und nun Alles zum Angriff fertig ist, dann marschiren wir dreist drauf los, wie gegen eine Bastion, und während Ew. Gnaden Mrs. Wadman im Gastzimmer auf dem rechten Flügel attakiren, attakire ich Mrs. Bridget in der Küche auf dem linken Flügel, und da wir den Weg verlegt haben, so will ich darauf wetten, – hier schlug der Korporal ein Schnippchen in der Luft – daß der Sieg unser ist.

– Ich wünsche nur, daß ich's zu Stande bringe, sagte mein Onkel Toby; aber das will ich beschwören, Korporal, lieber marschirte ich bis an den Rand des feindlichen Festungsgrabens.

– Eine Frau ist ganz was Anderes, Ew. Gnaden, sagte der Korporal. – Ja, das meine ich eben, sagte mein Onkel Toby.

Einhundertundsiebenundfünfzigstes Kapitel

Nichts von alle dem, was mein Vater sagte, verdroß meinen Onkel Toby während dieser Zeit, wo er verliebt war, so sehr, als der schmähliche Gebrauch, den jener von einem Worte des Eremiten Hilarion machte, welcher bei Erwähnung seiner Enthaltsamkeit, seiner Vigilien und Kasteiungen und anderer Zuchtmittel seiner Religion auf eine, für einen Eremiten etwas unpassende Weise zu sagen pflegte: er wende diese Mittel deshalb an, damit sein Esel (d.h. sein Fleisch) das Bocken lasse.

Meinem Vater gefiel das sehr; die Wünsche und Begierden unseres niederen Menschen waren hier nicht nur auf eine lakonische Weise bezeichnet, sondern zugleich verächtlich dargestellt, und deshalb war es lange Zeit ein so beliebtes Wort bei ihm, daß er statt Leidenschaft immer nur den Ausdruck Esel gebrauchte; man könnte sagen, er ritt die ganze Zeit über auf den Knochen oder dem Rücken seines eigenen Esels, oder auf denen anderer Leute herum.

Hier muß ich auf einen Unterschied zwischen

meines Vaters Esel und

meinem Steckenpferde

aufmerksam machen, damit man, wenn wir weiter gehen, beide in Gedanken wohl auseinander halte.

Denn mein Steckenpferd, wenn sich's der Leser nur erinnern will, ist nichts weniger als ein bösartiges Thier, es hat kaum ein Haar, kaum einen Zug vom Esel. Es ist ein kleines, spielendes, thörichtes Ding, welches mit uns aus der Gegenwart davonläuft, – ein Grashüpfer, – ein Schmetterling, – ein Gemälde, – ein Fiedelbogen, – eine Onkel-Tobys-Belagerung – oder irgend etwas, auf das ein Mensch rittlings zu kommen sucht, damit es ihn wegtrage von den Sorgen und Beschwerlichkeiten des Lebens. – Es ist das nützlichste Thier in der ganzen Schöpfung, und wie die Welt bestehen sollte, wenn es nicht wäre, weiß ich in der That nicht.

Aber meines Vaters Esel! Oh! besteigt – besteigt – besteigt (das war dreimal, wenn ich nicht irre?) besteigt ihn ja nicht! Es ist ein nichtswürdiges Vieh, und weh dem Mann, der ihm das Bocken nicht abgewöhnt.

Einhundertundachtundfünfzigstes Kapitel

– Nun, lieber Toby, sagte mein Vater, als er den Verliebten zum ersten Male wieder sah, – was macht Dein Asinus –

Mein Onkel Toby dachte in dem Augenblicke mehr an den Theil, wo er die Wasserblase hatte, als an Hilarions Metapher, und da, wie bekannt, vorgefaßte Ideen sowohl auf die Laute eines Wortes, als auf die Gestalten der Dinge eine große Macht ausüben, so bildete er sich ein, daß mein Vater, der in seinen Ausdrücken nicht sehr wählerisch war, nach dem bewußten Theile mit seinem ehrlichen Namen gefragt habe; er hielt es also für höflich, sich desselben Wortes wie mein Vater zu bedienen, obgleich meine Mutter, *Dr.* Slop und Mr. Yorick im Zimmer waren. Wenn Jemand zwischen zwei Unschicklichkeiten gestellt wird, von denen er eine nothwendigerweise begehen muß, so mag er wählen wie er will, man wird ihn immer tadeln, so viel habe ich wenigstens bemerkt. – Ich werde mich also nicht darüber wundern, wenn es meinem Onkel Toby nicht besser geht.

– Mein A * * *, Bruder Shandy, sagte Onkel Toby, ist besser. – Mein Vater hatte von seinem Asinus sehr viel erwartet und würde ihn noch einigemal vorgeführt haben, aber als *Dr.* Slop jetzt in ein unbändiges Lachen ausbrach und meine Mutter »Gott bewahre!« rief, zog er ihn zurück, und da das Gelächter jetzt allgemein wurde, so fand sich auch die Gelegenheit nicht gleich, ihn wieder hervorzuziehen.

So wurde das Gespräch ohne ihn fortgesetzt.

– Alle sagen, Bruder Toby, fing meine Mutter an, daß Sie verliebt sind, und wir hoffen, daß es wahr ist.

– Ich glaube, Frau Schwester, erwiederte mein Onkel Toby, daß ich verliebt bin, so wie ein Mensch zu sein pflegt. – Hm! sagte mein Vater. – Und seit wann sind Sie darüber mit sich im Klaren?

– Als die Wasserblase aufging, erwiederte mein Onkel Toby.

Diese Antwort versetzte meinen Vater in die beste Laune, – er machte also einen Angriff zu Fuße.

Einhundertundneunundfünfzigstes Kapitel

– Die Alten, Bruder Toby, sagte mein Vater, stimmen darin überein, daß es zwei verschiedene Arten von Liebe giebt je nach den verschiedenen Theilen, die sie ergreift, welche entweder das Gehirn oder die Leber sein können; – und so, meine ich, steht es jedem Menschen, der verliebt ist, zu, zu erwägen, welche von den beiden Arten der Liebe über ihn gekommen ist.

– Was kommt darauf an, Bruder Shandy, erwiederte mein Onkel Toby, welche von beiden es ist, wenn sie nur das zuwege bringt, daß ein Mensch heirathet, seine Frau liebt und ein paar Kinder bekommt.

– Ein paar Kinder, rief mein Vater, – dabei sprang er vom Stuhle auf und sah meiner Mutter gerade ins Gesicht, während er sich zwischen ihrem und *Dr.* Slops Stuhl hindurch drängte – ein paar Kinder, wiederholte er und ging auf und ab.

Plötzlich besann er sich und trat nahe an Onkel Toby's Stuhl heran: Du mußt nicht glauben, lieber Bruder Shandy, sagte er, daß es mir nicht recht wäre, wenn Du ein halbes Schock hättest, im Gegentheil, ich würde mich freuen und wollte jedem Deiner Kinder, Toby, ein Vater sein.

Meines Onkel Toby's Hand schlich sich unbemerkt hinter seinen Stuhl, um die meines Vaters zu drücken.

– Gewiß, fuhr dieser fort und hielt meines Onkel Toby's Hand fest, – Du hast so viel von der Milch menschlicher Natur und so wenig von ihren Säuren und Salzen in Dir, daß es schade wäre, wenn die Welt nicht mit Wesen, die Dir gleichen, bevölkert würde; und wäre ich ein asiatischer Despot, fügte mein Vater, ganz warm von diesem neuen Gedanken, hinzu – so würde ich von Dir verlangen, – vorausgesetzt, daß es Dich nämlich nicht zu sehr anstrengte, oder Deine Urfeuchtigkeit zu sehr austrocknete, oder Dein Gedächtniß, Bruder Toby, und Deine Einbildungskraft schwächte, was derartige Leibesübungen, wenn sie nicht rationell betrieben werden, allerdings zur Folge haben, – aber sonst würde ich Dir die schönsten Weiber in meinem Reiche übergeben, lieber Toby, und von Dir verlangen, daß Du mir *nolens volens* wenigstens einen Unterthanen *per* Monat in die Welt setztest.

Als mein Vater seinen Satz geendigt hatte, nahm meine Mutter eine Prise.

Nein, sagte mein Onkel Toby, *nolens volens,* d.h. ob ich wollte oder nicht, möchte ich kein Kind in die Welt setzen, nicht dem mächtigsten Herrscher der Welt zu Liebe.

– Und grausam würde es von mir sein, Bruder Toby, Dich dazu zu zwingen, sagte mein Vater; aber ich stellte den Fall nur auf, um Dir zu zeigen, daß es sich hier weniger um das Kinderindieweltsetzen, wenn Du dazu fähig bist, als um die Theorie der Liebe und der Ehe handelt, die ich Dir begreiflich machen wollte.

– In Kapitän Shandy's Ansicht von der Liebe ist wenigstens ein gut Theil Vernunft und gesunder Menschenverstand, sagte Yorick, mehr als ich aus alle den blühenden Dichtern und Rednern schöpfen konnte, mit deren Lektüre ich leider manche Stunde meines Lebens vergeudet habe.

– Ich wünschte, Yorick, sagte mein Vater, daß Sie Plato gelesen hätten; aus ihm würden Sie gelernt haben, daß es zweierlei Arten Liebe giebt. – Ich weiß, erwiederte Yorick, daß es bei den Alten zweierlei Arten Religion gab, eine für das gemeine Volk, die andere für die Gebildeten, aber ich meine, *eine* Liebe wäre für beide genug gewesen.

– Das ging nicht, erwiederte mein Vater, – aus demselben Grunde nicht; denn von diesen beiden Arten der Liebe ist nach Ficinus' Kommentar zu Velasius

     die eine geistig,

     die andere natürlich;

die erste, die alte, ohne Mutter, mit der Venus nichts zu thun hat; die zweite, die von Jupiter und Dione erzeugte.

– Aber, Bruder, sagte mein Onkel Toby, was geht das einen guten Christen an? – Mein Vater konnte hierauf nicht antworten, um den Faden seiner Rede nicht zu zerreißen.

– Die Letztere, fuhr er fort, trägt ganz die Natur der Venus an sich.

Die Erstere, welche die goldene Kette ist, die vom Himmel niedergeht, regt zur heroischen Liebe an, welche in sich begreift und wiederum anregt die Begierde nach Weisheit, – die andere regt einfach nur zur Begierde an.

– Ich bin der Ansicht, sagte Yorick, daß das Erzeugen von Kindern für die Welt ebenso wohlthätig ist, als die Längenmessung –

– Ganz gewiß, sagte meine Mutter, Liebe erhält den Frieden der Welt.

– Des Hauses, meine Liebe, das gebe ich zu.

– Sie füllt die Erde, sagte meine Mutter.

– Aber sie läßt den Himmel leer, meine Liebe, erwiederte mein Vater.

– Jungfräulichkeit füllt den Himmel, rief *Dr.* Slop triumphirend.

– Gut getroffen, Nonne! sagte mein Vater.

Einhundertundsechzigstes Kapitel

Mein Vater hatte in seinem Disputiren eine so scharmützelnde, scharf um sich hauende Art, so unfehlbar bekam Jeder nach der Reihe von ihm seinen Stoß, Puff oder Denkzettel, daß er immer sicher sein konnte, in weniger als einer halben Stunde die ganze Gesellschaft gegen sich zu haben, und hätte sie aus zwanzig Köpfen bestanden.

Was nicht am wenigsten dazu beitrug, ihm jeden Verbündeten zu rauben, war das, daß er sich sicherlich immer auf den unhaltbarsten Punkt stellte; – aber *die* Gerechtigkeit muß man ihm angedeihen lassen: stand er einmal darauf, so vertheidigte er ihn so tapfer, daß es wohl eines braven oder gutmüthigen Mannes Sache gewesen wäre, ihm aus der Klemme zu helfen.

Aus diesem Grunde konnte es Yorick, obgleich er ihn oft angriff, nie über sich vermögen, dies mit der ganzen ihm zu Gebote stehenden Kraft zu thun.

Dr. Slops Jungfräulichkeit am Schluß des vorigen Kapitels hatte ihn sogleich auf die andere Seite des Walles gestellt, und eben war er im Begriff, alle Konvente der Christenheit *Dr.* Slop an den Kopf zu werfen, als Trim in das Zimmer trat, um meinem Onkel Toby zu sagen, daß es mit den dünnen Scharlachenen, in denen der Angriff auf Mrs. Wadman unternommen werden sollte, doch nicht gehen würde; denn der Schneider, der sie aufgetrennt hatte, um sie zu wenden, hatte gefunden, daß sie schon einmal gewandt waren. – So laß sie noch einmal wenden, Bruder, sagte mein Vater rasch, denn es werden noch viele Wendungen nöthig sein, eh' Alles in Ordnung ist. – Sie sind aber so mürbe wie Zunder, sagte der Korporal. – Dann freilich bestelle Dir ein Paar neue, sagte mein Vater und fuhr zu den Andern gekehrt fort: – Obgleich ich weiß, daß Mrs. Wadman seit Jahren sterblich verliebt in meinen Bruder Toby gewesen ist und jeden Kunstgriff und jede List angewandt hat, ihn auch so weit zu bringen, – so wird jetzt, wo sie ihn so weit hat, ihr Fieber wohl im Abnehmen sein.

Sie hat ihren Willen erreicht.

In solchem Falle, fuhr mein Vater fort, – einem Falle, den Plato sicherlich nicht vorgesehen hat, – ist die Liebe nicht sowohl ein Gefühl, als eine Stellung, in welche Jemand eingetreten ist, etwa wie mein Bruder Toby in die Armee; – es ist ganz gleich, ob er den Dienst liebt oder nicht, er ist einmal darin, also handelt er so, als ob er ihn liebte, und thut Alles, um sich als tapferer Mann zu zeigen.

Wie alle Hypothesen meines Vaters, so war auch diese an und für sich ganz plausibel, und mein Onkel Toby hatte nur ein einziges

Wort dagegen einzuwenden, wobei ihn Trim zu unterstützen bereit war; aber mein Vater hatte die Folgerung noch nicht gezogen.

– Obgleich nun alle Welt weiß, fuhr mein Vater fort, daß Mrs. Wadman meinen Bruder ins Herz geschlossen und mein Bruder seinerseits Mrs. Wadman ins Herz geschlossen hat, und in der Natur der Sache kein Hinderniß liegt, daß beide nicht heute Abend noch miteinander einig sein könnten, so möchte ich aus diesem Grunde doch wetten (hier legte er den Fall noch einmal dar), daß das Stück in Jahresfrist noch nicht zu Ende gespielt ist.

– Wir haben unsere Maßregeln so getroffen, – sagte mein Onkel Toby und sah Trim dabei fragend an –

– Daß ich meine Monterokappe wetten möchte, sagte Trim. – Nun erzählte ich schon früher, daß diese Monterokappe Trims beständige Wette war, und da er sie eben hatte aufputzen lassen, so schien der Einsatz um so beträchtlicher – daß ich meine Monterokappe gegen einen Schilling wetten möchte, wenn es sich schickte, fuhr Trim sich verbeugend fort, Ew. Gnaden eine Wette anzubieten.

– Darin ist nichts Unschickliches, sagte mein Vater; es ist eine Redeweise, – denn wenn Ihr sagt, daß Ihr Eure Monterokappe gegen einen Schilling wetten wollt, so heißt das, daß Ihr glaubt –

Nun, was glaubt Ihr?

– Daß sich Wittwe Wadman, mit Ew. Gnaden Verlaub, nicht zehn Tage halten kann –

– Und wo habt Ihr denn die Kenntniß von den Weibern her, Freund? rief *Dr.* Slop spöttisch.

– Habe ich nicht einmal eine Liebesgeschichte mit einer Nonne gehabt? sagte Trim.

– Es war eine Beguine, sagte mein Onkel Toby.

Aber *Dr.* Slop war zu sehr im Zorn, um auf diese Erläuterung zu hören, und als nun mein Vater gar noch die Gelegenheit benutzte, ohne weiteres über das ganze nichtsnutzige, faule Nonnen- und Beguinenpack herzufallen, konnte der Doktor es nicht länger aushalten; auch mein Onkel und Yorick hatten für den nächsten Tag noch allerhand Vorkehrungen zum Angriff zu treffen, der Eine seine Hosen, der Andere sich für seine Predigt vorzubereiten, so daß die Gesellschaft aufbrach und meinen Vater allein ließ. Da ihm noch eine halbe Stunde bis zum Schlafengehen übrig blieb, ließ er Dinte, Feder und Papier kommen und benutzte diese Zeit, um nachfolgende Verhaltungsregeln für meinen Onkel Toby in Form eines Briefes niederzuschreiben.

Mein lieber Bruder Toby!

Was ich Dir zu sagen habe, betrifft das Wesen der Weiber und die Art, wie man in der Liebe mit ihnen verfahren muß. Es wird gewiß kein Schade für Dich sein, – wenn es auch kein Vortheil für mich ist – daß Du einige Anweisung darüber erhältst, und daß ich im Stande bin, sie Dir hier aufzuzeichnen.

Hätte es Dem, welcher unser Schicksal leitet, gefallen, Dir diese schmerzliche Erfahrung zu ersparen, so wollte ich lieber, *Du* tauchtest in diesem Augenblicke statt meiner die Feder in die Dinte. Da dies aber einmal nicht hat sein sollen, und Mrs. Shandy im Nebenzimmer eben ihre Nachttoilette macht, so habe ich, ohne weitere Ordnung und wie sie mir in den Kopf kamen, einige Winke und Nachweise, die ich nützlich für Dich halte, aufs Papier geworfen; – sie mögen Dir ein Zeichen meiner Liebe sein, und ich zweifle nicht, mein lieber Toby, daß Du sie freundlich aufnehmen wirst.

Zuerst also, in Beziehung auf Religion, so weit das nämlich hier in Betracht kommt. Da fühle ich nun zwar an einem Brennen in der Wange, daß ich diesen Gegenstand Dir gegenüber, der keine seiner Andachtsübungen versäumt, wenn er auch nicht davon redet, ohne Erröthen nicht erwähnen kann; – dennoch darf ich nicht unterlassen, Dich darauf aufmerksam zu machen, daß Du (während der ganzen Zeit Deiner Werbung) eines nicht vergissest: wenn immer Du an Dein Unternehmen gehst, sei es

Morgens oder Nachmittags, so empfiehl Dich vorher dem Schutze des Allmächtigen, damit er Dich vor dem Bösen behüte.

Wenigstens aller vier oder fünf Tage laß Dir den Schädel ganz glatt rasiren – öfter schadet auch nicht; – denn wenn Du in der Zerstreuung vor ihr die Perücke abnimmst, wird sie alsdann nicht unterscheiden können, wie viel von den Haaren die Zeit, wie viel Trim weggenommen.

Besser aber wird es sein, ihr alles Kahle überhaupt so viel als möglich aus den Gedanken zu halten.

Laß es Dir immer gegenwärtig sein, lieber Toby, und handle danach, als nach einer sichern Maxime: daß *alle Weiber furchtsam sind,* und Gott sei dafür gedankt, denn sonst wäre gar kein Auskommen mit ihnen.

Sorge dafür, daß Deine Hosen nicht zu eng sind, aber laß sie auch nicht zu lose um Deine Schenkel baumeln, wie die Pluderhosen unserer Vorfahren.

Die richtige Mittelstraße beugt allen Schlüssen vor.

Was Du auch zu sagen hast, sei es viel oder wenig, vergiß nicht, es in einem ruhigen, milden Tone zu sagen; Schweigen, und was dem nahe kommt, webt im Gehirne Träume mitternächtiger Geheimnisse: darum, wenn Du es vermeiden kannst, laß das Gespräch nicht stocken.

Vermeide in Deiner Unterhaltung mit ihr allen Spaß und Scherz und halte desgleichen, so viel Du kannst, alle Bücher und Schriftstücke, welche diese Tendenz haben, von ihr entfernt. Wenn Du sie dahin bringen kannst, dies oder jenes Andachtsbuch zu lesen, so mag das ganz gut sein; aber leide ja nicht, daß sie in Rabelais, Scarron oder Don Quixote hineinguckt.

Diese Bücher reizen alle zum Lachen, und Du weißt, lieber Toby, keine Leidenschaft ist so ernsthaft gefährlich, als die Lust.

Ehe Du zu ihr ins Zimmer gehst, stecke den Brustschlitz Deines Hemdes mit einer Nadel zu.

Wenn sie Dir erlaubt, Dich neben ihr aufs Sofa zu setzen, und Dir Gelegenheit giebt, ihre Hände zu ergreifen, so thue es nicht; Du kannst Deine Hand nicht auf die ihrige legen, ohne daß sie die Temperatur der Deinigen erführe. Laß das, und so viel Dir noch sonst möglich ist, im Ungewissen; so erregst Du ihre Neugierde; wird sie dadurch aber nicht besiegt und hört Dein Asinus immer noch nicht auf zu bocken, was leider höchst wahrscheinlich ist, so fange damit an, Dir ein paar Unzen Blut unter dem Ohr zu lassen, wie die alten Scythen es machten, die auf diese Weise die heftigsten Anfälle der Begierde heilten.

Danach schlägt Avicenna vor, die betreffende Stelle mit Nieswurzsyrup einzureiben und geeignete Ausleerungen und Purganzen anzuwenden, was ich auch für sehr zweckmäßig halte. Aber Du darfst wenig oder kein Ziegenfleisch essen – auch Rothwild nicht, und Füllenfleisch auf keinen Fall; ebenso sorgfältig mußt Du Dich – natürlich so viel Du kannst – der Pfauen, Kraniche, Wasserhühner, Taucher und wilden Enten enthalten.

Als Getränk brauche ich Dir wohl kaum eine Infusion von Eisenkraut und Hannea zu empfehlen, von deren Wirkung Aelian berichtet; aber wenn sie Dir den Magen schwächt, so setze sie einige Zeit aus und genieße statt ihrer Gurken, Melonen, Portulak, Wasserlilie, Geisblatt und Lattich.

Weiter fällt mir in diesem Augenblicke kein geeignetes Mittel ein, das Dir helfen könnte.

Ausgenommen der Ausbruch eines neuen Krieges. – Indem ich Dir, mein lieber Toby, hiemit alles Heil wünsche, verbleibe ich

Dein Dich liebender Bruder

Walter Shandy.

Einhundertundeinundsechzigstes Kapitel

Während mein Vater diese Verhaltungsregeln niederschrieb, waren mein Onkel Toby und der Korporal damit beschäftigt, Alles zum Angriff vorzubereiten. Da das Wenden der dünnen scharlachenen Hosen (wenigstens für den Augenblick) aufgegeben war, so war damit auch jeder Grund weggefallen, den Angriff länger als bis zum nächsten Morgen zu verschieben; er sollte also um elf Uhr unternommen werden.

– Komm, meine Liebe, sagte mein Vater zu meiner Mutter; als Bruder und Schwester schickt es sich für uns wohl, daß wir zu Bruder Toby gehen, und ihm ein bischen Muth machen.

Mein Onkel Toby und der Korporal waren schon seit einiger Zeit in vollem Staate und wollten sich eben mit dem Glockenschlage elf in Bewegung setzen, als mein Vater und meine Mutter in das Zimmer traten. – Aber was ich hierüber zu sagen habe, ist viel zu gut, als daß ich es an das Ende dieses achten Bandes hängen sollte. – Mein Vater hatte nur so viel Zeit, seinen Brief mit den Verhaltungsregeln in Onkel Toby's Rocktasche zu stecken und übereinstimmend mit meiner Mutter einen glücklichen Erfolg des Angriffs zu wünschen.

– Ich möchte, sagte meine Mutter, wohl durchs Schlüsselloch gucken – blos aus Neugierde. – Nenn's beim rechten Namen, Liebe, sagte mein Vater, –

Und gucke durchs Schlüsselloch, so lange Du willst.

Einhundertundzweiundsechzigstes Kapitel

Alle Mächte der Zeit und des Zufalls, die uns so oft in dieser Welt auf unsern Bahnen stören, rufe ich hier zu Zeugen, daß ich noch nie der Liebschaft meines Onkels Toby so recht auf die Sprünge kommen konnte, bis zu dem Augenblicke, wo meiner Mutter Neugierde, wie sie's nannte, oder ein anderer Beweggrund, wie mein Vater meinte, sie zu dem Wunsche trieb, ein bischen durchs Schlüsselloch gucken zu können.

– Nenn's beim rechten Namen, Liebe, sagte mein Vater, und gucke durchs Schlüsselloch, so lange Du willst.

Nichts als das Aufgähren jenes säuerlichen Humors, der meinem Vater eigen war, und von dem ich schon oft gesprochen habe, hätte eine solche Unterstellung rechtfertigen können; doch besaß er eine so offene, edelmüthige Natur und war besserer Überzeugung so leicht zugänglich, daß er kaum das letzte Wort des unfreundlichen Tadels ausgesprochen hatte, als es ihm auch schon leid that.

Meine Mutter hatte gerade ihren linken Arm in seinen rechten gelegt, und zwar so, daß die Fläche ihrer Hand auf dem Rücken der seinigen lag; sie hob die Finger und ließ sie fallen, – es war kaum ein Klaps zu nennen, oder war es ein Klaps, so würde es selbst einem Casuisten schwer geworden sein zu bestimmen, ob es ein Klaps des Vorwurfs oder des reuigen Bekenntnisses war. Mein Vater, durch und durch feinfühlig, wußte was er bedeute; das Gewissen schlug ihm, er kehrte sein Gesicht sogleich ab, und meine Mutter, die meinte, daß sich sein Körper nachdrehen würde, um nach Hause zu gehen, brachte sich vermittels einer Seitenbewegung des rechten Beines, wobei ihr das linke als Stütze diente, ihm so gegenüber, daß, als er den Kopf wieder wendete, sein Auge dem ihrigen begegnete. Neue Verwirrung! er sah tausend Gründe, den Vorwurf zurück zu nehmen, und ebenso viele, sich Vorwürfe zu machen: ein wäßriger, blauer, kühler, durchsichtiger Krystall, so ruhig, daß man das kleinste Atom, die geringste Regung einer Begierde, wäre sie da gewesen, auf dem tiefsten Grunde hätte sehen können; – da war nichts; – und woher es kommt, daß *ich* so lüstern bin, besonders ein wenig vor der Frühlings- und Herbstnachtgleiche? Das weiß der Himmel! Meine Mutter, Madame, war es nie, nicht von Natur, nicht durch Ehegebrauch, nicht durch Beispiel.

In allen Monaten des Jahres, in allen kritischen Momenten, ob dieselben bei Tag oder Nacht eintraten, rann ihr Blut gleichmäßig durch die Adern; auch erhitzte sie dasselbe nicht durch die Aufwallungen übertriebener Andachtsübungen, für welche, da sie wenig oder keinen Sinn haben, die Natur meist einen finden muß, – und was meines Vaters Beispiel anbetraf, so war es so weit davon entfernt, sie in dieser Beziehung anzureizen oder herabzustimmen, daß es vielmehr die Aufgabe seines Lebens war, alle Gedanken der Art ihr ferne zu halten. Natur hatte das Ihre gethan, um ihm diese Mühe zu ersparen, das wußte mein Vater, und so hätte er sie sich auch ersparen können. – Und hier sitze ich, den 12. August des Jahres 1766 in einer Purpurjacke und gelben Pantoffeln, ohne Perücke noch Käppchen, eine tragikomische Erfüllung seiner Prophezeiung: »daß ich aus diesem Grunde nie wie ein anderes Menschenkind denken oder handeln würde.«

Der Irrthum meines Vaters war der, daß er meiner Mutter Beweggrund angriff, statt die Handlung selbst anzugreifen, denn sicherlich, Schlüssellöcher sind zu etwas Anderm da, und betrachtet man die Handlung als eine solche, welche einem deutlich angewiesenen Zwecke widerspricht und einem Schlüsselloche wehrt, das zu sein, was es ist, so erscheint sie als eine Handlung wider die Natur und ist als solche, wie man einsehen wird, ein Kriminalverbrechen.

Das ist der Grund, Ew. Hochehrwürden, weshalb Schlüssellöcher mehr Veranlassung zur Sünde und Gottlosigkeit geben, als alle andern Löcher in der Welt zusammengenommen.

– Was mich wieder auf meines Onkels Liebschaft bringt.

Einhundertunddreiundsechzigstes Kapitel

Obgleich der Korporal seinen Vorsatz ausgeführt und meines Onkel Toby's Lockenperücke eingelegt hatte, so war doch die Zeit zu kurz gewesen, um einen großen Erfolg damit zu erzielen; sie hatte lange Jahre zusammengequetscht in einer Ecke des Feldkoffers gelegen, und da schlechte Gewohnheiten schwer auszutreiben sind, die Anwendung der Lichtenden überdies eine gewisse Übung verlangt, so war die Ausführung nicht so leicht, als zu wünschen gewesen wäre. Mit munterem Aug' und ausgestreckten Armen war der Korporal wohl zwanzigmal ein wenig zurückgetreten und hatte versucht, eine bessere Ansicht zu gewinnen, – Grämlichkeit selbst hätte lächeln müssen, wenn sie einen Blick darauf geworfen hätte; – überall, wo der Korporal es nicht wollte, kräuselte sie sich, und wo seiner Meinung nach eine oder ein paar Locken die herrlichste Wirkung hervorgebracht haben würden, wäre es leichter gewesen, einen Todten auferstehen zu lassen.

So war sie, oder vielmehr so würde sie bei jedem Andern ausgesehen haben; aber der milde Ausdruck der Güte, welcher auf meines Onkel Toby's Stirn lag, strahlte so überwältigend auf Alles aus, was diese Stirn umgab, so klar hatte die Natur mit schöner Handschrift die Signatur »Gentleman« in jeden Zug seines Gesichtes geschrieben, daß ihm selbst sein alter Tressenhut und die große verschossene Tafftkokarde gut stand, und was an und für sich keinen Heller werth war, wurde, sobald es mein Onkel Toby anlegte, bedeutsam und schien so kunstgemäß hergerichtet zu sein, als bezweckte es, ihn gerade in dem vortheilhaftesten Lichte zu zeigen.

Nichts in der Welt würde mehr dazu haben beitragen können, diese Wirkung hervorzubringen, als meines Onkel Toby's blau und goldene Uniform, hätte nur die Knappheit der Anmuth nicht geschadet. In den fünfzehn bis sechzehn Jahren, seitdem sie gemacht worden war, hatte mein Onkel Toby ein gänzlich unthätiges Leben geführt und nur selten war er weiter, als bis zum Rasenplatze gegangen; deshalb war die blau und goldene so erschrecklich eng geworden, daß der Korporal ihn nur mit der größten Anstrengung hineinbringen konnte; das Herunterziehen der Ärmel half nichts: aber sie war auf dem Rücken, den Seitennähten u.s.w., wie es unter

König Wilhelm Mode war, mit Tressen besetzt, und diese schimmerten so hell in der Morgensonne und gaben einen so metallischen, so mannhaften Schein, daß, wenn mein Onkel Toby im Waffenschmuck anzugreifen dachte, nichts seiner Einbildungskraft so gut hätte zu Hülfe kommen können.

Was die dünnen Scharlachenen anbetraf, die hatte der Schneider zwischen den Beinen aufgetrennt, und so waren sie geblieben.

Ja wohl, Madame, aber zügeln Sie Ihre Phantasie. Genug – sie waren am vorigen Abend als untauglich befunden worden, und da meines Onkel Toby's Garderobe eine weitere Wahl nicht zuließ, so rückte er in den Rothplüschenen zu Felde.

Der Korporal hatte sich in des armen Le Fevers Uniformsrock geworfen; er trug die Monterokappe, die zu dieser Gelegenheit neu aufgeputzt worden war, auf dem Haupte, und ging drei Schritte hinter seinem Herrn her; mit militärischer Eleganz guckte das Hemd an seinem Handgelenke hervor, auf welchem an einem Lederriemen, der an der Troddel zur Schleife geschlungen war, sein Korporalstock hieng. – Mein Onkel Toby trug sein Rohr wie eine Pike.

– Es macht sich wenigstens gar nicht übel, sagte mein Vater zu sich selbst.

Einhundertunddreiundsechzigstes Kapitel

Mein Onkel Toby wendete mehr als einmal den Kopf herum, um zu sehen, wie der Korporal ihm den Rücken decke, und so oft dies geschah, schwenkte der Korporal seinen Stock, aber leicht, fast unmerklich, und sagte dann mit dem sanften Tone ehrfurchtsvoller Ermuthigung: Nur nicht bange, Ew. Gnaden.

Aber Onkel Toby war bange, und zwar sehr; wie mein Vater es ihm vorgeworfen: er wußte nicht, bei welchem Ende eine Frau gefaßt sein will, und deshalb wurde ihm unwohl, sobald er nur einer in die Nähe kam, außer wenn sie in Sorge und Bekümmerniß war; denn dann war sein Mitgefühl ohne Gränzen, der galanteste Romanheld wäre nicht weiter gelaufen, wenigstens nicht auf einem Beine, um die Thräne eines Weiberauges zu trocknen, und doch hatte er nie (außer das eine Mal, wo ihn Mrs. Wadman überlistete) in solch ein Auge geschaut und, einfältigen Herzens wie er war, oft zu meinem Vater gesagt, er hielte das für fast ebenso, ja vielleicht für ebenso schlecht, als unzüchtige Redensarten.

– Nun? und wenn auch? pflegte dann mein Vater zu erwiedern.

Einhundertundvierundsechzigstes Kapitel

– Ich meine, sagte mein Onkel Toby und blieb zwanzig Schritt vor Mrs. Wadmans Thür stehen, – ich meine, Korporal, sie kann's nicht übel aufnehmen.

– Sie wird's grade so aufnehmen, Ew. Gnaden, sagte der Korporal, wie es die Judenwittwe in Lissabon von meinem Bruder Tom aufgenommen hat.

– Und wie nahm die's auf? sagte mein Onkel Toby und drehte sich dabei nach dem Korporal um.

– Ew. Gnaden kennen des armen Tom Unglück, sagte der Korporal, aber das hat damit weiter nichts zu thun, als nur in sofern, daß, wenn Tom die Wittwe nicht geheirathet hätte, oder wenn es Gottes Wille gewesen wäre, daß sie nach ihrer Heirath Schweinefleisch in ihre Würste gethan hätten, der arme Bursche nicht aus seinem warmen Bette würde gerissen und nach der Inquisition geschleppt worden sein; – 's ist ein verfluchter Ort, setzte der Korporal hinzu und schüttelte den Kopf, wenn Einer einmal drin ist, Ew. Gnaden, so ist er für immer drin. –

– Das ist sehr wahr, sagte mein Onkel Toby und sah dabei gedankenvoll nach Mrs. Wadmans Hause.

– Nichts, fuhr der Korporal fort, ist so schrecklich, als lebenslang gefangen sein, und nichts so köstlich, Ew. Gnaden, als die Freiheit.

– Nichts, Trim, sagte mein Onkel Toby nachdenklich.

– So lange der Mensch frei ist, rief der Korporal und führte mit seinem Stock einen Hieb in der Luft, so:

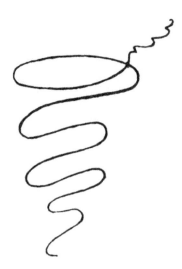

Tausend der subtilsten Schlußfolgerungen meines Vaters hätten für den ehelosen Stand nicht eindringlicher sprechen können.

Mein Onkel Toby sah sehr ernst nach seinem Hause und nach seinem Rasenplatze hinüber.

Der Korporal hatte, ohne es zu ahnen, den Geist des Nachdenkens mit seinem Zauberstabe heraufbeschworen, es blieb ihm nichts übrig, als ihn mit seiner Geschichte wieder zu bannen, und das that er auf sehr unkirchliche Weise, wie folgt:

Einhundertundfünfundsechzigstes Kapitel

– Da Tom eine gute Stelle hatte, Ew. Gnaden, und die Witterung warm war, so dachte er im Ernst daran, sich ein Haus zu gründen, und nun kam's gerade, daß ein Jude, der in derselben Straße einen Wurstladen hatte, an der Harnstrenge sterben mußte, und daß er eine Wittwe als Besitzerin seines blühenden Geschäftes hinterließ;

so meinte denn Tom (denn in Lissabon sucht Jeder, so gut er kann, für sich zu sorgen), daß es nichts schaden könnte, wenn er ihr seine Dienste anböte, das Geschäft zu führen. Damit machte er sich, ohne weiter mit der Wittwe bekannt zu sein, auf den Weg nach ihrem Laden, um ein Pfund Wurst zu kaufen; denn er dachte, wie er so ging, das Schlechteste, was mir begegnen kann, ist doch nur, ein Pfund Wurst für mein Geld zu bekommen, wenn aber Alles gut abläuft, so bin ich ein gemachter Mann und habe nicht blos ein Pfund Wurst, sondern ein Weib und einen ganzen Wurstladen obenein. –

Alle Dienstleute in der Familie, von dem ersten bis zum letzten, wünschten ihm gut Glück – Ach! Ew. Gnaden, mir ist's wahrhaftig, als ob ich ihn sähe, in seiner weißen Piquéweste und seinen weißen Hosen, den Hut ein bischen auf die Seite gesetzt, wie er so lustig die Straße hinunterschlendert, mit dem Stocke fuchtelt und für Jeden, der ihm begegnet, ein freundliches Wort und ein lachendes Gesicht hat. – Ach! ach! Tom, Du lachst nicht mehr, – rief der Korporal hier aus und sah seitwärts auf den Boden, als ob er ihn in seinem Gefängnisse anredete.

– Armer Bursche, sagte mein Onkel Toby gerührt.

– Es war so ein ehrlicher, harmloser Junge, Ew. Gnaden, wie nur je einem das warme Blut durch die Adern lief.

– Dann glich er Dir, Trim, sagte mein Onkel Toby rasch.

Der Korporal eröthete bis in die Fingerspitzen, – eine Thräne gefühlvoller Scham, – eine Thräne der Dankbarkeit für meinen Onkel Toby, – eine Thräne des Leides um seinen unglücklichen Bruder schossen ihm ins Auge und rannen leise über die Wange hinab. Auch meines Onkel Toby's Auge feuchtete sich, wie eine Lampe sich an der andern entzündet; er faßte Trims Rock (einst Le Fevers) vorn an der Brust, als ob er es seinem lahmen Beine leichter machen wollte, aber in Wahrheit um ein edleres Gefühl zu befriedigen. So stand er schweigend länger als eine Minute, dann nahm er seine Hand weg, der Korporal machte eine Verbeugung, und die Geschichte von seinem Bruder und der Judenwittwe ging weiter.

Einhundertundsechsundsechzigstes Kapitel

– Als Tom in den Laden trat, war Niemand da, Ew. Gnaden, als ein armes Negermädchen mit einem weißen Federbüschel an einem langen Stocke, womit sie die Fliegen wegscheuchte, – aber sie schlug sie nicht todt. – Das ist hübsch – sagte mein Onkel Toby, sie hatte Verfolgung erduldet, Trim, und Gnade gelernt.

– Sie war ein gutes Geschöpf, Ew. Gnaden, sowohl von Natur, als weil sie auch viel hatte erdulden müssen; in der Geschichte dieses armen verlassenen Mensches kommen solche Dinge vor, daß es einen Stein erweichen könnte, sagte Trim; wenn Ew. Gnaden aufgelegt ist, werde ich Ihnen das einmal an einem unfreundlichen Winterabend erzählen, denn es gehört mit zu Toms Geschichte.

– Vergiß das nicht, Trim, sagte mein Onkel Toby.

– Ein Neger hat auch eine Seele, Ew. Gnaden, sagte (etwas zweifelhaft) der Korporal.

– Ich verstehe mich nicht sehr auf solche Dinge, erwiederte mein Onkel Toby; aber ich sollte meinen, Gott wird ihn ebenso wenig wie Dich oder mich ohne eine solche gelassen haben. –

– Das hieße denn doch den Einen vor dem Andern gar zu sehr bevorzugen, sagte der Korporal.

– So ist's, sagte mein Onkel Toby. – Weshalb also wird so ein armes schwarzes Mensch schlechter behandelt, Ew. Gnaden, als eine Weiße?

– Ich finde keinen Grund dafür, sagte mein Onkel Toby.

– Deshalb blos, rief der Korporal und schüttelte den Kopf, weil Niemand sich ihrer annimmt.

– Daher kommt es allerdings, sagte mein Onkel Toby, und darum sollen wir sie schützen und ihre Brüder auch. – Das Glück des

Krieges hat jetzt die Peitsche in *unsere* Hand gegeben, – ob es so bleiben wird? Gott weiß es! – aber wie immer es sein mag, der Tapfere Trim, wird sich ihrer nicht lieblos bedienen.

– Gott bewahre uns davor! sagte der Korporal.

– Amen, erwiederte mein Onkel Toby, indem er die Hand aufs Herz legte.

Der Korporal wendete sich wieder seiner Geschichte zu und fuhr darin fort, aber es geschah mit einer gewissen Beklemmung, die sich der gewöhnliche Leser vielleicht nicht erklären kann; durch all diese plötzlichen Übergänge von einem warmen, herzlichen Gefühle zum andern war ihm zuletzt der frische Ton, der seiner Erzählung Geist und Leben gegeben hatte, abhanden gekommen; er versuchte zweimal ihn wieder aufzunehmen, aber es wollte ihm seiner Meinung nach nicht gelingen. Um die fliehenden Lebensgeister zurückzurufen, ließ er also ein kräftiges Hm! erschallen, und mit Hülfe des linken Armes, den er in die Seite stemmte, und des rechten, den er ein wenig vorstreckte, gleichsam die Natur von beiden Seiten unterstützend, gelang es ihm fast, den alten Ton wieder zu treffen. In dieser Stellung also fuhr er mit seiner Geschichte fort.

Einhundertundsiebenundsechzigstes Kapitel

– Da Tom zu der Zeit mit dem Mohrenmädchen nichts zu schaffen hatte, Ew. Gnaden, so ging er in das Hinterzimmer, um mit der Judenwittwe von Liebe zu reden, und – von dem Pfund Wurst, und da er, wie ich Ew. Gnaden sagte, ein offener, treuherziger Bursche war, dem seine Gesinnung in den Augen und auf dem Gesichte geschrieben stand, so nahm er einen Stuhl, stellte ihn ohne weitere Entschuldigung, aber doch mit der größten Höflichkeit zu ihr an den Tisch und setzte sich.

Nun ist nichts schwieriger, Ew. Gnaden, als einer Frau den Hof zu machen, wenn sie Wurst stopft. Tom fing also damit an, von Würsten zu sprechen, zuerst ganz ernsthaft: wie sie gemacht würden, was für Fleisch, für Kräuter und Gewürze man dazu nähme; dann ein bischen lustiger, was für Därme? und ob sie nicht manchmal platzten? ob die dicksten nicht immer die besten wären? und so fort, wobei er nur dafür Sorge trug, daß er das, was er über Würste zu sagen hatte, eher zu wenig als zu viel würzte, damit ihm noch etwas für später übrig bliebe.

– Weil er diese Vorsicht verabsäumte, sagte mein Onkel Toby und legte seine Hand auf Trims Schulter, – verlor der Graf de la Motte die Schlacht bei Wynendale; er drang zu hastig in den Wald vor; hätte er das nicht gethan, so wäre Lille nicht in unsere Hände gefallen, noch Gent, noch Brügge, die dem Beispiel folgten. Das Jahr war schon so vorgerückt, fuhr mein Onkel Toby fort, und die Witterung war so abscheulich, daß unsere Truppen im offenen Felde hätten umkommen müssen, wenn das nicht gewesen wäre.

– Warum, Ew. Gnaden, sollten also Schlachten nicht ebenso gut im Himmel beschlossen werden als Ehen? – Mein Onkel Toby dachte nach. Die Religion neigte ihn dieser Ansicht zu, – sein hoher Begriff von der Militärwissenschaft trieb ihn auf die andere Seite. Da er also keine Antwort finden konnte, die ganz seiner Überzeugung entsprochen hätte, zog er es vor, gar nichts zu sagen, und der Korporal beendigte seine Geschichte.

– Als Tom bemerkte, daß er vorwärts kam, und daß Alles, was er über Würste sagte, freundlich aufgenommen ward, fing er an ihr ein bischen bei der Arbeit zu helfen; zuerst hielt er den Ring, während sie die eingestopfte Masse mit der Hand hinunterstrich, dann zerschnitt er den Bindfaden in kleine Stücke, wie's nöthig war, und hielt dieselben in der Hand, aus der sie eines nach dem andern nahm; dann gab er sie ihr in den Mund, damit sie sie selbst herausziehen könnte, wie sie sie brauchte, und so immer weiter und immer mehr, bis er sich zuletzt daran machte, die Würste selbst zuzubinden, während sie das offene Ende hielt.

– Nun müssen Ew. Gnaden wissen, eine Wittwe wird immer einen zweiten Mann nehmen, der ihrem ersten so unähnlich als möglich ist, deshalb war die Sache bei ihr schon halb beschlossen, ehe Tom noch ein Wort gesprochen hatte.

Nichtsdestoweniger machte sie einen schwachen Versuch zum Widerstand und faßte eine Wurst, aber Tom faßte gleich eine andere.

Und da sie sah, daß Toms dicker war –

So unterschrieb sie die Kapitulation, – und Tom setzte ein Siegel darauf; damit war die Sache fertig.

Einhundertundachtundsechzigstes Kapitel

– Die Weiber, Ew. Gnaden, fuhr Trim fort (und kommentirte seine Geschichte), lieben alle Spaß, mögen sie nun so vornehm oder so gering sein, wie sie wollen; die Schwierigkeit besteht nur darin, zu wissen, *wie* sie ihn lieben, und das kann man nicht anders erfahren, als daß man es versucht, so wie wir's mit der Artillerie im Felde machen, wo wir das Rohr in die Höhe richten und herunterlassen, bis wir treffen.

– Der Vergleich gefällt mir besser, sagte mein Onkel Toby, als die Sache selbst.

– Weil Ew. Gnaden den Ruhm mehr lieben, sagte der Korporal, als das Vergnügen.

– Aber ich liebe die Menschen mehr, als beides, antwortete mein Onkel Toby, und da die Kriegskunst augenscheinlich zum Besten und zur Ruhe der Welt dient, und da besonders *der* Zweig derselben, welchen wir auf unserm Rasenplatze pflegen, keinen andern Zweck hat, als die Schritte des Ehrgeizes zu hemmen und Leben und Besitzthum Weniger vor den raubgierigen Händen Vieler zu schützen, so hoffe ich, Korporal, daß keiner von uns, wenn je wieder die Trommel in unser Ohr tönt, so arm an Menschlichkeit und Mitgefühl sein wird, nicht »Kehrt« zu machen und frisch drauf los zu gehen.

Damit machte mein Onkel Toby Kehrt und ging frisch drauf los an der Spitze seiner Kompagnie; der treue Korporal aber, der seinen Stock schulterte und beim ersten Schritt mit der Hand auf den Rockschooß schlug, folgte ihm die Allee hinunter auf dem Fuße. –

– Nun? was machen denn die Narren? was fällt ihnen ein? sagte mein Vater zu meiner Mutter. Sie belagern ja Mrs. Wadman nach allen Regeln der Kunst und marschiren jetzt um das Haus herum, wahrscheinlich um die Linien zu den Laufgräben abzustecken.

– Ich glaube wirklich, sagte meine Mutter. – Aber halt, Verehrtester! – Denn was meine Mutter bei dieser Gelegenheit wirklich glaubte, – und was mein Vater weiter sagte, nebst seinen Antworten und Erwiederungen, das Alles mag in einem andern Kapitel gelesen, untersucht, paraphrasirt, erläutert und kritisch durchgeseiht, oder, um es mit *einem* Worte zu bezeichnen, unter den Daumen der Nachwelt gegeben werden; – ich sage der Nachwelt, und ich stehe nicht an, das Wort zu wiederholen, – denn was hat dieses Buch mehr verbrochen als die Sendung Moses oder das Märchen von der Tonne, daß es nicht mit diesen den Rinnstein der Zeit hinabschwimmen sollte? –

Ich will die Sache nicht weiter verfolgen: die Zeit vergeht so schnell; jeder Schriftzug, den ich mache, sagt, wie reißend schnell das Leben meiner Feder folgt; seine Tage und Stunden, die köstlicher sind, liebe Jenny, als die Rubinen auf Deinem Nacken, fliegen über unsern Häuptern dahin, wie leichte Wolken im Winde, – ohne Wiederkehr. Alles drängt weiter – während Du diese Locke ringelst, siehe! ist sie grau geworden, und jedes Lebewohl, das ich Dir sage, jede Entfernung, die ihm folgt, ist ein Vorspiel jener ewigen Trennung, die uns bald bevorsteht.

Gott erbarme sich unser!

Einhundertundneunundsechzigstes Kapitel

Nun! was die Welt von diesem Ausruf denkt, dafür möchte ich auch keinen Pfifferling geben.

Einhundertundsiebenzigstes Kapitel

Mein Vater war mit meiner Mutter unterm Arm bis zu der verhängnißvollen Gartenmauerecke gegangen, wo Obadiah auf seinem Kutschpferde den *Dr.* Slop in den Dreck geworfen hatte. Da diese Stelle dem Hause der Wittwe Wadman gerade gegenüberlag, so hatte mein Vater, als er hierher gekommen war, hinübergesehen und meinen Onkel Toby und den Korporal bemerkt, die nur noch zehn Schritte vom Hause entfernt waren. Er hatte sich also umgedreht und gesagt: Laß uns doch etwas hier stehen bleiben und zusehen, wie mein Bruder Toby und Trim ihren Einzug halten; – es wird keine Minute dauern, setzte er hinzu.

   – Und wenn's auch zehn dauerte, hatte meine Mutter,
   Nicht eine halbe, hatte mein Vater gesagt. –

Der Korporal fing eben die Geschichte von seinem Bruder Tom und der Judenwittwe an; die Geschichte ging weiter und weiter: – sie schweifte ab – sie kam zurück – sie ging weiter und immer weiter – sie wollte kein Ende nehmen; – sie ist dem Leser auch gewiß zu lang geworden.

Gott sei meinem Vater gnädig! Bei jeder neuen Stellung, die sie annahmen, prustete er fünfzigmal und wünschte des Korporals Stock und sein Baumeln und Herumschwenken zu so viel Teufeln, als sich darin theilen wollten.

Wenn solche Entscheidungen, wie die, welche mein Vater erwartete, auf der Wage des Schicksals liegen, so hat der Geist *den* Vortheil, daß er den Beweggrund des Erwartens dreimal ändert – sonst würde ihm die Kraft fehlen, es bis ans Ende auszuhalten.

Den ersten Moment beherrscht die Neugierde; den zweiten die Wirthschaftlichkeit, um die Ausgabe des ersten Momentes zu rechtfertigen, – mit dem dritten, vierten, fünften, sechsten u.s.w. bis zum jüngsten Tage wird es ein *Ehrenpunkt.*

Ich brauche nicht zu sagen, daß die Moralisten alles dies der *Geduld* zuschreiben, aber diese Tugend, meine ich, hat für sich selbst ein hinreichend großes Gebiet und genug darin zu thun, so daß sie nicht nöthig hat, auch noch die paar wehrlosen Festungen zu besetzen, die *Ehre* sich hier auf Erden vorbehalten hat.

Mit diesen drei Hülfsgenossen hielt es mein Vater, so gut es ihm möglich war, bis zum Schlusse von Trims Geschichte aus, auch noch bis ans Ende von meines Onkels Loblied auf die Kriegskunst, welches in dem andern Kapitel steht – als er nun aber sah, daß sie, statt gerade auf Mrs. Wadmans Thür loszugehen, Kehrt machten und, seiner Erwartung diametral entgegen, die Allee hinuntermarschirten, brach mit Einem Male jene säuerliche Grämlichkeit seines Humors zu Tage, die in gewissen Lagen seinen Charakter so sehr von dem aller anderen Leute unterschied.

Einhundertundeinundsiebenzigstes Kapitel

– Nun, was machen denn die Narren? u.s.w. rief mein Vater.

– Ich glaube wirklich, sagte meine Mutter, sie machen Befestigungen.

– Doch nicht auf Mrs. Wadmans Grund und Boden? rief mein Vater und trat zurück.

– Wahrscheinlich nicht, sagte meine Mutter.

– Ich wollte, sagte mein Vater und erhob seine Stimme, der Teufel holte die ganze Befestigungskunst mit ihren Sappen und Minen und Blenden und Schanzkörben und Wällen und Cuvetten und all dem Plunder.

– Es ist närrisches Zeug, sagte meine Mutter.

Sie hatte wirklich eine aparte Art – meine purpurne Jacke und die gelben Pantoffeln gäbe ich darum, wenn etliche von Ew. Hochehrwürden sie darin zum Muster nehmen wollten; – was auch mein Vater vortrug, sie versagte ihre Bei- und Zustimmung nie, und das blos, weil sie es nicht verstand oder keinen Begriff von der Bedeutung des wesentlichen Wortes oder des Kunstausdruckes hatte, um den sich die Rede drehte. Sie begnügte sich damit, alles das zu thun, was ihre Taufpathen für sie versprochen hatten, – aber nicht mehr, und zwanzig Jahre hintereinander konnte sie ein Wort, das sie nicht verstand, gebrauchen, und – – wenn's ein Verbum war – es nach Zeit und Modus abwandeln, ohne sich die Mühe zu geben, danach zu fragen, was es bedeute.

Dies war eine nieversiegende Quelle des Ärgers für meinen Vater, und dadurch wurde von vornherein mehr guten Unterhaltungen zwischen ihnen der Hals gebrochen, als es der hartnäckigste Widerspruch gethan haben würde. Die wenigen, welche unbeschädigt durchkamen, waren der *Cuvetten* wegen desto besser.

– »Es ist närrisches Zeug«, sagte meine Mutter.

– Besonders die Cuvetten, erwiederte mein Vater.

Die Gefahr war vorüber; – er kostete die Süßigkeit des Triumphes – und fuhr fort.

– Genau gesprochen, sagte mein Vater und verbesserte sich selbst, ist es eigentlich nicht Mrs. Wadmans Grund und Boden, – sie hat ihn blos auf Lebenszeit.

– Das macht einen großen Unterschied, sagte meine Mutter.

– Für einen Narren, sagte mein Vater.

– Sie müßte denn ein Kind bekommen, sagte meine Mutter

– Aber erst muß sie meinen Bruder Toby überreden, ihr dazu zu verhelfen.

– Natürlich, sagte meine Mutter.

– Zwar, wenn erst überredet werden muß, sagte mein Vater, dann sei Gott gnädig!

– Amen, sagte meine Mutter piano.

– Amen, rief mein Vater fortissime.

– Amen, sagte meine Mutter noch einmal, aber mit einem so seufzenden Tonfall persönlichen Mitgefühls, daß es meinem Vater durch alle Nerven ging. Er nahm sogleich seinen Kalender heraus, – aber noch ehe er ihn aufschlagen konnte, gab ihm Yoricks Gemeinde, die aus der Kirche kam, genügende Auskunft über die eine Hälfte dessen, was er hatte nachsehen wollen, – und da ihm meine Mutter jetzt sagte, daß es ein Abendmahlstag sei, so blieb er auch über die andere Hälfte nicht im Zweifel. Er steckte also seinen Kalender wieder ein.

Der Lord Schatzkanzler, wenn er sich über *Wege und Mittel* den Kopf zerbricht, kann keine zerstörtere Miene haben, als die war, mit der mein Vater nach Hause kam.

Einhundertundzweiundsiebenzigstes Kapitel

Indem ich vom Ende des vorigen Kapitels zurückblicke und überschaue, was ich geschrieben habe, finde ich, daß es nöthig sein wird, auf dieser Seite und den vier folgenden eine gute Portion verschiedenartiger Dinge einzuschieben, um jenes Gleichgewicht zwischen Weisheit und Thorheit herzustellen, ohne welches ein Buch kein Jahr lang zusammenhält. Eine armselige *Abkriechung* (die auch ebenso gut auf der Heerstraße stattfinden könnte, wenn's menschenwürdig wäre) thut's nicht; nein! es muß eine *Abschweifung* sein, eine lustige, über einen lustigen Gegenstand, wo Roß und Reiter nicht einzufangen sind, als bis sie wo gegenrennen.

Die einzige Schwierigkeit besteht nur darin, die Mächte, die zu solchem Dienste geeignet sind, herbeizurufen: Phantasie ist eigensinnig, Witz will nicht gesucht sein, und Spaß kommt nicht, wenn man ihn ruft – nicht für ein Königreich (so gutmüthig er übrigens auch ist).

Das Beste ist also, man betet.

Aber dabei führt man sich wieder alle seine geistigen und leiblichen Gebrechen und Mängel zu Gemüthe und wird sich also zu dem beabsichtigten Zweck schlimmer befinden als vorher, – sonst aber besser.

Was mich anbetrifft, so giebt es unter dem Himmel kein Mittel, weder ein moralisches, noch ein physisches, das ich in solchem Falle nicht versucht hätte. Oft habe ich mich direkt an meine Seele gewandt und über den Umfang ihrer Fähigkeiten ein Langes und Breites mit ihr verhandelt.

– Derselbe wurde davon um keinen Zoll breit weiter. –

Dann änderte ich mein System und versuchte, was ich durch Mäßigkeit, Nüchternheit und Keuschheit des Leibes erreichen könnte. Diese Dinge sind gut, sagte ich mir, – an und für sich; sie sind absolut gut; sie sind relativ gut; sie sind gut für die Gesundheit; sind gut für das Glück in dieser Welt; sie sind gut für die ewige Glückseligkeit.

Kurz, sie waren zu Allem gut, nur dazu nicht, wozu ich sie brauchte; sie waren zu nichts gut, als die Seele gerade so zu lassen, wie Gott sie geschaffen hat. Was die frommen Tugenden, den Glauben und die Hoffnung anbetrifft, so geben sie Muth, aber den nimmt Demuth, die plinsende Tugend (wie mein Vater sie zu nennen pflegte), wieder weg, und dann ist man gerade wieder da, von wo man ausging.

Darum habe ich gefunden, daß in allen gewöhnlichen und häufig vorkommenden Fällen kein Mittel bessere Dienste thut, als folgendes:

Aber bei Gott! wenn Logik etwas werth ist und wenn ich nicht von Selbstliebe geblendet werde, so muß doch etwas von einem Genie in mir sein, an diesem Zeichen erkennbar: daß ich nicht weiß, was Neid ist; denn habe ich je eine Erfindung gemacht oder einen Kunstgriff entdeckt, wie und auf welche Weise man es dahin bringen kann, besser zu schreiben, so mache ich es auch gleich öffentlich bekannt. Mir wäre es am liebsten, wenn alle Leute so gut schrieben als ich.

Einhundertunddreiundsiebenzigstes Kapitel

In gewöhnlichen Fällen also, das heißt, wenn ich stumpf bin, wenn die Gedanken schwer kommen, nicht aus der Feder wollen –

Oder, – wenn ich, Gott weiß wie, in ein frostiges, prosaisches, nichtsnutziges Schreiben hineingerathen bin, aus dem ich mich um nichts in der Welt wieder herausarbeiten kann, das ich wie ein holländischer Kommentator bis ans Ende des Kapitels fortsetzen müßte, wenn nicht irgend etwas geschähe –

In solchen Fällen halte ich mich nicht einen Augenblick damit auf, mit Feder und Dinte zu unterhandeln, sondern wenn eine Prise Tabak oder ein paar Gänge durchs Zimmer es nicht thun wollen, so nehme ich mein Rasirmesser und nachdem ich vorher die Schneide auf der Hand geprüft habe, seife ich mir den Bart ein und rasire mich ohne weiteres, wobei ich nur darauf achte, daß, wenn ja ein Haar stehen bleibt, es kein graues ist; hierauf wechsle ich das Hemd, ziehe einen bessern Rock an, lasse mir meine neufrisirte Perücke bringen, stecke meinen Topasring auf den Finger und ziehe mich, mit Einem Worte, vom Kopf bis zu den Füßen so fein an, als ich nur kann.

Nun müßte es mit dem Teufel zugehen, wenn das nicht helfen sollte; denn sagen Sie, Sir, da doch Jeder in Person dabei zu sein pflegt, wenn er barbirt wird (keine Regel indessen ohne Ausnahme), und Jeder, der es selbst thut, sich während der ganzen Zeit gegenübersitzen muß, so hat diese Stellung, wie jede andere, ihre eigenen Gedanken, die sie einem in den Kopf bringt.

Ich behaupte, eine einzige derartige Operation macht die Einfälle eines Mannes, der einen rauhen Bart hat, um sieben Jahre glatter und jugendlicher, und wenn er nicht Gefahr liefe, sie ganz wegzurasiren, so könnte er sie durch fortwährendes Rasiren zu dem höchsten Grade der Feinheit und Vollendung bringen. Wie Homer mit einem so langen Barte schreiben konnte, begreife ich nicht, und da der Fall gegen meine Behauptung spricht, so bekümmere ich mich auch nicht weiter darum; – kehren wir also zu unserer Toilette zurück.

Ludovicus Sorbonnensis macht dieselbe ganz zu einer Angelegenheit des Leibes (ἐξωτερικη πράξις), wie er's nennt, aber er irrt darin: Seele und Leib sind bei Allem, was sie beginnen, gleichmäßig betheiligt; ein Mensch kann sich nicht anziehen, ohne daß seine Ideen zu gleicher Zeit mit angezogen werden, und wenn er sich wie ein feiner Herr anzieht, so tritt jede derselben in einem nicht minder feinen Kleide vor seinen Geist, so daß er weiter nichts nöthig hat, als nur die Feder zu nehmen und so zu schreiben, wie er ist.

Wollen deshalb Ew. Wohlgeboren und Hochehrwürden sich überzeugen, ob ich nichts Unsauberes schreibe, so daß man mich nicht lesen kann, so können Sie das ebenso gut nach der Rechnung meiner Wäscherin, als nach meinen Büchern beurtheilen; ich könnte den Beweis liefern, daß ich namentlich in dem einen Monate, um ja alle Unsauberkeiten im Schreiben zu vermeiden, 31 Hemden schmutzig geschrieben habe, und doch bin ich für das, was ich in diesem Monate schrieb, mehr verläumdet, geschmäht, bekrittelt und verdammt worden, mehr Köpfe sind geheimnißvoll über mich geschüttelt worden, als in allen andern Monaten jenes Jahres zusammen.

Aber die Herrschaften hatten meine Wäscherechnung nicht gesehen!

Einhundertundvierundsiebenzigstes Kapitel

Da ich gleich anfangs gar nicht die Absicht gehabt habe, die Abschweifung, zu welcher alles Vorhergehende nur die Einleitung ist, vor dem einhundertundfünfundsiebenzigsten Kapitel zu bringen, so kann ich mit diesem Kapitel noch anfangen, was ich will. Ich könnte es zu zwanzigerlei Dingen gebrauchen. Ich könnte mein Kapitel über Knopflöcher schreiben –

oder mein Kapitel über Psch'e – welches darauf folgen soll,

oder mein Kapitel über Knoten – wenn Ew. Hochehrwürden nämlich damit fertig sind, – aber ich könnte dabei zu Schaden kommen – Der sicherste Weg ist der, es wie die Gelehrten zu machen, das heißt gegen das, was ich geschrieben habe, Einwürfe zu erheben, obgleich ich vorher erkläre, daß ich wahrlich nicht mehr als mein kleiner Finger weiß, was ich darauf antworten soll.

Zuerst könnte gesagt werden, daß es eine geifernde Art thersitischer Satire giebt, so schwarz wie die Dinte, womit sie geschrieben wird (und hierbei mag erwähnt sein, daß, wer so spricht, dem Oberfeldherrn des griechischen Heeres dafür Dank schuldig ist, daß er den Namen eines so häßlichen und schmähsüchtigen Menschen wie Thersites nicht von der Musterrolle gestrichen, denn dadurch hat er ihn um ein Epitheton reicher gemacht); – bei Produktionen der Art, könnte man behaupten, würde alles Waschen und Scheuern der Person dem herabgekommenen Genie nichts helfen, – im Gegentheil, je schmutziger der Bursche wäre, desto besser werde ihm das Ding gelingen.

Darauf habe ich keine Antwort, wenigstens keine bei der Hand, als die, daß der Erzbischof von Benevent seinen schmutzigen Roman Galathea, wie alle Welt weiß, im Purpurrock, Purpurweste und

Purpurhosen schrieb, und daß die Buße, welche ihm auferlegt wurde (einen Kommentar zur Offenbarung zu schreiben), vielen Leuten zwar sehr hart erschien, andern dagegen (eben dieser Einkleidung wegen) keineswegs.

Ein weiterer Einwurf gegen mein Mittel wäre der, daß es nicht allgemein angewandt werden könnte, weil, wenigstens was das Rasiren anbetrifft, worauf doch so viel Nachdruck gelegt wird, die eine Hälfte des Menschengeschlechts durch ein unabänderliches Naturgesetz davon ausgeschlossen bleibt; – Alles, was ich hierauf sagen kann, ist, daß sich die weiblichen Schriftsteller in England und Frankreich ohne dasselbe behelfen müssen.

Für die spanischen Damen ist mir nicht bange.

Einhundertundfünfundsiebenzigstes Kapitel

Endlich ist das einhundertundfünfundsiebenzigste Kapitel da, und es bringt nichts als einen trübseligen Beweis dafür, »wie uns das Vergnügen unter den Händen entschlüpft!«

Denn – ich betheure es hoch und heilig: – als ich von meiner Abschweifung sprach, – habe ich sie gemacht. – Was für ein seltsames Wesen ist doch der sterbliche Mensch, sagte sie.

– Nur zu wahr, sagte ich; – aber es wäre besser, wenn wir uns alle diese Dinge aus dem Kopfe schlügen und wieder zu meinem Onkel Toby zurückkehrten.

Einhundertundsechsundsiebenzigstes Kapitel

Als mein Onkel Toby und der Korporal bis an das Ende der Allee marschirt waren, erinnerten sie sich, daß ihr Geschäft nach der andern Seite hin lag; sie machten also wieder Kehrt und gingen gerade auf Mrs. Wadmans Thür los.

Jetzt, Ew. Gnaden! sagte der Korporal, und legte die Hand an die Monterokappe, indem er an meinem Onkel Toby vorüberging, um an die Thür zu klopfen. – Mein Onkel Toby, der sonst immer eine Antwort für seinen treuen Diener hatte, erwiederte keine Silbe; er hatte augenscheinlich seine Gedanken noch nicht gesammelt und hätte gern noch eine Berathung gehalten. Während der Korporal die drei Stufen zur Thür hinanstieg, räusperte er sich zweimal; bei jedem Räuspern entwich ihm ein Theil seines bescheidenen Muthes und flüchtete zu dem Korporal; dieser blieb mit dem Thürhammer in der Hand eine volle Minute stehen, er wußte selbst nicht warum. Bridget stand drinnen auf der Lauer, Finger und Daumen auf der Klinke, starr vor Erwartung; Mrs. Wadman aber saß, bereit zum zweiten Male sich zu opfern, athemlos hinter den Vorhängen ihres Schlafzimmers und bewachte ihre Annäherung.

– Trim! sagte mein Onkel Toby, – aber eben, als er das Wort aussprach, war die Minute verflossen und Trim ließ den Hammer fallen.

Mein Onkel Toby, der wohl sah, daß damit aller Hoffnung auf eine nochmalige Berathung der Kopf eingeschlagen war, pfiff den Lillabullero.

Einhundertundsiebenundsiebenzigstes Kapitel

Da Mrs. Bridget den Daumen und Finger schon auf der Klinke hatte, so brauchte der Korporal nicht so lange zu klopfen, als vielleicht Ew. Wohlgeboren Schneider. Übrigens hätte ich mein Beispiel näher haben können, denn ich bin meinem eigenen wenigstens einige zwanzig Pfund schuldig und wundre mich über des Mannes Geduld –

Aber was geht das andere Leute an; es ist indessen ein verfluchtes Ding Schulden zu haben, und in den Schatzkammern einiger armen Prinzen, besonders unseres Hauses, scheint ein Verhängniß zu walten, das keine Sparsamkeit bändigt. Was mich anbetrifft, so bin ich überzeugt, daß es sicherlich keinen Prälaten, Prinzen, Pabst, großen oder kleinen Potentaten auf Erden giebt, der so aufrichtig in seinem Herzen wünschte, mit keinem Menschen eine Rechnung zu haben, als ich, oder der so viel thäte es zu vermeiden. Ich schenke nie mehr als eine halbe Guinee – trage keine Stiefeln – verschwende nicht in Zahnstochern – gebe das runde Jahr keinen Schilling für Hutschachteln aus; während der sechs Monate, die ich auf dem Lande zubringe, lebe ich so einfach und gering, daß ich mit Vergnügen Rousseau selbst einen Takt vorausgeben könnte; denn ich halte mir weder einen Diener, noch einen Jungen, noch ein Pferd, noch eine Kuh, noch Hund, noch Katze, noch irgend etwas, das essen oder trinken kann, blos so ein armes Ding von einer Vestalin (um mein Feuer zu erhalten), die gewöhnlich aber so wenig Appetit hat als ich. Aber wenn Ihr deshalb glaubt, daß ich ein Philosoph bin, dann, lieben Leute, möchte ich keinen Strohhalm für Euer Urtheil geben.

Wahre Philosophie – doch darüber ist nicht zu reden, wenn mein Onkel Toby seinen Lillabullero pfeift.

Treten wir also in das Haus.

Einhundertundachtundsiebenzigstes Kapitel

Einhundertundneunundsiebenzigstes Kapitel

Einhundertundachtzigstes Kapitel

_ *
* *
* *

* *
* *.

– Sie sollen die Stelle selbst sehen, Madame, sagte mein Onkel Toby.

Mrs. Wadman wurde roth – sah nach der Thür – wurde blaß – wurde noch einmal roth, aber weniger – bekam ihre natürliche Farbe – wurde sehr roth, mehr als vorher – was ich für den unerfahrnen Leser so übersetze:

Mein Gott! ich kann sie mir doch nicht ansehen.

Was würde die Welt dazu sagen, wenn ich sie mir ansähe.

Ich müßte in den Boden sinken, wenn ich sie ansähe.

Ich möchte sie mir doch ansehen.

Es kann doch keine Sünde sein, sie anzusehen.

– Ich will sie mir ansehen.

Während das durch Mrs. Wadmans Kopf lief, war mein Onkel vom Sofa aufgestanden und nach der andern Seite des Zimmers gegangen, um Trim, der draußen im Gange stand, einen Befehl zu geben – *
* * * * * * * * * * * * * *. Ich glaube, er ist auf der Bodenkammer, sagte mein Onkel Toby. – Ich habe ihn da heute Morgen noch gesehen, Ew. Gnaden, antwortete Trim. – So geh sogleich, Trim, sagte mein Onkel Toby, und bring ihn her.

Dem Korporal gefiel der Auftrag nicht sehr, doch gehorchte er mit einer vergnügten Miene. – Das Erstere war keine Handlung des Willens, wohl aber das Letztere; er setzte also seine Monterokappe auf und machte sich auf den Weg, so schnell es sein lahmes Knie erlauben wollte. Mein Onkel Toby kehrte in das Gastzimmer zurück und setzte sich wieder aufs Sofa.

– Sie sollen Ihren Finger auf die Stelle legen, sagte mein Onkel Toby. – Nein, berühren werde ich sie nicht, sagte Mrs. Wadman zu sich.

Das verlangt wieder eine Übersetzung und zeigt zugleich, wie wenig richtige Erkenntniß aus bloßen Wörtern geschöpft wird; wir müssen zu den Quellen aufsteigen.

Um aber den Nebel, der über diesen letzten Seiten hängt, aufzuklären, werde ich mich bemühen, selbst so klar als möglich zu sein.

Reibt Euch also die Stirne dreimal mit der Hand, – schneuzt Euch, – säubert die Nasenlöcher, – niest, liebe Leute! – Gott helf!

Und nun helft mir, so gut Ihr könnt.

Einhundertundeinundachtzigstes Kapitel

Da es funfzig verschiedene Endzwecke giebt, weshalb eine Frau einen Mann nimmt, so wird sie damit anfangen, dieselben alle bei sich sogleich zu erwägen, von einander zu trennen, zu unterscheiden, welches der ihrige ist, hierauf durch Überlegung, Untersuchung, Beweisführung und Schlußfolgerung ausfindig machen und sich zu vergewissern suchen, ob der ihrige auch der rechte ist, und endlich wird sie bestrebt sein, ihn auf diesem oder jenem Wege leise zu fördern, um sich darüber ein Urtheil zu bilden, ob er auch erreichbar ist.

Das Bild, dessen sich Slawkenbergius im Anfange seiner dritten Dekade bedient, um diesen Hergang der Phantasie seines Lesers recht anschaulich zu machen, ist so lächerlich, daß die Ehrerbietung, die ich gegen das schöne Geschlecht hege, mir nicht erlaubt, es anzuführen – sonst aber ist Humor darin.

– Zuerst, sagt Slawkenbergius, bringt sie den Esel zum Stehen, und während sie den Halfter mit der linken Hand hält (damit er nicht fortläuft), greift sie mit ihrer Rechten in seinen Korb nach – Wonach?

Sie erfahren es darum nicht eher, sagt Slawkenbergius, wenn Sie mich unterbrechen.

Ich habe nichts, gute Frau, als leere Flaschen, sagt der Esel.

Ich habe Kaldaunen geladen, sagt der zweite.

Und du bist nicht viel besser, sagt sie zum dritten, denn in deinen Körben find' ich nichts als Pumphosen und Schlappschuhe, und so geht sie zum vierten und fünften, zu einem nach dem andern, die ganze Reihe entlang, bis sie zu dem Esel kommt, der es trägt; – sie dreht den Korb um – sie sieht es an – sie betrachtet es – sie versucht es – mißt es – reckt es aus – macht es naß – trocknet es – probirt Kette und Einschlag mit den Zähnen –

Was? Wovon? um Christi willen.

Alle Gewalt auf Erden, antwortete Slawkenbergius, soll meiner Brust dies Geheimniß nicht entreißen.

Einhundertundzweiundachtzigstes Kapitel

Wir leben in einer Welt voller Räthsel und Geheimnisse, und so kommt es auf eines mehr nicht an; sonst aber dürfte man sich darüber verwundern, daß die Natur, die doch sonst jedes Ding seinem Zweck entsprechend bildet und selten oder nie (außer einmal zum Zeitvertreib) darin irrt; die Allem, was durch ihre Hände geht, mag sie es nun für den Pflug, die Karawane oder den Karren bestimmen, mag es ein Geschöpf, welches es wolle, meinetwegen ein Eselsfüllen sein, solche Gestalt und Fähigkeiten verleiht, wie dieses Wesen durchaus haben muß – daß die Natur, sage ich, bei der Herstellung eines so einfachen Dinges, wie ein Ehemann ist, so unaufhörlich pfuscht.

Ob das nun am Teig liegt – oder ob es im Backen versehen wird (denn bei zu großer Hitze wird der Ehemann leicht hartkrustig, bei zu geringer bäckt er nicht aus), – oder ob die große Künstlerin nicht genug auf die kleinen platonischen Bedürfnisse *jenes* Theiles der Gattung achtet, zu dessen Gebrauch sie *diesen* anfertigt, – oder ob die gute Dame selbst nicht weiß, was für eine Art Ehemann die beste ist, – ich weiß es nicht: – wir wollen darüber nach dem Abendessen miteinander reden.

Genug, – weder die Bemerkung selbst, noch was darüber gesagt wurde, paßt hieher; – denn was meines Onkel Toby's Befähigung zum Ehestande anbetrifft, so konnte dieselbe gar nicht besser sein. Die Natur hatte ihn aus dem besten und zartesten Stoffe gebildet, und denselben mit ihrer eigenen Milch gemischt, mit ihrem mildesten Geiste durchhaucht; sie hatte ihn durch und durch edel, großherzig, menschenfreundlich geschaffen, – sie hatte ihm das Herz mit Glauben und Vertrauen erfüllt und alle Zugänge zu demselben so eingerichtet, daß selbst die leiseste Regung keine Störung auf ihrem Wege fände; – und was endlich die anderen Zwecke anbetrifft, zu denen die Ehe eingesetzt ward, so hatte sie

– – – – –

Und also *
* *
* * * * * * * * * * * *

Diese Begabung war durch meines Onkel Toby's Wunde nicht beeinträchtigt worden.

Aber der letzte Punkt war etwas ungewiß, und der Teufel, der alles Glaubens Feind ist, hatte allerhand Zweifel darüber bei Mrs. Wadman aufgestört und sich wie ein rechter Teufel die größte Mühe gegeben, meinem Onkel Toby lauter leere Flaschen, Kaldaunen, Pumphosen und Schlappschuhe aufzuladen.

Einhundertunddreiundachtzigstes Kapitel

Mrs. Bridget hatte das ganze bischen Ehre, worüber ein armes Kammermädchen in dieser Welt zu verfügen hat, dafür eingesetzt, daß sie binnen zehn Tagen der Sache auf den Grund kommen wolle; sie baute dabei auf eine der natürlichsten und unzweifelhaftesten Voraussetzungen, darauf nämlich, daß, während mein Onkel

Toby um ihre Herrin würbe, der Korporal gar nichts Besseres thun könne, als ihr den Hof zu machen. Und damit ich Alles aus ihm herausbekomme, sagte Bridget, will ich's ihm auch nicht verwehren. –

Freundschaft trägt ein doppeltes Kleid, ein äußeres und noch eins darunter. Im erstern diente Bridget den Interessen ihrer Herrin, im andern that sie das, was ihr selbst am meisten gefiel; so hatte sie bei meines Onkel Toby's Wunde einen doppelten Einsatz im Spiele, gerade wie der Teufel. Mrs. Wadman hatte nur einen, und da es aller Wahrscheinlichkeit nach ihr letzter war, so war sie entschlossen, ihre Karten selbst auszuspielen (ohne indessen Mrs. Bridget entmuthigen zu wollen, oder ihren Talenten zu mißtrauen).

Sie war unbesorgt; ein Kind hätte sein Spiel errathen können, – so offen, so treuherzig spielte er alle seine Trümpfe aus, – so wenig dachte er daran, die höchsten zurückzuhalten, – so bloß und wehrlos saß er da mit der Wittwe Wadman auf dem Sofa, daß ein großmüthiges Herz darüber hätte weinen mögen, das Spiel gegen ihn zu gewinnen.

Aber lassen wir das Bild fallen.

Einhundertundvierundachtzigstes Kapitel

Und die Geschichte auch – wenn's Ihnen recht ist; denn obgleich ich diesem Abschnitte derselben mit so großer Begierde zugeeilt bin, indem ich weiß, daß es das Köstlichste ist, was ich in der Welt zu bieten habe, so wollte ich doch jetzt, wo ich daran bin, jedem Andern gern meine Feder überlassen, um die Geschichte für mich weiter zu erzählen; – ich sehe, wie unendlich schwer diese Beschreibungen, die ich zu machen habe, sind, und fühle, daß mir die Kraft dazu fehlt.

Es ist noch ein Trost für mich, daß ich in dieser Woche bei einem ungefährlichen Fieberanfalle, der mich gerade beim Anfang des Kapitels packte, ein paar Pfund Blut verloren habe, so daß ich mir mit der Hoffnung schmeichle, der Fehler liege mehr in den Wassertheilen und Kügelchen des Blutes, als in der feinen *aura* des Gehirnes; dem sei indeß wie ihm wolle, eine kleine Anrufung kann immer nicht schaden, dem *Angerufenen* bliebe es dann überlassen, mich zu begeistern oder mir es einzugeben, wie es ihm am besten dünkt.

Anrufung

Holder Genius anmuthigen Scherzes! der du einst auf der holdseligen Feder meines geliebten Cervantes saßest, täglich durch sein vergittertes Fenster schlüpftest und durch deine Gegenwart die Dämmerung des Gefängnisses in sonnenlichten Tag verwandeltest, ihm den kleinen Wasserkrug mit himmlischem Nektar fülltest und, während er Sancho's und seines Herrn Abenteuer niederschrieb, deinen Zaubermantel über seinen verstümmelten Arm[31] und weit über alle Leiden seines Lebens breitetest –

Wende dich hieher – ich beschwöre dich! sieh diese Hosen, – die einzigen, die ich auf der Welt besitze, – sieh diesen jammervollen Riß, den sie in Lyon bekamen –

Sieh meine Hemden! an welchem schrecklichen Schisma sie leiden, denn die Vordertheile sind in der Lombardei, und das Übrige ist hier. Ich hatte immer nur sechs, und von fünfen schnitt mir eine pfiffige Hexe von Wäscherin in Mailand das vordere Untertheil heraus. – Es ist wahr, sie that es nicht unüberlegt, – denn ich kehrte aus Italien zurück.

Und trotzdem, und trotz eines Feuerzeugs, das mir in Siena gemaust wurde, trotz zweimal fünf Paoli, die ich für zwei harte Eier geben mußte, einmal in Raddicoffini, das andere Mal in Capua – meine ich doch, daß eine Reise durch Frankreich und Italien gar

---

31 Er hatte in der Schlacht von Lepanto eine Hand verloren.

nicht so übel ist, wie Manche glauben machen wollen, wenn man sich nur seine gute Laune bewahren kann. In der Welt muß es bergauf und bergab gehen, wie zum Henker könnten wir sonst in jene Thäler gelangen, wo uns die Natur so manche herrliche Tafel deckt. Es ist Unsinn, wenn man sich einbildet, daß sie Einem ihre Wägen leihen sollen, damit man sie umsonst zu Schanden fährt, – und wenn du nicht zwölf Sous für das Schmieren deiner Räder bezahlen willst, wie soll denn dann der arme Bauer sein Brod mit Butter schmieren? – Wir erwarten wirklich zu viel! Wer wollte sich wegen der paar Livres, die sie für Abendbrod und Nachtlager mehr nehmen, aus seiner Gemüthsruhe bringen lassen? Um's Himmels und Euretwillen, bezahlt die Lumperei – sie und noch mehr, – bezahlt sie lieber, als daß Ihr, wenn Ihr weiter fahrt, den Unmuth auf den Stirnen Eurer schönen Wirthin und der andern Dämchen, die da unter dem Thorweg sitzen, zurücklaßt. – Und dann, Verehrtester, der schwesterliche Kuß, den Ihnen eine jede von ihnen giebt, ist doch allein sein Pfund werth – Ich bekam ihn immer.

Denn da meines Onkels Liebesgeschichte mir den ganzen Weg lang im Sinne lag, so hatte das dieselbe Wirkung auf mich, als ob es meine eigene gewesen wäre. Ich war die Liebe und Freundlichkeit selbst, gegen alle Welt, in liebevollstem Einklang mit Allem, was mich umgab; meine Chaise mochte stoßen, wie sie wollte, die Straßen mochten gut oder schlecht sein, das machte alles keinen Unterschied; jeder Gegenstand, den ich sah, mit dem ich in Berührung kam, wurde für mich eine Quelle der Theilnahme und des Entzückens.

– So süße Töne hörte ich nie; ich ließ sogleich das vordere Fenster herab, um besser lauschen zu können. – 's ist die arme Marie, sagte der Postillon, der sah, daß ich horchte.

– Dort sitzt sie, fuhr er fort, und bog sich auf die Seite, damit ich sie sähe, denn er hinderte mich daran, – dort sitzt die arme Marie am Graben, die kleine Ziege hinter sich, und spielt ihr Abendlied auf der Schalmei.

Der junge Bursche sagte das mit so einem Ton und Blick, mit solchem Gefühl, daß ich mir sogleich gelobte, ihm vierundzwanzig Sous Trinkgeld zu geben, wenn wir nach Moulins kämen.

– Und wer ist die arme Marie? sagte ich.

Der Liebling aller Dörfer in der Runde, sagte der Postillon, und Jeder bedauert sie. Noch vor drei Jahren war sie das schönste, lebhafteste, liebenswürdigste Mädchen unter der Sonne; wahrlich, sie hätte ein besseres Schicksal verdient, die arme Marie, als daß ihr das Aufgebot durch die Ränke des Gemeindepfarrers verweigert wurde –

Er wollte weiter erzählen, als Marie, die zu blasen aufgehört hatte, die Schalmei wieder an den Mund setzte und in ihrem Liede fortfuhr; – es waren dieselben Töne, aber sie klangen noch zehnmal süßer. – Es ist die Abendhymne an die heilige Jungfrau, sagte der junge Mensch, aber wer sie ihr gelehrt hat oder wie sie zu dem Instrumente gekommen ist, das weiß Niemand; wir glauben, der Himmel hat ihr dazu verholfen, denn seitdem sie wirr ist, ist das ihr einziger Trost: sie läßt die Schalmei nicht aus der Hand und spielt das fromme Lied Tag und Nacht.

Der Postillon äußerte sich so zartfühlend und sprach mit so natürlicher Beredsamkeit, daß ich nicht umhin konnte, in seinem Gesichte etwas zu lesen, das mir über seinem Stande zu sein schien; ich würde ihn um seine Geschichte befragt haben, wenn die der armen Marie meine Theilnahme nicht ganz in Anspruch genommen hätte.

Unterdeß waren wir an den Graben gekommen, wo Marie saß; sie trug ein dünnes weißes Jäckchen, ihr Haar bis auf zwei Locken ruhte in einem seidenen Netze; auf der einen Seite waren etwas phantastisch Olivenblätter eingesteckt; sie war schön. Bis zu dem Augenblicke, wo ich sie sah, hatte ich die zermalmende Gewalt eines tiefen Herzeleids noch nicht gefühlt.

– Gott helfe ihr! Armes Mädchen, sagte der Postillon. Wohl mehr als hundert Messen sind ringsum in den Dorfkirchen und

Klöstern für sie gelesen worden, aber es hat nichts geholfen; wir haben immer noch Hoffnung, weil sie manchmal davon spricht, daß die heilige Jungfrau sie endlich wieder zu sich bringen wird; aber ihre Eltern, die sie besser kennen, hoffen nichts und meinen, daß sie für immer den Verstand verloren hat.

Als der Postillon dies sagte, schloß Marie eben mit einer kleinen Kadenz – so schwermüthig, so zärtlich, so klagend, daß ich aus der Chaise sprang, um ihr beizustehen; und ehe ich selbst noch recht wußte, wohin mich mein Enthusiasmus geführt hatte, saß ich zwischen ihr und der Ziege.

Marie sah mich nachdenklich an – dann ihre Ziege – dann wieder mich – dann wieder die Ziege und so immer fort.

– Nun, Marie, sagte ich sanft, was für eine Ähnlichkeit findest Du?

Ich beschwöre den ehrlichen Leser, mir zu glauben, daß ich diese Frage in der demüthigen Überzeugung that: was für eine Bestie der Mensch sei! – Nicht um allen Witz, der je aus Rabelais' Feder geflossen, würde ich in der ehrwürdigen Gegenwart des Unglücks einen unzeitigen Scherz haben machen wollen; und doch – ich gestehe es – schlug mir das Gewissen, und so tief schmerzte mich der bloße Gedanke, daß ich schwur, die Weisheit hinfort auf meinen Schild zu heben und von nun an ernsthafter zu reden, und nimmer, nimmer wieder, so lange ich lebe, mit Mann, Weib oder Kind Scherz zu treiben.

Unsinn für sie zu schreiben, das, glaube ich, behielt ich mir vor, – doch darüber entscheide die Welt.

Lebe wohl, Marie! Lebe wohl, du armes hülfloses Mädchen! Später einmal, aber nicht *jetzt,* höre ich vielleicht deine traurige Geschichte aus deinem eigenen Munde. – Doch darin irrte ich, denn in demselben Augenblicke nahm sie ihre Schalmei und erzählte mir darauf eine so thränenreiche Geschichte, daß ich aufstand und mit wankendem Schritte langsam zu meiner Chaise zurück ging.

Was für ein vortreffliches Gasthaus in Moulins!

Einhundertundfünfundachtzigstes Kapitel

Wenn wir dies Kapitel beendigt haben (aber nicht eher), müssen wir zu den beiden Kapiteln *in blanco* zurückkehren, derentwegen meine Ehre seit einer halben Stunde blutet; ich stille das Blut, indem ich einen meiner gelben Pantoffeln ausziehe und ihn mit aller Gewalt in die gegenüberliegende Ecke des Zimmers werfe; hinterdrein werfe ich die Erklärung,

daß, wenn jene Kapitel einige Ähnlichkeit mit der guten Hälfte *aller* überhaupt geschriebenen oder noch zu schreibenden Kapitel tragen, dies ebenso zufällig ist, wie der Schaum von Zeuxis' Rosse. Übrigens schätze ich ein Kapitel, welches blos *nichts* sagt, keineswegs gering, und bedenkt man, wie viele viel schlechtere Dinge es in der Welt gibt, so darf man sich darüber gar nicht aufhalten.

Weshalb blieben sie denn aber *in blanco?* – Nun, wer, ohne meine Antwort abzuwarten, mich deshalb einen Pinsel, Dummerian, Grützkopf, Hornochsen, Tölpel, Lausekerl, Bettsch–r nennen, oder sich anderer solcher Kraftausdrücke bedienen will, wie die Kuchenbäcker von Lerne sie den Schafhirten des Königs Gargantua in die Zähne warfen, der mag es thun, – ich will es ihm, wie Bridget sagt, nicht verwehren, denn wie in aller Welt sollte er haben voraussehen können, daß ich gezwungen war, das einhundertundfünfundachtzigste Kapitel meines Buches vor dem einhundertundachtundsiebenzigsten u.s.w. zu schreiben?

Ich nehme es also Keinem übel. Nur das wünsche ich, daß man sich die Lehre daraus ziehen möge: »Jeden seine Geschichte auf seine Weise erzählen zu lassen.« –

Das 178. Kapitel

Da Mrs. Bridget die Thür öffnete, eh' noch einmal der Korporal ordentlich angeklopft hatte, so war die Frist zwischen diesem Klopfen und meines Onkel Toby's Eintritt in das Gastzimmer so kurz, daß Mrs. Wadman nur eben Zeit gehabt hatte, hinter dem Vorhang hervorzukommen, eine Bibel auf den Tisch zu legen und ein paar Schritte gegen die Thür zu machen, um ihn zu empfangen.

Mein Onkel grüßte Mrs. Wadman auf die Art, wie Herren die Damen im Jahre 1713 nach Christi Geburt zu grüßen pflegten, dann machte er »Kehrt«, schritt mit ihr zum Sofa, setzte sich, nachdem sie sich gesetzt hatte, und sagte ihr hierauf mit schlichten Worten, daß er sie liebe, was eine unnöthig kurze Liebeserklärung war.

Mrs. Wadman schlug natürlich die Augen nieder (auf eine Schlitze in ihrer Schürze, die zugenäht war) und erwartete jeden Augenblick, daß mein Onkel Toby fortfahren werde; dieser aber, der überhaupt kein Talent zu weitern Ausführungen besaß, und dem Liebe vor allem Andern ein Thema war, das er am allerschwersten bewältigte, begnügte sich damit, es Mrs. Wadman einmal gesagt zu haben, daß er sie liebe, und ließ die Sache nun ruhig ihren Gang gehen.

Mein Vater war über dieses System (wie er es fälschlich nannte) meines Onkel Toby's ganz entzückt und pflegte oft zu sagen: hätte sein Bruder Toby nur noch eine Pfeife Tabak dazu gehabt, so würde er auf diese Weise die Hälfte des ganzen Weibervolkes auf Erden herumgekriegt haben, wenn einem spanischen Sprüchworte zu trauen sei.

Mein Onkel Toby begriff nie, was mein Vater damit sagen wollte; auch ich versteige mich nicht, mehr darin sehen zu wollen, als die Zurückweisung eines Irrthums, welchem die größere Masse der Menschen huldigt, die Franzosen allein ausgenommen, die *alle ohne Ausnahme* daran glauben, wie an die wirkliche Gegenwart: daß lieben und von Liebe sprechen eins ist. –

Nach diesem Recepte könnte man ja auch sehr leicht einen Plumpudding machen.

Fahren wir fort: Mrs. Wadman saß und wartete, daß mein Onkel Toby es auf diese Weise machen würde – sie wartete bis zu dem ersten Pulsschlag der Minute, wo Stillschweigen von der einen oder andern Seite unschicklich zu werden anfängt; sie rückte ihm also etwas näher, schlug ihre Augen sanft erröthend auf und äußerte sich, den Handschuh (oder, wem das besser gefällt, die Rede) auf- nehmend, folgendermaßen gegen meinen Onkel Toby:

– Die Sorgen und Beschwerden des Ehestandes, sagte Mrs. Wadman, sind sehr groß.

– Gewiß, sagte mein Onkel Toby. – Und es wundert mich des- halb, Kapitän Shandy, fuhr Mrs. Wadman fort, was Jemand, der sich so wohl fühlt, der in sich, in seinen Freunden und Beschäfti- gungen so glücklich ist, für Gründe haben kann, diesen Stand zu suchen.

– Sie stehen im Gebetbuche geschrieben, sagte mein Onkel Toby.

So weit hielt sich mein Onkel Toby tapfer und blieb im tiefen Wasser, mochte Mrs. Wadman, wenn sie wollte, auf die Untiefen lossegeln.

– Und was Kinder anbetrifft, sagte Mrs. Wadman, die vielleicht der Hauptzweck der Ehe und der Wunsch aller Eltern sind, müssen wir da nicht eingestehen, daß die Sorge, die sie uns bringen, zwar gewiß, der Trost aber, den sie uns gewähren sollen, sehr ungewiß ist? Was entschädigt uns für all das Herzeleid? Was hat eine arme, hülflose Mutter für alle ihre zärtlichen und ruhelosen Bemühungen? – Wahrlich, sagte mein Onkel Toby ganz gerührt, ich wüßte nichts, ausgenommen die Freuden, welche es Gott gefallen hat –

Ach! daß Gott erbarm'! sagte sie.

Das 179. Kapitel

Nun giebt es unendlich verschiedene Arten des Tones, Ansatzes, Blickes, Ausdrucks und der Miene, womit man die Worte »daß Gott erbarm'!« in solchen Fällen aussprechen kann; jede von ihnen verleiht denselben einen andern Sinn und eine andere Bedeutung, bis die Begriffe sich so entgegengesetzt werden, wie rein und schmutzig – weswegen die Casuisten (denn dies ist eine Gewissenssache) nicht weniger als vierzehntausend Arten aufzählen, wie man es löblicher oder sündlicher Weise gebrauchen kann.

Meines Onkels schamhaftes Blut stieg ihm in die Wangen; er fühlte, daß er sich aus seinem tiefen Wasser herausgewagt habe, und hielt an; ohne also auf die Leiden und Freuden des Ehestandes des Nähern einzugehen, legte er seine Hand aufs Herz und erklärte sich bereit, sie alle, so wie sie wären, über sich zu nehmen und sie treulich mit ihr theilen zu wollen.

Als mein Onkel Toby das einmal gesagt hatte, fand er sich nicht weiter veranlaßt, es noch einmal zu wiederholen; sein Blick fiel auf die Bibel, die Mrs. Wadman auf den Tisch gelegt hatte, er griff nach ihr, schlug sie auf, und da ihm gerade eine Stelle aufstieß, die für ihn von ganz besonderem Interesse war, die Belagerung von Jericho nämlich, so ließ er seinen Heirathsantrag, wie vorher seine Liebeserklärung, für sich selbst sorgen und fing an zu lesen.

Das wirkte nun weder anregend, noch niederschlagend, weder wie Opium, noch wie Chinarinde, noch wie Kalomel, noch wie Hirschhorn, noch wie irgend ein anderes Arzneimittel, das die Natur uns verliehen; es wirkte, mit Einem Worte, gar nicht, und zwar aus dem Grunde, weil schon etwas Anderes auf Mrs. Wadman wirkte.

– O, über mich Schwätzer! Habe ich nicht schon ein Dutzendmal wenigstens verrathen, was dies war? Aber nur Muth – es bleibt immer noch allerhand darüber zu sagen übrig. – Allons! –

600

Einhundertundsechsundachtzigstes Kapitel

Wenn Jemand zum ersten Mal von London nach Edinburg reist, was ist da natürlicher, als daß er sich vor der Abreise erkundigt, wie viel Meilen er bis York zu fahren hat? (ohngefähr der Hälfte des Weges;) auch wird sich Niemand wundern, wenn ein solcher sich etwas näher über die Stadt, ihre Verfassung u.s.w. zu unterrichten wünscht.

Ebenso natürlich war es, daß Mrs. Wadman, deren erster Mann während ihrer ganzen Ehe an Hüftweh gelitten hatte, zu erfahren wünschte, wie weit es von der Hüfte bis zum Schambein sei, und ob sie in diesem Falle erwarten dürfe, weniger schmerzlich in ihren Gefühlen berührt zu werden, als es in jenem geschehen war.

Sie hatte deshalb Drake's Anatomie von Anfang bis zu Ende durchgelesen. Auch in Whartons Buch über das Gehirn hatte sie geguckt und sich Graaf »Über Knochen und Muskeln«[32] geliehen; – aber es hatte ihr nichts geholfen –

Sie hatte die Sache dann für sich überlegt – gewisse Sätze aufgestellt, Folgerungen gezogen, war aber zu keinem Schlusse gekommen.

Um ganz klar zu sehen, hatte sie *Dr.* Slop zweimal gefragt: Ob der arme Kapitän Shandy wohl je von seiner Wunde ganz hergestellt werden würde?

– Er ist hergestellt, hatte *Dr.* Slop darauf geantwortet.

– Gänzlich?

– Gänzlich, Madame.

– Aber was verstehen Sie unter hergestellt? hatte Mrs. Wadman weiter gefragt.

---

32 Hier muß sich Mrs. Shandy irren, denn Graaf hat nur ein Buch über den Samen und die Geschlechtstheile geschrieben.

Da aber Definition des Doktors schwächste Seite war, so erfuhr Mrs. Wadman wieder nichts; so blieb kein anderer Weg, es zu erfahren, als von meinem Onkel Toby selbst.

Es giebt einen Ton menschlicher Theilnahme, mit welchem solche Fragen gemacht werden, der jeden Verdacht einschläfert, und ich bin fest überzeugt, die Schlange bediente sich desselben in ihrer Unterredung mit Eva; denn die Lust, betrogen zu werden, konnte unmöglich so groß in dem Weibe sein, daß sie sonst die Kühnheit gehabt haben würde, mit dem Teufel zu schwatzen. Aber dieser Ton menschlicher Theilnahme – wie soll ich ihn beschreiben, – es ist ein Ton, der die Sache wie mit einem Schleier zudeckt und dem Frager das Recht giebt, so eingehend zu sein wie ein Chirurg.

»– Ob es unaufhörlich weh thäte?« –

»– Ob es erträglicher wäre, wenn er im Bett läge?« –

»– Ob es ihn nicht daran hindere, auf beiden Seiten zu liegen?« –

»– Ob er damit reiten könne?« –

»– Was für eine Bewegung *nicht* gut dafür wäre?« u.s.w., alles das wurde so zärtlich gefragt, zielte so gerade auf meines Onkel Toby's Herz, daß jede Frage ihm zehnmal wohler that, als das Übel selbst ihm wehe gethan hatte. Aber als Mrs. Wadman jetzt, um zu meines Onkel Toby's Schambein zu kommen, den Umweg über Namur machte, ihn die Spitze der vorgeschobenen Contrescarpe angreifen und die Contrescarpe von St. Roch, das Schwert in der Hand, mit Hülfe der Holländer, nehmen ließ; – als sie ihn dann, während ihre Stimme süßer in sein Ohr klang, blutend an ihrer Hand aus dem Laufgraben führte, – und ihre Augen trocknete, indeß man ihn nach dem Zelte trug – Himmel! Erde! und Meer! da verging ihm Hören und Sehen, – ihm schwoll das Herz, – ein Engel der Barmherzigkeit saß neben ihm auf dem Sofa; – wie Feuer brannte es ihm in der Brust, und hätte er tausend Herzen gehabt, er hätte sie alle der Wittwe Wadman zu Füßen gelegt.

– Und an welcher Stelle, fragte Mrs. Wadman jetzt etwas bestimmter, bekamen sie den unglücklichen Stoß? – Bei dieser Frage warf sie einen leichten Blick auf meines Onkel Toby's rothplüschene Hosen und erwartete natürlich, daß er als kürzeste Antwort die Stelle mit dem Finger bezeichnen würde. – Aber es kam anders; denn da mein Onkel Toby seine Wunde vor dem St. Nicolas-Thor in einer der Traversen des Laufgrabens erhalten hatte, der dem vorspringenden Winkel der St. Rochusbastion gerade gegenüberlag, so war er allwege im Stande, die Stelle, wo der Stein ihn getroffen, mit einer Nadel zu bezeichnen. Das fiel ihm augenblicklich ein und zugleich der große Plan der Stadt und Festung Namur und ihrer Umgebungen, den er während seiner Krankheit gekauft und mit des Korporals Hülfe aufgeklebt hatte und der seitdem nebst anderem militärischen Kram in der Bodenkammer aufbewahrt worden war; so wurde denn der Korporal in die Bodenkammer abkommandirt, um ihn herbeizuholen.

Mein Onkel maß mit Mrs. Wadmans Schere dreißig Toisen von dem zurückweichenden Winkel vor dem St. Nicolas-Thor ab und legte ihren Finger mit so jungfräulicher Schamhaftigkeit auf die Stelle, daß die Göttin der Keuschheit selbst, im Fall daß sie gegenwärtig war – sonst muß es ihr Schatten gewesen sein, – den Kopf schüttelte und mit dem einen Finger die Augen bedeckend der Aufklärung des Irrthums wehrte.

Unglückliche Mrs. Wadman!

Denn nichts kann diesem Kapitel wieder auf die Beine helfen, als eine Anrufung an Dich; aber mein Herz sagt mir, daß eine Anrufung in einem solchen kritischen Momente nur eine verhüllte Beleidigung ist, und ehe ich einem bekümmerten Weibe dies zufügen wollte, lieber mag das Kapitel zum Teufel gehn – wenn nicht ein verdammter Recensent, den er sich hält, die Mühe übernehmen will, es mitzunehmen.

Einhundertundsiebenundachtzigstes Kapitel

Meines Onkel Toby's Plan wird in die Küche hinuntergebracht.

Einhundertundachtundachtzigstes Kapitel

– Und hier ist die Maas, – und das ist die Sambre, sagte der Korporal, indem er seine rechte Hand ein wenig nach dem Plane ausstreckte und seine linke auf Mrs. Bridgets Schulter legte, aber nicht auf die, welche ihm zunächst war – und dies, sagte er, ist die Stadt Namur und dies ist die Festung, und hier stehen die Franzosen, und hier stehen Se. Gnaden und ich, und in diesem verfluchten Graben, Mrs. Bridget, sagte der Korporal und faßte ihre Hand, bekam er die Wunde, die ihn so schrecklich mitnahm – *hier.* Bei diesen Worten drückte er die Rückseite ihrer Hand leicht an die betreffende Stelle – und ließ sie los.

– Wir glaubten, Mr. Trim, es wäre mehr in der Mitte, sagte Mrs. Bridget.

– Dann hätten wir nur die Bude zumachen können, sagte der Korporal.

– Und meine arme Madame auch, sagte Bridget.

Der Korporal erwiederte nichts, sondern gab Bridget einen Kuß.

– Nein, aber ehrlich, sagte Mrs. Bridget und hielt dabei ihre flache Hand in vollkommen horizontaler Richtung, während sie mit den Fingern der andern Hand darüber wegstrich, was sie nicht hätte thun können, wenn der geringste Höcker oder Vorsprung da gewesen wäre –

– Da ist auch nicht eine Silbe davon wahr, rief der Korporal, ehe sie noch ihre Rede halb geendigt hatte.

– Ich weiß, daß es wahr ist, sagte Mrs. Bridget, von glaubhaften Zeugen.

– Auf meine Ehre, sagte der Korporal und legte die Hand aufs Herz, während der ehrliche Bursche ganz roth vor Ärger wurde, – es ist eine verfluchte, erlogene Geschichte, Mrs. Bridget.

– Nicht etwa, daß ich oder meine Frau uns einen Pfifferling darum kümmern, sagte Bridget, ob es so oder anders ist; aber wenn man sich verheirathet, so will man doch das wenigstens auch haben.

Es war nicht glücklich für Mrs. Bridget, daß sie ihren Angriff mit Handbewegungen angefangen hatte, denn der Korporal griff sogleich * .

Einhundertundneunundachtzigstes Kapitel

So kämpft es einen Augenblick in den feuchten Augenlidern eines Aprilmorgens; Bridget wußte nicht, ob sie weinen oder lachen sollte.

Sie ergriff ein Rollholz, – zehn gegen eins, sie hatte gelacht.

Sie legte es hin – und weinte. Wäre *eine* bittere Thräne darunter gewesen, sie würde des Korporals Herz mit Kummer darüber erfüllt haben, daß er sich *dieses* Beweises bedient hatte, – aber – Quart major gegen Terz – der Korporal verstand sich auf die Weiber besser als mein Onkel Toby, und deshalb ging er Mrs. Bridget folgendermaßen an:

– Ich weiß, Bridget, sagte er und gab ihr einen ehrerbietigen Kuß, daß Du von Natur ein gutes und bescheidenes Mädchen bist und ein viel zu edles Herz hast, als daß Du einen Wurm kränken möchtest, viel weniger die Ehre eines so trefflichen und würdigen Mannes, wie mein Herr ist, und wenn Dich das zur Gräfin machen könnte; aber man hat Dich aufgehetzt, und wie das oft bei den Weibern der Fall ist, liebe Bridget, Du hast Dich dazu verleiten lassen, mehr Andern zu Liebe als Deiner selbst wegen.

Bridget schlug die Augen nieder.

Sage mir, sage mir also, meine liebe Bridget, fuhr der Korporal fort und faßte ihre Hand, die wie leblos herabhieng, wobei er ihr einen zweiten Kuß gab, wer hat Dich auf solchen Verdacht gebracht?

Bridget schluchzte ein paarmal – dann öffnete sie die Augen – der Korporal trocknete sie ihr mit dem Zipfel ihrer Schürze ab – dann öffnete sie ihr Herz und erzählte ihm Alles.

Einhundertundneunzigstes Kapitel

Mein Onkel Toby und der Korporal hatten während des größten Theils der Campagne ein Jeder für sich unabhängig von dem Andern operirt; alle Kommunikation zwischen ihnen war so abgeschnitten gewesen, als ob die Maas oder die Sambre sie getrennt hätte.

Mein Onkel war jeden Nachmittag abwechselnd in seiner rothsilbernen oder blaugoldenen Uniform aufmarschirt und hatte eine Unzahl Angriffe ausgehalten, ohne zu wissen, daß es Angriffe waren; er hatte also nichts mitzutheilen.

Der Korporal dagegen hatte wohl etwas erobert, – beträchtliche Vortheile errungen und deshalb viel mitzutheilen. Aber welcher Art diese Vortheile waren und auf welche Weise er sie errungen hatte, das zu berichten, verlangte einen behutsamen Berichterstatter, und deshalb machte sich der Korporal nicht daran; denn wie empfindlich er auch für den Ruhm war, lieber würde er doch ewig baarhaupt und ohne Lorbeerkranz einhergegangen sein, als daß er seines Herrn Schamhaftigkeit nur einen einzigen Augenblick beleidigt hätte.

Ehrlichster, bravster aller Diener! Aber ich habe Dich schon einmal apostrophirt, Trim, und könnte ich Dich auch (das heißt in guter Gesellschaft) apotheosiren, so sollte es sicherlich auf der nächsten Seite schon ohne weiteres geschehen.

606

Einhundertundeinundneunzigstes Kapitel

Eines Abends legte mein Onkel Toby seine Pfeife auf den Tisch und rechnete für sich alle die Vorzüge an den Fingern her (vom Daumen angefangen), welche Mrs. Wadman besäße. Da er aber bald zwei oder drei zusammennahm, bald einige ausließ, bald wieder andere zweimal aufzählte und so in Verwirrung kam, noch ehe er bis zum Mittelfinger gelangt war, nahm er seine Pfeife wieder auf und bat Trim, ihm Feder und Dinte zu bringen. – Trim brachte auch Papier.

– Nimm einen ganzen Bogen, Trim, sagte mein Onkel Toby und machte zugleich ein Zeichen mit der Pfeife, daß jener sich einen Stuhl holen und zu ihm an den Tisch setzen solle. – Der Korporal gehorchte, legte das Papier gerade vor sich hin und tunkte die Feder ein.

– Sie besitzt tausend Tugenden, Trim, sagte mein Onkel Toby.

– Soll ich das hinschreiben, Ew. Gnaden? sagte der Korporal.

– Aber sie müssen der Reihe nach, nach ihrem Werthe gestellt werden, erwiederte mein Onkel Toby; die, welche mich am meisten entzückt und mir eine Bürgschaft für alle übrigen ist, das ist das Mitgefühl, die ganz besondere Menschenfreundlichkeit in ihrem Charakter. Wahrlich, sagte mein Onkel Toby und sah wie betheuernd zur Zimmerdecke empor, und wäre ich tausendmal ihr Bruder, sie hätte sich nicht unablässiger, nicht zärtlicher nach meinen Schmerzen erkundigen können, – obgleich sie's jetzt nicht mehr thut.

Der Korporal beantwortete meines Onkel Toby's Betheuerung nur mit einem kurzen Husten; er tunkte seine Feder zum zweiten Male ein, und indem mein Onkel Toby mit der Spitze seiner Pfeife ganz oben auf die linke Ecke des Bogens wies, schrieb der Korporal das Wort Menschenfreundlichkeit hin.

607

Sag doch, Korporal, fuhr mein Onkel Toby fort, sobald Trim damit fertig war, wie oft fragt Mrs. Bridget nach Deiner Wunde am Knie, die Du in der Schlacht bei Landen bekamest?

Danach hat sie noch nie gefragt, Ew. Gnaden.

Nun, sieh, Korporal, sagte mein Onkel Toby und konnte trotz seines guten Herzens seinen Triumph nicht ganz unterdrücken, darin zeigt sich der Unterschied zwischen den Charakteren der Herrin und der Dienerin. Hätte das Kriegsglück mir dasselbe beschieden wie Dir, sie würde hundertmal auf das genaueste danach gefragt haben. – Aber nach Ihrem Schambein würde sie, Ew. Gnaden, zehnmal öfter gefragt haben. – Der Schmerz ist derselbe, Trim, und das Mitgefühl hat es nur mit dem Schmerz zu thun, stamme er nun woher er wolle.

– Nun, Gott sei Ew. Gnaden gnädig! rief der Korporal. Was hat eines Weibes Mitgefühl mit eines Mannes Knie zu thun? Wäre Ew. Gnaden Knie bei Landen in zehntausend Splitter zerschossen worden, so würde sich Mrs. Wadman so wenig darum geschoren haben als Bridget; denn – fügte der Korporal hinzu und senkte die Stimme, sprach aber sehr deutlich, als er jetzt seine Gründe angab: denn das Knie ist weit genug vom Hauptwerk, wogegen das Schambein, wie Ew. Gnaden wissen, auf der Courtine der Festung selber liegt.

Aus meines Onkel Toby's Munde kam ein langer Pfiff, aber so leise, daß man ihn kaum über den Tisch hinüber hören konnte.

Der Korporal war zu weit gegangen, als daß er hätte umkehren können; mit drei Worten war Alles erzählt.

Mein Onkel Toby legte seine Pfeife so sanft auf die Kaminplatte, als ob sie aus Spinnengewebe bereitet gewesen wäre.

Laß uns zu meinem Bruder Shandy gehen, sagte er.

Einhundertundzweiundneunzigstes Kapitel

Während mein Onkel Toby und Trim nach meines Vaters Hause gehen, habe ich Zeit, den Leser davon zu benachrichtigen, daß Mrs. Wadman schon vor einigen Monaten meine Mutter zu ihrer Vertrauten gemacht hatte; auch Mrs. Bridget, die zu der Last ihres eigenen Geheimnisses noch die fremde Last ihrer Herrin tragen mußte, hatte sich beider gegen Susanna hinter der Gartenmauer glücklich entledigt.

Was meine Mutter anbetraf, so ließ sie das ziemlich gleichgültig, sie machte kein Aufhebens davon; aber Susanna war ganz die Person, wie man sie nur wünschen konnte, um ein Familiengeheimniß unter die Leute zu bringen; sie theilte es sogleich Jonathan durch Zeichen mit, Jonathan deutete es der Köchin an, als diese eben eine Schöpsenkeule klopfte; die Köchin verhandelte es nebst einigem Küchenschmalz dem Kutscher für einen Groschen, der Kutscher vertauschte es der Milchmagd gegen etwas, das ebenso viel werth war, und obgleich es nur auf dem Heuboden gezischelt wurde, fing Fama mit ihrer Messingtrompete es dennoch auf und ließ es laut von dem Giebel des Hauses erschallen. Genug, bald gab es im ganzen Dorfe und fünf Meilen in der Runde kein altes Weib, das nicht die Schwierigkeiten eingesehen hätte, mit welchem mein Onkel Toby bei seiner Belagerung zu kämpfen hatte, und nicht mit den geheimen Artikeln bekannt gewesen wäre, welche die Übergabe verzögerten.

Mein Vater, dessen Art es war, jede natürliche Vorkommenheit in eine Hypothese zu zwängen, wodurch er die Wahrheit öfter ans Kreuz schlug als je ein Mensch vor ihm, – hatte eben erst von dem Gerüchte gehört, das über meinen Onkel Toby im Schwange war, und war über das Unrecht, das seinem Bruder dadurch angethan wurde, in Feuer und Flamme gerathen. Obgleich meine Mutter dabei saß, setzte er Yorick weitläufig auseinander, daß nicht nur der Teufel in allen Weibern stecke und die ganze Geschichte nichts als bloße Sinnenlust sei, sondern auch, daß alles Übel und alle Verwirrung in der Welt, welcher Art sie immer sein möchten, von Adams Fall bis auf meines Onkels (inclusive), einzig und allein von dieser und nur von dieser ungeregelten Begierde herstamme.

Yorick wollte eben meines Vaters Behauptung etwas einschränken, als mein Onkel Toby mit unbeschreiblichem Wohlwollen im Blick und mit einer Miene so voller Vergebung in das Zimmer trat, daß meines Vaters Beredsamkeit dadurch von Neuem aufgestachelt wurde; und da er, wenn er zornig war, in der Wahl seiner Worte nicht sehr behutsam zu Werke zu gehen pflegte, so brach er, nachdem sich mein Onkel Toby kaum zum Kamin gesetzt und seine Pfeife gestopft hatte, in folgender Weise aus.

Einhundertunddreiundneunzigstes Kapitel

– Daß Vorsorge dafür getroffen sein muß, die Gattung eines so großen, erhabenen und gottähnlichen Wesens, wie der Mensch es ist, zu erhalten, – fällt mir nicht ein bestreiten zu wollen; aber die Philosophie spricht frei über Alles ihre Meinung aus, und deshalb ist es meine Ansicht und behaupte ich: es ist zu beklagen, daß dies vermittels einer Leidenschaft geschieht, welche die natürliche Kraft niederbeugt und die Weisheit, die Beschaulichkeit, die freie Thätigkeit der Seele hindert; vermittels einer Leidenschaft – meine Liebe, fuhr mein Vater gegen meine Mutter gewandt fort, welche weise Männer unter die Narren stellt und ihnen gleich macht, und es zuwege bringt, daß wir aus unseren Höhlen und Verstecken eher Satyrn und vierfüßigen Bestien als Menschen ähnlich hervorkommen.

Ich weiß wohl, sagte mein Vater (indem er sich der Prolepsis bediente), daß man sagen wird, die Sache sei an und für sich und natürlich genommen weder gut noch schlecht, weder zu tadeln noch sonst was, gerade wie Hunger, Durst oder Schlaf. – Weshalb sträubte sich denn das Zartgefühl eines Diogenes, eines Plato so sehr dagegen? und weshalb löschen wir denn, wenn wir einen Menschen in die Welt setzen, das Licht aus? und weswegen wird denn Alles, was damit in Verbindung steht, alle Zuthaten, Vorbereitungen, Werkzeuge u.s.w., als ungeeignet angesehen, einem reinen Geiste durch Wort, Übersetzung oder Umschreibung mitgetheilt zu werden?

Die Handlung, einen Menschen *aus* der Welt zu bringen und zu tödten, fuhr mein Vater mit erhobener Stimme zu meinem Onkel Toby gewendet fort, – *die* Handlung sieht man als rühmlich an; die Waffen, durch welche es geschieht, sind ehrenvoll, wir tragen sie stolzirend auf unseren Schultern, wir hängen sie uns prahlend an die Seite, wir vergolden sie, – wir schmücken sie mit dem Grabstichel, wir legen sie aus, wir verzieren sie, ja, und wär' es nur eine verdammte Kanone, sie muß ihren Zierrath auf dem Rohre haben.

Mein Onkel Toby legte seine Pfeife hin, um für ein besseres Prädikat aufzutreten, und Yorick stand auf, um die ganze Hypothese in Trümmer zu schlagen –

als Obadiah in das Zimmer gelaufen kam und eine Klage vorbrachte, die dringlich war. Der Fall war folgender:

Nach altem Herkommen als Herr des Schlosses, oder als weltlicher Besitzer des großen Zehnten, war mein Vater verpflichtet, den Gemeindebullen zu halten; diesem hatte Obadiah eines oder des anderen Tages im vergangenen Sommer seine Kuh zugeführt – ich sage eines oder des anderen Tages, weil der Zufall wollte, daß es derselbe Tag war, wo Obadiah meines Vaters Stubenmädchen heirathete; so wurde der eine Tag immer nach dem anderen berechnet. Als daher Obadiahs Frau niederkam, so dankte Obadiah Gott –

Und nun, sagte Obadiah, werde ich bald ein Kalb kriegen. Er besuchte seine Kuh täglich.

– Sie wird Montag kalben – oder Dienstag – oder spätestens Mittwoch.

Die Kuh kalbte nicht; – nein, sie wird erst nächste Woche kalben; – die Kuh nahm sich erschrecklich viel Zeit; endlich am Ende der sechsten Woche stieg in Obadiah ein Verdacht gegen den Bullen auf.

Nun war die Gemeinde ziemlich groß, und, die Wahrheit zu gestehen, meines Vaters Bulle war der Aufgabe durchaus nicht gewachsen; er hatte sich aber einmal dem Geschäft unterzogen und machte die Sache mit einer so würdigen Miene, daß mein Vater eine große Meinung von ihm hatte.

– Fast alle Bauern glauben, Ew. Gnaden, daß der Bulle schuld ist, sagte Obadiah.

– Aber kann die Kuh nicht unfruchtbar sein? erwiederte mein Vater und wandte sich an *Dr.* Slop.

– Das kommt nicht vor, sagte dieser. Aber die Frau des Mannes kann vor der Zeit niedergekommen sein. Das ist leicht möglich. Sag' einmal, hat das Kind Haare auf dem Kopf? fragte *Dr.* Slop.

– Es ist so behaart wie ich, sagte Obadiah, – er hatte sich seit drei Wochen nicht rasirt. – Fi – u! machte mein Vater, indem er mit einem interjektionellen Pfiff anfing, – und so, Bruder Toby, hätte mein armer Bulle, der so gut wie irgend ein Bulle ist und der, mit zwei Beinen weniger, in einem unschuldigeren Zeitalter selbst der Europa genug gewesen sein würde, vor Gericht gezogen werden und seinen Ruf verlieren können, was für einen Gemeindebullen so viel wie das Leben selbst heißt, Bruder Toby.

– Gott im Himmel, sagte meine Mutter, was ist das nun wieder für eine Geschichte?

– Vom *Hahnen* und vom *Bullen,* sagte Yorick, und eine so gute, als ich je gehört habe.

Ende.

612

Biographie

1713 *24. November:* Laurence Sterne wird in Clonmel, Irland, geboren. Sein Vater, Leutnant in Königin Annas Armee, siedelt mit der Familie um, nachdem der Vertrag von Utrecht 1713 den Krieg mit Spanien beendet.

1723 Er reist von Irland ab, um in England auf die Schule zu gehen. Er befindet sich dort in der Obhut seines Onkels Richard. Laurence wohnt nie mehr in dem gleichen Haus mit seinem Vater und seiner Mutter.

1731 *31. Juli:* Sein Vater, Roger Sterne, stirbt und wird an seinem letzten Posten, Port Antonio, Jamaika, beerdigt.

1733 Sterne besucht das Jesus College, Cambridge, wo auch einige Mitglieder seiner Familie studiert haben.

1737 *Januar:* Er macht seinen Abschluß und wird Pfarrer in der Kirche von England. Seine erste Stelle ist der Pfarrbezirk von St. Ives, Huntingdon, nahe Cambridge.

1738 *Früh im Jahr:* Er bekommt die Pfarrerstelle in Sutton-on-the-Forrest, ein Dorf acht Meilen nördlich von York entfernt; es wird sein Heim bis 1760 bleiben.

1740 *Juli:* Er empfängt seinen Magistertitel von Cambridge und beginnt, Elizabeth Lumley den Hof zu machen.

1741 *30. März:* Nach einem Jahr heiraten Laurence und Elizabeth (bis 1757 verheiratet).

1747 Lydia, das einzige überlebende Kind, wird geboren. Ein Junge wird später geboren, der bei der Geburt oder bald danach stirbt.
Sterne hält eine Predigt.

1756 Der Siebenjährige Krieg fängt in Europa und Amerika an.

1758 Als eine Diskussion über Kirchenvorrechte eskaliert, schreibt Sterne eine Satire auf die kleinlichen Ambitionen aller Beteiligten und veröffentlicht sie in einem kurzen

Pamphlet, betitelt »A Political Romance«.

1759   *Januar:* »A Political Romance« wird verbannt, und nur sechs Kopien überleben.

Ende Mai: Er bietet Robert Dodsley, dem erfolgreichen Londoner Verlag, eine Handschrift an, die Dodsley ablehnt. Sterne verbringt den Rest des Jahres mit Überarbeitungen seiner Schriften.

Ende Dezember: Die ersten zwei Bände von »The Life and Opinions of Tristram Shandy, Gentleman« erscheinen in York. Kopien davon sendet man nach London.

1760   »Tristram Shandy« ist gleich ein Erfolg. Sterne bezeichnet sich als den »reichsten Mann in Europa«, nachdem Dodsley ihm die Rechte für eine zweite Ausgabe und für zwei Bände seiner Predigten bezahlt; eine Vereinbarung wird auch für Band III und IV von »Tristram Shandy« getroffen.

Zwei weitere Ausgaben von I und II werden dieses Jahr, und auch Band I und II von »Sermons of Mr. Yorick« verlegt.

Mai: Sterne wohnt in einem neuen Haus in Coxwold, 15 Meilen nördlich von York entfernt.

Später Herbst: Er ist wieder in London, um den Druck von Band III und IV zu überprüfen.

1761   *Januar:* Band III und IV von »Tristram Shandy« werden veröffentlicht.

Dezember: Sterne läßt Band V und VI von »Tristram Shandy« in die Presse gehen (1762 datiert); er geht von Dodsley zu einem anderen, weniger bekannten Verlag, Becket &De Hondt, vermutlich wegen besserer Konditionen.

Seine Gesundheit verschlechtert sich, und er muß in einem besseren Klima überwintern.

1762   *Januar:* Er verläßt England mit dem Ziel Südfrankreich, wo er und seine Familie bis Februar 1764 wohnen. Seine Krankheit ist tuberkulös, schon seit seiner Jugend aber verschlechtert durch das unmäßige Prominentenleben.

1764   *Juni:* Als er schließlich nach England über Paris zurückkommt, bleiben seine Ehefrau Elizabeth und Tochter Lydia zurück.

1765   *Januar:* Band VII und VIII von »Tristram Shandy« erscheinen.

Sein nächstes Projekt ist eine zweite Sammlung von Predigten, deren Handschrift er im Oktober nach London bringt, bevor er wieder nach Europa abreist.

1766   *Juni:* Sterne kehrt nach England zurück, wieder ohne seine Ehefrau und Tochter, aber mit einem neuen Projekt im Auge. Bevor er es aufruft, schreibt er Band IX, den letzten Band von »Tristram Shandy«.

1767   *Januar:* Band IX von »Tristram Shandy« erscheint. Sterne widmet sich seiner neuen Arbeit, »A Sentimental Journey«, die hauptsächlich auf seinen Reisen in Frankreich basiert.

1768   *Februar:* »A Sentimental Journey« wird in zwei Bänden veröffentlicht.

Sterne erkrankt in London.

18. März: Laurence Sterne stirbt in London.